KB083574

한국학의 학술사적 전망 1

고전편

글쓴이

정환국(鄭煥局, Chung Hwan-kuk) 동국대학교 국어국문문예창작학부 교수.

조현설(趙顯卨, Cho Hyun-soul) 서울대학교 국어국문학과 교수.

최석기(崔錫起, Choi Seok-ki) 경상대학교 한문학과 교수.

심경호(沈慶昊, Sim Kyong-ho) 고려대학교 한문학과 교수.

진재교(陳在敎, Jin Jae-kyo) 성균관대학교 한문교육과 교수.

김승룡(金承龍, Kim Seung-ryong) 부산대학교 한문학과 교수.

정출헌(鄭出憲, Chung Chul-heon) 부산대학교 한문학과 교수.

김현양(金賢陽, Kim Hyeon-yang) 명지대학교 방목기초교육대학 교수.

박희병(朴熙秉, Park Hee-Byoung) 서울대학교 국어국문학과 교수.

강명관(姜明官, Kang Myeong-kwan) 부산대학교 한문학과 교수.

정우봉(鄭雨峰, Chung Woo-bong) 고려대학교 국어국문학과 교수.

안대회(安大會, Ahn Dae-hoe) 성균관대학교 한문학과 교수.

이지양(李知洋, Yi Ji-yang) 연세대학교 국학연구원 고전번역거점연구소 연구교수.

김석회(金碩會, Kim Seok-hoi) 인하대학교 국어교육과 교수.

임형택(林熒澤, Lim Hyoung-taek) 성균관대학교 명예교수.

한국학의 학술사적 전망 1 고전편

초판 인쇄 2014년 5월 10일 **초판 발행** 2014년 5월 20일

엮은이 임형택 **펴낸이** 박성모 **펴낸곳** 소명출판

출판등록 제13-522호 **주소** 서울시 서초구 서초동 1621-18 란빌딩 1층

전화 02-585-7840 **팩스** 02-585-7848 **전자우편** somyong@korea.com **홈페이지** www.somyong.co.kr

값 32,000원

ISBN 978-89-5626-988-7 94810
      978-89-5626-987-0 (전 2권)

ⓒ 임형택, 2014

잘못된 책은 바꾸어드립니다.
이 책은 저작권법의 보호를 받는 저작물이므로 무단전재와 복제를 금하며, 이 책의 전부 또는 일부를 이용하려면
반드시 사전에 소명출판의 동의를 받아야 합니다.

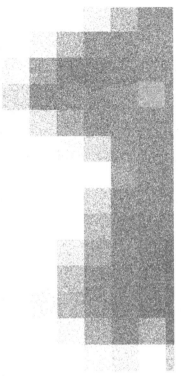

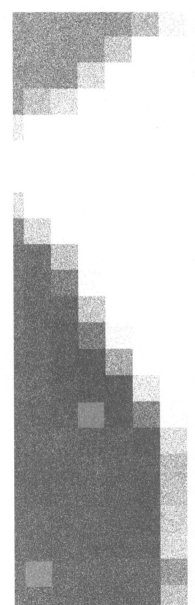

한국학의 학술사적 전망 1 고전편

임형택 엮음

PROSPECTS
FOR
KOREAN
STUDIES
FROM
THE
PERSPECTIVE
OF
ACADEMIC
HISTORY

소명출판

이 책은 학술사의 관점에서 한국문학을 중심으로 현 단계 한국학의 성과를 점검하고 앞으로의 연구방향을 모색하기 위해 기획된 것이다. 해방 70년을 한 해 앞두고 있는 현재까지 한국학 분야는 그동안 연구의 양과 질 모든 면에서 괄목상대할 만한 업적을 이룩하였고, 이제 '한국학'은 국제적으로도 하나의 독립된 학문으로 인정받게 되었다. 이러한 성과는 어려운 시대상황 속에서도 한국학에 주어진 역사적 사명과 학문적 책임을 치열하게 감당한 선학들의 노고 덕분임은 두말할 필요가 없다. 최근 국제적 학문수준에 근접하기 시작한 한국학 연구도 이런 선학들의 지적 고투에 힘입은 것이라 할 것이다.

이러한 성취에도 불구하고 최근의 한국문학을 비롯한 한국학 연구는 그 자체의 문제점도 노정하고 있다. 잦은 학술회의와 많은 학술논문집의 간행이 이루어졌음에도 알찬 연구 성과는 집약되지 못했고, 자료에 대한 엄밀한 고증이나 연구방법론 양 측면에서도 모두 적잖은 문제를 안고 있는 것이 사실이다. 이런 상황을 염두에 두고 기획된 이 책은 현재 한국(문)학 분야에서 활발한 연구를 수행하고 있는 학자들의 논문들을 고전편과 근현대편 두 권

으로 엮어 자기점검을 도모하고, 아울러 새로운 학적 패러다임을 창출하기

위해 기획된 것이다. 이 논문들에 담겨있는 의미 있는 문제제기와 연구방법

이 앞으로의 한국학 연구에 소중한 디딤돌이 되기를 기대한다.

이 책의 고전 분야 15편 논문은 모두 3부로 구성되어 있다.

제1부 '동아시아 사유체계와 지식의 교섭'에 실린 5편의 논문은 동아시아

의 사유체계에 따른 학지(學知), 그리고 그 교섭 양상을 다루었다. 「불교의 동

점(東漸)과 삼국시대 학술계의 몇 국면」은 삼국시대에 불교가 들어오면서 동

아시아의 학술교류가 진행되고, 원래 유학과 도가의 학술을 겸비한 지식인

들이 불학까지 섭렵하여 이를 통섭하는 새로운 동아시아 지식인으로 변모해

나갔음을 원광의 경우를 통해 규명한다. 「무불(巫佛)의 접화(接化)와 화해의

서사」는 「김현감호」에 구현되어있는 신화적 사유와 불교적 연속성에 주목

하여, 김현과 호녀 사이에는 동물의 희생을 매개로 한 호혜관계가 작동하고

있다고 지적하면서, 이 이야기는 무속적 사유 내부의 희생의 전통이 불교 사

상 안으로 들어가 보살행이라는 형식으로 승화된 서사임을 밝히고 있다. 「조

선시대 경서 해석의 관점과 연변」은 그동안 조선시대 경학을 주자주의냐 반

주자주의냐 하는 양분법적인 시각으로 파악하려는 경향을 지양하고, 이를

주자를 존신하여 그의 설을 따르려는 묵수주의와 계속해서 의리를 밝혀 나

가야 한다는 의리발명을 중시했던 진취주의로 나누어야 한다고 주장한다.

이에 따라 묵수주의를 지향한 학자들은 조선의 주자학이 독자적 세계를 구

축하는 데 기여하였고, 의리발명을 중시한 학자들은 시대정신을 일깨우면서

조선경학의 독자성을 확립하는데 기여하였다고 평가한다. 「조선 후기 물명

고와 유서의 계보와 그 특징」은 동아시아 한자한문세계의 사유방식에 따른

조선시대 물명(物名)과 유서(類書)의 총량을 소개하고, 그 계보적 성격과 특성

을 정리하였다. 경험적 인식과 실용적 원리, 직관적 분석에 의해 분류되는

유서류는 결과적으로 조선 후기 지식의 보고인 동시에 당대의 학적 패러다임을 제고하는 데 요긴한 것임을 시사한다. 「17∼19세기 동아시아 공간에서 지식·정보의 생성과 유통 방식」은 동아시아의 지식과 서적의 유통 및 인적 교류가 조선 후기에 들어 사행(使行)을 통해 활발히 전개되었으며 이 사행에서는 공식적 대표단 외에 역관, 서리, 서얼 같은 중간계층의 역할이 중요했다는 점, 그리고 지식·정보 유통하는 데 '안경'의 보급이 큰 역할을 했다는 점을 특기하고 있다.

제2부 '중세담론의 학적유파, 그 계보와 좌표'에 실린 5편의 논문은 전통시대 지식인의 문제의식과 사상적 지향을 재론한다.

먼저 「고려 후기 지식인 담론의 새로운 모색을 위하여」는 지금까지 고려 후기 신흥사대부와 그들의 문학을 자주, 중소지주층, 성리학이라는 세 가지 축으로 이해해 온 점을 점검하고, 신흥사대부론을 자주정신에서 실리성으로, 중소지주 출신에서 다계층성으로, 성리학에서 불교와 같은 다양한 사유로 확장해서 재구성할 필요가 있음을 제론한다. 「성종대 신진사류의 동류의식과 그 분화의 양상」은 흔히 조선 전기 문인을 훈구파와 사림파로 나누고 김종직을 사림파의 종장으로 이해하는 방식을 비판하면서, 김종직의 문도들은 도학의 길, 청고(淸高)의 길, 문장의 길로 분화해 갔으며, 경술과 문장의 조화를 통해 도학과 고문의 길을 함께 모색해 간 지점을 탐토하였다. 「조선 중기, '욕망하는 주체'의 등장과 '소설'의 기원」은 『택당집(澤堂集)』의 재검토를 통하여 조선 중기에 허균에 의해 욕망하는 주체가 등장했고, 이를 내세워 중세체제의 바깥을 엿보는 불온한 서사 양식인 소설이 등장했음을 입론하고 있다. 「홍대용은 과연 북학파인가」는 흔히 북학파라고 분류하고 있는 홍대용을 북학의 범주에 넣은 데에는 그간 한국학계의 기술과 생산력 발전을 중시한 근대주의적 관점이 작동하고 있었음을 지적하였다. 요컨대 홍대용은 박제가가 보여주고 있는 북학의 관점이 아니라 공관병수라는 관점에서 사유하고 있기 때문에, 종래의 연암그룹으로 지칭되던 관행을 지양하고 '담연(湛燕)그룹', '담연일파'로 재정립할 것을 제안한다. 「다산(茶山)을 통해 다시 실학을 생각한다」는 그간 실학의 집대성자로 평가된 정약용의 『매씨서평』의 분석을 통해 다산은 여전히 주자학적인 관점에서 '인심도심설'을 이해하고 있다고 하면서 실학은 사족(士族)체제의 자기조정 과정에서 제출된 개혁담론이라고 주장한다.

제2부의 논문들에서 보여준 기존 학설과 관점에 대한 문제제기는 향후 활발한 논의과정을 통해 변증법적으로 수렴되겠지만, 이러한 문제제기는 한국학계에 새로운 지적 활기를 불러일으키리라 믿는다.

제3부 '조선 후기 글쓰기와 문예사의 전망'에서는 조선 후기 사회변동 속에서 전개된 다양한 문예 자료의 글쓰기를 해명하는 글과 고전과 현대를 잇는 19세기 문학사의 문제를 다루는 다섯 편의 글이 실렸다. 먼저 「조선 후기 산수유기의 글쓰기 및 향유 방식의 변화」는 조선 후기 들어 유행한 산수유기의 글쓰기가 소형화, 조합화, 세목화 등의 방식을 취하고 있고, 작품집과 평비본이 편찬되고 그림과 결합된 향유방식을 보이는, 그 새로운 경향성에 주목하였다. 「조선 후기 취미생활과 문화현상」은 조선 후기에는 소비문화의 발전에 따라 문방도구와 서화골동의 수집과 감상, 시패놀이와 종정도놀이, 수석 같은 다양한 취미생활이 이루어져 당시의 문화를 활성화하였고 그것이 학술과 예술 방면에도 영향을 주었음을 실증적 자료를 통해 규명한 예다. 「조선 후기 사대부가 기록한 아내의 일생」은 그동안 학계에서 별로 주목하지 않았던 사대부 아내의 행장 26편을 분석하여, 조선 후기 여성은 15~20세에 결혼하였고 평균수명은 41세였음을 밝히고, 그녀들은 시부모 섬기기와 남편에 대한 내조를 최고의 부덕(婦德)으로 여기며 산 그 일생의 흔적을 논란

하였다. 「향촌사족층 문학의 정서 취향과 그 사회사적 의미」는 조선 후기 향촌사족들은 선조들이 남긴 유적과 고동서화에 향수를 지니고 있었고 그들은 유락적 성격의 유람을 하던 경화사족과는 달리 관물적 입장에서 자연을 완상하는 취향을 지녔으며, 영농친화적인 감각과 새로운 신분정체감을 가졌음을 논의하였다. 제3부의 마지막 편은 이 책이 출간 되는 계기를 마련해준 임형택 선생의 옥고 「19세기 문학사가 제기한 문제점들」이다.

칠순을 맞이한 임형택선생께서는 그동안 한국한문학을 비롯한 한국학 전반에 걸쳐 논리와 실증을 겸비한 탁월한 논문과 저서를 발표하여, 한국학계를 선도하면서 후학들에게 많은 지적 자극과 가르침을 준 것은 주지의 사실이다. 선생께서는 한문단편과 서사작품, 서사시의 발굴을 비롯한 수많은 한국학 자료의 발굴을 통해 한국학 연구의 지평을 넓혀주셨고, 그 지평을 동아시아로 확대하여 한국의 동아시아학을 정초(定礎)하는 데 기여하셨다. 또한 선생의 저서 중 하나인 『실사구시의 한국학』이라는 서명에서 알 수 있듯이 국내외의 다양한 연구방법론을 섭렵하면서도 시종일관 실사구시적인 연구방법과 주체적 시각을 견지하되 철저히 실증적 자료를 바탕으로 한 논지를 전개한 점은 그 시사하는 바가 크다.

이제 선생의 학문에 영향을 받은 후학들이 그 학덕을 기리기 위하여 자리를 함께 했다. 단순한 기념논문집이 아닌, 학술사, 지성사, 문예사적 차원에서 한국학의 새로운 과제와 전망을 타진하는 하나의 성과물로 기획해 본 것이다.

이 책이 선생의 학문을 창신적으로 계승하고 앞으로의 한국학 연구가 나아갈 방향을 모색하는 데 하나의 계기가 되기를 바란다. 선생께서도 늘 건강하시어 앞으로도 우리 후학들을 학문의 정도(正道)로 이끌어주시기를 소망한다.

김영(인하대)

차례

제1부
—
동아시아 사유체계와 지식의 교섭

불교의 동점(東漸)과 삼국시대 학술계의 몇 국면

정환국

1. 논의의 지점

이 글은 불교의 동점(東漸)에 따른 불학(佛學) 패러다임의 창출과 유학의 제
도화에 따른 유학적 체계의 성장이라는 두 코드로, 삼국시대 학술계의 흐름
과 그 국면을 조망해 본 것이다. 대상 시기는 주로 7세기에서 10세기까지지
만, 7세기 전후에 좀 더 관심을 두고 논의를 진행하였다. 이때는 대개 동아시
아의 문화와 사상이 정립되는 시점과 맞물리기 때문이다. 이와 관련하여 가
장 먼저 착목한 점은 불교의 전래와 고승(高僧)의 출현이다. 그간 서학(西學)한
고승들은 주로 구법(求法)이나 사상적 측면에서만 주목 받았지 학술계와 관
련해서는 그다지 조명을 받지 못했다. 그보다는 육두품이나 견당유학파(遣唐
留學派) 등 주로 유가 지식인의 학적 네트워크나 문학적 성과를 주목했었다.
그러나 이 시기 고승들은 사상의 일대 착종이자 신조(新潮)였던 위진남북

조시대의 학풍을 호흡하면서 '동아시아인'으로서 학적 교류의 주체였을 뿐만 아니라, 학술과 사상으로 신라의 삼국통일에 밑돌을 놓았다. 따라서 이 고승들의 학적 역량은 초기 한국 학술사의 들머리에 놓기에 충분하다. 그런데 이들 고승 중에는 출신이 육두품인 경우가 많았다. 주지하듯이 삼국시대 육두품의 학술적 역량과 성과는 두드러지는데, 그 시발이 고승들에게서 이미 진행되고 있었다. 동시에 이때는 따로 유학(儒學)으로 출신한 육두품도 역사의 전면에 등장하기 시작한다. 중심 권력에서 밀려난 육두품 계열은 승려와 유학자로서 당대의 학술계의 중심으로 부상하여 학적 권력을 창출했던 것이다.

이후 일정 기간 동안 불교계와 유교계, 승려와 육두품들은 지속적 서학(西學)과 자국 내에서의 제도적 신장 등 제반조건의 성숙에 따라 상호 균형 잡힌 학적체계를 이뤄나갔다. 그러다가 신라 하대로 넘어갈수록 유학파(儒學派)가 점점 우위에 서는 형국이다. 즉 불학 → 불학 · 유학 → 유학의 궤적을 보여준다. 한편, 하대로 갈수록 학계는 유가계 육두품이 불가의 지식과 유가의 지식을 통섭하면서 불가 지식과 유가 지식이 길항의 관계에 놓이는 경향성이 살펴진다. 7세기 전에는 불가 지식인이 유학을 통섭하는 양상이었다면, 9세기에 접어들어서는 유가 지식인이 불학을 겸수하는 방향이었다. 이것이 삼국시대 학술사의 형성 및 자기 변모 내지 갱신의 과정이다. 이를 구체적인 몇 가지 국면을 통해서 정초(定礎)해보려는 게 이 글의 목적이다.

이 궤적을 살피는 데 있어서 다음 두 가지 시각을 견지하려 했다. 먼저 삼국시대 학술을 객관적 시야로 봐야 한다는 전제에서 동아시아적 시각을 취하고자 했다. 이는 단순히 중화세계로 표상되는 중심에서의 영향 관계를 따지려는 것이 아니라 불교를 기반으로 한 이 시기 동아시아 판도가 대개 공통적 사회현실에 직면해 있었던바, 그 실상에 접근해야 할 필요성이 있기 때문이다. 물론 이런 시각이 이 글에서 충분히 짐작(斟酌)되었다고는 자신하지 못한다. 하나의 방향성으로 상정했을 뿐이다. 다음으로, 종래의 사회문화사나 문학사를 포함한 문예사의 관점이 아닌 학술사 내지 지성사의 관점을 유지하고자 했다. 실제로 여기서 다루어질 문제들은 대개 사상이나 제도, 또는 사회문화적 배경에 관한 것들이다. 이것을 총체적으로 바라보기 위해서는 이와 같은 관점의 설정은 불가피하다. 그러나 학술사, 지성사라는 이 용어 자체의 낯설음과 무게감은 여전히 감당불급이다. 이런 쪽의 시각과 관점이 요망된다는 취지로 이해되기를 바란다.

2. 불교의 동점(東漸)과 동아시아 지식계의 판도

역사적으로 후한(後漢) 시기는 동아시아 정치·문화 등 제반 방면에서 일대 분수령이었다. 제국으로서의 규모와 체제를 유교 이념으로 확립한 것은 일단 성공적이었다. 그러나 여전히 한나라의 '유교세계화'는 향후 지난한 과정을 거쳐야 했다. 요컨대 후한 때의 사회적 격변은 이미 구축된 유교사회에 대한 재점검 차원에서 일어난 불가피한 현상으로 볼 필요가 있다.

후한 시기의 정치적 혼란과 더불어 학술과 사상 방면에서 주목할 변화로 도교의 정착과 불교의 동점, 그리고 새로운 유형의 사(士)계층의 성립을 들 수 있다. 이 시기 새로운 지식인층으로 사(士), 또는 사대부의 성립은 정치적으로나 사회문화적으로 적잖은 변화를 추동하였다.[1] 기존의 귀족 내지 종족

---

1   이 시기 사(士)계층의 성립과 성격에 대해서는 余英時, 『中國知識階層史論(古代篇)』, 臺灣: 聯經出版事業公司, 1981 참조.

중심으로 이루어졌던 정치 질서에 환관이 새로운 세력으로 등장함으로써 균열이 일어났던바, 독서지식인 '사(士)'는 이 틈에서 서서히 정치에 관여하면서 사회적 역할을 부여받았다. 이제 사계층을 중심으로 정치와 학문이 좀 더 밀접한 관계성을 형성하게 된 것이다. 이 지식계층은 바로 유학을 지적 토대로 하는 학술인이었다. 왕충(王充, 27~?)은 『논형(論衡)』에서 후한 시기의 지식인을 다음과 같은 범위와 층위로 설정한 바 있다.

> 1,000편 이상 만 권 이하의 책을 통독하여 독서가 아주 숙련되고, 문장과 구절을 분석하고 판단할 수 있어서 남의 스승이 되는 자는 '통인(通人)'이다. 고서의 뜻을 풀어내고 문구를 원활하게 인용해 상급 관리와 황제에게 글을 올려 독특한 견해를 제출하거나 체계 있는 글을 써내는 자는 '문인(文人)', '홍유(鴻儒)'이다. (…중략…) 그러므로 한 가지 경서를 강술할 줄 아는 사람은 유생(儒生)이고, 고금의 서적에 두루 통한 사람은 '통인'이며, 고서의 문장을 인용해서 상관(上官)에게 글을 올릴 수 있는 사람은 '문인'이고, 깊은 사색을 거쳐 글을 짓고 계통 있는 문장을 써내는 사람은 '홍유'이다. 그러므로 유생은 속인보다 뛰어나고, 통인은 유생보다 나으며, 문인은 통인을 넘어서며 홍유는 문인을 뛰어넘는다. 그래서 홍유는 특출한 중에서도 더욱 출중한 사람이다.[2]

그는 이 시기 학문하는 이를 크게 유생(儒生), 통인(通人), 문인(文人), 홍유(鴻儒)로 구분하였다. 대개 유생과 통인은 독서하며 수양하는 계층이고, 문인

---

2   왕충(王充), 『논형(論衡)』 권13 「초기(超奇)」편. "通書千篇以上, 萬卷以下, 弘暢雅閑, 審定文讀, 而以敎授爲人師者, 通人也. 杼其義旨, 損益其文句, 而以上書奏記, 或興論立說, 連結篇章者, 文人鴻儒也. (…중략…) 故夫能說一經者爲儒生, 博覽古今者爲通人, 釆掇傳書, 以上書奏記者爲文人, 能精思著文, 連結篇章者爲鴻儒. 故儒生過俗人, 通人勝儒生, 文人踰通人, 鴻儒超文人. 故夫鴻儒, 所謂超而又超者也."

은 글을 짓는 계층이며, 홍유는 이 두 가지를 아우르는 대학자인 셈이다. 이 대학자인 홍유는 독서와 창작을 겸수하면서도 도적적으로 수양된 존재, 즉 학자로서 가장 이상적인 존재로 상정되었다. 그러다보니 경(經) 하나만을 말할 줄 아는 존재는 사계층 중에서도 가장 낮은 축에 들었다. 바야흐로 학문에 있어서 전인적 존재가 요청되는 시점을 맞고 있었다. 그럼에도 이 시기 학문, 또는 지식인의 기준은 경을 아는 데서 시작되고 있다는 점은 분명하다. 어쨌거나 이 사인들은 자신들의 학식을 바탕으로 국가와 사회를 이끌어야 한다는 '자각한 주체'였다.

그런데 위진 시기로 넘어오면서 이러한 사계층은 분화와 변화를 거듭하였다. 위진 시기 사풍(士風)은 전대에 비해 자유롭고 다양하다는 특징을 보이는데,[3] 이는 달리 말하면 그만큼 정착되지 않은 사계층의 유동성을 반증한다. 위진 시기 이러한 사풍의 면모는 도교와 불교, 그리고 전통적 유교와의 교합과 충돌에 따른 소산임이 분명하다. 이때의 사계층은 이런 사상의 혼종성 아래 '학(學)'보다는 '문(文)'에 무게중심이 놓여 있었다.[4] 그러다 당대(唐代)에 와서 이 '문'과 '학'(또는 儒)은 어느 정도 균형을 맞추다가 송대(宋代)에 와서 '학' 쪽으로 기울어갔다는 게 대체적 중국 사계층의 궤적이다.[5]

이렇듯 후한 이후 형성된 동아시아 사인(士人)은 지속적 자기 변모를 거듭하면서도 학문을 통해 정치와 사회에 직접적으로 관여하였고, 텍스트를 지배하여 여론을 조성하는, 왕조시대의 매우 독특한 계층이었다. 이런 사인층

---

3 余英時는 이를 "情禮衝突"이라고 한 바 있다. 余英時, 앞의 책.
4 특히 문학 방면에서 독자적 시기로 주목하거니와, 조조(曹操)·조식(曹植) 등이 활약하여 문인시가(文人詩歌) 분야를 열어젖힌 건안(建安) 시기(즉 위나라)와 소통(蕭統)·소역(蕭繹) 등이 활약한 남조 양(梁)나라 시기가 괄목상대하다. 주지하듯이 유협(劉勰, 466~520)의 『문심조룡(文心雕龍)』이나 소통(蕭統, 501~531)의 『문선(文選)』, 서릉(徐陵, 507~583)의 『옥대신영(玉臺新詠)』은 그에 따른 대표적 결과물들이다.
5 당대와 송대의 사계층의 성격과 변환에 대해서는 피터 K. 볼, 심의용 역, 『중국 지식인들과 정체성-사문(斯文)을 통해 본 당송 시대 지성사의 대변화』, 북스토리, 2008 참조.

의 동향은 한편으로 불교의 동점(東漸)과도 무관하지 않았다.

후한시대의 또 다른 광풍은 불교의 동점이었다. 불교가 중국, 즉 동아시아로 전파된 시점에 대해서는 여전히 불분명하지만 대체로 후한 시기로 보고 있다.[6] 이때는 공교롭게도 서력(西曆) 기준에서 볼 때 기원 전과 후가 나뉘는 즈음이자, 동아시아에 이질적 외래 사상이 본격적으로 유입되는 시점과도 맞아 떨어진다. 여하간 불교의 동점은 동아시아에서의 문화적 빅뱅을 초래한 일대 사건이었다.

불교가 중국에 전래된 이후 위진남북조 시기를 거치면서 정착한 과정은 비교적 소상한 편이다.[7] 특히 자생한 도교와는 충돌하면서도 상호 보완적 관계를 최소한 당대까지 이어왔다는 점에서, 또한 이 과정이 동아시아 사유의 전이로 연결되었다는 점에서 다른 어느 문화현상보다도 유의미했다. 2세기 후반부터 불경이 한역되면서 중국 내에서의 불교의 영향력은 가시화됐고, 4세기 이후부터는 고승전(高僧傳)과 불가 영험기(靈驗記) 등이 등장하면서 불교의 위치는 확고해져 갔다. 그런데 위진 시기 불교계는 한 가지 특징이 있었다. 이 시기 불교를 이끌어주는 주체는 분명 황실인 경우가 많았지만, 불교계를 이끌어나가는 주체는 그리 분명하지 않았다. 고승(高僧)이라 해도 서역에서 넘어와 중국에 포교를 담당했던 '호승(胡僧)'이 많은 수를 차지하였다. 이 외래승 중심의 구도는 황실 입장에서는 부담이 덜 할 수도 있었으며, 불교를 황실 정책에 활용하는 데 용이했다. 반면 중국 내부의 출가자는 신분적으로 낮은 계층 위주였다.[8]

---

6 湯用彤은 광범위한 자료를 통해 사례들을 밝혔지만 확정을 유예했으며(『漢魏兩晋南北朝佛敎史』, 中華書局, 1983), 에릭 쥐르허(Erik Zürcher)는 중앙아시아에 중국의 세력이 강화되던 기원전 1세기 전반부터 중국 문헌에 구체적 불교의 존재가 확인되는 기원후 3세기 중엽까지를 광범위한 유입 시기로 잡고 있다. 최연식 역, 『불교의 중국정복』, 씨・아이・알, 2010.
7 이에 대해서는 湯用彤, 위의 책 참조.
8 이처럼 초기 불교사에서 서역승(즉 호승)의 비중이 컸다. 이것이 위진 시기를 넘어서면서 중

그러나 도교의 경우는 이와 사뭇 달랐다. 처음부터 귀족 가문의 출신들이 도사가 된 경우가 많았거니와 불교계에 비해선 훨씬 높은 계층으로 구성된 것이다. 예컨대『포박자(抱朴子)』의 작자 갈홍(葛洪, 283~343)은 원제(元帝) 때 승상을 지냈으며, '관내후(關內侯)'라는 작위를 받기도 했다. 주지하듯이『포박자』는 도가 사상과 유가 사상을 접목하려 한 저작으로 알려져 있다. 즉 내편은 도가 사상을, 외편은 유가 사상을 정리한 것이다. 이것을 도가의 입장에서 유가 사상에 맞서거나 부응하기 위한 산물로 보기도 한다.[9] 정확한 의도야 어찌됐든 갈홍은 사회의 지도층 반열에 있었기 때문에 이런 두 사상의 조정 내지는 통합의 문제에 고심할 수 있었다. 위진시대 필기류에서 도가적 성향이 강한 것도 이런 글쓰기 주체들의 위상과 무관하지 않을 것이다.

이에 반해 불교계는 도교의 위상에는 근접할 수 없었다. 그랬기 때문에 불교계는 주로 하층 지향적, 실생활 쪽으로 포교를 함으로써 자기 정체성을 가시화했다. 그 결과물 중에 하나가 영험서사류이다.[10] 그런데 이런 양상은 수당(隋唐) 시기로 접어들면서 일정한 변화가 일었다. 이는 수치상으로도 나타나는데, 위진 시기에는 도사와 도관의 수가 승려와 사찰의 수를 압도했으나 수당 시기에 들어오면 이 상황이 역전되고 있었다.[11] 사실 이때부터 도교의 정치적 위상은 이전과는 달라졌다. 특히 당나라는 통일 왕조를 이룬 후 불교를 적극적으로 옹호하게 되면서 승려들의 위상도 전대에 비해 훨씬 높아졌다. 이와 관련한 흥미로운 유불 교섭의 일단이 바로 '승사(僧社)'이다. 승사는 당대 문인과 승려 집단의 결사인데, 불교에 심취했던 백거이(白居易, 772~

국승으로 대체되는데, 이런 현상이 초기 서사에 흥미롭게 드러나 있기도 하다.

9 이에 대해서는 이용주,『생명과 불사―포박자 갈홍의 도교 사상』, 이학사, 2009 참조.

10 정환국,「불교 영험서사의 전통과『법화영험전』」,『고전문학연구』40집, 한국고전문학회, 2011.

11 피터 K. 볼, 앞의 책, 58면.

846)는 이 승사에서의 교유를 통한 시편들을 많이 남겼다.[12] 당대 문인들은 이처럼 승려와의 교유시, 화답시를 많이 남겼던바, 이는 그만큼 문인과 승려가 대등한 입장에서 교유를 했다는 증좌이기도 하다.

승사를 통한 문인과 승려의 교유는 동진시대 말기에 삼교 습합의 상징이었던 호계삼소(虎溪三笑)의 고사와의 연결선상에서 이해된다. 다만 육수정(陸修靜)으로 대표되는 도교 쪽 인사가 빠졌다는 점에서 당대(唐代)의 변화된 교계의 위상을 짐작게 한다. 이처럼 수당대(隋唐代) 불교는 9세기 중반 무종(武宗)에 의해 사찰철폐령이 내려지기 전까지는 가장 활황의 시대를 맞고 있었다.

그런데 위진 시기부터 수당 시기까지의 불교와 도교의 상호 충돌, 경쟁적 관계는 기본적으로 한대(漢代) 이후 지배이데올로기화 되던 유교 / 유학이라는 테제와는 상대적 지점에 위치하고 있었다는 점을 상기해야 할 것이다. 양자는 유교 중심주의에 대항하기 위한 모종의 동맹관계였다고 보는 편이 이 시기 사상사, 학술사 이해를 위해 더 유익해 보인다. 이 점은 뒤에서 논의할 삼국시대 불교와 유교의 관계와도 궤를 같이 하고 있기 때문이다.

그러나 일단 여기서의 관심은 불교의 동점으로 인한 동아시아의 전래와 응용이다. 불교의 중화세계의 정착 과정은 위에서 살펴본 것처럼 장기간의 시간과 나름의 시련을 필요로 했지만, 주변국에의 영향은 보다 급속하고도 심대하였다. 일본과 베트남의 경우, 현재 남아 있는 자료에 의거해 봐도 이 시기 불교의 사회적 위치는 상당히 지배적이었음을 알 수 있다.[13] 우리의 경우도 사정은 마찬가지였다. 요컨대 불교의 동점에서 특징적 국면은, 그 가교 역할을 했던 중국보다도 '해동(海東)'을 비롯한 동아시아 주변국에서 그 위상

---

12 당대(唐代)의 승사(僧社)에 대해서는 郭紹林, 『唐代士大夫與佛敎』, 三秦出版社, 2006 참조.
13 일본의 경우 『日本靈異記』, 베트남의 경우 『嶺南摭怪列傳』 같은 자료를 통해서 그 대강을 짐작할 수 있다.

이 높았고 지배질서에 능동적으로 활용되었다는 점이다.

그 영향의 첨병에는 백제와 고구려가 있었다. 다만 아쉬운 건 이에 관한 정보가 단편적 사료나 고승들의 일화 등 극히 제한적이라는 점이다. 그럼에도 두 나라의 승려들은 진작부터 서학(西學)을 통한 동아시아 학술의 가교 역할을 했다. 가장 대표적으로 거론할 인물은 중국 삼론종(三論宗) 형성에 적잖은 영향을 미쳤던 고구려 승려 승랑(僧朗, 5세기 후반)이다. 그는 5세기 후반 중국 강남에 머물면서 나집(羅什) 이후 형성된 삼론종의 계보를 이었을 뿐만 아니라, 독자적 연구를 통해 삼론학(三論學)의 사상 전승과 그 완성에 기여한 인물로 평가받고 있다. 삼국이 불교를 받아들인 이후 가장 이른 시기에 사상과 학적 체계로서 삼론종이 중심이었다는 점을 감안하면,[14] 승랑은 단순히 삼국의 불교사뿐만 아니라, 동아시아 학술사에서도 뚜렷한 족적을 남긴 셈이다.

그런 한편 두 나라의 승려는 일본의 불교 정착에 적지 않은 가교 역할을 담당했다. 일본불교사에서 가장 중요한 자료인 고칸 시렌(虎關師鍊, 1278~1346)의 『원형석서(元亨釋書)』(1322)에는 12명의 고구려, 백제의 승려들이 입전되어 있다. 입전된 고승들은 주로 5~7세기에 일본으로 건너와 활약한 이들로 크게 두 가지 점이 두드러졌다. 하나는 기적이나 영험을 드러내 일본인들의 불교 감화력을 고양시켰다는 점이다.[15] 또 하나는 뛰어난 학술과 기예로 일본 사회에 큰 반향을 불러일으킨 점이다.

백제의 고승 관륵(觀勒)은 학술을 겸비하고 천문지리와 방술에까지 이해가 깊었던 모양이다. 그는 일본의 태자와 함께 중국 형산(衡山)에서 구법을 하다가 일본으로 들어가, 나중에는 이런 학적 능력을 바탕으로 일본 최초의 승정

---

14 이상의 삼론종(三論宗)과 승랑(僧朗)에 대한 연구는 고익진, 『한국고대불교사상사』, 동국대 출판부, 1989 참조.

15 「고려혜관(高麗慧灌)」(권1, 傳志一之一), 「백제국의각(百濟國義覺)」(권9, 感進四之一), 「백제도녕(百濟道寧)」(권9, 感進四之一), 「백제도장(百濟道藏)」(권9, 感進四之一) 등이 그렇다.

(僧正)이 되기에 이른다.[16] 이런 예로 고구려의 승려 담미(曇微)도 있었다. 그는 불학 외에 유가의 경전에도 밝았으며, 다른 기예도 남달랐다. 게다가 벽돌을 제조하고 그림에도 뛰어난, 그야말로 학예를 겸비한 학승이었다.[17] 이 책의 「백제도장(百濟道藏)」 말미의 찬(贊)은 이때의 정황을 이렇게 일러준다.

> 의각(義覺)・도녕(道寧)・도장(道藏) 세 스님은 모두 변방의 백제 사람이다. 이 나라에 불교가 전파되던 처음에 이역의 빼어난 이들이 건너와서 교화를 행하였으니, 전법(傳法)과 혜해(慧解)의 재주를 지닌 존재들이 아닌가. 대개 연력(延曆, 782~805) 이전의 스님들은 시대가 너무 멀어서 자취가 거의 남아 있지 않은데, 겨우 이런 감응한 일이 남아 있어 좀이 먹은 책이나 간신히 남은 자료에서 볼 수 있을 뿐이다. 애석하다, 이 정도에 그쳤으니![18]

여기 도각(義覺), 도녕(道寧), 도장(道藏)은 대개 7세기경에 일본에 체류한 백제승(百濟僧)들이다. 특히 도장(道藏)의 행적은 자국의 멸망 후로 잡혀 있다. 망국의 비운 앞에서 이국행을 감행한 것일 터인데, 결과적으로 일본의 불교 전파에 지대한 공헌을 한 셈이다. 그렇지만 이들의 사례는 일례에 불과한 것이다. 지금 자료가 일실되어 그 실상을 파악할 수 없을 정도라고 하니,

---

16 「백제관륵(百濟觀勒)」, 『원형석서(元亨釋書)』 권16 「역유구(力遊九)」. "釋觀勒, 百濟人, 推古十年十月貢來. 有學術, 獻曆本及天文地理方術之書. 太子耳聰曰: '吾在衡山, 勒爲弟子, 好星宿度數山河利害事. 我呵其涉藝術雜眞乘, 夙因不竭, 追我而來, 猶言星曆.' 三十二年四月, 有沙門殺祖父者, 朝廷初置僧正, 檢校僧尼, 勒當遴選爲僧正."
17 「고려담미(高麗曇微)」, 권16 「역유구」. "釋曇微(『日本書記』「徵」), 推古十八年三月, 高麗國貢來, 沙門法定共之. 微涉外學, 善五經, 又有伎藝, 造碾磑, 工彩畫."
18 「백제도장(百濟道藏)」, 권9 「감진사지일(感進四之一)」. "贊曰: '覺(義覺)・寧(道寧)・藏(道藏) 三師者, 皆藩濟人也. 此方東漸之始, 異域英行蹈化, 恐傳法慧解之才也. 大率延曆前諸師, 時遠而跡沒, 纔留感應而見盡簡殘編也. 惜乎! 止于此焉.'" 번역은 정천구, 『원형석서』 상・하, 씨・아이・알, 2010을 참조했으되, 조정을 했다.

이 5~7세기에 걸쳐 고구려와 백제의 승려들이 일본행을 감행하여 불교와 학술을 전파한 사례는 7세기 무렵의 동아시아 불교 전파와 그에 따른 학술교류의 패러다임을 가늠케 한다. 요컨대 이 시기 한반도의 고승들은 이역을 넘나들며 종교와 사상, 그리고 학술 방면에서 이미 중심과 주변의 경계를 무너뜨린 '동아시아인'이었다.

그렇지만 5~7세기 고구려와 백제 고승의 활동은 진작 동아시아 세계를 개척하여 다른 지역과 학적 교류를 진행한 주체들이었음에도 불구하고 이후 자국의 멸망과 함께 그 학적 네트워크도 끊어지는 운명이었다. 그리고 이 역할은 뒤늦게 동아시아의 일원으로 뛰어든 신라와 신라승에게 넘겨졌다.

3. 7세기 신라의 서학열(西學熱)과 원광(圓光)이란 상징

신라가 불교를 받아들이기 시작한 시점은 잘 알려져 있듯이 6세기 전반인 법흥왕대이다. 이 불교의 공인은 귀족사회와의 타협의 소산이었다. 이를 통해 신라는 서서히 대외에 국세를 떨치는 계기가 되었다. 또한 신라사회가 발돋움하는 데 기여했음은 주지의 사실이다. 무엇보다 중국과의 관계가 급속도로 밀접해지기 시작했다는 점에서 그렇다. 요시미즈 쓰네오[由水常雄]는 신라가 최소한 4~6세기까지는 로마문명과 절대적 관련성을 맺고 있어서 중국의 영향권에서 벗어난 독자적 사회였다고 단정한다.[19] 이 논의에 따르면, 로

---

19 요시미즈 쓰네오[由水常雄], 오근영 역, 『로마문화 왕국, 신라』, 씨앗을뿌리는사람, 2002.

마문명 교류의 통로였던 시베리아 지역에서 로마세력이 궤멸, 단절되면서 신라는 이후 본격적으로 중국과 국교를 맺기에 이르렀다는 것이다. 신라가 로마문명의 사회였다는 주장에 대해서는 이견이 있을 수 있겠지만, 이때까지 삼국 중에서 신라만이 중국과의 관계가 소원했음은 분명하다.

이런 정황은 중국 측 사료에도 드러난다. 6세기까지 신라가 중국에 사신을 파견한 예는 손가락으로 꼽을 정도로 드물었다.[20] 그러다가 대업(大業, 605~617) 이후 조공을 시작함으로써[21] 중화질서에 공식적으로 편입된다. 이런 양상은 당조(唐朝)에 들어서면서 급속도로 진전되어 주변 어느 나라보다 중화세계와 밀월관계를 조성하였다. 급기야 현종(玄宗)은 신라를 '군자지국(君子之國)'으로 격상시켜 각별한 외교를 한 바 있다.[22] 신라가 중국과 적극적 외교를 한 지 불과 100년 만에 주변국으로서 가장 우등한 위치를 차지한 셈이다. 물론 중국 측 사료에서는 이 중간과정에서 두 가지 점을 강조한다. 김춘추(金春秋)가 입조하여 장복제(章服制)를 요청, 중국의 복제를 따르게 되었다는 것[23]과 신문왕대에 당나라 학술과 문장을 전수해주었다는 것이 그것이다.[24] 그러면서 진덕여왕이 고종에게 헌정한 「태평가(太平歌)」를 두 나라 관

---

20 그 한 사례이다. 『통전(通典)』 권185 「변방일(邊防一)」, 「신라(新羅)」조. "符堅時, 其王樓寒遣使衛頭朝貢. 堅曰: '卿言海東之事與古不同, 何也?' 答曰: '亦猶中國, 時代變革, 名號改易, 今焉得同.'"

21 『수서(隋書)』 권81, 열전 46, 「동이(東夷)·신라(新羅)」조. "大業以來, 歲遣朝貢."

22 이 언급은 성덕왕(聖德王)이 죽자 신라에 조문단을 보내면서 나온 것이다. 그런데 『신당서』와 『구당서』의 이에 대한 기록은 약간의 온도차가 있다. "二十五年死, 帝尤悼之, 贈太子太保, 命邢璹以鴻臚少卿弔祭, 子承慶襲王, 詔璹曰: **新羅號君子國, 知詩書**. 以卿惇儒, 故持節往, **宜演經誼, 使知大國之盛**." 『신당서(新唐書)』 권220 「동이(東夷)·신라(新羅)」. "璹將進發, **上製詩序, 太子以下及百僚, 咸賦詩以送之. 上謂璹曰: 新羅號爲君子之國, 頗知書記, 有類中華. 以卿學術, 善與講論, 故選使充此. 到彼宜闡揚經典, 使知大國儒教之盛**." 『구당서(舊唐書)』 권199상 「동이·신라」. 현종이 신라를 군자국으로 부르게 된 이유는 '시서(詩書)' 또는 '서기(書記)'의 차원이 중화와 동일한 반열에 올랐다고 보았기 때문이다. (강조는 인용자)

23 『신당서』 권220 「동이·신라」. "明年, 遣子文王及弟伊贊子春秋來朝, 拜文王左武衛將軍, 春秋特進. 因請改章服, 從中國制, 內出珍服賜之. 又詣國學觀釋奠, 講論, 帝賜所製晉書. 辭歸, 勅三品以上郊餞."

24 『구당서』 권199상, 열전149상, 「동이·신라」. "垂拱二年(686), 政明(神文王-인용자 주)遣使來朝, 因上表請唐禮一部幷雜文章, 則天令所司寫吉凶要禮, 幷於文館詞林採其詞涉規誡者, 勒成

계의 상징처럼 거론한다.[25]

　　지금 언급한 당-신라의 관계는 주로 외교적, 제도적 차원이다. 거기에 학술 분야도 주요하게 거론된 것이다. 그런데 이런 양국의 관계 개선에 첨병 역할은 한 주체는 따로 있었다. 바로 신라승들로, 이들은 구법(求法)을 위해 중국행을 실현하였으니, 가히 서학(西學) 열풍이라 할 만하다. 물론 신라승의 중국행은 저 남조 양(梁)나라 때로 소급된다. 각덕(覺德)이 6세기 중엽에 중국에 가서 구법 활동을 하다가 불사리를 가지고 귀국한 예가 있기 때문이다. 그럼에도 신라에서의 서학 열풍은 6세기 후반에서 7세기에 본격화되었다.[26] 이 시기에 해당되는 고승만도 원광(圓光), 원측(圓測), 자장(慈藏), 의상(義湘) 등으로, 이들은 신라 불교계에서 핵심적으로 거론되는 인물들이다. 그런데 이들의 구법 행렬은 여기에 멈추지 않고 인도를 비롯한 서역과 일본에까지 이어졌다. 익히 알려져 있는 혜초(慧超, 704~780)의 『왕오천축국전』은 이런 열기의 작은 성과물에 불과하다.[27] 그러나 이들 구법승의 행적에 대한 자료는 극히 소략하여 그 실상을 밝히기가 어렵다. 고작 중국 ─『속고승전(續高僧傳)』·『송고승전(宋高僧傳)』·『대당서역구법고승전(大唐西域求法高僧傳)』

五十卷以賜之."

25　『구당서』권199상, 열전149상, 「동이·신라」. "永徽元年, 眞德大破百濟之衆, 遣其弟法敏以聞. 眞德乃織錦作五言太平頌以獻之, 其詞曰 (…중략…) 帝嘉之, 拜法敏爲太府卿."

26　이때부터 구법서학한 신라의 승려는 수백 명에 달한 것으로 보고 있다. 혜초, 정수일 역주, 『혜초의 왕오천축국전』, 학고재, 2008, 34면. 그리고 구체적 입당(入唐) 시기와 행적의 출처가 밝혀진 승려만도 90여 명에 달한다. 고병익, 「혜초의 왕오천축국전」, 『東亞交涉史의 硏究』, 서울대 출판부, 1970의 주49 참조.

27　정관(貞觀, 627~649) 중, 즉 현장(玄奘)이 인도에 머물고 있었던 바로 그 시기에 신라승 혜업(慧業)도 인도에 가서 구법하면서 『섭대승론(攝大乘論)』을 사기(寫記)하여, 당본(唐本)으로 남겼던 실례가 있거니와("慧業法師者, 新羅人也. 在貞觀年中往遊西域, 住菩提寺, 親禮聖蹤. 於那爛陀, 久而聽讀. 淨因撿唐本, **忽見梁論**(즉 『攝大乘論』)**下記云, '在佛齒木樹下新羅僧慧業寫記.'** 訪問寺僧, **云 : '終於此, 年將六十餘矣.'** 所寫梵本並**在那爛陀寺**."『대당서역구법고승전(大唐西域求法高僧傳)』상. 강조는 인용자), 이 시기 중국과 서역으로 구법을 떠났던 승려들은 다양한 자료를 남겼을 가능성이 크다.

— 이나 일본의 자료에서 그 편린을 찾을 수 있을 뿐이다.[28]

그나마 행적이 많이 밝혀진 고승들은 앞에서 거론한 원광 등 극히 소수이다. 여기서는 원광의 면모를 재확인해 보기로 한다. 왜냐하면 그의 행적은 이 시기 학술계의 판도를 응축하고 있다고 판단되기 때문이다. 먼저 『삼국유사』「원광서학(圓光西學)」의 앞부분에 전재된 『속고승전』의 내용과 마지막 평을 간추려 본다.

① 원광의 출신과 학문: 집안이 해동에서 대대로 살아 조상의 전통이 멀리 이어짐. 총명한 바탕으로 도교와 유교의 깊은 이치를 탐토하고 제자서와 역사서를 분석하여 문장이 삼한에서 으뜸이었음. 하지만 중화에는 부끄러운 바가 있어서 서학의 길에 오름.[29]

② 중국에 건너간 이후의 행적: 처음 청강을 했을 때, 본래 속세의 경전(즉 유가 경전—인용자 주)에 익숙하여 이론상으로는 자신이 오묘한 경지를 궁구했다고 간주했으나 막상 불법의 강설을 듣고는 지금까지의 학문이 썩은 검불[腐芥]이고 헛되이 성인의 교훈을 찾고 있었음을 깨달음. 이후 불교에 귀의하여 다양한 불교 이론을 두루 연토하고 실천에 몰두함. 그의 학문적 심도는 지극하여 이후 중국 남방은 물론 북방에서도 명성을 떨침.[30]

---

28 『해동고승전』과 『삼국유사』에서의 서학승에 대한 정보는 거의 전적으로 중국 측 자료에 의거하고 있음을 상기해 두자.

29 『삼국유사』권4 「의해(義解)」편 「원광서학(圓光西學)」. "唐續高僧傳第十三卷載. 新羅皇隆寺釋圓光, 俗姓朴氏, 本住三韓卞韓辰韓馬韓, 光卽辰韓人也. 家世海東, 祖習綿遠, 而神器恢廓, 愛染篇章, 校獵玄儒, 討譎子史, 文華騰鬵於韓服, 博瞻猶愧於中原, 遂割略親朋, 發憤溟渤. 年二十五, 乘舶造于金陵, 有陳之世, 號稱文國. 故得諸考先疑, 詢猷了義."

30 『삼국유사』권4 「의해」편 「원광서학」. "初聽莊嚴旻公弟子講, 素霑世典, 謂理窮神, 及聞釋宗, 反同腐芥, 虛尋名教, 實懼生涯. 乃上啓陳主, 請歸道法, 有勅許焉. 旣爰初落采, 卽稟具戒, 遊歷講肆, 具盡嘉謀, 領牒微言, 不謝光景. 故得成實·涅槃, 蘊括心府, 三藏釋論, 徧所披尋. 末又投吳之虎丘

③ 귀국 후의 행적 : 그가 귀국하자 국왕은 성인처럼 떠받쳤고, 온 신민이 기뻐함. 이후 임금에게 바치는 글이나 외국과 주고받는 국서(國書)들이 모두 그의 가슴 속에서 나왔으며, 온 나라가 정치하는 방법과 교화하는 도리를 그에게 자문하기에 이름. 요컨대 그는 당대 '제민(濟民)'의 마이다스의 손이었음.[31]

④ 「원광서학」의 끝머리 평(評) : 진(陳)나라 수(隋)나라 시대에 해동 사람으로 해외로 나가 불도를 묻는 이가 드물었음. 원광 이후로 서학(西學)하는 자가 이어졌으니, 이는 원광이 그 길을 개척했기 때문.[32]

주지하듯이 「원광서학」은 『속고승전』을 전재한 부분과 『수이전(殊異傳)』의 내용이 합쳐진 기록물이다. 그런데 『수이전』의 기록은 원광을 워낙 신비롭게 채색한 터라 신빙성이 떨어지는 반면, 『속고승전』의 기록은 실제 행적에 걸맞은 자료이다.[33] 제시한 ①은 도학(道學)과 유학(儒學)을 섭렵하고, 제자서와 역사서에도 두루 통달한 학적 역량과 문장으로 삼한에서 명성을 떨친 문인의

山, 念定相沿, 無忘覺觀, 息心之衆, 雲結林泉, 並以綜涉四含, 功流入定, 明善易擬, 筒直難虧, 深副夙心, 遂有終焉之慮. 於卽頓絶人事, 盤遊聖迹, 攝想靑霄, 緬謝終古. 時有信士, 宅居山下, 請光出講, 固辭不許, 苦事邀延, 遂從其志. 創通成論, 末講般若. 皆思解俊徹, 嘉問飛移, 兼綵以絢采, 織綜詞義, 聽者欣欣, 會其心府. 從此因循舊章, 開化成住. 每法輪一動, 輒傾注江湖, 雖是異域, 通傳而沐道, 頓除嫌郤. 故名望橫流, 播于嶺表, 披榛負橐而至者, 相接如鱗, 會隋后御宇, 威加南國, 歷窮其數, 軍入楊都, 遂被亂兵, 將加刑戮. 有大主將, 望見寺塔火燒, 走赴救之, 了無火狀, 但見光在塔前被縛將殺. 旣怪其異, 卽解而放之, 斯臨危達感如此也. 光學通吳越, 便欲觀化周秦, 開皇九年, 來遊帝宇. 値佛法初會, 攝論肇興, 奉佩文言, 振績微績, 又馳慧解, 宣譽京皐. 勣業旣成, 道東須繼."
31 『삼국유사』 권4 「의해」편 「원광서학」. "本國遠聞, 上啓頻請, 有勅厚加勞問放歸桑梓. 光往還累紀, 老幼相欣, 新羅王金氏面申虔敬, 仰若聖人. 光性在虛閑, 情多氾愛, 言常含笑, 慍結不形, 而牋表啓書, 往還國命, 並出自胸襟. 一隅傾奉, 皆委以治方, 詢之道化, 事異錦衣, 情同觀國. 乘機敷訓, 垂範于今. 年齒旣高, 乘輿入內, 衣服藥食, 並王手自營, 不許佐助, 用希專福, 其感敬爲此類也. 將終之前, 王親執慰, 囑累遺法, 兼濟民斯爲說, 徵祥被于海曲."
32 『삼국유사』 권4 「의해」편 「원광서학」. "陳隋之世, 海東人鮮有航海問道者, 設有, 猶未大振. 及光之後, 繼踵西學者憧憧焉, 光乃啓塗矣."
33 하지만 이것도 어디까지나 중국 측, 즉 외부의 시선이라는 점, 그리고 불교계의 입장이 강하게 반영된 것이라는 점에서 일정 정도 고려하여 봐야 할 것이다.

면모를 서술한 것이다. 그런데 삼한을 호령하는 학자지만 중화세계에는 부끄러운 바가 있어서 유학길에 올랐다는 것이다. 여기까지는 분명 그는 불자가 아닌 학자의 면모였다.

그리고 ②는 중국에 건너간 이후의 행적이다. 여기 뉘앙스로는 서학은 이미 유학으로 자신감이 충만했던 원광을 여지없이 무너뜨리는 과정으로 이해된다. 불학을 접하고부터는 속세의 경전, 즉 유학은 썩은 검불에 지나지 않는다는 것을 깨닫고 불교로 방향을 틀기에 이른 것이다. 이후 불경 등 일체의 불론(佛論)을 깊이 사유하여 중국 남방은 물론 장안에까지 그의 명성이 퍼진 경위가 드러나 있다. 말하자면, 해동인으로서 대륙에서 자신의 문명(文名)과 불도(佛道)를 동시에 획득한 인물이 된 것이다. ③은 중국을 통해서 명성이 확고해진 원광이 귀국 후 환대를 받으며 외교문서 등 제반 국서는 물론, 정치와 교화에 절대적 영향력을 행사하는 상황이다. 국왕을 비롯한 모든 신민이 우러러 보는 위정자로서의 면모가 드러난 부분이다. 그리고 마지막 ④는 신라사회에 서학의 길을 연 주체로 원광을 지목하고 있다. 요컨대 구도(求道)와 서학은 당시 판도에서 불가피한 과정이었던바, 원광이 그 선편을 잡았다는 것이다.

원광의 이러한 궤적은 애초 유학과 도가의 학술을 겸비한 주체가 서학을 통해서 불학을 흡수한 후, 중국에서 인정을 받아 동아시아의 주체로서 거듭나는 모습 그대로다. 더구나 귀국 후 자국의 정치와 문화를 일신하였으니, 이야말로 중국 입장에서 볼 때 문명권의 중심으로서 위선이 설 일이 아닌가. 당대의 중국은 외래사상이면서 학술체계였던 불교를 자기화하면서 문화와 학술의 제국으로 군림할 수 있었기 때문이었다. 어쨌든 원광의 이런 궤적은 향후 신라의 지식인들에게 선망이 되는 일종의 학문적 코스워크가 되었다는 점에서 의미심장하다.

그런데 우리가 여기서 주목할 점이 따로 있다. 원광이 고승으로서 불학에 두드러진 면모를 보였을 뿐만 아니라 유교와 도교에도 능통한 '새로운 지식인상'을 창출했기 때문이다. 「원광서학」에는 「걸병표(乞兵表)」를 지어 신라를 구원한 일화도 소개하고 있는바, 법사(法師)이되 유술(儒術)을 겸비한 이상적 인간형으로 제시되어 있다.[34] 주지하듯이 그는 세속오계를 남겼던바, 유불혼합의 윤리관을 당대 현실에 맞게 절충한 인물이기도 하다.[35] 이런 점에서 확실히 원광은 신라사회, 나아가 삼국시대 학술사의 전환점을 마련한 존재로 상정된다.

그렇다고 원광의 이런 면모는 결코 개인적인 특별한 사례로만 치부할 수 없겠다. 분명 그는 앞에서 언급한 고구려, 백제의 고승들의 경험의 연속선상에 있었으며, 따라서 동아시아의 불교적 재편과 그에 따른 학술계의 변화라는 판도에서 이해될 성질의 것이다. 말하자면 불교라는 사유체계의 형성과 그것의 각 지역별 재편이라는 흐름에 그 기저를 두고 있는 셈이다. 이와 관련하여 「원광서학」에서 『수이전』을 전재한 부분은 다시금 주목된다. 여기 내용은 원광이 서학을 하게 된 계기를 기이한 일화로 채색한 것인데, 여기에는 당시 무속(巫俗)과 갈등이 전제되어 있었다.

당초 중이 되어 불법을 공부하던 중 30세에 조용히 수도할 생각으로 홀로 삼기산(三岐山)에 들어가 거처하고 있었다. 그 뒤 4년이 되어 한 비구가 역시 그 산으로 들어가 원광법사의 거처에서 멀지 않은 곳에다 따로 난야를 짓고 지낸 지 2년이었다. 그는 사람됨이 강맹하고 주술을 잘 하였다. 어느 날 밤, 법사는 홀로 앉아

---

34 『삼국유사』권4 「의해」편 「원광서학」. "此時高麗・百濟, 常侵邊鄙, 王甚患之, 欲請兵於隋(宜作唐), 請法師作乞兵表. 皇帝見以三十萬兵, 親征高麗. 自此知法師旁通儒術也."
35 김철준, 『한국고대사회연구』, 지식산업사, 1977, 208면.

송경을 하고 있었다. 그런데 홀연 신령의 소리[神聲]가 있어 법사의 이름을 불렀다. (…중략…) 이튿날 법사는 그 비구에게로 가서 알렸다. "내가 지난밤에 신령의 말을 들었는데, 비구는 거처를 다른 곳으로 옮기는 게 좋겠소. 그렇지 않으면 재앙이 있을 것이오." "수행이 지극한 이도 마귀에 홀리는군. 법사는 여우귀신의 말을 무얼 그리 걱정하오?" (…중략…) 신령은 작별하고 갔다. 밤중에 우레 같은 소리가 들려왔고, 이튿날 가보았더니 산이 무너져 내려 그 비구가 거처하고 있던 난야를 묻어버렸다.[36]

원광법사와 비구 사이에 신성(神聲)이 개입된, 좀 난데없고 황당한 갈등 국면이다. 승려로서 수도하는 원광과 주술, 즉 굿을 하는 비구가 함께 있는 처지다. 참선을 방해하는 이 비구를 처음에는 조용히 몰아내려 했으나, 말을 듣지 않자 결국 거처와 함께 몰살시키고 만다. 그런데 이 무속을 처단한 주체는 원광이 아니라 신령이었다. 이는 당시 신라사회가 아직은 무속적 의례와 사유가 강고하게 자리하고 있었다는 상징으로도 읽힌다.[37] 신성(神聖)을 빌려서 무속을 처단하는 이 일화는 실제적이라기보다는 불교계의 소원이나 욕

---

36 『삼국유사』 권4 「의해」편 「원광서학」. "初爲僧學佛法, 年三十歲, 思靜居修道, 獨居三岐山. 後四年有一比丘來, 所居不遠, 別作蘭若, 居二年. 爲人强猛, 好修呪術. 法師夜獨坐誦經, 忽有神聲呼其名 (…중략…). 明日, 法師往而告曰: '吾於昨夜有聽神言, 比丘可移別處, 不然應有餘殃.' 比丘對曰: '至行者爲魔所眩, 法師何憂狐鬼之言乎?' (…중략…) 遂辭而去, 夜中有聲如雷震, 明日視之, 山頹塡比丘所在蘭若.'

37 한편, 이기백은 이 일화를 가지고 원광이 전통적 무격신앙과 결별하는 것으로 보았다. 「원광과 그의 사상」, 『신라사상사연구』, 일조각, 1986, 99면. 그러면서도 중국에서 귀국 후 점찰법회(占察法會)를 실시한 점 등은 원광이 무격신앙적 세계를 완전히 극복하지 못한 모습을 보여준다고도 하였다.(같은 글, 100면) 또 한편, 이 시기에 산생된 향가의 면모에서도 이런 경향은 읽혀진다. 7세기 향가 작품으로는 「혜성가」, 「서동요」, 「풍요」, 「원왕생가」, 「모죽지랑가」 등이 있다. 이 중 「혜성가」와 「서동요」 등은 세속적, 또는 주술적 맥락이라면, 「풍요」, 「원왕생가」, 「모죽지랑가」는 불가적 치유의 맥락이 자리하고 있다. 이처럼 이 시기 향가에 주술성과 불교적 영험성이 공존하고 있다는 점은 7세기 신라사회의 무속과 불가의 상호 관련성, 또는 이행기적 면모를 새삼 확인케 한다. 향가의 이런 관점에 대해서는 김상현, 「향가와 게송(偈頌)과 불교사상」, 『신라의 사상과 문화』, 일지사, 1999 참조.

망으로 이해되는 것이다. 심지어 이 신성은 비구퇴치에 머물지 않고 원광의
서학을 실행시킨 주체이기도 했다. 신령의 서학 권유는 해동의 혼미한 무리
들을 인도해야 한다는 취지가 담겨 있었다.[38] 여기서 서학은 신라사회가 무
속적 기저에서 벗어나 합리적 세계로 나아가는 데 불가피한 요소로 이해되
는바, 이것이 원광이라는 존재를 통해서 표상된 셈이다.

일찍이 최치원(崔致遠)은 불교의 동점과 그 영향을 무속적 제의사회의 혼
돈을 깨뜨리고 개명의 세계로 나간 것으로 그 의미를 규명한 바 있다.[39] 이것
은 한반도에서 일어난 본격적 학술사의 첫 도정으로도 볼 수 있는바, 그 구체
적 전환의 착잡한 현실이 원광의 사적을 통해서 가시화되는 것이다.

그런데 원광을 통해서 또 한 가지 짚고 넘어가야 할 사안이 있다. 이 시기
학술계를 담당했던 출신 내지 계층의 문제와 관련해서다. 원광은 바로 육두
품이었다. 원광이 후대 원효(元曉)와 설총(薛聰)처럼 설씨(薛氏)였다는 점이 이
를 뒷받침한다.[40] 신라의 육두품 출신 지식인들의 출현은 이제부터 드러나
기 시작하거니와 향후 학술사는 이 육두품 지식인들의 행로와 궤를 같이하
였다. 따라서 원광의 서학은 실은 구도라는 명분상의 이유 말고도 그의 출신
성분에 기인한 면이 강하다. 요컨대 엄격한 골품제도의 한계, 또는 불만으로
새로운 길을 찾은 게 바로 서학이었다.[41]

---

38 『삼국유사』 권4 「의해」편 「원광서학」. "神曰: '今思法師唯居此處, 雖有自利之行, 而無利他之
功, 現在不揚高名, 未來不取勝果. 盍採佛法於中國, 導群迷於東海?' 對曰: '學道中國, 是本所願,
海陸逈阻, 不能自通而已.' 神詳誘歸中國所行之計, 法師依其言歸中國."

39 최치원, 『사산비명(四山碑銘)』 「희양산봉암사지증대사적조탑비(曦陽山鳳巖寺智證大師寂照
塔碑)」. "昔當東表鼎峙之秋, 有百濟蘇塗之儀, 若甘泉金人之祀. 厥後西晉曇始, 始之貊, 如攝騰東
入, 句驪阿度, 度于我, 如康會南行. 時迺梁菩薩帝, 反同泰一春, 我法興王, 剗律條八載也. 亦旣海
岸植與樂之根, 日鄉耀增長之寶. 天融善願, 地聳勝因, 爰有中貴捐軀, 上仙剔髮, 苾蒭西學, 羅漢東
遊. 因爾混沌能開, 姿婆遍化, 莫不選山川勝槩, 窮土木奇功. 宴坐之宮, 燭修行之路, 信心泉涌, 慧
力風揚."

40 이에 대해서는 이기백, 앞의 책 참조.

41 이런 정황은 거의 같은 시기의 인물인 설계두(薛罽頭, ?~645)의 사례에서도 거듭 확인할 수

원광의 다음 세대라고 할 수 있는 원측(圓測, 613~696)은 잘 알려져 있듯이 한어(漢語)와 범어(梵語)에 두루 능통하여 현장(玄奘) 문하에서 불경 번역에 종사, 중국불경사에 그 이름을 남긴 바 있다. 또한 신라에 유식학(唯識學)을 중식시킨 장본인이다.[42] 같은 시기의 자장(慈藏)은 휘하의 승려 10여 명을 대동하고 서학의 장도에 올랐다가 귀국해서는 대국통(大國統)으로서 사찰의 제도를 정비했을 뿐만 아니라, 중화의 복제(服制)를 신라에 적용시킨[43] 또 다른 역할을 수행했다.

이들 구법승들은 중국뿐만 아니라 인도를 비롯한 서역 및 일본에까지 진출하여 견문의 폭을 넓혔다. 이를 통해 당시 동아시아의 각국의 판도나 위상을 넘어선 동등한 동아시아적 교류망을 확충하는 주체들로 거듭났다. 이것을 일단 민간 차원의 외교라고 할 수 있을 성 싶다. 그렇다면 고승들의 서학은 정부 차원의 외교 방면 못지않게 중국-신라의 관계 개선에 일익을 담당한 셈이다.

이처럼 고승들의 서학 열기는 주로 6세기 후반에서 7세기에 걸쳐 집중되었다. 중국에서는 수당교체기와 맞물려 있고, 한반도에서는 신라가 삼국을 통일하는 시점에 다가가고 있었다. 실상 이런 전반적 변화의 움직임은 신라 내부의 체제정비와 맞물려 있었지만, 한편으로는 신라가 중화질서에 본격적

있다. 『삼국사기』 권47 「설계두전(薛罽頭傳)」. "嘗與親友四人, 同會燕飮, 各言其志, 罽頭曰 : '新羅用人, 論骨品, 苟非其族, 雖有鴻才傑功, 不能踰越. 我願西遊中華國, 奮不世之略, 立非常之功, 自致榮路, 備簪紳劍佩, 出入天子之側, 足矣.' 武德四年辛巳(621), 潛隨海舶入唐."

42 그의 유식학은 구유식(舊唯識), 즉 섭론학(攝論學)에서 신유식(新唯識)으로 전환하는 중국 유식학사(唯識學史)에서도 뚜렷한 자취를 남긴 바 있다. 그의 사리탑명인 「대주서명고대덕원측법사사리탑명(大周西明故大德圓測法師舍利塔銘)」(『현장삼장사자전총서(玄奘三藏師資傳叢書)』 권하)에서 "圓測은 玄奘을 도와 無窮한 敎가 크게 일어나게 하였다"고 하여 현장(玄奘)의 신유식 사상 현양에 절대적 공헌이 있었음을 시사한다. 고익진, 앞의 책, 3장 참조.

43 『속고승전(續高僧傳)』 권24 「당신라국대승통 석자장(唐新羅國大僧統 釋慈藏)」. "又以習俗服章中, 華夷有革, 藏惟歸崇正朔, 義豈貳心? 以事商量, 擧國咸遂, 通改邊服, 一準唐儀, 所以每年朝集位在上蕃, 任官遊踐, 並同華夏. 據事以量, 通古難例."

으로 흡수되는 상황을 초래하기도 하였다. 그러나 이것은 당대 동아시아의 일종의 질서였다. 바로 여기에 서학한 고승들의 행적과 학술적 성과는 집약되어 있다.

4. 학적체계[44]로서의 불학(佛學)과 유학(儒學)

원광이 이런 족적을 남기고 있을 때 신라 내부의 유학계도 적잖은 움직임이 있었다. 그 구체적 존재가 강수(强首, ?~692)와 김인문(金仁問, 629~694)이다. 강수는 유학은 물론 문학에도 출중하여 당시 외교 문서를 전담, 당나라와의 관계 개선에 일익을 담당했다.[45] 그래서 문무왕은 삼국 통일의 대업을 이루는데, 강수의 문공(文功)이 무공(武功) 못지않았다고 치켜세운 바 있다.[46] 강수는 분명 이 시기 명실상부한 신라를 대표하는 학자였다. 앞에서 거론한 왕충의 논의를 따르면, 그는 유자로서 여러 책을 박람한 통인(通人)이며, 문인(文人)인 동시에 조서를 작성할 수 있는 홍유(鴻儒)의 면모까지 갖춘 존재였다.

---

44 여기서 '학적체계'라고 표현한 것은 약간의 제약이 따른다. 이 시기 불교계와 유교계의 학술적 체계를 논의하기에는 자료상, 역량상 한계가 있기 때문이다. 또한 양자의 사회적 기능과 효용에서도 불분명한 경우가 많아 보인다. 다만 이 시기 불학과 유학이 정치적, 사상적으로 균형감 있는 행보를 이어간다는 점에서 이를 학술사적 관점에서 조망해 보기 위해 불가피하게 전제해 봤다.
45 『삼국사기』권46 열전 제6「강수(强首)」. "及太宗大王卽位, 唐使者至傳詔書, 其中有難讀處, 王召問之, 在王前一見說釋無疑滯. 王驚喜, 恨相見之晚, 問其姓名. (…중략…) 使製廻謝唐皇帝詔書表, 文工而意盡, 王益奇之, 不稱名, 言任生而已."
46 『삼국사기』권46 열전 제6「강수」. "文武王曰: '强首文章自任, 能以書翰致意於中國及麗濟二邦, 故能結好成功, 我先王請兵於唐, 以平麗濟者, 雖曰武功, 亦由文章之助焉, 則强首之功豈可忽也?'"

하지만 같은 시기의 김인문(金仁問)도 그 못잖은 학자였다. 특히 그는 태종 시기에 당나라에 숙위(宿衛)를 하였으며, 당의 군사 지원을 이끌어 내는 데 혁혁한 공을 세웠다. 그래서 당나라 고종으로부터 '문무영재(文武英材)'라는 칭송을 듣기도 했다. 강수와 김인문, 이들은 이처럼 신라의 대표적 학자였던 동시에 자신들의 문재(文才)로 삼국통일에 기여하였다. 지금 김인문의 예에서 보듯이 유학계에서도 소수이기는 하지만 당나라 황실에서 숙위한 유학생이 등장하고 있다. 바야흐로 유학계의 서학 바람이 불고 있었다. 삼국이 개편되는 대전환의 즈음에 신라사회에서는 불학과 유학이라는 두 학적 체계가 병존하며 겹쳐지고 있었던 것이다.

여기서 7세기 무렵의 신라사회에서 유학과 불학은 어떤 관계였던가 하는 점이 새삼 궁금해진다. 앞에서 원광 등이 이미 유술(儒術)을 바탕에 두고 서학을 통해서 불학을 확충했던 사정까지 고려해 볼 때, 이 궁금증은 증폭된다. 그럼에도 지금까지 드러난 상으로는 유학은 주로 대외 관계, 특히 당제국과의 관계개선과 그에 따른 국익 차원에서 그 효용성이 극대화되었던 것으로 보인다. 불학 역시 대외적으로 중국뿐만 아니라 동아시아에서 동아시아인으로 활동하기에 용이한 역할을 했으며, 이른바 대중교화라는 또 다른 사회 내적 분야에도 복무했음이 분명하다. 그 성격과 이를 받아들이는 학자들의 대응은 상당히 달랐음에도 불구하고 이 시기 유학과 불학은 경쟁적이면서도 상호 보완적인 관계로 이해되는 지점이다.

이 점과 관련하여 다시 강수와 김인문의 학문 성향은 주목을 끈다.

장성해서는 스스로 글을 읽을 줄 알아 의리에 통달하였다. 부친이 그의 뜻을 살피고자 하여 물었다. "너는 불도를 배우겠느냐? 유학을 할 참이냐?" "소자가 듣기로 불교는 세외(世外)의 가르침이라고 합니다. 어리석은 사람들이 어찌 불도를 배워야 하겠습니까? 바라건대 유자의 도를 배우고자 하나이다.""그럼 네가 추구하는 바를 따르거라!" 이리하여 마침내 스승을 찾아가서『효경』·『곡례(曲禮)』·『이아(爾雅)』·『문선(文選)』을 사사하였다. 들은 바는 비록 천근한 것이었으나 얻은 바는 더욱 고원해져 우뚝 한 시대의 인걸이 되었다.[47]

어려서 학문을 하여 유가의 서책을 많이 읽었으며, 노장과 불가의 설까지 섭렵하였다. 또 예서(隷書)와 사어(射御) 및 향악(鄕樂)에까지 능통하였다. 행예(行藝)가 순숙(純熟)하고 식량(識量)이 광대하여 당시 사람들이 추앙하였다.[48]

강수는 불학을 하겠느냐 유학을 하겠느냐는 부친의 질문에 불학이 세외지교(世外之敎)라 하면서 유자(儒者)의 길을 가겠다고 선언한다. 그리하여 사사한 텍스트가『효경』,『곡례』,『이아』,『문선』이란다. 이 텍스트들은 뒤에서 논의할 국학(國學)이나 독서삼품과(讀書三品科)에서 필수과목들이었다. 아무튼 강수는 줄곧 유학과 유문(儒文)만을 읽혔다. 이에 비해 김인문은 유가서뿐만 아니라 노장과 불도의 설을 섭렵한 케이스다. 물론 그는 기타 기능적 학예에도 남다른 역량을 발휘했던 것으로 보인다. 그럼에도 이들의 공적 영역에서의 역할은 대동소이했다.

어쨌든 7세기 신라 지식인은 그들의 출신 성분에 따라, 또는 입장의 차이에 따라 불교와 유교를 선택하는 상황에 이르렀으며, 그에 따른 학문적 성과 또한 갈리는 형국이었다. 이 중 유교(또는 유학)는 주로 진골 외의 육두품 출신

---

47 『삼국사기』권46 열전 제6「강수」. "及壯自知讀書, 通曉義理. 父欲觀其志, 問曰: '爾學佛乎, 儒學乎?' 對曰: '愚聞之佛世外教也, 愚人間人, 安用學佛爲? 願學儒者之道.' 父曰: '從爾所好.' 遂就師讀孝經·曲禮·爾雅·文選, 所聞雖淺近, 而所得愈高遠, 魁然爲一時之傑."
48 『삼국사기』권44 열전 제4「김인문(金仁問)」. "幼而就學, 多讀儒家之書, 兼涉老莊浮屠之說. 又善隷書射御鄕樂, 行藝純熟, 識量宏弘, 時人推許."

들의 입신의 한 문(門)으로 이용된 경향이 강했다.[49] 이런 맥락은 당대(唐代)에 들어와 사계층이 자신들의 입신을 위해 한대(漢代)의 유교 전통을 이어받아 텍스트를 지배한 궤적과 일맥상통하고 있다.

그런데 여기서 또 새롭게 상정하거나 앞의 논의를 유보해야 할 경향이 있는 것 같다. 이 시기 서학을 하지 않고 국내에서 학적 토대를 갖춘 고승과 유자들이 적지 않기 때문이다. 일례로 유가대현(瑜珈大賢)은 국내에서 법상종의 종지를 꿰뚫어 중국 학사들까지 그를 인정하는 견식자의 반열에 올라 있었다.[50] 원효(元曉, 617~686)와 그의 아들 설총(7세기 중반~8세기 전반)은 그 진면목을 보여준다. 원효가 서학행을 포기하고 민중교화로 족적을 남긴 사례는 『삼국유사』의 「원효불기(元曉不羈)」에 잘 드러나 있다. 이 점은 동시기 원광·자장 같은 이른바 서학파(西學派)가 당대 귀족과 연결되어 국가 기관과 밀접한 관계 속에서 불교진흥을 이끈 지점과는 크게 변별된다. 또한 불가 학설로도 『금강삼매론(金剛三昧論)』 등을 남겨, 서학하지 않은 고승으로 『송고승전(宋高僧傳)』에 입전되는가 하면, 일본에까지 추숭자를 남겼다.[51] 특히 그의 저술 활동과 그 역량은 당시 동아시아 고승으로는 타의 추종을 불허한다. 이 같은 원효의 행보와 학술적 역량은 그의 기이한 행동만큼 독자적인 것이었다.

그리고 육두품 문인들의 종조라고 할 수는 설총은 경사(經史)에 박통한 데

---

49 앞에서 언급했듯이 불교계 승려들 중에도 육두품 출신이 없지는 않았다. 그러나 상대적으로 불교계는 국왕 및 진골계급과 긴밀한 관계를 유지했으며, 진골 출신의 고승들도 많았다.

50 『삼국유사』 권4 「현유가 해화엄(賢瑜珈 海華嚴)」, "瑜珈祖大德大賢住南山茸長寺, 寺有慈氏石丈六, 賢常旋繞, 像亦隨賢轉面. 賢惠辯精敏, 決擇了然. 大抵相宗銓量, 旨理幽深, 難爲剖析. **中國名士白居易嘗窮之未能, 乃曰: '唯識幽難破, 因明擘不開.' 是以, 學者難承稟者尙矣**. 賢獨刊定邪謬, 暫開幽奧, 恢恢游刃, **東國後進咸遵其訓, 中華學士往往得此爲眼目**."(강조는 인용자)

51 『삼국사기』 권46, 열전 제6 「설총(薛聰)」, "世傳, 日本國眞人贈新羅使薛判官(薛仲業一인용자 주)詩序云, '嘗覽元曉居士所著金剛三昧論, 深恨不見其人, 聞新羅國使薛, 卽是居士之抱孫, 雖不見其祖, 而喜遇其孫, 乃作詩贈之.' 其詩至今存焉, 但不知其子孫名字耳."

그치지 않았다. 육경을 우리말로 풀어 후학을 가르쳤는가 하면, 화이(華夷)의 물명(物名)을 우리말로 옮기기도 했다.[52] 흔히 우리식 서기(書記)체계로서 이두(吏讀)를 창안한 것으로 알려졌듯이, 그는 한자·한문의 신라화를 통한 '유학의 신라화'를 개척한 유학자였다. 이렇게 원효와 설총 부자는 분야는 다르지만 그 행보가 닮아 있다. 그리고 이들의 착점은 이후 육두품 문인들의 향방과도 연결될 공산이 크다.[53]

아무튼 원효와 설총 부자는 당시 국내파 지식인이었다. 그런데 설총의 아들인 설중업(薛仲業)은 대당유학파로 비정된다. 앞에서 원효에 대한 일본에서의 추숭 열기는 그의 손자이자 판관(判官)으로 일본에 사신으로 갔던 설중업이 목도한 것이었다. 그는 779년 일본에 사행으로 가서 당대 한문학의 대가였던 담해삼선(淡海三船, 722~785)을 만나 교유를 했던 경험도 있었다.[54] 그는 설총의 대를 이어 당대 신라 문한의 중심에 있었다.

---

52 『삼국유사』 권4 「원효불기(元曉不羈)」. "聰生而睿敏, 博通經史, 新羅十賢中一也. 以方音通會華夷方俗物名, 訓解六經文學, 至今海東業明經者, 傳受不絶."

53 여기서 본격적으로 다룰 사안은 못 되지만, 이 시기 불학과 유학의 만남과 맞섬, 또는 통합의 차원에서 흥미롭게 간취되는 분야가 어문학계다. 바로 이두(吏讀) 표기와 향가(鄕歌)의 출현이다. 이두 표기와 향가가 7세기를 전후로 해서 본격적으로 등장하고 있기 때문이다. 기실, 이두식 표기가 설총에 의해 정착되었다고 하지만, 한자가 전래된 이래 우리식 표기가 어떤 식으로든 존재했을 터이다. 융천사(融天師)의 「혜성가」 같은 초기 향가들도 종래 신라인들의 노래를 가지고 불가 사유를 접목시켜 재탄생시킨 결과물이었다. 유학자 설총 등에 의한 향찰 표기 정립과 승려들의 향찰식 표기의 향가는 요컨대 외래의 표기체계와 사상체계를 '자기화'하는 과정으로 이해된다. 말하자면 이 어문학 분야의 결과물은 이 시기 유학자와 불학자, 육두품 지식인 들 사이의 변증법적 소통의 차원에서 이해될 필요가 있다. 그러나 이 흥미롭고 문제적인 지점은 더 많은 천착을 통해서 논의되어야 할 사안이다. 여기서는 일단 이런 전제만 제기해 둔다. 이들 문제와 관련하여 일정한 환기가 되는 연구 성과는 다음과 같다. 한자의 도입과 언어의 문제에 대해서는 황위주, 「한문자의 수용 시기와 초기 정착과정 연구 1」, 『한문교육연구』 10집, 한국한문교육학회, 1996; 황위주, 「한문의 초기 정착과정 연구 3」, 『동방한문학』 24집, 동방한문학회, 2003; 장원철, 「삼국·남북국 시대의 언어생활과 문학활동」, 『대동한문학』 20집, 대동한문학회, 2004 등이, 향가에 대해서는 김상현, 앞의 글; 서철원, 「향가와 신라문화사」, 고가연구회 편, 『향가의 깊이와 아름다움』, 보고사, 2009 등이 참조된다.

54 이에 대해서는 이기동, 「설중업(薛仲業)과 담해삼선(淡海三船)의 교환(交歡)—통일기(統一期) 신라와 일본과의 문화적 교섭의 한 단면」, 『신라사회사연구』, 일조각, 1997 참조.

원효-설총-설중업, 이 삼대에 걸친 학술적 궤적은 7~8세기 신라지식계를 압축했을 만큼 여러 가지 면에서 흥미롭다. 우선 고승과 유학자가 겹쳐지고, 유학자 가운데서도 국내파와 유학파가 나누어지기 때문이다. 또한 향후 불교와 유교의 대사회적 역할과 그 양상을 가늠하기에도 용이하다. 무엇보다 육두품 지식인의 분기 현상을 목도할 수 있다.

그렇다면 이 시기 불교계와 유교계는 어떤 체계를 통해서 사회적 기능을 수행하고 있었던가. 우선 불교계를 본다면, 아무래도 당시 중심인물이었던 원효와 의상(義湘, 625~702)에게서 찾아야 할 듯싶다. 이들의 불교사유체계는 화엄학이었다. 주지하듯이 7세기 후반 원효와 의상은 서학을 시도했는데, 공교롭게도 원효는 중도에 포기하고 의상만 이를 실현할 수 있었다. 그리고 공히 신라사회에 화엄종을 체계화하여 이식하였다. 이때는 당나라 불교계도 변화가 일어 종래의 중관(中觀)과 유식(唯識) 중심의 법상종에서 화엄종으로 그 중심이 옮아가고 있었다. 일심(一心), 즉 마음의 구조에 대한 해석상의 차이에서 분기된[55] 화엄학은 성(聖)과 속(俗)을 융통하고, 인간의 실천행을 중시함으로써 이른바 불교의 대중화에 적합한 사유체계였다. 의상은 중국 화엄교학의 창시자로 일컬어지는 지엄(智儼)에게서 직접 화엄 교리를 전수받고 귀국하여 관련 사찰을 창건하는 등 신라사회에 본격적 화엄사상을 유포했다.[56]

그러나 의상이 화엄사상을 유포시킨 데 공헌했다면, 원효는 종래의 정토신앙을 접목한 새로운 실천윤리이자 학적체계로서 화엄사상을 정립했다는 점에서 동아시아 불교사에서의 뚜렷한 위치를 점한다. 그의 교학의 특징을 거론할 때 항상 실천성과 대중화를 든다. 이는 모든 인간이 평등하다는 기본

---

55 종래 유식적 사유는 인간의 마음을 '유(有)'의 입장에서 바라보고, 화엄사유는 '있어야 할 모습', 또는 '그리 되어야 할 마음'이라는 이상적 견지에 입각한 '공(空)'의 입장에서 바라본다. 카마타 시게오[鎌田茂雄], 한형조 역, 『화엄의 사상』, 고려원, 1987, 69~76면.

56 그의 화엄사상의 체계는 『화엄일승법계도(華嚴一乘法界圖)』에 잘 드러나 있다.

원칙에서 출발한 이른바 화쟁사상(和諍思想)으로, 상층과 하층을 연결하고 나아가 만물 교화의 기저를 이룩했다는 점에서 그렇다.[57] 요컨대 일심(一心)을 닦아 현세의 중생들이 일체의 미혹에서 벗어날 수 있다는 믿음을 당대인에게 심어줌으로써 실천적 교화에 부응했던 것이다.[58]

이렇게 원효와 의상의 주도 아래 체계화된 화엄학, 또는 화엄사상은 한동안 신라사회를 이끈 추동력이었다. 통일전쟁 기간 중에는 화쟁사상으로 국가적 응집력을 결집하는 데 이바지했으며, 직접 민중 속으로 뛰어들어 화엄과 정토신앙을 전도했기 때문이다. 나아가 원효의 이 사상과 사유체계는 이후 신라왕조가 전제정권을 이룩하는 데 직간접적으로 선용(善用)되었던 것으로 보인다.[59] 이처럼 신라의 정치와 불교의 관련성과 그 이미지는 강렬하거니와, 원효와 의상에 의해 체계화된 화엄의 사상과 실천행은 신라 하대의 정치적 혼란과 선종(禪宗)이 홍기하기까지 하나의 정신사로 자리하고 있었다.

다음은 유학계이다. 본격적 논의에 앞서 이 시기까지의 유학의 전래 양상과 신라의 유교진흥 과정에 대해 소묘해 둔다. 『한서(漢書)』에는 유교의 범위와 성격을 언급한 다음의 예가 나온다.

유가 유파는 대개 사도(司徒)라는 관리에서 나온 것으로, 인군을 돕고 음양의 이치를 따라 교화를 밝히는 자들이다. 육경(六經)의 안에서 문장을 다루고, 인의(仁義)의 문제에 마음을 쓰며, 요순(堯舜) 임금을 조술하고 문무(文武) 임금을 모

---

57 원효의 화엄사상에 대해서는 고익진, 「원효의 화엄사상」, 불교문화연구소 편, 『한국화엄사상연구』, 동국대 출판부, 1982 참조.
58 이상의 의상과 원효의 화엄사상에 대해서는 다음의 논고를 참조하였다. 위의 책; 김상현, 『신라화엄사상사연구』, 민족사, 1991; 김두진, 『신라 화엄사상사연구』, 서울대 출판부, 2002.
59 화엄사상의 왕권과의 결탁 문제는 학계의 논란으로 남아있다. 요컨대, 화엄사상이 전제왕권을 중심으로 한 중앙집권적 지배체제를 뒷받침하는 사유체계였느냐(이기백, 앞의 책; 김두진, 위의 책) 그렇지 않느냐(김상현, 위의 책) 하는 기능에 관한 논란이다.

범으로 삼으며, 공자를 종사로 받들어 그 말씀을 존중하는 게 도에 있어서 가장 높은 것이다.[60]

육경(六經)을 읽히며, 인의를 닦아 역대 인군(仁君)과 종사(宗師)를 받드는 것, 이것이 유가의 지침이었다. 한대에 들어와 본격적으로 정립된 유학적 체계는 이후 고구려의 태학(太學) 설치나 백제의 유풍(儒風)에서 짐작할 수 있듯이 한반도에 적지 않은 영향을 미쳤다. 뿐만 아니라 신라에까지 유포되어 당시의 제도 정비와 통합에 기여하였다. 그리고 이런 삼국의 유학 활황의 정점은 공교롭게도 7세기였다. 7세기 중반 연개소문(淵蓋蘇文)이 유불도의 균형을 위해 도교의 수입을 요청했던 예는 그만큼 고구려 사회에서 유교가 차지한 비중이 컸음을 인지시켜 준다. 신라의 경우도 화랑도나 임신서기석(壬申誓記石) 등의 사례를 통해서 잘 나타나 있다.[61] 앞에서 거론한 원광, 강수, 김인문의 사례도 이를 웅변한다. 또한 이미 강수의 사례에서도 나왔듯이 유가 서적은 당시 보편화된 것으로 판단된다.

그러나 7세기에 접어들어 유학적 전통이 상대적으로 강했던 고구려와 백제는 쇠망의 길로 접어들었고, 신라는 불교의 권장에 힘입어 국권 신장에 박차를 가하였다. 따라서 이 시기 유학은 확실히 불학에 비해 열세에 있었던 것은 분명하다.[62]

---

60 『한서(漢書)』 권30 「예문지(藝文志)」. "儒家者流, 蓋出於司徒之官, 助人君順陰陽明教化者也. 游文於六經之中, 留意於仁義之際, 祖述堯舜, 憲章文武, 宗師仲尼, 以重其言, 於道最爲高."

61 이에 대해서는 이병도, 『한국유학사』, 아세아문화사, 1987 참조. 물론 화랑도의 삼교습합 여부와 임신서기석의 성립 시기 문제 등은 여전하다.

62 한 연구에서는 4세기 후반 한 사례를 들어 백제와 신라 공히 유교적 경세론의 민본적 이념이 일반화되어 있었다고 하나,(금장태, 『한국유교사상사』, 한국학술정보, 2002, 18면) 불교의 진흥에 따라 상대적으로 살폈을 때는 그 위상이 낮아질 수밖에 없다. 무엇보다 신라의 경우 최소한 5세기까지 중국과 외교관계 등에서 소원했던바, 본격적 유학적 시스템의 도입 여부는 여전히 불분명하다.

신라가 유학의 기치를 내걸고 이를 적극적으로 도입한 증좌는 많으나, 640년 왕족자제들을 당나라 국학(國學)에 보내 유학강론을 듣게 한 예가 가장 획기적이었다. 이른바 숙위학생(宿衛學生)으로, 이들의 공부와 경험은 통일신라 이후 신라사회의 제도개선에 일익을 담당했다.[63] 이 전통을 그대로 이은 제도가 682년에 설치된 국학(國學)이다. 이 신문왕대는 신라사회가 정치, 경제, 문화 제 방면에서 제도화가 일단락되는 시기이다. 국학을 통해서 서학이 통하지 않고 자체적으로 유학자를 배출하는 시스템을 갖추게 되었기 때문이다.

그런데 이 국학의 학제를 보면 어떤 학자와 관료를 염두에 둔 것인지를 짐작게 한다. 즉 『예기』와 『주역』이 상급이고, 『좌전』과 『모시(毛詩)』가 중급, 『상서』와 『문선(文選)』이 하급이다. 여기에 『논어』와 『효경』은 공동필수과목이었다. 말하자면 예악과 이치를 상급에, 역사와 현실 인식을 중급에, 군주의 정치와 문학을 하급에 배치한 것이다. 이 중 하급은 주로 실무적 능력 배양에 무게가 실려 있다.

참고로 788년 신설한 독서삼품과는 이 학제의 연장선상에 있는데, 약간의 비교가 된다. 독서삼품과에서 상품은 『좌전』・『예기』와 『문선』을 읽어서 그 뜻을 통하고 아울러 『논어』・『효경』에 밝은 자이며, 중품은 『곡례(曲禮)』와 『논어』・『효경』을 읽은 자이며, 하품은 『곡례』와 『효경』을 읽은 자였다. 여기서도 『논어』와 『효경』은 가장 기본이 되는 학습서였다. 그런데 『문선』의 위상이 이전 시기보다 제고되었다. 이는 적잖은 변화의 징후로 보인다. 유가 경전을 여전히 중시하면서도 문학 방면의 능력을 점점 중시했을 가능성이 점

---

[63] 숙위학생의 파견과 그것의 필요성은 「遣宿衛學生首領等入朝狀」(『동문선』 권47장)에 잘 드러나 있다. "臣竊以東人西學, 惟禮與樂, 至使攻文以餘力, 變語以正音, 文則倅之修表章, 陳海外之臣節; 語則倅之達情禮, 奉天上之使車, 職曰翰林, 終身從事. 是以, 每遣陪臣執贄, 卽令冑子觀光, 而能視鯨浪爲夷途, 乘鷁舟爲安宅, 銳於嚮化, 喜若登仙."

처지기 때문이다.[64]

특별히 『문선』은 이미 강수의 사례에서 보이듯이 당대 필수 독서물이었다. 주지하듯이 『문선』은 위진 시기까지의 역대 시문(詩文)의 총집이다. 유가 경전 따위의 개인적 수양과 사회적 효용성 못지않게 문학 방면의 지식과 이 것의 활용 — 개인적 문장력이나 외교문서 — 이 유가 지식인의 핵심 자질로 파악되는 것이다. 요컨대 국학과 독서삼품과는 통일시대를 맞이한 시의적 제도였던바, 새로운 시대에 상응한 제도적 보완의 일환이었다. 구체적으로는 통치질서를 구현하기 위해 유교적 시스템을 도입하고 그에 상응한 관료를 양성하는 데 목적이 있었다.

이처럼 국학 등의 유교적 제도는 신라 통치 질서의 일대 전환을 가져 왔다. 기존의 골품제에 의거하여 귀족에 의해 세습되던 고급 관료가 이젠 학문, 그것도 유학으로 출신한 관료로의 전환을 촉발했다는 점에서 그렇다. 이 제도적 관료진출에 상응하여 두각을 나타낸 주체들이 육두품 출신 문인이었다.[65] 그런 한편, 기존 당나라에 파견했던 숙위학생들은 유학생으로 대체되기 시작하였다. 이른바 육두품의 대당 유학이다. 육두품의 두 계열, 즉 국학 출신자와 유학생들은 점차 신라 정부의 관료로 진출하여 제도의 정비와 지식 확충에 일익을 담당한 새로운 지식층이었다.

이렇게 보면 신라의 웅비와 삼국통일의 과정, 그리고 이후 사회질서의 기저에는 불교의 학적체계와 유교의 제도체계가 상호 경쟁적이면서도 보완적

---

64 이와 관련된 사례가 하나 보인다. 『삼국사기』 권10 「신라본기(新羅本紀)」 원성왕(元聖王) 5년 조에는 자옥(子玉)이라는 인물의 임명 논란 기사가 나온다. 그를 수령으로 임명하려 하는데 문적(文籍) 출신이 아니라는 이유로 반대가 있었다. 그러나 그가 당 유학생 출신이라는 점이 참작되어 마침내 임명된 것이다. 이 문적 출신이란 유가 경전뿐만 아니라 제반 서책에 밝은 일종의 학술적 성과를 지칭하는 것으로 보인다.
65 이기백은 더 나아가 이 국학은 강수와 설총 등 육두품 신분의 유학자들의 건의에 의해서 세워졌을 것으로 추정하고 있다. 이기백, 「신라 골품체제하의 유교적 정치이념」, 앞의 책, 228~229면.

인 형태로 구현되고 있었다. 이런 학술적 성과가 따로 남아 있는 것은 없으나, 통합적 성과라고 할 수는 사례는 하나 있다. 바로 김대문(金大門, 7세기 후반~8세기 전반)의 저술이다. 그는 원효나 의상, 강수와 설총의 다음 세대 인물로, 『화랑세기(花郎世紀)』, 『계림잡전(鷄林雜傳)』, 『고승전(高僧傳)』, 『한산기(漢山記)』, 『악본(樂本)』, 『전기(傳記)』 등 적지 않은 작품을 남긴 것으로 유명하다. 이 중 『계림잡전』과 『고승전』은 불가계, 『화랑세기』와 『한산기』, 『악본』, 『전기』 등은 유가계 저술로 나뉜다. 그런데 김대문은 기본적으로 유가 지식인이었다. 더구나 그는 육두품이 아닌 진골 출신의 귀족이었다. 또한 그가 살던 시대는 신문왕, 성덕왕대로 신라 중대의 전제왕권이 확립된 시기였다. 정치체제로서는 절정을 구가하고 있던 때였다. 그의 위치와 시대 상황이 양쪽의 관련 저작물을 남기게 했는지는 모르겠으나, 아무튼 그의 저작은 당대 불가와 유가의 학적 전통을 중간 점검하는 한 사례라 할 만하다.

5. 8세기 이후 학술계의 향방

앞에서 육두품 지식인들의 출현을 목도하고, 나아가 이들이 불학과 유학을 섭렵하면서 학술계의 중심에 서는 과정을 살펴보았다. 8세기 이후 김대문 같은 진골 출신의 학자도 등장하긴 했으나, 육두품 문인들의 주도적 위치는 더욱 확고해져 갔다. 특히 유학 방면에서의 활약이 돋보인다. 그럼에도 8세기 이후 불학계와 유학계는 각각 자기 변모의 과정에 있었다.

우선 불교계에선 화엄사상과 연결되면서도 또 다른 신앙체계였던 정토신앙과 관음신앙이 한 시대를 풍미하였다. 이들 신앙체계는 기본적으로 인간 평등과 개인의 안녕이라는 민중지향적 성격을 갖고 있었다. 하지만 현세의 연장선상에서 내세를 바랄 수 있다는 근거를 제공함으로써 상층 계급에게도 환영을 받았다.[66] 정토, 관음신앙은 결과적으로 극락왕생과 불국토 사회의 구현을 위한 전국가적, 전인민적 성격이었던 셈이다. 따라서 당대 귀족과 인민의 정신세계를 균형감 있게 끌고 갔으며, 이는 신라 중대의 정신사이기도 했다. 이 점에서 8세기 이후에도 여전히 유교가 대체로 정치제도를 혁신한 반면, 불교는 정신적 측면에 부응하여 신라사회의 씨줄과 날줄로 기능하고 있었다.

그런데 신라 하대로 접어들면서 불교계에서는 일대 변화가 일어난다. 바로 선종(禪宗)의 도래이다. 화엄이 세상 도처에 존재하는 불성(佛性)을 위한 사상이라면, 선종은 각자의 마음속에 자재하는 불성을 문제 삼는바, 불교계의 이런 변화는 혁명적이었다.[67] 대사회적 교화 중심의 사유가 개인적 수양 중심의 사유체계로의 변화를 몰고 왔다는 점에서 그렇다. 또한 선종사상은 지방 호족 세력과 결탁하여 신라체제를 뒤엎는 논리적 근거를 제시하는 데까지 나갔다. 이런 변화를 이데올로기에서 유토피아로 전변한 것으로 규정한 예도 있거니와,[68] 사유체계로서 사회의 통합에 기여했던 불교는 점점 개인적 신앙의 차원으로 변화하게 되었다.[69] 때문인지 이 시기에 접어들면 불교계의 학술적 저작이나 두드러진 학승은 7~8세기에 비해 현저하게 감소한다. 이런 불교계의 인적, 사상적 행보는 오히려 유가 지식인들에 의해 피력

---

66 신라 정토신앙의 두 가지 층위와 그 성격에 대해서는 이기백, 「신라 정토신앙의 두 유형」, 위의 책; 김영미, 「통일신라시대 아미타신앙(阿彌陀信仰)의 역사적 성격, 『한국사연구』 50 · 51(합집), 한국사연구회, 1985가 참조된다.
67 최병헌, 「나말여초 선종(禪宗)의 사회적 성격」, 『사학연구』 25집, 한국사학회, 1975.
68 이기동, 「신라사회와 불교」, 앞의 책, 1997.
69 이는 불교가 점점 권력, 또는 사회의 중심에서 밀려나는 과정으로도 이해된다.

되는 예가 많았다. 그 대표적 예가 최치원(崔致遠, 857~?)인데, 이 문제는 잠시 접어두고 유학계 동향을 규견해 둔다.

육두품 지식인은 불교계와 유교계에서의 고른 활약에도 불구하고 골품제 하에서는 여전히 '중간자'였다. 따라서 이들이 지식, 또는 학문으로 입신하는 것은 불가피한 현실이었다. 그렇다면 이 균형추는 당연히 유학, 또는 학문을 통한 출세로 기울 수밖에 없었다. 이런 이유로 육두품의 유학열(儒學熱)은 통일신라 이후 두드러졌다. 그 열망이 국학의 설치로 이어졌거니와, 8세기 이후 유학계는 또 한 번 전환의 기회를 맞고 있었다. 바로 경덕왕대(742~764)의 한화(漢化)정책에 따른 유학의 진흥이었다. 이 한화정책은 당제(唐制)를 모방하여 전제왕권에 박차를 가한 사례인데, 당연히 유학과 유문을 읽은 학자가 중용될 수밖에 없었다.

또한 신라 하대와 말기에 걸쳐 조정에는 문한기구가 대폭 확장되고 있었다. 이는 사대외교의 문서 작성이라는 실무적 목적도 있었지만 한편으로는 취약해진 왕권을 강화하고자 하는 왕조 말기라는 시대적 요청에 따른 것이기도 했다.[70] 이때 전폭적 지지를 받은 부류가 당제국에서 유학으로 출신한 빈공과 출신 육두품이었다. 마침 이를 기점으로 당유학생들이 급증하여 9세기 이후부터는 서학승보다 육두품 문인들의 서학행이 더 활발해지는 추세였다. 821년 김운경(金雲卿)의 빈공과 급제는 이런 열풍의 한 결과물이었다. 이제 중국과의 관계에서 학술계는 확실히 육두품 유학파가 중심에 서게 된 것이다.

이런 육두품의 당제국에서의 활약은 과거 고승들의 서학을 통한 동아시아의 지적 네트워크를 확대 재생산하는 결과를 가져왔다. 유학적 지식에 기반

---

70 이기동, 「제2편 제4장 : 나말여초(羅末麗初) 근시기구(近侍機構)와 문한기구(文翰機構)의 확장」, 『신라 골품제사회와 화랑도』, 한국연구원, 1980 참조.

을 둔 한문학의 공유는 이제 동아시아의 새로운 문화적 교통망으로 등장한 것이다. 특히 한문학 중 한시(漢詩) 분야는 개별적, 사회적 소통을 촉진하였다.[71] 당나라를 중심으로 신라와 발해, 그리고 일본은 동아시아 유교를 재편하기에 이른 것이다. 그런데 이런 교류망은 약간의 형세를 이루었던바, 당과 신라가 좀 더 밀착하고 있었다면, 발해와 일본 사이에도 또 다른 소통의 축이었다. 양자의 구도는 그렇게 분명한 것은 아니었지만, 나름의 동아시아 네트워크를 이룬 셈이다. 이른바 남북국시대로 일컬어지는 이 문화의 장은 '한문학'이라는 소재를 통해 동아시아 유학의 패러다임을 재구성하게 되었고, 이는 향후 대세로 이어졌다. 이제 육두품은 한문학이라는 자신들만의 글쓰기를 전유함으로써 당대 학술문화사를 대체하고 있는 중이었다.

그런데 이들 육두품 지식인은 신라 하대에 와서 골품제하의 질서에 대한 비판의 차원에서 불교적 세계관을 비판하고 현세의 도덕적 행위의 중요성을 강조하고 나섰다. 이는 신라 유학생들이 당제국의 과거제도를 배우고 돌아와서 골품제사회의 권력구조를 비판한 것과 궤를 같이 한다. 문제는 이를 기점으로 불교와 유교의 조화로운 동거가 깨지는 판국에 접어들었다는 사실이다. 바야흐로 유가계 지식인은 신라 학계에 중심으로 자리하고, 불가계 선승들은 학적 체계보다는 수행과 포교로 그 중심축을 옮겨가고 있었다.

하지만 정작 이런 육두품의 두각에도 불구하고 내적으로는 하대의 극심한 혼란과 외적으로는 당제국의 몰락으로, 유학과 유학자들은 신라사회에서 완전한 착점을 찾지 못하였다. 더구나 당시 발흥한 지방의 호족 세력은 선종과 결탁하여 점차 신라를 전복하기에 이르렀다. 육두품 중심의 유교 세력은 중앙집권을 주장하며 왕권제를 고수한 반호족파였다. 뿐만 아니라 여전히 잔

---

71 이 시기 한시를 통한 교류에 대해서는 이혜순, 「한문화권 형성 초기 한시 창수를 통한 동북아 국가간의 문화교류」, 『한국문학연구』 27집, 동국대 한국문학연구소, 2004 참조.

존하던 진골 귀족과도 대립각을 세우고 있었다. 따라서 이들의 운명은 몰락하는 신라와 함께 고사하든지, 아니면 새로운 정치세력, 즉 자신들의 학문과 문제의식을 흡수할 수 있는 새로운 권력에 투탁하지 않으면 안 될 기로에 놓이게 되었다.

이런 기로에서 흥미로운 족적을 보인 주체가 바로 최치원이다. 그에 대한 평가는 유불습합 등 다양한데, 그의 학적 편력보다는 그가 남긴 저작에 주목해 볼 필요가 있다. 주지하듯이 그는 『계원필경』 등의 유가 저술을 남겨 한문학의 종조로 일컬어진다. 그리고 불교관련 저술도 적지 않게 남겼는데, 대별하면 크게 세 가지이다. 첫째는 「진감선사비명(眞鑑禪師碑銘)」 등의 이른바 『사산비명(四山碑銘)』이고, 둘째는 「석리정전(釋利貞傳)」 등의 승려들의 전기(傳記)이며, 셋째는 「화엄결사회원문(華嚴結社會願文)」(882) 등의 원문(願文)과 찬문(讚文), 탑기(塔記) 등이다. 그리고 이들 작품들의 저술 시기는 885년에서 908년 사이로 귀국 후의 저작들이다. 그는 귀국 직후 왕실과 관련하여 화엄관계 저술을, 선사(禪師)와 관련해서는 선종관계 저술을 동시에 찬술하였다. 그러다가 894년 시무책(時務策) 헌납의 실패 이후로는 주로 화엄관계 저술에 집중한 것으로 보인다.[72] 어쨌거나 최치원은 귀국 후엔 유가계 저술보다 불가계 저술에 더 집중하였다. 그리고 공교롭게도 이들 저술은 삼국시대 불가계의 학술적 성과를 집적한 의미를 갖고 있다. 그런데 그게 그가 의도했던 것은 분명 아니었다. 그렇다면 처음 유문(儒文)으로 입신했던 저자의 이 불편한 저술 편력은 어떻게 보아야 할 것인가? 이런 모습은 앞의 김대문의 경우와는 사뭇 달라 보인다. 육두품으로서, 또 빈공급제자로서 조국 신라에서 유학으로 사회 참여가 불가능해진 현실에서 그의 불가계 저술은 일종의 좌절 내지

---

72 김복순, 「최치원의 불교관계저술에 대한 검토」, 『한국사연구』 43집, 한국사연구회, 1983.

회의의 산물이 아니었을까. 요컨대 신라 말기의 문제적 개인이었던 최치원의 유불 관계 저술과 함께 그의 복잡한 행적을 동시에 추적하면, 바로 거기에 신라 하대의 유학과 불학의 향방이 보일만 하다.

이와 같은 삼국시대 학술사의 구도는 불학과 유학의 체계와 그 변화 과정에서 이해될 수 있다고 본다. 그러나 이런 논의가 설득력을 얻기 위해서는 해당 시기에 산출된 구체적 텍스트와 기타 자료를 통해서 좀 더 심중하게 다루어져야 할 것이다. 물론 이 작업은 종래의 개별 분야에서만 다루어졌던 이 시기 텍스트를 총체적 관점에서 다루어져야 한다는 전제 아래 가능한 일이다. 상대적으로 빈약한 이 시기 자료는 더욱이나 개별 분야의 이해를 위한 도구로서만 소용되어서는 안 된다는 점도 함께 고민해야 할 것이다. 삼국시대 학술사, 나아가 한국학술사의 도정은 이제부터 시작된 셈이다.

무불(巫佛)의 접화(接化)와 화해의 서사

조현설

1. 시각

우리의 중세문학사와 학술사에 충격을 준 양대 사건은 불교와 유학의 수용이다. 두 충격 가운데 전통적 세계관과 더 긴밀한 관계를 지닌 쪽, 중세 초기 문학사에 더 깊은 파장을 일으킨 쪽은 불교였다. 이 충격에 대해 불교 이전의 정신사를 구성해 왔던 무속문화[1]가 어떤 반응을 보였는가 하는 문제는 문학사의 전개에서 대단히 긴요한 부분이다. 동시에 외래 종교와 사상으로

---

[1] 불교 이전의 고대적 세계관 혹은 종교를 단일한 형태로 보기는 어려울 것이고, 삼국의 그것 또한 동일하지는 않았을 터이나 현재로서는 그 세부적 차이를 확인하기 어렵다. 그러나 제천의례와 건국신화에서 알 수 있는 천신강림과 산신숭배 신앙, 신인이 서로 교통하고 결합하기도 하는 신인융합의 신앙 등을 공유하고 있다는 점은 확인할 수 있고 이를 통칭 무속이라고 한다. 이 글에서는 무속문화를 무교(Shamanism)를 포함하여 무속과 관련된 제반 문화현상을 지칭하는 용어로 사용한다. 신라의 풍류도의 경우 선불(仙佛)의 요소를 공유하고 있었던 것으로 평가되고 있지만 그 저류에는 무속문화가 있다고 보아 그 연장선상에서 무속문화에 포괄하여 다루기로 한다.

서 한반도 지역에 들어와 정착한 불교가 기왕의 무속문화에 대해 어떻게 대응했는가 하는 문제 또한 주목해야 할 문학사의 마디이다.

불교와 문학사의 관계에 대한 기간의 일반적 시각은 불교가 "내면 성장의 과업을 담당"하여 "고대의 자기중심주의를 버리고 중세의 보편주의를 이룩하는 데 필요한 최상을 논리를" 제공했으며, 달라진 사고를 한문으로 표현하다 보니 글의 종류가 다양해져 문학의 폭을 확장했다는 것이다.[2] 불교 사상사 쪽의 관점은 우리 불교는 인도 불교와는 달리 제석천 신앙이 우세하게 나타나는데 이는 전통적 무교(巫敎)의 '하늘임' 관념의 섭화(攝化)와 관련이 있으며, 불교 행사인 팔관회 역시 인도의 전통적 팔관재(八關齋)와 달리 무교적 색채를 띠고 있다는 것,[3] 따라서 외래적 불교가 토착적 무교를 적극적으로 수용·섭화했다는 것이다. 요컨대 한문을 타고 들어온 불교는 무속의 언어와 사유를 섭화하면서 내면 성장을 추동하여 다양한 문학적 표현과 사유의 심화를 초치(招致)했다고 정리할 수 있겠다.

13세기 일연은, 12세기 이규보의 「동명왕편」 서문과 유사한 맥락에서 공자의 '불어괴력난신(不語怪力亂神)'의 언설을 거론하면서 『삼국유사』 「기이(紀異)」편의 서문을 작성한다. 주지하듯이 「기이」편 서문의 논지는 "삼국의 시조가 모두 신비롭고 기이한 데서 나온 것이 어찌 괴이하다고 하겠는가?"[4] 하는 반문 속에 있다. 일연은 중국 역사서에 등장하는 신화를 논거로 제시하면서 공자의 언설에 대해 반론을 제기한다. 일연의 이런 신화, 곧 비합리주의에 대한 옹호는 「기이」편만을 겨냥한 것은 아니었다. 「흥법(興法)」편을 필두로 하여 향후 전개될 '불교적 신이'에 정당성을 부여하는 하나의 서사 전략이

---

2 조동일, 『한국문학통사』 1(4판), 지식산업사, 2005, 183~186면.
3 고익진, 『한국고대불교사상사』, 동국대 출판부, 1989, 2장 3절 참조.
4 『삼국유사(三國遺事)』 「기이(紀異)」 제1. "然則三國之始祖. 皆發乎神異. 何足怪哉."

었다고 보는 것이 옳다. 불교적 신이의 정당성 확보를 위해 일연은 신화 서사를 적극적으로 수용하고, 표현함으로써 『삼국유사』라는 한국문학사의 주요 이정표를 세웠다. 『삼국유사』는 불교 쪽에서 이룩한 문학적 표현과 사유의 심화의 유력한 예증이라고 해도 좋을 것이다.

그런데 무불의 관계에 대한 그간의 시각은 불교 쪽에 머물러 있었다고 해도 과언이 아니다. 불교는 한국문학사에 어떤 영향을 주었는가? 또는 불교는 기존의 문화와 정신을 어떻게 포섭했는가? 이런 질문이 주류였다. 그 반대의 질문, 곧 토착적 정신은 외래종 불교를 어떻게 수용했는지, 그 문화적 충격이 어떤 문학 텍스트를 산출하고 어떤 사유의 확장을 초래했는지 등의 질문은 심각하게 제기되지 않았다고 생각된다. 전자가 중요한 만큼 후자의 질문 또한 문학사와 사상사 이해에 긴요하다. 전자는 자료가 부성하고 후자는 자료가 빈한하지만 빈한하다고 무시할 수는 없다. 가용 가능한 관련 자료를 충분히 활용하여 답을 모색해 봐야 한다. 그래야 양자의 상호작용 속에서 우리의 문학사, 특히 서사문학사가 얼마나 확장되었는지, 또는 사유의 심화를 이루었는지 확증할 수 있으리라 기대하기 때문이다.

필자는 이 글에서 무속과 불교, 불교와 무속의 충돌이 빚어낸 상호작용과 그 결과물인 서사문학 텍스트에 주목하고자 한다.[5] 『삼국유사』 등의 기록 텍스트와 「창세가」 등의 구전 텍스트의 섬세한 결을 동시에 분석하여, 중세 초기 문학사의 주요한 맥락을 점검하려고 한다. 그 과정에서 무속과 불교의 만남을 통해 주조된 것이 갈등의 서사만이 아니라 화해의 서사였다는 점을 밝히려고 한다. 8세기 이후 무불접화(巫佛接化)의 정점에서 창출된 화해의 서

---

5 본래 이 글은 중세 학술사의 점검이라는 기획물의 일부로 출발한 것이지만 무속과 불교의 관계상의 경우 학술사의 맥락에서 접근하기에는 자료상의 난점이 있어 문학사를 거론하지 않을 수 없었다. 문학사, 특히 중세 초기 서사문학사의 재검토를 통해 사상사의 문제를 부수적으로 드러내려고 했음을 밝혀둔다.

사는 서사문학의 편폭을 확장하고 문학적 사유를 심화시키는 결과를 초래했고, 이 화해의 서사가 한국문학사, 나아가 정신사의 큰 물줄기를 이루고 있다는 점을 확인하고, 주장하려고 한다.

2. 무불의 충돌과 무속의 불교화

　무속과 불교의 충돌을 보여준 상징적 사건은, 주지하듯이 이차돈의 순교이다. 그러나 이미 미추왕 2년(263)에 고구려 출신으로 위나라에서 공부한 아도의 초전(初傳)이 있었다. 『삼국유사』「아도기라(阿道基羅)」조에 따르면 일연은 「신라본기(新羅本紀)」와 아도본비(阿道本碑)의 기록이 차이가 나는 점에 대해 논하면서 "아도가 고구려를 떠나 신라로 온 것은 마땅히 눌지왕 시대(재위 417~458)", 곧 5세기라는 입장을 개진한다. 이 눌지왕 설은 학계에서도 대개 동의하는 바이나 여기서 중요한 것은 아도의 불교 초전 설화이다. 사실 여부와 상관없이 담론의 맥락에서 따진다면 이런 설화가 생성된 이유는 분명 신라 불교가 이른 시기에 전래되었다는 것을 강조하려는 데 있었을 것이다. 적어도 신라 불교가 흥성기를 맞이한 7세기 이후에 말이다.

　그런데 이런 초전 시점에 대한 강조와 더불어 주목해야 할 대목은 초전 시기의 갈등이다. 아도본비의 설화는 아도가 성국공주의 병을 치료하는 이적을 보이자 미추왕이 천경림(天鏡林)에 흥륜사(興輪寺)를 창건하는 것을 허락했지만 왕이 죽자 해치려는 사람들 때문에 스스로 무덤을 만들고 자절(自絶)했다는 비극적 결말을 이야기하고 있다. 신라에 불교가 언제 전해졌는지는 확정할 수 없지만 외래의 불교가 기존의 종교와 심각한 갈등을 겪었으리라는 점에는 의심의 여지가 없다. 고구려와 백제의 경우 이런 갈등의 자취가 보이지 않는다.[6] 그러나 초전 시기 신라 불교 관련 서사에는 화해가 보이지 않는다. 그만큼 갈등이 첨예했고 비극이 족출했다는 뜻일 것이다.

6세기 이차돈 사건은 3세기(혹은 5세기) 아도의 자절의 연장선상에 있다. 하지만 이차돈 설화에는 아도 설화에 없는 것이 있다. 화해와 타협이 바로 그것이다. 『삼국유사』「원종흥법염촉멸신(原宗興法厭髑滅身)」조에 따르면 법흥왕은 왕위를 버리고 출가하여 흥륜사의 주지가 되었을 정도로 불교에 깊이 침윤된 인물이었는데 흥륜사를 짓는 일에 신하들의 반대가 심하였다. 이 난관을 타개하기 위해 왕의 사인(舍人)이었던 이차돈이 "소신이 저녁에 죽어 불교가 아침에 행해진다면 부처님의 해는 다시 중천에 떠오르고 성스러운 임금께서는 영원토록 편안하실 것입니다"[7]라는 충심과 불심으로 자신을 짐짓 "왕명을 거짓 전한 자로 꾸며"[8] 목을 내놓는다. 그 결과 흰 젖이 목에서 솟구치는 이적이 일어났고, 흥륜사를 창건할 수 있었다는 것이다. 일연은 법흥왕의 입을 빌려 이차돈의 희생을 보살(大士)[9]의 행위로 해석하고 있다.

불교적 멸신행(滅身行)으로 칭송되고 있는 이 사건은 기실 신라 최초의 사찰인 흥륜사 창건을 둘러싸고 법흥왕과 귀족들 사이에 벌어진 정치적 충돌의 결과였다. 불교를 통해 왕권(王權)을 강화하려고 했던 법흥왕의 정책과 신라 전통의 종교, 곧 풍류도를 고수하려고 했던 귀족들의 신권(臣權) 사이에 생

---

6 이에 대해 양국의 경우 외교적 노선을 통해 불교가 전래되었기 때문에 충돌과 갈등이 없었다는 견해(고익진, 앞의 책, 38~40면)가 있어 참조할 만하다.

7 『삼국유사(三國遺事)』「흥법(興法)」제3「원종흥법염촉멸신(原宗興法猒髑滅身)」, "舍人曰, 一切難捨, 不過身命. 然, 小臣夕死, 大教朝行, 佛日再中, 聖主長安."

8 『삼국유사』「흥법」제3「원종흥법염촉멸신」, "以謬傳辭, 刑臣斬首, 則萬民咸伏, 不敢違教."

9 대사는 불법에 귀의한 사람을 이르는 말인데 석가모니불, 관세음보살 등을 대사로 지칭한 용례(雪山大士, 圓通大士)가 있다. 여기서 대사는 불법을 위해 자신의 몸을 보시한 인물, 곧 대승 불교에서 말하는 보살행을 실천한 인물을 지칭하는 용어로 쓰였다.

길 수밖에 없었던 불가피한 대립이었다. 이 대립이 법흥왕이 즉위한 지 15년이 지나도록 불교 공인의 발목을 쥐고 있었던 것이다. 말하자면 앞 시기 아도의 불교 전래로 인해 초래되었던 대결의 상황이 여전히 지속되고 있는 형국이었던 셈이다.

이 대립과 관련하여 근래 이도흠 교수가 흥미로운 논점을 제기한 바 있다. 그에 따르면 법흥왕대에 흥륜사 창건을 두고 벌어진 왕과 신하들 사이의 대립은 왕권·사탁부·불교·지증왕계와 신권·탁부·풍류도·내물왕계의 대립이었다. 양 세력의 팽팽한 대결의 국면에서 후자의 수장 이사부의 조카인 이차돈이 전자의 편을 들어 자발적으로 순교함으로써 법흥왕 세력은 정당성을 얻고 이사부 세력은 반대의 명분을 상실했다는 것, 그 결과 양자의 대립관계가 무너지게 되었다는 것이다. 이후 법흥왕은 흥륜사 불사를 강행하여 왕권을 강화하고, 골품제를 시행하여 지증왕계만 왕위에 오를 수 있는 체제를 확립한다.[10]

이 주장을 따른다면 이차돈의 종교적 희생담에서 주목할 만한 대목은 두 가지다. 첫째는 이차돈의 선택이 지닌 상징성이다. 그는 법흥왕의 불교공인 정책을 반대하는 세력의 수장인 이사부의 조카였음에도 불구하고 법흥왕을 위해, 동시에 불교를 위해 희생한다. 말하자면 이차돈은 단지 불법을 위해 자신을 제단에 바친 것이 아니라 반대세력들이 불법을 수용할 수 있는 계기를 마련하기 위해 자신을 제물로 던진 것이다. 제물-이차돈은 단지 대립과 갈등의 산물이 아니라 타협과 화해의 산물일 수 있다는 뜻이다.

다음으로 주목해야 할 대목은 이차돈이라는 '희생양'을 바쳐 이룩한 흥륜사의 상징성이다. 흥륜사는 하필 천경림에 건립된다. 천경림은 단지 경주 남

---

10 이도흠, 「이차돈의 가계와 신라의 불교 수용」, 『한국고대사탐구』 6, 한국고대사탐구학회, 2010.

천 북쪽 언덕에 있었던 숲이 아니고, 아도본비에서 말한 일곱 개의 절터 가운데 첫 번째 절터도 아니다. 본래 천경림은 천신에 대한 제의가 이뤄지던 무속 혹은 풍류도의 의례적 공간이었던 것으로 추정된다.[11] 이런 공간을 사찰이 점유한 것이다. 그런데 풍류도 쪽에서 보면 자신들이 선점했던 성지(聖地)를 내어준 것이기도 하다. 이차돈의 희생에서 초래된 타협과 화해가 사찰 공간을 통해 실현되었다고 해도 좋을 것이다.

홍륜사와 관련된 다양한 설화적 사실들도 타협과 화해의 증거가 될 만하다. 홍륜사는 『삼국유사』「김현감호(金現感虎)」조에서 알 수 있듯이 정기적 복회(福會)가 벌어졌고, 육륜회(六輪會)[12]나 점찰법회(占察法會)와 같은 불교화된 민간신앙이 재현되는 공간이었다. 『삼국유사』「도화녀비형랑」조에 따르면 홍륜사 남문은 길달(吉達)이 만들고 거주해 길달문이라고 불렸는데, 길달은 귀중(鬼衆)의 일원이었다. 길달이 여우로 변신해 홍륜사 길달문을 떠났다는 것에서 알 수 있듯이 길달로 상징되는 귀중은 홍륜사 내부로 들어와 있던 무속을 숭앙하는 집단이었다. 또 『삼국유사』「밀본최사(密本摧邪)」조에 따르면 홍륜사 주불은 미륵불인데 이는 선덕여왕 때의 승상 김양도가 밀교승 밀본에 의해 치병을 경험한 후 봉안한 것으로 이 역시 홍륜사가 민간신앙과 손잡은 유력한 좌증일 것이다.

---

11 일찍이 김택규는 천경림을 신유림(神遊林)과 더불어 신들이 노니는 성림(聖林)으로 본 바 있고, 천경림의 명칭에서 천신의 신체(神體)인 거울(명도)이 연상된다고 지적한 바 있다. 김택규, 「신라상대(新羅上代)의 토착신앙(土着信仰)과 종교습합(宗教褶合)」, 『신라문화제학술대회 발표논문집』 5, 동국대 신라문화연구소, 1984. 2.

12 육륜회는 고려시대에 널리 행해졌던 불교법회로서 중생이 안(眼)·이(耳)·비(鼻)·설(舌)·신(身)·의(意)의 육근(六根)으로 지어온 죄업을 참회하고 예배와 명상을 통해 보다 큰 선업(善業)을 지을 것을 다짐하는 매우 엄숙한 법회였다. 특히 이 육륜회에서는 육륜법(六輪法) 의식이 거행되기도 했다. 육륜법이란 4면으로 된 6개의 윷짝에 각각 육근과 육경(六境), 육식(六識)의 십팔계(十八界)를 상징하는 1에서 18까지의 숫자를 적어놓고 이 윷짝을 세 번 던져 나온 수의 합을 『점찰경(占察經)』의 점괘로 풀어 길흉화복을 점치는 의식이었다.

이차돈의 희생과 흥륜사 건립에 내재되어 있는 무불의 관계는 외래의 충격을 내화하고, 서사화하는 신라 특유의 조정 방식을 잘 보여준다. 억압과 제거보다는 타협과 포용의 방식이 그것이다. 「밀본최사」나 「혜통항룡」 등 전자의 사례가 없는 것은 아니지만 『삼국유사』 등을 통해 알려진 자료들이 말하는 바는 후자의 경향성이다. 이런 타협과 포용의 방식이 7세기에 이르면 결국 무속이 불교 속에 투항 혹은 포섭되는 양상을 빚어내는바 『삼국유사』 「감통」편에 수록되어 있는 「선도성모수희불사(仙桃聖母隨喜佛事)」조의 설화가 그것을 잘 보여주고 있다.

　선도성모는 여전히 제향을 받고 있는[13] 경주 선도산의 산신(山神)이자 성모사(聖母祠)의 당신(堂神)이다. 이 성모는 『삼국유사』 「기이」편의 혁거세왕 관련 전승에 따르면 혁거세와 알영의 어머니이기도 하다.[14] 다시 말하면 선도성모는 혁거세-알영 집단의 시조모로 불교 전래 이전부터, 아니 신라 건국 이전부터 숭배의 대상이 되어온 시조 여신이라고 할 수 있다. 그런데 이 여신이 안흥사의 불전을 수리하려 했으나 재원이 부족해 걱정하고 있던 비구니 지혜의 꿈에 나타나 시주를 했다는 설화를 일연은 『삼국유사』 「감통」편에 실어 놓고 있다.

　진평왕 때 지혜라는 비구니가 있어 어진 행실이 많았다. 안흥사에 살았는데 새로 불전을 수리하려 했지만 힘이 모자랐다. 어느 날 꿈에 모양이 아름답고 구슬로 머리를 장식한 한 선녀가 와서 그를 위로해 말했다. "나는 바로 선도산 신모인데 네가 불전을 수리하려 하는 것을 기쁘게 생각하여 금 10근을 주어 돕고자 한다.

13　경주 박씨 집안의 여성(며느리와 딸)들로 구성된 봉찬회가 매년 음력 3월 10일에 성모사(聖母祠)에서 제향을 올리고 있다.
14　"說者云. 是西述聖母之所誕也. 故中華人讚仙桃聖母. 有娠賢肇邦之語是也. 乃至雞龍現瑞産閼英. 又焉知非西述聖母之所現耶."

내가 있는 자리 밑에서 금을 꺼내서 주존 삼상을 장식하고 벽 위에는 오십삼불, 육류성중 및 모든 천신과 오악의 신군을 그리고, 해마다 봄과 가을의 10일에 남녀 신도들을 많이 모아 널리 모든 함령을 위해서 점찰법회를 베푸는 것으로써 일정한 규정을 삼도록 하라." 지혜가 놀라 꿈에서 깨어 무리들을 데리고 신사 자리 밑에 가서, 황금 160냥을 파내어 불전 수리하는 일을 완성했으니, 이는 모두 신모가 시키는 대로 따랐던 것이다. 그러나 그 사적은 남아 있지만 법사는 폐지되었다.[15]

이 설화에 등장하는 안흥사의 위치는 알 수가 없으나 이야기의 맥락에 따르면 선도산 내에 혹은 선도산에서 멀지 않은 곳에 있었던 것으로 보인다. 비구니 지혜가 꿈에서 깬 뒤 무리를 이끌고 신사에 갔다는 진술에서 두 공간의 거리가 그리 멀지 않았음을 짐작할 수 있다. 무속의 여신이 가까운 불전에 시주를 하는 이 장면에서 우리는 불교에 귀의한 혹은 통합된 무속의 형편을 가늠하기 어렵지 않다. 동시에 이 전승을 「감통」편에 배치한 일연의 불교 중심적 시각과 편찬 의도를 충분히 이해할 만하다.

이와 관련하여 이 설화에는 두 가지 주목해야 할 사항이 있다. 먼저 선도성모가 아무 조건 없이 거금을 시주하지는 않았다는 점이다. 성모는 자신의 자리 아래서 금을 취해 주존삼상(主尊三像)을 단장하고 벽에는 53불(佛)과 육류성중(六類聖衆)뿐만 아니라 여러 천신(天神)과 오악의 신군(神君)을 그려달라고 요구하고, 해마다 봄가을로 열흘 동안 점찰법회를 열어 달라고 요청한다. 성모의 요구는 불상과 불화에 그치지 않고 무속의 신격들에까지 미친다.

---

15 "眞平王朝. 有比丘尼名智惠. 多賢行. 住安興寺. 擬新修佛殿而力未也. 夢一女仙風儀婥約. 珠翠飾鬘. 來慰曰. 我是仙桃山神母也. 喜汝欲修佛殿. 願施金十斤以助之. 宜取金於予座下. 粧點主尊三像. 壁上繪五十三佛. 六類聖衆. 及諸天神. 五岳神君. 每春秋二季之十日. 叢會善男善女. 廣爲一切含靈. 設占察法會以爲恒規. 惠乃驚覺. 率徒往神祠座下. 堀得黃金一百六十兩. 克就乃功. 皆依神母所諭. 其事唯存. 而法事廢矣."

이는 무속이 불교를 수용했을 뿐만 아니라 그 과정에서 무속의 신들도 사찰 내에 당당하게 자리를 잡았다는 것을 의미한다. 이는 앞서 언급한 바 있는 흥륜사의 남문을 길달이 만들고 거주했다는 설화와 의미가 다르지 않다. 흥륜사의 길달문, 안홍사의 천신과 오악 신군의 벽화는 모두 진평왕 때(579~632년 재위) 제작된다. 바로 이 점이 두 번째 주목해야 할 사항이다.

주지하듯이 『삼국유사』의 기사에는 대개 발생 시기가 명시되어 있다. 이는 해당 기사가 단지 흥미로 전해지는 이야기이기만 한 것이 아니라 특정한 역사적 사건, 혹은 시기와 깊은 연관이 있다는 것을 암시한다. 법흥왕의 시대가 6세기, 불교가 신라에 막 자리 잡던 시기라면 진평왕의 시대는 7세기, 불교가 안정적으로 정착한 시기이다. 전통적 무속이 불교와 타협하지 않으면 존재하기 어려워진 사정이 진평왕의 시대를 배경으로 하고 있는 설화의 '선도성모가 불사를 좋아했다'는 표제 속에 감춰져 있다. 이차돈의 사례에서 알 수 있듯이 희생물 없이는 타협할 수 없었던 앞 시기의 분위기가 7세기 전반에 와서는 상당히 달라졌다는 것을 확인할 수 있다.

그런데 무속과 불교의 타협, 특히 불교의 입장에서 기술된 무속 포섭담(包攝譚)은 외형적인 것이다. 점을 치던 민간의 습속을 받아들여 점을 쳐주는 점찰법회를 사찰에 개설하고, 법당 안에 무속의 천신과 산신을 벽화로 담는 것이 바로 외형적 포섭이다. 석가모니불의 광명이세(光明理世) 안에 융섭되지 않을 유정물이 없다는 뜻이 벽화에 담겨 있다. 살해된 곰 귀신이 김대성에게 절을 지어달라고 요구하는 「대성효이세부모(大成孝二世父母)」조에서도 만날 수 있는 선도성모 유형의 사례들은 『삼국유사』 안에 적지 않다. 이런 외형적 포섭의 서사를 넘어 무속의 사유가 불교와 통합된, 또는 내면화된 사례는, 『삼국유사』 가운데 가장 이채롭다고 할 수 있는 「김현감호(金現感虎)」조에서 비로소 만날 수 있다.

3. 무불의 일체화와 「김현감호」 서사의 탄생

「김현감호」 역시 선도성모 기사와 마찬가지로 『삼국유사』 「감통」편에 수록되어 있는데 선도성모 불사 사건이 7세기 일이라면 일연이 '김현이 호랑이를 감동시켰다'고 재의미화한 이 사건은 8세기 말 원성왕(785~798년 재위) 때 벌어진 일이다. 그런데 흥미롭게도 「김현감호」의 무대 또한 흥륜사여서 무불의 상관성을 외시(外示)하고 있다. 무불의 통합을 상징하는 천경림의 흥륜사에서 매년 2월 보름달이 차오를 때까지 일주일 동안 이뤄지는 복회와 탑돌이 현장에서 벌어지는 김현과 호녀의 만남은 무불의 상관성을 환기하기에 충분하다고 생각된다. 하지만 선도성모나 김대성의 설화와 달리 불교와 무속의 상관성이 「김현감호」의 문면에는 직접적으로 드러나지 않는다. 오히려 양자의 상관성은 「김현감호」의 서사 내부에 깊숙이 숨어 있다. 그리고 이 내면화는 무불이 내적 통합 상태에 이르렀음을 보여주는 증좌의 하나이다.

「김현감호」에 구현되어 있는 무불의 통합을 포착하려면 신화적 사유와 불교의 연속성을 살펴야 한다. 양자의 연속성은 우선 두 존재, 두 성(性)의 결연 구조에서 포착할 수 있다. 「김현감호」는 흥륜사 탑돌이에서 이뤄진 두 남녀의 야합(野合)에서 시작된다. 문제는 여자의 정체가 호랑이였다는 데 있었다. 김현과 호녀의 결합, 이는 인간과 동물의 결합이라는 토템신화, 시조신화를 강력하게 환기한다. 김현-호녀의 결합 형식은 단군신화의 환웅-웅녀의 결합 형식과 유사하지만 차이가 있다. 단군신화의 환웅은 천신의 아들로 설정되어 있어 이미 건국신화에 부합되는 신성성이 부여되어 있다. 그러나 이런 건국신화의 모태가 되는 시조신화는 일반적으로 인간과 동물의 결합 형식을 보인다.[16] 따라서 「김현감호」와 신화의 연속성을 포착하려면 건국신화가 아닌 시조신화에 유념해야 한다.

그런데 일연은 「김현감호」 서사를 구성하면서 『태평광기(太平廣記)』에서 전재(轉載)한 신도징 설화를 연이어 편집해 두고 있다. 이는 일연이 「김현감호」를 「감통」편에 수록한 의도를 드러내고 있는바 그 의도는 김현과 호녀의 결연이 붓다의 감화에 기인했다는 것, 소원이 간절하면 붓다의 감응이 다방면으로 발현되어 중생을 도와준다는 것을 보여주려는 것이었다. 그러나 필자의 시각에서 「김현감호」를 보면 일연이 의도하지 않은 곳에서 신화와 불교의 연속성이 드러나고, 그것이 무속과 불교의 화해를 드러내면서 기존의 구전설화를 문학적으로 한 단계 도약시켰다는 사실이 드러난다. 이를 구체적으로 살피기 위해서는 시조신화(토템신화), 신도징 설화, 「김현감호」를 견주어 삼자의 차이를 검토해볼 필요가 있다.

주지하듯이 동물 토템 시조신화는 인간과 동물의 결합 형식을 보여준다. 예컨대 어웡키족의 시조신화는 사냥꾼과 암곰의 결합을 이야기하고 있다. 이런 유형의 토템 동물이 상징화되어 용왕의 딸로 변형된 작제건 설화의 경우도 작제건과 용녀가 결합한다. 그런데 이들 신화의 경우 결합 이후 반드시 두 성별의 분리가 뒤따르고, 이는 인간과 자연의 통합과 분리라는 원시적 사유를 반영하는 것인데 분리는 분리에 머무는 것이 아니라 새로운 생성으로 이어진다. 다시 말해 어웡키족이라는 새로운 종족이 탄생하는 것이다. 작제건 설화의 경우도 왕건이라는 새로운 왕족의 건국신화가 되고 족보의 일부가 된다. 시조신화는 인간과 자연의 통합과 분리라는 교호 작용이 창조적 생성의 원천임을 이야기한다.

그러나 신도징 설화는 다르다. 신도징 이야기 역시 현위로 부임하던 신도

---

16 시조신화와 건국신화의 관계와 차이에 대해서는 조현설, 『동아시아 건국신화의 역사와 논리』, 문학과지성사, 2003을 참조할 것.

징이 풍설(風雪)을 만나 우연히 머문 집의 처녀, 곧 호녀(虎女)와 혼인을 하여 자식을 낳는다는 점에서는 시조신화의 결합형식과 다르지 않다. 그러나 신도징 이야기의 호녀는 호피(虎皮)를 벗고 인간인 척 위장하지만 3년 만에 호피를 발견하고는 본색을 드러내며 문을 박차고 뛰쳐나가 버린다.[17] 이 작품의 결말에는 두 아이의 손을 잡은 신도징의 대곡(大哭)이 있을 뿐 새로운 집단의 생성은 없다. 인간과 자연의 교호가 아니라 불가능한 교호에서 비롯된 고통만 있을 뿐이다. '부지소지(不知所之)'라는 전기(傳奇)양식적 결말을 보여주는 것도 그 때문이다. 신화와 전설의 거리를 보여준다고 해도 좋을 것이다.

「김현감호」는 가깝게는 신도징 설화를 바탕으로, 멀게는 혹은 근원적으로는 이미 신도징 설화의 바탕에 있는 시조신화라는 밑바탕에서 주조된 서사이다. 「김현감호」의 제작자 일연은 신화와는 다른 신도징 설화의 결말, 바로 그 대목을 파고들어 문제화한다. 신도징 설화의 호녀는 동물(혹은 자연)로서의 자기정체성을 확인한 뒤 더 이상 인간세계에 머물지 못한다. 신도징을 해치지는 않지만 남편과 자식을 버린다. 그러나 「김현감호」의 호녀는 비록 이류(異類)지만 이미 맺은 의리(義理)의 중요성을 내세우면서 낭군에 대한 책무를 다하겠다고 말한다. 김현 또한 하룻밤을 보낸 호녀의 정체를 확인했음에도

---

17 "貞元九年, 申屠澄自黃冠, 調補漢州什邡縣之尉, 至眞符縣之東十里許. 遇風雪大寒, 馬不能前. 路傍有茅舍, 中有煙火甚溫. 照燈下就之, 有老嫗及處子, 環火而坐. 其女年方十四五. 雖蓬髮垢衣, 雪膚花臉, 擧止妍媚. 父嫗見澄來. 遽起曰. 客甚衝寒雪. 請前就火. 澄坐良久, 天色已暝. 風雪不止. 澄曰. 西去縣尙遠. 請宿于此. 父嫗曰. 苟不以蓬蓽爲陋. 敢承命. 澄遂解鞍施衾幃. 其女見客方止. 修容靚粧. 自帷箔間出. 有閑雅之態. 猶過初時. 澄曰. 小娘子明惠過人甚. 幸未婚. 敢請自媒如何. 翁曰. 不期貴客欲採拾. 豈定分也. 澄遂修子婿之禮. 澄乃以所乘馬, 載之而行. 旣至官. 俸祿甚薄. 妻力以成家. 炭不歡心. 後秩滿將歸. 已生一男一女. 亦甚明惠. 澄尤加敬愛. 嘗作贈內詩云. 一宦慚梅福. 三年愧孟光. 此情何所喩. 川上有鴛鴦. 其妻終日吟諷. 似默有和者. 未嘗出口. 澄罷官. 罄室歸本家. 妻忽悵然謂澄曰. 見贈一篇. 尋卽有和. 乃吟曰. 琴瑟情雖重. 山林志自深. 常憂時節變. 辜負百年心. 遂與訪其家. 不復有人矣. 妻思慕之甚. 盡日涕泣. 忽壁角見一虎皮. 妻大笑曰. 不知此物尙在耶. 遂取披之. 卽變爲虎. 哮吼拏攫. 突門而出. 澄驚避之. 攜二子. 尋其路. 望山林, 大哭數日. 竟不知所之."

불구하고 외면하지 않는다. 일연은 이들 두 남녀의 교호 관계를 전면에 내세우면서 신도징 설화와는 다른 지점을 지적한다. "절을 도는 중에 사람을 감동시켰고, 하늘이 악행을 징치하려 하자 자신이 대신하였으며, 신기한 방법을 전하여 사람을 구했고, 절을 세워 불교의 계율을 강론하게 하였다."[18] 일연은 결국 이 사건을 김현의 정성스러운 탑돌이에 대한 부처의 감응과 보답으로 해석한다.[19] 이 이야기를 「감통」편에 실은 뜻을 이야기의 종장에서 드러낸다.

일연은 인간의 정성에 대한 부처의 보응을 강조하려고 했지만 주목해야할 바는 그 강조 안에 무속과 불교(특히 대승불교)의 연속성 또는 동질성이 내재되어 있다는 점이다. 일연은 호녀에게 오리(五利)를 말하게 한다. "오늘 제가 죽는 것은 하늘의 명이고, 저의 소원이고, 낭군께는 경사이고, 우리 가족에게는 복이고, 온 나라 사람들의 기쁨입니다. 한 죽음이 다섯 가지 이로움을 갖추었으니 어찌 꺼리겠습니까?"[20] 오라비들의 악행을 하늘이 징치하려고 하자 대신 십자가를 지겠다는 호녀, 인연을 맺은 낭군에 대한 은혜를 갚겠다는 호녀를 만류하는 김현에게 호녀가 내세운 설득의 논리이다. 「김현감호」의 핵심적 전언이라고 할 수 있는 이 '일사오리(一死五利)'의 논리 속에 바로 무불의 일체성이 내장되어 있다고 필자는 생각한다.

토템신화를 전승하는 원시사회에서 동물과 인간의 관계는 호혜성에 기반을 두고 있다. 곰 시조신화를 가지고 있는 아이누족은 '이오만테'라고 하는 곰 사냥의례를 가지고 있는데 이와 관련된 서사시 「카무이 유카르」에 따르면 곰 사냥은 산의 신인 곰과 마을의 사냥꾼이 선물을 주고받는 호혜적 관계에 기초해 있다.

---

18 "感人於旋遶佛寺中. 天唱徵惡. 以自代之. 傳神方以救人. 置精廬講佛戒."
19 "非徒獸之性仁者也. 蓋大聖應物之多方. 感現公之能致精於旋遶. 欲報冥益耳. 宜其當時能受禧佑乎."
20 "今妾之壽天. 蓋天命也. 亦吾願也. 郎君之慶也. 予族之福也. 國人之喜也. 一死而五利備. 其可違乎."

나는 곰, 산의 신. 어느 날 내 아내는 인간들을 방문하겠다고 말했다네. 아내를 너무도 사랑한 나는 곰의 모습으로 아내를 따라가 인간의 마을을 파괴하려 했네. 그런데 마을 나무 뒤에서 화살이 날아와 내 몸에 박혔고 나는 쓰러졌네. 나는 그 나무속에 앉아 내가 변장했던 곰의 몸이 땅바닥에 길게 누워 있는 것을 내려다보았다네. 사냥꾼들은 곰의 몸을 마을로 가져갔고 나는 나무에서 내려와 사냥꾼의 등에 올라탔네. 그러자 사냥꾼은 내게 자기 옆에서 걸으라고 말했네. 마을 한가운데 집에서 나는 불의 여신 후치의 환영을 받았다네. 인간들은 내게 선물을 주었고 마지막엔 나를 집으로 돌려보냈다네. 이삼일 후 아내도 술과 만두, 제사 때 쓰이는 조각상 같은 선물을 잔뜩 가지고 돌아왔네. 그래서 우리는 다른 신들을 우리의 잔치에 초대했다네.[21]

서사시의 흐름을 따라가 보면 곰 산신은 처음부터 인간들에게 호의적이었던 것이 아니다. 아내를 잃을까 염려하여 마을을 파괴하려고 한다. 그러나 곰신은 마을에 들어가 불의 여신의 환영을 받고 마을 사람들에게 선물까지 받는다. 물론 이렇게 노래하는 곰신의 몸은 이미 화살에 맞고 쓰러져 마을 사람들의 선물이 되었을 것이다. 곰신은 자신만이 아니라 아내까지 선물을 가지고 돌아왔기 때문에 다른 신들을 초대해 잔치를 벌였다고 노래한다. 인간과 곰(신) 사이의 호혜 관계를 「카무이 유카르」만큼 잘 표현한 서사시를 찾기도 어려울 것이다. 이는 일찍이 프랑스 인류학자 마르셀 모스가 『증여론』(1925)에서 개념화했던 증여(don) 관계, 곧 선물의 순환 과정을 보여주는 것이다.[22]
'일사오리'를 둘러싼 김현과 호녀의 대화와 행위는 이오만테 의례에서 벌어지는 선물의 순환과 대단히 유사하다. 호녀와 김현 사이에는 '동물의 희생'

---

21 Neil Philip, *Mythology of the World*, London : Kingfisher, 2004, p.95.
22 자세한 것은 마르셀 모스, 이상률 역, 『증여론』, 한길사, 2002 참조.

을 매개로 한 호혜 관계가 작동하고 있는 것이다. 호녀는 김현을 위해 자신의 목숨을 내놓고, 김현은 호원사(虎願寺)를 지어 살신성기(殺身成己)에 대한 보은의 의례를 지낸다. 김현이 호원사에서 종생토록 배설한 불교 의례는 이오만데 의례와 같은 원시적 토템 의례의 재현이었다고 해도 좋을 것이다.

물론 양자 사이에는 차이가 있다. 두 영역, 두 집단(혹은 개인) 사이에서의 선물의 순환이 신화에서는 공간적으로 발생한다. 의례의 공간을 매개로 두 집단이 차지하고 있는 공간이 서로 교집합을 이뤄 순환한다. 그러나 불교에서 선물의 순환은 불교적 용어로 인과응보는 시간의 차원에서 발생한다. 현세의 보시는 내세의 보응으로 귀환한다. 「김현감호」에는 김현의 출세라는 당세적(當世的) 보응도 존재하지만 이는 불교가 현세구복(당대발복)이라는 현실의 논리, 곧 무속의 논리와 타협한 결과로 보인다. 개인에서 출발하여 집단으로 국가로 확산되는 일사오리의 논리 구조가 바로 그것이다. 불교가 점찰법회와 복회를 수용하여 대중을 교화하려고 기획했던 것도, 원광법사(555~638)가 살생유택(殺生有擇)을 포함한 세속오계(世俗五戒)를 도입했던 것도 같은 맥락이라고 생각한다. 하지만 불교적 호혜성의 본질은 당대발복이 아니라 인과응보에 따른 윤회전생에 있다. 신화의 공간적 순환을 불교는 시간적 순환으로 변형시켰다. 종교학자 나카자와 신이치는 이를 두고 신화의 야생적 사유를 불교가 고도로 추상화한 결과라고 보았다.[23] 이런 의미에서 보면 김현의 법회는 토템 의례의 재현은 재현이되 변형된 재현이라고 해야 할 것이다. 환언하면 김현의 법회는 원시적 토템 의례를 불교적으로 승화시킨 형태라는 것이다.

이와 관련하여 김현이 호원사에서 종생토록 항상 송경(誦經)했다는 『범망

---

23 나카자와 신이치, 김옥희 역, 『대칭성인류학』, 동아시아, 2005, 212면.

경(梵網經, *Brahmajala Sutta*)』이 암시하는 바를 주목할 필요가 있다. 『범망경』은 본래 이름이 『범망경노사나불설보살심지계품제십(梵網經盧舍那佛說菩薩心地戒品第十)』으로 '노사나불이 설한 보살의 마음 터에 깃드는 계의 품목을 설해 놓은 열 번째 경전'이란 뜻을 지니고 있다. 이 경전에는 석가모니 붓다가 노사나불의 불국토인 연화장 세계의 광명궁에 앉아 보살의 수행과 계율에 대해 가르치는 장면이 담겨 있다. 붓다가 가르친 이 보살계 때문에 이 경전은 신라 이래 한국 불교의 승단 조직과 유지에 큰 영향을 미쳤고, 화엄종 등 대승불교의 여러 종파의 소의율전(所依律典)이 되어 왔다는 것이다.[24] 김현이 『범망경』을 암송했다고 일연이 적시한 이유가 여기에서 드러난다. 그것은 대승불교가 강조하는 보살에 이르는 길이 이 경전에 제시되어 있었기 때문이다. 동시에 일연은 호녀의 증여, 곧 보시(布施)가 바로 보살행이었다는 점을 『범망경』이라는 기표를 통해 강조하고 있는 것이다. 이 점은 「김현감호」의 원전에 해당하는 「호원(虎願)」(『수이전(殊異傳)』 소재)의 작자의 경우에도 다르지 않았을 것으로 판단된다.[25]

이상의 비교를 통해 우리는 「김현감호」가 신화와 무속문화의 전통이 불교 속에 완전히 내면화되어 탄생한 설화라는 결론에 이를 수 있다. 무속적 사유 내부에 있던 희생을 매개로 한 증여의 전통이 불교 사상 안으로 들어가 보살행이라는 형식으로 승화되었다고 해도 좋을 것이다. 그 결과 선도성모가 불사에 기부하는 데 머무는 포섭의 서사가 아니라 희생(보살행)을 통해 선물의 순환을 보여주는 화해의 서사를 창안할 수 있었을 것이다.

---

24 이지관, 『한국불교소의경전연구(韓國佛敎所依經典硏究)』, 보련각, 1973.
25 호랑이가 주체로 설정되어 있는 「호원(虎願)」이라는 제목이 이 작품의 내용에 잘 부합하나 『삼국유사』는 이 사건을 붓다의 감통이라는 맥락 안으로 끌어들여 그것을 강조하기 위해 인간 김현을 주체로 바꿔놓았다.

4. 풍류도의 형성과 창세신화의 재구성

그렇다면 불교에 대한 무속 쪽의 대응은 어떠했을까? 불행하게도『삼국유사』처럼 이야기를 통해 그 양상을 구체적으로 보여주는 텍스트는 없다. 그런 가운데 위서(偽書) 시비가 있는『화랑세기(花郎世紀)』가 흥미로운 정보를 제공해 준다.

"공은 마음가짐이 청렴하고 곧았으며 재물을 풀어 무리들에게 나누어 주었다. 그 때 사람들이 탈의지장(脫衣地藏)이라고 불렀다. 공은 낭도들에게 말하기를 '선불(仙佛)은 하나의 도(道)다. 화랑 또한 불(佛)'을 알지 않으면 안 된다. 우리 미륵선화(彌勒仙花)와 보리사문(菩利沙門)같은 분은 모두 우리의 스승이다" 하였다. 공은 곧 보리공에게 나아가 계를 받았다. 이로써 선불이 점차 하나로 융화하였다.[26]

이 기사에서 '선불(仙佛)이 하나의 도(道)'라고 말하는 이는 호림(虎林)으로『화랑세기』에 의하면 그는 14세 풍월주(風月主)이다. 풍월주란 풍월도 혹은 풍류도를 이념으로 설립된 화랑도의 우두머리이다. 이 기록은 풍월주 호림공이 선과 불을 하나의 도라고 언명할 뿐만 아니라 7세 풍월주 설원랑 미륵선화와 보리라는 이름의 불승을 모두 스승으로 모셔야 한다고 선언했음을 전하고 있다. 호림공은 스스로 계를 받고 불도가 된다. 이어지는 기사에 따르면 미실궁주가 호림의 후처인 유모낭주를 매우 사랑하여 아들을 보기를 원해 호림공에서 천부관음(千部觀音)을 만들어 기원을 하게 하였는데 그 결과

---

26 김대문, 이종욱 역주해,『화랑세기』, 소나무, 1999, 151면.

선종랑을 낳게 되자 호림공이 더욱 부처를 숭상했다고 전한다. 풍월주가 불교를 깊이 받아들이는 과정, 그 과정에서 선불이 융화되는 모습을 이 기사는 잘 보여준다. 호림공이 풍월주가 된 것이 603년이니 7세기 초반이다. 이차돈의 죽음으로부터 80여 년 경과된 시점이다.

그런데 화랑도의 이념적 지반에 된 풍류도는 원시적 무교의 신라적 형식이라고 할 수 있다. 물론 "풍류도는 샤머니즘을 그 기반으로는 하고 있으면서도 하느님신앙(信仰)·산악신앙(山岳信仰)·산신신앙(山神信仰) 등의 신앙형태(信仰形態) 등을 융화하고 승화함으로써 그것을 더욱 고상하고 심원한 사상·신앙형태의 것으로 발전·고양하게 된 점에 주목하지 않으면 아니된다"[27]라는 주장이 있고, 일찍이 최치원이 난랑비(鸞郎碑) 서문에서 풍류도가 충효, 무위, 선악의 교화를 특징으로 하는 유도불(儒道佛) 삼교를 포함하고 있다고[28] 해석했듯이 풍류도에 무교 이상의 요소들이 개입되어 있는 것을 부정할 수는 없지만 그 근저에는 우리가 통칭 무속(巫俗)이라고 부르는 의례적 형식과 세계인식이 전제되어 있다는 사실 또한 부정할 수는 없다고 본다. 예컨대 도솔가 관련 설화에서 알 수 있듯이 하늘에 해가 둘이 나타나는 신화적 괴변이 발생했을 때 월명사와 같은 낭도승(화랑도에 속한 승려)을 불러 산화공덕의 의례를 올리는 장면에서 알 수 있는 것은 불교의 외피를 입은 무속 의례의 모습이다.[29] 이런 무속문화가 팔관회(八關會)라는 이름으로 고려시대에도

---

27 도광순, 「풍류도(風流徒)와 신선사상(神仙思想)」, 『신라문화제학술발표논문집』 5집, 동국대 신라문화연구소, 1984, 300면.

28 『삼국사기 (三國史記)』「신라본기(新羅本紀)」 진흥왕(眞興王) 37년. 崔致遠, 鸞郎碑 序曰: "國有玄妙之道, 曰風流. 設敎之源, 備詳仙史, 實乃包含三敎, 接化群生. 且如入則孝於家, 出則忠於國, '魯司寇'之旨也; 處無爲之事, 行不言之敎, '周柱史'之宗也; 諸惡莫作, 諸善奉行, '竺乾大子(竺乾太子)'之化也."

29 월명사 「도솔가」와 무속 또는 신화의 관계에 대해서는 조현설, 「두 개의 태양, 한 송이의 꽃」, 『국제학술심포지엄자료집 ─ 삼국유사 그리고 신화적 상상력과 예술』, 국립극단학술출판팀, 2012.8을 참조할 것.

완강하게 지속되었기 때문에 고려에 온 외국인이 다음과 같은 기록을 남겼을 것이다.

　　고려는 본래 귀신을 두려워하여 믿고 음양(陰陽)에 얽매여, 병이 들면 약은 먹지 않고 부자(父子) 사이 같은 아주 가까운 육친이라도 서로 보지 않고 오직 저주와 압승(厭勝)을 알 따름이다. 전대의 역사에 이르기를 '그 풍속이 음란해서 저녁이 되면 으레 남녀가 떼 지어 노래하고 즐기며 귀신·사직·영성(靈星)에 제사하고, 10월에는 하늘에 제사하기 위해 큰 모임을 갖는데 그것을 동맹(東盟)이라 부른다. (…중략…) 왕씨(王氏)가 나라를 차지한 이후 (…중략…) 그들이 10월에 동맹하는 모임은, 지금은 그 달 보름날 소찬(素饌)을 차려놓고 그것을 팔관재(八關齋)라 하는데 의식이 극히 성대하다.[30]

　　송나라 사신 서긍(徐兢)의 고려 견문록인 『고려도경(高麗圖經)』(1123)의 한 구절인데 10월 보름에 벌이는 팔관재라는 의례를 고구려의 제천의례였던 동맹과 동일시하고 있다. 하늘과 귀신에 제사를 지내던 동맹이 팔관재로 계승되었다고 이해하고 있는 것이다. 이는 서긍의 견문이 분명하니 고려의 팔관회는 고려 관민들에게 동맹과 다르지 않은 '나라굿'의 일종으로 인식되었음이 분명하다. 팔관회는 고려만이 아니라 이미 신라시대에 시작된,[31] 민속신

30　『선화봉사고려도경(宣和奉使高麗圖經)』 권제17 「사우(祠宇)」. "臣聞高麗. 素畏信鬼神. 拘忌陰陽. 病不服藥. 雖父子至親. 不相視. 唯知呪咀厭勝而已. 前史. 以謂其俗淫. 暮夜輒男女群聚. 爲倡樂. 好祠鬼神. 社稷. 靈星. 以十月. 祭天大會. 名曰東盟. (…중략…) 自王氏有國以來. (…중략…) 其十月東盟之會. 今則以其月望日. 具素饌. 謂之八關齋."

31　"사료에 나타난 신라의 팔관회는 네 차례이다. ①551년(진흥왕 12) 거칠부(居柒夫)가 혜량법사(惠亮法師)를 고구려로부터 모시고 왔을 때 왕이 혜량을 승통(僧統)으로 삼고 처음으로 백좌강회(百座講會: 百高座法會, 100명의 고승을 초청하여 행하는 큰 법회)와 팔관회법을 설치하였다. ②572년(진흥왕 33) 10월 20일 전사한 장병을 위하여 팔관회를 외사(外寺)에서 7일 동안 베풀었다. ③자장(慈藏)이 중국 태화지(太和池) 옆을 지날 때 신인(神人)이 나타나서 "황룡

앙 즉 무속을 수용한 불교적 의례였기 때문에 신라의 무속은 불교 등을 적극적으로 받아들이면서 풍류도로 형태를 갖추어 나갔고, 그것이 고려로 이어진 것으로 봐야 한다. 그렇다면 불교가 무속을 적극적으로 융섭했던 것처럼 무속 또한 외래 종교인 불교를 적극적으로 포용하면서 자신들의 사회적 존립 형식을 재정비해 나갔다고 해야 할 것이다. 이런 맥락에서 우리는 불교를 적극 수용하여 '선불이 하나의 도'라고 했던 풍월주 호림공의 선언을 충분히 이해할 수 있다.

그렇다면 풍월도 혹은 무속의 텍스트 내에 무불의 접변은 어떤 형식으로 표현되었는가? 하지만 불행하게도 이 물음에 대한 대답을 문헌기록에서는 기대하기 어렵다. 앞서 언급한 『화랑세기』에 단편적 언급이 있지만 설화화된 사례를 만나기는 어렵고, 『삼국유사』 등의 기록은 모두 불교의 관점에서 무속을 배격하거나 포용한 사례를 형상화하고 있기 때문이다. 따라서 우리는 「김현감호」 형식의 서사와 짝을 이룰 만한 사례를 구전 쪽에서 찾을 수밖에 없다. 1923년 손진태가 함경도 함흥에서 채록한 김쌍돌이 본 「창세가(創世歌)」가 바로 그것이다.

김쌍돌이 본 「창세가」가 무불의 접변과 관련하여 주목되는 이유는 두 가지이다. 먼저 이 무속신화에 불교가 깊숙이 들어와 있다는 점이다. 표면적으로 이 신화가 불교와 관계를 맺는 방식은 창세신들의 이름에 드러난다. 「창세가」에는 최초의 창세신 미륵이 등장하고, 미륵이 창조한 인간세계를 빼앗는 적대자 석가가 출현한다. 「창세가」의 미륵과 석가는 이름이 환기하는 대로 불교의 소산이지만 불교 그대로의 신불(神佛)이 아니라 무속화된 신불이

사 구층탑을 세우면 나라가 이로우리니 탑을 세운 뒤에 팔관회를 베풀고 죄인을 구하면 외적이 해치지 못한다'고 하였는데, 귀국 후 탑을 세운 다음 팔관회를 개최(645년경)하였음이 분명하다. ④ 899년(효공왕 3) 11월 궁예가 처음으로 팔관회를 개최하였다." 한국정신문화연구원, 『한국민족문화대백과사전』 23, 한국정신문화연구원, 1991, '팔관회'항 참조.

다. 그런데 여기서 더 중요한 것은 미륵과 석가라는 이름이 아니라 그들이 무속화되는 과정에서 무속신화의 사유 속에 용해되어 들어가면서 무속신화에 깊이를 더하게 되었다는 사실이다.

둘째는 「창세가」의 형성 시기와 관련되어 있다. 구전되다가 1923년에 채록된 「창세가」의 정확한 창작 시기를 획정하기는 어렵지만 여러 가지 방증 자료를 통해 대체적 추정은 가능하다고 본다. 추정의 핵심적 근거는 미륵이다. 김쌍돌이 본 「창세가」와 연관이 있는 것으로 판단되는 제주의 창세신화 「천지왕본풀이」에는 미륵-석가가 등장하지 않고 대별왕-소별왕 형제가 등장한다.[32] 미륵은 석가와 더불어 불교 전래 이후 한국 창세신화 속에 들어온 신불이다. 그런데 「창세가」에 등장하는 창세의 주신 미륵은 특히 미륵하생 신앙과 관계가 있는 미륵이다. 「창세가」는 속임수를 통해 인간세상의 치리권을 절취한 석가 때문에 최초의 창조자 미륵이 이 세상을 떠났고, 그 결과 이 세상이 말세가 되었다고 노래하고 있는데 이 말세의 담론 속에는 미륵의 하생에 대한 강력한 기대가 있는 것으로 보이기 때문이다. 우리는 이 미륵과 미륵하생신앙이라는 실마리를 통해 「창세가」가 적어도 신라 중대 이전에는 주조되기 어려웠으리라는 추정에 이를 수 있다.

그런데 역사학계의 연구결과를 참조하면 미륵하생신앙과 관련하여 진표의 존재를 특히 주목할 필요가 있다. 『삼국유사』 「의해(義解)」편 「진표전간(眞表傳簡)」조에 따르면 그가 경덕왕 11년(752)에 미륵불을 친견하고 점찰경(占察經)과 간자(簡子) 189개를 받았다는 데서 알 수 있듯이 미륵신앙을 설파

---

32 "이러한 법을 마련하여 두고 천지왕이 총맹부인과 합궁일을 받아 천정배필을 맺어 두고 말을 하되 '아들 형제 두었으니 태어나거든 큰아들은 성은 강씨 대별왕으로 이름을 짓고 작은아들은 성은 풍성 소별왕으로 이름을 지어두라.' '증거라도 두고 가십시오.' 증거를 주는 것이 박씨 두 방울을 주며, '나를 찾아올 때는 정월 초해일(初亥日)에 이 박씨를 심으면 알 수 있으리라.' 이렇게 말해두고 옥황으로 올라간다." 현용준·현승환 역주, 『제주도무가』, 고려대 민족문화연구소, 1996, 17면.

했는데 주로 옛 백제와 고구려 지역의 하층 농민들로부터 환영을 받는다. 이런 진표의 미륵하생신앙은 석충(釋沖)을 비롯한 여러 제자를 통해 신라 말까지 이어지면서 하층민들의 강력한 지지를 받았다.[33] 일찍이 진표가 포교 활동을 했던 금강산과 명주(강릉) 일대, 승려 출신 궁예(재위 901~918)가 자칭 하생한 미륵불이라고 하면서 미륵관심법(彌勒觀心法)이라는 의식으로 인민들을 통치하던 철원을 중심으로 한 태봉국 지역, 그 연장선상에서 김쌍돌이 본「창세가」의 전승 지역인 함흥을 고려한다면 이 작품은 대개 8세기 이후, 10세기 이전에 제작되어 큰굿에서 불렸을 가능성이 농후하다고 판단된다. 김쌍돌이 본「창세가」를 8세기 원성왕대를 배경으로 삼고 있는「김현감호」와 짝지을 수 있는 이유가 여기에 있다.

그렇다면 무속은 불교를 어떻게 포획하여 내면화하여 창세신화의 재구성에 이르렀는가? 이 문제를 해명하기 위해서는 먼저 두 신의 창세 형식에 주목해야 한다. 미륵과 석가는 창세의 공간에서 대결하는데 이처럼 쌍둥이 혹은 두 신이 대결하면서 세계를 창조하고 지배하는 창세신화 형식이 본래 유라시아 지역에는 널리 유전되고 있었다. 중앙아시아 지역에서 전승되고 있는 울겐과 에를릭의 신화가 그 범례이다.[34] 제주의 대별왕-소별왕의 창세도 같은 계보에 속한다고 판단된다. 몽골·중국·오키나와·베트남에서도 유사한 사례가 확인된다.[35] 문제는 이 선악 경쟁신화소의 전통에 불교가 간섭하면서 일으킨 변화인데 왜 미륵이 선신이 되고, 불교의 창시자인 석가모니 붓다가 악신이 되었는가 하는 점이다. 악신 석가는 불교적 전통 속에서는 근

---

33 조인성,「미륵신앙과 신라사회 – 진표의 미륵신앙과 신라말 농민봉기와의 관련성을 중심으로」, 『진단학보』82집, 진단학회, 1996.

34 울겐-에를릭에 대해서는 양민종,「신화내부 시간범주에 따른 알타이신화 모티프 분류」,『단군학 연구』22호, 단군학회, 2010 참조.

35 이 문제에 대해 자세한 것은 Manabu Waida, "The Flower Contest between Two Divine Rivals, A Study in Central and East Asian Mythology", *Anthropos* 86, 1991, pp.87~109를 참조할 것.

본적으로 불가능한 캐릭터이다. 인도의 '자타카[本生譚]'에도 미륵과 석가의 이야기가 적지 않지만 둘이 적대자로 등장하는 경우는 없고, 석가가 악역을 맡는 경우는 더더욱 없다.[36] 따라서 이 대립 구도는 불교의 영향 문제가 아니라 창세신화를 통해 표현된 불교에 대한 무속의 태도의 문제이다.

석가가 사기꾼의 형상으로 묘사된 데에는, 제주신화의 소별왕과 같은 부정적 창조신의 위치에 석가를 배당한 데에는 분명 불교에 대한 무속문화의 반감이 반영되어 있다. 이런 반감이 같은 지역에서 전승되던 〈바리데기〉 무가 계열의 〈칠공주〉(이고분 본)나 〈오기풀이〉(지금섭 본) 등에도 표현되어 있는 것은 결코 우연이 아니다.[37] 이는 불교 초전 시기에 만연했던 무속 혹은 풍류도 집단의 반불교적 적대감의 필연적 결과라고 생각한다. 이차돈의 죽음의 배후에 이런 유의 적대감이 없었다고 보기 어렵다. 『삼국유사』의 「혜통항룡」이나 「밀본최사」조 등의 기사에 보이는 무속신앙에 대한 불교의 제치 형식과 유사한 사태가 무속신화의 장에서는 사기꾼 석가 이미지로 구상화되었다고 할 수 있겠다. 이 사기꾼 석가로 인해 이 세계가 디스토피아가 되었다는 것이 「창세가」가 표현하고 있는 무속적 세계관의 일단이다. 그러나 「창세가」는 단지 부정적 세계 인식에 머물지 않고 그것을 넘어선다.

「창세가」는 불교를 부정하면서도 불교를 포용하기 위해 미륵을 선택한다. 미래불(未來佛)로 미륵하생신앙의 주신(主神) 미륵은 「창세가」의 형성 시기에는 이미 전래의 바위신앙과 결합되어 미륵바위의 형태로 숭앙을 받고 있었고, 풍류도와 결합하여 미륵의 화신으로 여겨진 풍월주의 형상으로 숭상을 받고 있었고, 무불의 통합을 상징하는 흥륜사와 같은 국가적 대찰의 주

---

36 심재관, 「석가-미륵 투쟁신화와 힌두신화의 한 유형 - 비교론적 관점에서」, 『비교민속학』 33집, 비교민속학회, 2007.
37 이 문제에 대해 자세한 것은 윤준섭, 「함흥본 바리데기 연구」, 서울대 석사논문, 2012 참조.

존(主尊)으로 숭배를 받고 있었기 때문에 창세신화에 수용하여 기존의 창세신의 형상을 미륵으로 바꾸는 데 큰 반발이 없었을 것이다. 오늘날의 무속에서 확인할 수 있는 것처럼 무속신앙은 외래적 신이라도 위력적이라면 받아들이는 데 주저함이 없다. 8세기 이후의 불교는 이미 신라사회에서 주도권을 지니고 있었기 때문에 불교의 신불들이 무속 안으로 쉽게 들어올 수 있었을 것이다. 더구나 신라 하대에 미륵불은 전란과 생활난에 시달리던 하층 인민들의 현실 변혁에 대한 강렬한 기대를 표상하는 신이었다.

그런데 미륵은 「창세가」에서 형식적으로는 패배자가 된다. 세계를 창조한 신이었으나 석가와의 내기에서 진 뒤 이승을 석가에게 양도하고 떠나기 때문이다. 그러나 내용적으로, 혹은 궁극적으로 패배했다고 획정할 수 있을까? 그렇지 않다. 미륵은 석가가 자는 척하면서 자신의 무릎에 피어오른 꽃을 꺾어 갈 것을 알았으면서도, 혹은 꺾은 것을 알면서도 석가의 현존을 인정한다. 굿판의 청중(단골)들 또한 이 '착한 신의 선택'을 모를 리 없다. 따라서 사기 당한 현실은 일시적인 것일 뿐이다. 청중들은 미륵의 궁극적 패배를 추인하지 않고, 악한 신에서 비롯된 현실의 간난신고를 일거에 해결할 선한 신의 재림을 고대하게 된다. 이런 대망 의식이 「창세가」의 결말부에는 다음과 같이 표현되어 있다.

너 歲月이 될나치면, / 三千중에 一千居士 나너니라. / 歲月이 그런즉 末世가 된다. / 그리든 三日만에, / 三千중에 一千居士 나와서, / 彌勒님이 그적에 逃亡하야, / 석가님이 중이랑 다리고 차자 써나와서, / 山中에 드러나니 노루 사슴이 잇소아, / 그 노루를 잡아내여, / 그 고기를 三十 꼿을 씨워서, / 此山中 老木을 썩거내여, / 그 고기를 구어먹어리. / 三千중 中에 둘이 이러나며, / 고기를 싸에 써저트리고, / 나는 聖人이 되겟다고, / 그 고기를 먹지 안이하니, / 그 중 둘이 죽어 山마다 바우

되고, / 山마다 솔나무 되고, / 지금 人間들이 三四月 當進하면, / 새앵미 녹음에, / 꽂煎노리, 花煎노리.[38]

인용된 대목에 따르면 석가의 치세 이후 석가를 따르던 무리들 가운데 둘이 일어나 석가가 잡은 노루 고기를 거부하면서 성인(聖人)이 되겠다고 하는 '이상한' 선언을 한다. 「창세가」에서 논리적으로 잘 납득이 되지 않는 부분이다. 노루 고기를 먹는 석가모니의 형상은 불교에 대한 우리의 통념을 정면으로 반박하기 때문이다.[39] 더 이해하기 어려운 부분은 성인이 되겠다고 선언한 두 중이 죽어서 바위와 소나무로 변신했는데, 그래서 현재의 인간들은 삼사 월 봄이 되면 상향미(尙饗米), 노구메를 싸들고 화전놀이를 한다는 마지막 진술이다. '석가에 대한 반발 → 변신 → 화전놀이'로 급하게 이어지는 서사 전개에는 상당한 비약이 있는 것처럼 보인다. 그러나 미륵의 패배를 인정하지 않는 굿판의 청중이라는 맥락에서 보면 이 서사 전개에는 교묘한 무속의 논리가 숨어 있다. 다시 말하면 불교의 무속화, 혹은 창세신화적 세계 인식의 재확인이라고 할 만한 논리가 개입되어 있다는 것이다.

우선 느닷없이 석가의 육식을 거부하는 두 성인에 대해 생각해 보자. 두 중은 석가를 거부하고 성인이 되겠다고, 다시 말하면 미륵의 법을 따르겠다고 공표한다. 이런 두 중의 형상 속에서 미륵의 형상을 찾기란 어렵지 않다.

---

38 손진태, 『朝鮮神歌遺篇』, 東京 : 鄕土文化社, 1931, 12~13면.
39 자타카의 하나인 「니그로다 사슴왕」 설화를 보면 붓다의 전생의 형상인 니그로다 사슴왕은 매일 사슴 사냥을 하는 브라흐마닷타왕이 새끼 밴 암사슴을 죽이려 하자 대신 죽으려고 나서는 보살행의 과정에서 왕을 깨우쳐 살생을 막았다고 한다. 이 자타카에서 사슴은 붓다, 곧 석가모니의 상징이다. 과연 「창세가」가 이런 불교적 상징성까지 내면화하고 있었는지는 장담할 수 없지만 이런 맥락에서 보자면 「창세가」의 노루 역시 석가의 상징일 수 있다. 그렇다면 노루를 잡아먹는 석가는 브라흐마닷타왕에 대응되고, 그것을 부정하는 두 중은 니그로다 사슴왕에 대응된다. 그러나 자타카의 브라흐마닷타왕은 깨달음에 이르지만 「창세가」의 석가는 그런 배역을 할당받지 못한다. 그 배역은 두 중에게 배당된다.

성인이 된 두 중은 석가의 치세에 존재하는 미륵의 화신이다. 이는 본질을 잊고 현실의 속임수와 타협한 세속화된 불교에 대한 거부이기도 하다. 풍류도의 시각에서 보면 두 성인은 화랑도의 표상인 미륵선화, 곧 풍월주의 모습일 수도 있을 것이다.

두 성인이 미륵의 화신, 미륵의 표상이라고 보아야 이들이 죽어서 바위와 소나무가 되었다는 이후의 서사 전개가 설명될 수 있다.[40] 당대의 인민들이 숭앙했던 미륵은 이미 미륵바위나 돌로 깎은 미륵불로 가시화되어 있었기 때문에 두 중이 바위와 그 곁에 있는 소나무가 되었다면 역으로 두 중은 미륵의 현현일 수밖에 없는 것이다. 그렇다면 봄의 화전놀이는 단순히 봄꽃을 즐기는 놀이가 아니라 제물을 싸들고 미륵불(미륵바위)을 찾아가 드리는 의례라고 봐야 한다. 표면적으로는 비약처럼 보였던 서사 전개의 심층에는 한편으로는 불교를 반박하면서 한편으로는 불교를 통합하는 치밀한 무속의 논리가 개입되어 있었던 셈이다.

불교와의 접변과정에서 재구성된 김쌍돌이 본 「창세가」의 이 같은 서사구조는 무속의 전통이 외래의 불교와 대결하면서도 대결 자체에 머무르지 않고, 충격을 내면화했을 뿐만 아니라 불교와 다른 방식으로 화해하고 있음을 보여준다. 신화적 사유는 본질적으로 인간과 자연, 인간과 인간, 인간과 신 사이의 대칭성을 지향한다. 토템신화에서 인간과 동물이 맺는 호혜적 관계도 이런 대칭적 사유의 산물이다. 「창세가」에서 미륵이 창조한 세계는 그런 균형 잡힌 세계였다. 그러나 미륵의 그림자라고 할 수 있는 석가의 등장으로 대칭성은 깨어진다. 미륵이 떠나고 사기꾼 석가만 남은 세계상이 그것을

---

40 바위와 소나무 가운데 핵심은 바위이다. 이본이라고 할 수 있는 강춘옥 본 〈셍굿〉 등에 소나무가 없고 바위만 있다는 데서 가능한 추론이다. 소나무는, 한반도 전역에서 미륵바위라고 불리는 산의 암석 곁에 늘 소나무가 함께 있는 데서 발생한 변형으로 판단된다.

보여준다. 이 비대칭성을 조정하기 위해 「창세가」는 석가의 내부에 존재하던, 석가의 무리 가운데 석가를 부정하는 둘을 불러일으킨다.

이런 의미에서 두 중은 「김현감호」의 호녀와 다르지 않다. 호녀에 의해 오리(五利)가 이룩되었듯이 기립한 두 성인의 존재로 인해 기울어진 균형은 회복을 향해 나아간다. 이는 석가만으로 세계를 구원할 수 없다는 무속의 전언이고 무속이 불교와 공존하려고 던지는 메시지일 수 있다. 불교와 마찬가지로 무속 또한, 「창세가」에 잘 표현되어 있는 대로, 한편으로는 불교와의 갈등을 드러내지만 한편으로는 그것을 해소하는 화해의 서사를 노래하고 있는 것이다. 현실의 불교를 거부하고, 불교의 본래 면목을 불보살의 이름으로 환기하는 방식으로, 동시에 태초의 창조신을 현실에 초환(招還)하여 대칭성을 회복하는 신화적 방식으로.[41]

---

41 「창세가」에 보이는 불교의 적대와 통합을 서사무가 〈바리데기〉의 유형들 사이의 보이는 차이를 통해 논의해 볼 수도 있을 것이다. 유형들이 형성되고 변형되는 과정에서 초기 유형의 적대가 후기 유형의 통합으로 변이되는 모습을 보인다고 판단되기 때문이다. 다시 말하면 「창세가」와 같은 함흥지역에서 불리던 〈바리데기〉의 경우 불교에 대한 강한 적대감이 표현되어 있지만 서울경기지역 본을 필두로 한 다른 지역 본들은 그렇지가 않다는 것이다. 바리데기가 부모에 의해 버려졌을 때 바리를 구원하는 존재가 전자에서는 용왕이라면 후자에서는 석가모니불이다. 또 판본에 따라서는 바리데기가 저승에서 낳은 아들들이 저승의 열시왕이라는 신직을 받는데 이 열시왕은 불교의 염라대왕을 비롯한 시왕(十王)을 수용한 것이다. 무속이 불교를 완전히 수용했음을 함흥지역 본을 제외한 다른 지역의 〈바리데기〉들은 보여준다. 이는 무불통합의 서사적 양상은 바리데기의 희생을 통한 신성화라는 주제의식과 일치한다. 바리데기는 자신을 부왕 불라국왕 앞에 선물로 내놓음으로써 불라국의 질병을 치유한다. 이런 의미에서 보면 바리데기와 호녀는 다른 존재가 아니다. 〈바리데기〉에 대한 본격적 논의는 글을 달리하기로 한다.

5. 접화의 서사, 그리고 서사문학사의 확장

　신라 불교가 성숙기에 접어들었던 7~8세기 불교사상의 이론적 주류는 화엄학이었다. 그리고 신라 화엄학 형성의 두 기둥은 원효(元曉, 617~686)와 의상(義湘, 625~702)이다. 두 승려는 신라의 통일전쟁을 몸소 체험했고, 의상은 입당(入唐)을 통해, 입당행의 동반자 원효는 독오(獨悟)와 반보(反步)를 통해[42] 각각의 학문적 성취를 이뤄갔지만 두 학승은 공히 화엄학의 내부에서 새로운 길을 치열하게 모색하면서, 신라의 전통과 불교의 화해, 나아가 불교 내부의 통합과 화해를 고민했던 인물들이었다.

　주지하듯이 원효 사상의 핵심은 화쟁(和諍)이었다. 화쟁은 다양한 불교 이론들과 종파 사이의 갈등을 화해시키기 위해, 구체적으로는 중관론(中觀論)과 유식론(唯識論)의 대립을 넘어서려고 제시한 이론이다. 『대승기신론소(大乘起信論疏)』에 따르면 고요한 바다에 바람이 불면 파도가 일어나지만 파도와 바닷물이 둘이 아니듯이 중생의 일심(一心)도 깨달음의 경지인 진여(眞如)와 깨닫지 못한 상태인 무명(無明)으로 분열되어 있으나 진여와 무명이 둘이 아니라고 했다.[43] 원효의 이런 관점은 의상이 「화엄일승법계도(華嚴一乘法界圖)」에서 말한 "하나 가운데 일체가 있고 여럿 가운데 하나가 있다. 하나가 곧 일체이고 여럿이 곧 하나이다. 하나의 티끌이 시방세계를 머금고 있고, 일체의 티끌 속 또한 이와 같다"[44]라는 관점과 크게 다르지 않은 것으로 보인

42　의상과 원효의 입당과 원효의 신라 회귀에 대한 사실적 기록은 『송고승전(宋高僧傳)』 권4 「석의상전(釋義湘傳)」을 참조할 것.

43　『대승기신론소(大乘起信論疏)』 권1. "立一心法者, 遣彼初疑. 明大乘法唯有一心, 一心之外更無別法. 但有無明迷自一心, 起諸波浪流轉六道. 雖起六道之浪, 不出一心之海. 良由一心動作六道, 故得發弘濟之願. 六道不出一心, 故能起同體大悲. 如是遣疑, 得發大心也."

44　「화엄일승법계도(華嚴一乘法界圖)」. "一中一切多中一, 一即一切多即一, 一微塵中含十方, 一切

다. 대립되는 두 항이 전혀 다른 것 같으나 사실은 하나가 다른 하나를 포함하고 있는 상태라는 인식이 그것이다. 종합에 이르는 세부의 논리과정은 다르지만 사유의 심급(審級)에 작동하고 있는 인식은 너와 나, 주체와 타자가 둘이 아니라는 인식, 원효의 말을 빌리자면 "한 마음 안에 있는 두 문[一心二門]"[45]의 인식이다.

신라 말기의 최치원(857~?)은 난랑비 서문에서 풍류도와 관련하여 세 가지 중요한 정보를 제공하고 있다. ① 풍류도 설교(設敎)의 근원은 선사(仙史)에 자세히 기록되어 있고, ② 풍류도는 유불도 삼교를 포함하고 있고, ③ 삼교가 서로 접(接)하여 군생(群生)을 교화한다는 것[46]이 그것이다. 풍류도가 삼교를 포함하고 있지만 무속문화가 근간이 되었음은 앞에서 지적한 바 있다. 그런데 풍류도는 삼교가 서로 배척하지 않고 접하여 군생을 교화한다고 했다. 여기서 접한다는 것은 서로 어울린다, 협동한다는 뜻이고, 군생은 중생, 그러니까 생명이 있는 만물을 뜻한다. 서로 다른 기원과 도그마를 지닌 세계관(혹은 종교)들이 어우러져 '바람이 흐르는 길[風流道]'을 이루어 뭇 생명을 조화의 길로 이끈다는 것이다. 『삼국사기』에 따르면 풍류도가 처음으로 제도화된 때가 진흥왕 37년(576) 봄이고, 선불이 하나라는 풍월주 호림공의 발언은 7세기 초, 그러니까 30여 년이 지난 후의 일이다.

최치원이 거론한 선사라는 책도 남아 있지 않고, 풍류도의 삼교 접화(接化)가 구체적으로 어떤 내용을 지니고 있는지에 대한 구체적 기록도 남아 있지는 않지만 우리는 적어도 이 난랑비의 짤막한 기록을 통하여 신라의 전통적 원시신앙이 6세기 후반에 제도화되는 과정에서 유도불로 대표되는 다양한

    塵中亦如是."
45 『대승기신론소』 권1. "此論之意, 旣其如是, 開則無量無邊之義爲宗, 合則二門一心之法爲要."
46 "國有玄妙之道, 曰風流. 設敎之源, 備詳仙史. 實內包含三敎, 接化群生."

외래 사상과 의례를 수용하여 종합하는 과정을 거쳤다는 사실(史實)은 확인할 수 있다. 원효의 화쟁론, 이어지는 의상의 화엄학이 전개된 때는 7세기 후반, 풍류도의 제도화로부터 한 세기가 지난 즈음이다. 물론 신라의 불교사상이 화엄학이라는 꽃을 피우기 이전에 이미, 신라 전통의 무교가 삼교 접화를 추구했던 것처럼, 신라 불교는 점찰법회 유형의 밀교적 주술의례를 활용하는 불교식의 접화를 추구하고 있었다. 이렇게 본다면 무속과 불교는 6세기이래 서로가 둘이 아니라는 인식 속에서 타자의 세계관을 인정하고 수용하면서 자신들의 사상을 구축해나갔다고 하는 것이 실상에 가까운 이해일 것으로 생각한다.

무불의 이 같은 상호 접화의 과정은 한국 초기 서사문학사의 확장과 무관하다고 보기 어렵다. 대표적 사례로 거론한 「김현감호」는 8세기 원성왕 시대를 배경으로 삼고 있는데 10세기 전후로 『수이전(殊異傳)』에 수습되었고, 김쌍돌이 본 「창세가」는 8~10세기 사이에 형성되어 구전되어 온 것으로 추정된다. 「김현감호」는 그 문제적 성격으로 인해 일찍부터 소설성 시비가 있어온 작품이고,[47] 김쌍돌이 본 「창세가」는 한국 창세신화의 준거가 되는 구전서사시이다. 그런데 불교와 무속을 각각 대표하는 두 텍스트가 모두 화쟁과 접화를 추구하고 있다. 「김현감호」의 호녀는 자기 목숨을 선물로 내놓고 선물을 받은 김현은 답례품으로 호원사와 『범망경』을 바치는 방식으로, 「창세가」의 미륵은 이길 수 있는 경쟁에서 양보를 하고 그 양보가 미륵의 화신인 두 성인의 석가의 현실에 대한 거부로 돌아오게 하는 방식으로 대립되는 두 세계의 화해를 이룩한다. 신라 중하대에 산출된 서사문학 텍스트들이 이

---

47 임형택, 「나말여초의 전기문학(傳奇文學)」, 『한국문학사의 시각』, 창작과비평사, 1984; 박희병, 「한국고전소설의 발생 및 발전단계를 둘러싼 몇몇 문제에 대하여」, 『한국 전기소설(傳奇小說)의 미학』, 돌베개, 1997.

처럼 동일한 지향을 보인 이유는 무엇인가? 원효와 의상의 화엄불교, 풍류도의 선불불이(仙佛不二) 혹은 삼교통합의 사상이 문학작품으로 개화되었기 때문이 아니겠는가.

「김현감호」는 토테미즘에 보이는 원시적 호혜 관계를 이상화한 화엄불교의 사상을 수용하면서 신도징 설화가 보여주는 전설적 경이의 세계를 넘어선다. 동시에 동물과 인간의 결합이라는 토템 신화의 모티프를 수용하면서도 인간과 세계의 불화를 현실 속에서 화해시키는 새로운 경로를 보여준다. 김쌍돌이 본 「창세가」는 불교, 특히 미륵하생신앙을 받아들이면서 선악과 호오, 양항을 상징하는 쌍둥이 신에 의한 태초의 세계창조가 아니라 부당한 역사적 현실 속에서 정당한 방향으로의 재창조가 어떻게 가능한가를 이야기한다. 신화적 서사와 사유의 지속을 보여주면서도 동시에 그 서사와 사유가 확장되고 심화되는 양상을 드러낸다.

그런데 이런 양상은 두 작품에 한정된 것이 아니다. 7세기 진평왕대의 융천사는 「혜성가(彗星歌)」를 불러 혜성이 심대성을 범한 불길한 징조를 물리친다. 8세기 경덕왕대의 월명사는 「도솔가」를 불러 두 개의 해가 나란히 떠오른 변괴를 해결한다. 융천사나 월명사는 원효나 의상이 아니라 불교를 받아들인 풍류도, 곧 낭도승(郎徒僧)들이다. 이들이 보여준 노래의 주술은 이전의 무속적 의례가 연출한 칼과 활의 위협적 주술과는 다른 차원의 주술이다. 서사무가 〈바리데기〉에서 석가모니는 바리의 구원자이자 저승행의 조력자로 등장한다. 바리의 이미지는 관음보살의 이미지와 겹쳐진다. 제주의 〈이공본풀이〉는 불교의 안락태자 이야기를 수용하여 무속의 서사로 재조직하는데 한락궁이의 어머니 원강암이는 바로 관음보살의 무가적 재현이다. 〈바리데기〉와 원강암이의 희생은 불교를 경유하여 재창조된 무속신화의 주인공들이다. 이렇게 보면 무속과 불교가 갈등을 넘어 화해에 이르는 과정에서 초기 서사문학사가 대단히 풍성해졌음을 알 수 있다. 무속과 불교의 접점에서 생성된 것은 단지 갈등의 서사가 아니라 갈등을 넘어서는 '화해의 서사'였고, 그것이 오히려 초기 서사문학의 주류였다고 판단된다. 그리고 이는 향후 서사문학사의 향방을 예견하는 것일 수도 있겠다는 생각을 조심스레 덧붙여 본다.

주지하듯이 무속의 전통은 고려 중기를 거치면서 유교, 특히 주자학과 다시 부딪친다. 하지만 양자의 대응과 갈등, 거기서 생성된 문학작품의 양상은 무불의 경우와는 상당한 차이를 보인다. 12세기의 함유일(1106~1185)은 무속을 몰아내는 데 진력을 기울이고, 13세기 초에 이규보(1168~1241)는 「동명왕편」을 쓰던 20대의 태도와는 달리, 무속의 혹세무민(惑世誣民)에 대해 비판적 어조로 「노무(老巫)」편을 쓴다. 구전되는 한반도 지역의 〈제석본풀이〉, 제주의 〈세경본풀이〉 등의 서사무가도 유교에 대해 적대적이다. 이들 무가에서 유교를 상징하는 '삼천선비'는 주인공(무속 영웅)과 대결하는데 그 과정에서 대단히 부정적 형상으로 표현된다. 무속 영웅이 삼천선비를 물리치는 대결의 서사를 통해 무속은 유교에 대한 적대성을 여지없이 드러낸다. 효의 논리를 수용하는 듯한 〈바리데기〉는 아버지가 아니라 어머니에 대한 효를 말하고, 아버지의 국가는 부정한다. 중세문학사의 다음 단계에서 전개된 유교와 무속의 갈등과 견주어 보면 초기 문학사에 보이는 무속과 불교의 접화는 기간의 평가와는 다른 맥락에서 문학사의 편폭을 확장, 심화시키는 데 크게 기여했다고 평가해도 좋을 것이다.

조선시대 경서 해석의 관점(觀點)과 연변(演變)

최석기

1. 문제의 소재

조선시대 사상사의 추이를 고찰할 수 있는 주요한 키워드 중에 하나가 경서 해석의 관점이다. 조선시대는 주자학(朱子學)을 이념으로 하였지만 주자학을 받아들여 자기화하는 과정에서 부분적으로 이견(異見)이 제기되었고, 주자학이 정착된 조선 중기 이후에는 주자의 중설(衆說)에 동이(同異)가 있음을 발견하고 이를 분변하여 정설(定說)을 정하는 해석이 이루어졌다. 따라서 조선시대 경학사를 올바로 이해하기 위해서는, 경서 해석의 관점(觀點)과 그 연변(演變)에 대해 고찰할 필요성이 있다.

조선시대 사상사의 흐름이 16세기 퇴계·율곡 이후 주자학 일변도로 경도되기 시작하지만, 그런 가운데서도 주자의 주석만을 따르지 않고 독자적으로 의리를 발명하려 한 학자들이 간혹 나타났다. 특히 17세기 전반 국내외적으로 불안정한 분위기 속에서 다양한 변화의 움직임이 일어났다. 또 18세기 이후 주자학을 절대존신하는 분위기가 팽배하자, 본지를 탐구해야 한다고 주장하며 학문 본연의 정신을 환기하는 목소리도 나타났다. 따라서 그들의 경서 해석의 관점과 변화를 추적하면 조선시대 사상사의 흐름을 이해하는 데 중요한 단서를 제공할 것이다.

이 글은 이런 문제의식을 전제로 하여, 조선시대 경서 해석의 흐름을 조망하면서 변화를 추구한 주요 인물의 설을 중심으로 경서 해석의 관점과 그 연변에 대해 논의하고자 한다. 이 글은 조선시대 경서 해석을 관통하고 있는 관점이 주자의 주석에 따라 해석하는 관점이라는 점을 전제하기 때문에 그런 고착화된 관점에서 벗어나 새로운 해석을 추구하는 관점이 무엇을 지향하고 어떻게 변화하며 전개되는지에 주목하여 전개할 것이다. 그리고 해석의 관점을 명확히 드러내기 위해, 주자가 일생의 정력을 바쳐 해석한 『대학장구』를 어떻게 수용하고 해석하였는가에 초점을 맞추어 논의하고자 한다.

2. 송학(宋學)의 의리주의(義理主義)와 경서 해석(經書解釋)의 관점(觀點)

1) 주자(朱子)의 해석 태도와 의리발명(義理發明) 중시

주자의 경서 해석 태도에 대해 단편적으로 언급한 것은 많지만, 그 특징을 간추려 종합적으로 언급한 것은 그리 흔치 않다. 조선 후기 이익(李瀷, 1681~

1763)은 주자의 해석태도에 대해, "구설(舊說)에 대해 따를 수 있는 것은 그대로 따르며 구차하게 새 주를 달지 않았으며, 전후의 설에 이견이 있을 경우 그것을 바꾸고 구차하게 남겨 두지 않았으며, 문인이나 나이 어린 사람들이 마음 내키는 대로 문난(問難)할 때 하나의 조그만 장점이라도 모두 채록하여 구차하게 버리지 않았다"[1]는 점을 꼽았다. 근래 대만의 임섭연(林葉連)은 주자의 경서 해석 태도에 대해, 주석문을 명백하고 이해하기 쉽게 하였으며, 주석을 완성된 문장으로 하지 않았으며, 고적(古籍)의 훈석(訓釋)을 따르고 자기의 견해를 함부로 내지 않았으며, 대의(大義)를 회통(會通)하여 확실한 뜻을 정하였으며, 글자를 첨부하여 해석하지 않았으며, 모르는 것은 억지로 해석하지 않고 놔두었다고 정리하였다.[2]

이 두 설을 종합하면, 주자의 경서 해석 태도는 고훈(古訓)을 따르며 자기 견해를 함부로 개진하지 않았다는 불구신(不苟新)의 태도, 구설 가운데 일부는 수용하지 않고 새로운 주석을 하였다는 불구유(不苟留)의 태도, 여러 사람들의 의견을 들으며 사소한 장점도 버리지 않고 모두 수용하였다는 불구기(不苟棄)의 태도, 그리고 모르는 것을 억지로 주석하지 않고 남겨두었다는 불구석(不苟釋)의 태도, 이렇게 네 가지로 정리할 수 있다. 이런 해석 태도를 관통하고 있는 학문 정신은 무엇일까? 이는 주자의 다음과 같은 말에서 찾을 수 있다.

의리는 지극히 무궁하니, 전인이 그와 같이 말했더라도 반드시 극진한 것은 아니다. 모름지기 스스로 그 사안을 가지고 횡간(橫看)하기도 하고, 수간(豎看)하기도 하여 깊은 경지에 최대한 들어가 실재(實在)하는 의리가 온전히 있어야 한다.[3]

---

1 이익(李瀷), 『성호집(星湖集)』 권32 서 「논어질서서(論語疾書序)」. "朱子之爲此註 其於舊說 苟可以因則因之 不苟新也 或前後異見 則易之 不苟留也 雖門人小子 隨意發難 一曲之長 咸在採收 不苟棄也 用此 知朱子之心 與天地同恢 與古今同公 無一毫繫各 而惟義之從也."
2 林葉連, 「中國歷代詩經學」, 中國文化大學 博士論文, 中華民國 79年.

이처럼 주자의 학문정신은 의리발명에 주안점을 두고 있다. 의리는 무궁하기 때문에 전인의 설을 답습해서는 안 되고, 여러 방법을 동원해 의리를 발명해서 깊은 경지에 들어가 터득한 실재의 의리가 있어야 한다는 것이다.

그런데 이는 주자만이 견지했던 정신이 아니다. 한학(漢學)의 훈고주의(訓詁主義)를 극복하면서 나타난 송학(宋學)의 의리주의(義理主義)가 이런 정신을 기저로 하고 있다. 앞 시대 구양수(歐陽脩)는 다음과 같이 말하고 있다.

경(經)은 일세(一世)의 글이 아니다. 그 전함이 잘못된 것은 하루아침의 실수가 아니니, 간정(刊正)하고 보집(補緝)하는 것도 한 사람이 능히 할 수 있는 바가 아니다. 그러니 학자들로 하여금 각자 소견을 극진히 하게 해서 밝은 자가 그중에서 선택해야 한다. 열에 하나를 취하고 백에 열을 취하는 것으로는 육경을 잘못이 없는 완전한 상태로 회복하여 일월의 밝음처럼 우뚝하게 할 수는 없겠지만, 여러 사람의 장점을 모아 보충하면 거의 큰 잘못은 없게 될 것이다. 그래서 성인이 다시 태어나길 기다려야 한다. 그렇다면 학자들이 경서에 대해 해석을 그만둘 수 있겠는가.[4]

경서는 한 세대에 만들어진 글이 아니기 때문에 그 해석도 한 사람이 다 할 수 있는 것이 아니니, 후인들이 각자 의리를 발명해 나가야 한다는 것이다. 학자들의 경서 해석 태도는 전인의 설만을 따르지 말고 계속해서 의리를 발명하는 것이 중요함을 역설한 것이다.

이런 구양수와 주자의 경서 해석의 관점은 바로 송학의 의리주의 정신을

---

3 주희(朱熹), 『주자전서(朱子全書)』 권3 「학삼(學三)」. "義理儘無窮 前人恁地說 亦未必盡 須是自把來 橫看竪看 儘入深 儘有在."

4 구양수(歐陽脩), 『구양문수(歐陽文粹)』 권8 「답송함(答宋咸)」. "經非一世之書 其傳之繆 非一日之失也 其所以刊正補緝 亦非一人之能也 使學者 各極其所見 而明者擇焉 十取其一 百取其十 雖未能復六經於無失 而卓如日月之明 然聚衆人之善 以補緝之 庶幾不至於大繆 可以俟聖人之復生也 然則學者之於經 其可已乎."

단적으로 말해준다. 이에 대해, 근대 장백잠(蔣伯潛)은 "그들의 장점은 선인들이 감히 의심하지 못한 것을 의심해서 회의정신(懷疑精神)을 가진 데 있다"[5]고 평하였다. 장백잠의 지적처럼 송학의 장점은 의리발명을 최대의 화두로 삼아 회의를 한 데 있다.

2) 주자 이후 학자들의 의리발명 정신

송학의 의리주의는 주자의 사서 주석서가 나온 뒤에도 그대로 이어졌다. 그 단적 예가 주자학파 내부에서 주자의 『대학장구』를 개정하는 논의가 제기되어 명대(明代)까지 줄곧 이어진 것이다. 주자가 일생의 정력을 바쳐 해석하고, 만년까지 개정을 거듭한 책이 『대학장구』이다.[6] 그런데 이런 역작을 재전 문인대부터 개정하여 보완하는 설이 개진되기 시작하였다.

주자의 『대학장구』를 최초로 개정한 사람은 동괴(董槐, ?~1262)다. 그는 주자의 문인 보광(輔廣)의 제자로, 주자의 격물치지장을 수용하지 않고 경문(經文) 제2절·제3절과 청송장(聽訟章) 등을 합해 격물치지를 해석한 전문으로 보았다. 또 왕백(王柏, 1197~1274)은 황간(黃榦)의 문인 하기(何基)를 사사하였으니, 주자의 삼전 문인에 해당한다. 그는 문인 차약수(車若水, 1210~1275)가 『대학장구』를 개정한 것을 보고서 「대학연혁론(大學沿革論)」·「대학연혁후론(大學沿革後論)」을 지어 적극 지지하면서 자신도 개정설을 제기하였다. 그는 「대학연혁론」에서 경서 해석의 관점을 다음과 같이 말하고 있다.

---

5 蔣伯潛, 최석기·강정화 역, 『유교경전과 경학』, 보고사, 2002, 382면 참조.
6 최석기, 『조선시대 『대학장구』 개정과 그에 관한 논변』, 보고사, 2011, 104면 참조.

이 세상에 바꿀 수 없는 것이 이치이다. 이정자(二程子)는 한유(漢儒)들이 의심하지 않았다는 이유로 감히 고치지 않을 수 없다고 여기지 않았고, 주자(朱子)는 이정(二程)이 개정했다는 이유로 다시 고치지 않을 수 없다고 여기지 않았다. 세 선생은 각기 그 의리가 지선한 것을 구하고, 그 마음이 편안한 바를 온전히 하여 억지로 다르게 하거나 구차하게 뇌동한 것이 아니다.[7]

왕백은 정명도(程明道)・정이천(程伊川)・주자(朱子) 세 사람이 각각 의리를 탐구하여 자신의 설을 개진한 것에 대해, 의리발명이라는 관점으로 그 정당성을 부여하고 있다. 그러면서 억지로 전인의 설과 다르게 하거나, 구차하게 전인의 설에 뇌동하지 않고, 각자 공정한 마음으로 의리를 발명한 것 자체에 의미가 있다는 점을 강조하고 있다. 이것이 바로 의리발명을 그 무엇보다 중시하는 정신이다.

이런 정신은 원대를 거쳐 명대에도 면면이 전승되었다. 명대 전반기의 대표적 학자 방효유(方孝孺, 1357~1402)는 다음과 같이 말하고 있다.

대체로 성현의 경전은 일가의 글이 아니니, 그 설도 일인이 능히 극진히 할 수 있는 바가 아니다. 1,500년 동안 강론하며 도를 말한 사람들이 끊이질 않고 번갈아 일어났건만, 근대에 이르러서야 비로소 그 편차가 개정되었다. 주자도 어찌 단연코 지당하다고 말씀하시지 않겠는가? 그러므로 이 설을 가지고 후세의 군자를 기다리는 것이다. 세상의 시끄럽게 들은 바에 따라 편당을 지으며 이치의 옳고 그름을 돌아보지 않는 자들은 모두 주자의 뜻을 그르다고 할 것이다. (…중략…) 이런 말은 비록 주자의 설과 다르지만, 주자의 설과 다르더라도 도에 어긋나지는 않으면 참으로 주자가 취할 것이다.[8]

---

7 왕백(王柏), 『노재집(魯齋集)』 권9 「대학연혁론(大學沿革論)」. "夫天下所以不可易者 理也 二程子不以漢儒之不疑而不敢不更 朱子不以二程已定而不敢不復改 亦各求其義之至善 而全其心之所安 非强爲異而苟于同也."
8 방효유(方孝孺), 『손지재집(遜志齋集)』 권18 「제대학전서정문후(題大學篆書正文後)」. "盖聖

경전에는 무궁한 의리가 담겨 있기 때문에 한 사람의 지혜로 그것을 다 밝혀낼 수 없다는 관점을 전제로, 계속해서 의리를 발명해 나가는 것이 학자의 바른 태도라는 것이다. 또 주자의 설과 다르더라도 도에 어긋나지 않으면 주자가 취할 것이라는 점을 강조하며, 선현을 존신하는 것과 도를 밝히는 것은 다른 차원임을 분명히 하고 있다.

이런 인식은 그 뒤 채청(蔡淸, 1453~1508)에게서도 나타난다. 그는 "방공(方公)이 말씀하기를 '주자의 설과 다르더라도 도에 어긋나지 않으면 또한 주자가 취할 것이다'라고 하였으니, 안목이 매우 높다"[9]라고 하여, 방효유의 견해에 동조하면서 주자의 설을 따르는 것보다 도를 발명하는 것이 더 중요하다는 점을 강조하고 있다.

이런 인식은 청초의 장백행(張伯行, 1651~1700)에게서도 나타난다.

이정(二程) 부자는 주자가 가장 존신한 인물이다. 그런데 이정 부자가 사서(四書)를 주해한 것을 주자가 개정한 것이 반도 넘는다. 대체로 전인의 설에 온당치 못한 점이 있을 경우, 그것을 개정하는 것은 해롭지 않으며, 전인의 설에 분명히 못한 점이 있을 경우, 그것을 드러내 명쾌하게 말하는 것은 해롭지 않다. 이는 전인이 발명하지 못한 것을 발명하는 것이기 때문에 전인도 반드시 나의 설을 듣게 되면 마음이 유쾌할 것이다.[10]

賢之經傳 非一家之書 則其說亦非一人之所能盡也 千五百年之間 講訓言道者 迭起不絶 至於近代 而始定 而朱子亦曷嘗斷然以以爲至當哉 故亦以待後之君子爾 世之曉曉然黨所聞而不顧理之是非者 皆非朱子之意也 (…중략…) 是語雖異於朱子 然異於朱子 而不乖乎道 固朱子之所取也歟."

9 채청(蔡淸), 『사서몽인(四書蒙引)』 권1. "且其言曰 '異於朱子 而不乖乎道 亦朱子之所取也' 最見得到."

10 장이상(張履祥), 『초학비망록(初學備忘錄)』. "二程夫子 最爲朱子所尊信 而二程夫子所解四書 朱子所改正者 不啻太半 大凡前人之說 有未安者 不妨從而改正之 前人之說有未明者 不妨暢快言之 此爲發前人之所未發 前人當必得我而快意焉."

장백행은 선현을 존신하는 것과 의리발명은 다른 차원임을 분명히 말하고 있다.

이상에서 살펴보았듯이, 주자 이후 주자학파 내부에서는 송학의 의리주의 정신을 잃지 않고 의리를 발명하는 것이 학자의 일임을 계속해서 환기하며 주자설의 미비점을 보완하고, 주자가 발명하지 못한 것을 발명하려는 관점을 견지하고 있다. 이런 분위기가 청대 초까지 이어지고 있는 것을 보면, 송대 이후 의리발명이라는 명제가 경서 해석의 기본 관점으로 부단히 인식되고 있었음을 확인할 수 있다.

다만 이런 인식을 가졌던 학자들은 어느 시대나 많지 않았고, 대부분의 학자들은 도도한 물결에 휩쓸려 정주(程朱)의 주석만을 따라 해석하였다. 따라서 위에서 거론한 몇몇 각성된 지식인을 제외하면 대다수 학자들은 주자의 설을 존신하였다.[11] 한편 주자학을 종주로 하지 않는 일부 학자들은 아예 독자적 관점으로 새로운 해석을 시도하기도 하였다. 예컨대 명나라 가정 연간(嘉靖年間, 1522~1566) 이후 『위석경대학(僞石經大學)』이 나타나면서부터 풍방(豊坊)·관지도(管志道)·계본(季本) 등이 『고본대학』을 저본으로 하여 새로운 해석을 시도한 것이 그런 경우이다.

---

11 주이존(朱彝尊)의 『경의고(經義考)』 권158에 실린 명나라 전반기에 활동한 양수진(楊守陳, 1425~1489)의 『양씨(楊氏)－대학사초(大學私抄)』에 의하면 양수진의 『대학장구』 개정설을 본 어떤 사람이 노해 꾸짖으며 "나는 그대가 선유(先儒)를 등지고 성경(聖經)을 문란하게 하는 것이 이런 지경에 이를 줄은 생각지도 못했소. 『대학』은 공자의 경과(經) 증자의 전(傳)이니, 주자의 『대학장구』와 『대학혹문』을 후학들은 오직 암송하고 익히며 감히 어겨서는 안 되오. 그대는 어찌하여 참람하게도 편차를 바꾸어 망령되이 해석하였단 말이오, 얼른 태워 없애시오"라고 하는 말이 있다. 이를 보면, 당시 개정설을 받아들이지 못하던 일반적 학풍을 추정해 볼 수 있다.

3. 조선시대 경서 해석의 관점(觀點)과 연변(演變)

1) 조선 중기 경서 해석의 두 관점

(1) 대현(大賢)의 설은 고칠 수 없다

조선시대 경학은 권근(權近)으로부터 비롯되었다. 『입학도설(入學圖說)』에 실린 「대학지장지도(大學指掌之圖)」·「중용수장분석지도(中庸首章分釋之圖)」 등을 보면, 그의 학문 성향과 수준을 가늠할 수 있다. 권근 이후 약 1세기 동안은 독자적 설이 나오지 못하였다. 그것은 주자학을 받아들여 자기화하는 데 그만큼의 시간이 필요했기 때문일 것이다. 그러다 16세기로 들어와 성리학이 뿌리를 내리면서 자기의 설이 개진되었다. 그 첫 번째 인물이 이언적(李彦迪)이다. 이언적은 동괴(董槐)·왕백(王柏) 등의 설을 보지 못한 상태에서 독자적 시각으로 『대학장구』 개정설을 제기하였다. 그런데 당시 학계는 이를 수용할 만큼 충분히 성숙되어 있지 못하여 큰 반향을 불러일으켰다. 이언적의 개정설을 가장 먼저 비판한 사람은 이황(李滉)이다. 그는 개정설의 불가함 세 가지를 지적한 뒤 다음과 같이 말하였다.

지금 이곳에 큰 집이 있다고 하자. 정침(正寢)은 규모가 크게 화려하여 흠이 없고, 낭무(廊廡, 부속건물) 가운데 한 곳에 결처(缺處)가 있어 대장(大匠)이 그것을 발견하고 보수를 하여 재목도 좋고 제도도 아름다워 조금도 의논할 점이 없게 되었다. 그런데 후세 세상 사람들이 양공(良工)이라고 하는 어떤 자가 그곳을 지나다 살펴보고서 자신이 그 집에 한 번도 손을 쓰지 못함을 부끄럽게 여겨, 이에 억지로 생각과 지혜를 짜내 팔을 걷어붙이고 일을 해서 대장이 보충한 곳을 헐어내고 정침의 몇 칸 재목을 빼다가 그가 헐어낸 곳을 보완하려 하였다. 그런데 그는 정침의 재목은 애초 낭무의 재목이 아니라는 점을 생각지도 못하고 완전함을 도모하려 하였다. 그러나 그 완전한 점은 볼 수 없고, 정침은 허물어진 집이 되고 말았다. 이것이 이른바 무익할 뿐만 아니라 또 해치기도 한다는 것이다. 그러나 인정은 대체로 기이한 주장을 하고 새로운 것을 추향하는 것을 좋아한다. 그래서 후세 목수들은 모두 대장(大匠)의 신묘한 계책을 궁구하지 않고 한결같이 신이한 것을 칭찬하여 이른바 양공(良工)이 한 일에 부화뇌동하니, 슬픈 일이다.[12]

이황은 개정설이 무익할 뿐만 아니라 도리어 해가 된다고 비판했다. 그리고 그것을 기이한 것을 주장하고 새로운 것을 추향하는 경박한 풍조로 치부해 버렸다. 결론적으로 그는 주자의 신묘한 계책을 궁구하는 것이 바람직하다는 관점을 제시하고 있다. 이황은 대현(大賢)의 설을 함부로 고칠 수 없다는 데 초점을 두기 때문에 새로운 의리발명을 부정적으로 인식했다. 이것이 바로 의리발명(義理發明)보다는 존신주자(尊信朱子)에 치중하는 관점이다.

이황이 주자의 설을 함부로 고칠 수 없다는 관점을 제시하자, 대다수 학자들은 그 견해에 동조하였다. 그의 문인 유성룡(柳成龍)은 "선유들이 정해 놓은 설이 있으니, 만에 하나도 엿볼 수 없는 후학으로서 어찌 감히 그 사이에서 가볍게 의논을 하겠는가?"라고 하여, 함부로 개정하는 것을 극도로 경계하였다.[13] 이이(李珥)도 「회재대학보유후의(晦齋大學補遺後議)」를 지어 다섯

---

12 이황(李滉), 『퇴계집(退溪集)』 권11 「답이중구(答李仲久)」. "今有巨室於此 正寢輪奐而廊廡有一缺處 大匠見之 作而補修 材良制美 少無可議 其後有世所謂良工者 過而相之 恥己之一無措手 於此室也 於是 强生意智 攘臂其間 折壞其所補處 撤取正寢數架材來 圖欲補完其所壞處 更不計正寢之材初非廊廡之材也 圖完處 不見其完 而寢屋則已成敗屋矣 此所謂非徒無益 而又害之者也 然人情大率好立異趨新 後至之工 皆不究大匠之神筆 而一向贊歎 和附於世所謂良工之所爲 悲夫."

13 유성룡(柳成龍), 『서애집(西厓集)』 권15 「대학장구보유(大學章句補遺)」. "然此乃先儒已定之說 後學未能窺闚其萬一 豈敢輕議於其間哉 義理無窮 天地之大 人猶有憾 而心有所疑 不敢强焉 恨生也晚 未得求正於先哲 聊記之而自省 以冀後日之或有進焉."

가지 문제점을 거론하며 개정설이 불가하다고 비판하였다.[14]

이처럼 이언적의 개정설에 대해, 16세기 후반의 학자들은 대다수 반대하였는데, 가장 큰 이유가 대현의 설을 함부로 고칠 수 없다는 관점에 의한 것이었다.

(2) 의리발명(義理發明)이 무엇보다 중요하다

대현의 설을 함부로 고칠 수 없다는 관점은, 주자를 존신하는 사고를 근간으로 하고 있다. 그런데 이와는 달리 천하의 의리는 무궁하기 때문에 성현이 의리를 밝히지 못한 것이 있으면 계속해서 의리를 발명해 나가야 한다는 사고를 중시하는 학자들이 있었다. 이들은 학자 본연의 임무가 의리를 밝히는 일임을 전제하고, 주자가 정자(程子)의 설을 개정하여 독자적으로 의리를 발명한 것을 예로 들었다. 이는 주자가 정자를 존신하지 않았기 때문이 아니라, 정자를 존신하는 문제와는 별개로 의리를 발명하는 문제가 더 중요하다는 사유를 드러낸 것이다. 『대학장구』를 개정한 이언적도 이와 같은 사유에 바탕을 두고 있다.

천하의 의리는 무궁하니, 성인일지라도 다 알 수 없는 점이 있습니다. 그러므로 앞 시대 성인이 발명하지 못한 것이 있으면, 후대의 성인이 발명하고, 앞 시대 현인이 말씀하지 않은 것이 있으면 후대 현인이 말하는 것입니다. 정자·주자의 학문은 참으로 심천(深淺)·고하(高下)를 따질 수 없지만, 소견에는 상략(詳略)·이동(異同)이 없을 수 없습니다. 정자가 『대학』에 대해 표장하고 발휘하였지만 다 밝히지 못한 점이 있기 때문에 주자가 다시 참고하고 별도로 편차를 개정하여 그 의리를 극진히

---

14 최석기, 앞의 책, 417~425면 참조.

하였습니다. 이 모두 도를 밝혀 가르침을 확립하려 한 것입니다. 이 두 선생의 소견에 간혹 같지 않은 점이 있지만 한 가지 목표를 위한 점에서는 해롭지 않습니다.[15]

이언적은, 천하의 의리는 무궁하기 때문에 한 사람이 의리를 모두 밝힐 수 있는 것은 아니며, 전인이 발명하지 못한 의리를 후인은 계속해서 밝혀 나가야 하며, 도를 밝히는 것이 무엇보다 우선이라는 관점을 가지고 있다. 이런 관점은 왕백(王柏)・방효유(方孝孺)・채청(蔡淸)의 관점과 유사하다. 이것이 송학의 의리주의 정신에 충실한 것이다. 이런 이언적의 관점은 주자학이 정착되는 시점에서 주자의 설을 무조건 수용하지 않고, 비판적으로 수용하려는 인식이 싹튼 것을 대변하기 때문에 그 의미가 크다.

이런 관점은 그의 문인 노수신(盧守愼, 1515~1590)에게서도 나타난다.

아! 경전의 의리를 발명하는 것은 한 사람의 일이 아니다. 뜻을 달리 해 조금 차이가 나더라도 도에 무엇이 해롭겠는가? 다만 대중들이 오랫동안 주자의 설만 존신하였기 때문에 한 가지 의리를 터득한 것을 지목하여 망령되다 하니, 이는 편벽된 생각이지 어찌 그것이 공론이겠는가?[16]

노수신도 경전의 의리발명은 한 사람이 다할 수 있는 것이 아니기 때문에 후인이 계속해서 의리를 발명해 나가야 한다는 점과 해석에 조금 차이가 나더라도 도를 해치는 것이 아니라면 무방하다는 점을 강조하고 있다. 노수신

---

15 이언적(李彦迪), 『회재선생전집(晦齋先生全集)』 제4책 「속대학혹문(續大學或問)」, "天下之理無窮 雖聖人有不能盡者 故有前聖之所未發 而後聖發之者 有前賢之所未言 而後賢言之者 程朱之學 固無淺深高下之可言 而所見不能無詳略異同 程子於大學 表章發揮 而有未竟 朱子更加參考 而別爲序次 以盡其義 皆所以明道而立教也 二子之見 雖間有不同 而不害其爲一揆也."

16 노수신(盧守愼), 『소재집(蘇齋集)』 권7 「회재선생대학보유후발(晦齋先生大學補遺後跋)」, "嗚呼 發明經籍 非一家事 遷就少差 何損於道 顧衆信旣久 指一得爲妄 亦只是辟 豈公論哉."

은 주자를 존신하는 것과 도를 중시하는 것에 대해 도를 중시하는 것이 더 중요하다는 점을 지적하고 있다.

조금 뒷시대 손기양(孫起陽, 1559~1617)도 개정설의 당위성을 다음과 같이 언급하고 있다.

신 등이 삼가 보건대, 『대학』은 이미 정자(程子)·주자(朱子)의 표장(表章)을 거쳤으니, 책의 편차와 귀취(歸趣)의 드러남이 극진하지 않음이 없을 듯합니다. 그러나 성현의 소견에 상략(詳略)·이동(異同)이 없을 수 없기 때문에 그 사이 차서(次序)와 의의(意義)에도 전현이 아직 정하지 않아 후현이 정하는 것도 있고, 전현이 발하지 않아 후현이 발하는 바도 있습니다. 예컨대 동괴(董槐)·왕백(王柏)·채청(蔡淸)·방효유(方孝孺) 등의 설에서 그런 점을 알 수 있습니다. 지금 이언적은 백 대 뒤에 태어나 백 대 전의 성현의 마음을 묵묵히 깨달았습니다. 그는 중국학자들의 설을 보지 않고서 능히 구절을 따라 사색하다 환하게 터득함이 있어 글을 지어 책을 만들고 『대학장구보유(大學章句補遺)』라고 이름을 붙여 후세 학자들에게 보여주었습니다. 살펴보건대 그는 남음이 있는 것을 잘라내고 부족한 것을 보충해서 경전의 본의(本義)를 온전하게 하였습니다.[17]

손기양의 관점은, 성현의 소견에 상략(詳略)·이동(異同)이 없을 수 없기 때문에 전현이 정하지 않아 후현이 정하는 것도 있고, 전현이 발하지 않아 후현이 발하는 바도 있다는 것이다. 그런 관점에서 동괴·왕백·방효유·채

---

17 손기양(孫起陽), 『오한집(螯漢集)』 권3 「신변회재선생청종사소(伸辨晦齋先生請從祀疏)」. "臣等竊觀 大學一書 旣經程朱之表章 則編簡之次 歸趣之發 宜無所不盡者 而聖賢所見 不能無詳略異同 故其間次序意義 亦有前賢之所未定而後賢定之者 前賢之所未發而後賢發之者 如董槐王柏蔡淸方孝孺諸人之說 可見也 今彦迪生於百代之下 而黙契於百代之上 不見中朝諸人之說 而能逐節思索 渙然有得 著爲成書 名曰補遺 以詔後之學者 觀其截有餘補不足 以全經傳本義."

청 등의 설은 전현이 해석하지 못한 것을 발명하고 확정한 것이라 주장하고 있다.

이상에서 살펴본 것처럼, 16세기 주자학이 정착하여 피어나던 시기의 경서 해석의 관점은 크게 두 가지로 나누어져 있었다. 이언적처럼 의리를 발명하는 것이 무엇보다 중요하다고 여기는 학자들은 소수였고, 주자의 설을 함부로 고칠 수 없다는 주장을 한 학자들이 대다수였다. 조선 중기 주자학이 정착되는 시대의 사유는 자주적 안목이 부족했기 때문에 비판적 수용은 애초기대하기 어려운 상황이었다. 그런데도 이언적·노수신 등에게서 보이는 것처럼 의리발명을 존신주자보다 더 우선시하는 사유가 나타났다.

2) 조선 후기 경서 해석의 여러 관점

16세기 경서 해석의 관점은 이언적의 『대학장구』 개정에 대한 찬반논쟁으로 점철되면서 주자를 존신하여 주자의 설을 함부로 고쳐서는 안 된다는 신중론과 존신주자보다는 의리발명이 학자의 본질이라는 개정론이 대두되었다. 그러나 영남학파와 기호학파를 대표하는 이황과 이이가 반대를 하고 나서자, 대다수 학자들은 개정설에 대해 부정적 견해를 가졌고, 주자학으로 더 경도되었다. 17세기 전반의 장유(張維)가 "중국의 학술은 갈래가 많아 정학(正學)도 있고, 선학(禪學)도 있고, 단학(丹學)도 있으며, 정주(程朱)를 배우는 자도 있고, 육구연(陸九淵)을 배우는 자도 있어서 학문의 길이 하나가 아니다. 그런데 우리나라는 유식·무식 할 것 없이 책을 끼고 글을 읽는 자들은 정주를 칭송할 뿐, 다른 학문이 있다는 것을 들어보지 못했다"[18]고 한 것을 보면, 이를 여실히 알 수 있다.

18 　장유(張維), 『계곡만필(谿谷漫筆)』 권1 「중국학술다기(中國學術多岐)」. "中國學術多岐 有正學焉 有禪學焉 有丹學焉 有學程朱者 學陸氏者 門徑不一 而我國 則無論有識無識 挾策讀書者 皆稱

그러나 17세기는 명나라가 망하고 청나라가 들어서는 전환 국면이었고, 임진왜란과 병자호란을 겪으면서 사회분위기가 격변하고 있었다. 이런 분위기 속에서 사상계도 비교적 다양한 시각을 갖게 되었다. 조선시대 주자의 『대학장구』를 저본으로 하지 않고 독자적으로 새롭게 해석한 최초의 학자가 최유해(崔有海, 1588~1641)다. 그는 김장생(金長生)·이정구(李廷龜) 등에게 배웠는데, 『고본대학』을 취해 독자적으로 새로운 해석을 하였다.[19] 이는 조선사상사에서 주목해 볼 만한 사안이다.

이처럼 17세기 전반기는 사상계의 흐름이 비교적 자유롭게 전개되고 있었다. 그리하여 이언적처럼 개정설을 제기하는 학자들이 꽤 등장하는데, 퇴계학파와 율곡학파에서 동일하게 나타난다. 퇴계학파에서는 이황의 문인 고응척(高應陟, 1531~1601)과 장현광(張顯光, 1554~1637)이 독자적 시각으로 『대학장구』를 개정했으며,[20] 기호학파에서는 정철(鄭澈)·조헌(趙憲)의 문인 안방준(安邦俊, 1573~1654)이 개정설을 제기하였다.[21] 또 남원에 살던 기호학파 최유지(崔攸之, 1603~1673)도 독특한 개정설을 제기하였다.[22]

이를 보면, 의리발명을 존신주자보다 더 중시하는 사고를 했던 학자들은 17세기의 비교적 자유로운 분위기 속에서 자신의 독자적 설을 제기했던 것을 알 수 있다. 그런데 이런 분위기는 인조반정 이후 서인계가 집권하여 교조적 이념을 강화하면서 위축되었다. 그들은 주자로부터 이어진 도통을 자신들이 계승하고 있다는 관점에서 주자를 절대존신하였다. 그리하여 주자의 설과 다른 설을 이단시하여 배척하면서 주자학만을 정학(正學)으로 숭상하였다.

誦程朱 未聞有他學焉."
19 최석기, 「묵수당(嘿守堂) 최유해(崔有海)의 『대학』 해석과 그 의미」, 『남명학연구』 제18집, 경상대 남명학연구소, 2004, 351~386면 참조.
20 최석기, 앞의 책, 327~340면 참조.
21 위의 책, 340~344면 참조.
22 위의 책, 344~355면 참조.

17세기 전반까지는 이언적의 설을 지지하는 학자들이 노수신(盧守愼)·손기양(孫起陽)·고응척(高應陟)·장현광(張顯光)·최유해(崔有海) 외에도 최현(崔晛)·이정구(李廷龜)·조익(趙翼)·조경(趙絅)·오숙(吳翻) 등 여러 명 있었지만, 17세기 후반 이후로는 한여유(韓汝愈)·이헌경(李獻慶)·이만부(李萬敷)·최상룡(崔象龍) 등 몇몇 사람에 불과하다. 반면 이언적의 개정설을 비판하는 사람들은 서인·남인를 막론하고 다수가 나타난다.[23] 여기서는 이에 준거하여 주자를 절대존신하며 그 설을 준수해야 한다는 생각을 가졌던 사람들의 관점과 주자를 대현의 한 사람으로 존신하면서도 그의 설만을 절대적으로 추종하지 않고 회의정신으로 의리발명을 중시한 사람들의 관점으로 크게 나누어 살펴보고자 한다.

(1) 절대존신주자주의(絶對尊信朱子主義)의 벽이단(闢異端)·숭정학(崇正學)의 관점

절대존신주자주의는 주자를 존신하는 데 주안점을 두어 묵수주의(墨守主義)로 흘렀고, 상대존신주자주의는 의리발명에 주안점을 두어 진취주의(進取主義)로 나아갔다. 물론 상대존신주자주의가 곧 진취적 사고를 한 것은 아니다. 그러나 상대존신주자주의를 견지한 학자들 가운데는 주자의 설만을 따르자는 논조에 반대하여 주자의 설은 어디까지나 선현의 설 중 가장 좋은 하나에 불과할 뿐 의리를 모두 발명한 것은 아니기 때문에 후학은 의리를 계속 밝혀 나가야 한다는 생각을 하였다. 그리하여 주자가 발명하지 못한 의리를 발명하고 오류를 수정하거나, 독자적으로 새로운 설을 제기하거나, 중설(衆說)을 겸취하여 보다 객관적 해석을 하거나 하는 등 묵수주의와는 다른 관점을 견지했다. 그러므로 여기서는 묵수주의와 상대적인 진취주의로 보는 것이다.

---

23 위의 책, 567~577면 참조.

최유해(崔有海)·안방준(安邦俊)·최유지(崔攸之) 등에게서 보이듯, 17세기 전반까지는 서인계 학자들의 사고도 비교적 유연했다. 장유(張維)·최명길(崔鳴吉) 등이 일정하게 양명학을 수용한 것이나, 서경덕(徐敬德) 문인들의 개방적·박학적 학풍이 이를 대변한다. 그런데 인조반정 이후 집권층이 주자학을 자신들의 정치적 이념으로 강화함으로써 자유롭던 사유는 위축되었다.

이식(李植)은 이단을 배척하는 데 누구보다 앞장섰다. 그는 "오늘날은 거짓 책이 점점 많아지고, 이설(異說)이 횡행하고 있다"[24]고 하여 이단배척을 사명으로 생각했으며,[25] 이황(李滉)이 이단을 배척한 점을 높이 칭송하면서 양명학을 수용한 장유에 대해 맹렬히 비판하였다.[26] 그리고 "학자는 경전에 잠심하여 오로지 정주학(程朱學)의 표적(標的)에 뜻을 두어야지, 널리 이단(異端)에까지 미쳐 아울러 채택해 함께 쓰려는 생각을 가져서는 안 된다. 정주학에만 뜻을 두지 않으면 평생 학문을 하더라도 학문의 죄인이 될 것이니, 배우지 않는 것만 못하다"[27]고 하여, 정주학으로 일원화된 사회를 구현하려 하였다.

이러한 벽이단론(闢異端論)은 송시열(宋時烈)에 이르러 더욱 강화되었다. 그는 주자의 저술에 전념하여 주자학에 대한 이해를 철저히 하였다. 그리고 주자가 이치를 다 밝혀 놓았기 때문에 저작이 불필요하며, 주자서를 통해 의리를 구하기만 하면 된다고 생각했다.[28] 또 주자를 성인(聖人)으로 격상시키면서 그 설을 전적으로 따르는 것이 마땅하다고 하였다.[29] 결국 그는 주자서

---

24 이식(李植), 『택당집(澤堂集)』 별집 권15 잡저(雜著) 「산록(散錄)」. "今天下 贋書滋繁 異說肆行."
25 이식, 『택당집』 별집 권15 잡저 「추록(追錄)」. "若傍通文章 有所著述則須專求異端不是處 務加辨釋攻闢."
26 최석기, 「계곡(谿谷) 장유(張維)의 학문정신(學問精神)과 문론(文論)」, 『한국한문학연구』 제9·10합집, 한국한문학연구회, 1987, 69면 참조.
27 이식, 『택당집』 별집 권15 「추록」. "學者 潛心經傳 專意程朱學的 不可旁及異端 有兼採幷用意也 不然則雖平生從學 乃爲學問中之罪人 不如不學."
28 김준석, 「조선 후기 기호사림(畿湖士林)의 주자인식(朱子認識)」, 『백제연구』 제18집, 충남대 백제연구소, 1987, 99~119면 참조.
29 송시열(宋時烈), 『송자대전(宋子大全)』 부록 권18. "朱子 非後聖乎 吾以爲古禮之不載於家禮者

에 대한 훈고와 해석을 통해 주자와의 일치를 꾀함으로써 비판적 사고와 의리의 발명을 용납하지 않았다.

송시열의 재전 문인 한원진(韓元震)도 "주자가 태어나신 뒤에야 도의 정미함이 낱낱이 분석되어 의리에 대한 분변에 다시는 남은 유감이 없게 되었다"[30]고 하여, 주자가 경서를 해석한 뒤로는 의리의 분변에 더할 것이 없게 되었으니 그것을 믿고 따르는 것이 마땅하다는 관점을 강조하고 있다. 한원진은 이런 관점으로 주자의 설과 다른 설을 분변하여 배척하는 데 진력하였다. 그가 대전본 소주의 설 가운데 주자의 본지에 어긋난 것을 분변하고, 후유(後儒)의 설 가운데서도 주자의 설에 위배되는 것을 비판한 것이 이를 대변해 준다.

이런 인식은 19~20세기 노론계 학자들에게서 공통적으로 나타난다. 19세기 노론계의 대표적 학자 김매순(金邁淳)은 "나는 처음 그 개정설이 옳을 것이라 의심하였지만, 끝내 그 설이 옳지 않다고 확신하게 되었으니, 결단코 주자의 설을 바꿀 수 없다고 하는 것이 이 때문이다"[31]라고 하였으며, 20세기 영남의 학자 정재규(鄭載圭)는 "주자 같은 자질로 일생의 정력을 다하여『대학』의 정본을 만들었는데, 주자보다 자질이 낮은 학자로서 다른 생각을 품고 그보다 뛰어나려고 하는 것은, 주자를 믿으면서 그에 미치지 못하다고 하는 자의 폐단이 없는 것만 못 하다"[32]고 하였다. 이들은 모두 주자를 극도로 존신하는 사고를 드러내고 있다.

今不必行 而一從家禮 爲宜也."

30 한원진(韓元震),『남당집(南塘集)』권35「잡지 내편상(雜誌 內篇上)」(『한국문집총간』202, 265면). "至朱夫子出 然後道之精散 毫分縷析 而義理之辨 無復餘憾矣 朱子旣歿 學者又傷於分析之太過 不復有渾淪言之者 (…중략…) 栗谷李先生繼朱子而興 任傳道之責 則又合而言之 以捄其弊."

31 김매순(金邁淳),『대산집(臺山集)』권7「격치동자문(格致童子問)」. "愚之始疑其然 終信其不然 而斷然以朱子說爲不可易者 以此也."

32 정재규(鄭載圭),「부서대학보유변후(附書大學補遺辨後)」, 권동천(權東天),『유와유고(幽窩遺稿)』권3「대학보유변(大學補遺辨)」. "以朱子而盡一生精力 而著爲定本 後朱子而學者 貳而超詣 不若信而不逮之爲無弊也."

(2) 상대존신주자주의의 회의정신(懷疑精神)과 의리발명의 관점

조선 중기 이후 경서 해석의 관점은 존신주자주의로 경도되었고, 18세기 이후로는 더욱 경직되었다. 그러나 그런 분위기 속에서도 학문 본연의 정신이 의리발명에 있다고 생각한 일부 학자들은 주자의 설만을 고수하는 것은 주자가 바라는 바가 아니라고 하면서, 의리를 발명하지 않으면 학문이 황폐화된다고 우려를 표명하였다.

이런 생각을 하는 사람들은 주자라는 인물에 초점을 맞추지 않고, 의리발명이 학자의 사명이라는 점에 주목한다. 따라서 이들은 주자를 배척하지 않지만, 그렇다고 절대존신하지도 않는다. 다시 말해, 주자는 선현 가운데 훌륭한 인물이고, 그 설은 경서주석 가운데 가장 참고할 만한 설이라는 것이라고 인정한다. 이는 주자의 설을 믿고 따르는 것보다는 본지를 탐구하여 의리를 발명하는 것이 중요하다는 관점을 전제하고 있다. 이런 관점을 가졌던 사람들을 주자를 상대적으로 존신한 경우에 모두 포함해 논하기로 한다.

조선 후기 상대존신주자주의는 크게 세 가지 성향으로 나타난다. 첫째는 주자의 주석을 저본으로 하되 그에 머물지 않고 후대의 설까지 두루 취하여 보다 폭넓은 시각으로 해석을 하는 관점이다. 여기에는 주자의 설을 심화 발전시킨 것도 있고, 주자의 설과 다른 주장을 펴는 경우도 있다. 둘째는 고경(古經)을 저본으로 하여 새로운 해석을 시도하는 관점이다. 이 경우 독자적으로 의리를 발명한 것이 많으며, 주자의 주석에 회의하거나 비판한 것이 다수 있다. 그러나 주자의 주석을 비판하는 데 주안점을 두지 않고, 경전의 본지를 탐구하는 데 중점을 둔다. 또한 이들도 주자의 주석을 상당 부분 수용하고 있어, 주자의 주석에 대해 전적으로 반대하는 입장을 가졌던 것은 아니다. 셋째는 송학(宋學)의 의리주의와 한학(漢學)의 훈고주의를 절충해서 해석하는 관점으로, 청대 고증학이 유입되면서부터 주로 정조 연간(正祖年間) 이후 중앙 학계의 몇몇 학자들에게서 나타난다.

가. 주주(朱註)를 저본(底本)으로 한 의리발명

17세기 전반기에 활동한 조익(趙翼)은 의리발명이 중요하다는 점을 다음과 같이 말하였다.

> 의리는 천하의 공론이다. 학자의 궁리공부가 침잠하며 연구하는 것은 의리의 실상을 구하기 위한 것일 뿐이다. 만약 의리에 대해 마음속에 의심하는 바가 있는데도 선현의 설과 다를까를 염려해 변석하지 않는다면, 이 의리는 끝내 어두워져 밝혀지지 않을 것이니, 궁리공부가 어찌 이와 같겠는가? 그러므로 선현의 말씀일지라도 의리에 차이가 있으면 오직 그 의리를 밝혀야지, 선현의 설과 어긋날까 염려하여 감히 말하지 않아서는 안 된다.[33]

조익은 의리가 천하의 공론이라는 점을 강조하며, 의리를 변석하는 데 주안점을 두어야 한다고 역설하고 있다. 이는 앞 시대 이언적·노수신 등의 학문정신을 계승하는 관점이다. 그는 주자가 정자를 존신했지만 다르게 해석한 점, 주자학파의 요로(饒魯)·진력(陳櫟) 등이 주자를 사숙했지만 다른 설을 제기한 점 등을 들면서, 선현의 설이라도 혐의쩍게 생각하지 말고 그 시비를 논해야 한다고 주장했다.[34]

---

33 조익(趙翼), 『포저집(浦渚集)』권6 「변류직기망소(卞柳櫻欺罔疏)」, "夫義理 天下之公也 學者 窮理之功 所以沈潛研索 只是求義理之實 若於義理 心有所疑 而恐違先賢 不爲卞析 則此理終晦而不明 窮理之功 豈當如是乎 故雖先賢之言 苟於理有差 則惟當明其理而已 不可以違於先賢而不敢言也."

34 조익, 『포저집』권6 「변류직기망소」, "我國先正臣李彦迪 撰大學補遺 異於朱子者 甚多 蓋義理無窮 雖先賢之說 其或有未盡處 亦不能免也 朱子平生師法程子 其尊信極矣 饒魯陳櫟 皆私淑於朱門 其尊信朱子亦極矣 然聖賢窮理之法 義理是非 雖毫釐之微 必須卞析之 使此理明於世 不可含糊放過也 故雖先賢之言 亦必論其是非 不以爲嫌也."

의리발명을 우선으로 하는 관점은 17세기 후반 근기 남인계 학자들 및 후대 소론계로 분화된 가문의 학자들에게서 주로 나타나고 있다. 남인계의 조경(趙絅)은 "주자는 주석을 내면서 의심할 만한 곳에는 반드시 '후세의 아는 사람을 기다린다'고 하였다. 이는 후학들이 자신의 설과 다른 설을 제기하는 것에 대해 꺼리지 않은 것이다"[35]라고 하면서, 명유 방효유(方孝孺)의 말을 인용해 대중지공(大中至公)의 의논이라고 지지하며 그것을 자신의 견해로 삼았다.[36] 이는 대현의 설을 준수하기보다는 의리를 발명해 천하의 공론을 밝히는 것이 중요함을 천명한 것으로, 대현의 설을 함부로 고쳐서는 안 된다는 이황 등의 견해와는 상반된 것이다.

조금 뒷시대 남인계의 윤휴(尹鑴)는 다음과 같이 언급하고 있다.

나의 저술은 주자의 해석과 다른 설을 펴려고 하는 것이 아니고, 의문을 기록하는 것일 뿐이다. 설사 내가 주자시대에 태어나 제자의 예를 갖추었다 하더라도, 구차하게 뇌동하며 의문을 풀려 하지 않고 주자의 설을 찬양만 하고 있지는 않았을 것이다. (…중략…) 전혀 의문을 갖지 않고 입을 다물고 뇌동한다면 존신하는 것이 허위로 돌아갈 것이니, 주자가 어찌 이와 같이 했겠는가? 또한 나는 벗들과 토론하여 훗날의 견해가 점점 진전되기를 바랐을 뿐이다. 그런데 근래 송영보(宋英甫, 宋時烈)가 나를 이단으로 배척하였다. 영보의 학문은 의문을 가진 적이 없고, 오직 주자의 훈해만을 따르면서 이의를 용납해선 안 된다고 혼동을 일으키고 있다. 주자를 존신한다고 하지만 어찌 이것이 실제로 터득하는 길이겠는가.[37]

---

35 조경(趙絅), 『용주유고(龍洲遺稿)』 권12 「책문(策問)」. "朱子於註釋可疑處 必曰 以俟後之知者 後學之不憚立異."
36 조경, 『용주유고』 권12 「서회재선생대학보유후(書晦齋先生大學補遺後)」. "善乎 方正學之言 曰 經傳非一家之書 則其說非一人之所能盡也 語雖異於朱子 然異於朱子 而不乖乎道 固朱子之所取也 此大中至公之論也."
37 이병도, 『한국유학사』, 아세아문화사, 1987, 332면에서 재인용. "吾之所著 非欲與朱訓立異 乃記

윤휴는 주자의 시대에 태어났더라고 주자의 설에 부화뇌동하며 찬양만 하지 않을 것이라는 점을 분명히 하고 있다. 또 그는 의문이 있는데도 묵묵히 부화뇌동하며 존신하기만 하면 결국 허위로 돌아갈 것임을 경고하고 있다. 마지막으로 송시열이 자신을 이단으로 모는 근저에는 그가 학문을 하면서 존신하기만 하고 의문을 가져 본 적이 없기 때문에 주자의 주석만 따르고 존신할 뿐이라고 하고 있다. 이처럼 윤휴는 주주(朱註)를 바탕으로 해서 부단히 의리를 발명해 나가는 것이 학자 본연의 임무임을 천명하였다.

이런 인식은 근기 남인계의 정시한(丁時翰, 1625~1707)에게서도 나타나고,[38] 남하정(南夏正, 1678~1751)에게서도 나타난다. 남하정은 다음과 같이 말하고 있다.

> 경전의 의리는 무궁하니, 학자들이 그것을 궁구하려 하면 의심이 없을 수 없다. 의심하면 사유를 하고, 사유하면 명변(明辨)해야 한다. 사유와 명변의 득실과 심천은 그 사람의 식견이 어떠한가에 관계된 것이니, 경전에 대해 무슨 해가 있겠는가? 또한 주자에 대해 무슨 상관이 있겠는가? 그런데도 굳이 이를 불사르고 금지하거나 끊어버리려 하는 것은 무슨 마음인가?[39]

남하정은 심문(審問)-신사(愼思)-명변(明辨)을 통해 진리를 탐구하는 것이 학문 본연의 태도임을 언급하면서, 주자의 주석만을 절대적으로 존신하길

疑耳 設使我生於朱子之時 執弟子之禮 亦不敢苟且雷同 都不及求 而只加贊歎而已……若都不起疑含糊雷同 則其所尊信者 歸於虛僞 朱子豈如是也 且吾只欲與朋友講論 以俟他日見得之漸進 而近有宋英甫斥以異端 英甫之學 曾不設疑 而惟朱訓 則混稱不可容議 雖曰尊信 而豈是實見得也."

38 정시한(丁時翰), 『우담집(愚潭集)』 권11 부록 「연보(年譜)」, "噫 天下之義理無窮 先儒之見解各異 前賢所論 或有所未安 則後學卞論訂正 不害爲明理之一事."

39 남하정(南夏正), 『동소만록(桐巢漫錄)』(『조선당쟁관계자료집(朝鮮黨爭關係資料集)』 제15책), 오성사, 1981, 198면. "蓋經傳之義理無窮 學者苟欲窮之 則不能無疑 疑則思 思則辨 思辨之得失淺深 惟繫其人之識解如何爾 於經傳何害 於朱子何與 而必欲焚而禁絶之者 亦何心哉."

종용하는 서인계의 경직된 이념에 대해 반박하고 있다. 이와 같이 근기 남인계 학자들은 서인계 학자들이 주자학을 절대존신하는 풍토를 조성하여 상대방을 사문난적으로 탄핵하는 것에 대해 깊은 우려를 표하며, 송학 본래의 의리발명의 학문정신을 거론하였다.

서인계 내부에서도 후대 소론계로 갈리는 가문의 몇몇 학자들은 절대존신 주주자의에 반발하면서 근기 남인계 학자들과 유사한 성향을 보이는데, 대표적 인물이 최유해(崔有海)·최유지(崔攸之)·박세당(朴世堂)·정제두(鄭齊斗)이다. 이 가운데『고본대학』을 취해 독자적 해석을 한 최유해·정제두에 대해서는 뒤에서 다루기로 한다.

최유지는 최항(崔恒)의 8세손으로 이경석(李景奭)·윤순거(尹舜擧)·송시열 등과 교유한 인물이다. 그는 독자적 시각으로『대학장구』개정설을 제기하였다.[40] 그는 자신의 관점을 다음과 같이 말하였다.

> 세상의 이치는 어리석은 일반인도 참여하여 알 수 있는 것이 있고, 성인도 알지 못하는 바가 있으니, 지금 나의 망령된 설이 무지한 농부가 하나를 터득한 것과 같지 않은 줄 어찌 알겠으며, 그것을 성인이 채택하지 않으리라 어찌 장담하겠는가? 그렇지 않고 후학들이 견해를 펴는 것을 통렬히 금해 궁리하여 자득하는 단서를 끊어 버리고, 단지 그대로 본떠 그리라고 책한다면 공자께서 '나를 일으켜주는 자는 복상(卜商)이로구나', '안회(顏回)는 나를 도와주는 자이다'라고 하신 말씀에 어긋나는 것이 아니겠는가? 옛날 쌍봉요로(雙峰饒魯)는『중용장구』를 변개하여 6절로 만들었는데도 선유들은 주자의 충신이라 칭했다. 그렇다면 나는 동공(董公)의 충신이 되기를 원하니, 훗날 군자들이 판단하기를 기다린다.[41]

---

40 최석기, 앞의 책, 344~355면 참조.
41 최유지(崔攸之),『간호집(艮湖集)』권3「논대학치지장(論大學致知章)」, "或有夫婦之所與知者 或

여기서 주목할 만한 언급이 세상의 이치는 무궁하기 때문에 성인도 모르는 것이 있다는 점, 후학이 견해를 내는 것을 통렬히 금하는 것은 공자의 취지에 어긋난다는 점, 요로(饒魯)가 주자의 충신이 되었듯이 자신은 『대학장구』를 최초로 개정한 동괴(董槐)의 충신이 되고자 한다는 점이다. 이러한 생각은 주자를 상대적으로 존신함으로써 가능했던 사유이다.

박세당(朴世堂)은 『대학장구』를 저본으로 하여 부분적으로 개정설을 제시하였을 뿐, 주자의 주석을 전적으로 무시하지는 않았다.[42] 그는 경서 해석의 관점에 대해 다음과 같이 언급하고 있다.

지금 이 경서를 해석하는 문제는 도리어 그렇지 않습니다. 경문(經文)이 구비되어 있으니, 그에 대해 실로 조금도 의심이 없을 수 없는 점이 있습니다. 노형께서는 과연 경문에 대해 그 뜻을 통달하지 못할지라도 학문을 하는 데는 해롭지 않으니 애써 노력하며 깊이 궁구할 것 없이 전주(傳註)만 보아도 충분히 세상에 자립할 수 있다고 생각하십니까?[43]

박세당은 주자의 주석만을 따라 해석해서는 세상에 자립할 수 없으니, 경문의 본지를 궁구해 통달해야 함을 역설하고 있다. 그래서 그는 주자의 주에 의문을 제기하였고, 결국 부분적으로 개정설을 제기한 것이다.

이상에서 주로 17세기 후반 근기 남인계와 후대 소론계로 갈린 몇몇 학자들에게서 나타나는 성향을 살펴보았다. 이들은 주자의 주석만을 맹목적으로

有聖人之所不知者 則今愚之妄說 安知非蒭蕘之一得 而不爲聖人之所擇乎 不然 痛禁後學 以絶其窮理自得之端 而只責以依樣模畵而已 則無乃有違於吾夫子起予 助我之訓乎 昔者 雙峰饒魯 變改中庸 爲六節 而先儒稱爲朱子之忠臣 則愚亦願爲董公之忠臣 而以俟後之君子之致罪與否也."
42 최석기, 앞의 책, 355~369면 참조.
43 박세당(朴世堂), 『서계집(西溪集)』권7 「답윤자인서(答尹子仁書)」. "今顧未然 經文具在 實有不能無疑於一毫者 老兄果謂經雖未達其指 而不妨於爲學 不須刻意深求 只看傳註 爲足以自立於世耶."

따르는 것에 반대하고, 의리를 발명해 나가는 것이 학자들이 해야 할 일이라고 확신하고 있다.

그러나 이런 인식을 하는 학자는 소수에 불과했고, 대다수는 주주를 읽지 않으면 경서의 의리를 알 수 없는 것처럼 생각했다. 예컨대 안동 지방의 학자 권구(權榘)가 "경서를 읽는 자는 집주(輯註) 외에 곁으로 다른 구멍을 파서는 안 된다"[44]고 말한 것이 이를 단적 대변해 준다.

이러한 견해에 대해, 이익(李瀷)은 다음과 같이 말하고 있다.

세상 사람들은 모두 정주(程朱) 이후로 경서의 문의(文義)가 크게 밝혀져서 더 밝힐 의미가 없으니 그 설만을 준수해야 한다고 생각하네. 이 말이 대개는 맞지만 오히려 미안한 점이 있네. 성현이 후인에게 요구한 것은 경서의 의리를 강명하길 원하는 것이네. 그 의도가 어찌 더 밝힐 의미가 없다고 여겨 후인들로 하여금 의리를 말하지 못하게 하는 것이겠는가. 이는 정주의 본래 의도가 아닐세.[45]

이익은 정주(程朱) 이후 의리가 다 밝혀졌기 때문에 이를 준수할 뿐 의리를 발명하지 못하게 하는 것은 정주의 본래 의도가 아니라는 점을 강조하면서, 후학들은 계속해서 의리를 밝혀 나가야 한다고 관점을 분명히 하고 있다.

이익은 주자의 주석에 대해 "채허재(蔡虛齋, 蔡淸)가 말하기를 '육경(六經)은 정종(正宗)이 되고, 사서(四書)는 적전(嫡傳)이 되고 송나라 사유(四儒 : 周敦頤, 張載, 程頤, 朱熹)는 진파(眞派)가 된다'고 하였으니, 이 말이 참으로 맞다. 학자

---

44 권구(權榘), 『병곡집(屛谷集)』 권9 부록, 권보(權輔) 찬, 「상기근서(詳記謹書)」, "又曰 讀經者 於 輯註外 不可傍穿孔穴."

45 안정복(安鼎福), 『순암집(順菴集)』 권16 「함장록(函丈錄)」, "世人皆謂程朱以後 經書文義大明 無復餘蘊 只當遵之而已 此說大槩然矣 猶有未安 聖賢之所求於後人者 欲以講明此義理 其意豈謂 之無復餘蘊而不使後人言之耶 此非程朱之本意也."

들이 진파를 따라 거슬러 올라서 적전·정종에 이르면 그 길이 숫돌처럼 평탄할 것이다. 그런데 지금 사람들은 오로지 정주의 허다한 학설에만 힘을 쓰므로 결국에는 반도 못 가서 그만두게 되니, 또한 경계할 일이다"[46]라고 하여, 정주(程朱)의 주석을 진파로 보았다. 그리고 진파 → 적전 → 종정으로 단계를 밟아 올라가는 것이 학문의 올바른 길이라고 하였다. 이런 인식은 궁극적으로 육경의 정신을 터득하는 데 학문의 목표를 두는 것으로, 후대의 주석에 얽매이지 않고 본지를 탐구하는 것이 중요함을 역설한 것이다.

18~19세기로 내려오면, 주자의 설을 절대존신하는 분위기가 당색과 학파에 상관없이 도도한 형세를 이루어 주자의 설만을 따라 해석하였다. 이런 분위기 속에서 주자의 『대학장구』를 개정하는 설도 거의 나타나지 않는다. 이 시기 『대학장구』를 개정한 유일한 인물이 전라도 전주 근처에 살던 안태국(安泰國, 1843~1913)이다. 그는 전 제4장(청송장)을 경문(經文) 뒤로 옮겨 전문을 총 9장으로 개정하였다.[47]

또한 이 시기에는 이언적의 『대학장구』 개정설에 대해 지지하는 사람이 현저히 줄어든 반면, 반대하는 사람은 상대적으로 매우 많아졌다. 이언적의 개정설을 지지한 사람은 의리발명을 중시하는 입장이고, 반대하는 사람은 대현의 설을 감히 고칠 수 없다는 관점을 견지하는 사람들이다. 전자로는 이헌경(李獻慶)·정조(正祖)·최상룡(崔象龍) 등 세 사람에 불과하지만, 후자로는 양응수(楊應秀)·송명흠(楊應秀)·위백규(魏伯珪)·황덕길(黃德吉)·허전(許傳)·김매순(金邁淳)·권병천(權秉天)·최유윤(崔惟允) 등 여러 사람이 나타난다. 이 가운데 경상도 단성에 살던 권병천은 이언적의 개정설이 불가하다는

---

46 이익(李瀷), 『성호사설(星湖僿說)』 권10 「진파적전(眞派嫡傳)」. "蔡虛齋云 六經爲正宗 四書爲嫡傳 宋四儒爲眞派 此固然矣 學者沂眞派而上 至嫡傳正宗 周道如砥 今人專用力於程朱許多論話 終未及半道而輒廢則 亦可戒也."

47 최석기, 앞의 책, 383~396면 참조.

점을 조목조목 비판하였다. 이는 당시 극도로 경직된 절대존신주자주의의 단면을 여실히 보여주는 것이다.

그런데 이 시기에 의리발명을 중시한 학자들이 아예 없었던 것은 아니다. 주자의 『대학장구』를 저본으로 해석하는 데에서 아예 벗어나 『고본대학』을 저본으로 독자적 해석을 하는 학자들이 전보다 훨씬 많이 나타난다. 그 대표적 인물이 신후담(愼後聃)・이병휴(李秉休)・정약용(丁若鏞)・심대윤(沈大允)・김택영(金澤榮) 등이다. 이에 대해서는 뒤에서 다루기로 한다.

나. 고경(古經)을 저본으로 한 의리발명

조선시대 가장 먼저 『고본대학』을 취해 독자적으로 해석한 학자가 최유해(崔有海)다. 그는 최만리(崔有海)의 6대손이며, 이이(李珥)의 문인인 최전(崔澱)의 아들로, 정구(鄭逑)・김장생(金長生)・이정구(李廷龜) 등에게 배웠다. 그는 장유(張維)・최명길(崔鳴吉) 등과 교유하였으며, 사상적으로 비교적 유연했던 이정구를 종유하며 절친하게 지냈다. 따라서 그들의 영향을 일정하게 받은 것으로 보인다.

그는 『대학』을 해석하면서 경문(經文)・전문(傳文)으로 나누고, 삼강령・팔조목으로 나누어 해석한 것을 보면, 주자의 『대학장구』 체계를 상당 부분 수용한 것을 알 수 있다. 그런데 그는 주자가 전십장(傳十章)을 3강령과 8조목을 차례로 해석한 것으로 본 설을 따르지 않고, 『고본대학』을 취하여 전문은 모두 삼강령을 해석한 것으로 개편하였으며, 팔조목을 모두 명명덕을 해석한 것에 포함했다.[48]

최유해가 『고본대학』을 취해 새로운 관점으로 해석한 것은, 17세기 전반

---

48 최석기, 앞의 글, 2004, 351~386면 참조.

의 학풍이 비교적 자유로웠음을 보여준다. 그는 대전본 소주에 자주 등장하는 운봉호씨(雲峰胡氏)・쌍봉요씨(雙峰饒氏) 등의 설을 자구(字句)에만 잠심하여 한 마디도 발명한 것이 없다고 혹평하면서,[49] 자신은 신이함을 좋아하여 가슴속에 평소 회의(懷疑)하고 있던 것을 극론한 것이 자신의 설이라고 하였다.[50] 또 "근세에 명나라 대유 방효유・채청 및 우리나라 이언적 등이 『대학』의 경문을 떼어내 격물치지전으로 삼은 것도 주자를 존숭하는 도에 해롭지 않으니, 그대가 『대학』을 읽을 적에는 의리를 위주로 하는 것이 옳을 것입니다"라고 하였다.[51] 이를 보면, 최유해의 관점은 주자를 존신하되 도를 밝히는 점을 무엇보다 중시하고 있음을 알 수 있다.

윤휴(尹鑴)는 17세기 후반 서인계와 사상적으로 맞서 사문난적으로 몰린 사람이다. 그는 주자의 주석을 읽을 필요가 없다고 할 정도로 경전의 본지탐구를 중시한 인물이다. 그는 『대학』을 해석하면서 『고본대학』을 취해 독자적 해석을 하였는데, 편차를 개정하지 않고 크게 4대절(大節)로 나눈 뒤, 세부적으로는 경일장(經一章)과 전육장(傳六章) 체제로 분장하였다.[52] 그가 이렇게 해석한 기본 관점은 다음과 같은 말에서 찾을 수 있다.

대체로 천하의 의리는 무궁하고, 성현의 말씀은 지의(旨意)가 매우 깊다. 앞사람이 대의를 밝혀 놓으면 뒷사람이 또 그것을 연역하여, 이미 말한 것을 통해 말하지 않은 것을 더욱 드러내었다. 이 점이 문왕・무왕의 도가 땅에 떨어지지 않고

---

49 최유해(崔有海), 『묵수당집(嘿守堂集)』 권17 「송월사조천서(送月沙朝天序)」. "夫雲峰雙峯之輩 潛心於字句魚魯之間 先儒曰左 則從而左之 先儒曰右 則從而右之 無一言發明之資 而只取先儒已言之意 粉飾衣被 自以爲久大之業."

50 최유해, 『묵수당집』 권16 「여임무숙(與任茂叔)」. "大抵弟之病多在於好異 故凡有可論之事 而不敢下言 昨日兄言 適及於此 弟以胸中平日之所疑者 爲一極論焉 幸乞駁正之 可也"

51 최유해, 『묵수당집』 중편 하 「빈주문답(賓主問答)」. "近世皇明大儒 如方孝儒・蔡淸及本朝李彦迪諸儒 拈出經文 以爲格致之傳者 亦不害於尊朱子之道 子讀大學 全以義理爲主 可也."

52 최석기, 앞의 책, 247~257면 참조.

사람에게 있게 된 이유이고, 도가 더욱 밝아지게 된 까닭이다. 따라서 이런 점을 말하는 것은 참으로 앞 사람보다 훌륭함을 구해서가 아니다. 그러니 말하지 않는 것 또한 앞사람이 뒷사람을 기다리는 뜻이 아니다.[53]

윤휴의 관점은 앞 사람이 대의를 밝혀 놓으면 뒷사람은 다시 그것을 연역해 더욱 그 의미를 드러내 밝혀야 한다는 것이다. 그렇게 해야 도가 없어지지 않고 지속될 수 있다는 것이다. 그것은 의리를 발명하지 않으면 도가 밝혀지지 않기 때문이다. 이런 경학관이 그로 하여금 선현의 주에 얽매이지 않고 경서의 의리를 탐구하게 한 것이다.

정제두(鄭齊斗)는 우리나라 최초의 양명학자로 알려진 인물이다. 그는 양명학을 근본으로 하였기 때문에 주자와는 해석의 관점이 다를 수밖에 없다. 그는 『고본대학』을 취하여 상절(上節)·하절(下節)로 나눈 뒤, 상절은 공부(工夫)의 소재(所在)를 말한 것으로, 하절은 본원(本源)을 미루어 밝힌 것으로 파악하였다. 그리고 세부적으로는 7장으로 분장해 제1장은 경문(經文)으로, 나머지는 전문(傳文)으로 보았다. 그의 기본 관점은 다음과 같은 그의 말에 잘 나타나 있다.

육경의 글은 일월처럼 밝아 지혜로운 사람이 보면 절로 환히 알 수 있으니, 주해를 할 필요가 없다. 그러므로 훈고(訓詁)만 있고 주설(註說)이 없었던 것이 오래였다. 주자는 물리(物理)로써 해석했으니, 주를 만들지 않을 수 없었다. 이것이 바로 고경(古經)이 변한 까닭이다. 주자의 해석이 잘못되었으니, 개정하는 설을 만들지 않을 수 없다. 이것이 바로 나의 주해가 만들어진 까닭이다.[54]

53 윤휴, 「중용장구보록(中庸章句補錄)」, 『백호전서(白湖全書)』, 경북대 출판부, 1974, 1461~1462면. "蓋天下之義理無窮 而聖賢之言 旨意淵深 前人旣創通大義 後之人又演繹之 因其所已言 而益發其未言 此文武之道 不墜在人 而道之所以益明也 言之 固非以求多于前人不言 又非前人俟後人之意也."
54 정제두(鄭齊斗), 『하곡집(霞谷集)』권13 「대학서인(大學序引)」, "天命至善 二解之作 何爲也 夫

정제두는 주자가 물리(物理)로 해석함으로써 고경(古經)이 변했다고 인식하고 있다. 그런 주자의 해석이 잘못되었기 때문에 자신이 다시 개정설을 제시한다는 것이다. 이는 고경의 본래 모습을 되찾자는 것으로, 후대 주해에 얽매이지 않고 경전 자체를 통해 의리를 강명하겠다는 인식이다.

신후담(愼後聃, 1702~1761)은 이익의 문인으로 근기 지방에 살았다. 그는 『고본대학』을 취하여 편차를 개정하지 않고 분장만 다르게 하면서 독자적 해석을 하였다. 그는 『대학』을 경문과 전문으로 나누지 않고 전체를 7장으로 분장하였다. 그의 해석의 특징은, 격물치지장이 궐실되지 않았다는 관점에서 주자가 경문 제6절·제7절로 삼은 대목과 격물치지전의 결어로 본 '차위지본(此謂知本)' 이하 10자를 합해 격물치지를 해석한 말로 본 것, 주자가 전 제1장~제4장으로 삼은 부분을 성의장에 모두 포함해 해석한 것이다. 그는 『고본대학』을 저본으로 하였지만, 주자의 주석을 상당 부분 수용하면서 명나라 채청(蔡淸)의 설, 이패림(李霈霖)의 『사서주자이동조변(四書朱子異同條辨)』의 설 등을 광범위하게 취하여 해석하였다.[55]

또한 이익의 조카 이병휴(李秉休, 1710~1776)도 『고본대학』을 저본으로 독자적 해석을 하였다. 그는 이익으로부터 회의정신에 대해 가르침을 받아 독서하면서 의문을 갖고 탐구하길 좋아했다. 그의 해석의 관점은 다음과 같은 말에서 찾을 수 있다.

다른 사람들은 그만두고, 정자·주자 두 선생이 경지(經旨)를 해석한 것만 보더라도 간혹 서로 합치되지 않는 대목이 있습니다. 그 사람을 두고 보면 모두 밑

六經之文 昭如日星 知者見之 自無不洞如 無事於注爲 故有訓詁而無注說 尙矣 朱子以物理爲解 則不得不作注 此古經所以變也 朱解旣以離之 則又不得不改爲之說 此今注所以更也."

55 신후담(愼後聃), 『하빈집(河濱集)』 제3책 내편 「대학후설(大學後說)」 등 참조.

을 만하지만, 그 설을 놓고 보면 둘 다 옳을 리는 없으니, 필경 하나는 옳고 하나는
그를 것입니다. 따라서 의심을 간직한 채 범범하게 옳다고 하는 것이, 어찌 정밀
히 택해 그중 하나를 따르는 것과 같겠습니까?[56]

　　이병휴는 선현을 대할 적에, 학덕을 존경하는 인간적 측면과 학설을 정밀
히 논의하는 학구적 측면을 구별해 볼 것을 말하고 있다. 인간 정자·주자를
존신하다고 해서, 그들의 서로 다른 설을 분변하지 않아서는 도가 밝혀질 수
없다는 관점이다. 그는 이런 관점으로 『고본대학』을 취하여 독자적 해석을
하였는데, 편차를 개정하지 않고 분장만 다르게 하여 경일장과 전 5장으로
체제를 나누었다. 이러한 그의 설은 윤휴의 설과 상당히 유사하다.[57]

　　정약용(丁若鏞)도 『고본대학』을 취하여 독자적 해석을 하였는데, 그 역시
편차를 개정하지 않고 전체를 7장으로 나누어 해석했다. 그가 『고본대학』의
편차를 개정하지 않았다는 측면에서는 윤휴·이병휴와 동일한 관점이다. 다
만 윤휴·이병휴는 주자의 설을 수용하여 경문·전문으로 나누었는데, 정약
용은 나누지 않고 전체를 경문(經文)이라 하였다. 또한 자신의 설을 3권으로
나누어 서술하고, 7장으로 분장을 하였으며, 전체를 27절로 나누었다.[58]

　　그는 또 노론계 김매순(金邁淳)에게 보낸 편지에서 "사람의 총명은 한계가
있고 의리는 무궁하니, 천고의 사업은 마땅히 천고와 더불어 함께 해야 합니
다. 같은 것을 기뻐하고 다른 것을 미워하여, 자기가 말을 하면 남들이 감히
어기지 않는 것을 오직 즐거워하는 태도가 어찌 주자의 본의이겠습니까?"[59]

56　이병휴(李秉休), 『정산잡저(貞山雜著)』 제5책 「재답안백순서(再答安百順書)」. "他人勿論 程朱
　　兩先生之解釋經旨 間有抵捂不合處 以其人則皆可信 而以其說則無兩是之理 畢竟一得而一失 與
　　其蓄疑而泛可 孰若精擇而從一."
57　최석기, 앞의 책, 264~274면 참조.
58　위의 책, 274~284면 참조.
59　정약용, 『여유당전서』 제1책 권20 「답김덕수(答金德叟)」. "聰明有限 義理無窮 千古之業 當與千

라고 하였다. 경전을 해석하는 것은 천고의 사업이므로 한 사람이 다할 수 없다는 관점을 드러내고 있으며, 하나의 설만을 전적으로 따르게 하는 것이 주자의 본의는 아니라는 점을 재천명하고 있다.

심대윤(沈大允,1806~1872)은 소론계의 몰락한 사족이다. 그는 『고본대학』을 취하여 독자적으로 해석했는데, 윤휴·이병휴·정약용 등과는 달리 편차를 개정한 뒤 분장(分章)을 하지 않고 총 29절로 분절(分節)하여 해석하였다. 또 경문과 전문으로 나누지도 않았다. 그는 주자가 보망한 격물치지전에 '일단활연관통(一旦豁然貫通)'이라고 한 것을 비판하면서 분변할 것도 없는 망언이라 하였다.[60]

김택영(金澤榮, 1850~1927)은 문장가로 알려진 인물인데, 『고본대학』을 취하여 경문과 전문으로 나누지 않고 전체를 6장으로 분장하여 해석하였다. 그는 성현의 글은 지취(志趣)가 심원하기 때문에 후세의 정제된 글과는 다르고, 고본의 편차를 개정하는 것은 고인의 정신과 심술을 훼손하여 의리를 상하게 하는 것이라는 관점을 견지하였다.[61]

이상에서 살펴보았듯이, 주자의 『대학장구』를 저본으로 하지 않고 아예 『고본대학』을 취하여 독자적 해석을 한 사람들은 대체로 고경(古經)으로 돌아가 본지를 탐구하고 의리를 발명하겠다는 관점을 드러내고 있다.

다. 한학(漢學)과 송학(宋學)을 겸취(兼取)하는 관점

18세기 후반 이후의 학풍은 크게 둘로 나누어 볼 수 있다. 하나는 중앙 학계의 학자들이 청대 고증학을 받아들여 새롭게 변하기 시작한 학풍이었고,

---

古共之 喜同惡異 惟其言而莫予違 豈朱子之本意哉."
60 심대윤(沈大允), 『대학고정(大學考正)』 제13절 해석. "夫天下之事 必以漸致之 未有一擧而了之者也 其有暴成者 乃變異也 寧有一旦豁然貫通 而衆物畢明耶 (…중략…) 朱 氏之妄 固無足辨者也."
61 최석기, 앞의 책, 293~306면 참조.

하나는 여전히 주자의 주석을 절대존신하는 향촌의 학풍이었다. 이 시대 학풍은 앞 시대보다 더 경직되었다. 그 단적 예가 성호학통의 황덕길(黃德吉, 1750~1827)이다. 그는 『대학장구』를 개정하는 문제에 대해 다음과 같이 말하고 있다.

> 왕노재(王魯齋, 王柏)·동문정(董文靖, 董槐)은 주자학파의 고제들이었다. 일찍이 치지장(致知章)이 없어진 것이 아니라고 생각해 드디어 '지지이후유정(知止而后有定)' 1절과 '물유본말(物有本末)' 1절과 청송절 3절을 격물치지장으로 옮겼으나, 궐문(闕文)이 없을 수 있겠는가? 명나라 때 방손지(方遜志, 方孝孺)·채허재(蔡虛齋, 蔡淸)도 그들의 학설을 조술하였고, 우리나라 권양촌(權陽村)·이회재(李晦齋)도 그들의 의논을 따랐다. 그런데 퇴계에 이르러 그 설이 잘못되었음을 힘껏 논변하면서 큰집에 비유하여 말씀하기를 "정침(正寢)의 재목을 헐어다가 무너진 행랑을 보수했는데, 정침의 재목이 애초 행랑의 재목이 아니라는 점을 헤아리지 못한 것이니, 집 전체가 완전하게 됨은 볼 수 없고 정침만 무너진 격이다"라고 하였다. 후학이 존신할 인물로는 주자보다 더 숭상할 인물이 없고, 주자 이후로는 퇴계만한 분이 없다. 그러니 이 두 분을 우리 유학의 지남(指南)으로 삼으면 거의 어긋나지 않을 것이다.[62]

인용문 마지막 부분의 '후학이 존신할 인물로는 주자보다 더 숭상할 인물이 없다'는 말 속에는 인간 주자를 절대존신하는 사상이 잘 드러나 있다. 이

---

62 황덕길(黃德吉), 『하려집(下廬集)』 권7 「강의(講義)－대학(大學)」 「간상절취정자지의 이보지(間嘗竊取程子之意 以補之)」. "王魯齋董文靖 朱門之高弟也 嘗謂致知章 未嘗亡也 遂以知止物有聽訟三章 移編於格致章 則可無闕文 在明則方遜志蔡虛齋 述其說 我東則權陽村李晦齋守其論 暨乎退溪 力辨其非 以鉅室爲喩曰 正寢之材 撥補所壞 更不計正寢之材 初非廊廡之材 不見其完 而寢屋則敗矣 後學之尊信者 莫尙於朱子 朱子以後 莫如退溪 則以是爲吾儒之指南 庶或不差矣."

는 이익이 주자를 상대적으로 존신하던 것과는 상당히 거리가 있는 발언이다. 황덕길은 이익의 문인 안정복에 수학한 인물인데, 이와 같이 변화된 사유를 보이고 있다. 19세기 성호학통 우파에 속하는 학자들은 주자를 절대존신한 영남 퇴계학파 학자들과 학문성향이 비슷해져 있음을 알 수 있다.

그런데 중앙 학계의 소수 학자들은 청대 고증학을 수용하면서 송대 의리학(義理學)과 청대 고거학(考據學)의 장점을 모두 취하려는 성향을 갖는다. 기왕의 연구에서는 북학론이 유행한 중앙 학계에서 정조(正祖)의 학술정책을 배경으로 성장한 19세기 전반의 경기학인들은 기본적으로는 한학(漢學)과 송학(宋學)의 장점을 함께 수용하려는 한송절충론(漢宋折衷論)의 입장을 취했다고 하면서, 이러한 관점을 견지한 학자로 정조(正祖)와 성해응(成海應)·홍석주(洪奭周)·정약용(丁若鏞) 등을 들었다.[63] 여기서는 이들의 관점을 중심으로 살펴보고자 한다.

정조는 "이단(異端)을 없애고 민지(民志)를 안정시키는 방법은 오직 '이 도를 보위하고 정학(正學)을 부지하는 것이다'라고 생각한다. 그런데 그 근본을 궁구하면 우리 주자를 존숭하는 것이 그것이다"[64]라고 하여, 주자학을 정학으로 인정해 숭상하는 시각을 드러냈다. 그러나 주자의 주석을 위주로 한 대전본(大全本)만을 텍스트로 한 조선 학계의 풍토에 대해서는 "영락대전(永樂大全)이 유행한 뒤로는 조정에서 선비를 뽑을 적이나 향교에서 유생들을 가르칠 적에 모두 대전본을 위주로 한다. 그러므로 학자들은 『사서집석(四書輯釋)』이 있는 줄도 모른다"[65]고 하여, 대전본만을 따라 경서를 읽는 고루한 학

---

63 김문식, 『조선 후기 경학사상 연구』, 일조각, 1996, 25면 참조.
64 정조(正祖), 『홍재전서(弘齋全書)』 권29 윤음(綸音) 「명사행구주부자서진본(命使行購朱夫子書眞本)」. "異端熄而民志定者 卽惟曰 衛斯道扶正學 而究其本 則尊我朱夫子 是耳."
65 정조, 『홍재전서』 권161 『일득록(日得錄)』. "自夫永樂大全行 而朝廷之取士 鄕塾之敎徒 率以大全爲主 故學者不知有輯釋."

풍을 비판하였다. 또 그런 풍조 때문에 대전본 자체의 문제점을 전혀 인식하지 못하고 그대로 준용함으로써 구두(句讀)가 어긋나고, 훈의(訓義)가 잘못되었는데 아직까지 고찰하여 교정하질 못하고 있으며, 언해(諺解)와 음석(音釋)에서 본의를 잃어버린 것이 많이 발견된다고 하였다.[66] 이와 같은 관점에서 정조는 송학(宋學)의 의리주의(義理主義)는 지키면서 한학(漢學)의 성과를 수용하는 관점을 취하였다.

정조는 주자학에 학문적 기반을 두고 주자의 모든 저술을 집대성하려 하였다. 그러나 주자의 학설에 대해서는 비판적으로 수용하려 하였다. 그것은 주자의 설에 모순이 있다는 사실이 이미 밝혀졌기 때문이다. 그리하여 주자학의 오류를 지적하면서 비판적으로 계승하는 것이 주자학의 진면목을 드러내는 것이라 생각하였다. 그는 주자학을 비판할 때 한학의 성과를 논거로 제시하였고, 경전의 전수관계나 주소(注疏)의 득실을 파악함에 있어 한학이 가진 강점을 인정하였다. 이처럼 정조는 송학을 중심으로 한학과 송학의 장점을 절충하려는 송학 중심의 한송절충론을 경학의 관점으로 제시했다.[67]

정조처럼 송학 중심의 한송절충론을 편 학자가 노론청류의 홍석주(洪奭周)다. 홍석주는 대전본의 문제점을 인식하고 "당시 오경과 사서의 대전본을 편수한 사업은, 일은 크고 공력은 성대했다. 그러나 그 사업에 참여한 제유들의 견문이 단편적이고 얕았기 때문에 정밀하게 생각하고 자세히 선택하여 성조(聖朝)의 존경(尊經)의 의도를 드러내 밝히지 못했다. 그래서 왕왕 앞 시대 사람이 만들어놓은 책에서 베껴 책임을 면하였으니, 오류와 잘못이 한두

---

66 정조, 『홍재전서』 권161 『일득록』. "僅就前人已成之蹟 抄謄一過 易則董楷董眞卿胡一桂胡炳文四家之外 全未寓目 詩則用劉瑾通釋 而但改愚按二字 爲安成劉氏曰 禮則用陳澔集說 春秋則用汪克寬纂疏 而更添一二家說 去取無當 四書則因倪士毅輯釋 雜有增刪 而反朱本書眞面目 明儒所謂經學之廢 實自此始 淸儒所謂豈不顧博物洽聞之士見而齒冷者 皆非過語也 我朝科目之取士 講師之敎徒 率以大全爲主 故凡其句讀乖舛 訓義顚錯 至于今 莫可考定 而至於諺解音釋 尤見其多失本義."

67 김문식, 앞의 책, 27~58면 참조.

가지로 헤아릴 수 없을 정도이다"[68]라고 비판하였다.

홍석주는 우리나라 주자학이 이황으로부터 비롯되었다는 점을 중시하면서 성현의 학문을 배우려면 이황으로부터 비롯해야 한다고 하였다.[69] 그는 경학 연구에 있어서 명물훈고(名物訓詁)보다는 의리(義理)에 주안점을 두면서 "근래 중국의 유학자들은 대부분 한학을 숭상하고 송학을 억제한다. 그들은 '한유(漢儒)는 성인이 살던 시대와 가깝기 때문에 송유(宋儒)에 비해 믿을 만한 점이 많을 것이다'라고 한다. 그러나 내 소견으로는, 세대가 가깝기 때문에 신뢰할 수 있는 것은 명물훈고뿐이다. 사람의 마음속에 있는 의리는 천고의 세월이라도 한결같으니 참으로 고금으로 한계를 둘 수 없다"[70]고 하여, 훈고보다 의리를 중시하는 관점을 견지하면서 한학의 장점만을 취하였다. 따라서 그의 관점은 엄밀히 말해 한송절충론이라 하기 어렵다. 다만 주자 이후 주자학만을 존신하는 자들의 학풍을 송학지말학(宋學之末學)으로 비판하면서 주자학의 정신을 회복하려 하였고, 이론에 치우친 학풍을 지적하며 실천을 강조하였으며, 청대 고증학적 성과까지 폭넓게 독서하였다는 점에서 절대존신주자주의자들과는 일정하게 변별성을 갖는다.

성해응(成海應)은 특히 사서대전본의 문제점을 비판하였으며,[71] 조선시대 이를 저본으로 언해와 구결을 달아 사류를 시험함으로써 사인들이 이 책만을 추향하게 되었음을 지적하였다.[72] 그는 경학 연구의 목적을 본지파악에 두었기 때문

---

68 홍석주(洪奭周), 『홍씨독역록(洪氏讀易錄)』「역(易)」. "時修五經四書大全 事鉅工殷 而諸儒聞見單淺 不能精思審擇 以章明聖朝尊經之意 往往勦竊前人成書以塞責 譌誤紕繆 殆不可一二數."
69 홍석주, 『홍씨독서록(洪氏讀書錄)』「유가(儒家)」. "東方之知朱子書 自先生始(…중략…) 先生之學 一宗朱子 而以踐履爲主." 홍석주, 『학강산필(鶴岡散筆)』권5. "竊嘗謂 吾東儒先之中 退溪近顔子氣像 栗谷近孟子氣像 後儒之欲學聖賢者 自學退溪始 其庶有所從入乎."
70 홍석주, 『학강산필(鶴岡散筆)』권1. "近世中國之儒 率多崇漢而抑宋 以爲漢儒去聖人近 比宋儒宜多可信 余謂 世近而可信者 唯名物訓詁耳 義理之在人心者 千世一揆 固不可以古今限也."
71 성해응(成海應), 『연경재집(硏經齋集)』제3책「율곡용학집주례(栗谷庸學輯注例)」. "皇朝學士胡廣等 取元儒倪士毅四書輯釋 而稍加點竄 是爲永樂大全 然其繁簡不一 或當刪而不刪 或當補而不補."

에, 한유(漢儒)들이 경전을 복원하면서 훈고·교정·석각·간행 등의 일을 할 적에 매우 신중을 기하며 노력한 적을 높게 평가하였다.[73] 그는 송학의 대표적 저술인 『이정전서(二程全書)』·『주자대전(朱子大全)』·『근사록(近思錄)』·『성리대전(性理大全)』 등을 경전 다음 가는 중요한 저술로 인식하여 일생생활에서 마땅히 행해야 할 없어서는 안 될 서적으로 평가했다.[74] 이를 보면 송학의 성과도 아울러 중시한 것을 알 수 있다.

한편 근기 남인계 학자로서 성호학통을 이어 실학을 집대성한 정약용(丁若鏞)은 경전의 본지파악을 위해서는 우선 훈고(訓詁)를 알아야 한다는 관점[75]에서 한학(漢學)을 중시하였다. 그는 경학 연구는 궁극적으로 의리를 밝히는 데 있지만, 자의(字義)의 훈고가 불분명하여 의리가 밝혀지지 않는다는 관점에서 훈고를 중시하였다.[76] 즉 의리를 발명하기 위한 수단으로 훈고를 중시한 것이다. 그러나 한유들은 훈고에만 치중하여 경전의 본지를 밝히지 못했다고 보았으며, 주자가 바른 의리를 밝혀 유학을 중흥했는데 그 풍성한 공렬이 한유들의 공적에 비할 바가 아니라고 높게 평하였다.[77] 이를 보면, 그가

72　성해응,『연경재집』제1책「동유사서집주예설(東儒四書輯注例說)」. "我朝 以皇明頒賜之 故亦用是取士 當明宜兩朝 復命諸儒賢 以諺解口訣 以試明經之士 士競趨之."

73　성해응,『연경재집』제1책「석경설(石經說)」. "自漢儒搜拾於焚坑之後 力追古聖人述作之旨 爲之章句焉 訓詁焉 又恐其訛誤也 爲之考校刊正 又恐其字體之不能一也 爲之石刻而印行 又恐其傳布之不廣也 爲之板刻 使各以其力之多寡 自相移摹而梓之 其所以用力者 可謂謹矣."

74　성해응,『연경재집』제2책「제서식(諸書式)」. "洛閩之訓 亞於經者 如二程全書朱子大全近思錄性理大全等書 皆日用常行之不可闕者也."

75　정약용(丁若鏞),『여유당전서(與猶堂全書)』제2책「상서지원록서설(尙書知遠錄序說)」. "余惟讀書之法 必先明古訓 訓詁者 字義也 字義通而后句可解 句義通而后章可析 章義通而后篇之大義斯見 諸經盡然 而書爲甚 余所以先致力於詁訓者 此也."

76　정약용,『여유당전서』제1책「시경강의서(詩經講義序)」. "讀書者 唯義理是求 若義理無所得 雖日破千卷 猶之面墻也 雖然 其字義之訓詁有不明 則義理因而晦 或訓東而爲西 則義理爲之乖反 玆所以古儒釋經 多以訓詁爲急者也."

77　정약용,『여유당전서』제1책「오학론이(五學論二)」. "然其訓詁之所傳受者 未必皆本旨 雖其得本旨者 不過字義明而句絶正而已 于先王先聖道敎之源 未嘗窺其奧而溯之也 朱子爲是之憂之 於是 就漢魏古訓之外 別求正義 以爲集傳本義集注章句之等 以中興斯道 其豊功盛烈 又非漢儒之比."

주자학을 배척하지 않고 적극 수용하였음을 알 수 있다. 그는 이처럼 한학과 송학의 장점을 다 취하는 관점에서 자신의 경서 해석의 관점을 다음과 같이 천명하였다.

오늘날의 학자들이 한유의 주를 참고하여 그 훈고를 구하고, 주자의 주석을 가지고 그 의리를 구하되 그 시비득실에 대해서는 반드시 경전에서 결단하면, 육경과 사서의 원의(原義)와 본지(本旨)를 서로 연관해 밝힐 수 있는 점이 있을 것이다. 그리하여 처음에는 그럴 듯하다고 의심하다가 참된 준적(準的)에 이르고, 방황하는 데서 시작해 곧장 통달하는 데에 이를 것이다. 그런 뒤에 몸소 실천을 하고 행하면서 경험하여 아래로는 수신·제가하여 천하와 국가를 다스릴 수 있을 것이고, 위로는 천덕(天德)에 도달하여 천명에 돌아갈 수 있을 것이다. 이것을 학문이라 한다.[78]

이처럼 정약용은 한학의 훈고주의와 송학의 의리주의의 장점을 모두 취하는 관점으로 경서를 해석하려 하였다.

이상에서 18세기 후반 이후 중앙 학계의 대표적 학자들인 정조(正祖)·홍석주(洪奭周)·성해응(成海應)·정약용(丁若鏞) 등의 경서 해석의 관점을 개괄적으로 살펴보았는데, 경전의 본지파악에 중점을 두고 한학의 훈고와 송학의 의리를 받아들이려는 관점이 동일하게 나타나고 있다. 이들의 학문 방법이 구체적으로는 각기 다르지만, 적어도 주자학만을 묵수적으로 수용하지 않았다는 점에서, 주자학이 상대적으로 인식되고 있음을 알 수 있다.

---

78 정약용, 『여유당전서』 제1책 「오학론이(五學論二)」. "今之學者 考漢注以求其詁訓 執朱傳以求其義理 而其是非得失 又必決之於經傳 則六經四書 其原義本旨 有可以相因相發者 始於疑似 而終於眞的 始於彷徨 而終於直達 夫然後體而行之 行而驗之 下之可以修身齊家爲天下國家 上之可以達天德而反命 斯之謂學也."

4. 조선경학의 거시적 이해를 위하여

조선시대 경학은 중기에 이언적의 『대학장구』 개정설이 등장함으로써, 대현의 설을 함부로 고칠 수 없다는 관점을 가진 학자와 경서는 일가의 글이 아니므로 후학이 계속해서 의리를 발명해 나가야 한다는 관점을 가진 학자로 양분된 시각을 갖게 되었다. 이 두 관점이 조선시대 경학관을 이해하는 핵심이다.

조선 후기로 넘어와 17세기에는 국내외 정세의 변화로 인해 사상계가 비교적 자유로웠다. 이런 영향으로 경서 해석에 있어서도 당색과 학파를 불문하고 주자의 설을 개정하는 설이 다수 나타난다. 그러나 인조반정으로 서인이 집권한 뒤 주자학만을 정학으로 보고 나머지는 이단시하는 풍조가 대두되면서 주자학으로 더욱 경도되었다. 이런 조선 후기 경서 해석의 관점을 이 글에서는 절대존신주자주의의 숭정학(崇正學)·벽이단(闢異端)의 관점과 상대존신주자주의의 회의정신과 의리발명의 관점으로 대별해 보았다.

절대존신주자주의는 17세기 후반 기호 서인계 학자들에게서 이념화되었지만, 점차 전국적으로 확대되어 18세기 이후로는 지방의 학자들이 거의 이 관점을 고수하였다. 상대존신주자주의는 17세기 후반 근기 남인계 학자들에게서 대두되었는데, 18세기 이후로는 소론계 학자들에게서도 나타난다. 또한 18세기 후반 이후에는 청대 고증학을 수용한 중앙 학계의 일부 학자들에게서도 나타난다.

상대존신주자주의는 다시 주자의 주석서를 저본으로 하되 그것만을 묵수적으로 따르지 않고 회의정신으로 의리를 발명하려는 관점을 가진 부류, 아예 주자의 주석서를 저본으로 하지 않고 고경을 저본으로 하여 독자적으로 새롭게 의리를 발명하려 한 부류, 그리고 한학과 송학의 장점을 겸취하여 해석하려 한 부류로 나누어진다.

필자는 이 글에서 조선시대 경서 해석의 관점에 대해, 기본적으로 주자를 존신하여 그의 설을 그대로 따르려는 시각을 가진 묵수주의와 주자를 존신하더라도 경서 해석은 한 사람이 다 할 수 없기 때문에 계속해서 의리를 밝혀 나가야 한다는 의리발명을 중시했던 진취주의로 나누어 보았다. 예컨대 정자·주자가 의리를 밝혀 놓았으니 그것을 준수해야 한다는 생각은 묵수주의이다. 반면 성현이 의리를 밝혀놓았지만 그것을 계승해 의리를 더 밝히는 것이 후학의 사명이라는 인식은 진취주의이다.

묵수주의는 학술의 발전보다는 정통성을 고수하는 쪽으로 나아가 정체되었다. 그래서 상대존신주자주의의 관점을 가졌던 이익(李瀷)은 이런 학풍을 "서인의 학문은 오로지 '근수규구(謹守規矩)' 네 자를 세상을 경영하는 데 병폐가 없는 단안(斷案)이라 생각한다. 그러므로 지식이 끝내 매우 노망하니 한탄할 만한 일이 된다"[79]고 꼬집었다.

이런 경직된 분위기 속에서도 송학 본연의 의리주의 정신을 회복하기 위해 회의정신과 의리발명을 주장하고 나서거나, 한학과 송학의 장점을 겸하여 취하려고 한 일부 학자들에 의해 조선 후기 경학은 안목을 확장하고 인식을 새롭게 하며 발전해 왔다. 주자를 절대적으로 존신한 묵수주의는 주자학만을 정통으로 고수하여 경직된 이념을 창출했지만, 의리발명이 학자 본연의 임무임을 강조한 진취주의는 주자학을 상대적으로 인식하여 사상의 변화를 이끌었다.

조선시대 경서 해석의 관점을 이처럼 거시적으로 보면, 조선경학을 관통

---

[79] 안정복(安鼎福), 『순암집(順菴集)』 권16 잡저(雜著) 「함장록(函丈錄)」, "西人學問 專以謹守規矩四字 爲涉世無病敗之斷案 故知識終甚鹵莽 爲可恨也."

하고 있는 주제어는 의리발명으로 압축할 수 있다. 성현들이 발명한 의리를 이어 계속해서 새로운 의리를 발명해 나갈 것인가, 아니면 성현이 발명한 의리를 지키고 따르는 데 초점을 둘 것인가, 이 두 관점이 조선경학을 이해하는 가장 중요한 주제이다. 이런 관점이 개별 경학가들에게서 어떻게 나타나고 있는지를 살피는 것이 조선 경학을 바라보는 무엇보다 중요한 시각이라 여겨진다.

지금까지 우리는 주자의 설과 다른 설을 편 것에만 시선을 두어, 조선 경학을 이해하는 기본관점을 제대로 파악하지 못한 것이 사실이다. 그리하여 섣불리 반주자학 또는 탈주자학이라 단정 짓기도 하였다. 필자는 조선경학을 관통하는 기본관점을 의리발명과 존신주자로 대별하면서, 의리발명에만 시선을 두지 않고 존신주자를 지향한 쪽에도 눈길을 돌렸다. 그것은 의리발명보다 존신주자를 택한 학자들이 대다수이므로, 이들의 설을 제외하고 의리발명을 택한 학자들의 설만 다루게 되면 전체를 온전히 바라볼 수 없다고 생각했기 때문이다.

성현의 설을 묵수하면서 정학만을 고수하고 이설을 이단시하는 학자들의 성향은 대체로 주자설의 명징화(明澄化)와 정설화(定說化)로 학문의 방향을 잡아 주자학의 정통을 확립하는 쪽으로 나아갔다. 따라서 이들은 정통 주자학을 만들어 그것으로 만세의 법을 삼으려 하였다. 그 과정에서 얻어진 성과가 주자의 설과 다른 대전본 소주(小註) 및 후세 학자들의 설을 분변하여 배척하는 한편, 주자의 여러 설을 분변하여 정안(正案)을 만들려 한 것이다. 이러한 묵수주의를 지향한 학자들의 성과는 주자의 설을 심화 발전시켜 보다 정밀하게 재정립함으로써 조선의 주자학이 독자적 성과를 이룩하는 데 크게 기여하였다.

한편 주자를 존신하면서도 주자의 설만을 묵수하지 않고 송학의 기본정신인 의리발명을 중시한 학자들은 경전의 의리는 한 사람이 다 밝힐 수 없기 때문에 후인들이 계속해서 밝혀나가야 한다는 관점을 내세우며 독자적으로 의리를 발명하려 하였다. 그들은 주자가 편정(編定)하고 주석한 경서를 저본으로 하여 새로운 의리를 보충하기도 하고, 아예 고본을 저본으로 독자적인 시각으로 새로운 해석을 시도하기도 하였으며, 고증학이 유입된 뒤에는 한학과 송학의 장점을 겸하여 취하려는 관점도 나타났다. 조선 후기로 접어들어 조선의 학계는 주자학 일변도로 경직되어 주자의 설과 다른 설을 제기하는 사람은 이단으로 지목되었지만, 그런 분위기 속에서도 의리발명을 다시 천명하며 학문 본연의 임무를 환기한 소수의 학자들이 있었기에 조선사회는 내재적 발전의 동력이 이어질 수 있었다.

의리발명을 주창한 학자들이 시대정신을 일깨우며 새로운 의리를 추구한 것은 조선경학의 독자성과 정체성을 확립하는 데 초석을 놓았다. 따라서 이러한 점을 보다 정밀하고 세밀하게 논구하여 조선시대 사상사 내지 정신사와 어떻게 교섭 작용하고 있는지를 살피는 것이 앞으로 주목할 과제일 것이다. 또한 존신주자주의를 고수한 학자들의 학문적 성과도 간과할 수 없다. 그들이 비록 고정된 사고에서 벗어나지 못하였지만, 그들은 주자학의 명징화와 정설화를 통해 정통주자학을 확립하려 하였다. 따라서 그들의 경학 연구 속에는 주자학을 심화 발전시키고 정론화한 것이 다수 있다. 이 역시 앞으로 연구자들이 눈여겨보아야 할 분야이다. 주자학을 조선에서 정론화하였다는 것은 동아시아 사상사의 흐름에서 큰 의미를 가질 수 있으며, 조선 후기 사회를 구명하는 데도 중요한 단서를 제공할 것이다.

조선 후기 물명고와 유서의 계보와 그 특징

경험사실의 분석과 분류 방법의 모색

심경호

1. 들어가는 말

조선의 학자들은 기본적으로 경문의 초록(抄錄)과 풍송(諷誦)을 학습의 주요한 방법으로 생각하였다. 이를테면 1790년에 정조는 도문학(道問學)과 관련하여, ① 경전을 궁구하고 옛날의 도를 배워서 성인의 정미한 경지를 엿보는 일 ② 널리 인증하고 밝게 변별하여 천고에 판가름나지 않았던 안건을 논파하는 일 ③ 호방하고 웅장한 시문으로 빼어난 재주를 토로하여 작가의 동산에 거닐어 조화공의 오묘한 기법을 빼앗는 일 등 세 가지를 유쾌한 일로 꼽았다.[1] ③은 ①, ②를 기반으로 한 도문일치(道文一致)의 문학실천을 말한 것

---

[1] 정조(正祖), 『홍재전서(弘齋全書)』 권162 『일득록(日得錄)』 2 「문학 2」. "予嘗以爲, 窮經學古, 而窺聖人精微之蘊, 博引明辨, 而破千古不決之案, 宏詞雄文, 吐露雋穎, 而步作家之苑, 奪造化之妙, 此乃宇宙間三快事."(徐浩修 기록)

이다. ②에서 말하고 있는 것은, 경학과 관련된 난문(難問)을 검토하여 정의 (正義)를 확정하는 일을 과제로 삼겠다는 뜻이다. 그런데 정조는 성인의 도리 를 체득하는 방법으로 ①에서 초록과 풍송의 방식을 거론하였다. 정조는 "책 은 반드시 욀 수 있을 때까지 읽어야 하고, 책을 볼 때는 반드시 초록을 해야 하니, 그렇게 해야 오래도록 수용할 수 있는 것이다"[2]라고 하였고, 초록을 해 야만 경문의 본지를 제대로 파악할 수 있다고 여겼다. 곧 정조는 초록이 박문 약례(博文約禮)의 학문 방법이라고 생각하였고, 초록의 결과를 간포(刊布)함으 로써 학문과 문풍을 진작할 수 있으리라고 생각하였다. 정조는 초록이 장재 (張載)에게 기원하지만 우리나라 학자들이 즐겨 사용하던 방법이기도 하다고 하였다.

> 초록하는 작업은 학문에 큰 도움이 된다. 장횡거(張橫渠)가 마음속에 깨달은 오묘한 이치를 메모하였던 것은 더 말할 것도 없거니와, 우리나라의 여러 선정들 도 모두 초록하여 모으는 데서부터 공력을 들었다. 나는 일찍부터 초록하는 공부 를 가장 좋아하여 직접 써서 편(編)을 이룬 것이 수십 권에 이르는데, 이러한 작업 을 통해서 효과를 거둔 곳이 상당히 많으니, 범범히 읽어 넘어가는 것과는 같은 선상에서 논할 수 없다.
>
> ― 서유방(徐有防) 기록, 『일득록(日得錄)』, 계축(정조17 : 1793)

정조는 이렇게 초록과 풍송을 통해 경문의 의리를 사색하는 방법을 취하였 다. 그런데 경문의 의리를 탐구하지 않더라도 생활세계와 역사사실의 여러 사

---

2 정조, 『홍재전서』 권165 『일득록』 5 「문학 5」. "讀書必成誦, 看書必鈔錄, 然後可以耐久受用."(金 祖淳 기록). 심경호, 「정조의 경학 연구 방법에 관한 규견」, 『태동고전연구』 제21집, 한림대 태 동고전연구소, 2005.9, 27~84면.

항들을 파악하려고 할 때 가장 유효한 방법은 초록이었다. 조선 지식인들의 문헌에 나타난 휘집(彙集), 초촬(抄撮), 촬록(撮錄) 등의 방법은 모두 기성의 지식 정보를 선별하여 정리하는 일을 의미하였다. 따라서 초록은 조선시대 지식인의 가장 중요한 학문 방법이었다고 말할 수 있다. 방대한 분량의 초록을 일정한 분류 원칙에 따라 유별화할 때 그것은 일종의 유서(類書)를 이루게 된다. 그렇다면 실은 초록의 방법은 유서의 편성과 불가분의 관계에 있었다고 말할 수 있을 것이다.

유서는 본래 '재문(載文)'의 체제를 취하는 것이 보통이었다. 재문이란 표제항마다 전고(典故)를 인용하여 서술하는 이외에 선인들의 시문을 싣는 것을 말한다. 이것은 독자로 하여금 그러한 부류의 제목으로 시문을 지을 때 참고로 삼게 하려고 한 것이다.

그런데 조선의 지식인들은 지적 활동에 필요한 정보를 정리하기 위하여 문한용어(文翰用語)들이나 생활용어, 경험사실 들을 체계적으로 정리하였다. 또한 '재문'의 체제를 취하지 않고 대응하는 순수어의 제시, 간단한 정의, 어휘의 계열화를 이루는 어휘집을 편성하거나, 더 나아가 문헌 고증과 안설(按說)을 첨부하는 '잡고(雜考)'의 체제를 취한 것들이 나오게 되었다. 곧, 초록의 내용을 일정한 분류 원칙에 따라 체계화하면 유서가 되고, 거기에 변증을 부기하면 잡고가 된다. 이러한 것들을 모두 넓은 의미의 유서라고 부를 수 있을 것이다. 즉, 조선 후기에는 사물의 개념을 일정하게 정의하고 정리한 물명류(物名類), 여러 가지 실용 목적에 따라 한자어를 정리하고 어휘 상호 간의 연관관계를 고려한 한자어휘집, 어휘를 정리하면서 관련 있는 문헌 사실을 집록하는 유서 등이 발달하였고, 동시에 고증을 중시하는 잡고의 방향으로도 발전하였다.

안정복(安鼎福, 1712~1791)은 사서(四書)·제자백가(諸子百家)·『사문유취(事

文類聚)』·『주자대전(朱子大全)』·『남계예설(南溪禮說)』·「동이열전(東夷列傳)』이나 문집류(文集類) 등 많은 문헌을 초록하여 『잡동산이』 53책을 정리하였다. 분류목을 체계적으로 설정하지 않았고, 문헌을 단순히 전재한 것도 있으며, 간간이 안어(按語)를 붙였지만,[3] 당시 초록이 학문 연구에서 매우 중요한 방법이었음을 잘 말해준다.

특히 조선 후기에는 사물의 이치에 대한 경험적 분석이 강화되어, 독자적 형태의 물명류, 어휘집, 유서가 발달하게 되었다.

이기경(李基慶, 1756~1819)은 이철환(李嘉煥)·이재위(李載威)의『물보(物譜)』에「발(跋)」을 작성하여, 인간과 사물(동식물 포함)은 하나의 이(理)로 관통되어 있으므로 사람됨의 이(理)를 밝히고자 한다면 사물의 이(理)에서 위배되어서는 안 된다고 하여, 물명의 연구가 이학(理學)에 보익되는 바가 있다고 평가하였다.[4] 김윤추(金允秋, 자 庭堅)는 이만영(李晩永)의『재물보』에 서문을 써서, 이만영의 물보 편찬이 본디 상사생(上舍生)들의 고루함을 고치기 위해 이루어졌다고 지적하면서도,[5] 어휘(語彙) 유취(類聚)의 명물도수지학이 격치(格致)에도 보탬이 된다고 논평하였다.[6] 『재물보』의 계통을 잇는『광재물보』가 편찬된 것이나,『재물보』보다는 범위를 축소하되 고증을 덧붙인『물명』류가 다수 출현하게 된 것은 바로 이처럼 명물도수지학이 격치의 학문에 보익(輔翼)된다고 하는 자각에서 이루어진 것이다. 정약용도「발죽란물명고(跋竹欄物名攷)」에서, 사물을 탐구할 때 본명과 대비하여 향명(鄉名)을 익혀야 한다고 주장하였다.[7] 어휘

---

3 본래 영조 연간에 편찬된 듯하지만, 규장각에는 조선총독부취조국(朝鮮總督府取調局) 용전(用箋)에 필사된 사본이 현전할 따름이다.

4 이기경(李基慶),『물보(物譜)』「물보발(物譜跋)」. "物之名也, 無所關於明理之學, 而不知名無以知其理, 知其理然後可以反乎?"

5 김윤추(金允秋),「재물보서(才物譜序)」. "吾友李成之, 才高學博, 老猶不懈, 病世之學士, 以名物度數爲不急, 而卒然有所值, 竊恨於孤陋者有之."

6 김윤추,「재물보서」. "苟有能類聚輩分, 宗主乎斯文範圍, 而羽翼乎格物致知之學, 則是亦聖人之徒, 而通士勉焉."

분류집의 편찬은 우리의 문화·문물에 대하여 분석적으로 파악하는 의식이 성장하였음을 말해준다고 할 것이다.[8] 나아가, 이규경(李圭景)은 『오주연문장전산고(五洲衍文長箋散稿)』에서 명나라 말 서광계(徐光啓, 자 玄扈)·왕징(王徵, 자 葵心) 등이 창시한 상수지학(象數之學)이 명물도수지학(名物度數之學)으로 발전하고 그것이 다시 조선에 흘러 들어와 조선에서도 명물도수학이 일어나게 되었다고 언급하였다.[9] 물론 외래적 영향을 무시할 수 없겠지만, 조선의 명물도수학이 발달한 것은 지식층의 확대, 실학적 사유의 심화 등과 상당한 관련이 있다. 또한 '명물도수지학'이라든가 '충어지학(蟲魚之學)'이라고 비난되어 왔던 소학(小學)이 독자적 연구 분야로 자리하게 된 것과도 관련이 있다.

정인보는 「서재물보후(書才物譜後)」에서, 다음과 같이 『재물보』류의 어휘집이 지닌 지성사적 의의를 논하였다.

『재물보』란 삼재만물(三才萬物)을 통틀어 계통을 따라 열기(列記)하였다는 말이니, 그 체계는 요즘 이른바 백과사전과 비슷하다 하겠다. 널리 중국 것을 끌어 모아, 우리의 옛일을 밝히려고 사실과 근원을 고증(考證)·해석(解釋)·주석(註釋)하기에 힘써서, 민생일용(民生日用)에 도움이 되고자 한 것이라, 대번에 숙종·영조 이후에 나온 것인 줄 알았으니, 그 이전에는 학풍이 이런 분야에 거의 미치지 못하였던 것이다.[10]

---

7 정약용, 『여유당전서(與猶堂全書)』 권14 발(跋) 「발죽란물명고(跋竹欄物名攷)」. "中國言與文爲一, 呼一物便是文, 書一物便是言, 故名實無舛, 雅俗無別. 東國則不然. (…중략…) 東國學其三猶不足也. 余爲輯物名, 主之以本名, 釋之以方言, 類分彙輯, 共三十葉."
8 심경호, 「조선 후기 한자어휘검색사전에 대하여」, 심경호 외, 『조선 후기한자어휘검색사전(朝鮮後期漢字語彙檢索辭典) —물명고(物名考)·광재물보(廣才物譜)』, 한국정신문화연구원, 1997.
9 이규경(李圭景), 「오주연문장전산고서(五洲衍文長箋散稿序)」, 『오주연문장전산고(五洲衍文長箋散稿)』(서울대 규장각장사출본(奎章閣藏寫出本) 거최남선구장필사본(據崔南善舊藏筆寫本)) 영인, 동국문화사, 1958.
10 정인보, 「서재물보후(書才物譜後)」, 『담원문록』 권4, 연세대 출판부, 1939.2. 담원 47세 저술.

우리나라에서는 고려시대에 이미『고금상정예문』과 같은 유서를 만들었다. 다만, 현재 남아 있는 독자적 유서들은 모두 조선시대에 편찬된 것들이다. 가장 이른 시기의 것으로는 1554년 어숙권이 엮은『고사촬요』와 선조 때 권문해가 엮은『대동운부군옥』(1789년 정범조 서문, 1836년 간행)을 들 수 있다. 권문해의『대동운부군옥』은 우리나라 고사와 물명을 대상으로 충실히 전거를 밝힌 사전이다. 그 이후 역사, 철학, 문화의 다방면에 걸쳐 일상의 삶에서 필요한 지식정보들을 체계적으로 분류한 유서들이 다량으로 나왔다. 이수광(李睟光)의『지봉유설(芝峯類說)』, 이익(李瀷)의『성호사설(星湖僿說)』은 잡고류 유서의 단초를 열었으며, 이덕무(李德懋)의『이목구심서(耳目口心書)』와 이규경(李圭景)의『오주연문장전산고(五洲衍文長箋散稿)』는 잡고류 유서의 대표적 성과물이다. 또한 영조 연간 이후 국가나 사대부 개인이 국가제도의 연혁을 총정리하여 괄목할만한 성과물이 속속 출현하였다. 조선 후기에 이루어진 국가 편찬 국가장고류는『동국문헌비고(東國文獻備考)』와『만기요람(萬機要覽)』을 시작으로 하여『증보동국문헌비고(增補東國文獻備考)』에서 집대성되었다.

이러한 광의의 유서(물명류, 어휘집, 협의의 유서)는 모두 분류의 방식을 나름대로 성찰하였고 제시하였다. 특히 각 부문들의 연환(連環) 관계에도 주목하였다. 이를테면 서유구(徐有榘)는『임원경제지(林園經濟志)』(林園十六志)의「예언(例言)」에서, 자신의 편저가 '부집(裒集)'의 형식을 취하였고 "부(部)를 나누고 목(目)을 세워 서적으로부터 자료를 수집해서 채웠다"라고 밝혔다.『임원경제지』의 유서로서의 특징은 다음과 같이 개괄할 수 있다.

① 유서의 형식이면서 지식의 대상을 '임원'('향거양지')의 사항에 한정하였다.
② 유서의 형식이면서 안어(按語)를 덧붙여 잡고(雜考)의 특징을 지닌다.

③ 유서의 부분에서 문헌을 인증을 하면서 중국의 사실과 조선의 사실을 비교
하고 논변해서 그 비교의 관점을 제시하였다.

④ 도보(圖譜)를 붙였다.

조선 후기에 물명류, 한자어휘집, 유서가 발달하면서 논리적으로 사고한
결과로서의 지식정보들과 경험적으로 검토한 사물과 사항의 이름들을 일정
한 기준에 따라 분류하는 방식을 수립할 필요성이 대두하였다. 이때 처음에
는 중국 유서 등의 분류를 참조하였으나, 차츰 새로운 분류 기준을 수립하고
사안에 부합하는 분류목을 작성하게 되었다.

여기서는 조선 후기 물명고와 유서의 계보와 그 특징을 개괄하여 보기로
한다. 또한 이 개괄은 본인의 『한국한문기초학사』 제2책(태학사, 2013.8, 2쇄)
의 일부 내용을 정리한 것임을 밝혀 둔다.[11]

2. 유서(類書)의 수용

유서라고 통칭되는 전적들을 살펴보면 대개 사물장실검색유서(事物掌實檢
索類書), 사물기원검색유서(事物起源檢索類書), 문장사조검색유서(文章辭藻檢索
類書) 등의 부류로 나눌 수 있다. 그런데 유서 가운데는 기왕의 문헌을 초출하
고 출전을 밝힌 경우와 문헌을 초출하거나 안어(按語)를 서술하는 데 주력하

---

11 심경호, 『한국한문기초학사』 제2책, 태학사, 2012.10(1쇄) · 2013.8(2쇄).

고 출전을 반드시 밝히지 않은 것이 있다. 후자의 대표적 예가 이른바 9통(九通) 혹은 10통(十通)이다. 중국에서는 특히 역사·문물제도·문헌을 통람할 수 있는 아홉 가지의 유서를 총칭하여 '9통(九通)'이라고 한다. 당나라 두우(杜佑)의 『통전(通典)』200권, 남송 마단임(馬端臨)의 『문헌통고(文獻通考)』(1224) 385권, 정초(鄭樵)의 『통지(通志)』200권 등을 '3통(三通)'이라고 한다. 이어서 청나라 건륭제의 『흠정속문헌통고(欽定續文獻通考)』252권, 『흠정속통전(欽定續通典)』144권, 『흠정속통지(欽定續通志)』640권을 편찬하게 하였다. 또한 청 왕조의 문화사를 『흠정황조문헌통고(欽定皇朝文獻通考)』261권, 『흠정황조통전(欽定皇朝通典)』100권, 『흠정황조통지(欽定皇朝通志)』126권으로 편찬하게 하였다. 그리고 남송 송백(宋白)의 『속통전(續通典)』과 명나라 왕기(王圻)의 『속문헌통고(續文獻通考)』244권의 미비점을 고쳤다. 청나라 말에 유금조(劉錦藻)는 『황조문헌통고(皇朝文獻通考)』320권을 편찬한 뒤, 다시 400권으로 증보하였다. 정속(正續) 각 3통(通)과 황조 3통(通)을 합하여 '9통'이라 하고, 유금조의 『황조문헌통고』를 더하여 '10통(十通)'이라 한다. 9통(九通)이나 10통(十通)을 유서로 간주하기도 하고 그렇지 않기도 한다.[12]

명나라 때는 회도(繪圖) 형식의 유서가 발달하였다. 만력(萬曆) 연간에 왕기(王圻)·왕사의(王思義)가 엮은 『삼재도회(三才圖繪)』는 대표적 예이다. 모두 106권에 달한다. 전체 구조는 천문(天文)·지리(地理)·인물(人物)의 3부로 나누었다. 하부 세목은 천문(天文)·지리(地理)·인물(人物)·시령(時令)·궁실(宮室)·기용(器用)·신체(身體)·의복(衣服)·인사(人事)·의제(儀制)·진보(珍寶)·문사(文史)·조수(鳥獸)·초목(草木) 등 14문이다. 앞의 3부문은 왕기가 편찬하고 시령(時令) 이하 11문은 왕사의가 편찬하였다. 10년의 공이 들

---

12 莊芳榮, 『中國類書總目』, 文史工具書總刊, 臺灣 : 學生書局, 民國72(1981).

었는데, 매 분문의 아래에 사물을 조목별로 기록하고 자료를 광범하게 취하였으며, 사물을 기록할 때는 먼저 회도(繪圖)를 제시한 후 논설을 하였다. 명나라의 궁실·기용·복제 및 의장제도(儀仗制度) 등을 연구할 때 귀중한 자료가 된다. 도보(圖譜)는 다른 책에서 취한 것이 많아 잡박한 폐단이 있다.

청나라 때는 1701년에 『연감류함(淵鑑類函)』 150권, 1711년에 『패문운부(佩文韻府)』 444권, 1726년에 『병자유편(駢字類編)』 240권이 나왔다. 이것들은 자서(字書)와 운서(韻書)의 형식을 따른 유서라고 할 수 있다. 또한 1726년부터 1728년 사이에 『고금도서집성(古今圖書集成)』 정문(正文) 1만 권, 목록 40권이 5,020책으로 인쇄되어 나왔다. 이것은 현존하는 최대의 유서로, 정조 때 구매한 1질이 규장각에 소장되어 있다.

중국의 유서들은 여러 경로로 수입되어 조선 후기의 초촬(抄撮)의 학에 영향을 끼쳤다. 몇 가지 예를 들면 다음과 같다.

① 명나라 때는 '사문유취'의 이름을 지니면서도 축목의 『신편고금사문유취』와는 별도로 『신편사문유취한묵전서(新編事文類聚翰墨全書)』가 유통되었다. 원나라 때는 문필에 필요한 유서들이 많이 나왔는데 그 주요한 것이 『신편사문유취한묵전서』 15집이다. 이것은 유응이(劉應李)가 축목(祝穆)의 『사문유취(事文類聚)』를 모방하여 시문작성 전고집(詩文作成 典故集)으로 엮은 것이다. 줄여서 『한묵전서(翰墨全書)』라고 한다. 원간본은 『태학증광신편성률만권회원(太學增廣新編聲律萬卷會元)』 등의 유서와 같은 판식이고 내용도 같다.[13]

1433년(세종 15) 2월 9일(계사)의 『실록』 기록에 보면, 성균 사예(司藝) 금반(金泮)이 의의(疑義)로 시험하는 것에 반대하고 강경(講經)을 실시할 것을 주장하면서 주희의 「과거사의(科擧私議)」를 『한묵전서』에서 인용하였다. 『한묵

13 住吉朋彦, 「『翰墨全書』版本考」, 『斯道文庫論集』 第42輯, 慶應義塾大學附屬研究所 斯道文庫, 2008. 2.

전서』는 원간본 이후 명나라 때까지 상당히 많은 판본들이 간행되었다. 십오집본(十五集本) 원편은 완본이 전하지 않는다. 널리 유통된 것은 명나라 정통(正統) 11년(1446) 간본이다. 하지만 원편도 조선에 전하여 양국에 상당한 영향을 끼쳤다. 조선 선조 연간의 이황(李滉)은 『한묵전서』를 고실(故實)검토에 사용하였다. 그 후 김장생(金長生)은 『가례집람(家禮輯覽)』에서 「가례도(家禮圖)」를 논하면서 이황이 『한묵전서』에 근거해서 논의를 펼친 사실을 환기하였다. 『동의보감』의 편찬에도 정보원으로서의 가치를 유지하였다.

　②『사림광기(事林廣記)』는 진원정(陳元靚)이 남송 소정(紹定, 1228~1233) 이후 송나라가 망하는 1297년 사이에 편찬한 유서이다. 진원정은 송말 원초(宋末 元初)의 복건 숭안(崇安) 사람이다. 『사림광기』 이외에 『세시광기(歲時廣記)』·『박문록(博聞錄)』 등을 엮었다. 『신편찬도증류군서류요사림광기(新編纂圖增類群書類要事林廣記)』가 원래 제목으로 모두 42권이다. 『사림광기』는 삽도(插圖)체제를 취한 유서이다. 원간본은 전하지 않고 원·명을 거치면서 산개(刪改)·증보(增補)되었다. 명칭도 '신편찬도증류군서유요사림광기(新編纂圖增類群書類要事林廣記)', '찬도증신군서유요사림광기(纂圖增新群書類要事林廣記)', '중편군서유요사림광기(重編群書類要事林廣記)' 등으로 바뀌었다. 원나라 지순(至順) 연간 건안춘장서원각본(建安椿莊書院刻本, 中華書局, 1963년 영인)을 보면 전집(前集) 23권(16류), 후집(後集) 13권(19류), 속집(續集) 8권(8류), 별집(別集) 8권(8류) 등 모두 42권(51류)이다. 성종 때 서거정(徐居正)은 「영백홍작약(詠白紅芍藥)」 시에 자주(自註)를 달면서 『사림광기』 권5 「방국류(方國類)」를 인용하였다. 선조 7년인 1574년 5월에는 유희춘(柳希春)이 『연수서(延壽書)』·『수친양로서(壽親養老書)』·『산거사요(山居四要)』·『명의잡저(名醫雜著)』·『사림광기』 등에서 양생(養生) 관련 글을 선별하였다. 원간본(元刊本) 『사림광기』에는 한몽대역어휘집(漢蒙對譯語彙集)이 『지원역어(至元譯語)』 혹은 『몽고역어(蒙古譯語)』라는 이름으로 수록되어 있었

다. 이것은 무본(武本)『화이역어(華夷譯語)』등에 영향을 주었고, 조선의 대역어 사전 편찬이나 악보의 편성에도 영향을 주었다.

③ 명나라 때는 1403년 해진(解縉) 등이 칙명에 따라『영락대전(永樂大典)』을 편찬하기 시작하여 1408년에 229,377권, 범례 60권을 완간하였다. 이것은 비장본이어서 우리나라에서 열람할 수는 없었다. 우리나라에서는 민간에서 엮은 유서들을 받아들여 문필활동에 이용하였다. 특히 명나라 팽대익이 엮은『산당사고(山堂肆考)』는 조선 후기의 학계에 일정한 영향을 끼쳤다.『산당사고』는 1595년(만력 23)에 팽대익이 엮은 유서이다. 만력 연간에 통주(通州)의 학자가 엮은 대형 유서가 둘 있다. 하나는 조대동(曺大同)의『예림화촉(藝林花燭)』160권이고 다른 하나가 팽대익의『산당사고』240권이다.『예림화촉』은 전하지 않는다. 1619년(만력 47)에 팽대익(彭大翼)의 손자사위 장유학(張幼學)이 증정(增訂)하여 완질을 이루어, 매서석거각(梅墅石渠閣)에서 60책으로 개장한 형태로 증보본을 간행하였다. 본문은 45문으로 분류하고, 각 문마다 자목(子目)을 나누었으며, 각 자목마다 소서(小序)를 두어, 내용·범위·연혁을 설명하였다.

④ 원나라 말, 명나라 초의 인물인 도종의(陶宗儀, ?~1396)는 한(漢)·위(魏)부터 송(宋)·원(元)까지 여러 사람의 저술을 발췌하여 필기총서(筆記叢書)『설부(說郛)』100권을 편찬하였다. 이것을 유서의 하나로 보기도 한다. 1496년(홍치 9) 욱문박(郁文博)이 서문을 작성한 판본이 초간본이다. 그 후 명나라 장진언(張縉彦) 보집본(補輯本)이 나왔고, 청나라 순치(順治) 연간에 요안(姚安) 도정(陶珽)의 120권이 유행하였다. 이 필기총서는 이규경 등 조선 후기의 학자들에게 참고 자료로 활용되었다.

⑤『오잡조(五雜組)』는 명나라 사조제(謝肇淛, 1567~1642)가 편찬하였다.『오잡조』는 모두 16권으로, 천(天)·지(地)·인(人)·물(物)·사(事)의 5부로 나뉘

었다. 사조제는 당시의 시사(時事)와 향방(鄕邦)의 장고(掌故)에도 주의를 쏟았다. 명나라 때 두 번 간각되었는데, 청나라 때 소훼(銷燬)되었다. 오히려 일본인이 사제조의 저술을 좋아하여, 『오잡조』・『문해피섭(文海披涉)』・『주여(塵餘)』를 모두 판각하였고, 그것이 중국으로 거꾸로 수입되었다. 『오잡조』의 본문은 권1~2 천부(天部), 권3~4 지부(地部), 권5~8 인부(人部), 권9~12 물부(物部), 권13~16 사부(事部)로 이루어져 있고, 그 뒤에 발(跋)과 부록이 있다.

⑥ 명나라 때 장황(章潢)의 『도서편(圖書編)』127권(1562)과 왕기(王圻)의 『삼재도회』80권(1607)은 도보(圖譜) 성격의 유서이다. 이 가운데 『삼재도회』는 명나라 가정(嘉靖)・만력(萬曆) 연간에 왕기가 편찬하다가 다 이루지 못하자 그 아들 왕사의(王思義)가 이어서 편찬하여 1607년에 완성하고 1609년에 출판하였다. 만력간본(萬曆刊本)이 전한다. 모두 106권이며, 천문・지리・인물・시령・궁실・기용・신체・의복・인사・의제・진보・문사・조수・초목 등 14부문으로 분류하였다. 이익(李瀷)이 『성호사설』에서 인증의 자료로 삼았다.

일본 에도시대[江戶時代] 오사카[大阪]의 한방의(漢方醫)인 데라지마 료안(寺島良安, 이름 尙順)은 『삼재도회』를 모범으로 삼아 삽화를 첨부하여 1712년(일본 正德 2년) 전체 105권 81책에 달하는 『화한삼재도회(和漢三才圖會)』를 출판하였다. 각 항목에는 일본과 중국의 사상(事象)을 천(天, 1~6권)・인(人, 7~54권)・지(地, 55~105권)의 부로 나누어 고증하고 도(圖, 揷繪와 古地圖)를 첨부하였다. 1764년 계미사행 때 원중거(元重擧)와 성대중(成大中) 일행이 가져온 『화한삼재도회』는 주변 인물들에게 확산되었다. 유득공의 필기(筆記), 정약용의 『여유당전서』, 한치윤의 『해동역사』, 성해응의 『연경재총서』, 이규경의 『오주연문장전산고』, 서유구의 『임원경제지』에서 인용되었다.[14]

---

14 沈慶昊, 「關於18・19世紀朝鮮的類書和漢文詞彙分類集」, 심경호 외, 『變動期的東亞社會與文化』, 中國 : 天津人民出版社, 2002.8.

우리나라는 일찍부터 중국의 유서를 수용하였으나, 목록학(目錄學)의 관점에서 유서를 인식한 것은 상당히 늦다. 우리나라에서는 '유서(類書)'라는 말이 고려의 최해(崔瀣)가 작성한 「동인문서(東人文序)」에 처음 나오는데, 이때의 '유서'는 '총서(叢書)'와 동의어였다. 곧, 최해는 한국의 시문들을 선별하여 엮어『동인지문(東人之文)』을 편찬하면서 그것을 유서라고 불렀으니, 이것은 재문재사(載文載事)의 휘편(彙編)인 유서가 아니다. 조선시대에 들어와서 허균(許筠)도『명척독(明尺牘)』을 편집하면서 '유서'를 활용하였다고 하였는데, 그 유서도 총서를 말한다.[15] 우리나라에서 재문재사(載文載事)의 휘편(彙編)을 유서라 부르기 시작한 것은 18세기 말『누판고(鏤板考)』부터이지만, 당시에도 '유서'라는 말보다 '유취(類聚)'라는 말이 더 선호되었다. 1796년(정조 20)에 서유구(徐有榘)가 왕명에 따라 편찬한『누판고』는 사분법(四分法)을 채용하면서 자부(子部) 11류(儒家類・兵家類・醫家類・天文籌法類・術數類・雜纂類・說家類・類書類・譯語類・道釋類・釋家類) 중 여덟 번째에 유서류(類書類)를 설정하였다. 1801년(순조 원년)부터 1868~69년(고종 5~6) 사이에 이루어진『보문각책목록(寶文閣冊目錄)』은 자부(子部)를 병가(兵家)・설가(說家)・서화(書畵)・유취(類聚)의 4류로 구분하여, 유취류(類聚類)의 명칭을 사용하였다.[16]

한편 홍석주(洪奭周)가 1810년에 중제(仲弟) 홍길주(洪吉周)와 홍씨문중의 후학을 위해 엮은『홍씨독서록(洪氏讀書錄)』은 424종의 서적을 대상으로 사부분류법에 따라 목록을 작성하였는데,[17] 자부(子部)에 해당하는 12문(儒家・農家・醫家・兵家・老家・法家・雜家・數家・天文家・說家・小說家・釋家)에서 설가문

---

15 허균(許筠),『성소복부고(惺所覆瓿藁)』권13 문부(文部) 10 제발(題跋)「명척독발(明尺牘跋)」. "나는 여가가 있을 때면 여러 가지 유서(類書)를 모두 꺼내서 그중에 단사・척언으로 충분히 고인(古人)의 문장에 필적할 만한 것들을 취하여 별도로 1책을 만들어 4권으로 나누고, 서명을 '명척독(明尺牘)'이라 하여 장씨의『고척독(古尺牘)』후면에 부속시켰다."

16 김동환,「보문각(寶文閣)의 변천(變遷)과 보문각 책목록(冊目錄)」, 중앙대 석사논문, 1984, 44면.

17 이상용,「연천(淵泉) 홍석주(洪奭周)의 서지관계 저술에 관한 연구」, 연세대 박사논문, 1994, 45면.

(說家門)의 하위에 다시 논설(論說)・기술(記述)・고증(考證)・평예(評藝)・유서(類書)・잡찬(雜纂)의 6목을 세분하였다. 유서류(類書類)를 자부(子部) 설가문(說家門)의 하위에 배속시킨 것이다. 『증보문헌비고(增補文獻備考)』는 「예문고(藝文考)」에 초집류(抄集類)를 설정하고, 『경사집설(經史集說, 經書類抄)』・『대동운옥(大東韻玉)』・『사요취선(史要聚選)』・『역대회령(歷代會靈)』・『옥찬(玉纂)』・『유원총보(類苑叢寶)』・『증보운부군옥(增補韻府群玉)』・『태평통재(太平通載)』・『휘어(彙語)』의 9종을 배속시켰다.

3. 물명류와 한자어휘집

고대・중세에는 한자한문의 문헌을 수입하고 저작이 많아지자 한문 원문의 뜻을 정확히 전달하기 위해 협주(夾註)를 활용하였다. 또한 한자어휘가 증가된 시점에서 우선 정치・행정 용례집을 편찬하였을 가능성도 있다. 9세기에는 불경음의가 존재하였으므로 분류식 사전도 이른 시기에 나왔으리라 추정된다. 또한 고유의 의서(醫書)를 엮어 약명(藥名)과 의방(醫方)을 설명하기 위해 사전적 정의를 부가하였을 듯하다. 그 전통은 물명류와 한자어휘집의 편찬으로 지속되었다. 그런데 조선 후기에는 중국의 자료를 정리하는 데 그치지 않고 한자어휘의 대응어나 한자어휘가 지시하는 사물의 속성을 탐구하는 형태로 물명류와 한자어휘집이 발달하였다.

1) 약명(藥名)과 의방(醫方)에서의 분류

한국에서 의서(醫書)에 약명(藥名)과 의방(醫方)에 사전적 정의를 부가하는 전통은 13세기 중엽『향약구급방(鄕藥救急方)』으로 이어졌다. 실물은 전하지 않지만, 여러 기록을 통해 그 존재를 확인할 수 있다. 조선조에 들어와서는 약명과 의방의 서적이 활발하게 편찬되고 간행되었다. 세종 때 문신 및 의관들은『향약채취월령(鄕藥採取月令)』1권과『향약집성방(鄕藥集成方)』85권, 그리고『의방유취(醫方類聚)』를 편찬하였다. 그 후 산서(産書)·침자(鍼灸)·식료(食療)·벽온(辟瘟)·치종(治腫)·벽역(辟疫)의 방서(方書)가 나오고, 마의방(馬醫方)·농서(農書)·양잠방(養蠶方)·구황(救荒)·응골(鷹鶻)·양화(養花)·검시장(檢屍狀) 관련의 서적들도 이루어졌다. 그 가운데는 언해된 것도 있다.[18] 조선 후기의 한자어휘집들은 조수초목충어(鳥獸草木蟲魚) 및 축산양식(畜産養殖) 관련어의 향명(鄕名)과 훈석(訓釋)을 수록하면서 기왕에 편찬된 의서(醫書)·방서(方書)·약명서(藥名書)·농서(農書)·마서(馬書)를 상당히 참고로 하였다.

1445년(세종 27) 10월에『의방유취(醫方類聚)』365권이 이루어지고, 1477년(성종 8) 5월에 그 책이 266권 264책으로 정리되어 인쇄되었다.[19] 이후 의방을 집성하여 분문할 뿐 아니라 한국 의방의 경험방을 집성하는 형태는『동의보감(東醫寶鑑)』으로 완성된다. 이 책은 원래 1596년(선조 29)에 왕명에 의해 편찬이 시작되었으나, 정유재란으로 인해 중단되었다가, 1610년(광해군 2)에

---

18 三木榮,『朝鮮醫書誌』, 學術圖書刊行會, 1973(增修).

19『성종실록』권 80, 성종 8년 5월 병술의 기록. 을해자 252책의 원간본은 현재 일본 궁내청(宮內廳) 서릉부(書陵部)에 유일하게 소장되어 있다. 임진왜란 때 가토 기요마사[加藤淸正]가 약탈한 것을 센다이[仙台] 의사 구도 히라스케[工藤平助] 집안이 보관해오던 것이다. 1852년에 의관(醫官) 기타무라 나오히로[喜多村直寬]는 이 을해자본을 저본으로 목활자본을 간행하였다. 1868년 2월의 이른바 조일수호조약(朝日修好條約) 때 예물의 하나로 한 질이 조선 조정에 헌납되었다. 역수입된 재간본은 연세대 도서관에 있다.

태의(太醫) 허준(許浚)이 완성하였다. 내의원에서 이 책이 인쇄된 것은 그로부터 3년이 지난 1613년(광해군 5)이다.[20] 모두 25권 25책으로 이루어져 있는데, 끝의 2권 2책은 목록이다. 본문의 내용은 「내경(內景)」편 4권 4책, 「외형(外形)」편 4권 4책, 「잡병(雜病)」편 11권 11책, 「탕액(湯液)」편 3권 3책, 「침구(鍼灸)」편 1권 1책으로 되어 있다. 이 중에서 「탕액」편에는 640여 개의 약재 이름이 수(水)·토(土)·곡(穀)·인(人)·금(禽)·수(獸)·어(魚)·충(蟲)·과(果)·채(菜)·초(草)·목(木)·옥(玉)·석(石)·금부(金部) 등으로 나뉘어 나열되어 있다. 이 부분은 분류어휘집이라고 할 수 있다.

2) 정명론과 물명에 대한 사색

조선 중종 때 기준(奇遵, 1492~1521)은 일심(一心)의 체(體)를 밝히고자 물리를 궁구하는 학습이 요구되므로 인상이제명(因象而制名)의 원리에 따라 「명물기(名物記)」를 지었다.[21] 즉, 가옥(家屋)과 집물(什物), 문방구 및 생필품 등 60여 개 물명을 도학 사상에 근거하여 새로 명명한 것이다.[22] 기준은 존덕성(尊德性)의 공부를 격물치지(格物致知)의 인지활동에 적용하여 물명의 명명에서 심성 함양의 원리를 추구한 것이지, 객관 사물을 분석적으로 이해하고 서술한 것은 아니다. 「명물기」의 물명 분석은 언어와 객관사물의 관계를 구명한

---

20 윤병태, 「동의보감 해제」, 『도서관』 106, 국립중앙도서관, 1966; 홍윤표, 「동의보감 해제」, 『한국어학자료총서』 제6집, 태학사, 1986; 김진형, 「동의보감 해제」, 장소원·이병근·이선영·김동준, 『조선시대 국어학사 자료에 대한 기초 연구』(서울대 한국학 장기기초연구비지원 연구과제 결과보고서), 2003.
21 기준(奇遵), 『덕양유고(德陽遺稿)』 권3 「명물기(名物記)」(『한국문집총간』 25, 329면). "道無定體, 物有定象, 因象而制名, 然後理可擬而心·有用." 기준, 남현희 역, 『조선선비 일상의 사물들에게 말을 걸다』, 문자향, 2009.10.
22 양대연, 「기복재(奇服齋)와 명물사상(名物思想)」, 『성균관대학교논문집』 제6집, 성균관대, 1961.

것이 아니라 사물의 의미를 추상(抽象)한 것이다.[23]

「명물기」에서 물명의 의미를 천착하는 방식은 조선 후기에 이르러 홍양호(洪良浩, 1724~1802)의 『만물원시(萬物原始)』로 이어졌다.[24] 『만물원시』는 「앙관(仰觀)」편, 「부찰(俯察)」편, 「근취(近取)」편, 「원취(遠取)」편, 「잡물(雜物)」편, 「찬덕(撰德)」편, 「변명(辨名)」편 등 7편으로 구성되어 있다. 단, 각각의 사항에 대한 풀이는 출전을 밝힌 것과 밝히지 않은 것을 혼재해 두었다. 편목과 분목의 방식은 상수학(象數學)의 원리를 적용하였다.

3) 『시경』 「물명」에 대한 고찰

선조 연간에 교정청에서 『시경언해(詩經諺解)』를 편찬할 때 공문(孔門)에서 강조한 '조수초목의 이름을 많이 아는[多識於鳥獸草木之名]' 학습을 효과적으로 수행할 수 있도록 권두(卷頭)에 「물명」을 실었다. 즉 1613년 내사기(內賜記)가 있는 규장각본에는 각 권두마다 총계 351개의 「물명」이 분산 수록되어 있다.

이재위(李載威, 1745~1826)는 부친 이철환(李嘉煥)과 공편한 『물보(物譜)』에 서문을 적으면서, 『논어』에서의 공자의 말을 끌어다가 조수초목의 이름을 많이 알아야 한다고 밝혔다.[25] 이기경(李基慶, 1756~1819)도 『물보』에 발문을 써서, 물명이 비록 이학(理學)에 직접적 관련은 없지만 물명을 모르면 이치를 알 수 없기에 이것부터 공부를 해야 한다고 말하였다.[26] 유희(柳僖)는 1824년

---

23 기준, 『덕양유고』 권3 「명물기」. "君子之於致知也, 雖一草一塵之微, 莫不窮究其理, 明一心之體, 而達萬事之用. 況物所急而身所切者乎? 其日用造次之常接而不可遠者, 則所當先講也. 明彼而悟此, 因以寓規戒之意者, 亦觀物察己之道. 觀乎天而自彊, 觀乎地而厚德, 是也. 然道無定體, 物有定象, 因象而制名, 然後理可擬而心有用, 則亦在乎所感之如何耳."

24 홍량호(洪良浩), 『이계집(耳溪集)』 외집 권9 「만물원시(萬物原始)」.

25 이재위(李載威), 『물보(物譜)』 「물보서(物譜序)」. "子曰: '多識於鳥獸草木之名.' 蓋物名亦在所講也."

에 『시물명고(詩物名考)』를 엮어, 「시경언해물명」의 잘못된 주석을 바로잡기 위해 상당한 고증을 하였다. 유희는 『시경』에 나오는 난해한 동식물의 명칭을 풀이하였다.[27] 연세대학교 소장 『조수충어초목명(鳥獸蟲魚艸木名)』(1책 65장)[28]은 신작(申綽)의 수고본(手稿本)이다. 신작은 『시경』에 나오는 자연물의 물명을 우충(羽蟲, 68종), 수류(獸類, 41종), 수족(水族, 65종), 곤충(昆蟲, 45종), 초(草, 132종), 기타 물명(76종) 등 6항목으로 분류하여 정리하였다.[29] 기타 물명은 악기, 생활용품, 형구 등이다. 정약용의 둘째 아들 정학유(丁學游, 1786~1855)는 1865년(고종 2)에 『시명다식(詩名多識)』을 엮었다. 필사본 4권 2책이 전한다.[30] 이 책은 식초(識草)·식곡(識穀)·식목(識木)·식채(識菜)·식조(識鳥)·식수(識獸)·식충(識蟲)·식어(識魚) 8부로 구성하고, 총 326항목을 다루었다.

4) 물보류(物譜類)

조선시대에는 물명의 어휘를 유취(類聚)한 어휘집이 족하였다. 그 가운데는 한자-한글 대응어휘집의 성격을 띠게 된 것도 있다. 18세기 중반 이후부터 19

---

26 이기경(李基慶), 『물보(物譜)』「물보발(物譜跋)」. "物之名也, 無所關於明理之學, 而不知名無以知其理, 知其理然後可以反乎?"
27 현전 자료는 鄭亮秀 소장의 필사본으로서, 권두에 '方便子纂文通卷之五'라는 표기가 있다. 『문통(文通)』권5에 해당한다.
28 김형태, 「조수충어초목명 해제」, 연세대 국학연구원 편, 『연세대학교 중앙도서관 소장 고서해제』8, 평민사, 2007ㄷ, 281~289면.
29 신작은 해배 이후의 정약용과 교유한 소론 강화학파의 학자이다. 정약용은 1820년에 『이담속찬(耳談續纂)』을 정리할 때도 신작의 설을 다수 채록한 바 있다. 심경호, 「석천과 다산」, 정양완·심경호, 『강화학파(江華學派)의 문학과 사상』4, 한국정신문화연구원, 1999.9.
30 허경진·김형태 역, 『시명다식』, 한길사, 2007.8; 김형태, 「『시명다식』의 문헌적 특성과 가치연구 1」, 『한국시가연구』21, 한국시가학회, 2006, 249~283면.

세기 초에 걸쳐 족출한 이 어휘분류집을 물명류(物名類) 또는 물보류(物譜類)라고 한다.[31] 물보류는 『시경』의 물명을 학습하던 전통과 유서 편찬의 전통을 잇되, 『시경』의 물명에 한정하지 않고 다양한 한문 전적의 어휘와 심지어 송대 백화문의 어휘들까지 수집하고 그것들에 대해 일정한 훈석(訓釋)을 시도하였다. 물보류의 대표적 업적은 이만영(李晩永)이 편찬한 『재물보(才物譜)』(1798)와 정약용이 편찬하였다고 전하는 『청관물명고(靑舘物名攷)』(19세기 초), 유희(柳僖)가 편찬한 『물명고(物名攷)』(1824?) 등이다.

1770년경 이철환(李嘉煥, 1722~1779)은 『물보』의 초고를 이루었는데, 1802년 그의 아들 이재위가 그것을 유별로 정리하였다. 모두 1,029개의 물명을 다루었다.[32] 이재위는 「물보서(物譜序)」에서, 천생만휘(天生萬彙)는 '인생이목구취신체지양(人生耳目口臭身體之養)'에 이바지하므로 물명을 알아야 한다고 하여, 실용적 관점도 함께 드러냈다.

정약용의 편저라고 전하는 『청관물명고』는 1,509항목의 한자물명에 대해 한글 대응어를 제시한 어휘집이다. 연세대 중앙도서관 소장의 『청관총서(靑舘叢書)』[33]에는 조선 속담을 한역(漢譯)한 『백언시(百諺詩)』와 함께 이 『청관물명고』가 수록되어 있다. 『청관총서』는 정약용 편으로 알려져 있으나, 부정하는 설도 있다. 『청관물명고』는 물명의 구어와 문어가 일치하지 않는 것을 지적하고 방언을 아언으로 통일하려는 의도에서 편찬된 것이다. 22부류에 1,627개 항, 추가 108개 항 등 모두 1,735개의 표제어를 설정하였다. 연세

31 물명류 저작과 실학사상은 밀접한 관계에 있다고 보기도 한다. 이가원, 「물보(物譜)와 실학사상(實學思想)」, 『인문과학』 5, 연세대 문과대학, 1960; 홍윤표, 「유희의 『물명고』」, 『어문연구』 제28권 4호, 한국어문교육연구회, 2000.
32 이가원, 위의 글; 김근수, 「물명고(物名攷)와 물보해제(物譜解題)」, 『물명고・물보』, 경문사, 1980; 임선빈, 「내포 지역의 지리적 특징과 역사・문화적 성격」, 『문화역사지리』 제15권 제2호, 2003. 8; 심경호, 「성호학파의 계보」, 『성호학보』 2, 성호학회, 2006.4, 193~246면.
33 장동우, 「청관총서 해제」, 연세대 국학연구원 편, 앞의 책, 2007ㄷ, 393~399면.

대본『청관물명고』는 이유원(李裕元)이『임하필기(林下筆記)』에서 정학연(丁學淵)이 엮었다고 언급한『물명고(物名考)』를 가리키는 듯하다. 일본 동양문고(東洋文庫)에는 역시 정약용이 지은 것으로 추정되는『물명괄(物名括)』필사본이 있다.[34]

이학규(李學逵, 1770~1835)는 사물의 이름과 성질을 나타내는 한자어휘들을 의미상의 상관관계에 따라 분류하고 간략한 풀이를 붙여『물명유해(物名類解)』를 엮었다.[35] 이학규는 물명 어휘를 설명하면서 견문사실을 적극 기록하였다.

조선 후기에는 천(天)・지(地)・인(人) 삼재(三才)에 해당하는 재보(才譜)에 화품(花品)・초훼(草卉)・수목(樹木) 등 물보(物譜)를 보태는 어휘유취류도 발달하였다. 물보는 그 가운데 동식물과 물질의 명칭에 대한 탐구만을 중심으로 한 것이다.

연세대본『만물유찬(萬物類纂)』은 필사본 영본(零本) 10권 4책인데, 편저자나 편찬 시기를 알 수 없다. 첫머리에는「오동오식도(五動五植圖)」를 두고, 그것을 다시 오식물류지도(五植物類之圖)와 오동물류지도(五動物類之圖)로 나누어 제시하였다.[36]『만물유찬』은 오동・오식의 각 특징을 신(身)과 두(頭)의 형태에 따라 파악한 점이나 각 부류에 속하는 물명을 세세하게 선정한 점 등은 해부학적 관점보다는 관찰경험의 관점에 따른 것이라고 할 수 있다.

『휘략(彙略)』은 편자, 편년 미상의 물명류로, 필사본 1책 102장본이 연세

---

34 정승혜,「물명괄목록(物名括目錄) 해제」,『동양문고 소장 한국학자료 해제집』, 고려대 해외한국학자료센터 제공.

35『물명유해(物名類解)』는 현재 부산대 고전자료실 소눌고서(청구기호 : OFC 3-9 13)에 소장되어 있다. 1책 25장인데, 서문이나 발문이 없다. 이학규가 김해로 유배된 이후에 저술한 듯하다. 평창이씨대종회,『평창이씨세보(平昌李氏細譜)』, 2005; 정은주,「실학과 지식인의 물명에 대한 관심과『물명유해(物名類解)』」,『한국실학연구』17권, 한국실학학회, 2009, 175~209면.

36 원재린,「만물유찬(萬物類纂) 해제」, 연세대 국학연구원 편, 앞의 책, 2007ㄷ, 334~338면.

대학교 도서관에 유일하게 소장되어 있다.[37] 이 책은 유서이되, 다른 종류의 유서들과는 분류목이 상당히 달리, 생활세계의 일부만을 대상으로 표제어를 선정하였다.

『재물보(才物譜)』는 이만영(李晩永, 1748~1817)이 1798년에 엮은 물명 필사본 8권 4책으로 규장각과 장서각, 그리고 국립중앙도서관 등에 소장되어 있다. 표지는 '만물보(萬物譜)'로 되어 있다. 천(天)·지(地)·인(人)의 삼재(三才)와 만물의 옛 이름 및 동의어·유의어 등을 모아서, 춘(春)·하(夏)·추(秋)·동(冬)의 4집(集)으로 나누어 수록하였다. 권1은 태극(太極)·천보(天譜)·지보(地譜), 권2~5는 인보(人譜), 권6~8은 물보(物譜)이다. 항목 하나하나에 각주를 붙이고, 필요에 따라 한글 대응어도 달았으며, 한국 역대의 제도와 문물에 관한 사항도 실었다.[38]

구한 말 일명씨(佚名氏) 찬『간문유취(干文類聚)』는 어휘들을 일부(一部)부터 금수부(禽獸部)까지 총 18부로 분류하고 물명(物名) 이하 11편을 부록으로 덧붙였다.[39] 一, 二, 三, 四, 五, 六, 七, 八, 九, 十, 百, 千, 萬 등 숫자를 표제어의 첫 글자로 삼아 어휘들을 뽑고 이에 대해 설명을 덧붙였다. 숫자 표제어와 관련하여 사방부(四方部)·사시부(四時部)·오행부(五行部)·오색부(五色部) 등 주제별 범주도 설정하여 함께 수록하였다. 어휘의 기능적 특성에 주목하였다.

편자 미상의『광재물보』는 전체 어휘를 33개의 문목으로 나누고, 그 하위에 많은 소항목을 설정하여 어휘들을 분류하였다.[40] 표제어로는 반드시 명

---

37 전관수, 「휘략 해제」, 위의 책, 567~577면.
38 김근수, 「재물보(才物譜) 해제(解題)─귀중도서(貴重圖書) 해제」, 『국학자료(國學資料)』 6, 문화재관리국 장서각, 1972.
39 전송열, 「간문유취 해제」, 연세대 국학연구원 편, 『연세대학교 중앙도서관 소장 고서해제』 7, 평민사, 2007ㄴ, 41~48면.
40 김근수, 「광재물보(廣才物譜)」, 『국어국문학고서잡록(國語國文學古書雜錄)』, 동국대, 1962; 심경호 외, 앞의 책.

사의 물명만을 열거한 것이 아니라, 형용사나 동사도 열거하였다.[41] 단, 『광재물보』의 실제 분문분류(分門分類)는 각 권마다 상략(詳略)이 일정치 않다. 각 표제항에 대한 훈석(訓釋)은 「재물보」를 답습한 것이 많다. 『재물보』와 마찬가지로 『광재물보』도 어휘의 시소로스(Thesaurus)를 중시하여 동의어·상관어를 병렬하고 의미차를 표기해두는 형식을 취하였다.

어휘 유취류 가운데는 유희의 『물명고(物名攷)』처럼 문헌 고증을 가한 경우도 있다. 김병규(金炳圭)의 『사류박해(事類博解)』(1838)도 이 계통에 속한다. 유희의 『물명고』는 이만영의 『재물보』 가운데 일부 부문의 어휘들을 고증하면서도, 향약재로 쓰이는 물명을 주로 다루면서 고대 인도의 약물 분류 방식을 따라, 물명을 유정류(有情類, 羽蟲·獸族·毛蟲·蠃蟲·水族·昆蟲)와 무정류(無情類, 草上·草下), 부동류(不動類, 木·土·石·金)와 부정류(不靜類, 火·水)로 분류하였다. 또한 조선 후기의 어휘유취류는 동일 사물에 대하여 한자의 이명(異名)들을 조사해서 열거하고 동의어·하위어·상관어를 계열화하여 시소러스를 구축한 것도 있다. 『재물보』와 『광재물보』는 그 대표적 예이다.[42]

5) 어보류(魚譜類) ─ 『우해이어보(牛海異魚譜)』와 『자산어보(玆山魚譜)』

김려(金鑢, 1766~1822)는 순조 원년인 1801년에 진해(鎭海)로 유배된 이후, 1803년(순조 3) 『우해이어보(牛海異魚譜)』를 지었다.[43] 이는 정약전(丁若銓)의

---

41 "凡天地間, 飛走動植宮室器用衣服飲食, 皆物也. 乃有物性焉, 有物體焉, 有物用焉, 有用物焉, 而究其所以然者, 則要不出於物之性也."

42 심경호, 「關於18·19世紀朝鮮的類書和漢文詞彙分類集」, 심경호 외, 『變動期的東亞社會與文化』, 天津人民出版社, 2002.8.

43 김려(金鑢), 『담정유고(藫庭遺藁)』 권8 「우해이어보(牛海異魚譜)」.

『자산어보(玆山魚譜)』와 함께 한국 어보(魚譜)의 쌍벽을 이룬다.

김려는 『우해이어보』에서 어류와 조개류 약 70종을 조사하고 어명(魚名) 51종을 수록하였는데, 그 33종은 당시 새로운 이름이었다. 비슷한 종류의 어종을 한 항목으로 묶어 다루었다. 마치 운서에서 소운목 안의 글자들을 같은 반절음으로 표기하는 것과 같다. 각 어종에 대한 해설에서는 어류의 형태, 이명, 습성, 맛을 서술하고 때로는 어획법도 적었다. 이 해설은 마치 운서와 자서에서 한자에 대한 석훈(釋訓)을 행한 것과 같다. 어명을 기록할 때는 차자를 많이 사용하였다.[44]

『자산어보』는 정약전(丁若銓, 1758~1816)이 1814년(순조 14)에 귀양지 흑산(黑山), 곧 자산(玆山, 현산) 연해의 어족(魚族)을 정리한 어보(魚譜)이다.[45] 3권 1책 필사본은 권1 인류(鱗類) 20항, 권2 무인류(無鱗類) 19항 · 개류(介類) 12항, 권3 잡류(雜類) 4항 등 총 55항목으로 이루어져 있다. 같은 어종은 하나의 항목으로 묶어서 처리하였다. 『우해이어보』와 마찬가지로, 운서에서 소운목 안의 글자들을 같은 반절음으로 표기하는 것과 같다.

6) 한국어 어휘 정리 및 고증류

조선 후기에는 한국 한자어 및 고유어휘를 수집하고 어원을 탐색하려는 연구들이 많이 나왔다. 성음을 연구하여 언어학적 결론을 도출한 것도 있고, 어원속해설에 가까운 것도 있다. 이러한 것은 자국의 언어와 문자에 대한 성

---

44 김홍석(金洪錫), 「우해이어보(牛海異魚譜)에 나타난 차자표기법(借字表記法) 연구―어명(魚名)을 중심으로」, 『어문연구』 29-1(109), 한국어문교육연구회, 2001, 100~134면.

45 규장각에 3권 1책본(想白 古 597.0925-J466j-v.1/3)과 『우해이어보』 합철 1책 91장본(가람 古 639.2-J466j)의 두 종류가 있다.

찰이 심화된 결과이다. 최한기(崔漢綺, 1803~1877)는 『명남루총서(明南樓叢書)』『신기통(神氣通)』권2 「이통(耳通)」 '청언조리(聽言條理)'항에서, 말을 잘 들으려면 명목을 조목조목 구별하여 차례로 주선해나가야 한다고 권고하였다. '성률언어(聲律言語)'항에서는 성음의 청탁과 장단을 구별하는 문제를 논하였다.

이보다 앞서 신후담(愼後聃, 1702~1761)은 10대에 『해동방언(海東方言)』을 집필하였다.[46] 『해동방언』은 상·하로 나뉘어 있다. 상편에서는 '천왈대을(天日大乙)', '지왈다(地日多)', '토왈흑(土日黑)', '일왈(日日)', '월왈달(月日達)' 등 한자에 대응되는 고유어 및 속칭 등을 적었다. 천지자연과 동식물에 이르는 명칭들을 망라하였다.[47]

황윤석(黃胤錫)의 『이재유고(頤齋遺稿)』권25에 실려 있는 「화음방언자의해(華音方言字義解)」는 한국어의 어원을 고증하려고 하였다.[48] 국어에 대해 단어의 뜻이 유사하고 발음이 비슷한 한자를 대응시켰다. 한자어의 초성과 중성이 국어와 일치하는 예들을 거론하였다. 이덕무(李德懋)는 『청장관전서』의 여러 항목에서 언어의 문제를 다루었다. 이가환(李家煥, 1742~1801)은 고증적 수필집인 『정헌쇄록(貞軒瑣錄)』에서 제도, 풍속, 인물, 시문, 서화, 음악, 기물 등을 고증하면서 해당 어휘의 유래를 설명하였다. 조재삼(趙在三)은 유서(類書)인 『송남잡지(松南雜識)』14책의 제5책과 제6책을 「방언류(方言類)」에 배정하여, 방언 830여 항목을 채록하였다. 윤정기(尹廷琦, 1814~1879)는

---

46 심경호, 앞의 글, 2006.4.
47 신후담(愼後聃), 「제사운간자초후(題四韻艱字抄後)」, 『하빈잡저(河濱雜著)』(『하빈선생전집(河濱先生全集)』8) 영인, 아세아문화사, 2006.
48 김병균, 「화음방언자의해(華音方言字義解)의 한자차용어(漢字借用語) 연구」, 『어문논집(語文論集)』25-1, 중앙어문학회, 1997; 김병균, 「화음방언자의해(華音方言字義解)의 어휘연구(語彙研究)」, 『어문연구(語文研究)』27-1, 한국어문교육연구회, 1999; 김병균, 「화음방언자의해의 어휘연구(二)」, 『어문연구』28-4, 한국어문교육연구회, 2000; 김병균, 「화음방언자의해에 나타난 한자차용어의 어원 연구-친족어휘를 중심으로」, 『어문논집』29, 중앙어문학회, 2001.

『동환록(東寶綠)』에 「방언(方言)」조항을 두어 우리나라의 어휘 27개를 수록하였다.

조선 후기의 우리말 어휘에 대한 연찬서로서 고증적 유서의 성격을 띤 대표적 저작물은 정약용의 『아언각비(雅言覺非)』이다. 정약용은 언어와 문자생활에서 잘못된 용례를 바로잡기 위해 이미 『아언지하(雅言指瑕)』와 『혼돈록(餛飩錄)』을 엮은 바 있었다.[49] 이 두 책에서 취급한 사례들은 대부분 『아언각비』에 산절 혹은 증보되어 실렸다.[50] 『아언각비』는 총 194항목 450여 단어를 대상으로, 우리나라 어휘와 한자어(단음절어 및 복음절어)와 대비시키면서 차이점에 주목하기도 하고, 한국어의 고유한 특성에 주목하기도 하였다. 한자어와 우리말 사이에 잘못 대응되는 듯이 보이는 단어들을 바로잡으려한 시도는 대한제국 말기에 『대한민보(大韓民報)』에 연재되었던 「이훈각비(俚訓覺非)」와 「명사집요(名詞輯要)」 등으로 이어졌다.

7) 특수 어휘유취류

『사송유취(詞訟類聚)』는 사송(詞訟) 관련 지침서의 집성으로, 명종 연간에 안산군수(安山郡守) 김백간(金伯幹, 1516~1582)이 편찬하였다. 이후 1585년(선조 8)

---

49 규장각소장본 『여유당집(與猶堂集)』('奎11894') 제18책 「잡문십(雜文十)」에 『아언지하』, 제19책 「잡문(雜文) 10~11」에 『혼돈록』이 수록되어 있다. 장서각소장본 『여유당집』에서는 「잡문 11」에 「아언지하」, 「잡문 11~12」에 『혼돈록』이 들어 있다. 김종권, 「아언각비(雅言覺非) 해제」, 『아언각비(雅言覺非)』, 일지사, 1979.

50 원본은 정약용의 후손 정규영(丁奎英)에 의해 전해지다가 1911년 고서간행회에서 『파한집』·『보한집』 등과 합편하여 간행한 바 있다. 1912년에 조선광문회에서도 신활자로 간행하였다. 또한 규장각에 '奎7483'과 '經古 417.09-J466a'의 두 필사본이 있다. 각각 3권 1책 76장이다. 1976년 일지사에서 고서간행회와 조선광문회의 간행본을 저본으로 하여 원문의 활자본과 번역본이 나왔다.

완산(完山, 전주)에서 간행하였다. 이 책은 지방관이던 김백간이 소송의 심리판결에 필요한 법조항을 『대명률(大明律)』・『경국대전(經國大典)』・『대전후속록(大典後續錄)』・『대전주해(大典註解)』・『각년수교(各年受敎)』에서 뽑아 결송(決訟)에 참고하기 위해 엮은 것이다. 박태보(朴泰輔, 1654~1689)는 1683년(숙종 9)에 『신수사송류취(新修詞訟類聚)』를 편찬하였다.[51] 박태보는 이천(伊川) 수령으로 부임하여 『사송유취』를 읽고 그 휘분(彙分)・편차(編次)에 불만을 느껴 새로 『신수사송유취』를 편찬한다고 하였다. 1707년(숙종 33)에는 『결송유취』를 크게 보완한 『결송유취보(決訟類聚補)』가 경상도 의령에서 목판본으로 간행되었다.[52]

한편 조선시대에는 글씨를 심획(心劃)으로 본 양웅(揚雄)의 설을 이어, 필체를 중시하였다. 우리나라의 수적(手跡)을 모은 것으로는 조홍진(趙弘鎭)의 『필적유휘(筆跡類彙)』가 나왔다. 홍양호가 서문을 남겼으나,[53] 실물은 전하지 않는 듯하다.

『전율통보(典律通補)』는 1787년(정조 11) 구윤명(具允明)이 편찬한 조선의 법전으로, 6권 5책 필사본이 전한다. 그 부록에 「이문(吏文)」을 두었다. 이후 조선 후기에는 이두를 정리한 문헌으로 이의봉(李義鳳)의 『나려이두(羅麗吏讀)』・『유서필지(儒胥必知)』 권말(卷末) 「이두휘편(吏讀彙編)」, 이규경(李圭景)의 『오주연문장전산고(五洲衍文長箋散稿)』 권48 어록변증설(語錄辨證說) 부록 「이독방언(吏讀方言)」 등이 나왔다.

---

51 박태보(朴泰輔), 『정재집(定齋集)』 권4 서 「신수사송류취서(新修詞訟類聚序)」.
52 규장각에 목판본 1책(80장)이 2종 있다. 서울대 규장각한국학연구원 해제 참조.
53 홍량호(洪良浩), 『이계집(耳溪集)』 권10 서 「필적류휘서(筆跡類彙序)」.

8) 초학용 어휘 유서(類書)

조선 후기에는 아동용 식자(識字) 교본이 많이 나왔다. 곧 조선 전기의 최세진(崔世珍)의 『훈몽자회(訓蒙字會)』, 유희춘(柳希春)의 『신증유합(新增類合)』에 이어, 이식(李植)의 『초학자훈증집(初學字訓證輯)』, 이형상(李衡祥)의 『자학제강(字學提綱)』 등이 17세기부터 18세기 초에 이르기까지 출현하였다. 이식의 『초학자훈증집』은 성리학 관련 용어들의 해설집이다. 그리고 18세기 말에는 정약용의 『몽학의휘(蒙學義彙)』와 『아학편(兒學編)』, 이삼환(李森煥)의 『백가의(百家衣)』가 나오고, 19세기에 들어와 장혼(張混)의 『몽유편(蒙喩編)』・『아희원람(兒戲原覽)』・『초학자휘(初學字彙)』, 정윤용(鄭允容)의 『자류주석(字類註釋)』, 허전(許傳)의 『초학문(初學文)』 등이 이루어졌다. 이러한 식자 교본 가운데는 어휘를 단순히 집적하지 않고 복수의 자료들을 이용하여 어휘를 설명함으로써 유서의 성격을 지닌 것도 나왔다.

조선 순조 때 장혼(張混, 1759~1828)은 1803년(순조 3)에 몽학 교재로 『아희원람』을 엮어 정리자체 철활자로 인쇄하였다. 형기(形氣), 창시(創始), 방도(邦都), 국속(國俗), 탄육(誕育), 자성(姿性), 재민(才敏), 수부(壽富), 변이(變異), 전운(傳運) 등 10개 분목으로 구성하였다. 그리고 동국(東國)・수휘(數彙) 등의 부록(附錄)과 보유(補遺)를 덧붙였다. 장혼은 『아희원람』 이외에 『몽유편』・『근취편(近取篇)』・『계몽편(啓蒙篇)』 등의 훈몽서(訓蒙書)도 엮었다.[54] 『근취편』은 일명 '문자류(文字類)'라고도 불렀다.[55] 이 책은 제1장부터 제13장 뒷면 제2행까지는 4자로 된 속담(격언)・고사숙어 1,046구를 4자 각 4단식으로 수록하였다. 제13장

---

54 이 책은 고금의 사문(事文)을 형기(形氣)・창시(創始)・방도(邦都)・국속(國俗)・탄육(誕育)・자성(姿性)・재민(才敏)・수부(壽富)・변리(變異)・전운(傳運)의 10조로 나누어 엮고 거기에 동국(東國)・수휘(數彙) 등의 부록(附錄)과 보유(補遺)를 덧붙였다.
55 윤병태, 「이이엄(장혼 자)와 그 인본들」, 『조선 후기의 활자와 책』, 범우사, 1992.

뒷면 제3행부터 제15장 뒷면 끝까지에는 천연(天然)·침체(沈滯)·호군(犒君)·허위(虛僞)·초초(草草) 등 2자의 숙어 등 192구를 6단으로 수록하였다. 수록 어구는 모두 1,336구이다. 한편 장혼의 『몽유편』의 상권은 신형(身形)·연기(年紀)·칭호(稱號)·위분(位分)·명물(名物) 등의 기본 어휘 1,049개를 제시하고 필요한 경우 동의어나 유사어를 덧붙였다. 우리말 어휘도 383개나 실었다. 하권은 인명록(人名錄)으로 덕행(德行)·훈업(勳業)·예술(藝術)·품부(稟賦)·은일(隱逸)·이단(異端) 등 7개 부문에 1,441명의 이름을 실었다.

4. 유서의 발달

우리나라 유서의 역사상 최초의 편찬물은 고려 의종 때 문하시랑평장사 최윤의(崔允儀, 1102~1162) 등이 엮은 『고금상정례문(古今詳定禮文)』인 듯하다. 『상정예문』은 최윤의 등 17명이 왕명으로 고금의 예의를 수집·고증하여 50권으로 엮은 전례서(典禮書)이다. 김휴(金烋)의 『해동문헌총록(海東文獻總錄)』에 의하면 이 책은 역대조종(歷代祖宗)의 헌장(憲章)을 모으고, 한국의 고금 예의와 중국 당나라의 예의를 참작하여 왕실의 면복(冕服)·여로(輿輅)·노부(鹵簿) 등의 의례와 백관(百官)의 장복(章服) 등을 다루었다고 하였다.

고려 중기 이후 중국 유서의 유입이 많아졌다. 특히 14세기 전반에 고려의 문인들은 원나라 제과(制科)에 응시할 수 있었는데, 이때 과거 준비용으로 원나라 간행 유서들이 응시자들 사이에 크게 이용되었을 것이다. 그러다가 유서는 차츰 지식사항의 검색을 위해 활용되었을 것이다. 정도전(鄭道傳, 1337~1398)은

1395년에『경제문감(經濟文鑑)』을 편찬할 때 남송시대 저작인『주례정의(周禮訂義)』·『서산독서기(西山讀書記)』·『문헌통고(文獻通考)』와 함께『산당고색』을 상당히 참고로 하였다.[56]

현재 남아 있는 독자적 유서들은 모두 조선시대에 편찬된 것들이다. 가장 이른 시기의 것으로는 1554년(명종 9) 어숙권(魚叔權)이 엮은『고사촬요(攷事撮要)』와 선조 때 권문해(權文海)가 엮은『대동운부군옥(大東韻府群玉)』이다. 권문해의『대동운부군옥』(20권 11부, 1836년 간행)은 우리나라 고사와 물명을 대상으로 표제항을 운목별(韻目別)로 나열하여 유서의 분부(分部) 방식을 취하지 않았다.

17세기에 들어와 이수광(李睟光)이『지봉유설(芝峰類說)』(20권 10책)을 엮고, 인조 초에 김진(金搢)이『휘어(彙語)』를 엮었으며, 1644년(인조 22)에는 김육(金堉)이『유원총보(類苑叢寶)』47권 22책을 엮었다. 1654년(효종 5)에는 오명리(吳命釐)가『고금설원(古今說苑)』10권 10책을 엮었다. 한편 영조 때 이익(李瀷)의『성호사설(星湖僿說)』30권 30책, 19세기 중반 이규경(李圭景)의『오주연문장전산고(五洲衍文長箋散稿)』60책, 고종 때 이유원(李裕元)의『임하필기(林下筆記)』39권 33책 등도 한국 고금의 정치·사회·경제·지리·풍속·언어·역사 등에 관한 유서들이다.

조선시대 때는 국가 주도로 유서를 편찬하기도 하였다. 영조 때 처음 편찬되기 시작한『문헌비고(文獻備考)』는 그 대표적 예이다. 곧, 1770년(영조 46)에 홍봉한(洪鳳漢) 등은 왕명을 받들어『동국문헌비고(東國文獻備考)』100권 40책을 편찬하였는데, 이것은 여러 차례 수정을 거쳐 1908년(융희 2)에 홍문관에서『증보문헌비고』250권 40책으로 간행되었다.

---

56 도현철,「『경제문감』의 인용전거로 본 정도전의 정치사상」,『역사학보』165, 역사학회, 2003, 69~102면.

조선시대에 나온 유서들은 대략 10개 부류로 분류할 수가 있다.

① 일화집성 유서 : 『속몽구(續蒙求)』

② 한국의 시사 상식 집성 유서 : 『고사촬요(攷事撮要)』

③ 한국의 고사 집성 유서 : 『대동운부군옥(大東韻府群玉)』

④ 중국 유서의 휘집 유서 : 『유원총보(類苑叢寶)』·『신보휘어(新補彙語)』·『고금설원(古今說苑)』·『잡동산이(雜同散異)』·『문시(文始)』

⑤ 한중 문헌의 휘집 유서 : 『견첩록(見捷錄)』

⑥ 경서 및 주자학 관련 전고류 유서

⑦ 역사 관련 유서 : 『사요취선(史要聚選)』·『역대회령(歷代會靈)』

⑧ 천문 관련 유서 : 『정관편(井觀篇)』

⑨ 가정생활용 유서 : 『규합총서(閨閤叢書)』·『청규박물지(淸閨博物志)』

⑩ 국고 전장의 유서 : 『고사신서(攷事新書)』·『증보문헌비고(增補文獻備考)』

1) 시사상식 유서 『고사촬요(攷事撮要)』

어숙권(魚叔權)의 『고사촬요』는 사대교린 문제를 중심으로 기타 관제(官制), 과거(科擧), 서식(書式), 서책(書冊) 및 약물(藥物)의 가격, 도로(道路) 등 여러 가지 상식들을 부분적으로 포함한 저술이다.[57] 어숙권 원찬에서부터 1771년(영조 47) 서명응(徐命膺)의 『고사신서(攷事新書)』로 대폭 개정되기까지

---

[57] 김치우, 「고사촬요(攷事撮要)의 서지적(書誌的) 연구—특히 책판목록(冊板目錄)을 위주로」, 성균관대 석사논문, 1972; 김치우, 「고사촬요의 판종고(版種考)」, 『한국비블리아』 1, 한국비블리아학회, 1972.12, 123~141면; 김치우, 「조선조 전기 지방간본(地方刊本)의 연구—책판목록(冊板目錄) 소재(所載)의 전존본(傳存本)을 중심으로」, 성균관대 박사논문, 1999.

12차에 걸쳐 간행되었다.[58] 『고사촬요』는 조선 후기에도 문물제도의 고실에 긴요한 서적으로 간주되었다.

2) 인물역사고사 집성 유서

조선 선조 때의 권문해(權文海, 1534~1591)는 대구부사(大丘府使)로 있을 때인 1589년(선조 22) 『대동운부군옥(大東韻府群玉)』 20권 20책을 편찬하였다. 유희춘의 『속몽구』가 『몽구』의 체제를 취하면서 중국과 한국의 인물 일화를 집성한 것이라면, 권문해의 『대동운부군옥』은 『운부군옥』의 체제를 취하면서 한국의 인물 역사 일화를 집성한 것이다. 1812년(순조 12)에 간행이 시작되어 1836년(헌종 2)에 완간되었다.[59] 이 책은 2자·3자·4자·5자·6자·7자로 이루어진 표제어휘들을 말자(末字) 6,100여 자의 운자별(韻字別)로 분류하고 다시 예부운(禮部韻) 106운(즉 平水韻) 운목(韻目)과 운자(韻字)에 따라 배열하여 실었다. 운목에 따라 편찬된 역사서라는 뜻에서 '운사(韻史)'라고

---

58 어숙권(魚叔權)의 본관은 함종(咸從), 호는 야족당(也足堂)·예미(曳尾)이다. 좌의정 어세겸(魚世謙)의 서손, 감찰 어맹렴(魚孟濂)의 서자이다. 1525년(중종 20)에 이문학관(吏文學官)이 되고, 최세진(崔世珍)에게 수학하였다. 1533년 하절사를 따라 중국에 다녀왔다. 1540년 감교관(監校官)이 되어 『이문제서집람(吏文諸書集覽)』 편찬에 참여하였다. 1541년 한리과(漢吏科) 초시에 합격하였으며 하절사(夏節使)를 따라 중국에 다녀왔다. 『고사촬요』 이외에 『패관잡기(稗官雜記)』를 엮었다.

59 진태하, 「대동운부군옥」, 『민족문화대백과사전』, 한국정신문화연구원, 1989; 심경호, 「대동운부군옥(大東韻府群玉)」, 『문헌과 해석』 2, 태학사, 1998. 2, 138~154면; 임형택, 「대동운부군옥의 역사적 기원과 위상」, 『한국한문학연구』 32, 한국한문학회, 2003; 송희준, 「주자서절요와 대동운부군옥의 비교 고찰」, 『남명학연구』 17, 경상대 남명학연구소, 2004; 윤호진, 「대동운부군옥 해제」, 연세대 국학연구원 편, 앞의 책, 2007ㄴ; 남명학연구소 경상한문학연구회 역주, 『대동운부군옥』 1~10, 소명출판, 2003; 남명학연구소 경상한문학연구회 역주, 『대동운부군옥』 11~20, 민속원, 2007; 옥영정·전경목·오영균·주영하·이정원·윤진영, 『조선의 백과지식(百科知識)―『대동운부군옥』으로 보는 조선시대 책의 문화사』, 한국학중앙연구원, 2009.

도 불렸다. 음시부(陰時夫)의『운부군옥』은 내용상 음절(音切, 新增許氏說文, 徐氏音義), 산사(散事), 사운(事韻), 활투(活套), 괘명(卦名), 서편(書篇), 시편(詩篇), 연호(年號), 세명(歲名), 지리(地理, 附 州郡名, 地名), 인명(人名, 附 字與號, 帝王名號, 国君名號, 夷名, 妓名), 성씨(姓氏), 초목(草木, 附 花名, 木名, 草名, 藥名, 果名), 금수(禽獸, 禽名, 獸名), 린개(鱗介), 곤충(昆蟲), 곡명(曲名), 악명(樂名, 附 律名) 등(等)의 항을 포괄한다. 하지만『대동운부군옥』은 인물(人物)·지리(地理)·물명(物名)과 유교윤리와 관련된 자료를 주로 선택하였다.「범례」에서 권문해가 밝혔듯이, 그는 감계론(鑑戒論)의 시각에서 인물역사일화집을 기획하였다.

영조 때 김시민(金時敏, 1681~1747)은 군도(君道)·신도(臣道)·육조(六曹)·인사(人事) 등의 분류 아래 각기 세목을 세워 우리나라의 역대 고사 및 일화를 모아『동포휘언(東圃彙言)』을 엮었다. 13권 13책의 필사본으로, 이본에 따라『국조휘언(國朝彙言)』이라고도 하고『동록』이라고도 한다.[60] 이 유서는 군도(君道)·신도(臣道)·육조(六曹, 吏·戶·禮·兵·刑·工)·인사(人事)를 대분류목으로 삼고 그 아래에 소목(小目)을 나누어 조선 태조 때부터 숙종 연간까지의 인물고사를 초록하였다. 권두에는 인용서목 110종을 저록하였다. 규장각에는 14권 14책의『동록』(古5120-46)이 별도로 소장되어 있다. 목차나 내용은『국조휘언』및『동포휘언』과 같다. 또 규장각에『동포휘언』(국조휘언)과 체제가 유사하되, 인용서목이 추가되어 있고 유목(類目)이 다른『국조휘언』별본(想白 古 814.5-G939)이 있다. 18세기의 저술로 간주된다.[61]

---

60 이덕무(李德懋),『청장관전서(靑莊館全書)』권54「앙엽기(盎葉記) 1」「동국사(東國史)」; 이규경(李圭景),『오주연문장전산고(五洲衍文長箋散稿)』「경사(經史)」사적류(史籍類) 사적총설(史籍總說). '古史·通史·通鑑綱目·諸家史類·史論·中原記東事·東國諸家史類辨證說.' ○ 東國諸家史類.
61 서울대 규장각한국학연구원 해제 '國朝彙言' 참조.

3) 한중 유서의 휘집 유서

임진왜란 이후에는 중국 유서를 휘집한 유서가 이루어졌다. 김진(金搢, 1585~?)의 『신보휘어(新補彙語)』('彙語')가 그 효시이며, 이후 김육(金堉, 1580~1658)의 『유원총보(類苑叢寶)』와 오명리(吳命釐)의 『고금설원(古今說苑)』(1654년 편)이 이루어진 후, 안정복(安鼎福, 1712~1791)의 『잡동산이(雜同散異)』, 심능숙(沈能淑, 1782~1840)의 『문시(文始)』가 나왔다. 『신보휘어』는 분운(分韻)체제이지만 『유원총보』와 『고금설원(고금세원)』은 분문(分門)체제이다. 근세에는 중국 유서와 한국 유서를 종합한 『견첩록(見捷錄)』이 이루어졌다.

17세기에 이루어진 『옥통(玉通)』 8책은 난고(亂藁)인데, 시문학에 필요한 어구를 뽑아 엮은 유서이다. 제1책은 건도(乾道) 35항, 2책은 군도(君道) 98항, 3책은 도학(道學) 101항, 4책은 신도(臣道)·천관(天官) 114항, 5책은 지관(地官)·춘관(春官) 110항, 6책은 춘관(春官)·하관(夏官) 94항, 7책은 하관(夏官)·추관(秋官) 97항, 8책은 동관(冬官) 102항을 각각 수록하였다.

『유원총보』에 인용된 서적의 목록을 보면, 다음 서적들은 김육(金堉, 1658년 몰)이 생존 시에 참고할 수 없었던 책들이 있다. 『유원총보』의 현 통행본은 김육의 사후에 증보된 것이 아닌가 한다.

김진(金搢)이 엮은 『신보휘어』는 총 59권으로, 전체 2,819항목이다. 이 『휘어』를 기초로 간행된 책으로, 심택(沈澤)·권우(權嵎)가 1653년(효종 4)에 간행한 『신편휘어(新編彙語)』 59권 13책 목판본과 1684년(숙종 10)에 낙동 자지동(雒東 紫芝洞)에서 예각인서체자 목활자(藝閣印書體字 木活字)로 간행된 『신보휘어(新補彙語)』 20권본의 두 종류가 있다.[62] 전체를 건도문(乾道門) 등 17

---

62 초판본은 국립중앙도서관 義山文庫(의산古 1031-46)에, 후쇄본은 국립중앙도서관(古 031-55)과 서울대 규장각(奎6564, 奎6238)에 수장되어 있다.

문으로 나누고 그 아래 649조 2,819항목을 두었다. 이것은 『옥해』의 체제를 참고하였다.

조선 후기 종성(鍾城)의 선비 오명리(吳命釐)는 『고금설원(古今說苑)』을 엮었다. 필사본 10권(卷) 10책(冊)이 장서각에 소장되어 있다. 권두에 '백졸(百拙)'이 1654년 5월 기묘에 작성한 서문이 있다. 종래에는 '백졸'을 한응인(韓應寅, 1554~1614)의 호로 보아 왔으나 잘못이다. 조선 후기 한익상(韓益相, 1767~1846)의 문집 『자오(自娛)』[63] 6책 가운데 제6책에 「고금설원서(古今說苑敍)」가 있다. 한익상이 「고금설원서」를 쓴 갑오년은 순조 34년인 1834년이다. 그는 재차 경성부판관을 지내고 있었다. 전체를 10부로 나누고, 자연과 인간 삶의 사실, 정치, 학문, 문장, 학술, 관직생활, 군도(君道), 지방관, 천발(薦拔)에 관한 사항들을 분류하였다.

방각본(坊刻本) 『만가옥총(萬家玉叢)』은 『휘어』의 영향을 받아 나온 민간의 유서이다.[64] 이 유서는 전체를 천도부(天道部, 附 地道) · 군도부(君道部) · 신도부(臣道部) · 치정부(治政部) · 도학부(道學部) · 이부(吏部) · 호부(戶部) · 예부(禮部) · 병부(兵部) · 형부(刑部) · 공부(工部) · 잡부(雜部) 등 12부로 나누고 그 아래에 소항목을 두었다. 『휘어』의 17목을 조금 간소하게 정리하였다. 호남 지방 목판본 『신편옥총(新編玉叢)』은 천지인 삼재(天地人 三才)의 항목을 34문 432항목으로 분류한 유서이다. 『만가옥총』의 서명을 이용하면서 분문을 달리하고 항목을 재배열하며 예문을 조정한 것인 듯하다.

『옥수기(玉樹記)』의 저자인 심능숙(沈能淑)은 『문시(文始)』라는 유서(類書)를 편찬하여 그 필사본이 문중에 전한다. 천도(天道) · 군도(君道) · 신도(臣

---

63 『자오』는 필사본으로, 편집(編輯)을 거치지는 않았으며 간인(刊印)도 되지 않은 듯하다. 권두(卷頭)에 1830년에 쓴 자서(自序)가 있다.
64 이대형, 「만가옥총 해제」, 연세대 국학연구원 편, 앞의 책, 2007ㄴ, 323~331면.

道)・지도(地道)・유도(儒道)・천관(天官)・지관(地官)・춘관(春官)・하관(夏官)・추관(秋官)・동관(冬官)・인사(人事)의 대항목을 두었다. 유가(儒家)의 존군(尊君) 의식과 『주례(周禮)』의 직장분부(職掌分部)˙의식을 결합한 것이라고 할 수 있다.

1908년 『증보문헌비고』 간행 이후, 1919년의 『조선도서해제(朝鮮圖書解題)』(1931년 중간), 1911년의 『조선고서목록(朝鮮古書目錄)』, 1926년의 『조선사료조사목록(朝鮮史料調査目錄)』 등이 간행되면서, 새로운 형태의 유서가 출현하였다. 그 대표적인 것이 『견첩록(見睫錄)』이다. 조선총독부의 조선 문헌 조사 사업이 있자, 조선인들도 그에 대항하여 국고(國故)의 사실들을 분류식으로 편찬하게 된 듯하다. 『견첩록』은 필사본으로 전하는데, 이 유서의 대분류목은 우리나라 역사의 고실(故實)을 열람하기 쉽도록 80개 항목의 새로운 분류체계를 적용한 듯하다.[65]

4) 경서 및 주자학 관련 전고류 유서

중국에서는 명・청 때 팔고문(八股文)의 영향으로 사서전고류(四書典故類) 유서가 유행하였다. 이것은 경학 연구와 고증학의 발달 과정을 반영하거나 촉발하기도 하였다. 명나라 지식인들은 특히 잡고(雜考)에 힘을 기울였다. 조선에서는 경학과 주자학을 이해하기 위해 많은 학자들이 전고류 저작을 편집하였다. 허목(許穆, 1595~1682)의 『설유찬(說類纂)』, 송시열(宋時烈, 1607~1689)의

---

[65] 8권 8책본의 경우 이정식(李廷植) 소장인(所藏印)이 있는데, 캐나다 선교사 제임스 게일(James Scarth Gale)이 1916년경 경신학교를 위해 구입한 책일 가능성이 높다. 게일은 이후 1921년에 권1, 권7, 권8을 영역하였다.

『정서분유(程書分類)』, 채지홍(蔡之洪, 1683~1741)의『성리관규(性理管窺)』는 그 대표적 예들이다. 그 밖에 편자 미상의『경서유초(經書類抄)』, 관찬서인『논맹인물유취(論孟人物類聚)』(1800) 및『서전인물유취(書傳人物類聚)』(1801)가 있다. 이 가운데『경서유초』는 편자·간행 연대 미상의 경서 본문색인집이다. 조선 후기 도활자본(陶活字本)이다. 규장각본 '奎 4602본'에는 숙종이 1692년(임신)에 작성한 어제서문(御製序文)이 달려 있다. "구송(口誦)하거나 인유(引喩)할 때 경전의 본지에 어긋나게 되는 경우가 많으므로 유초(類抄)가 필요하다"라고, 유서의 필요성을 강조하였다.

5) 역사, 천문, 의학, 농학 관련 유서

조선 후기에는 역사, 천문, 의학 관련 서적들도 유서의 형태를 띤 것이 많았다.

『역대회령(歷代會靈)』은 강후진(康侯晉, 1685~1756)이『회령(會靈)』을 보집(補集)한 것으로, 목판본이 전한다.[66] 일명 '오후청(五候鯖)'이라고도 한다. 중국의『회령(會靈)』을 보완한 것으로, 목판본이 전한다. 중국 왕조의 제왕과 그들의 치란, 그리고 후대에 귀감이 될 만한 여러 인물들에 관해 간략하게 적었다. 전체는 7권 4책이다. 강후진은 또한 잡사(雜史)의 부류에 속하는『찬집감영록(纂輯鑑影錄)』을 이루었다. 현재 장서각에 그 잔권(殘卷, 3권과 4권)이 있다.

『사요취선(史要聚選)』은 18세기에 목판본으로 간행된 역사 관련 시가체 유서이다. 중국 상고 때부터 명나라 영명왕(永明王)에 이르기까지의 역사사실

---

66 허흥식, 「장서각본(藏書閣本) 찬집감영록(纂輯鑑影錄)의 가치」,『장서각(藏書閣)』5, 한국학 중앙연구원, 2001.

가운데 요람을 뽑아 엮은 것이다. 영조 44년(1768)본과 정조 23년(1799)본, 1856년 유동신간(由洞新刊) 방각본(丙辰本), 1913년 경성 신구서림본이 있다.[67] 전국시대 열국(列國)에 관한 사실을 『국어(國語)』를 토대로 보충하고, 송나라 사실은 『송명신록(宋名臣錄)』에서 보충하였다. 개권(開卷) 첫머리에는 '일명증보역대회령(一名增補歷代會靈)'이라 적었다.

연세대본 『정관편(井觀編)』은 정약용의 강진 제자 이청(李晴, 1792~1861)의 저술이다.[68] 모두 3책에 8편의 글을 실었고, 전체 항목은 38개 항목이다. 우리나라의 역상(曆象)에 관해서는 '동국역상(東國曆象)'의 항목을 별도로 두었다. 인용 문헌에는 『국조역상고(國朝曆象考)』나 『동국문헌비고(東國文獻備考)』 등의 조선 문헌도 있으나, 대부분 중국 문헌이다. 방이지(方以智, 1611~1671)의 『물리소지(物理小識)』와 방중리(方中履, 1638~1686)의 『고금석의(古今釋疑)』에서 인용한 부분이 많다.

1445년(세종 27) 10월 『의방유취(醫方類聚)』 365권이 나온 이후 의방을 집성하여 분문할 뿐 아니라 한국 의방의 경험방을 집성하는 형태로 『동의보감(東醫寶鑑)』이 완성되었다. 『동의보감』은 1613년(광해군 5) 25권 25책의 훈련도감자 활자본으로 간행된 것이 초간본이다.[69] 이후 국내 이본이 많고, 『의감집요(醫鑑集要)』라는 이름으로 7편 7책으로 엮이기도 하였다. 전체 구조는 「내경(內景)」편, 「외형(外形)」편, 「잡병(雜病)」편, 「탕액(湯液)」편, 「침구(鍼

---

67 김윤수, 「태인방각본(泰仁坊刻本) 『상설고문진보대전(詳說古文眞寶大全)』과 『사요취선(史要聚選)』」, 『서지학연구』 5·6, 서지학회, 1990.12.

68 문중양, 「19세기의 호남실학자 이청의 『정관편』 저술과 서양 천문학 이해」, 『한국문화』 37, 서울대 규장각 한국학연구원, 2006; 임형택, 「정약용의 강진유배기의 교육활동과 그 성과」, 『한국한문학연구』 21, 한국한문학연구회, 1998; 박철상, 「정관편 해제」, 이화여자대학교 한국문화연구원 편, 『고서해제』 1, 평민사, 2008.

69 윤병태, 앞의 글, 1966; 홍윤표, 앞의 글, 1986; 이철호, 「동의보감 이본들에 대한 국어학적 고찰」, 『한국학논집』 20, 한양대 한국학연구소, 1992; 허준 편, 동의과학연구소 역, 『동의보감(東醫寶鑑)』, 휴머니스트, 2008.

灸)」편 등 다섯 편(篇)의 108항에 하위 세부(細部)로 8,000여 조를 실었다. 『동의보감』은 대한한의학에서 동의보감학파(東醫寶鑑學派)라 부르는 학파의 저술에 일정한 영향을 주었다.[70]

조선에서 의방(醫方)이 유취(類聚)의 형식을 띤 것은 중국의 의방(醫方)체제와도 상관이 있다. 정약용도 이헌길(李獻吉)의 『마과회통(痲科會通)』에 쓴 서문에서 본래의 책이 산만하므로 새로 유별로 휘집하였다고 하였다.[71] 곧, 조선시대의 의방은 기존의 처방과 당시의 경험방을 참고로 하면서, 분목(分目)을 나누어 체계화한다는 사실을 명확하게 지적한 말이다.

조선 전기에는 농서(農書)들이 여럿 편찬되었다. 세종 때 의관(醫官) 전순의(全循義)는 『산가요록(山家要錄)』을 편찬하여 '동절양채(冬節養菜)'에서 온실재배기술을 해설하기도 하였다.

강희안(姜希顔, 1418~1465)은 화훼 및 원예전문서적인 『양화소록(養花小錄)』을 엮었다. 『청천양화소록(菁川養花小錄)』 혹은 『진산양화소록(晉山養華小錄)』이라고도 한다. 이 책은 1473년 김종직(金宗直)이 함양에서 출간한 강희맹(姜希孟) 편 『진산세고(晉山世稿)』 제4권에 수록되어 있다. 본문은 16종의 꽃과 괴석(怪石) 등으로 시작하며, 모두 25항목이다.[72]

---

70 주명신(周命新)의 『의문보감(醫門寶鑑)』(1724년 편저), 강명길(康命吉)의 『제중신편(濟衆新編)』(1799년 저술) · 『통현집(通玄集)』, 정조의 『수민묘전(壽民妙詮)』, 저자 미상의 『의감집요(醫鑑集要)』, 이이두(李以斗)의 『의감산정요결(醫鑑刪定要訣)』, 한병연(韓秉璉)의 『의방신감(醫方新鑑)』(1914년 출간), 이준규(李峻奎)의 『의방활요(醫方撮要)』(1918년 발간), 이영춘(李永春)의 『춘감록(春鑑錄)』(1927년 간행), 김홍제(金弘濟)의 『일금방(一金方)』(1927년 간행), 김정제(金定濟)의 『진료요감(診療要鑑)』 등이 이어졌다. 대한한의사협회 홈페이지(http://www.akom.org) 「한국 한의학의 학파 및 특징 1 - 한의학 학파」.

71 정약용, 『여유당전서(與猶堂全書)』 권13 서 「마과회통서(痲科會通序)」.

72 강희안, 이종묵 역, 『양화소록 - 선비, 꽃과 나무를 벗하다』(규장각 새로 읽는 우리 고전 총서 1), 아카넷, 2012. 2.

6) 생활용 유서

조선시대에는 일상 행사의 길흉을 점쳐서 생활의 지침으로 삼는 방안을 집성한 책들을 많이 이루어졌다. 이러한 책들은 대개 간행되지 않고 집안에서 열람되었다. 조선 전기의 박흥생(朴興生, 1375~1458)이 찬술한『촬요신서(撮要新書)』는 그 대표적 예이다. 필사본으로 집안에 전하다가, 1894년(고종 31)에 후손 박중호(朴重浩) 등이 목활자본 2권 2책으로 간행하였다. 조선 후기에는 통서(通書)가 유행하면서 그 초록이 유행하고, 일부 내용은 유서 속에 편입되기도 하였다. 대표적 예는『산림경제(山林經濟)』이다. 그리고 조선 후기에는 사대부 여성들이 규방의 생활과 관련한 유서를 엮기도 하였다.『규합총서(閨閤叢書)』와『청규박물지(淸閨博物志)』가 저명하다.

홍만선(洪萬選, 1643~1715)은 흔히 농서(農書)로 분류되는 유서『산림경제(山林經濟)』를 엮었다.[73] 홍만선의『산림경제』는 허균의『한정록』을 모범으로 삼아 분문채록(分門採錄)하였다. 단, 허균의『한정록』과 달리 중국 서적만이 아니라 국내 저술과 스스로 채록한 속방(俗方)이나 문견방(聞見方)까지 집록하였다. 편명도『한정록』의「섭생(攝生)」은 그대로 따르되,『한정록』「치농(治農)」편의 각 소목(小目)을 확대시켰다. 이후 1766년(영조 42) 류중림(柳重臨, 1705~1771)은 16권 12책으로 증보하였다.[74]

『규합총서(閨閤叢書)』는 1809년(순종 9) 빙허각 이씨(憑虛閣 李氏, 1759~1824)가 엮은 가정학 총서로, 1869년에 목판본으로 간행되었다.[75] 주식의(酒食

---

73 신승운,「산림경제 해제」, 한국고전번역원 역,『산림경제』1 · 2, 1982; 노기춘(盧基春),「산림경제(山林經濟) 16지(志)의 항목 분석」,『서지학연구(書誌學硏究)』16, 서지학회, 1998.12, 273~295면.
74 이춘녕(李春寧),『한국농학사(韓國農學史)』, 민음사, 1989.
75 『규합총서』는 1869년에 목판본으로 간행되었다.『규합총서』는 목판본 1책(가람문고본), 국립도서관 소장 필사본『부녀필지(婦女必知)』1권 1책, 영평사본, 정양완 소장 필사본 6권, 일본

議)・재의(裁衣)・직조(織造)・수선(修繕)・염색(染色)・문방(文房)・기용(器用)・양잠(養蠶) 등에 관한 것으로, 한글로 기록하였다.[76] 빙허각 이씨는 또한 『규합총서』의 범위를 넘어서서, 천문지리(天文地理)・금수충어(禽獸蟲魚)・복식(服食)・음식(飲食) 등을 다룬 『청규박물지(淸閨博物志)』도 엮었다.[77] 『유양잡조(酉陽雜俎)』의 영향을 받아 각 사물에 대해 일화와 설화를 집성하는 방식을 취하였다.

필사본 『수록(隨錄)』은 철종이 재위한 1849년 이후부터 흥선대원군의 서원철폐령이 있었던 1871년 이전 사이에 성립한 유서이다.[78] 제례에서부터 의학까지 체재가 통일되지 않은 정보들을 나열하고 있다.

7) 국가제도 전고 유서

영조 연간 이후에 국가제도의 연혁을 총정리하려는 시도가 조정에서도 사대부 사이에서도 일어났다.

영조 45~46년(1669~1770)에 영의정 홍봉한(洪鳳漢, 1713~1778) 등 25인은 왕명에 따라 『동국문헌비고』를 편찬하였다. 13고(考) 100권 40책으로 이루어

동양문고본 등의 이본이 있다.

76 박옥주, 「빙허각 이씨의 『규합총서』에 대한 문헌학적 연구」, 『한국고전여성문학연구』 1, 한국고전여성문학회, 2005, 271~305면.

77 1939년 1월 31일 자 제6265호 『동아일보』 기사에 의하면 빙허각 이씨의 저작은 『빙허각전서(憑虛閣全書)』의 형태로 황해도(黃海道) 장연군(長淵郡) 진서면(津西面)에 있는 서씨댁(徐氏宅)에서 발견되었다. 그 가운데 『청규박물지』와 『빙허각고략』은 신조선사(新朝鮮社)에서 영인 출판예정이라고 신문기사는 전하고 있다. 『청규박물지』는 2003년 무렵, 권두환 님이 동경대학 도서관 소창문고(小倉文庫)에서 발견하였다.

78 박상영, 「『수록(隨錄)』 해제」, 『버클리대학 아사미문고 소장본 해제집』, 고려대 해외한국학 자료센터 제공.

져 있었다.『동국문헌비고』는 1769년(영조 45) 편찬에 착수, 1770년에 완성되었다.[79] 신경준(申景濬)의『강계고(疆界考)』에서 촉발된 것이지만,[80] 분문(分門)과 문헌 집성에는 국가의 문화 자료를 집성하려는 왕조의 의지가 작용하였다. 중국의『문헌통고』의 예에 따르면서도,『문헌통고』와 달리 상위(象緯)·여지(輿地)·예(禮)·락(樂)·병(兵)·형(刑)·전부(田賦)·재용(財用)·호구(戶口)·시적(市糴)·선거(選擧)·학교(學校)·직관(職官)의 13고(考)로 편성하였다. 정조 재위중인 1782~1790년 음관(陰官) 이만운(李萬運, 1723~1797)을 중심으로 첫 번째 개정이 이루어져, 20고 246권 66책으로 확대되었다.[81] 이때「예문고(藝文考)」가 추가되었다.[82]『증정동국문헌비고(增訂東國文獻備考)』혹은 '증보동국문헌비고(增補東國文獻備考)'라고도 부른다. 1809년(순조 9)에는『증정문헌비고(增訂文獻備考)』20고 246권 66책이 이루어졌다.[83] 이만운에 대해서는 광주 이씨라는 설과 함평 이씨라는 설이 있으나, 대개 함평 이씨의 설이 옳은 듯하다.[84]

　서명응(徐命膺)은 1771년(영조 47)에 어숙권의『고사찰요』3권을 개정하여『고사신서(攷事新書)』15권을 편찬하였다.『고사찰요』가 1554년(명종 9)에 이

---

79 『영조실록』권113, 45년(1769) 12월 24일(임신). "命刊『東國文獻備考』. 其書凡例, 悉倣『文獻通考』, 而只蒐輯我朝事. 選文學之臣, 以領之晝夜董役."『영조실록』권114, 46년(1770) 윤5월 16일(신유). "『文獻備考』「象緯考」成. 上親受崇政殿, 賞編輯堂郞有差. 上以『備考』之成, 基於申景濬『疆域志』, 特命加資."『영조실록』권115, 46년(1770) 8월 5일(무인). "編輯廳堂郞, 陪進新刊『東國文獻備考』四十卷, 上御崇政殿刃臺, 降階親受之, 監印堂上洪名漢·李潭立加資, 餘各賞賚有差."
80 김문식,「『동국문헌비고』「예고」의 자료적 특징」,『진단학보』104, 진단학회, 2007, 255~281면.
81 옥영정,「『동국문헌비고』에 대한 서지적 고찰」,『진단학보』104, 진단학회, 2007, 228~250면.
82 김영진,「『동국문헌비고』에 대한 서지적 고찰 토론문」,『진단학보』104, 진단학회, 2007, 251~253면.
83 증정본의 권수에 '정조조어제증정문헌비고표기(正祖朝御題增訂文獻備考標記)'라는 제명이 실려 있다. 정광수,「증정문헌비고(增訂文獻備考)의 예문고(藝文考) 연구」,『서지학연구』5·6합집, 서지학회, 1990, 403~449면.
84 함평이씨(咸平李氏)의 이만운(李萬運, 1723~1797)은 이경갑(李景甲, 1701~1775)의 아들로, 과거를 거치지 않고 음관(蔭官)을 지냈다. 이만운은『기년아람(紀年兒覽)』·『진신안(搢紳案)』내외편을 엮었다.

루어진 이후 여러 차례 속찬·개수되었지만 상략(詳略)이 일정치 않았으므로 서명응이 이를 증보하여 간행한 것이다.[85] 전체를 천도(天道)·지리(地理)·기년(紀年)·전장(典章)·의례(儀禮)·행인(行人)·문예(文藝)·무비(武備)·농포(農圃)·목양(牧養)[86]·일용(日用)·의약(醫藥)의 12문(門)으로 분류하고 382목(目)을 설정하였다. 이후 서명응은 『보만재총서(保晩齋叢書)』의 집류(集類)에 『고사신서』를 편입시키면서 이것을 『고사십이집(攷事十二集)』으로 개칭하고 서문도 「고사십이집서(攷事十二集序)」로 바꾸었다. 그리고 전체를 12집(集) 360제(題)로 엮은 후 「후서(後序)」를 새로 적었다.

영조 연간 이후로 지식인들도 사적으로 같은 유의 정리 사업을 진행하였다. 이때 이긍익(李肯翊, 1736~1806)은 30년에 걸쳐 『연려실기술』을 이루었다. 이 책은 원집(原集)·속집(續集)·별집(別集)의 세 편인데, 원집과 속집은 기사본말체(紀事本末體)를 취하면서 전고(典故)를 초록하고 출전을 밝히는 방식을 택하였다. 별집은 분류목을 새로 설정하여 전고(典故)를 초록하고 출전을 밝히는 유서의 체제를 취하였다.[87] 규장각 소장본 중 '奎12293'본과 '奎4449'본은 별집을 따로 두었다. 이 별집(別集)에는 조선시대 숙종 이전까지의 관직(官職)을 비롯하여 전례(典禮)·문예(文藝)·천문(天文)·지리(地理)·변위(邊圍)·역대전고(歷代典故) 등에 대해 그 연혁(沿革)을 수록하고 또한 인용서명을 부기하였다. '논기화(論氣化)'항은 『동사강목(東史綱目)』과 『동문광고(同文廣考)』를 인용하였다. 『동문광고』는 이원익(李源益, 1792~1854)의 『동사약(東

---

85 서명응(徐命膺), 「고사신서서(攷事新書序)」, 『고사신서(攷事新書)』. "己丑秋, 余提擧藝館, 先是館欲印攷事撮要, 以舊本疎略, 謀且增刪, 閱三歲, 更四提擧, 未就也. 相國金公陽澤, 屢爲言于余, 余汰繁宂, 補緊要, 閱門戶, 屬校理鄭忠彦參訂校勘, 然後歸之相國, 又多損益以付諸剞劂, 名以攷事新書."

86 농포(農圃)와 목양(牧養) 부분은 『농서(農書)』 5(한국 근세 사회경제 사료총서), 아세아문화사, 1986으로 영인출판되었다.

87 이존희, 「『燃藜室記述』의 分析的考察―李肯翊의 歷史意識을 중심으로」, 『한국학보』 7-3, 일지사, 1981.

史約)』에 따르면 저자가 이돈중(李敦仲)이라고 한다.[88]

정조 말에는『문헌고략(文獻攷略)』(장서각 소장) 20권이 나왔다.[89] 편찬자는 알 수 없으며, 간행되지도 않았다. 국조(國朝)·사전(祀典)·사대(事大)·관직 (官職)·정교(政敎)·문예(文藝)·천문(天文)·지리(地理)·변어(邊圉)·역대 (歷代)에 관한 각 항목마다 전고(典攷)를 인용하고 그 아래에 인용서목을 기록 하였다. 이 분부(分部) 방식은 이긍익의『연려실기술』과 완전히 일치한다.

순조(純祖) 어명찬(御命撰)『만기요람(萬機要覽)』 11권은 18세기 후반기부터 19세기 초에 이르는 조선왕조의 재정과 군정에 관한 내용들을 집약한 정법 서(政法書)이다. 연감(年鑑)으로 편찬한 것이다. 집옥재본(集玉齋本)을 기준으 로 보면「재용(財用)」편 6권 62절목,「군정(軍政)」편 5권 23절목으로 분류 서 술하여, 유서의 체제를 취하였다.[90]

19세기 전반의 홍경모(洪敬謨, 1774~1851)는 우리나라 역사와 중요 인물을 정리하고, 여러 지방관을 거치면서 관할 지역의 내력과 사적을 수집하였 다.[91] 전자는『대동장고』필사본 13책으로 결집되었다.[92] 정치사를 약술한 「역대고(歷代攷)」와 우리나라 후비(后妃)·종친(宗親)·국구(國舅)·의빈(儀 賓)·보상(輔相)·총재(冢宰)·사마(司馬)·문형(文衡)·문임(文任)·호당(湖 堂)·옥서(玉署)·강관(講官)·국자(國子)·사인(舍人)·전랑(銓郞)·내한(內 翰)·융원(戎垣)·기사(耆社)·휴퇴(休退)·공신(功臣)·방백(方伯) 등의 명단

---

88 서울대 규장각한국학연구원 해제.
89 한국학중앙연구원 왕실도서관 장서각 디지털 아카이브(http://yoksa.aks.ac.kr/jsp/) 원문 제공.
90 조선총독부 중추원에서는 집옥재본을 기본으로 삼아 교감작업을 거친 다음 1938년에 활판으 로 간행하였다. 또한 한국고전번역원에서는 1971년에 한글로 번역해 간행하였다. 김규성,「만 기요람해제」,『국역 만기요람』, 한국고전번역원, 1971.
91 홍경모의 생애와 학문관에 대해서는 이군선,「관암 홍경모의 시문과 그 성격」, 성균관대 박사 논문, 2003을 참조.
92 심경호,「조선 후기 국가장고류 및 인물지 편찬 경향과『대동장고』의 위치」,『관암 홍경모와 19세기 학술사』, 경인문화사, 2011.

을 제시한 21고(攷), 중국 사신들의 명단을 작성한 사성(使星) 1고로 이루어져 있다. 또한 '별편(別編)'으로 「유림고(儒林攷)」・「문원고(文苑攷)」・「시인고(詩人攷)」・「필원고(筆苑攷)」・「화가고(畫家攷)」・「청리고(淸吏攷)」・「명장고(名將攷)」 등을 설정하고, '외편(外編)'으로 「태묘종향고(太廟從享攷)」・「문묘종향고(文廟從享攷)」・「계성사(啓聖祠)」・「장릉배식고(莊陵配食攷)」・「내한천권록(內翰薦圈錄)」・「내각고(內閣攷)」 등을 두었다. 그러나 『대동장고』는 미완이다.

『동전고(東典考)』는 19세기 말에 편찬된 저자 미상의 유서이다. 규장각에 12권 12책의 목판본이 소장되어 있다. 철종 연간에 편집・간행된 것으로 추정된다.[93] 대항목으로는 국조(國朝)・사전(祀典)・사대(事大)・관직(官職)・정교(政敎)・문예(文藝)・지리(地理)・변위(邊圍)・역대(歷代)를 설정하고, 그 아래에 소항목을 설정하였다.

한편 일명씨(佚名氏) 찬 『관서수서(觀書隨書)』 필사본 1권 1책은 한국의 무예・제도・지리・천문・풍수 등에 관해 정리하였다. 주제를 상단에 제시하고 내용을 간략히 서술하는 체제를 취하였다. 고려대에 소장되어 있다. 제목을 '동사휘설(東事彙說)'이라고도 표기하였다.

배상현(裵象鉉)은 1855년(철종 6)에 『동국십지(東國十志)』 3권 3책을 이루었다. 장서각에 소장되어 있다. 조선시대의 전장제도(典章制度)를 유형별로 나누어 편찬하였다. 배상현의 서문에 의하면 1862년에 2책으로 정사해 두었다고 하였다. 이 정사본을 근간으로 1889년에 이만인의 교감을 거쳐 목판본 3권이 출판되었다.

『수향편(袖香編)』은 모두 6권으로, 정원용(鄭元容, 1783~1873)이 자신이 조

---

93 1991년 민창문화사(民昌文化社)에서 규장각 소장본을 영인, 간행하였다. 신병주 해제, 서울대 규장각 한국학연구원 제공.

정에서 몸소 겪고 살펴 온 전장(典章)과 의칙(儀則), 눈으로 보고 귀로 들어온 사문(私門)의 미덕(美德)・치행(治行), 선배(先輩)・장덕(長德)의 문장과 의론을 분류 없이 엮은 잡고(雜考)이다.[94] 권1「중국세대연호(中國世代年號)」를 시작으로 76항목, 권2 : 64항목, 권3 : 52항목, 권4 : 50항목, 권5 : 80항목, 권6 : 69항목 등 총 391항목이 수록되어 있다.[95]

『동국통지(東國通志)』는 영남 지방의 학자 박주종(朴周鍾, 1813~1887)이 1868년(고종 5)에 단군 이래 순조 때까지의 한국 역사에 대해 기록한 책이다. 필사본 24권 17책이 전한다.[96] 『동국통지』는 『한서(漢書)』의 십지(十志)를 확장하여, 천문(天文)・오행(五行)・지리(地理)・제사(祭祀)・예악(禮樂)・병위(兵衛)・형법(刑法)・식화(食貨)・예문(藝文)・학교(學校)・선거(選擧)・백관(百官)・여복(輿服)・율력(律曆) 등 14지(志)를 엮었다.

조선 후기에는 상례(喪禮)와 제례(祭禮)에 대한 저술이 족출하였다. 예송(禮訟) 이후로는 특히 사대부례와 방례(邦禮)에 대한 연구가 심화되었다. 그 저술들은 유서의 형식을 띠는 일이 많았다. 심태(沈埈, 1698~1761)의 『제례요견(祭禮蕘見)』은 방례의 연찬과 관련하여 기왕의 문헌을 근거로 도면(圖面)을 많이 사용하였다.[97]

---

94 정환국,「수향편(袖香編) 해제」, 연세대 국학연구원 편,『연세대학교 중앙도서관 소장 고서해제』7, 평민사, 2007ㄱ; 송호빈,「『수향편(袖香編)』새 해제−저작 배경 고증 및 저작 의식에 대한 재해석」,『식민지 근대문학과 심상지리로서의 전통・동양・조선』2(고려대학교 BK21한국어문학교육연구단 주최 제4차 국제학술대회 발표논문집), 한국어문학 국제학술포럼 주관(고려대 서관), 2008.2.15.
95 정환국, 위의 글, 519~526면; 송호빈, 위의 글.
96 박주종(朴周鍾),『동국통지(東國通志)』영인, 태학사, 1986.
97 이봉규,「조선 후기 예학사에서 본『무문재집(無聞齋集)』의 사상사적 의의」, '제36회 인천학세미나', 2008.7.15.

8) 고증을 겸한 유서

　조선 후기의 지식인들은 지식정보를 문헌에서 초록하는 데 그치지 않고 여러 문헌들을 대조하거나 경험 사실에 비추어 변증(辨證)하는 일이 많았다. 이를테면 이광려(李匡呂, 1720~1830)는 『주례(周禮)』에 나오는 고미(菰米)를 40년 넘도록 찾아 헤매다가 교하(交河) 사람이 먹는 모대(牡大)의 열매가 그것임을 확인하고, 「고미고(菰米考)」 6칙을 저술하였다.[98] 조선 후기의 지식인들은 생활에 밀접한 사물에 대해서만 각별히 고증을 한 것이 아니라, 경서의 자구, 역사의 사실, 민족문화의 제상(諸相)에 관한 여러 사실들에 대해 문헌의 오류에 대해 비판하고 실상을 제시하고자 노력하였다. 박지원(朴趾源)의 「동란섭필(銅蘭涉筆)」과 「구외이문(口外異聞)」은 『열하일기』에 들어 있는데, 그 자체가 고증적 유서이다. 한편 『이목구심서(耳目口心書)』는 이덕무가 지은 필기(筆記)로, 하나의 범주로 정리하기 어려운 잡다한 정보들을 한곳에 모아놓은 필기라고 할 수 있다.[99]

　조선 후기의 일부 지식인들은 변증적 논문들을 집성하여, 유별(類別)로 분류하기도 하였다. 즉, 변증적 수필의 집성 형태로 이루어진 유서로는 『지봉유설(芝峯類說)』과 『성호사설(星湖僿說)』 이후로 여러 편저가 나왔다. 『오주연문장전산고(五洲衍文長箋散稿)』와 『임하필기(林下筆記)』는 널리 알려진 예이다.

　『성호사설』 30권 부록 합 12책은 이익(李瀷, 1681~1763)의 독서록 및 비망

---

98 단, 「고미고」는 목판본 『이참봉집(李參奉集)』이나 문중본 필사본 『이참봉집』에는 전하지 않는다. 하지만 이광려의 제자인 신위(申緯)가 1811년 정월 29일에 장흥방(長興坊)에서 그 사실을 기록한 것이 남아 있다. 이현일, 「이광려(李匡呂)의 실심실학(實心實學)과 경세학(經世學)」, 『민족문학사연구』 제35호, 민족문학사연구소, 2007.12, 83~125면.

99 총 6권으로 이루어진 『이목구심서(耳目口心書)』는 각 권마다 약간씩 특색을 지닌다. 제5권은 절반이 의학적 내용이되, 병인(病因)이나 경험방(經驗方)을 다룬 것이 아니라 '의학 상식'을 필기 및 유서(類書)에서 초록해 두었다. 박상영·오준호·권오민, 「조선 후기 한의학 외연 확대의 일국면」, 『한국한의학연구원논문집』 제17권 3호(통권 33호), 2011.

록들 3,007항목을 조카 이병휴(李秉休)가 천지문(天地門)·만물문(萬物門)·인사문(人事門)·경사문(經史門)·시문문(詩文門)으로 분류한 것이다. 이익은 「자서(自序)」에서 『성호사설』이 분문(分門)을 하였다는 점, 스스로의 견해를 저술하였다는 점을 분명히 하였다. 또 효용에 대해서 자부심을 드러냈다. 한편 안정복(安鼎福)은 『성호사설』의 중복되고 번잡한 것을 삭제하고 다시 유별(類別)로 편차를 엮어 원래의 3분의 1정도로 줄여 엮어 『성호사설유선(星湖僿說類選)』을 이루었다. 1929년에 문광서림(文光書林)에서 신식활자 10권 5책으로 간행되었다.

19세기의 중인 조재삼(趙在三)은 유서 『송남잡식(松南雜識)』 14책을 엮었다. 필사본으로 전한다.[100] 조재삼은 삼라만상과 고금의 사적, 문물, 동식물에 대한 논증을 33류로 구분하고 4,095항을 배열하였다. 각 부류마다 20~30항목에서부터 수백여 항목(稽古類 406항목, 方言類 812항목)에 이르기까지 다양한 주제를 다루었다. 『지봉유설』과 『성호사설』을 인용한 곳이 많다.[101]

『동사일지(東史日知)』는 이학규(李學逵, 1770~1835)가 엮은 유서이다. 1801년(순조 원년)의 신유사옥 때 유배된 이후 1824년 4월에 방면되기까지, 우리나라 역사와 지리, 풍속과 민생에 관심을 기울여 『동사일지』를 저술하였다. '일지(日知)'라는 말은 고염무(顧炎武)의 『일지록(日知錄)』 제목을 연상시킨다.

『계산담수(溪山談藪)』는 송내희(宋來熙, 1791~1867)가 저술한 방대한 잡록으로, 총 186조목이다. 인물 기사에서부터 지방 명소·산천, 행정구역 변천사, 임진왜란 기사, 중국어와 자국어의 비교, 몽고어와 만주어 풀이, 조공의 문제, 전제(田制)의 문제 등에 이르기까지 광범위한 내용을 다루었다. 『계산담

---

100 조재삼 편, 강민구 역, 『교감국역송남잡지』 12, 소명출판, 2008.
101 강민구, 「『성호사설』의 『지봉유설(芝峯類說)』, 『송남잡식(松南雜識)』의 『지봉유설』·『성호사설(星湖僿說)』 인용 양상에 대한 연구」, 『한문학보』 24, 한문학회, 2011, 495~533면.

수』는 1846년에 이루어졌는데, 그보다 앞서 1841년에 『계산담론(溪山談論)』이 이루어졌다. 두 책은 서로 유사하다.[102] 『계담담론』과 『계산담수』는 우선 인물 기사를 중심에 두었다. 인물 기사 다음으로는 지리지(地理志) 성격의 기사를 많이 실었다. 의약에 관한 부분은 박지원 『열하일기』의 부록에 붙어 있는 『금료소초(金蓼小抄)』에서 전재하였다. 다른 기사도 『열하일기』 「피서록(避暑錄)」이나, 이수광의 『지봉유설(芝峯類說)』 「문장(文章)」, 성혼(成渾)의 『우계집(牛溪集)』 「잡기(雜記)」에서 인용한 것이 발견된다.

서유구(徐有榘, 1764~1845)는 홍만선의 『산림경제』를 토대로 한국과 중국의 저서 900여 종을 참고로 하여 『임원경제지(林園經濟志)』를 엮었다. 이 책은 천·지·인의 '세계' 전체를 대상으로 하지 않고 농업과 농촌생활에 관계된 사항들을 본리지(本利志) 13권, 관휴지(灌畦志) 4권, 예원지(藝畹志) 5권, 만학지(晚學志) 5권, 전공지(展功志) 5권, 위선지(魏鮮志) 4권, 전어지(佃漁志) 4권, 정조지(鼎俎志) 7권, 섬용지(贍用志) 4권, 보양지(葆養志) 8권, 인제지(仁濟志) 28권, 향례지(鄕禮志) 5권, 유예지(游藝志) 6권, 이운지(怡雲志) 8권, 상택지(相宅志) 2권, 예규지(倪圭志) 5권 등 16부분으로 분류하여 엮었다.[103] 『임원십륙지(林園十六志)』 또는 『임원경제십륙지(林園經濟十六志)』라고도 한다. 서유구 자신이 기왕에 엮은 『금화경독기(金華耕讀記)』를 대폭 활용하는 동시에 자신의 논변을 첨부하였다.

변증적 수필을 집성한 형태로 이루어진 유서로는 『지봉유설』과 『성호사설』, 그리고 『오주연문장전산고』가 대표적이다. 19세기 전반에 이규경(李圭

---

102 권진옥, 「계산담론 해제」, 『버클리대학 동아시아도서관 아사미문고 해제집』, 고려대 해외한국학자료센터 제공.

103 규장각(奎章閣)에 필사본이 있고, 그 전사본(轉寫本)이 고려대 중앙도서관에 소장되어 있다. 또한 달성서씨의 가장원본(家藏原本)인 자연당경실(自然堂經室)의 괘지(罫紙)에 필사한 31책이 일본 오사카(大阪)부립도서관에 소장되어 있다. 미국 버클리대학에 자연경실장의 섬용지 1, 2권이 있다. 서울대본과 고려대본을 영인한 것이 『임원경제지』 6책(보경문화사, 1983)이다.

景)이 편찬한『오주연문장전산고』는 60권 60책의 유서로, 1,400여 항목을 고
증하였다.『지봉유설』이래의 백과전서류 저술의 전통을 이은 것으로 평가받
는다.[104] 단, 이 책은 '산고'이다. 이후, 한국고전번역원에서 이를 주제와 내용
별로 재분류를 하여『분류오주연문장전산고(分類五洲衍文長箋散稿)』를 편찬함
으로써, 지금의 독자들이 이 책을 체계적으로 접근할 수 있게 하였다.[105] 『분
류오주연문장전산고』에서는 5개의 편(篇), 22개의 류(類)로 그 내용을 분류하
였다.

이유원(李裕元, 1814~1888)은 경연(經筵)에서 주희의『자치통감강목(資治通
鑑綱目)』을 강론하면서, 명군양보(明君良輔)의 사실과 가언휘모(嘉言徽謨)의 내
용을 손수 초록해 두었다가 규장각에서 숙직하면서『발명(發明)』과『집람(集
覽)』을 숙독하면서『체론유편(體論類編)』을 완성하였다.[106] 국립중앙도서관
소장본 필사본은 28부문 493조목으로 이루어져 있다.[107] 한편 이유원은『국
조보감(國朝寶鑑)』가운데 감계가 될 만한 사항들을 뽑아서『국조모훈(國朝謨
訓)』2책을 엮었다.[108] 이후『임하필기(林下筆記)』는 평소의 중수필을 집록한

104 윤사순,「이규경(李圭景) 실학에 있어서의 전통사상-그의 도불관(道佛觀)을 중심으로」,『아세아
  연구』16, 고려대 아세아문제연구소, 1973, 215~218면.
105 1958년 고전간행회(古典刊行會)에서 처음으로 영인하여 간행하였으며, 이후 한국고전번역원
  에서『분류오주연문장전산고』및 국역본을 출간하였다. 또한, 한국고전번역원에서는 난해원
  전교감정리사업으로『오주연문장전산고』를 교감하고 정리하여 인터넷으로 서비스하고 있다.
106 필사본『체론유편(體論類編)』은 국립중앙도서관, 고려대 도서관, 전남대 도서관 등에 소장되
  어 있다. 권진옥이 열상고전연구회 제60차 정례 학술발표회(선문대 본교 대강당, 2013.3.30)
  에서 처음 소개하였다. 그의 박사논문「귤산(橘山) 이유원(李裕元)의 학문 및 문학 연구」(미발
  표)에서 집중적으로 다룰 예정이라고 한다.
107 이원수(李晩秀)의「체론유편서(體論類編叙)」에는 "爲部二十有八, 爲目五百有三"이라 하였지
  만 실제로는 28부문 493조목이다. 권진옥의 조사에 의하면 '父子(附兄弟子孫翁壻)', '科擧(附鄕
  貢)', '防守(附烽燧通信)', '報果(附報復及報恩功)', '異端(附辟異)'과 같이 한 조목에 관련 조목을
  부록으로 실은 것이 있지만, 이를 합산해도 503조목에는 미치지 못한다고 한다.
108 필사본『국조모훈(國朝謨訓)』, 일본 靜嘉堂文庫 소장. 이유원(李裕元),「국조모훈초집(國朝謨訓抄
  輯)」,『임하필기(林下筆記)』춘명일사(春明逸史). "『體論類編』旣成, 繼抄『國朝寶鑑』中最所鑑戒者,
  彙成二冊, 名曰國朝謨訓. 未及校正, 而游荷趙公秉龜見於直中, 亦爲謄去."

잡고류(雜考類) 저술이다.[109] 잡고를 정리한 것이며, 분류의 기준은 국고전장(國故典章)을 개괄할 수 있도록 하였다.

유길준(兪吉濬, 1856~1914)은 1895년 4월 25일 일본의 고준사(交詢社)에서 『서유견문(西遊見聞)』을 자비 출판해서 1,000부를 인쇄하여 정부 고관들에게 배포했다.[110] 『서유견문』은 전통적 유서의 형태를 취하면서, 그 분류 체계에서 근대적 지식구축의 방법을 취하였다.[111] 장 구분을 보면 8개의 단위로 나뉘고, 다시 구분하면 4~5개의 층위로 이루어져 있다. 국가제도에 큰 비중을 두되, 과거의 문헌과 관련 사실을 따오는 재문재사(載文載事)의 방법을 사용하지 않고 당대(當代)의 외국서적과 경험사실을 서술하는 방법을 사용하였다. 또 지구세계(세계자연지리와 도시지리학), 국가제도, 사회관습과 사회복지 및 공론형성 방식, 학문지식 등에 관심을 두어 근대지를 구축하였다.

5. 지식정보의 분류 방식

조선 후기의 지식과 사물의 분류 방식에서 가장 널리 참고가 된 것은 『태평어람(太平御覽)』의 55부나 『옥해(玉海)』의 21부 등 중국 유서의 분목(分目)이었던 듯하다.

---

[109] 1961년 성균관대 대동문화연구원에서 영인한 축쇄본이 있고, 고전번역원 제공의 번역본이 있다.
[110] 이광린, 『한국개화사상연구』, 일지사, 1979, 66~67면.
[111] 유길준, 허경진 역, 『서유견문』, 서해문집, 2004.

<표 1> 『태평어람』과 『옥해』의 분류목

『태평어람』 55부 분류목	天部・時序部・地部・皇王部・偏覇部・皇親部・州郡部・居處部・封建部・職官部・兵部・人事部・逸民部・宗親部・禮儀部・樂部・交部・學部・治道部・刑法部・釋部・道部・儀式部・服章部・服用部・方術部・疾病部・工藝部・器物部・雜物部・舟部・車部・奉使部・四夷部・珍寶部・布帛部・資産部・百穀部・飮食部・火部・休徵部・咎徵部・神鬼部・妖異部・獸部・羽族部・鱗介部・蟲豸部・木部・竹部・果部・菜部・香部・藥部・百卉部
『옥해』 21부 분류목	天文・律憲・地理・帝學・聖製・藝文・詔令・禮儀・車服・器用・郊祀・音樂・學校・選擧・官制・兵制・朝貢・宮室・食貨・兵捷・祥瑞

김진(金搢)은 17세기 초에 한문문헌의 어휘를 모아 『휘어(彙語)』를 편찬하면서, 전체를 17부문으로 나누었다.

건도문(乾道門)・곤도문(坤道門)・만물문(萬物門)・인륜문(人倫門)・유도문(儒道門)・군도문(君道門)・신도문(臣道門)・천관문(天官門)・지관문(地官門)・춘관문(春官門)・사례문(四禮門)・하관문(夏官門)・추관문(秋官門)・동관문(冬官門)・일용문(日用門)・인사문(人事門)・복식문(服食門)

이때 김진은 왕응린(王應麟)의 『옥해』를 참고하였다고 밝혔다. 군왕 정치 관련의 항목만 선정한 점에서는 『옥해』의 체제를 따랐다고 할 수 있다. 하지만 건도-곤도의 분문과 천지춘하추동(天地春夏秋冬)의 『주례(周禮)』식 직장분문(職掌分門)은 『태평어람』의 체제를 준용한 듯하다.

김육(金堉)은 1646년(인조 24)에 『유원총보(類苑叢寶)』 47권을 엮으면서, 26부문으로 분류하였다. 이때 천도-지도의 대립분문과 이호예병형(吏戶禮兵刑)의 직장분문을 설정하고, 이하 인사, 물명, 조수초목의 부분을 배열하였다.

천도(天道)・천시(天時)・지도(地道)・제왕(帝王)・관직(官職)・이부(吏部)・호부(戶部)・예부(禮部)・병부(兵部)・형부(刑部)・인륜문(人倫門)・인도문(人

道門)・인사문(人事門)・문학문(文學門)・필묵문(筆墨門)・새인문(璽印門)・진보문(珍寶門)・포백문(布帛門)・기용문(器用門)・음식문(飮食門)・관복문(冠服門)・미곡문(米穀門)・초목문(草木門)・조수문(鳥獸門)・충어문(蟲魚門)

조선시대 최초의 잡고류 유서인 이수광(李睟光)의 『지봉유설(芝峰類說)』(1614)은 20권 25부문에 3,435항목을 나열하였다. 그 분목(分目)은 다음과 같다.

천문(天文)・시령(時令)・재이(災異)・지리(地理)・제국(諸國)・군도(君道)・병정(兵政)・관직(官職)・유도(儒道)・경서(經書)・문자(文字)・문장(文章)・인물(人物)・성행(性行)・신형(身形)・어언(語言)・인사(人事)・잡사(雜事)・기예(技藝)・외도(外道)・궁실(宮室)・복용(服用)・식물(食物)・훼목(卉木)・금충(禽蟲)

천문-지리의 문목은 『옥해』를 따랐지만, 군왕지치(君王之治)에 한정하지 않고 인사(人事)・잡사(雜事)와 조수초목충어(鳥獸草木蟲魚)에 이르는 분류목을 설정한 것은 『태평어람(太平御覽)』의 분류목을 의식한 듯하다. 김현성(金玄成)은 「지봉유설서」에서 이렇게 말하였다.

이것은 위로 천시(天時)를 살피고 아래로는 인사(人事)를 바탕으로 하여 뜻과 사리의 경미함과 문장의 잘되고 못된 것을 보이며, 곤충, 초목의 화육(化育)에 이르기까지 빠짐없이 수집하고 남김없이 분석하였다. 그러니 이것을 읽는 사람으로 하여금 총명을 개발하고 지혜를 더욱 진보하게 하니, 귀머거리에서 세 개의 귀가 생기고, 장님이 네 개의 눈을 얻는 것과 같아 탄복하지 않을 수 없다.[112]

18세기에 이르러 이익은 잡고류(雜考類) 유서인『성호사설』30권을 편찬하였다. 전체를 5개 부문으로 줄인 반면, 소목차는 상세하게 나누었다.

조선시대에 초학자용으로 편찬된 식자과본(識字課本)이나 한자어휘를 정리한 어휘집도 유서와 마찬가지로 분문(分門)의 방식을 채택하였다. 조선시대의 식자과본이나 어휘분류집은 기본적으로, 사의(詞義)・성어(成語)・전고(典故)를 해석하는 사서(詞書)로서의 기능을 지녔다. 사서란 중국고전문헌학에서 말하는 자의(字意)의 유, 즉 어의분류사전을 가리킨다.『이아(爾雅)』가 그 초기의 예에 속한다. 또한 중국에서는 글자의 성운(聲韻)을 분석한 운서(韻書)도 각 글자마다 훈해(訓解)를 배치함으로써 전체적으로 보면 사서(詞書)의 성질을 지녔다. 한국의 운서도 마찬가지로 사서의 성질을 지녔다. 그런데 조선의 식자과본이나 어휘분류집은 대구조 면에서는 운서보다는 유서의 체제를 취하였다. 다만 각 어휘의 훈석(訓釋)은 출전을 거의 밝히지 않아서, 유서의 훈석 방식이나 상주본 사서(詳註本 詞書)의 그것과 다르다.

이를테면 조선 전기 최세진의『훈몽자회』는 다음과 같이 분문(分門)하였다.

천문(天文)・지리(地理)・화품(花品)・초훼(草卉)・수목(樹木)・과실(菓實)・화곡(禾穀)・소채(蔬菜)・금조(禽鳥)・수축(獸畜)・인개(鱗介)・곤충(昆蟲)・신체(身體)・천륜(天倫)・유학(儒學)・서식(書式)・인류(人類)・궁택(宮宅)・관아(官衙)・기명(器皿)・식찬(食饌)・복식(服食)・주선(舟船)・거여(車輿)・안구(鞍具)・군장(軍裝)・채색(彩色)・포백(布帛)・금보(金寶)・음악(音樂)・질병(疾病)・상장(喪葬)・잡어(雜語)

---

112 김현성(金玄成),「지봉유설서(芝峯類說序)」, "然有以見其上考天時, 下質人事, 義理之精微, 文章之得失, 以至昆蟲草木之化, 蒐輯靡遺, 剖析無餘, 使人讀之, 開發聰明, 進益智慮, 如聾者之生三耳, 瞽者之得四目."

여기서 천문-지리의 대립 문목을 둔 것은 『옥해』 이하, 중국 유서의 체제를 의식한 것이라고 생각된다. 단, 『훈몽자회』는 식자 교본을 겸하여, 1자 1훈의 한자를 표제항으로 들고 4자씩 운(韻)을 맞추어 구절을 만들었다. 각 분문 내에서는 해당 한자들을 총망라하려고 하지는 않았다.[113]

유희춘(柳希春)의 『신증유합(新增類合)』도 『훈몽자회』처럼 1자 1훈의 한자를 표제항으로 들고 4자씩 운을 맞추어 구절을 만들었다.[114] 전체 27개 부문 가운데 일부는 『훈몽자회』와 유사하다. 하지만 분목을 천문(天文)부터 시작하지 않고 수목(數目)부터 시작하고, 천문-지리 사이에 중색(衆色)을 두었으며, 심술동지(心術動止)·사물(事物)이라는 추상어 부문을 설정하였다. 그 분목은 다음과 같다.

수목(數目)·천문(天文)·중색(衆色)·지리(地理)·초훼(草卉)·수목(樹木)·과실(果實)·화곡(禾穀)·소채(蔬菜)·금조(禽鳥)·수축(獸畜)·인개(鱗介)·충치(蟲豸)·인륜(人倫)·천륜(天倫)·도읍(都邑)·권속(眷屬)·신체(身體)·실옥(室屋)·포진(鋪陳)·금백(金帛)·자용(資用)·기계(器械)·식찬(食饌)·의복(衣服)·심술동지(心術動止)·사물(事物)

1798년에 이만영(李晚永)이 엮은 『재물보』는 물명의 분류를 간략히 하여, 다음과 같은 분목을 설정하고, 그 아래에 중분류-소분류를 시도하였다.

태극(太極)·천보(天譜)·지보(地譜)·인보(人譜)(1-4)·물보(物譜)(1-3)

---

113 『훈몽자회(訓蒙字會)』서(序). "醫家病名藥名諸字, 或有義釋多端難於一呼之便, 或有俗所不呼者, 今並不收."

114 안병희(安秉禧), 「신증유합해제(新增類合解題)」, 『신증유합(新增類合)』(동양학총서 제2집), 단국대 동양학연구소, 1972.

『재물보』를 증보한 편자 미상의 『광재물보』는 33개 대목(大目)으로 나누었다.

천도부(天道部)·지도부(地道部)·인도부(人道部)·인륜부(人倫部)·군도부(君道部)·신도부(臣道部)·형기부(形氣部)·민업부(民業部)·서류부(庶流部)·문학부(文學部)·예절부(禮節部)·군려부(軍旅部)·음악부(音樂部)·의복부(衣服部)·음식부(飲食部)·기용부(器用部)·기회부(技戲部)·물성부(物性部)·화부(火部)·금부(金部)·옥부(玉部)·석부(石部)·노석부(鹵石部)·초부(草部)·곡부(穀部)·채부(菜部)·목부(木部)·죽부(竹部)·과부(果部)·린부(鱗部)·개부(介部)·금부(禽部)·수부(獸部)

한편, 유희의 『물명고』는 이만영의 『재물보』 가운데 지보(地譜)의 일부(水·田·金·玉·石·火)와 물보(物譜)의 일부(羽蟲·毛蟲·鱗蟲·介蟲·昆蟲·穀·菜·果·草·木·竹)만을 대상으로 삼되, 불교의 유정(有情)·무정(無情), 부정(不靜)·부동(不動)의 개념을 상위 문목으로 도입하였다.

『재물보』와 『광재물보』, 그리고 유희의 『물명고』는 어휘의 시소로스를 중시하여 동의어·상관어를 병렬하고 의미차를 표기해두었다.

편자 미상의 어휘분류집인 『신편옥총(新編玉叢)』은 상세한 분류체계를 취하여 표제항을 모두 33부문으로 나누었다.

천도문(天道門)·지리문(地理門)·시령문(時令門)·인륜문(人倫門)·군도문(君道門)·신도문(臣道門)·인사문(人事門)·인성문(人性門)·붕우문(朋友門)·궁실문(宮室門)·변새문(邊塞門)·상환문(喪患門)·유학문(儒學門)·이단문(異端門)·승도문(僧道門)·선도문(仙道門)·초목문(草木門)·화목문(花木

門)・오곡문(五穀門)・백과문(百果門)・소채문(蔬菜門)・음식문(飮食門)・유상문(游賞門)・의복문(衣服門)・기용문(器用門)・보패문(寶貝門)・음악문(音樂門)・비금문(飛禽門)・주수문(走獸門)・인개문(鱗介門)・곤충문(昆蟲門)・잡기문(雜技門)・도화문(圖畫門)

한편, 서유구의『임원경제지』16지는 다음과 같은 연환(連環) 체계를 상정할 수 있다.

A 「본리지」

B 「관휴지」,「예원지」,「만학지」

C 「전공지」,「위선지」,「전어지」,「정조지」

D 「섬용지」

E 「보양법」,「인제지」

F 「향례지」

G 「유예지」,「이운지」

H 「상택지」

I 「예규지」

이것은 유서의 조본(祖本)이라고 할『예문유취』48부가 9개의 영역으로 나뉘어 연환 관계를 이룬 것을 본떴다고 할 수 있다.[115] 더 나아가, 이것은 생활세계의 사물들과 사실들이 상호 연관 속에 있다는 사실을 직관하고 그것들 사이의 관계망을 고찰한 결과라고 말할 수도 있다.

---

115 南昌宏,「分類に見る中國の世界觀」, 加地伸行 外,『類書の總合的研究』(平成六・七年度科學研究費補助金研究成果報告書, 總合研究 A), 平成 8(1996).3.22.

조선 후기의 지식인들은 분류의 문제에 고심하였다. '자연의 빛'을 중시한다거나 자연종의 원리를 상상한다거나 하는 결론에 도달하지는 못하였다. 하지만 그들은 지식과 사물의 명료한 인식과 상호 연관을 이해하기 위해 부단히 고투하였으며, 그 고투가 곧 종래의 고루한 인습이나 권위적 논리를 부정하는 힘을 드러내었다.

정인보는 1939년(기묘년) 봄에 유희의 증손인 유근영(柳近永) 씨로부터 유희가 1807년 이만영(李晩永) 진사(進士)에게 준 편지를 얻었다. 정인보는 「서재물보후(書才物譜後)」의 뒤에 수록하였다. 서파(35세)가 진사 60세의 이만영(60세)에게 준 편지로, 「부서파여이진사만영서 사월(附西陂與李進士晩永書 四月)」이라는 제목이다. 『담헌문록』에 수록되어 있는데, 정양완 님의 번역문을 기초로 윤문하여 일부를 소개하면 다음과 같다.

진실로 글을 짓는다는 첫 번째 어려움은 이미 면하였다 하더라도, 책을 완성하기 전에는 오히려 성서(成書)의 어려움이 있을 것입니다. 글을 지은 뜻이 이미 남이 미처 펴지 못한 것을 펴내고자 하는 데 있었는데, 만약 다시 네 발가락이니 육손이니를 덧붙인다면, 장차 지리(支離)하다는 비웃음을 막을 길이 없을 것이 뻔합니다. 사단(四段)에 다른 책 것을 전부 기록한 것 — 이를테면 우리나라 군현(郡縣)·국왕(國王)·왕비(王妃)의 기일(忌日) 및 역대(歷代) 세계(世系), 사람 몸의 혈명(穴名), 오복(五服), 구구(九九)의 수(數) 따위 — 은 삭제해야 합니다. 글을 지은 뜻이 이미 명물 도수(名物 度數)를 명시(明示)하고자 하면서, 만약에 이래도 그만 저래도 그만인 것이 있다면, 한갓 욕심스레 많이만 쓰려 하였다는 누(累)만 끼치고 실효(實效)는 거둘 수 없을 것입니다. 이것은 어떤 모양의 물건이나 어떤 것의 소리 — 이를테면, 섬섬(閃閃)은 빛이 움직이는 모양이고, 풍풍(馮馮)은 담 쌓는 소리라는 따위 — 라든지, 여러 책(冊) 속에서 우연(偶然)히 한두 자(字) 차용(借用)한 것 ─ 이를테면, 각(覺)은 『모시(毛詩)』의 대야(大也)라든지, 우지(于誌)는 『좌전(左傳)』에서 치야(置也)라는 따위 ─ 은 깎아 없애야 합니다.

열거한 예가 이미 온갖 조목이 다 갖추어 있는데 열 가운데 한둘만 남는다면 안 싣느니만 못하게 될 터이니, 그렇다면 또한 반쯤 올라가다가 떨어지는 것을 면치 못할 것입니다. 어떤 물종(物種)이 너무나 번다(繁多)하여 일일이 다 수록할 수 없다 하여, 내가 아는 것만 ─ 이를테면 국화의 종류라든가, 골패의 법이라든지에 대해서 다만 두어 가지만 기록하고 마는 따위 ─ 열거해서는 안 됩니다.[116]

근세에 이르러서는 생활세계의 복잡한 사항들을 종래의 관념적·선험적 분류만으로는 정리할 수가 없게 되었다. 이에 따라 중국에서도 각종의 유서들이 나름대로 새로운 분류를 고안하고 기왕의 분류목을 조정하였다. 이러한 사정은 한국의 경우에도 마찬가지였다.

6. 조선 후기 지식 정보의 패러다임과 향후 과제

조선 후기의 유서는 중국 유서나 전적의 내용을 재편집하고 부를 세워 정리하는 형태로 발전하였다. 물론, 조선시대에 많이 이용된 유서의 하나인 『태평어람』 54부는 조선 후기 유서체제에 일정한 영향을 끼쳤다. 조선 후기의 유서는 천부(天部)-지부(地部)의 대립유목을 취하지, 건도(乾道)-곤상(坤象)

---

[116] 유희, 「부서피여이진사만영서 사월(附西陂與李進士晩永書 四月)」, 『담헌문록』 권4, 연세대 출판부, 1932. 2.

의 대립유목을 취하는 일이 없는데, 그것은 아마도『태평어람』의 분문(分門)과 관련이 있을 듯하다. 1535년(중종 30)에 간행된 왕응린(王應麟)의『옥해(玉海)』204권도 어휘와 고실(故實)의 검색에 널리 이용되었다.『옥해』는 21문 240여류로 어휘를 분류하되, 제왕의 치정(治政)과 관련된 사항 가운데서도 길상선사(吉祥善事)를 많이 초록하였다. 조선 후기의 유서는 가능한 한 거전홍장(鉅典鴻章)에서 재료를 취하고 길상선사에 중점을 두었다는 점에서『옥해』와 유사하다. 그리고 명나라 장황의『도서편(圖書編)』127권(1562)과 왕기의『삼재도회(三才圖會)』80권(1607) 등 도보(圖譜)를 곁들인 유서는 특히 조선의 저술 관습에 영향을 주었다. 서유구의『임원경제지(林園經濟志)』가 삽도를 사용한 것은 그 대표적 예이다. 청나라의『연감유함(淵鑑類函)』150권(1701),『패문운부(佩文韻府)』444권(1711),『병자유편(騈字類編)』240권(1726) 등 자서(字書)와 운서(韻書)의 형식을 따른 유서들도 시문 제작에 종사해야 하였던 문인-지식인 들의 관심을 끌었을 것이다. 중국의 유서뿐만 아니라 일본의『화한삼재도회(和漢三才圖繪)』도 고실(故實)의 확인에 이용되었다. 이덕무의『청장관전서』와 서유구의『임원경제지』에는『화한삼재도회』가 인용되어 있다.

하지만 조선 후기의 학자들이 유서를 편찬하게 된 것은 기본적 학문방법으로 초록(抄錄)을 일상화한데다가, 한 걸음 더 나아가 초록한 정보들을 체계화하여 유서로 엮거나 변증을 가하여 잡고(雜考)를 만드는 일에 적극적으로 바뀌었기 때문이다. 유형원(1622~1673) 이후로 지식인들은 인간과 역사(현실)을 종합적으로 이해하기 위해, 개별적 사물들을 관찰하고 경험사실을 분석하는 '탐구의 학'을 발전시켰다.

곧, 유형원 이후로 지식인들은 인간과 역사(현실)를 종합적으로 이해하기 위해 문헌정보와 경험사실을 분류법을 활용해서 체계화하였다. 이익의『성호사설』에서부터 이규경의『오주연문장전산고』에 이르기까지 많은 학자가 천문·역법·역사·지리·문학·음운·종교·풍속·언어·고사 등 갖가지 영역의 사실을 기록하고 변증하였다.[117] 이들은 개별적 사물들에 모두 지리(至理)가 담겨 있다고 보는 성리학자의 관점을 발전시키면서 관념성을 배격하고 경험사실을 관찰하고 분석하는 '탐구의 학'을 발전시켰다.

단, 유서 가운데는 통서(通書)의 영향으로 잡박한 내용도 있다. 이를테면 박흥생의 『촬요신서』에는 원나라 때 유행하여 당시 일상생활에서도 활용되었던 통서의 내용을 정리한 듯한 내용이 있다. 중국의 대중사회에서는 어떤 일이든 길흉을 점쳐서 길일을 택하여 행동해 왔는데, 그 지표가 되는 것이 통서이다. 이것은 일종의 역서(曆書)이면서 일상의 상식을 모두 포함하였다. 아마도 원나라 때 유행한 통서(通書)의 전통이 조선 초까지 이어졌던 것이 아닌가 한다. 뒤에 홍만선도 『산림경제(山林經濟)』에서 택길의 점법을 대대적으로 소개하였다. 『산림경제』의 「잡방」에 '노비에게 도망할 마음이 없게 하는 법[使奴婢無逃心方]'이 있다. 이는 『지봉유설』에 인용된 장화의 『물류상감지』를 재인용한 것이다. '도망간 노비가 저절로 돌아오게 하는 법[使逃奴婢自還方]'도 『지봉유설』을 무비판적으로 재인용하였다. '피란할 때 아이의 울음을 그치게 하는 법[避亂止小兒哭方]'은 『동의보감』을 인용하여, '솜으로 입에 찰 정도의 조그만 뭉치를 만들되 숨이 막히지 않도록 하여 감초 달인 물이나 꿀물에 적시어 임시 아이의 입안에 넣어 동여매 주는 방법'을 제안하였다.

통서가 조선 후기 민간의 삶과 지식세계에 끼친 영향에 대해서는 앞으로 고찰할 예정이다.

또한 조선 후기의 많은 잡저류 저술은 필기(筆記)와 유서(類書)의 경계에 있

---

117 심경호, 「박지원과 이덕무의 희문(戲文) 교환에 대하여 — 박지원의 『산해경』 동황경(東荒經) 보경(補經)과 이덕무의 주(注)에 나타난 지식론의 문제와 훈고학의 해학적 전용 방식, 그리고 척독 교환의 인간학적 의의」, 『한국한문학연구』 제31집, 한국한문학회, 2003.6, 89~112면.

다. 이것들은 기존의 범주를 활용하지 않고 경험지식을 최대한 흡수하려는 과정에서 이루어진 것들이라고 평가할 수 있을 것이다.

또한 조선 후기 지식인들은 자신의 저술을 총서(叢書)의 형태로 엮기도 하였다. 허목(許穆)은 스스로의 시문 저술을 모아 『기언(記言)』을 편찬하면서 유서의 체제를 취하기까지 하였다.[118] 그리고 18~19세기의 일부 지식인들은 민족문화의 사실들을 체계적으로 정리하여 총서를 편찬하려는 기획을 세우고 실행하였다. 또한 정사(正史) 자료보다는 야사(野史) 자료들을 적극적으로 활용하여 역사무대에서 활동한 다양한 인물들에 관한 자료들을 분류하여 편찬하고, 사화나 당쟁 등 정치사건의 자료들을 정리하기도 하였다. 홍경모가 『대동장고(大東掌故)』의 '보편'을 기초로 새로운 종합 인물지를 편찬하려고 한 것은 후자의 대표적 예이다.

조선 후기에는 이와 같이 지식정보와 사물을 분류하려는 경향이 크게 일어났다. 그 분류는 선험적 전제와 경험적 검증의 두 축 사이에서 진동하였다. 여기서는 조선 후기의 물명류와 유서의 주요한 성과에 대해 그 특징을 개괄하였는데, 그 분류의 방식은 물명류와 유서의 세계에서 완결된 것이 아니었다. 인물록과 총서와 같이 각각의 특색 있는 자료들을 휘집(彙集)하는 방식에 나타난 분류의 방식에 대해서도 함께 고려할 필요가 있다.

---

118 허목(許穆), 『미수기언(眉叟記言)』「범례(凡例)」제1조항.

17~19세기 동아시아 공간에서 지식·정보의 생성과 유통 방식

진재교

1. 17~19세기에서 동아시아라는 공간

17~19세기 동아시아 공간에서 지식·정보는 어떻게 생성되고 유통되는 가?[1] 이 문제는 일국을 넘어서는 사안이다. 17세기 이후 조선조 역시 타자와 의 관계 속에서 지식·정보를 생성하고 유통하였다.[2] 그런데 17~19세기 새

---

1 여기서 지식과 정보의 개념은 엄밀하게 말하면 차이가 난다. 정보는 수동적으로 입력이 되거 나 견문한 것이 단순 기록되는 데 반해, 지식은 능동적인 정신 작용을 거쳐 형성된다는 점에서 차이가 난다. 하지만 여기서 지식은 견문하거나 서적을 통해 획득한 것을 체계화한 의미로, 정 보는 체계화되지 않은 견문한 내용을 의미하는 개념으로 사용한다. 지식과 정보는 당대 지식 인이 사유하는 내용이기도 하고, 지식인의 사유 틀이기도 하다는 점에서 중요한 사회적 의 미를 지닌다.

2 이는 일국사(一國史) 중심의 연구를 반성하고 '동아시아체제'라는 보다 거시적인 시각에서 동 아시아를 구성하는 국가들의 역사적 변동 양상과 소통의 문제를 상호 연결시켜 보자는 연구 방법의 일환이다.

로운 지식·정보의 교섭 창구(窓口)는 사행(使行)이다. 청조의 등장과 함께 동아시아는 조공체제가 작동하였고, 에도막부 역시 조선조와 외교관계를 수립하였다. 조선조는 연행사를 정기적으로 보내는 한편, 에도막부에 부정기적으로 통신사를 파견하였다. 이 시기 사행은 동아시아 공간에서 신지식 탄생의 토대 역할을 한 바 있다. 동아시아 지식인은 사행을 계기로 새로운 지식·정보를 체험하는 한편, 사행에서 구입한 서적을 통해 새로운 지식·정보를 얻거나 가공의 방식으로 생성하여 유통시켰다. 이 점에서 연행과 통신사행은 동아시아 각국 지식인들이 교류하는 가교 역할은 물론, 청조와 에도막부 지식인들의 지식·정보를 소통시키는 매개 역할도 하였다. 더욱이 사행에 참여한 조선조 지식인은 이국에서 견문한 지식·정보를 사행록(使行錄)에 담았던바, 이 점에서 사행록은 지식의 보고였다.[3] 간혹 표류를 통해 이(異)문화와 접속한 사례나, 그것을 기록한 경우도 있지만, 이는 예외적이다.

　사행과정에서 획득한 새로운 지식·정보는 주로 필담을 통해 이루어졌다. 사행 체험과 이국 지식인과 주고받은 기록은 새로운 지식·정보를 담고 있어, 조선 후기 학예계(學藝界)에 신선한 충격은 물론 문화 변동에 기여한 바 있다. 이를 고려하면 연행의 길과 대마도에서 에도에 이르는 통신사행의 길은 지식·정보 견문과 수입을 위한 중요한 공간일 뿐만 아니라, 서구 문화를 간접 견문할 수 있는 창구 역할을 한 셈이다. 그런데 17~19세기에 안경은 지

---

3 '연행시(燕行詩)'의 경우 연행(燕行)에 참여한 대부분의 학인들이 남겼다. 특히 '연행록(燕行錄)'의 경우, 성균관대학교의 대동문화연구원에서 1960년과 1962년에 『연행록선집(燕行錄選集)』(2책)을 영인·간행하여 학계에 처음 제공하여 '연행록' 연구의 기초자료를 제공하였다. 그리고 임기중 교수가 '연행록' 380종을 100권으로 『연행록전집(燕行錄全集)』(동국대 출판부, 2001)을 간행하였다. 하지만 이 책은 서지사항과 소장처는 물론 기초적인 사항 등에서 적지 않은 오류를 드러내었다. 그리고 성균관대 대동문화연구원에서 2008년에 『연행록선집보유』 3책을 간행하였다. 이 책에는 기왕에 빠진 부분 20여 종의 연행록을 수록하였다. 여기에는 『조천록』을 포함하고 있다. 이에 반해 통신사의 기록은 산발적으로 알려졌을 뿐, 연행록과 같이 자료집으로 묶여 간행되지 않았고 개별적 연구만이 진행되고 있을 뿐이다.

식·정보의 확산에 결정적 역할을 하였거니와, 안경의 국내 유입 역시 사행 공간을 통해 이루어졌다. 또한 사행에 참여한 중간 계층은 국가의 임무를 수행하는 과정에서 타자의 문물과 다양한 지식·정보를 견문하고, 이를 국내에 생생하게 전함으로써 신지식의 생성과 유통에 간여하였다. 여기서 지식·정보와 관련하여 중간계층의 역할은 특히 주목할 만하다.

2. 지식·정보의 소통 메커니즘과 사행(使行) 시스템

지식·정보의 유통은 정기적인 사행과 관련이 깊다. 연행은 일 년에도 서너 차례일 정도로 제도적이었다. 통신사행 역시 부정기적이기는 하나 조선 후기에만 12차례나 있었다. 비록 통신사행은 연행사행과 달리 긴 시차 속에서 느슨한 형태지만, 제도화된 측면도 없지 않았다. 이 점에서 조선 후기 사행은 시스템으로 작동한 것이라 해도 무리는 아니다. 이러한 사행 시스템은 인적 네트워크의 구축에 결정적 역할을 하며, 중간계층은 인적 네트워크를 구축하는 데 기여하였다. 무엇보다 사대부 지식인들은 이들 중간계층을 활용하여 이국(異國)의 학자들과 인적 교류와 서적 구입은 물론 일국 너머의 지식·정보를 획득하였다. 이 점에서 사행은 이(異)문물과 인적이 교통하고 지식·정보가 소통하는 장이었다.

당시 이국과의 인적 네트워크를 주도한 중간계층은 국내에서 교유하던 인사들과 관계망을 가지는가 하면, 가문이나 사제간에도 관계망을 형성하였다. 예컨대 청조 인사들과의 인적 네트워크는 홍대용(洪大容, 1731~1783)과

'연암(燕巖)그룹'으로 일컬어지는 박제가(朴齊家, 1750~1805) · 이덕무(李德懋, 1741~1793) · 유득공(柳得恭, 1749~1807) · 이희경(李喜經, 1745~?) 등을 주목할 수 있으며, 사제간의 경우 김정희(金正喜, 1786~1856)와 역관(譯官) 이상적(李尙迪, 1804~1865) 등을 들 수 있다. 이 외에 19세기에는 풍양 조씨의 후원을 받은 조수삼(趙秀三, 1762~1849)이 있고, 사대부 문인과 교유한 박사호(朴思浩, 1784~1854) 등도 국내 인사들과 관계망을 형성하였다. 대체로 이들은 여러 차례 연행을 통해 자신이 견문한 지식 · 정보를 자신의 관계망 내에 있는 인사들과 공유하였다.

한편 18세기에 중간계층과 교유한 청조 인사로는 기윤(紀昀, 1724~1805) · 이조원(李調元, 1734~1803) · 반정균(潘庭筠) 등을 거론할 수 있으며, 19세기에는 옹방강(翁方綱, 1733~1818) · 옹수곤(翁樹崑) 부자를 비롯하여, 섭지선(葉志詵, 1779~1863) · 완원(阮元, 1764~1849) 등을 들 수 있다. 특히 박제가 · 이덕무 · 유득공 · 이희경 등은 홍대용이나 박지원을 좌장으로 동인 그룹을 형성하고 있었다. 여기에는 박지원과 교유한 유언호(兪彥鎬, 1730~1796), 정철조(鄭喆祚, 1730~1781), 이서구(李書九, 1754~1825)를 비롯하여, 오재순(吳載純, 1727~1792), 심념조(沈念祖, 1734~1783) 등이 있는데, 이들은 직간접으로 서로 관계망을 형성하였다. 이들 그룹에는, 유금(柳琴, 1741~1788), 백동수(白東脩, 1743~1816)와 같은 중간계층도 있었다. 이들은 서로 이러한 인적 관계망을 활용하여 청조 문화의 동향과 그곳의 지식 · 정보를 획득하였다. 더욱이 박제가와 같은 중간계층의 일부는 연경 유리창(流璃廠)의 책방 주인들까지 관계를 맺어, 서적의 구입과 국내 유통에 간여한 바 있다. 역관 이상적이 제주도로 유배를 간 스승 김정희에게 청의 최신 서적과 견문지식을 지속적으로 제공하고, 청조 학예계의 동향과 흐름을 시차 없이 전해 준 것도 역관이었기에 가능하였다. 당시 박제가나 이희경, 이상적 등이 당대의 서울 학예계에 적지 않은 영향을 준 것은 수차례 연행을 다녀온 경험과 견문지식 덕이었다.

한편 중간계층은 에도막부와의 인적 교류와 지식·정보의 획득에 큰 역할을 한다. 통신사행에 참여한 원중거(元重擧, 1719~1790)와 성대중(成大中, 1732~1809)을 비롯하여 이언진(李彦瑱, 1740~1766) 등을 들 수 있다.[4] 이들은 서기와 역관의 신분으로 통신사행에서 지식·정보의 실질적인 주역을 자임하였다. 당시 1682년 임술사행(壬戌使行)의 제술관(製述官)으로 참여한 성완(成琬, 1639~1710)을 비롯하여, 1719년 기해사행(己亥使行)의 서기(書記)로 참여한 성몽량(成夢良, 1673~1735)과 1763년 계미사행(癸未使行)의 서기로 참여한 성대중 등은 창녕 성씨 가문의 일원으로 일본 지식인과의 인적 네트워크를 형성하고 있었다. 성대중이 "일본으로 사신 가는 것은 우리 집안 대대로 내려오는 직책인데, 부친께서 연로하셔서 내가 처음으로 가게 되었다"[5]라 한 언급은 이를 말한다. 특정 가문이 세직(世職)으로 사행에 참여하여 기왕에 구축한 인적 네트워크로 교류와 지식·정보 습득의 가교 역할을 한 것은 흥미로운 사실이다. 1748년과 1811년의 통신사행에 참여한 이봉환(李鳳煥, 1710~1770)과 이명오(李明五, 1750~1836) 부자도 같은 맥락으로 이해할 수 있다.

4　이언진은 역관으로 1763년 통신사의 일원으로 참여한 바 있다. 그는 명대의 문인 왕세정(王世貞)을 중심에 두고 일본의 일급 문사들과 수차례 학술 토론을 통해 지적 능력을 마음껏 발산하였다. 특히 이언진은 사행공간에서 조선조 지식인의 중요한 지적 발신자가 되어 그곳에서 시를 창작하여 호평을 받았다. 이러한 지적 교류를 통해 일본 문사들은 이언진의 학술과 시적 재능을 높이 평가했다. 현재 일본에 남아있는 필담 자료 중 이언진과 일본 문사들이 주고받은 필담을 기록한 것으로는 모두 6종이 남아 있다. 龜井南冥의『泱泱餘響』과 奧田尙齋의『兩好餘話』, 宮瀨龍門의『東槎餘談』와 今井松庵의『松庵筆談』, 內山栗齋의『栗齋探勝草』附錄과 南川金溪의『金溪雜話』등이 그것이다. 여기에 대해서는 여기에 대해서는 高橋博巳,「李彦瑱の橫顔」,『金城學院大學論集, 人文科學編』제2권 2호, 2006.3; 정민,「이언진과 일본문사의 왕세정 관련 필담」,『동아시아 문화연구』49권, 한양대 동아시아문화연구소, 2011, 7~44면 참조.

5　성대중(成大中),『일본록(日本錄)』계미(癸未) 8월 초3일.｡"東槎固吾世職, 親老而行於我始矣." 성대중의 언급으로 보아, 통신사행에 참여하는 것은 창녕 성씨가의 세직(世職)임을 확인할 수 있다. 당시 성완과 성몽량을 이어 성대중의 부친인 성효기가 사행에 참여할 차례였으나, 63세의 고령으로 참여할 수 없었다. 이 때문에 성대중이 연로한 부친을 대신하여 사행에 참여하게 된 사정을 엿볼 수 있다.

그런데 통신사행에 참여한 제술관과 서기는 대체로 사문사(四文士)로 주목을 받았고, 에도막부 문사들과의 교류를 통하여 문화사절단의 역할을 충실히 수행하였다. 이들은 이국에서 산생한 문예는 에도막부 문사들의 비상한 관심을 받았을 뿐만 아니라, '화국(華國)'의 역할을 충실히 수행하였다. 통신사행이 참여한 역관도 사행에서 인적 관계망을 맺는 데 결정적 역할을 하는데, 이언진이 대표적 인물이다. 그는 에도막부의 지식인과 문학을 두고 수준 높은 토론을 하여 비상한 관심을 받은 바 있다. 특히 역관 가문은 개인적 차원을 넘어 지속적 관계망을 구축하는 데 결정적 역할을 한 바 있다. 김지남(金指南, 1654~1718)과 홍희남(洪喜南, 1595~?) 가문, 홍세태(洪世泰, 1653~1725)와 유후(柳逅, 1690~?)를 예로 들 수 있다. 김지남 가문은 김지남·김도남(金圖南)·김시남(金始南)-김경문(金經門)·김현문(金顯門)-김건서(金健瑞)로 이어지며, 홍희남 가문의 후예로는 홍여우(洪汝雨)-홍우재(洪禹載)-홍순명(洪舜明) 등이 있다. 비록 이들 역관 가문들은 부정기적으로 행해진 통신사행을 통하여 느슨한 형태의 인적 네트워크를 구축하지만, 지식인의 교류와 지식·정보의 획득과 유통에 다양한 방식으로 간여하였다.

이를테면 홍세태는 1682년에 역관으로 임술통신사행에 참여한 바 있다. 이후 그는 1711년의 신묘통신사행에 참가한 이현(李礥)을 위하여 에도막부의 학자 야학산(野鶴山)을 소개시켜 주었다.[6] 유후는 1764년의 계미통신사에 참여한 성대중과 원중거에게 자신이 관계를 맺은 에도막부의 인물과 이국의 지식·정보를 소상하게 일러 주었다. 원중거가 통신사로 갔을 때 유후가 이미 교유한 인물과 재회하는 장면은 인적네트워크의 실제를 보여주는 사례다. 요컨대 사행에 참여한 인사들은 이들이 구축한 인적 네트워크를 활용하

---

6 홍세태, 『유하집(柳下集)』 권9 「여일본야학산서(與日本野鶴山書)」 참조.

여 이국의 학자와 만나고 이국 문화를 익숙하게 접하였다.

17~19세기에 '중간계층(中間階層)'은 지속적으로 사행에 참여하며, 그곳의 학자들과 교류하며 인적 네트워크를 확대시켰고 이를 더욱 공고히 하는 데 기여하였다. 그 결과 '중간계층'은 이국 문화의 속내를 정확하게 파악하고, 인적 교류와 이국의 지식·정보를 쉽게 국내에 전달할 수 있었다. '중간계층'이 치부(致富)를 위하여 서적과 서화, 골동품의 매매에 개입하는 경우도 있지만, 스스로 새로운 지식·정보를 위하여 서적을 구입하고, 이를 서울의 학예계에 유통시키는 경우가 많았다.

당시 '중간계층'은 지식·정보와 관련하여 동아시아 조공체제 내에 제도화된 사행(使行)의 방식을 적극 활용하였다. 그들은 기왕에 국내외로 구축한 인적 네트워크를 통해 새로운 지식·정보의 탄생과 유통에 적극 개입하였다. 이때 중간계층은 이국 문화와 지식·정보의 전달자 혹은 발신자로도 기능한 바 있다. 일부는 자신들이 획득한 지식·정보를 가공하는 등 새로운 지식·정보의 유통과 확대를 주도하였다.[7]

통신사에 참여한 '중간계층'은 누구보다 문화사절단의 역할을 자임하였다. 이들은 일본 문사들과 수창하거나 필담을 나누고, 자국의 지식·정보를 이국의 문사에게 전하는가 하면, 그곳의 지식·정보를 획득하고 견문지식을

---

7 이는 유득공(柳得恭)의 예에서 확인할 수 있다. 유득공은 1801년 두 번째로 연행에서 기윤(紀昀)을 방문하여 연경 학예계의 당시 정보를 소상히 물었다. 그리고 자신의 시문을 보여 주면서 평을 구하는 한편 기윤으로부터 그의 고조(高祖)인 기곤(紀坤)의 저서인 『화왕각등고(花王閣謄藁)』한 권을 선물로 받았다. 이어서 유득공은 유구의 사신을 다녀 온 이정원(李鼎元)을 만나 청과 유구, 일본 등과의 외교 관계를 알아보고, 진전(陳鱣)을 만나 우리나라 학술의 상황을 토론하였다. 이정원은 『설문해자정의(說文解字正義)』30권을 저술한 훈고학(訓詁學)의 대가였다. 또한 진전의 소개로 『맹자해의(孟子解誼)』·『소이아교증(小爾雅校證)』의 저자인 전동원(錢東垣)을 만난다. 이때 전동원은 『사고전서(四庫全書)』의 교감을 위해 유득공의 저작을 요구하자 유득공은 『발해고』의 의례(義例)를 적어 주었다. 요컨대 유득공은 다양한 관계망을 통해 꼬리에 꼬리를 무는 방식으로 새로운 지식과 정보를 확인하고 자신의 지적 결과물을 소통하였다.

체득하여 국내에 전한 바 있다. 통신사행이 가는 곳 마다 수많은 에도막부의 인사들이 몰려들었다.[8] 제술관과 서기는 일본 문사의 시문과 서화의 요구에 대응하는 과정에서 그곳의 학예와 문학과 학예의 흐름을 손쉽게 파악하였고, 이국의 지식·정보를 국내의 인적 관계망을 통해 유통시킬 수 있었다. 그런데 이때의 '중간계층'은 조선 후기 사회질서 속에서의 역할과 사뭇 달랐다. 국내에서 폐쇄적 신분질서로 인해 지식의 발신자로 대우받거나 지식의 주체로 인정받지 못한 것에 반해 이국에서는 지식의 주체로 발신하였다. 이러한 지식·정보와 관련한 '중간계층'의 의미 있는 역할과 인적 네트워크를 구축한 사실은 일국적 시각에서는 보지 못하던 것이다.[9]

그렇기는 하나 중간계층은 연행사와 통신사에서 지식과 정보와 관련하여 그 역할은 갈린다. 동아시아 지식정보의 중심지에 연행한 중간계층은 그곳에서 견문하고 체험한 지식·정보를 서울 학예계에 제공하는 메신저 역할을 하였다. 일부는 자신이 취득한 새로운 지식·정보로서 서울 학예계와 연경 학예계를 향하여 지식의 발신자 역할을 자임한 경우도 있다. 하지만 통신사에 참여한 '중간계층'은 연행에서의 역할과 사뭇 달랐다. 대체로 자국의 지식 정보를 에도 막부를 향해 전달하는 데 치중하였고, 이국에서 획득한 견문지식과 정보를 객관적 시각으로 국내에 유통시켜 학지(學知)의 발신자 역할을 한 경우는 적었다.[10] 이러한 양상은 통신사가 중단된 19세기 이후, 조선조가

---

8 한 예로 1763년 계미통신사(癸未通信使)의 일원으로 참여한 원중거의 말에 따르면, 일본 측 문사 천여 명을 만난 것으로 술회하고 있고, 남옥 역시 만난 이가 천여 명이라고 하고 있다. 조류(潮流)에 가까울 정도로 조선통신사에 관심을 가진 에도막부는 이들과의 수창(酬唱)을 원하는 마니아들이 곳곳에 존재하여 통신사행이 가는 길에 신분을 가리지 않고 교류하고자 할 정도였다.

9 특히 조선 후기 일부 중간계층이 이국을 향해 지식·정보의 가교 역할을 하고 더러 자신들이 획득한 새로운 지식·정보의 이국에서의 발신을 통해 자신의 존재방식을 찾으려는 한 사례도 있기 때문이다. 이러한 것은 일국적 시각으로 보면 정확한 의미를 잡아내지 못할 것이다.

10 이러한 사례를 쉽게 찾아볼 수 없지만, 존재한 것은 분명해 보인다. 이덕무는 『청비록』에서 통신사행에 참여한 사신이 구입한 일본 문사의 시집이 국내에 유통되는 사정을 자세하게 기술

에도막부와 관련한 지식·정보가 차단되고, 에도막부와 관련한 객관적인 어떠한 것도 획득하지 못하게 만든 중요한 요인으로 작동하였다.

3. 지식·정보의 축적·정리와 안경

　조선 후기 새로운 지식·정보의 축적은 사행 인사들이 견문한 것과 그들이 이국에서 획득한 서적을 통해 이루어졌다. 이국에서의 견문지식은 사행 인사들의 체험과 기억을 토대로 기록으로 남겨 지기도 하지만, 대부분의 경우 이국에서 수입된 서적을 통해 새로운 지식·정보로 유통되거나 축적되기도 한다. 조선 후기에 집중적으로 나타나는 필기류나 총서류를 비롯하여 유서(類書) 등은 모두 청조와 에도막부로부터 수입된 서적의 유통과 관련이 깊다. 이국으로부터 유입된 다양한 서적의 유통과 이를 읽고 남긴 기록은 총서나 백과전서식 필기류로 남겨졌다. 그런 점에서 조선 후기의 필기류는 사행에서 이국 체험과 이국에서 들어 온 다양한 지식·정보, 그리고 서적의 유통과 관련이 깊다. 대체로 조선 후기 필기류는 대체로 지식·정보의 축적과 분류의 과정을 거치는데, 지식의 축적은 주로 메모 형태로 이루어졌다. 그러다가 어느 시점에 이 메모 형태의 지식·정보가 정리 과정과 분류, 그리고 첨삭을 거쳐 새로운 형태의 필기로 탄생했다. 이유원(李裕元, 1814~1888)의 『임하필기(林下筆記)』를 보자.

하고 있다. 일본 문사인 다카노 란테이(高野蘭亭, 1704~1768)의 『난정집(蘭亭集)』이 국내로 유입한 저간의 사정에서 확인할 수 있다.

내가 숲 속에 지어 놓은 움막집에서 거처하고 있을 때의 일이다. 가을비는 추적추적 내리는데, 질병으로 시달리다 보니 계단 앞에 떨기로 돋은 대나무마저 쓸쓸하여 마치 수심어린 빗방울 소리를 듣는 듯하였다. 책상 위에 둔 두어 폭의 종이를 끌어다가 평소에 글을 읽고 차록(箚錄)해 놓았던 것 및 문헌의 자질구레한 것들을 붓 가는 대로 기록하여, 그것을 구실로 삼아 이를『임하필기』라 하였다. 대체로 경전(經傳)에 부연하여 설명해 놓은 것과 조정의 일사(逸史)와 사대부들이 담소하여 나눈 여담을 뽑아서 기록해 놓은 것도 있다. 구양자(歐陽子)가 이르기를 "글을 배울 때는 책을 한정하지 말라"고 하였으니, 기록해 놓을 만한 일은 훗날 고사(故事)가 된다. 이 필기에 대하여 어찌 대방가(大方家)의 푸대접을 받을까 혐의하겠는가? 대개 한가할 때 볼 수 있다면 그것으로 만족할 일이다.[11]

이유원은『임하필기』의 성격을 언급하면서, 평소 독서과정에서 획득한 지식・정보를 적어둔 것과 흥미 있는 자질구레한 내용을 붓 가는 대로 기록한 것이라 규정하고 있다. 여기서 "평소에 글을 읽고 차록(箚錄)해 놓았던 것과 문헌의 자질구레한 것들을 붓 가는 대로 기록한" 것은 차기(箚記) 방식의 정리를 말한다. 차기는 문헌을 읽다가 의문처에 자신의 견해를 간단하게 부기하는 것이다. 차기는 오늘날의 독서후기나 비망록과 흡사하다. 여기서 '차기'는 새로운 지식을 생성하는 방식이기도 하다. 차기 방식의 필기는 다른 기록방식에 비해 소재의 폭이 넓고 다양한 내용을 담는 경우가 많았다.[12] 이를 고려하면『임하필기』는 차기 방식의 기록으로 다양한 내용을 담고 있다. 이를테면 경전(經傳)에서 의문처를 부연 설명한 것, 조정의 일사(逸史), 사대부

---

11 한국고전번역원 고전번역종합DB 고전번역서,『국역임하필기』1「임하필기인(林下筆記引)」, 3면 참조.
12 차기체 방식의 글쓰기와 그 특징에 대해서는 진재교,「19세기 차기체(箚記體) 필기(筆記)의 글쓰기 양상-『지수염필(智水拈筆)』을 통해 본 지식의 생성과 유통」,『한국한문학연구』제36집, 한국한문학회, 2005, 363~416면 참조.

들이 담소하여 나눈 여담 등을 체계적으로 분류하고 있다. 더욱이 조선 후기의 새로운 지식·정보는 주로 『임하필기』와 같은 필기류 방식으로 정리되는 경우가 많았다. 이러한 필기류는 그 속성상 양식적 구속력이 덜하고, 잡록(雜識) 형식을 취하기 때문에 새로운 내용을 쉽게 담을 수 있는 장점을 가졌다. 당대 문인들 역시 이러한 필기류를 독서물로 인식하고, 빌려 읽거나 심지어 이를 베껴두는 경우도 심심치 않게 있었다. 이처럼 새로운 지식·정보를 담은 차기 방식의 필기는 당대 학예계에 적지 않게 유통되었다.

이는 박제가의 『북학의(北學議)』에서 확인할 수 있다. 『북학의』도 일종의 차기 방식의 필기류 저술이다. 박제가는 「응지진북학의소(應旨進北學議疏)」에서 『북학의』에 대해 "임금님의 은총를 입고 보니 얕은 식견의 사사로운 견해도 감히 숨길 수가 없었습니다. 삼가 제가 지은 논설(論說)과 차기(箚記)를 기록하여 27개 항목에 49개 조목을 마련하여 이를 『북학의』라 이름을 지었습니다. 숭고하고 지엄한 성상을 모독하는 일이오나 살펴 취하시기 바랍니다"라 규정한 바 있다. 국왕에게 바치기 때문에 겸양의 말을 하고 있지만, 스스로 『북학의』의 성격을 '차기(箚記)'로 파악하였다. 박제가가 『북학의』를 '차기'로 규정한 것은 자신의 현실 개혁의 이상과 학술적 역량을 드러내는데, 차기 방식의 서술이 유용하다고 생각했기 때문이다.

차기 방식의 필기는 백과전서의 총서류에서 주로 나타난다. 새로운 지식·정보를 많이 담고 있는 18·19세기의 총서류가 이러한 차기 방식을 활용하고 있는 것은 주목할 만하다. 19세기 고문의 대가인 김매순(金邁淳, 1776~1840)이 지은 『궐여산필(闕餘散筆)』(1839)의 한 대목을 보자.

내가 어른이 되어 서적에 종사하면서 듣고 보는 것에 이르러 의심스러워 잠시 제쳐 둔 것이 태반이었는데, 그 거칠게 추측하고 여러 말에서 설명해내고 여러 행위에서 견주어 본 것을 잔글씨로 적고 쌓아 둔 종이가 상자 속에 있었다. 계통이 없이 산잡하고 가끔 문드러지고 없어져서 고찰할 수 없었다. 그래서 내 아이와 이석장(李碩章)을 시켜 찾고 종류별로 모아 정서하여 6권으로 만들었다.[13]

김매순은 『궐여산필』의 성립 과정을 언급하고 있다. 그는 다양한 서적을 통해 지식·정보를 획득하였음을 밝혔다. 그가 다독한 서적은 이국으로부터 수입된 것이 대부분이었음은 물론이다. 김매순은 독서과정에서 획득한 의문처에 자신의 견해를 두서없이 기록해 두었다가, 만년에 계통과 체계를 잡고, 하나의 차기 방식의 저술로 탄생시켰던 것이다. 조선 후기의 대부분 필기류는 『궐여산필』처럼 독서 메모를 모아두었다가, 만년에 체계를 잡아 분류·정리하고 비평을 첨가하여 저술하는 경우가 많았다. 특히 이러한 총서류 필기는 저자 만년의 학술적 성취를 담고 있다. 대체로 『궐여산필』은 당대의 다양한 지식 정보를 근거로, 기왕에 축적된 지식·정보를 재가공하는 방식을 취하고 있다.

그런데 차기를 활용한 잡저와 총서류는 기존의 장르가 수용할 수 없는 다양한 형태의 단편적 지식·정보를 수없이 담아내는 데 유용하였다. 이 경우, 기왕의 지식체계와 분류 방식으로 해결하기 힘든 지식·정보를 새로운 방식으로 재배치하는 경우가 많았다. 기왕의 방식과 다른 지식체계와 재배치는 새로운 문화의 향유(享有)와 취향(趣向)의 창출에 기여한다.

무엇보다 이러한 필기류는 주로 사대부 지식인의 만년의 학적 성취인데, 이것은 안경의 보급과 깊은 관련성을 지닌다. 여기서 이 점을 특히 주목할 필요가 있다. 조선 후기 안경은 사대부 지식인들의 필수품으로, 지식인들에게

---

13 『대산집(臺山集)』권15 『궐여산필(闕餘散筆)』(『한국문집총간』 294). "余結髮從事書籍, 閒見所及, 疑闕太半. 其粗有推測, 形諸言而擬諸行者, 蠅書累紙, 在篋笥中. 散雜無統, 往往爛缺不可考. 使兒子與李生碩章, 檢而彙之, 繕寫爲六卷."

기왕의 방식과 다른 독서와 저술의 확산을 가져다주었다. 차기방식의 필기도 안경의 보급과 관련이 있다. 여기서 조선 후기 새로운 지식·정보와 관련하여 안경의 역할을 살펴보기로 한다.

조선 후기 안경의 보급은 독서환경에 획기적인 변화를 주었을 뿐만 아니라, 학술과 문예 전반에 큰 영향을 끼쳤다. 연암 박지원이 사대부를 "독서왈사 종정왈대부(讀書曰士, 從政曰大夫)"라 정의한 바 있듯, 사대부의 중요한 존재방식은 독서다. 당시 사대부는 독서인이자 저술가다. 자신이 읽은 책을 토대로 자신의 생각과 정서를 시문으로 포착하거나 저술하기 때문이다. 이 점에서 안경의 보급은 미시적 사실에 그치지 않고, 거시적으로 당대 문화 전반에 엄청난 영향을 주었거니와, 우선 안경은 사대부 지식인의 독서환경의 변화를 가져왔다. 안경은 노년의 시력 저하와 노안을 해결함으로써 사대부 지식인들이 만년에까지 독서가 가능하였다. 그 결과 새로운 지식의 축적이 가능해졌고, 만년의 학문적 성취를 저술로 정리하는 한편, 지식의 확산과 촉진에도 기여할 수 있었다.

서양으로부터 명을 거쳐 전래된 안경은 유리로 만든 제품이었다. 조선 후기 수정을 갈아 만든 애체(靉靆)와는 달랐다. 유리 안경은 제조과정이 간편하고, 애체보다 훨씬 선명하였다. 대개 안경의 유입은 임진왜란 전후인 것으로 알려져 있다. 이것이 널리 보급된 것은 17세기 이후인 것으로 보인다.[14] 당

---

14 고대본 『송천필담(松泉筆譚)』정(貞)을 보면 다음과 같은 기록이 있다. "天將沈唯敬倭將玄蘇, 皆老人, 用眼鏡, 能讀細字. 盖海蚌之類, 以其甲製之云. 我國曾未之見而非水精之比. 『方洲雜錄』: '靉靆如大錢, 色如雲母, 老人目力昏倦, 不辨細書, 以此掩目, 精神不散, 筆畫倍明, 出西域滿利國云." 임진왜란 과정에서 명과 일본 두 나라가 강화할 때, 명과 왜 두 장군이 안경을 끼고 회담을 한 내용과 수정으로 만든 애체와 유리로 만든 안경을 거론하고 있다. 안경이 우리나라에 들어온 시기는 불확실하다. 임진왜란 때 명(明)의 침유경(沈惟敬)과 왜승(倭僧) 현소(玄蘇)가 많은 나이에도 안경을 써서 글을 잘 읽었다고 한다. 또한 선조가 중신들에게 안경을 하사한 기록이 있는 것으로 미루어 임진왜란을 전후한 시기에 조선조로 유입한 것으로 보인다. 또한 안경을 '애체(靉靆)'라고도 하는데, 네덜란드 사람의 이름을 따서 그렇게 불렸다고 한다. 그런데 김득

시 안경의 전래는 서구에서 중국을 거쳐 다시 조선조에 들어 온 것으로 보인다. 이 시기 사대부 지식인은 유리로 만든 안경을 착용한 감격을 토로한 경우가 많았다. 먼저 성호(星湖) 이익(李瀷, 1681~1763)의 언급을 보자.

 내게 밝게 살피는 두 눈이 있었으니 / 하늘이 부여한 것이 실로 많았도다. / 원기가 쇠하여 어두워지자 / 하늘도 어찌할 수 없었는데 / 다시 이렇게 밝고 통쾌한 물건을 낳아 / 사람들로 하여금 이용케 하니 / 노인 눈이 아니요 젊은이의 눈이로다. / 털끝만큼 작은 것도 볼 수 있으니 / 누가 이러한 이치를 알아내었나? / 바로 구라파의 사람이도다. / 저 구라파의 사람이여 / 하늘을 대신하여 인을 행하였도다.[15]

 성호가 안경을 두고 적은 명(銘)이다. 사물을 두고 명을 짓는 경우가 있지만, 새로운 이기(利器)인 안경을 주목한 경우는 흥미롭다. 성호는 안경의 놀라운 기능에 감탄해마지 않고 있다. 노인이 안경을 끼면 젊은이의 눈이 되어, 털끝만한 작은 것도 볼 수 있을 정도라고 극찬하고 있다. 안경의 연원이 서구에 있다고 언급하면서도, 서구에서 전래된 이기를 이단시하지 않고 유학의 덕목인 인(仁)에다 빗대어 그 놀라운 효용을 특기하였다. 털끝만 한 것조차 볼 수 있게 만드는 안경. 안경은 노년기에 독서하기 어려운 상황을 해결해 주고, 만년에 학문적 성과를 정리하고, 저술하는 데 결정적 역할을 하였다. 이 점에서 안경은 사대부 지식인의 독서와 학문세계에 변화를 가져다주는 데 결정적 역할을 하였다. 안경의 출현으로 사대부 지식인은 만년에까지 독서함으로써, 예전에 비

신(金得臣)이 그린 〈팔기도(八技圖)〉에 안경을 쓴 사람이 등장하고, 인용한 이현일(李玄逸)의 사례에서 보듯이 17세기 사대부 사이에서 선물로 안경을 주는 것을 감안하면 안경이 널리 보급된 것은 17세기 이후로 보인다.

15 『성호전집』 제48권 「애체경명(靉靆鏡銘)」. "余有夫兩目之察, 天所賦者實多. 氣澌而昏, 天亦不能柰何, 又養此晶晶洞快之物, 俾人取以爲資, 非老伊少. 細可入於毫釐, 誰識此理? 有歐巴之人. 彼歐巴兮, 代天爲仁."

해 훨씬 다양한 지식의 축적과 깊이 있는 학문적 성과를 낼 수 있었다. 그야말로 안경의 등장은 예전에 상상조차 할 수 없던 지식·정보의 축적과 확산에 공헌한 혁명적 이기였다. 그래서 성호 이익은 자신이 직접 경험한 안경의 혜택을 명(銘)의 형태로 포착하였던 것이다.

사실 노인 눈을 젊은이의 눈으로 만든 것이 안경이라는 성호의 언급은 과장이 아니었다. 이현일(李玄逸, 1627~1704) 역시 노년에 이관징(李觀徵, 1618~1695)으로부터 안경을 선물 받고 와병(臥病) 중임에도 편지를 적어 감사인사를 한 것도 이 때문이다. 편지에서 그는 보내 준 안경 덕분에 마치 시각장애인이 새로운 시력을 찾은 것과 같다는 기쁨을 생생하게 표출하고 있다. 병이 나으면 반드시 찾아서 사례할 것을 약속하고 있는바,[16] 노안을 해결한 기쁜 감정을 절절이 드러내고 있다. 특별한 노력을 하지 않아도 침침하던 눈이 밝아지고, 책장의 글씨도 또렷하게 보일 때의 기쁨은 상상을 초월하는 것이었다.

안경은 시력이 나쁘거나 노안이 있는 독서인에게 새로운 눈을 제공하였다. 무엇보다 안경은 휴대가 간편하고 시간과 장소에 구애받지 않고 끼었다 벗었다 할 수 있어 매우 편리한 이기였다. 안경은 독서인의 필수품이기도 하지만, 예전에 미처 보지 못하던 사물을 관찰하거나 새로운 세계를 관찰할 수도 있게 만들었다.

이 점에서 조선 후기 안경은 독서환경을 변화시킨 결정적 계기를 주었다. 강세황(姜世晃, 1712~1791)의 언급에서 그대로 드러난다.

근래 책 읽는 사람이 소중히 여길 뿐 아니라 부녀자들이 바느질할 때라든가 직공들이 정교한 것을 만들 때에 50이 못된 사람들이 모두 벌써 사용한다. 그러나

---

16 『갈암집(葛庵集)』 권8 「답리삼재관징(答李三宰觀徵)」, "送下眼鏡, 一掛昏眸, 頓還舊觀. 所謂賜之以旣盲之視, 何感如之."

품질이 좋고 나쁜 것을 감별할 수 있는 사람은 또한 적고, 좋은 것은 값도 적지 않아서 쉽사리 구할 수 없다. (…중략…) 혹은 크고 둥근 유리 조각을 가지고 약간 볼록한 모양으로 갈아 만들어서 책과 거리를 두고 볼 때 조금 눈에서 떨어져 보면 글자 크기가 두어 배로 보인다.[17]

안경은 18세기 독서인은 물론 다양한 계층의 인물들도 소중하게 여겼다. 다방면에 종사하는 인물들에게 안경의 존재는 가뭄에 단비 같은 격이었다. 안경의 품질이 다양한 것, 품질이 좋은 안경의 값이 비싸다고 언급한 것, 소수의 사람이 특별한 경우에 사용하지 않고 다양한 계층의 사람이 필요에 따라 착용하고 있는 사실을 적시한 것은 당시 안경의 보급 상황을 보여준다. 특히 사대부 지식인들은 안경을 끼고 예전에 볼 수 없던 책도 쉽게 읽을 수 있었다. 그들은 안경을 끼고 독서 시간을 연장하고 다독(多讀)하는 한편, 이를 토대로 지식의 축적과 함께 저술 작업도 하였다. 이는 안경이 없었다면 불가능하였을 것이다.

다산 정약용의 학적 성취도 안경과 밀접한 관련을 지닌다. 정약용(丁若鏞, 1762~1836)은 유배지 강진에서 두 아들에게 보낸 편지에서 "나는 가경(嘉慶) 임술년(1802) 봄부터 곧 저술 작업을 업으로 삼아 붓과 벼루만을 곁에다 두고 아침부터 저녁까지 쉬지 않았다. 그 결과로 왼쪽 어깨에 마비증세가 나타나 마침내 폐인의 지경에 이르고, 눈의 시력마저 아주 나빠져서 오직 안경에만 의지하게 되었는데, 이렇게 한 것은 무엇 때문이겠느냐?"[18]라 하여 안경과

---

17 『표암유고(豹菴遺稿)』권5 「안경(眼鏡)」. "近來則非但爲看書者之所寶, 婦女之針線者, 工匠之細巧者, 年未及五十, 皆已用之. 然能別品製之佳惡者亦鮮矣, 而佳品則價亦不貲, 未易得也. (…중략…) 或有以琉璃一大圓片, 磨作微隆之制, 隔書而看, 而少離於眼, 則字大或數倍云."
18 한국고전번역원 고전번역종합DB 고전번역서 국역 『다산시문집』제18권 「시이자가계(示二子家誡)」참조. 위의 글은 이 번역문을 근거로 윤문하였다.

자신의 학문적 저술이 밀접한 사실을 밝혔다. 자신이 유배지에서 건강을 돌보지 않고, 나쁜 시력에도 불구하고 저술 작업에 몰두 할 수 있었던 것은 안경 덕이라는 것이다. 다산 스스로 안경이 없었다면 다양한 서적의 독서는 물론 저술과 제자들의 교육도 불가능하였을 것이라고 토로한 바 있었다.[19] 이처럼 다산이 유배지에서 지식과 정보를 획득하고, 이를 자신의 저술에 녹여 독창적인 지식체계를 구축한 것과 친지와 제자들에게 자신의 학적 성취를 유통시키는 데 결정적 역할을 한 것이 안경임을 밝힌 것은 의미심장하다.

　조선 후기 안경은 많은 독서인을 탄생시켰다. 독서인은 안경 덕분에 더욱 많은 서적을 독서함으로써 서적의 구입과 유통은 물론 지식의 축적과 확산에도 역할을 할 수 있었다. 강세황의 언급처럼 안경은 독서계뿐만 아니라, 바느질하는 부녀자와 정교한 것을 만드는 직공들에까지도 영향을 끼쳤다. 요컨대 안경의 출현과 보급은 당대 독서와 지식을 둘러싸고 혁명적 변화를 가져왔을 뿐만 아니라, 당대 문화 전반에도 적지 않은 영향을 끼쳤던 것이다. 그런데 안경은 서적과 지식의 축적과 확산에도 간여하지만, 동아시아 사행을 통한 상호 교류와도 관련을 지닌다. 당시 중국산과 일본산 안경이 대거 유통되었기 때문이다. 한 사례다.

　　유리로 만든 안경은 명나라 때 서양으로부터 들어왔다. 당시 사람들은 안경을 기이한 보물로 여겨, 좋은 말 한 필 정도로 여겼다. 지금은 거의 천하에 두루 퍼져서 세 가구 사는 작은 마을 안에서 비속한 책을 끼고 있는 사람까지도 안경을 쓰지 않는 사람이 없다. 여름철에는 수정을 쓰는 것이 좋고, 겨울철에는 유리를 쓰

19　다산은 『다산시문집』 제20권 「답중씨(答仲氏)」를 보면, "이강회(李綱會)가 과거 공부를 그만 두고 돌아와 발분하여 경학(經學)과 예학(禮學) 분야에 몸을 바치고 있는데, 그를 가르치려다 보니 안경을 쓰지 않고는 임할 수 없게 되었습니다"라고 한 언급이 있는데, 자신의 저술은 물론 제자를 가르치는 데 안경이 필수적인 이기(利器)임을 밝히고 있다.

는 것이 좋다. 수정은 겨울철에 냉기가 눈을 괴롭혀서 쓸 수가 없다. 일본에서 만든 것도 종종 좋은 제품이 있다. 우리나라의 경주도 오수정(烏水晶)이 나오는데, 안경을 만들 만하다. 그러나 조탁하고 꾸며서 만드는 기술이 중국과 일본만큼 좋지는 못하다.[20]

서유구(徐有榘, 1764~1845)의 『금화경독기(金華畊讀記)』[21]에 나오는 한 대목이다. 안경의 전국적 보급과 함께 품질 좋은 안경은 사치품과 같을 정도의 가격으로 팔리고 있다는 상황을 적시하고 있다. 세 가구밖에 없는 외딴 마을에서도 안경을 끼고 비속한 책을 본다는 말로 안경의 전국적 보급과 함께 독서와 서적의 확대를 포착하였다. 서유구는 안경의 전래를 서양에서 명으로, 이후 명을 거쳐 다시 조선으로 전래된 것으로 인식하고 있다. 안경은 만드는 재질에 따라 착용할 계절도 다르다는 것과 동아시아 각국에서 생산되는 안경의 품질과 솜씨를 언급한 것은 국내외의 다양한 제품이 널리 유통되고 있음을 제시한 것이다. 위에서 언급한 중국과 일본산 안경의 유입은 사행과 관련이 있다.[22] 연행사(燕行使)들이 유리창에 가면 안경포를 찾고, 통신사(通信使)에 참여한 인사들은 에도막부로부터 안경을 선물로 받았음을 감안하면, 사행을 통해 외국산 안경이 국내로 유입되어 유통되었음을 추측할 수 있다. 이 점에서 사행은 외국산 안경의 유입과 품질 좋은 안경의 보급에 촉매제 역할

---

20 『금화경독기(金華畊讀記)』 권7. "靉靆古未有也, 皇明時, 來自西洋, 詫爲奇寶, 價直一匹良馬. 今殆遍天下, 三家村裏挾兎園冊子者, 無不掛靉靆也. 夏月宜用水晶造者, 寒月宜用玻璨造者, 水晶者, 寒月冷氣逼眼, 不可用也. 倭造者, 亦往往有佳品. 我國慶州, 亦出烏水晶, 可爲靉靆, 然琢磨粧造, 不如華倭之美也."

21 서유구의 『금화경독기』에 대해서는 조창록, 「풍석(楓石) 서유구(徐有榘) '금화경독기(金華畊讀記)'」 『한국실학연구』 제19권, 2010, 287~308면 참조.

22 『증정교린지』 제5권을 보면 1763년 계미통산사행에서 받은 품목 중에 '안경(眼鏡) 9면'이 나온다. 그리고 『연행록선집』의 『무오연행록』 제2권 무오년(1798년) 12월 22일조를 보면 사행에 참여한 일부 인사가 안경포(眼鏡鋪)와 서첩포(書帖鋪)를 방문했다는 기록이 나온다.

을 하였고, 실생활과 다양한 분야의 변화에도 일조한 것으로 보인다.

특히 안경은 회화의 발전에도 기여한 바 있다. 연암 박지원이 『열하일기(熱河日記)』에서 국내의 화보(畵譜)를 언급한 대목의 일부를 보자.

〈춘산등림도(春山登臨圖)〉 : 겸재(謙齋) 정선(鄭歚)의 자는 원백(元伯)이고 강희·건륭 연간의 사람이다. 나이 80여 세인데도 몇 겹 돋보기를 쓰고 촛불 아래에서 작은 그림을 그려도 털끝만큼도 틀리지 않는다.[23]

연암 박지원은 겸재(謙齋) 정선(鄭歚, 1676~1759)이 진경산수(眞景山水)로 중국에까지 그 명성을 떨친 사실을 먼저 주목하였다. 연암이 『열하일기』에서 국내의 그림을 거론한 것은 청조에서 견문한 타자의 회화를 상정하고 대비적으로 제시한 것으로 보이지만, 여기서 주목할 점은 겸재가 80여 세가 되도록 활동한 것이다. 정선이 화가로서의 명성과 80이 넘도록 세밀한 붓놀림으로 독창적 세계를 구축할 수 있었던 것은 안경 덕분이었다. 몇 겹의 돋보기를 끼고 노필을 움직이는 그 광경을 상상하고 겸재의 원숙한 경지를 주목한 연암의 시선은 이를 말해준다. 연암은 정교한 필치를 화폭에 구사하여 만년의 예술적 성취를 이루었던 겸재의 솜씨와 함께 안경을 주목한 것이다. 실제 겸재가 오랫동안 진경산수에 전념할 수 있었던 것도 안경과 무관하지 않다.

이처럼 조선 후기 안경의 출현은 당시 학술과 문예계를 강타하였다. 새로운 견문지식의 기록과 독서, 그리고 새로운 지식의 축적과 유통에 끼친 안경의 역할은 남달랐다. 개인의 경우 독서 시기의 연장과 독서 시간의 단축, 다독을 가능하게 하는 등, 독서의 혁신을 가져왔고, 학예계에서는 창작 활동의

---

23 박지원, 김혈조 역, 「관내정사」, 『열하일기』 1, 돌베개, 2009, 356면 '열상화보(洌上畵譜)' 참조.

연장과 같은 변화를 가져다주었다. 지식·정보와 관련하여 안경의 존재는 특별하거니와, 안경은 문화적 충격과 함께 사회사적 의미를 내장하고 있는 것이다. 이를 감안하면 안경이 지식·정보의 축적과 새로운 지식·정보의 생성과 확산의 계기를 준 점은 아무리 강조해도 지나치지 않는다. 이 역시 동아시아 사행 공간의 교류가 가져다 준 사건임을 기억할 필요가 있다.

4. 사행(使行)에서의 지식·정보와 중간계층

17세기 이후 동아시아 삼국 사이에 지식·정보의 유통은 일종의 메커니즘을 가지고 있었다. 중간계층(中間階層)은 그 메커니즘의 중요한 역할을 담당하였다.[24] 여기서 중간계층이란 역관(譯官)과 사행(使行)의 일원에 속한 서리(胥吏)나 서얼(庶孼), 제술관(製述官)과 서기(書記) 등을 포함한다. 조선조와 청조, 조선조와 에도막부(江戶幕府)의 교류에 이들 중간계층이 인적 네트워크를 형성하고, 일부는 새로운 지식·정보의 획득과 유통에 결정적 역할을 한 바 있다. 연행은 일 년에 평균 세 차례 남짓 이루어졌다. 특히 연행과정에서 역관이 청조 인사들에게 줄 서신과 선물의 전달, 그리고 국내에 없는 서적 구입과 같이 사적인 부탁을 받는 경우가 많았다. 역관은 이러한 청탁에 응하는가 하면, 서적과 서화의 구입과정에서 이익을 취하는 경우도 있었다. 하지만, 일부는 자신이 구입한 물품과 서적을 서울의 학예계에 유통시키는 역할도

---

24 지식·정보의 생성과 유통에 중간계층이 기여한 것에 대해서는 진재교, 「18~19세기 초 지식·정보의 유통 메커니즘과 중간계층」, 『대동문화연구』 68권, 2009, 81~113면 참조.

마다하지 않았다.[25] 당시 서울의 학예계가 관심을 보인 것은 서적이었고, 역관들은 새로운 서적을 국내로 들여와 그들의 요구에 부응하였다. 이 점에서 중간계층이 새로운 서적의 유입과 유통은 밀접한 관련을 지닌다. 서유구는 『금화경독기(金華耕讀記)』에서 연행과정에서 서적의 구입 과정을 적고 있다.[26] 이를테면 청에서 중국본 서적이 국내로 유입되는 과정과 서적을 둘러싸고 발생하는 다양한 모습, 서적 구입과정에서 역관의 역할을 자세하게 포착하였다. 역관이 서적 구입에 결정적 역할을 한다는 것은 주지의 사실이다. 실제 역관은 사행과정에서 공적인 외교문제를 처리하는 것을 우선시하지만, 경비를 충당하고 개인적 청탁을 해결하기 위해 무역을 중시할 수밖에 없었다. 역관을 상역(商譯)이라 호칭한 것도 역관의 중요한 역할이 무역에 있음을 의미한다.

실제 18~19세기 연행과정에서 청의 서반(序班)과 사행에 참여한 역관을 통해 서적 매매가 이루어졌다. 역관은 서적 매매에 깊이 간여하였고, 심지어 청조의 서반과 결탁하여 서적 중개로 이득을 챙기기도 하였다. 삼사(三使)를 비롯한 사대부 지식인들은 서적을 구입하거나, 친지로부터 부탁받은 서적을 구하기 위해 역관을 활용하지 않으면 불가능하였다. 더욱이 역관은 구하기 힘든 서적이나 물품의 획득은 물론 청조 인사들과의 교류에 반드시 필요한

---

25 지식 · 정보의 전달과 생성 및 유통과정에서의 역관의 역할에 대해서는 진재교, 「18 · 19세기 동아시아와 지식 · 정보의 메신저, 역관」, 『한국한문학연구』 제47집, 2011, 105~137면 참조.

26 『금화경독기』 권5 「저서(儲書)」. "東人之購求華本, 只有燕柵一路, 不得不寄其權衡于象譯, 而象譯之所從而求訪, 又不越乎坊肆與筆帖式耳. 海內通行之本, 固可郵車而載, 至於蜀刻浙刻, 稀種秘袠, 何從而得之? 況留館有限, 耳目未周, 或重直購來, 原已挿架, 或列目該謠, 還言無有, 遂令意興索然, 願欲沮敗, 而儲書一事, 往往有不承權興者矣. 我東商譯之販貨燕市者, 無不與彼中富商大賈, 各相証契, 號俗主顧, 凡販買貨物, 一切付之主顧, 或先與之直而後, 來賣平, 或預齎貨物而後, 行償報. 多方相濟, 委曲相通, 有所不求, 求之必得. 余謂購書, 亦宜倣此. 每回貢報之行, 郵筒將幣, 託契於彼中文士饒鑒藻者, 預致訪書目錄, 或轉求於三吳七閩等地. 或待者, 試之年, 求之於擧子, 囊索所挾, 或因駔儈壟斷之類, 釣得縉紳故家舊藏. 磨以歲月, 陸續寄來, 今歲未得, 則更求於明歲, 今行未寄, 則更托於後行. 勿小得而意滿, 勿始勤而終惰."

존재였으므로 사대부 지식인들은 역관의 사적 이득을 묵인하기 일쑤였다. 앞서 서유구가 연행에서 서적의 구입은 오직 역관의 손에 달려 있기 때문에, 그들을 활용할 수밖에 없다고 적시한 것은 과장이 아니었다. 이와 함께 역관은 청에서 견문한 지식과 정보를 다양한 방식으로 국내에 전달하는 역할도 마다하지 않았다. 역관 중 일부는 남다른 식견과 안목으로 새로 간행된 서적을 국내에 소개하는 경우도 많았다. 이러한 역관의 역할이 일국 너머 지식·정보의 유통과 연결된다는 사실은 주목할 만하다. 이것은 동아시아 공간에서 타자와의 교류 양상을 보여주는 간접 사례이기 때문이다.[27]

그런데 역관은 서적을 구입하여 새로운 지식·정보를 획득하거나, 외국에서 직접 보고 들은 새로운 지식·정보를 서울 학예계의 사대부 문인들에게 중개한 경우가 적지 않았다. 이 점에서 역관은 지식·정보의 충실한 메신저 역할도 하였다. 그 사례다.

① 동어(桐漁) 이공(李公)은 평일에 손에서 놓지 않고 항상 보는 책이 곧 패설이었는데, 어느 종류인지를 따지지 않고 신본(新本)을 즐겨 보았다. 그 당시 역원(譯院)의 도제조를 겸하고 있었는데, 연경에 가는 상역(象譯)들이 앞 다투어 서로 사다가 그에게 바쳐 수천 권이나 쌓였다.[28]

② 역관 황하성(黃夏成)이 의서(醫書)인 『적수현주(赤水玄珠)』 1질 51책을 사사롭게 사서 내의원에 바쳤는데, 내의원에서 일을 계문(啓聞)하니, 사역원으로 하여금 원하는 대로 시상(施賞)하게 하였다.[29]

---

27 조선조 역관을 비롯한 중간계층이 지식과 관련한 어떠한 역할을 하고 어떠한 인적 관계망 속에서 일국을 벗어나 지식 정보를 유통하였는가에 대한 고찰은 진재교, 앞의 글, 2009, 105~137면 참조.
28 한국고전번역원 고전번역종합DB 고전번역서 『국역임하필기』 제27권 「춘명일사(春明逸史)」 참조.

③ 예수는 일명 두사(陡斯, Deus)라고도 하니, 이는 천지만물을 창조하여 처음과 끝이 없을 때를 말한다. 한(漢)나라 애제(哀帝) 원수(元壽) 2년 경신년(BC 1년)에 유대국의 동정녀(童貞女) 마리아의 몸에서 태어나 예수라고 일컬어졌는데, 33년을 살고 죽었다. 죽은 지 3일 만에 부활하고, 부활한 지 3일 만에 다시 승천하였다. 그가 죽은 것은 사람임을 밝힌 것이고, 다시 살아나 승천한 것은 하늘의 뜻임을 밝힌 것이다. 두사를 7일 만에 제사지내고 태어나고 승천한 날과 시각은 『천학실의(天學實義)』 같은 책에 실려 세상에 전한다.[30]

①은 동어(桐漁) 이상황(李相璜, 1763~1841)이 사역원 제조로 있을 때 중국의 소설류가 국내로 유입되는 상황을 포착한 것이다. 연행을 다녀온 역관들이 소설을 탐닉하는 사역원 제조를 위하여 중국의 패설류를 산더미처럼 구해주었다는 내용이다. 이상황은 소설 문체를 좋아하여 김조순(金祖淳)과 함께 정조의 문체반정의 대상으로 거론되었던 바로 그 인물이다.[31]

역관들이 사역원 제조의 취향을 알고 비밀리에 소설류를 갖다 바친 것은, 이상황의 소설탐닉에 불을 지른 격이었다. 역관들의 소설류 상납은 상관의 소설 취향을 사전에 알고 이를 구해 유통시킨 셈이다. 뇌물에 가까운 소설류의 상납과 유통은 이상황의 문학세계와 문학 인식에도 영향을 주었을 법 하다.

---

29 『경종실록』 경종 2년(임인년, 1722, 강희 61) 10월11일 계해. 한국고전번역원 고전번역종합 DB 조선왕조실록 참조.

30 김순협, 『연행일록(燕行日錄)』 1729년 11월 26일 기사, 임기중 편, 『연행록전집』 38권, 426~427면. "耶蘇之一名曰陡斯, 斯造天地萬物, 無終始形際之言. 漢哀帝二年庚申, 誕自如亞國童女瑪利亞, 而以耶蘇稱. 居世三十三年死, 死三日生, 生三日昇去, 其死者明人也, 復生而昇者明天也. 祭陡斯以七日及降生昇天等日刻, 有『天學實義』等書行于世."

31 이 두 사람은 1787년 예문관에서 숙직하면서 당송(唐宋)의 각종 소설과 『평산냉연(平山冷燕)』 등, 청나라 소설을 보다가 국왕인 정조로부터 심한 질책을 받은 바 있었다. 정조는 이들에게 반성문을 요구했고, 이상황은 「힐패(詰稗)」란 연작시를 써서 명말청초 문인들과 소품문과 소설 등을 비난하는 논지로 반성문을 지어 바쳤다.

②는 역관 황하성이 개인적으로 거질의 의서『적수현주』51책[32]을 구입한 뒤, 내의원에 바친 사실을 포착하고 있다. 역관 신분으로 거금을 들여 거질의 의학서를 구입하여 내의원에 바친 것도 그렇지만, 중요한 의서임을 알아보는 안목 또한 흥미롭다. 국내에 없는 새로운 의서를 구입하여 내의원에 들인 것은 서적에서 새로운 지식·정보를 확인한 유힐한 사례이다. 이는 타자의 새로운 지식과 정보를 국내에 확산시키는 데 일조하였음은 물론, 당시 의학 발전에도 기여한 것으로 볼 수 있다.

③은 1729년에 연행한 역관 김순협(金舜協, 1693~1732)은 동지겸사은사의 정사로 연행한 여천군(驪天君) 이증(李增)의 수행원 자격으로 참가했다. 김순협은 남당과 동당을 한 차례씩 방문하고 대진현(戴進賢)을 비롯하여 5명의 선교사와 만나 천주학을 비롯한 다양한 서구 문물의 견문한 바 있다. 위의 내용은 천주당의 모습을 묘사한 것이다. 성모 마리아와 예수의 탄생과 죽음, 부활과 승천 등, 예수의 출생 시기부터 승천한 저간의 사정을 자세하게 기술하였다. 특히 예수 이름의 어원을 비롯하여 생몰 년대와 생애를 간략하지만 정확히 제시하고 있다. 김순협이 천주당을 묘사하면서 마리아와 예수의 출생을 정확하게 포착한 것은『천주실의』를 읽고 천주교에 대한 사전 지식을 지녔음을 보여준다.

두 곳의 천주당 방문에서 김순협은 서양 선교사로부터『만물진원(萬物眞原)』[33]과『벽망(闢妄)』[34] 2책을 받은 바 있거니와, 역관이 조선 후기 천주학

---

32 『적수현주(赤水玄珠)』는 1584년에 명나라 손일규(孫一奎)가 편찬한 것으로 한(寒)·열(熱)·허(虛)·실(實)·표(表)·리(裏)·기(氣)·혈(血)로 나누어 설명한 것으로 의학사에서도 중요한 저서이다.
33 이탈리아 출신의 예수회 선교사 애유략(艾儒略, Aleni, Julio, 1582~1649)이 저술한 한역서학서(漢譯西學書). 천주교의 입장에서 자연과학을 논한 것으로 1628년 북경에서 처음 간행되었다.
34 명나라의 학자 서광계(徐光啓, 1562~1633)가 천주교의 입장에서 불교 교리를 비판한 척불서(斥佛書). 18개 조목에 걸쳐 불교의 교리 및 불교의 폐해와 허례허식을 비판하고 있다.

과 서구 문물의 수용과 관련 지식의 유통에 관련되어 있음을 확인할 수 있는 대목이다. 김순협의 사례처럼 연행에 참여한 조선 지식인의 천주당 방문은 18세기 초반 이후 18세기 말까지 이어지는데, 역관과 천문 역법을 배우려는 일관(日官)이 주류를 이루었다. 특히 이들은 서양 선교사가 한역(漢譯)한 과학 기술서와 지리서, 서학 관련 교리서를 국내에 들여와 유통시켰다. 이 점에서 새로운 서적을 통한 지식·정보와 관련하여 역관의 역할을 주목할 수 있을 것이다.

사실 서적을 국내로 들여오는 데 결정적 역할을 한 것도 역관이지만, 국내 서적을 국외로 반출하는 데 기여한 것 역시 역관이었다. 이 경우, 역관들은 주로 일본을 상대로 국내 서적을 반출하는데, 대부분 국내에서 수집한 것을 밀무역하는 형태였다.

① 신유년에 통신사가 일본에서 돌아와서 말하기를 왜인 중에 기노시타 준안[木下順庵]이라는 사람이 있는데, 능히 배우기를 좋아하고 책을 읽어서 거상(居喪)에 가례(家禮)를 사용하니 인근 사람들이 감화를 입었다. 또한 고금의 인물을 평하는데 우리나라의 퇴계선생을 으뜸으로 친다고 말하였다. 대체로 상역(商譯)들로부터 문집을 구해 본 듯한데, 외이(外夷) 중에서도 간혹 이와 같은 사람이 있으니 기특하다.[35]

② 우리나라와 관시(關市)를 연 이후로 역관들과 긴밀하게 맺어서 모든 책을 널리 구하고 또 통신사의 왕래로 인하여 문학의 길이 점점 넓어졌으니, 시를 주고받고

---

35 이이명(李頤命), 『소재집(疎齋集)』 권12 「잡저(雜著)」, "辛酉, 通信使自日本還, 言倭人有木槙幹者, 能好學讀書, 居喪用家禮, 隣近或化之. 評論古今人物, 我國則以退溪先生爲首云. 盖似購見文集於商譯輩矣, 外夷中或有如此之人, 可奇."

문답하는 사이에서 얻은 것이 점차로 넓은 때문이었다. 가장 통탄스러운 것은 김학봉(金鶴峯)의 『해사록(海槎錄)』, 유서애(柳西厓)의 『징비록(懲毖錄)』, 강수은(姜睡隱)의 『간양록(看羊錄)』 등의 책에는 두 나라 사이의 비밀을 기록한 것이 많은 글인데, 지금 모두 오사카에서 출판되었으니, 이것은 적(賊)에게 정탐한 것을 고한 것과 무엇이 다르겠는가. 국가의 기강이 엄하지 못하여 역관들의 밀무역이 이와 같았으니 한심한 일이다.[36]

①은 이이명(李頤命, 1658~1722)이 통신사에 참여한 인사들로부터 전해들은 일본 학자 기노시타 준안(木下順庵)의 이야기를 기록한 것이다. 여기서는 기노시타 준안이 구해 읽은 조선 학자들의 문집과 같은 서적류를 언급한 것이 핵심이다. 기노시타 준안이 조선 학자를 평할 수 있었던 것은 그들의 저술을 읽었기 때문인데, 그 저술의 대부분은 상역의 손에서 나왔음을 언급하였다. 당시 상역은 동래 왜관을 통해 조선 서적을 밀매하였고, 마침내 기노시타 준안의 손에까지 들어간 것이다.

②는 조선의 서적의 일본으로 흘러 들어간 실상을 구체적으로 언급하고 있다. 신유한은 대판에서 출판된 김성일(金誠一)의 『해사록』, 유성룡(柳成龍)의 『징비록』, 강항(姜沆)의 『간양록』 등은 국가 기밀을 담고 있는 서적인데도 이국에서 상업 출판으로 간행된 사실을 적시한 뒤, 이를 비판하였다. 신유한은 이 서적들이 에도막부로 유입된 것은 역관의 밀무역과 관련된 것으로 보았다. 역관들이 밀무역을 통해 국내 서적을 반출한 것은 국가적 문제일 수 있지만, 반면에 조선의 서적이 에도막부로 유입되어 그곳 지식인에게 이국의 지식·정보를 제공하고, 타자인식에 영향을 준 것은 유의미한 일이다. 무엇

---

36 『해유록(海遊錄)』 중, 임신(壬申)년 11월 4일, 한국고전번역원, 고전번역종합DB 고전번역서 『해행총재』 참조.

보다 지식·정보의 상호 소통이라는 측면에서 보면 반드시 부정적 시각으로만 볼 수 없는 점을 내장하고 있는 것이다.

역관처럼 무역의 형태로 국내외의 서적을 매매하기도 하지만, 서기나 제술관과 같은 중간계층은 지식의 담당자가 되어 이국에서 지식·정보의 주체자로 변신하기도 하였다. 이를테면 통신사에 참여한 중간계층은 에도막부 지식인과 필담을 통해 그곳 문화와 내부의 다양한 정보를 획득하였다. 이러한 사례는 1763년 계미통신사행에 참여한 성대중과 다이텐(大典, 1719~1801)의 필담에서 확인할 수 있다.

① 용연 : 히라카타[牧方][37]의 강가는 바로 권현(權現, 도쿠가와 이에야스의 사후 제신명(祭神名)으로 동조대권현(東照大權現)이다―인용자 주)이 주둔했던 곳이라 하는데, 지금 그 무너진 보루와 버려진 우물은 아직 기록에 남아 있으므로 알 수 있겠지요?

나 : 대체로 오사카 수십 리 근방에는 옛날 전쟁터가 많습니다. 제가 세세한 것까지 모두 알 수는 없지만, 『난파전기(難波戰記)』[38]는 도요토미[豊

---

[37] 히라카타[牧方]는 1614년 도쿠가와 이에야스가 오사카의 도요토미를 공격할 때 지나간 곳이다. 성대중의 『日本錄』에도 보인다.

[38] 『난파전기(남바센키)』는 가나와 한자를 섞어 쓴 에도시대의 실록체 군기소설(實錄體軍記小說)이다. 도요토미 히데요시[豊臣秀吉]가 죽자, 그 아들인 도요토미 히데요리(豊臣秀賴, 1593~1615)를 지지하는 파와 도쿠가와 이에야스[德川家康]을 지지하는 파로 갈려, 1600년에 세키가하라[關ヶ原]에서 격돌하여 도쿠가와 이에야스가 승리한다. 그러나 패전 후에도 도요토미 히데요리가 여전히 오사카를 중심으로 세력을 유지하자, 도쿠가와 이에야스는 1614년과 1615년 두 차례에 걸쳐 오사카 성을 공격하여 도요토미 히데요시를 멸망시켰다. 『난파전기』는 그 과정을 엮은 소설이다. 작품에서 가장 두드러진 인물은 도요토미 히데요시에 가담한 명장 사나다 유키무라(眞田幸村, 1567~1615)이다. 『난파전기』는 1672년 작자불명으로 출현했으나, 그 후 여러 종류의 텍스트가 나왔다. 특히 이 텍스트들 중에는 도요토미 히데요시는 실은 죽지 않아 사나다 유키무라와 함께 규슈[九州] 남방의 사쓰마[薩摩]로 도망갔다는 등의 터무니없는 이야기도 실려 있다. 그 내용은 대체로 도쿠가와 이에야스를 모욕하는 것이었기 때문에 에도시대에는 정식 출판을 할 수 없었고 사본으로 유통되었다.

田와 송평(松平, 도쿠가와 이에야스를 말함–인용자 주)의 혁명에 관한 일들을 자세히 기록하고 있습니다.

용연 : 『난파전기』를 한 번 볼 수 있겠습니까?

나 : 지금 간행을 허락하지 않으니 구해드릴 수가 없습니다.

용연 : 『난파전기』는 누가 저술한 것입니까?

나 : 작자가 기록되어 있지 않습니다. 수십 권이 있는데 일본어로 기록되어 있어 비록 여러분이 보신다고 해도 이해할 수 없을 것이고, 저도 자세히 읽지 못했습니다.[39]

② 기타야마 쇼는 감히 묻습니다.

"우리나라 호사가의 한 의원이 관(官)에서 형을 받아 죽은 사람의 장을 갈라서 장부의 배치·명칭·빛깔과 윤기를 자세히 살펴보고, 『장지(藏志)』를 저술하였습니다. 그 책에 "『황제내경(黃帝內經)』에 장부는 12개라고 언급하고 있지만, 지금 이미 조사해보니, 9개의 장이 있음을 알겠다. 단지 대장(大腸)만 있고, 소장(小腸)은 보이지 않는다"라 밝히고 있습니다. (…중략…) 귀국에도 이러한 학설이 있습니까? 그대의 견해는 어떠신지요?"

단애(丹崖)가 그것을 읽고, 퇴석(退石)에게 보여주었는데, 잠시 후에 다음과 같은 대답을 하였다.

"귀국 학자들은 기이한 논설을 드러내기를 좋아하는군요. 속설에 따로 기이한 장부가 있는지 모르겠습니다만, 우리나라에서는 일단 황제(黃帝) 헌원(軒轅)과 기백(岐伯)의 『황제내경』의 오래된 법칙을 따르고, 새로운 학설은 다시 구하지

---

39 『평우록(萍遇錄)』상. "龍淵曰, "牧方江上, 是權現住軍之地也, 今其廢壘荒井, 尙可記指否? 余曰, "大抵浪華數十里間, 多古戰場. 吾未能纖悉, 有難波戰記者, 具載豊臣松平革命之事." 淵曰, "戰記可得一見否?" 余曰 "當今不許刊行, 無由奉呈." 淵曰, "戰記誰所著." 余曰, "不記其人. 有數十卷, 以國語記之, 縱使公等得看, 亦不可解曉, 衲亦未有熟閱."

않습니다. 갈라서 아는 것은 어리석은 사람들이 하는 짓이고, 가르지 않고도 아는 것은 성인만이 할 수 있는 것이니, 그대는 미혹되지 마십시오."[40]

①은 1763년 계미통신사의 서기로 참여한 성대중(成大中)과 다이텐이 필담한 내용의 한 대목이다. 도요토미 히데요시 사후 도쿠가와 이에야스가 에도막부를 세우는 과정에서 벌어진 전투 장소와 그 전란을 문학으로 포착한 것을 중심으로 필담한 내용이다. 성대중은 도쿠가와 이에야스가 도요토미 히데요리[豊臣秀賴]를 공격하기 위해 주둔한 오사카의 히라카타[牧方]를 지목하며 에도막부 성립 전후의 역사적 사실에 관심을 보이자, 다이텐은 군기소설(軍記小說)인 『난파전기(難波戰記)』에 당시의 사적이 잘 기록되어 있다고 전해주었다. 나아가 성대중은 대화 과정에서 도쿠가와 이에야스과 도요토미 히데요리 간의 전투를 기록한 『난파전기』에 관심을 가지고 작자와 간행 여부를 재차 묻자, 다이텐은 그 군기소설은 작자 미상이며 공식적으로 간행되지 않았다고 답하였다. 이어서 자신도 그 소설을 제대로 읽은 적이 없기 때문에 더 이상 구체적인 소개를 할 수 없고, 성대중에게도 그 책이 일본어로 기록되어 있어 이해하기 힘들 것이라 답하고 있다.

당시 조선의 통신사를 비롯하여 대부분의 사대부 지식인들은 임진왜란을 일으킨 도요토미 히데요시를 원수로 여긴 바 있었기 때문에 에도막부의 성립과정과 같은 역사에도 무관심하였고, 그것을 기록한 이국의 역사서에도 별 관심을 보이지 않았다. 반면에 성대중은 타자인식에 적극적이었던 셈이

---

40 北山彰, 『鷄壇嚶鳴』, 31~32면. "敢問 北山彰, "吾邦有好事之醫, 屠割官刑之死腸, 審視其藏府布置・名數・色澤, 著藏志論一篇. 云內經言府藏爲十二焉, 今已撿之, 知有九枚之藏. 大腸獨在, 不見小腸. (…중략…) 貴邦亦有此說耶? 足下所見如何? 丹崖讀之, 亦示退石, 少之有答. 貴邦學者, 好吐奇論. 未知其俗別有奇腸乎? 吾邦一準由軒岐舊則, 不復求新說. 割而知之者, 愚者爲也, 不割識之者, 聖者之能也, 君勿惑.'"

다. 이를 고려하면 에도막부 성립 전후 역사 지식을 얻기 위한 성대중의 태도
는 타자를 이해하려는 태도라는 점에서 주목할 만한 것이다.

②는 의학과 관련된 필담이다.[41] 1763년의 계미통신사에 참여한 의원 남두
민(南斗旻, 1725~?)과 김인겸(金仁謙, 1707~1772)과 에도막부의 의원인 기타야마
쇼北山彰) 사이에 있었던 해부학 관련한 내용이다. 기타야마 쇼가 언급한『장
지(藏志)』는 해부학 저술로 야마와키 도요(山脇東洋, 1706~1762)가 1759년에 관
의 허가를 받고 도살업자에게 부탁하여 사형 당한 죄수의 시체를 갈라서 그
림으로 그린 것이다.[42] 이러한 해부학은 1634년 이후 네덜란드와의 교역 이
후 일본에 유입되었고 이후『해체신서(解體新書)』[43]에까지 이어진 것은 알려
진 사실이다.

그런데 위에서 기타야마 쇼는 서양의 해부학을 새로운 차원의 의술로 인
식하고 이를 필담의 논제로 삼아 의원 남두민에게 아는지 여부를 물었다. 이
는 서양 의술을 수용한 해부학을 일본 의술의 중요한 성과로 인식하고, 조선
의술과 비교해 보려는 의도를 담고 있었다. 비록 남두민과 김인겸은 동아시
아 전통 의서인『황제내경』을 거론하면서 해부학을 기론(奇論)으로 치부하

---

41 계미통신사의 의원 필담집과 관련한 연구 성과는 김형태,『통신사 의학 관련 필담창화집 연구』,
보고사, 2011, 174~176면 참조.

42 야마와키 도요(山脇東洋)는 에도 중기의 의원으로 이름은 상덕(尙德)이고 자(字)는 현비(玄飛),
자수(子樹)이다. 처음에 이산(移山)으로 나중에 동양(東洋)으로 호를 바꿨다. 그는 실증정신
(實証精神)을 잘 익혀 누구도 도달하지 못했던 인체해부(人體解剖)를 시행하였다. 1754년 2월
7일에 관의 허락을 얻어 교토[京都]의 육각옥(六角獄)에서 처형(處刑) 당한 죄수의 사체(死體)
를 해부하였는데, 소와 말을 도살하는 자를 시켰다. 사체는 머리 부분을 없애고, 그림은 문인
(門人)이었던 아사누마 사에이[淺沼佐盈]가 그리고 1759년에『장지(藏志)』라는 이름으로 간행
이 되었다. 저서로『양수원의칙(養壽院醫則)』과『장지(藏志)』가 있다. 여기에 대해서는 大塚
恭男,「山脇東洋」,『近世漢方醫學書集成』13, 名著出版, 1979 참조.

43 『해체신서(解體新書)』는 1774년에 스기타 겐파쿠(杉田玄白, 1733~1817)와 마에노 료타쿠(前
野良澤, 1723~1803), 나카가와 준안(中川淳庵, 1739~1786) 등이 독일의 해부서를 네덜란드 어
로 번역한 것을 다시 일본어로 재번역하여 펴낸 것이다.『해체신서』는 에도막부 시기 난학(蘭
學)의 상징적 저술이자 서구문물 수용의 일대 사건이었다. 에도막부의 지식인들은 이를 계기
로 서양 문물을 전면적으로 재인식하고 수용하였다.

고 있지만, 사실 인체해부는 유학을 존신하던 통신사행의 일원들은 도저히 이해할 수 없었다. 상대방을 고려하여 기론이라고 표현하였지만, 내심 인체 해부는 어리석은 것이라 확신하고, 해부하지 않고도 인체를 아는 것이 성인 이라는 유학적 시각은 이를 명확하게 보여준다. 곧 해부학을 야만시하는 발 언인 셈이다. 그렇지만 인체를 해부하여 장기를 확인하고, 동아시아 의학서 의 전범인『황제내경』의 잘못을 따진 점에 대해서는 상당한 충격을 받고 있 다. 통신사행에 참여한 의원들이 서양문물 수용의 핵심인 에도막부의 해부 학을 견문한 것은 그 비판 여부에 관계없이 새로운 지식·정보를 획득하고 그것을 유통시킬 수 있다는 점에서 주목할 만한 사건이다. 이들 의원들이 에 도막부 의원을 만나 해부학은 물론 서양의 외과술을 견문하는 등,[44] 에도막 부 의원을 통해 전통의학과 다른 서양의술을 간접 체험할 수 있었다. 그런 점 에서 통신사행은 서양문물을 견문하는 창의 역할을 한 것이다.

한편 통신사행은 청조와 에도막부를 잇는 가교 역할도 하였다. 청조와 에 도 막부 역시 통신사행을 통해 상호 이해의 정보를 얻었다.

> 나 : 귀국은 지금 중국에 해마다 사절을 보내고 있습니까?
>
> 용연 : 매년 동지(冬至)에 관례상 사행이 있습니다.
>
> 나 : 그렇다면 지금 우리나라에 사절이 오신 것도 중국에 보고를 하겠지요?
>
> 용연 : 그렇습니다.

---

44 『조선필담(朝鮮筆談)』상을 보면 노로 지쓰오[野呂實夫]가 의원 김덕륜(金德崙)과 필담을 나 누면서 노로 지쓰오가 서양의 외과술의 우수성을 소개한 바 있다. "이 나라 의원의 치료는 우 리가 오랜 옛날부터 전해져 오던 방법이 있고, 중국 방법을 의지하는 것도 있는데, 탕약(湯藥) 과 침구(鍼灸)는 그 둘 중에 적절한 방법을 따라 행할 따름입니다. 옹종(癰腫)과 금창(金瘡)의 외과(外科) 치료 분야는 서양(西洋) 치료방법을 많이 쓰는데, 중국 방법보다 나은 것이 많은 듯 합니다[此邦醫治, 在吾古昔傳之法, 又有依唐法者, 湯藥·鍼灸, 從宜行之耳. 若癰腫·金瘡, 外治 之科, 多用大西之法, 勝於唐法遠矣]."

나 : 그렇다면 우리나라의 국체(國體)에 대해서 반드시 일일이 물어보겠지요?
비록 승려가 관여할 바는 아니지만 역시 느끼는 바가 있습니다.
용연이 웃으면서 끄덕였다.[45]

에도막부 지식인들이 통신사행에 참여한 중간계층과의 필담을 통해 청조에 대한 정보를 획득하는 장면이다. 다이텐이 성대중과 필담하면서 청조가 조선으로부터 에도막부의 정황을 탐문하는 사정과 그러한 정황을 통신사행으로부터 확인하는 대목이다. 당시 청조는 에도막부와 외교관계가 없었기 때문에 연행사로부터 에도막부의 내부사정을 간접방식으로 견문할 수밖에 없었고, 에도막부 역시 청조의 정보를 통신사행으로부터 간접 견문하는 것은 마찬가지였다.

서기와 제술관이 타자의 지식을 획득하고 서적을 구입하는 것은 그 역할이 연행과정에서의 역관과 비슷하다. 실제로 서기와 제술관은 막부 지식인과 교류하며 그곳의 문예와 학술적 동향을 파악하였다. 이를테면 남옥(南玉)은 에도막부 지식인과의 교류를 통해 『정운집(停雲集)』과 『조래집(徂徠集)』을 열람하며 그곳의 학술적 성과와 경향을 인지하였다.[46] 남옥이 열람한 『정운집』은 아라이 하쿠세키(新井白石, 1657~1725)의 일본 시를 선별해서 만든 것이며, 『조래집』[47]은 오규 소라이[荻生徂徠]의 문집이다. 남옥이 시 선집과 오규

---

45 『평우록(萍遇錄)』상. "余曰, "貴邦今於中國, 歲修聘否?" 龍淵曰, "每年冬至, 例有使行." 余曰, "卽今通使, 我邦亦聞之中朝否?" 淵曰, "然." 余曰, "定有一一訊問吾國體已. 雖非桑門所與, 然亦有所感矣. 淵哂頷之. 龍淵曰, "貴邦衣服冠佩之義, 創自何世, 剃髮帶劒之俗, 始自何時?" 余曰, "王仁以文學而自百濟來也, 當仁德天皇之時, 乃浪華爲都云, 爾後稍漸魯變. 至推古之時, 始行冠階之式. 桓武天皇, 遷都平安, 拓興地, 命州郡之制, 取法李唐, 國容彬彬. 有遣唐之使, 留學之生, 事亦見唐書, 公等所識也. 若夫越人之形, 武靈之服, 起於中葉武斷之風耳. 其詳非更僕不盡." 淵曰, "極好極好." 示之秋月退石."
46 남옥, 김보경 역, 『붓끝으로 부사산 바람을 가르다-일관기(日觀記)』, 소명출판, 2006, 435~436면 번역 참조.

소라이의 문집을 통해 한시와 학적 수준을 가늠한 것은 흥미롭다.[48]

그런데 남옥은 필담으로 교유한 주굉(周宏)을 통해 『왜한삼재도회(倭漢三才圖會)』를 비롯하여 『사기평림(史記評林)』과 『산해경(山海經)』을 구입한 바 있다.[49] 남옥이 열람한 오규 소라이(荻生徂徠, 1666~1728)의 『조래집』은 주자를 비판하고 고문사학의 주창을 담고 있어, 조선 지식인의 학문 성향과는 사뭇 달랐다. 남옥이 『조래집』을 열람한 이유 중의 하나도 이 때문이겠는데, 그는 이후 나와로도(那波魯堂, 1727~1789)를 통해 『조래집』을 구입했다.[50]

이처럼 중간 계층은 사행과정에서 다양한 서적의 열람과 구입에 적지 않게 힘을 쏟았다. 이들 중 제술관과 서기들은 자신이 견문한 지식·정보와 직접 구입한 서적을 서울의 친지와 친족들에게 전하였다. 이들이 견문한 지식과 구입한 서적 등은 타자의 학술과 문화를 이해하는 데 기여하고, 새로운 지식·정보를 획득하는 창구역할을 하였을 뿐만 아니라, 조선조 지식인들의 타자인식에 결정적 역할을 한 것이다.

---

47 모두 30권으로 이루어져 있다. 권1은 고시(古詩), 권2~4는 율시(律詩), 권5~7은 절구(絶句), 권8~11은 서(序), 권12는 논(論)·기(記), 권14는 찬명비지(贊銘碑誌), 권15는 기행(紀行), 권16~19는 설(說)·제언(題言), 권20~30은 서독문(書牘文)이다. 그 밖에 보유(補遺) 1권이 있다.

48 남옥은 오규 소라이의 학문성향을 비판적으로 보고 있지만, 여기서 중요한 것은 그의 문집을 읽고 그 경향을 알았다는 것이다. 당대 에도의 학술과 시적 수준을 직접 견문함으로써 귀국 후 서울의 학예계에 견문한 내용을 전달할 수 있었기 때문이다. 사행에서 남옥이 그곳의 시선집과 문집을 직접 보고 이를 확인한 사실을 주목할 필요가 있다.

49 남옥(南玉)의 『일관기(日觀記)』를 보면 3월 27일조와, 4월 3일조에 나온다.

50 『평우록(萍遇錄)』상. "秋月曰, "魯堂贈我以徂徠集, 不言價. 我自問知其價, 送白金於宏僧, 使之傳魯堂. 師見魯堂, 須詳致此事." 余曰, "白金幾計?" 月曰, "文白金七兩. 蓋宏亦有所爲我購書, 而金片不可析, 合以歸之於宏, 使分以傳之." 余頷之."

5. 지식·정보와 학술의 추이

조선 후기 학술과 문화의 토대는 한문 기록과 동아시아 공간이다. 동아시아 각국에서 형성된 학술과 문예도 '동아시아'를 벗어나 상상할 수 없다. 하나의 신지식도 얼핏 일국적 사안인 듯하지만, 조금만 파고들면 이 역시 일국 너머와 관련을 가지고 있기 때문이다. 그런 점에서 17~19세기 동아시아 각국의 학술과 문예는 상호 소통하거나 때로 착종·충돌하기도 한다. 그런데 17~19세기의 사행 공간과 중간계층, 그리고 안경의 보급 등은 조선 후기 지식·정보의 확대와 깊은 관련을 지닌다. 조선 후기 지식·정보의 생성과 유통을 일국적 시각으로만 설명할 수 없는 이유가 여기에 있다. 사행은 이(異)문화가 교통(交通)하고, 인적 교류가 이루어지는 문화장(文化場)이다. 조선조와 청조, 조선조와 에도막부 사이의 사행시스템은 동아시아 공간에서의 지식·정보의 생성과 유통에 촉매제 역할을 하였다.

특히 이러한 지식·정보의 확산과 유통에 결정적 계기를 제공한 것은 안경이었다. 애체가 아닌 유리로 만든 안경은 사행을 통해 국내로 유입되었다. 안경은 독서계의 혁신은 물론 학술 저술과 문예 창작의 활황을 가져다주었다. 안경의 보급은 지식의 양은 물론 지식의 질적 수준을 높이는 데도 역할을 하였다. 안경의 보급으로 독서력의 신장은 물론 예전과 다른 차원에서 지식·정보를 축적하고 이를 급속하게 확산시킬 수 있었다. 더욱이 안경이 다양한 계층에게까지 보급됨으로써 학술과 문예를 비롯하여 기술 발전에도 크게 기여하였을 뿐만 아니라, 당대 일상생활의 변화도 초래하였다. 조선 후기에 성행한 백과사전방식의 유서(類書)나 총서류의 탄생은 사행 공간이 간접적 역할을 하였다면, 안경의 보급은 직접적 역할을 하였다.

한편 중간계층은 동아시아 공간에서 지식·정보의 생성과 확대 및 유통과 소통 메커니즘의 중요한 역할을 하였다. 중간계층은 역관과 사행(使行)의 일원에 속한 서리나 서얼, 그리고 서기와 제술관 등을 말한다. 조선조과 청조, 조선조과 에도막부의 다양한 교류에 이들 중간계층이 인적 네트워크를 구축하고, 한편으로 지식·정보를 유통시켰다. 조선 후기 지식인들도 이들 중간계층을 활용하여 이국의 학자들과 교류하거나, 서적을 구입하고 이국의 문화도 획득하였다. 서학서(西學書)의 유통과 학술성과를 반영한 서적의 축적은 중간계층이 이국에서 구축한 네트워크를 통해 이루어졌다. 그런 점에서 일국 너머의 지식 정보의 수용·유통과 관련하여 중간계층의 역할을 보다 구체적으로 파악하는 것은 조선 후기 지식과 지식인의 지형도를 확인하는 지름길이기도 하며, 이를 통해 당대 학술과 문예의 추이를 인식하는 데도 기여할 수 있을 것이다.

그리고 새로운 서적의 축적과 유통, 그리고 안경의 보급은 독서력 신장과 함께 새로운 지적 욕구를 환기했다. 조선 후기 지식인들은 이러한 지적 욕구를 차기(箚記) 방식으로 분류하고 정리하였다. 이는 조선 후기 다양하게 출현하는 필기류(筆記類) 저술을 통해 확인할 수 있다. 조선 후기 필기류는 비교적 새로운 지식 정보를 많이 담고 있으며, 미시적인 것에서부터 거시적인 경학의 담론에 이르기까지 온갖 내용을 수록하였다. 학술적 가치나 성리학적 사유, 그리고 당대 규범과 상관없는 일상적 소재와 이국의 풍물 등을 담았다. 이들 필기류가 다양한 논제를 잡아 신지식·정보를 제공하고 유통시키는 것 자체는 유의미한 일이다. 이는 이전과 다른 지식·정보를 생성하고 증식하는 데 기여할 뿐만 아니라, 지식의 대상과 외연을 넓혀나가는 역할을 하였다. 나아가 기존 지식 체계나 분류 방식으로 해결하기 힘든 내용을 새로운 방식으로 재구조화하는 것을 의미하거나, 기왕의 가치 질서나 지식의 위계화에 포섭당하지 않는 결과를 낳았다. 이는 기성의 권위에 대한 조심스러운 도전이었다.

　새로운 지식 정보의 확대는 기존 이념과 질서를 근저에서 흔드는 데 일정한 역할을 한다. 이를테면 기왕의 지식·정보를 통해 형성된 권력과 힘의 독점을 분산시키고, 그 중심을 해체하는 기제로 작동하는가 하면, 기성 지식체계를 균열시키고 해체하는 데 알게 모르게 작용한 바 있다. 여기서 이 시기 지식·정보와 동아시아 지식인의 인적 네트워크를 문제 삼는 것 역시 기왕의 준거와 다른 틀로서 17~19세기 학술과 문예를 들여다보기 위한 방법이기 때문이다.

제2부

중세담론의 학적유파, 그 계보와 좌표

고려 후기 지식인 담론의
새로운 모색을 위하여

신흥사대부론을 다시 읽다

김승룡

1. 들어가며 – 문학사에 대한 성찰을 겸하여

이 글은 고려 후기 지식인 담론의 새로운 모색을 위하여 기왕의 담론이었
던 '신흥사대부론'의 특징과 그 수정 가능성을 짚어볼 것을 목적으로 한다.
당시 주된 사회세력이자 문화주체는 신흥사대부였다고 파악된다. 이들에겐
자주, 중소지주 출신, 성리학이란 세 가지 특질이 포착되는바, 그것들은 고려
후기-여말선초 사회 및 문학전통과 어우러지면서 일정 정도 해석력이 있었
다. 그러나 한편 그것에 들러붙는 순간 실상(實相)을 오독할 위험도 내재되어
있었다. 이 글은 그 오독의 가능성을 지적함과 동시에 실상에 다가서기 위하
여 어떻게 할 것인가에 대한 시론(試論)이다. 논의가 구체적 작품이나 작가를
대상으로 하지 않고, 우리가 그동안 기대온 '담론'을 거론하고 있느니만큼 다

소 추상적인 데로 흐른 감이 없지 않다. 본격적 논쟁을 앞둔 노트 수준의 논의로서, 앞으로 새로운 담론을 모색하기 위한 문제제기임을 이해해주길 기대해본다. 먼저 문학사 속에 그려진 '고려 후기 문학의 상(像)'을 거론하는 것으로 논의를 시작하도록 하자.

문학사 속에 보이는 여말선초는, 고려에서 조선으로 왕조가 교체되는 격변기, 변혁기로 이해된다. 그래서 문학사가들은 교체와 변혁이란 점에 초점을 맞추어 새로운 동력을 지닌 문학담당층과 문학적 특질을 찾고자 애썼다. 우리는 한국 최초의 한문학사인 김태준(金台俊)의 『조선한문학사』, 해방 후 한문학연구 1세대인 이가원(李家源)의 『조선문학사』, (국)한문학이 본격화될 즈음 독자적 문학사를 구성하고 지금도 문학사 독해의 기본서로 되어 있는 조동일의 『한국문학통사』를 일별하는 것만으로도 그 문학사의 상(像)을 가늠해 볼 수 있다.[1]

문학사를 살펴보면, 고려 후기는 무신집권기, 원간섭기, 여말선초(혹은 '여말', '선초')라는 세 단계로 나뉘는 것으로 볼 수 있다. 그런데 놀랍게도 거의 100여 년에 가까운 원간섭기(충렬왕~충정왕, 1275~1351)는 구체적으로 거론되지 않았고, 특히 13세기 후반의 문학사는 공백으로 남아있었다. 그 이유가

---

1 김태준, 『조선한문학사』, 조선어문학회, 1931; 이가원, 『조선문학사』 상, 태학사, 1995; 조동일, 『한국문학통사』 2, 지식산업사, 1994 참조. 특정한 시대의 문학에 대한 '사적 구성(史的 構成)', 즉 문학사는 방법적으로 '선택과 배제의 원리'에 기댄다. 그런 점에서 문학사 서술 자체를 두고서 '특정한 문학현상을 왜 배제했는지'를 따지는 것은 적절하지 않다. 이 글 역시 문학사가들의 서술에 있어서의 고뇌와 판단을 존중한다. 그러나 그렇다고 기성의 선택과 배제(의 방법)로 인한 문학사의 '현실'에 대하여 의문을 표하는 것까지 그만두는 것은 더욱 온당하지 않다. 특히 고려 후기 문학을 연구하면서 우리는 늘 자료의 빈곤을 탓하였고 다소 안온하게(즉, 결론이 예상되도록) 문학현상을 처리하였다. 덕분에 지금과 같이 '왜소한' 고려 후기 문학의 상(像)을 가지게 되었다. 이 글은 이 시기 문학을 최소한 '있는 그대로' 볼 줄 아는 눈을 갖는 것이 급선무라고 생각한다. 문학사는 하나의 코드, 하나의 라인만으로 이뤄지지 않기 때문이다. 실제 어느 시대의 문학현상이든 복합적이며 다면적인 '복수(複數)의 목소리'를 갖고 있다. '이 복수성'을 회복하는 것은 문학생태계를 복원하기 위한 기점이다.

무엇일까? 무엇보다 역사상 유례없는 외압의 시기를 만나 응전했던 이들의 노력을 외면해버린 것은 의문이 아닐 수 없다. 아픈 역사를 기억하지 않으려다 아픔을 겪었던 이들의 상처마저 외면한, 일종의 극단적 부정이다. 이와 유사한 예는 훗날 조선 건국세력이 『고려사』를 집필하고 그 사초(史草)를 없애버린 것과 원천석(元天錫)의 후손이 시휘(時諱)를 꺼려하여 문집의 일부를 산삭한 것도 들 수 있다. 여하튼 원간섭기 한문학사는 물론 이후 전개되는 여말선초의 한문학사 또한 혹여 실상과 어긋날지도 모른다는 우려가 스멀거린다. 실제로 원간섭기에 활동한 지식인으로서 『고려사』, 『고려사절요』, 그리고 『고려조과거사적』, 『고려열조방(高麗列朝榜)』 ─ 조선조 방목에 부재(附載) ─ 및 문집, 선집 등을 참조하여, 시문을 남긴 인물로 경종조(景宗朝) 1인, 고종조(高宗朝) 20인, 원종조(元宗朝) 11인, 충렬왕조(忠烈王朝) 29인, 충선왕조(忠宣王調) 3인, 충숙왕조(忠肅王朝 ,後年 포함) 19인, 충혜왕조(忠惠王朝, 後年 포함) 10인, 충목왕조(忠穆王朝) 4인 등 모두 97인의 시문을 정리할 수 있었다.[2] 우리의 '고려 후기 문학의 상(像)'과 무관하게 저들은 실존하고 있었던 것이다.

2. 신흥사대부의 개념과 세 가지 축

　고려 후기 한문학사를 조망할 때, 고려 중기 이후로 하나의 문학담당층이 성장 혹은 유지되고 있다는 느낌을 받는다. 그러나 이 일관성은 고려 전기와

2　김승룡, 「원간섭기 고려한시사 이해를 위한 전제」, 『국제어문』 56, 국제어문학회, 2013, '元干 涉期 高麗漢詩 / 散文 一覽表' 참조.

의 단절을 전제로 한다는 점에서 인위적이라는 인상이 짙다. 이미 사학계는 고려 전기와 후기의 주요한 권력층은 그 기본적 성격이 변하지 않은 채 일관되었음을 논증해온 바 있다.[3]

고려 후기 문학을 이끌었던 담당층들은 사상적으로 불교를 유교로 교체하며 조선을 건국하는 세력으로 성장하였다. 이들이 바로 '신흥사대부'이다. 이들은 고려 후기와 조선 초기의 문학담당층으로서 주도성을 잃지 않았다. 예를 들어 황희(黃喜)는 창왕 원년 급제하여, 단종 2년(1452)에 생을 마감하며, 조선 초기 주요한 문학적 역할을 수행한 바 있다.

그런데 한 가지 의문이 있다. 사상적 전환의 경우, 여말 정도전(鄭道傳)의 척불(斥佛) 및 조선 태조의 숭유(崇儒) 정책 표방과 함께 급진전된 것처럼 서술된다. 과연 정책 표방과 사상 비판만으로 선초 문인들의 감정과 생각이 일변했다고 볼 수 있을까?

조선에서 사찰의 재산 및 인원을 추구(推究)하며 불폐(佛弊) 혁파를 시작했다는 기록은 태종 6년(1406)[4]에야 나오는 것을 보면, 선초의 분위기는 유불이 공존하고 있었던 것으로 보는 것이 옳다. 비록 태종의 정책이 불교계에겐 철퇴에 가까울 정도로 가혹했지만 완전히 불교를 말살한 것도 아니고 국가가 사찰 242곳을 공인하며 남겨두었던 것으로 보아, 당시를 유교 일변도로만 이해하는 것은 곤란하다. 세종 6년(1424)에는 2차 불교 구조조정이 이뤄지면서 교종과 선종의 이원화가 이뤄진다.[5] 이 또한 사상적 획일화를 위해서가 아니라 국가운영에 필요한 인적 · 재정적 자원을 마련하기 위해 단행했던 것이다.

물론 선초의 숭유 정책으로 인해 사상적 주도권은 유학으로 기울고, 불교

---

3 김광철, 『고려 후기 세족층 연구』, 동아대 출판부, 1991; 박용운, 『고려사회와 문벌귀족가문』, 경인문화사, 2003; 존 던컨, 김범 역, 『조선왕조의 기원』, 너머북스, 2013.
4 『태종실록』 6년 정축 7월.
5 이성무, 『조선왕조사』, 동방미디어, 1998, 196~202면.

는 차츰 수세적 국면으로 이울어졌다. 그러나 적어도 문인들이 성리학을 체화하여, 성리학적으로 자신의 감정과 생각을 글로 '자연스럽게' 표현하기는 성종 이후에야 가능했다.

이로부터 또 하나의 의문을 갖게 된다. 일반적으로 여말선초의 주된 사회세력이자 문학주체로서 '신흥사대부'를 거론하는데, 이들에 대한 이해가 혹시 잘못된 것은 아닐까? 선초 사대부들이 하나의 사상적 분위기 속에만 있지 않았다면, 여말의 사대부 또한 마찬가지일 텐데, 이들의 생각과 감정을 성리학 일변도로만 이해하는 것은 실상과 어긋나지는 않을까? 설령 그들이 성리학을 수학했다고 해도, 그것이 체화되어 자신의 감정과 생각 모두를 지배했다고 볼 수 있을까? 이런 의문이 들면서 필자는 신흥사대부론을 떠받드는 핵질이 무엇인지 궁금해졌다.

1) 신흥사대부 개념

(1) 신흥사대부와 권문세족의 대립

문학사 속에서 신흥사대부는 늘 권문세족과 비교되었다. 이 비교를 통하여 신흥사대부가 권문세족에 비해 얼마나 진보적이고 시대에 어울리는지를 검증하며 논의를 끝맺곤 한다. 그리고 그것은 통설로 굳어졌다. 그 논의에 입각한 문학사의 한 부분을 들어본다.

고려말은 권문세족이 군림하던 시대였다. 원나라와 결탁해서 위세를 떨치다가, 원나라와의 관계가 청산된 다음에도 기득권을 계속 누린 권문세족은 방대한 농장을 차지하고 호화롭기 이를 데 없는 생활을 누렸다. (…중략…) 신흥사대부는 원래 지방의 중소지주에 지나지 않는 향리 출신이다. 무신란을 겪고 전대의 귀족이 몰락한 틈을 타서 과거를 보아 중앙정계로 세차게 진출하기 시작해서는, 원나라에 복속되어 있던 기간 동안 실력을 다지고, 고려가 자주를 되찾게 되자 권문세족과 대결을 벌여, 마침내 조선 왕조를 건국하기에까지 이르렀다. 권문세족은 압도적인 경제력을 기반으로 지배력을 행사한 반면에 자기네 입장에서 지배체제를 합리화할 이념은 갖추지 못했는데, 사대부는 불리한 처지를 사상과 문학의 역량으로 극복하고자 했으며, 역사 창조의 방향과 논리를 휘어잡을 수 있었기에 결국 승리를 거두었다. 고려 말의 사대부 문학은 일찍이 이규보에게서 보이기 시작했던 비판과 창조의 기풍을 이으면서 그 시대의 문제의식과 깊은 관련을 가진 작품세계를 이룩했다.(…중략…) 원나라를 드나들던 사대부 문인들은 (…중략…) 고문과 신유학이 특히 소중하다고 보아 적극적으로 받아들이고자 했다. (…중략…) 고려 말기 사대부 문학은 14세기 한 세기 동안 이루어지고 기본 성향이 일관되었다.[6](강조는 인용자)

위 인용문에서 우리는 여말(麗末)의 정치적・사회적 지배세력으로서 권문세족이 존재했고, 다른 한쪽에 사대부가 성장하여 권문세족과 대립한 끝에 결국 개혁을 달성하고 조선 건국에 이르렀다는 내용을 확인할 수 있다. 그 권문세족은 친원 세력으로 그려져 있다. 이로부터 하나의 도식을 끌어낼 수 있다.

권문세족[親元]―대지주(농장소유)―비(非)성리학―음사(蔭仕, 혹은 과거)
신흥사대부―자주[反元]―중소지주―성리학―과거

즉 신흥사대부는 대외적으로 자주, 출신은 중소지주, 사상은 성리학을 그

---

6 조동일, 앞의 책, 218~220면.

핵질로 한다. 이들은 삼각형의 안정된 구조처럼 신흥사대부를 구성하는 세 가지 축을 이루면서 차후 신흥사대부를 둘러싼 사회적, 문학적 논의망을 선결(先決) 지어 왔다. 그럼 신흥사대부 개념은 어떻게 도출되었는가?

(2) 신흥사대부 개념

'신흥사대부' 혹은 '사대부'[7]에 대한 논의는 1960년대 초 제기된 뒤 점차 그 논리가 강화되어 왔다. 무신집권기 '능문능리(能文能吏)'의 이상적 관인형을 원조로 하는 '학자적 관료이자 관료적 학자'로서 사대부는 등장하며, 이들은 지방의 중소지주층이고 향리 출신으로서 주로 과거를 통해 관료로 진출했고, 고려 말에 정치·사회적 지반을 확충하여 조선 건국을 주동했다.[8] 당시 식민사학을 극복하고 한국사의 내재적 발전을 강조하는 민족주의 사관의 자장(磁場) 안에서 고려 후기 사회의 발전을 주도했던 세력으로서 '(신흥)사대부'가 발견된 것이다.

이후 '사대부'를 둘러싼 사학계의 논의들은 고려 후기(여말선초) 한문학 연구에 커다란 영향을 주었다. 현재까지 제출된 고려 후기(여말선초) 한문학 논문들이 대부분 이 담론에 빚을 지고 있다고 해도 과언이 아니다. 1990년대 들어서도 여말선초 작가 가운데 이제현(李齊賢), 이곡(李穀), 이색(李穡)의 경우 박사논문이 수편씩 제출되며 저들의 산문 및 한시를 종합적으로 다룬 연구가 제출된 것도, 이 '신흥사대부'의 발견에서 시작된다.[9] 상대적으로 승려

---

7 '신흥유신', '신진사대부' 등으로 다양하게 불리지만, 한문학계에서는 통상 신흥사대부로 불린다. 용어로서의 '신흥사대부'는 이기백, 「개요」, 『한국사』, 일조각, 1974; 이기백, 「신흥사대부의 대두」, 같은 책; 이기백, 『한국사신론』, 일조각, 1976에서 기존의 연구성과를 총괄 정리하면서 처음으로 명명된 것이다.
8 이우성, 「여대백성고(麗代百姓考)─고려시대 촌락구조의 일 단면」, 『역사학보』 14, 1961; 이우성, 「고려조의 리(吏)에 대하여」, 『역사학보』 23, 1964 참조.
9 김승룡, 「고려 후기 작가연구의 현황과 과제」, 『한국인물사연구』 1, 한국인물사연구회, 2004

의 시를 다룬 연구는 인권환, 이종찬, 허흥식, 이진오 등의 연구[10]에 불과한 것도 저들(신흥사대부)의 성리학적 특질에 집중한 탓으로 보인다.

한편 신흥사대부 담론은 '권문세족' 연구를 통해 밝혀진 성격들－예컨대 유학적 소양과 거리가 있고, 음사 출신이 많으며, 왕권을 잠식하고, 부원(附元)의 성격이 강하며, 관료적 성격이 두드러진다는 점들－과 견주어짐으로써 점차 신흥사대부와 권문세족의 대립구도는 시민권을 얻어 갔다. 이 구도는 여전히 여말 한문학을 이해하는 방법으로 쓰이고 있다.

(3) 개념에 대한 회의와 효용성

사대부나 권문세족에 대하여 질문이 없었던 것은 아니었다. 이들에 대해서 (신흥)사대부는 특정한 정치·문화세력이 아니라 관인(官人)일반이 아닌가?[11] '권문세족'의 용어가 타당한가? '권문'과 '세족'은 별개가 아닌가?[12] 하는 (용어 용례를 중심으로 한) 회의가 있어 왔다.

그렇다고 고려 후기(여말선초)의 주된 사회세력이자 문화주체였던 이들의 '실존'마저 부인한 것은 아니었다. 따라서 용어 안에 포함된 다양한 핵질 자체를 폐기할 수는 없다. 게다가 신흥사대부의 저편에 '세족'[13]을 두고 보면, 당시 역사 및 문화지형을 읽는 데 있어 나름의 유용성도 있다.

그러나 여기에도 하나의 조건이 있다. 신흥사대부들이 하나의 '세력'(정치·사회·문화)으로 성장하여 자신들의 입장을 관철시키는 것은, 정치적으

참조.
10 인권환,『고려시대 불교시 연구』, 고려대 민족문화연구원, 1982; 이종찬,『한국불가시문학사론』, 이회문화사, 1993; 허흥식,『진정국사 천책과 호산록(湖山錄)』, 민족사, 1995; 이진오,『한국불교문학의 연구』, 민족사, 1997 참조.
11 김당택,『원간섭하 고려정치사』, 일조각, 1998 참조.
12 김광철, 앞의 책 참조.
13 이 세족은 이른바 '권문세족'이 아니다. 이 글은 김광철의 논의에 동의한다.

로도 여말 전제개혁 과정에 본격적으로 나타나고,[14] 적어도 충목왕대 정치도감(整治都監)의 활동에서야 확인되기 때문이다. 이른바 부정부패에 정면으로 부딪치는 사대부의 건강한 모습은 공민왕 집권 즈음 및 그로부터 10여 년이 더 지난 뒤인 것이다.

따라서 신흥사대부가 세력으로 성장하기 이전의 한문학(정치사 포함)은 신흥사대부와 세족의 대립으로 설명될 수 없고 다른 설명 틀이 필요하다. 더구나 이들의 사회경제적 기반이 기본적으로 대립적 성격을 갖지만[15] 그 갈등관계가 표면화된 것은 일러봐야 공민왕대 이후의 일이 아니던가?

앞서 언급한 바와 같이 여말선초의 내재적 발전을 강조하기 위해 신흥사대부의 성장에 집착한 사정을 이해 못할 것은 아니지만, 그 집착이 오히려 신흥사대부(로 지칭되는 지식인)를 실상과 어긋나게 파악하고 있지는 않을까 하는 의문이 든다. 이를 풀기 위해 '신흥사대부'가 지닌 세 가지 축을 되짚어가 보자.

2) 세 가지 축-자주, 중소지주 출신, 성리학

(1) 자주

첫째, 자주의 문제. 고려가 맞이한 외압, 특히 원(元)의 간섭은 역사상 유례가 없었다. 의례적 사대관계가 아니라 실질적 예속관계로서 왕의 입폐(立廢)

---

14 이익주, 「고려 충렬왕대 정치상황과 정치세력의 성격」, 『한국사론』 18, 서울대 국사학과, 1988 참조.
15 이 대립 또한 신흥사대부의 세족화 경향이 일반화되었던 것에 비추어보면, 과연 얼마나 언제까지 대립하고 있었는지는 다소 고민해보아야 할 문제이다. 고혜령, 「고려 후기 사대부의 개념과 성격」, 『허선도선생 정년기념 한국사논총』, 1992; 김광철, 앞의 책 참조.

가 전적으로 원(元)에 달려 있었다. 충숙왕(忠肅王)과 충혜왕(忠惠王)은 폐립을 되풀이하는 중조(重祚)까지 경험했다. 한문학계가 대몽항쟁에 보다 더 많은 관심을 두었던 것도 민족사의 정기를 세운다는 차원에서 '항쟁'의 무게를 가볍게 여길 수 없었기 때문이다.

원(元)과의 전쟁을 노래한 김구(金坵)의 시는 대표적 항몽문학으로 기록된다. 그는 시를 통해 고을을 지키느라 처자와 자결했던 이를 회억하고 있다.

당시 성난 도둑 변방에 들이닥쳐	當年怒寇闌塞門
40여 성이 불붙은 들판꼴이었네.	四十餘城如燎原
산에 기댄 외론 성 오랑캐의 길목에 있어	倚山孤堞當虜蹊
만군의 북소리 단번에 삼킬 듯하네.	萬軍鼓吻期一吞
백면서생 이곳을 지키며	白面書生守此城
기러기 털처럼 가볍게 나라 위해 몸 바쳤네.	許國比身鴻毛輕
일찍 인망을 얻어 사람을 결집하고	早推仁信結人心
장사들의 외치는 소리 천지에 쩌렁했지.	壯士曬呼天地傾
맞서 싸운 지 보름 뼈를 떼어 불 피우고	相持半月折骸炊
낮엔 싸우고 밤에 수비하느라 용도 범도 지쳤네.	晝戰夜守龍虎疲
힘이 부치고 세가 불리해져도 여유를 보이는데	勢窮力屈猶示閑
누각 위 풍악 소리 더욱 처연할시고.	樓上管絃聲更悲
어느 날 저녁 창고에 불꽃이 타오르더니	官倉一夕紅焰發
기꺼이 아내 자식과 함께 불 속으로 사라졌어라.	甘與妻孥就灰滅
충성스럽고 장한 넋이여 어디로 갔느뇨?	忠魂壯魄向何之
천고의 고을 이름, 부질없이 '철'이라 기록하누나.	千古州名空記鐵[16]

평북 철주(鐵州)에 이르러 지은 이 작품에선 직접 전쟁을 목도한 듯이 생생하게 그때 정황을 전해준다. 싸우느라 자신의 뼈도 불 피우는 데 쓰고 밤낮으로 싸우고 수비하는 모습에서 처참했던 전쟁의 모습을 떠올리기는 어렵지 않다. 특히 아내, 자식과 장렬히 전사하는 것을 달게 받아들였다는 대목에선 숙연해지기까지 한다. 대몽항쟁의 치열함을 노래한 시로는 손꼽히는 수작이라고 할 수 있다.

아직 전쟁이 끝나진 않은 상황에서 원(元)으로 사행을 가던 박항(朴恒)의 시에선 외세를 통하여 자국을 의식하는 모습도 보인다. 민족적 시련이 역설적으로 자국을 인식하게 했던 것이다.

한 빛으로 온통 거칠지만 눈 닿는 곳마다 똑같고,	一色平蕪觸處同
사시에 하루도 미친바람 불지 않는 때 없어라.	四時無日不狂風
나직한 산은 한낮에도 비를 뿌리고	淺山白日能飛雨
옛 요새는 누런 먼지 속에 문득 무지개를 쏘누나.	古塞黃沙忽放虹
저 너머 사천 리, 하늘과 함께 멀고	地隔四千天共遠
봉화대 하나 둘, 길은 언제 끝나려는지.	堠磨雙隻路何窮
한가는 진정 내 조국이 아니러니	漢家信美非吾土
꿈속에서 때때로 고향 돌아간다오.	歸夢時時落海東[17]

박항이 원종 10년(1269) 사행하던 때의 시로 보인다. 공간의 황량함과 예측불허의 기상은 시인의 몸과 마음을 짓누르며 압박하고 있는바, 특히 "저 너머 사천 리, 하늘과 함께 멀고[地隔四千天共遠]"와 "봉화대 하나 둘, 길은 언

---

16 김구(金坵), 『지포집(止浦集)』 「과철주(過鐵州)」.
17 박항(朴恒), 『동문선(東文選)』 권14 「북경로상(北京路上)」.

제 끝나려는지[嶼磨雙隻路何窮]"에 보이는 답답함은 시인이 갖고 있는 긴장감을 보여준다.

그런데 시인은 이처럼 터질 듯한 분위기 속에서 '내 조국[吾土]'을 자각하고 있다. '한가(漢家)'와 '내 조국[吾土]'을 견주면서 중국과 다른 나를 확인하고 있는 것이다. 특히 마지막 구절의 "꿈속에서 때때로 고향으로 돌아간다오[歸夢時時落海東]"는 일반적 향수와는 질감이 다르다. 개인적 지평을 넘어선 지점이 느껴지기 때문이다. 당시 사대부들은 외세를 통해 침략에 대한 적개심을 보이는 한편, 자국의 소중함을 인식하기도 하였던 것이다.

원간섭기를 벗어난 뒤, 중국의 왕조교체와 일본의 정세불안은 홍건적과 왜적의 침입을 야기했다. 외세에 대한 자주적 발현은 이제 전쟁을 치르면서 우국의 정신으로 발현되었다. 홍건적의 1차 침입 때 전황이 악화되어 평양까지 함락되었을 때 이색(李穡)이 지은 시를 들어본다.

어찌 이럴 수 있단 말인가	豈謂便如此
망연자실 어쩔 줄을 모르겠네.	茫然迷所爲
머리 숙이고 천명을 믿을 뿐이니	倒頭須信命
입 다물고 시국을 말하지 말지어다.	閉口莫談時
병기를 몇 해나 비축해왔고	戎器積年備
장수를 현명한 임금께서 알고 계시는데	將材明主知
임기응변을 끝내 어이 믿으랴	臨機竟何恃
적막한 가운데 눈물이 줄줄 흐르네.	寂寞涕交頤[18]

---

18 이색(李穡), 『목은시고(牧隱詩藁)』 권5 「문적입서경(聞賊入西京)」.

북방 방어선의 최후 보루인 평양의 함락은 나라의 안위를 보장 받을 수 없다는 것을 의미한다. 그래서 시인의 말투는 침통하기 짝이 없다. "머리 숙이고(倒頭)", "입 다물고(閉口)"는 당황한 나머지 어쩔 줄 모르는 시인의 모습을 잘 드러내 준다. 느닷없이 탄식하며 감정을 폭발시킨 시인은 절망감에 휩싸여 그저 눈물만 흘리고 있다. 아마도 갑작스런 상황에 놀란 마음을 걷잡을 수 없었던 것이다.

그 후 며칠 있다가 지은 「도적이 서경에 주둔했다는 소식을 듣고(聞賊駐西京)」[19]에서는 "우리는 이제 적의 해이함을 틈타 기습할 수 있거니, 용맹한 10만 군사 아직도 건재하도다(我今乘怠可急擊, 貔貅十萬尚桓桓)"라 하며 평양 탈환 수습책을 도모하고 있다. 이색의 시엔 전쟁의 상흔으로 허탈하면서도 참화를 극복하고자 하는 의지를 담고 있었다.

홍건적의 2차 침입(1361)이 있던 해 지은 김구용(金九容)의 시에선 외세를 탓하기에 앞서 내부의 허실을 비판하기도 한다.

승냥이 이리떼가 도성을 삼키는데	豺虎陷京國
신하들은 도무지 어쩔 줄 모르는구나.	群臣摠不知
당황하여 아내와 자식을 잃고	蒼黃失妻子
엎어지고 자빠지며 아이도 팽개치네.	顚倒棄嬰兒
불길은 하늘을 찌를 듯하고	烟焰衝雲起
산하는 눈 가득 서러워라.	山河滿目悲
금성탕지를 이미 지키지 못하면서	金湯已未守
분주히 달려 어디로 가려느냐.	奔走欲何之[20]

---

19 이색(李穡), 『목은시고(牧隱詩藁)』권5「문적주서경(聞賊駐西京)」. "北風怒號天慘寒, 賊騎突入松山關. 逆風上陣我失利, 賊到西京風勢闌. 城中米多屋又密, 遠來勢必甘小安. 我今乘怠可急擊, 貔貅十萬尚桓桓."

적에게 도성을 뺏긴 채 허둥대는 조정의 실상을 폭로하며 공포에 질린 백성들이 허둥대며 가족을 잃고 갓난아이를 버리는 비인간적 상황을 묘사하고 있다. 2구의 "신하들[群臣]"에게 한 것인바, 백성의 부모로서 나라의 위험을 구해야 할 사람들이 어디론가 달아나려고만 하는 무책임한 작태에 대하여 비판을 가하고 있다. 외세의 침입에 분노하면서 위정자의 실정을 비판하는 데까지 나아간 것이다.

신흥사대부들은 원(元)의 간섭을 비롯하여 간단없는 외세의 침입 속에서 겪은 아픔과 분노를 자신들의 문학작품 속에 자주 표현해왔다. 이를 통해 자국(自國)을 새롭게 확인하고 외세의 침입에 분노하며 무기력한 위정자의 실정을 비판하였다. 자주는 신흥사대부가 우국(憂國)의 정신을 벼려나갔던 주요한 축이었다.

(2) 중소지주 출신

둘째, 중소지주 출신의 문제. 이른바 권문세족과 상대항으로 주로 거론되는 특질이 바로 '중소지주 출신'이다. 이는 신흥사대부가 처음 입신할 때의 처지가 중앙 정계의 귀족계층이 아니라 지방에 자리 잡고 있던 향리층(물론 모두 그렇다는 것은 아니다)이었던 데서 유래한다. 이 때문에 이들은 중앙의 귀족들과 달리 지방 농민의 모습을 잘 대변할 수 있으리라 믿어졌다. 그래서 흔히 이런 사회경제적 토대에 기반을 둔 문학적 표출로서 '농민시' 혹은 민의 상처를 어루만지는 시(애민시)가 나타났다고 평가되었다.

여기서는 권문세족으로 알려진 채홍철(蔡洪哲)로 논의를 하도록 하자.

---

20 김구용(金九容), 『척약재학음집(惕若齋學吟集)』 권상 「신축년홍적(辛丑年紅賊)」.

『고려사』 악지에 채홍철이 지었다는 자하동이란 노래가 전한다. **송악산 자하동 선경과 같은 곳에 화려하기가 극치에 이른 저택을 마련하고, 나라의 원로라는 사람들을 모아 잔치를 하며, 천년 장수를 할 술을 마신다고 자랑하는 사연이어서 권문세족의 호기와 사치를 잘 나타내준다고 하겠다.** 바로 그런 연유로 국력을 피폐하고 백성은 굶주리지 않을 수 없었기에 어찌 그럴 수 있느냐고 항의하면서 나선 세력이 신흥사대부였다.[21] (강조는 인용자)

이 논의는 김동욱의 논의[22]에 기대고 있다. 따라서 그 논의를 직접 끌어오는 것이 좀 더 생산적이다. 그는 새로운 생활감정과 교양을 갖추고 혁신적 이념을 도입하고자 한 신흥사대부의 문학을 살피겠다고 했다. '혁신적 이념'이란 성리학을 뜻하는데, 그는 권문세족과 신흥사대부의 변별 기준으로 성리학을 들이대었다. 권문세족과 견주어지는 신흥사대부의 이념적 특질로 성리학을 들고, 그것이 문학적으로 구체화된 것을 찾은 것이다. 이렇게 신흥사대부 문학을 논할 경우에 앞서 언급한 세 가지 축이 서로 착종되어 거론되기도 한다.

그가 비교한 것은 채홍철과 우탁(禹倬)이었다. 우탁은 성리학의 계보에 든 만큼 비교의 대상이 될 수 있었다. 그 시들을 들어본다.

당시 해산을 많이 오갔건만	海山當日往來多
물외의 정신 여기에서 한층 더해지네.	物外精神到此加
처음 꿈에서 운우의 골짝을 노닌 줄 알았는데	初謂夢遊雲雨峽
차츰 이 내 몸 그림 속에 들었는가 하네.	漸疑身入畫圖家

---

21 조동일, 앞의 책, 218면.
22 김동욱, 『고려 후기 사대부 문학의 연구』, 상명여대 출판부, 1991, 33~46면.

남강의 가을 밤, 달은 천 개 봉우리에 비치고 　南江秋夜千峰月

북리의 봄바람에 꽃이 만 나무에 피었네. 　北里春風萬樹花

무정할사 도를 익힌 사람이라 해도 　雖是無情閑道者

올라보면 메마른 떼 같을 순 없으리. 　登臨不得似枯槎[23]

영남을 돌아다닌 지 여러 해 　嶺南遊蕩閱年多

호산의 경기 더해짐이 가장 좋아라. 　最愛湖山景氣加

향그런 풀 돋은 나루터는 나그넷길 나누고 　芳草渡頭分客路

푸른 수양 제방에는 농가가 있구나. 　綠楊堤畔有農家

바람은 잠잠하기 거울 같고 안개 질게 비꼈는데 　風恬鏡面橫煙黛

세월 묵은 담장 끝에 이끼가 다부룩하네. 　歲久墻頭長土花

비 갠 사방 교외에선 격양가 들리는데 　雨歇四郊歌擊壤

그예 나뭇가지 끝을 보니 차가운 떼가 붙노라. 　坐看林杪漲寒槎[24]

　　채홍철은 영호루(映湖樓)의 경치를 "운우의 골짝[雲雨峽]"과 "그림[畵圖家]"에 비유하고 있다. "운우의 골짝"은 무산(巫山)·양대(陽臺)의 고사가 서려있는 선경(仙境)이고, "그림" 역시 선경을 형용한 것이다. 안동(安東)이란 공간을 실제와 다른 물외(物外)의 공간으로 만든 것이다.

　　이에 비해 우탁은 풀 우거진 나루터, 갈라진 나그네 길, 푸른 버들의 언덕, 언덕가의 농가 등을 영호루를 떠받드는 풍경으로 그려냈다. 이내 낀 호수와 이끼 다부룩한 담장에 한적하고 고요한 삶의 흔적을 담아놓기도 했다. 즉 "농가(農家)"로 상징되는 생활공간을 노래하고 있는 것이다. 채홍철의 선경과 우탁의

23　채홍철(蔡洪哲), 『동문선(東文選)』 권14 「복주영호루(福州映湖樓)」.
24　우탁(禹倬), 『동문선(東文選)』 권15 「영호루(映湖樓)」.

농가는 이들의 시적 지향이 차이 남을 보여준다. 같은 지역을 노래한 시를 한 수 더 들어본다. 이 시는 채홍철과 우탁의 중간쯤에 위치한 듯한 느낌이 든다.

이 누각의 풍경 진정 아찔하니	此樓風景惱人多
팔영과 쌍계도 이보단 못하리.	八咏雙溪不敢加
깃발·수레의 그림자 초부·목동의 길에 엇섞이고	旗蓋影交樵牧路
풍악 소리 이민의 집에 떨어지네.	管絃聲落吏民家
허공을 가로지른 처마 확 트여 오싹하고	跨空簷豁膚生粟
물에 비친 헌은 위태로워 어질하네.	照水軒危眼眩花
옥도끼로 닦아 이룬 광한전이러니	玉斧修成廣寒殿
표연히 다시 신선의 뗏목에 오른 듯해라.	飄然還訝上仙槎[25]

"깃발·수레의 그림자 초부·목동의 길에 엇섞이고, 풍악 소리 이민의 집에 떨어지네[旗蓋影交樵牧路, 管絃聲落吏民家]"에서 드러난 것처럼 영호루로 향하는 화려한 행차를 보면, 이곳은 한적한 공간만은 아니다. "이민의 집[吏民家]"이라고 했으니 인간세계 가까이 있는 곳이다. 그런데 이곳에서 시인은 "신선의 뗏목[仙槎]"을 타고 광한전에 오르는 느낌을 받는다. 영호루를 통해 선경을 찾았던 채홍철의 상상과 현실 속 인간계를 바라보았던 우탁의 시선을 모두 찾을 수 있다.

김동욱은 채홍철과 우탁의 시를 두고, 권문세족과 신흥사대부의 것으로 간주했다. 시적 지향상 차이 나는 부분을 그들의 처지로부터 유추할 때 일리가 있다고 보인다. 신흥사대부가 권문세족과 다른 것은 현실 속의 삶의 공간

---

25 조간(趙簡), 『동문선(東文選)』 권15 「영호루(暎湖樓)」.

을 자신의 시야 안에 두고 있어서일 것이다. 조간(趙簡)은 이제현의 부친인 이진(李瑱)과 동년인 사람으로 성리학의 계보에 드는 인물이다. 그 또한 선경을 찾으면서도 "이민의 집"에 눈길을 주고 있었으니, 신흥사대부가 현실지향적 시야를 갖고 있다고 할 수 있을 것이다.

그러나 한편, 과연 그런가 하는 반론이 있을 수 있다. 비교대상인 채홍철과 우탁은 모두 과거를 통해 입신했기에 유학적 소양을 기본적으로 갖춘 사대부라고 할 수 있다. 여기에 채홍철의 학사연(學士宴)에 이제현의 장인인 권보[權溥]가 축하하는 시를 짓고, 그곳에서 "예악이 500년에 중흥했네[禮樂中興五百年]"[26]라고 칭송한 사실을 생각하면, 과연 이들 사이에 근본적 차이점이 있다고 하기엔 다소 주저된다. 더구나 "3대 이상에 걸쳐서 5품 이상의 고급 관인을 계속적으로 배출하고 이들 가운데 수상직을 역임했거나 재추(宰樞)로 활동했던 인물이 한 명 이상 있을 때 세족으로 규정한다"[27]는 기준을 적용하면, 평강 채씨(平康 蔡氏)나 단양 우씨(丹陽 禹氏) 모두 여말에 세족이 되고 있는 데 있어서랴? 이는 다음 절에서 다시 논의될 것이다.

(3) 성리학

셋째, 성리학의 문제. 앞서 살펴보았듯이 여말선초 한문학사에서 주요한 사상적 푯대로서 성리학의 도입을 꼽을 수 있다. 신흥사대부의 이념적 지반으로서 성리학은 아무리 강조해도 지나치지 않는다. 그것이 얼마나 체화되었는지 여부는 아직 논란의 여지가 있지만 성리학적 철리시(哲理詩)를 짓고 있는 것을 보면 그 문학적 성취를 소홀히 할 이유는 없다.

---

26 권부(權溥), 『동문선(東文選)』 권20 「채중암학사연(蔡中庵學士宴)」, "仙閣暈飛碧洞天, 滿園桃李上元前. 松山瑞氣濃如酒, 禮樂中興五百年."
27 김광철, 앞의 책 , 58면.

성리학적 상상력을 시 속에 형상화하는 것은 이색 이후에야 가능해진다. 그의 철리시는 구체적 경물을 통해 감각적 특징을 묘사하고, 이를 계기화해 이치로 접근하는 길을 취하고 있다. 그가 강물을 통해 본질을 탐색해간 시를 보도록 한다.

맑디맑은 가을 강의 둑	淡淡秋水坡
항상 변치 않고 밝게 빛나라.	炯然無轉移
하늘 빛 그 속에 쏟아지니	天光瀉其中
구름과 해는 어이 그리 눈부신가.	雲日何陸離
사나운 바람 설령 부딪쳐와도	狂風或相觸
물결은 오히려 비스듬히 맞이하네.	浪作猶逶迤
고요한 자 마음 근원은 해맑아도	靜者心源澄
일이 닥치면 뒤쫓아 내달리네.	事至隨以馳
그럼에도 흘러가지 않으니	然而不流蕩
의로움 정녕 무너뜨릴 수 없어라.	有義誠難隳
원하건대 스스로 경계하여	願言自儆戒
오늘 시를 마음속에 새길지라.	無忘今日詩[28]

이색은 위 시에서 강물의 성질을 살펴보고 그것이 갖춘 해맑음과 유연함을 결백한 지조와 사리에 순응하는 슬기를 갖춘 인격체에 견주고 있다. 물처럼 고요한 내면을 지닌다면 어떤 외부 자극에도 본래 지닌 항상됨을 견지할 수 있다는 것이다.

---

28 이색(李穡), 『목은시고(牧隱詩藁)』 권26 「담담(淡淡)」.

경물을 묘사하면서 물리(物理)를 궁구하고 이를 다시 인격 수양의 영역으로 옮겨온 것인데, 이런 관물(觀物)의 정신은 북송의 성리학자 소옹(邵雍)의 관물사상에서 계발 받은 것이다.[29] 소옹은 현상에 집착하면 본질에 대한 인식이 잘못될 수 있으니 감각기관을 닫고 사물의 이치에 나아가 살피라고 했다. 또한 '이아관물(以我觀物)'보다는 '이물관물(以物觀物)'의 태도를 견지할 것을 요구했다. 그것이 성(性)을 고요하고 평정한 상태에 둘 수 있기 때문이었다.

심성수양을 위한 노력은 이색의 문하인 김구용에게도 나타난다. 그는 산속의 거처를 노래하며 자연 속에서 수양하는 흥취를 다음과 같이 노래한 바 있다.

> 드넓은 천지의 미친 서생 하나　　　　　　　浩然天地一狂生
> 홀로 청산에 누워 밝은 달을 희롱하네.　　　獨臥靑山弄明月
> 껄껄 웃노니, 요사이 세상에 맛이 없는데　　自笑邇來無世味
> 대나무 뿌리로 흐르는 물소리 마음 닦는 소리라오.　竹根流水洗心聲[30]

4구의 땅 밑으로 흐르는 물은 대나무의 생육을 도와 곧은 성질을 유지시켜 준다. 이처럼 자연이란 세속적 삶에 황폐해진 마음을 씻어주는 도덕적 자양분이다. "마음 닦는 소리[洗心聲]"란 바로 시적 화자인 "미친 서생[狂生]"의 속티를 씻어주는 자연의 소리인 것이다.

'산거(山居)'를 생활과 수양의 공간으로 삼은 것은 이전 세대인 이진(李瑱)의 시에서도 엿보인다. 비록 심성수양의 공간으로까지는 아니지만 그곳에서 '지지(知止)'의 삶을 누리길 희구하는 마음은 읽을 수 있다.

---

29 이병혁, 『고려말 성리학의 수용과 한시』, 태학사, 2003ㄱ; 이병혁, 『여말선초 한문학의 재조명』, 태학사, 2003ㄴ 참조.
30 김구용(金九容), 『척약재학음집(惕若齋學吟集)』 권상 「산거(山居)」.

하늘 가득히 푸른 산빛은 옷깃을 적시고 　　　　　　　　　滿空山翠滴人衣

풀이 새파란 연못에 흰 새 날아가누나. 　　　　　　　　　草綠池塘白鳥飛

지난 밤 안개는 깊이 수풀 사이에 있더니 　　　　　　　宿霧夜棲深樹在

한낮에 바람 불자 비가 되어 부슬부슬 내리네. 　　　午風吹作雨霏霏[31]

『소화시평(小華詩評)』에서 경치 묘사가 핍진하고 격이 높다는 평가를 받은 바와 같이 속기(俗氣) 없는 자연의 풍경을 포착하고 있다. 비췻빛 물이 뚝뚝 떨어질 듯 푸르름이 온 산을 뒤덮어, 그 안에 있는 시인에게는 하늘 가득 푸른빛만 보이는 듯하다. 안개가 부슬비로 되어 내릴 때까지 시인은 그 안에 푹 젖어 있었던 것으로 보인다. 자연스러운 동화인 것인데, '산거(山居)'가 안온한 공간으로 자리 잡았음을 확인할 수 있다. 이는 민사평(閔思平)이 부러워 한 안목(安牧)의 '촌거(村居)'에서도 나타난다.

그러나 김구용의 산거는 귀전원(歸田園)을 꿈꾸는 '촌거(村居)', '산거(山居)'와 다른 심성수양의 공간으로 모색되고 있음에 주의할 필요가 있다. 이런 모습은 길재(吉再)의 시에서도 찾을 수 있다.

대 빛 봄에도 가을에도 절의 굳건하고 　　　　　　　　竹色春秋堅節義

계곡물 밤낮으로 탐심을 씻어주네. 　　　　　　　　　溪流日夜洗貪婪

마음속 밝고 고요해 속티 하나 없으니 　　　　　　心源瑩靜無塵態

이제야 도가 달콤한 줄 알겠노라. 　　　　　　　　　從此方知道味甘[32]

길재는 푸른 대나무와 계곡을 흐르는 물을 통해 절의와 청렴을 향한 지조

31　이진(李瑱), 『동문선(東文選)』 권20 「산거우제(山居偶題)」.

32　길재(吉再), 『야은집(冶隱集)』 「언행습유상(言行拾遺上)」 「우음(偶吟)」.

를 다지고 있다. 4구에서 직접 자신의 뜻을 드러낸 것은 시의 함축미를 훼손할 정도로 솔직해 보인다.

성리학으로 세계관을 벼린 신흥사대부의 철리시는 철학적 사유를 시 속에 담아내어 한층 높은 수준의 시적 성취를 기대하도록 했다. 주로 산수를 심성 수양의 공간으로 그려내고 그 속에서 도를 체현하고픈 마음을 담아내었던 바, 이어(理語)의 잦은 노출은 대상 속에 이치가 무르녹지 않았음을 보여주는 것인데, 이는 아직 성리학 도입 초기라는 점에서 이해될 수 있다.

이상에서 간략하게 살펴본 바와 같이 '신흥사대부'는 자주, 중소지주(향리), 성리학이란 세 가지 축을 갖고 있다. 이들은 각각 부원배의 예속성, 세족의 장원 소유, 불교의 말폐에 대한 상대항으로서 의미 있는 소양이요 특질이라고 할 수 있다. 사실 이것이 신흥사대부를 '건강한' 문학담당층으로 만들었던 내적 기제였던 것이다.

그래서 여말선초 한문학 작품 속에서 우리는 항상 그들의 자주성('민족성' 과 동의어로 볼 수 있을지는 의문이다), 농민성(이 역시 그들의 신분이 '지주(地主)'일진대, 이들의 농민시를 과연 민중적 성격으로만 볼 것인가도 여전히 의문이다), 성리학적 성격(고려 후기의 경우, 특히 심성론적 차원에서 도학성을 천발한 것으로 이해하는 경향이 있다)을 도출하려는 유혹에 이끌리기 일쑤다. 만일 그렇게 하지 않으면 신흥사대부의 진면목을 보지 못한 듯한 죄책감에 사로잡히곤 하는 것이다.

3. 개념의 수정과 문학적 확대 방향 – 실리, 세족, 불교

이처럼 '신흥사대부'의 세 가지 축을 살펴보는 것은 고려 후기(여말선초) 한문학의 지성사적 위치를 가늠하는 시금석이 될 수 있다. 비록 사대부, 즉 유교 지식인의 관점에서 읽어내고 있다는 한계는 갖고 있지만 당시 문학을 추동했던 주도층의 생동하는 힘을 볼 수 있다는 점에서 그렇다.

그러나 조선(건국세력)의 사대부로부터 역투사(逆投射)하여 고려 후기(여말선초) 지식인의 상을 그려낸다면 다소 오독의 개연성이 없지 않으리라 생각한다. 이 글은 바로 이런 오독의 가능성에 주목하고 있다.

한편, 그 '오독'을 가능하도록 만드는 '신흥사대부론'에는 거꾸로 '객관적 실상'을 찾아볼 수 있는 가능성도 담고 있다. 다음에서 그 가능성에 대하여 앞서 제출했던 신흥사대부의 세 가지 축의 함의를 수정 혹은 보완하면서 문학적 확장을 꾀해보도록 한다.

(1) 자주에서 실리로

첫째, 자주의 본뜻은 과연 무엇일까? '민족'이란 이름은 누구에게 붙일 수 있을까? 만일 고려의 국체를 지키기 위한 모든 노력을 자주적이라고 평가한다면, 원간섭기에 '사대(事大)'란 이름으로 진행된 고려인들의 노력은 다시금 평가해야 하지 않을까?

자주와 사대는 현실 속에서 늘 함께 나타난다. 쌍무적 상대성을 인정해야 하는 외교적 문제이기도 하다. 여기엔 무엇보다도 상대의 긍정과 이해가 바탕으로 되어 있다.

그러나 고려 후기, 특히 원간섭기에는 상대로부터 고려의 존재 자체가 인정될 형편에 있지 못했다. 그만큼 실존 자체가 위협받고 있는 상황에서 당시 지식인들에게 자주와 사대의 문제는 정치적 입장을 취하듯이 간단명료하지는 않았다. 공민왕조 이후 본격적인 이른바 자주운동이 벌어진 당시엔 그리 복잡한 양상을 띠지는 않지만, 13세기 후반에서 14세기 전반까지는 원(元)을 의식하며, 그로부터 고려를 유지할 수 있는 방도를 찾을 수밖에 없었다.

따라서 원간섭기 지식인들에게 자주성(민족적 자부심과 긍지로서의)을 요구하는 것은 무리이다. 그들은 사대를 표방했고, 그로써 고려 국체를 유지시킬 수 있었다. 당시 사대의 현실적 성격, 실리적 성과를 인정할 필요가 있는 것이다.

그동안 13세기 후반 문학사가 공백으로 남아있게 된 것도 바로 이런 연유에서이다. 항원(抗元)과 자주적 목소리에 눈길이 더 갔던 것도 민족사관의 입장에서 당연한 논리였다. 이 와중에서 "원나라 문화는 선택과 여과를 지각 있게 한다면 고려를 위해서 긍정적 기여를 할 수 있는 요소를 적지 않게 갖추었다"[33]는 지적은 단연 눈길을 끈다. 세계제국으로서, 세계문명으로서의 원(元)을 인정하고, 그로부터 실리적 성취를 획득할 수 있었으리라는 추정을 가능하게 하는 서술이기 때문이다.

14세기 후반(여말) 지식인들의 지적 자양분은 원과의 교류 과정에서 배태되었다고 해도 과언이 아니다. 당장 그들의 이념적 폿대인 성리학의 수입이 그렇고, 문재(文才)로 인정받기 위해 원으로 유학하고 제과(制科)에 응시했던 것에서도 그렇다. 설령 제과의 설치가 원의 정치적 고려에 의한 것일지라도, 그에 응시하여 급제했던 당사자들(이를테면 이곡, 이색 등)은 원에서의 출신을 부끄럽게 여기지 않았다. '자주'의 문제를 상상의 민족감정에서 해방시킨다면 세계제국과의 만남이란 주제로 확장할 수 있는 가능성이 있으리라 생각한다.[34]

---

33 조동일, 앞의 책, 219면.
34 임형택, 「고려말 문인지식층의 동인의식(東人意識)과 문명의식(文明意識)」, 『목은 이색의 생

항몽전쟁을 겪은 뒤 다녀온 그곳은 살벌하였을 텐데도, 이승휴(李承休)의 사행시에 보이는 정감은 사뭇 다르게 느껴진다. 다음은 그의 『빈왕록(賓王錄)』에 나오는 시 두 편이다. 앞 수는 출발에 즈음하여, 뒤 수는 귀국길에서 만난 물을 보고 지은 것이다.

골 어둡고 산 컴컴하다 동이를 쏟아 붓듯 비가 내리더니	谷暗山盲雨瀉盆
앞에서 길이 갈라지며 시뻘건 물이 내달리네.	到頭岐路赤流奔
일엽편주를 작다고 얕보지 마라	莫輕一葉扁舟少
출렁대는 만경창파를 곧장 건너리라.	直渡云云萬頃渾[35]

'소(少)'와 '혼(渾)'의 대조가 강렬하여 묘한 긴장을 불러일으킨다. 지금은 연약하고 왜소하지만 끝내 만경창파를 건너리라는 다짐과 자신감이 돋보인다. 이런 마음은 그가 귀국하며 압록강에서 불렀던 노래에서 절정에 달한다. 그가 마주한 압록강은 국경이 아니라 문명세계로의 통로였다.

한제가 난간에 임해 다섯 번 술을 하사하니	漢帝臨軒五賜卮
한 줄기 광채 화이에 환히 비치도다.	一行光彩耀華夷
십분 임금의 어주로 뼛속까지 훈훈했고	十分御醞醺金骨
네 벌 선인의 옷으로 하얀 살갗을 감쌌다네.	四襲仙衣護玉肥
광활한 들을 박차는 말발굽은 떠나는 나그네 재촉하고	闊野攢蹄催送客
아름다운 산천은 눈길마다 시를 지으라 권하누나.	好山供眼勸題詩

애와 사상』, 일조각, 1996 참조.

35 이승휴(李承休), 『동안거사행록(動安居士行錄)』 권4 「시월십일일, 패강도중즉사(是月十一日, 浿江途中卽事)」; 김승룡, 「원간섭기 고려지식인의 현실인식 시고」, 『한국문학연구』 1, 고려대 민족문화연구원, 2000 참조.

이미 황제를 뵌 뒤 대궐로 돌아오는지라   已將利見還雲闕

누런빛은 응당 팔채미에 더했으리.   黃色應添八彩眉[36]

"아름다운 산천[好山]"은 고려 산천이 아니라 귀국길에 만난 만주의 산이다. 바로 "광활한 들[闊野]"에 펼쳐진 산천인데, 그 산천마저 시적 대상이 될 정도로 마음이 밝아진 시인의 모습을 확인할 수 있다. 또한 '이견(利見)'은 황제를 알현한 것을 뜻하니, 이승휴가 성군을 만나고 돌아오는 길목의 압록강은 이제 새로운 의미를 갖는 것으로 보인다. 그래서 "골 어둡고 산 컴컴하던[谷暗山盲]" 공간이 "아름다운 산천[好山]"으로 바뀐 것이다.

이런 변화의 이면에는 이승휴가 원(元)을 오랑캐로 대하지 않고 '중국'으로 바라본 인식의 전환이 깔려있다. "세조(쿠빌라이)가 천하를 통일한 뒤 유아(儒雅)한 사람을 등용하니, 헌장(憲章)과 문물(文物)이 모두 중화의 옛 모습을 회복하였다"[37]고 한 이제현의 언급에서도 보듯 당시 사대부들은 '자주'의 명분에서 탈각하여 실리적, 현실적 눈으로 외세를 바라보았다.

여말(麗末)에 이르면 우리는 항용 외교노선에 따라 지식인들을 반원과 친원으로 가른다. 이로부터 '개혁적 신흥사대부'는 반원, '수구적 권문세족'은 친원이란 도식이 도출된다. 그런데 반원은 친명(親明)과 동전의 양면을 이룬다. 곧 여말선초기 반원은 친명에 다름 아닌바, 그렇다면 친원과 친명에 따라 사대와 자주로 평가하고 있다는 혐의가 있다. 다시 말해 조선을 건국한 세력[親明, 親漢族]의 눈으로 여말 지식인의 상을 잡고 있는 것이다. 생각이 여기까지 미치고 나니, 신흥사대부론이 제기된 경위가 조선을 건국한 세력을 해

---

36 이승휴(李承休), 『동안거사행록(動安居士行錄)』 권4 「시월이십오일, 환급압록강(是月二十五日, 還及鴨綠江)」.

37 이제현(李齊賢), 『역옹패설(櫟翁稗說)』 후집2. "世祖旣一四海, 登用儒雅, 憲章文物皆復中華之舊."

명하고 그 내원을 밝히는 과정이었음이 떠오른다. 결국 고려 후기의 신흥사대부는 조선을 위해 준비된 것이었고, 신흥사대부의 상에 조선건국 세력의 이미지가 덧씌워져 있었던 것이다.

(2) 중소지주 출신에서 세족을 아울러서

둘째, 사회경제적 토대란 출신성분에 국한되지 않는다. 출신은 당사자의 소종래를 밝힐 뿐 실존 그 자체에 대해 직접적으로 말해주는 것은 없다. 이는 지금의 호적(戶籍)과 마찬가지 역할을 한다. 오히려 그가 '현재' 놓인 위치, 그곳에서의 사회경제적 입장(계급성)을 확인하고, 그로부터 논의를 재출발시키는 것이 생산적이리라. 일찍이 '신흥사대부'를 제기하면서 출신을 거론하게 된 것도 그들이 입신할 당시 정치경제적 입장, 문학예술상 견해의 유래처를 확인하기 위한 참조사항일 뿐 고정불변의 조건으로 제출된 것은 아니었다. 사회경제적 조건은 변한다!

'신흥사대부'의 사회경제적 조건은 초기와 달리 여말, 그리고 선초로 가면서 변해갔다. 경주 이씨(慶州 李氏)의 경우, 이진(李瑱)이 처음 출사할 때만 해도 지방향리 출신이었지만, 이제현-이달존(李達尊) / 이달충(李達衷)-이보림(李寶林)에 이르면서 여말 유력한 세족의 하나로 변모하며, 한산 이씨(韓山 李氏)도 이춘년(李椿年)은 정읍(井邑)의 감무였지만, 이곡(李穀)-이색(李穡)-이종학(李鍾學)을 거치면서 세족으로 된다. 따라서 '신흥사대부'의 최초 출신에 얽매이지 않고, 변화된 조건에 맞게 새롭게 그들의 생각과 감정을 포착할 유연성이 요구된다.

고려 후기의 유력한 양반 가문의 하나인 경주 이씨도 조선 전기에 재추 1명을 포함해 관원을 배출했다. 그들은 두 지파에서 비롯되었는데, 모두 13세기 후반

왕조 역사에 나온다. 『고려사』에 처음 등장하는 A지파의 인물은 이숙진(李淑眞)으로 1270년에 문하성의 종4품 관원을 지냈다. 그의 아들 이예(李芮)는 충혜왕 때 원의 문하성에 근무했으며 조익청(曹益淸)·기철과 함께 고려를 원의 번국으로 만드는 데 앞장섰다. 이손보(李孫寶)는 14세기 전반 중급의 대간이었고, 이존오(李存吾)는 공민왕 때 중급 관원으로 근무했다. B지파의 시조인 이핵(李核)은 왕조 역사에는 나오지 않지만 이색은 그가 2품 관직을 지냈다고 말했다. 역사에 처음 등장하는 이 지파의 인물인 이진(李瑱)은 충숙왕 때 중서문하시랑평장사를 포함해 여러 고위 관직을 거쳤으며 그의 아들로 저명한 학자이자 관원인 이제현(李齊賢)은 충선왕의 깊은 신임을 받았고 원에서 여러 해를 보냈다. 이정(李頲)은 1345년에 참리에 임명되었고, 이달충(李達衷)은 공민왕 때 중급관원이었다.

조선이 개창되었을 때 경주이씨는 재추로 종2품의 대제학인 이남재 밖에 없었는데, 그는 태종 때 좌명공신으로 책봉되었다. 그러나 이씨는 중요한 중간 품계의 대간을 여럿 배출했는데, 이수(李壽), 이정견(李廷堅), 이승상(李昇商) 등이었다. 일부 역사학자들은 이제현이 전형적인 '신흥사대부'였다고 주장한 바 있다. 그러나 원 조정 및 고려 왕실과 밀접한 관계를 맺었고 고려 후기에 다수의 관원을 배출한 이 가문이 고려 후기의 유력한 양반 가문(이른바 세족들을 지칭함)과 어떻게 다른지 이해하기 어렵다.[38]

이를 위해 '세족의 시각'을 원용할 수 있을 것이다. 이것은 고려 후기 '권문세족'이 극복되고 비판받아야 할 대상이 아니라고 주장하는 것도 아니며, 더욱이 이들을 무조건 긍정적 존재로 보려는 것도 아니다. 오히려 지배세력을 정치(혹은 문학)성향을 달리하는 세력으로 양분하여, 그 가운데 하나를 모순

---

38 존 던컨, 앞의 책, 184면.

대상, 다른 하나를 극복주체로 설정하고, 후자가 정치사(문학사)의 주류임을 확인하는 시각이 타당한가 하는 질문을 던져보고자 하는 것이다. 자의적으로 경계를 설정하여 문학사를 왜소하게 만들거나 편협하게 이해해서는 안 된다고 생각한다. 특히 동일한 사회구조 속에서 유사한 입신(立身)의 방식(과거)을 통하여 사회적 진출을 하고, 자신의 능력[文翰]을 인정받았던 상황에서, 심지어 권력[文衡]을 함께 향유했던 동일한 지배층이었다는 점에서 그들 모두가 고려 후기 문학사를 만들어간 흐름들로 정당하게 인정되어야 할 것이다.

예컨대 고려 후기 청주곽씨의 경우, 곽예(郭預, 감찰대부)로부터 시작하여 그의 아들 운룡(雲龍, 도진장), 손자 정준(廷俊, 판개성부사), 운(珚, 밀직제학)·침(琛, 상서좌승), 복(復, 밀직제학), 추(樞, 정당문학)로 이어지면서 번성했다. 흔히 곽예의 경우는 문학사에서 거론되지만 그의 증손인 곽운의 경우 거론조차 되지 않고 있다. '세족의 시각'은 영성한 고려 시문자료의 집일(輯佚)에도 하나의 방법이 될 수 있다. 곽운의 시를 들어본다. 그의 시에는 도연명(陶淵明)의 귀거래(歸去來) 심회를 담고서 맑은 정신경계를 추구하는 경향이 보인다.

옛 산의 안개 낀 여라 속에	舊山烟蘿中
서까래 셋의 오랜 집 있네.	三椽有老屋
친구가 어제 보내온 편지에	故人昨寄信
당귀가 한 줌 가득했지.	當歸盈一掬
하찮은 관직 놓아 버리지 못하지만	微官不放歸
돌아갈 생각만 절로 간절해라.	歸計徒自熟
시름 찾아와 옥금을 울리면	愁來鳴玉琴
서리바람 고목에서 인다오.	霜風生古木[39]

곽운에게 보내온 친구의 편지 속에 뜻밖에 고향의 당귀가 들어있었다. 안개 낀 여라 속의 작고 오래된 집을 떠올리게 만든 것은 바로 당귀 한 움큼이었다. 그런데 '당귀(當歸)'는 약초 이름이기도 하지만, 사실 '마땅히 돌아오라'는 메시지를 전달하는 물상이기도 하다. 친구의 편지에 돌아오라는 말은 없어도 귀거래를 권유하는 뜻이 강하게 담겨있었던 것이다.

'당귀'로 상기(想起)된 고향 생각에 시인은 속만 탈 뿐이다. 그래서 옥금을 울리노라면 그곳에서 추상같은 바람이 흡사 자신의 속마음처럼 나무통 속에서 울려나온다. 그런데 '옥금(玉琴)'도 이중적 의미로 읽을 수 있다. '심금(心琴)'의 뜻으로 해석할 수 있는바, 고향 생각에 기인한 시름이 시인을 휘감아오며 마음의 줄을 튕길 때면 어느새 메마른 나의 몸은 소슬하여지고 왠지 서글퍼진다는 것이다. 그래서 그는 귀거래를 단행하게 되는 것이다.

현실에 대한 비판의식을 갖고서 생명의 경계를 노래했던 곽예와는 다른 시적 정취를 지니고 있는 곽운의 시가 그의 '세족'과 어떤 연관이 있는지는 좀 더 따져봐야 할 것이다. 다만 '세족'이 그간 거론조차 되지 않던 작가와 작품을 문학사 속에 올려놓고 되새김할 수 있는 기회를 제공할 수는 있다고 생각한다.

(3) 성리학과 불교의 접점들

셋째, 성리학의 문제. 자주의 문제를 거론하면서 13세기 후반 문학연구가 공백이라고 한 바 있다. 그런데 여기엔 외세의 문제와 함께 성리학에 대한 평가가 밀접히 관련되어 있다. 흔히 신흥사대부를 14세기에 국한하여 논의하는 데는 성리학 도입으로부터 그 건강성을 이해하고자 한 태도 때문이다. 이

---

39 곽운, 『동문선(東文選)』 권4 「사구산(思舊山)」; 김승룡, 「고려 후기 청주곽씨 가문의 시세계 연구」, 『대동한문학』 16, 대동한문학회, 2002 참조.

것은 그 연원을 거론하면서 고려 중기 이규보에서 훌쩍 건너뛰어 안향(安珦)의 성리학 도입을 거쳐 이제현의 수학(修學), 이색의 교학(敎學), 그리고 조선 건국세력의 실천으로 그 역사적 연원을 잡고 있는 데서 단적으로 나타난다.

사실 14세기 한문학의 건강성으로 꼽히는 우민(憂民)의 정신은 13세기 후반, 당시 사대부 및 승려들의 문학정신에서 간단없이 발현된 바 있다. 또한 성리학이 하나의 이념으로 도입되었다고 해도, 그것이 체화되어 문학적으로 승화되기는 시간이 걸린다고 보는 것이 타당하다. 『고려사』「정몽주열전」에 사서집주(四書集注)의 흔적이 보이기도 하지만, 수입과 열독만으로 문학적 성취를 단정하기는 성급한 감이 없지 않다. 차라리 『주희집』이 정식으로 간행되고 읽혔던 이황(李滉)의 시대에 가서야 성리학적 사상에 기초한 문학적 창작이 수행되었다고 보는 것이 온당하지 않을까? 김종직(金宗直)의 시대에서조차 시학(詩學)을 통해 도학(道學)에 들어섰다는 논의가 있는 것을 보면, 이념의 도입과 문학적 성취를 단선적으로 연결시키는 것은 신중할 필요가 있다.[40]

그렇다면 성리학의 위치를 어떻게 비정할 것인가? 아직 확언하기는 어렵지만, '계기적 자극'으로 평가될 수 있을 뿐, 궁극적 결정력을 갖는다고 보기는 어렵지 않을까 생각한다. 이것이 성리학 도입의 의미를 경감시키지는 않는다고 본다. 흔히 고려시대는 천리, 자연, 운명과 같은 우주적, 철리적인 것은 불교가 맡고, 현실 정치적인 것은 유교가 담당했다고 한다. 그러나 철리로 다져진 이념으로 새롭게 성리학이 도입되고 그것이 현실 속에서 힘을 발휘하게 되자, 불교의 현실부적응도가 강렬해지고 끝내 퇴출의 위기로 몰리게 되었으니 성리학이 지닌 이념으로서의 생명력과 영향력은 결코 낮게 평가될 수는 없다.[41]

---

40 강명관, 『조선시대 문학예술의 생성공간』, 소명출판, 1999 참조.
41 미야지마 히로시, 『미야지마 히로시, 나의 한국사 공부 ― 한국사의 새로운 이해를 찾아서』, 너

문제는 그것을 도입과 함께 곧장 절대화하는 것이 타당한가이다. 14세기 '신흥사대부'들 — 예컨대 이색(李穡), 이집(李集), 한수(韓脩), 김구용(金九容), 정몽주(鄭夢周), 정도전(鄭道傳), 이숭인(李崇仁), 권근(權近) — 이 승려와 교유하고, 그들과 수창하는 시에서 불교적 사유를 내비치고 있는 것도 그들의 삶에서 성리학만을 절대적인 것으로 여기지는 않았음을 보여준다.

검은 머리 선탑 찾음은 다생의 일인데　　　　　鬢絲禪榻多生事

어찌 전생과 후생을 물으리오.　　　　　　　　豈問前身與後身[42]

대천세계 밖에　　　　　　　　　　　　　　　大千世界外

또 대천세계가 얼마나 있던가.　　　　　　　又有幾大千[43]

전생(前生), 차생(此生), 내생(來生)의 삼생(三生)으로 인간 존재를 과거와 미래로 확장한 다생의 시간관과 대천세계 밖의 무한한 대천세계를 상정하며 한없이 확장된 공간관은 '신흥사대부'들의 시에서 자주 나타난다. 그것이 "성리학적 이념을 실천하는 방법론으로 원용되었"[44]을지는 장담하기 어렵겠지만, 저들이 지닌 사유의 유연성을 말해주는 징표는 되리라고 생각한다.

다시 말해 성리학에 절대적 의미부여를 유보하는 순간, 고려 후기 지식인의 다양한 사유의 탐색과 문학적 성과를 볼 수 있는 눈을 갖게 되리라 생각한다.

───────
머북스, 2013 참조.

42 이색(李穡), 『목은시고(牧隱詩藁)』 권13 「명일우부(明日又賦)」 제2수. 전문은 다음과 같다. "寂寂光巖又一春, 歸來盡日少逢人. 洞中流水趨東海, 陵下回峯拱北辰. 靑紫滿朝知幻叟, 銀朱獻佛有遐賓. 鬢絲禪榻多生事, 豈問前身與後身."

43 정몽주(鄭夢周), 『포은집(圃隱集)』 권2 「증무변승(贈無邊僧)」. 전문은 다음과 같다. "大千世界外, 又有幾大千. 一句卽便了, 故名曰無邊."

44 전수연, 「14세기 후반 한시에 나타난 불교적 사유」, 『우리 한문학사의 새로운 조명』, 집문당, 1999, 93~114면.

4. 나오며 – 존재의 긍정과 문학생태계의 복원

지금까지 고려 후기(여말선초) 한문학의 가장 주요한 특징적 국면이자 주제인 '신흥사대부'의 핵질을 세 가지 축으로 분류하고, 그것이 지녔던 각각의 의미와 문학적 발현을 확인하였다. 또한 그 세 가지 축에 새로운 의미를 부여하여 문학적 확장도 꾀해 보았다. 그 결과 '신흥사대부'는 자주정신에서 실리성으로, 중소지주 출신에서 다계층성으로, 성리학에서 다양한 사유의 경계를 넘나드는 열린 인간형으로의 개념적 확장을 기약하게 되었다. 이로써 '신흥사대부'의 존재 자체를 계속 긍정할지 부정할지(혹은 '신흥사대부론'이 지닌 해석력을 유지할지 그만둘지)는 장담하기 어렵지만, 궁극적으로 고려 후기 문학생태계의 복원을 전망해야 한다는 점만은 확실해졌다.

일정한 시대의 문학현상은 다양한 부분이 유기적으로 연계되어 있다. 기실 상대항을 갖고서야 자신의 존재감을 부각할 수 있듯이, 이른바 신흥사대부적 문학현상은 그와 맞선 누군가와의 유기적 관계망 속에서야 뚜렷하게 의미를 갖는다. 즉 자연생태계가 어느 하나의 사슬이 끊어지면서 붕괴되듯이, 문학생태계 역시 특정한 그룹만으로는 존재할 수 없는 것이다. 우리가 '왜소하다'고 보았던 고려 후기 문학의 상은 온전한 생태계가 아니었을 지도 모른다. 당대의 존재를 긍정하고, 나아가 문학생태계를 복원하기 위하여 '있는 그대로' 자료를 드러낼 필요가 있다.

고려 후기(여말선초) 한문학의 이해는 무엇보다도 특정한 견해에 사로잡히지 않을 때 새로운 시야가 열린다. 이것이 역설적으로 자주와 중소지주 출신, 그리고 성리학에 들러붙어 있던 기존의 '신흥사대부'가 우리에게 전해주는 메시지이다.

이제 '신흥사대부'가 갖고 있는 세 가지 축의 견고한 구조를 좀 더 실상에 맞게 고쳐낼 필요가 있다. 어쩌면 함의 수정을 넘어서, '신흥사대부'가 담아낼 수 없는 내용을 가지며, '신흥사대부'란 이름을 버리게 될 지도 모를 일이다.

이를 위해 우리는 고려 후기(여말선초) 한문학'사' 속에서 소외된 수많은 작가와 작품에 귀를 기울일 필요가 있다. 그들에게 획일화된 잣대를 일방적으로 들이대기 전에 그들의 존재 자체를 긍정하고 그 존재를 수면 위로 떠올릴 방법을 강구하며, 그로부터 확보된 작가와 작품을 통해 새롭게 연구해야 한다. 이것이 실상을 연구하는 유일한 방법이다. 아직도 많은 작가와 작품이 우리를 기다리고 있다는 점에서 고려 후기(여말선초) 한문학사는 현재진행형이다. 아울러 이런 지적이 아주 새로운 것도 아님을 일러둘 필요가 있다. 특히 최근에 이뤄진 이종문의 고려시대 연구에 대한 반성은 되새겨볼 만하다.

고려시대까지의 한문학 연구가 침체의 늪에 빠지게 된 원인은 이 시대의 한문학에 관한 현존 자료가 조선시대에 비해 대단히 적은 데다, 그동안 중요 작가의 중요 작품에 대한 연구가 어느 정도 이루어졌고, 따라서 더 이상 연구할 것이 별로 없기 때문이라고 말할 수 있을지도 모르겠다. 그러나 이와 같은 생각의 타당성 여부에 대해서는 보다 철저한 검증이 필요할 것으로 생각되며, 오히려 본격적인 연구를 진행하기 위하여 누군가가 반드시 해야 할 정지 작업, 모든 연구의 원초적 토대에 해당하는 기초공사조차 이루어지지 않고 있었다. 따라서 **고려시대까지의 한문학에 대한 연구가 탄력을 받기 이해서는 자료의 총체적 수집과 체계적 정리가 무엇보다도 중요하다고 판단되었다.** (…중략…) 요컨대 이와 같은 기초 작업을 바탕으로 하여, 연구 성과가 거의 없었던 연구사의 초창기에 학계의 대가에 의하여 그려진 밑그림을 신뢰하는 바탕 위에서 덧칠을 계속해 왔던 지금까지의 연구방식을 지양하고, 그 밑그림 자체의 타당성을 근본적으로 회의하고 의심하는 시각을 확보

한다면 이 시대의 한문학을 이해하는 새로운 시야가 열릴 수도 있을 것이다.[45](강조는 인용자)

이 논의는 새로운 자료의 발굴은 물론이요, 아울러 여타 선집에 흩어져있는 작가와 작품을 집일하여 당시 고려인의 목소리를 있는 그대로 펼쳐놓고 보며,[46] 익히 알려진 작품마저도 원전비평을 새롭게 수행한다면, 기존의 담론을 수정할 수 있을 것이라는 전망을 제시하고 있다. 후학들에게 시사하는 바가 크다. 2013년 3월, 한국고전번역원에서 고려 후기-여말선초 문집으로 5종이 새로운 모습으로 번역되었고, 이후 6종의 문집이 더 간행된다고 한다. 반가운 소식이다. 새롭게 연구 번역되는 문집들이 고려 후기-여말선초 문학 연구에 기본적 자료로 활용되면서 이전보다 나은 논의를 이끌 수 있기를 희망해본다.

---

45 이종문, 「고려시대까지의 한문학 연구의 현황과 자료정리 과제」, 『한국한문학연구』 41, 한국한문학회, 2008 참조.

46 이종문 교수가 진행하고 있는 『동인지문사륙(東人之文四六)』의 복원 및 『고려 전기 문인유고집성(高麗前期 文人遺稿集成)』 작업이 그 예이다.

성종대 신진사류(新進士類)의
동류의식(同類意識)과 그 분화의 양상

정출헌

1. 반성의 지점, 또는 새로운 모색

근대학문이 시작된 지 한 세기가 지났다. 서구 근대학문의 충격과 일제 식민학문의 왜곡이라는 일그러진 지반에서 출발한 만큼, 그 여정은 순탄할 수 없었다. 서구 근대에 대한 동경과 일제 식민에 대한 열패가 뒤얽힌 채 자기비하와 자기자존의 두 극단을 오갔던 것이다. 여기서 그 과정을 세세하게 따지기란 어렵다. 하지만 그 어느 때보다 열정적으로 민족 내부의 동력과 발전 과정을 확인하려 애썼던 1970년대 학술계의 분투를 잊을 수 없다. 우리에게 전혀 낯설지 않은 실학사상, 자본주의 맹아론, 붕당정치론, 내재적 발전론에 부여된 학술사적 권위는 주자학의 공리공론, 봉건제 결여론, 당파성, 타율성·정체성론과 같은 식민학문에 맞선 대항담론으로 출발하여 그 존립이 가능했다.

물론 이들 가운데 학술계 최전선에서는 폐기 직전까지 몰린 부분도 있지만, 적어도 교과서나 국민 교양의 차원에서는 그 영향력을 여전히 상실하지 않고 있다. 그런 점에서 선학(先學)이 보여준 치열한 문제의식과 실천적 학문 태도를 이어 받으면서도, 그때 도출된 합의의 공과(功過)를 엄정하게 따져보는 작업은 근대 학술사를 재점검해보려는 지금-우리에게 있어 더없이 긴절하다. 그럼에도 기존 성과에 기대어 자질구레한 주석 차원의 논문 쓰기로 자족한다거나 명확한 문제의식을 상실한 채 연구영역만 넓혀가는 연구로 만족해하는 최근 학술계 현황을 고려한다면, 발본적(拔本的) 반성과 전면적 갱신의 길은 아직 요원한 듯하다. 오늘 우리는 그런 작업의 계기를 조선 전기 문학사의 구도를 검토하면서 모색해 보고자 한다. 1970년대에 가장 집중적인 탐구 대상으로 각광받은 조선 후기에 대한 부풀려진 기대와 과도한 의미 부여가 바로 조선 전기를 잘못 이해하는 시각에서 비롯된 것이라 판단되기 때문이다. 그런 문제적인 시기, 곧 조선 전기를 둘러싼 학술사의 반성적 지점은 다음과 같다.

　　첫째, 조선 전기에 대한 관심과 연구의 부진 문제를 지적할 수 있다. 현재, 전근대 한국학 연구 부문에서 조선 후기를 제외한 전 시기는 거의 방치 상태에 놓여 있다고 해도 과언이 아니다. 연구자가 적은 것은 말할 것도 없고 새로운 성과도 그다지 눈에 띄지 않는다. 조선 후기가 자료가 풍부하고 양상이 다채로운 까닭도 있겠지만, 연구자의 관심이 여전히 근대적 징후를 '발굴'하는 데 집중되어 있기 때문이다. 하지만 고려를 무너뜨리고 새로운 국가를 건설했을 뿐만 아니라 불교로 대변되는 지배이데올로기를 성리학이라는 새로운 사유체계로 전복시켜갔던 조선 전기 역사적 주체의 희망찬 포부와 문명의식을 간과해서는 안 된다. 지금 우리에겐 그들의 분투가 진부해보일지 모르지만, 그 시기 성리학적 사유와 실천은 가히 '혁명적 변혁'이라 일컬을 만한 것이었다.[1] 그럼에도 우리의 시각은 그런 문명사적 전환을 꼼꼼하게 읽어낼 만한 준비가 되어 있지 않다. 전근대의 실상을 온통 낡은 것으로 치부한 채, 근대적 면모만 의미 있는 발전의 궤적이라 여기고 있기 때문이다. 하지만 전근대 지성사의 문명의식을 정당하게 이해하지 못한다면, 근대로의 전환도 올바르게 진단할 수 없는 법이다.

둘째, 조선 전기를 설명하는 도식적 구도에 대한 문제를 지적할 수 있다. 잘 알려진 것처럼, 조선 전기에 대한 이해는 훈구파와 사림파의 대립이라는 이분법적 구도에 거의 전적으로 기대고 있다. 물론 조선을 건국한 주역들이 정치·경제는 물론 문화 권력을 독점하며 퇴행적 면모를 보이던 시기, 성리학이라는 인문정신으로 무장한 사림파는 조선 사회를 일신하는 데 지대한 역할을 담당했다. 하지만 보수와 진보의 대립, 또는 훈구파에 대한 사림파의 승리라는 구도는 기실 선조(宣祖) 이후 지배 권력을 장악한 사림파 후예들의 희망이 뒤얽힌, 곧 기억으로 재구된 서사(敍事)의 혐의가 없지 않다.[2] 정몽주 → 길재 → 김숙자 → 김종직 → 김굉필·정여창 → 조광조로 이어지는 도통(道統)의 수립은 물론 개별 인물에 대한 도학자적 상(像)이야말로 후대인이 소급해낸 기억 서사의 혐의가 짙다. 제자나 후손에 의해 작성된 행장·묘갈·연보는 물론이고 잡록·야사에서 그런 사실을 확인할 수 있다. 뿐만 아니라 조선 전기 지성사가 끊어질 듯 이어져나가던 이들 몇몇으로 대변될 수 없다. 그렇다면 뒷날 사림파 후예들의 시각에 의해 윤색되지 않았던, 곧 당

---

1 조선 전기 지성들의 문명의식에 대해서는 임형택, 「신숙주의 시대와 문학─사대부적 문명의식의 현실화와 관련해 논함」, 『어문연구』 30집, 한국어문교육연구회, 2002; 정경주, 「조선조 예악문명과 점필재 김종직의 위상」, 『동양한문학연구』 26집, 동양한문학회, 2008에서 일찍이 논의된 바 있다.
2 훈구파와 사림파의 도식적 이해에 대한 반성적 논의로는 김범, 「조선 전기 '훈구·사림세력' 연구의 재검토」, 『한국사학보』 15호, 고려사학회, 2003.9; 김범, 『사화와 반정의 시대』, 역사비평사, 2007이 있다.

대인의 기억과 기록에 근거해 조선 전기를 새롭게 조망할 필요가 있다.

셋째, 생동하는 개인을 집단으로 유형화하여 이해하는 방식의 문제를 지적할 수 있다. 한 개인의 삶을 설명하는 가장 친숙한 방식은, 사회·정치적 구도에 따라 나뉜 집단적 성향으로 그 개개인의 구체적 삶을 재규정하는 것이다. 조선 전기를 설명하는 훈구파와 사림파 역시 그런 기능을 충실하게 수행했다. 서거정은 훈구파를 대표하는 인물이고, 김종직은 사림파의 종장(宗匠)에 해당하는 인물이다. 그리고 김종직의 제자들은 훈구파를 역사의 무대에서 힘겹게 밀어내고 사림파 정권을 수립했다. 지금 우리에게 너무나도 친숙한 시대와 인물을 이해하는 방식이다. 그들 각각의 삶은 시대와 집단의 속성에 매몰되어 더 이상 깊이 논의되지 않는다. 하지만 우리가 의지하고 있는 집단적 성향이 얼마나 부실한가는 말할 것도 없고, 그런 토대에 기반을 둔 인간에 대한 이해가 얼마나 무모한가는 너무나도 자명하다. 그들이 문집에 남긴 시문 작품은 물론 그를 둘러싼 당대 기록을 통해 그들 각각의 삶을 정밀하게 재구해야만 하는 까닭이다.[3]

이런 지적이 정당하다면, 그건 비단 조선 전기 연구에만 국한되지 않을 것이다. 전근대를 바라보는 편향된 평가의 시각, 후대의 기억에 의존한 설명의 구도, 그리고 집단적 성격으로 한 개인을 파악하는 이해 방식은 모든 시기, 모든 연구자에게 해당될 것이기 때문이다. 그런 반성의 지점에서 오늘 우리는 15세기 후반 지성사를 장식했던 일군의 부류, 곧 성종대 신진사류(成宗代新進士類)[4]의 동류의식과 그 분화 양상을 살피고자 한다. 이들 부류는 이전 세

---

3 한 개인의 삶을 정밀하게 재구하는 집성연보(集成年譜) 편찬의 필요성은 정출헌, 「추강 남효온의 생애자료에 대한 변증과 탐색―한 인간의 삶을 재구하는 집성연보를 편찬하기 위한 서설」, 『대동한문학』 35집, 대동한문학회, 2010에서 제기된 바 있다.
4 초기 사림파(初期士林派)라 불리기도 하는 이들에 대한 집단적 성향과 구체적 검토는 정경주, 『성종조 신진사류의 문학세계』, 법인문화사, 1993에서 자세하게 논의된 바 있다.

대와 다르고 다음 세대와도 구별되는, 그때 그들만의 독특한 면모를 간직하고 있다고 판단되기 때문이다. 그를 위해 조선 전기에 대한 학술사적 쟁점을 간략히 점검하고, 15세기 후반 신진사류의 지적 궤적을 자기들이 남긴 기록을 중심으로 정심(精深)하게 읽어보고자 한다.

2. 훈구와 사림 – 확고한 통설, 또는 재검의 단서

조선 전기 지배세력을 훈구파·절의파·사림파·청담파로 분류한 이래,[5] 조선 전기를 훈구세력과 사림세력으로 양분하고, 그들을 정치활동·경제규모·사상지향·출신지역 등 거의 모든 측면에서 준별되는 집단으로 파악하는 방식은 통설로 널리 받아들여지고 있다. 나아가 여기에 도덕적 평가까지 추가되곤 한다. 부패하고 퇴행적인 훈구파의 지배체제는 사림파의 등장으로 극복되었으며, 그렇게 극복되어야 하는 역사적 당위성이 있다고 설명되는 것이다. 물론 이런 도식에 대한 비판적 반론이 없었던 것은 아니다. 이들 두 세력은 사대부라는 모태에서 나온 일란성 쌍생아(一卵性雙生兒) 같은 존재이기 때문에 쉽게 구별되지 않고 구별할 필요도 없다는 와그너(E. W. Wagner)의 실증적 비판을 비롯하여 '사림이란 개념 사용의 부정확함', '사림세력 특징에 대한 실증적 근거 부족', '훈구와 사림 세력의 도식적 이분의 불합리성'에 대한 전면적 비판도 제기되어 있는 형편이다.[6] 실제로 사림파 연구를 주도했

---

5 이병도, 『신수 국사대관』, 보문각, 1956, 381~383면.
6 김범, 앞의 글, 80면.

던 이병휴 교수 역시 두 세력의 가계(家系)나 경제적 규모 등에서 서로 연결되거나 유사한 측면이 있음을 인정하기도 했다. 다만 구별되는 핵심적 지점을 학문적 전환과 현실대응의 의식 변화를 들고 있는바, 사상적 차원의 차이가 훈구파와 사림파를 구별하는 관건으로 보았던 것이다. 그렇다면 그건 "성리학의 심화라는 측면에서만 두 세력의 차이점을 발견할 수 있다"던 와그너의 결론과 크게 다르지 않다.

그렇다고 조선 전기 훈구파와 사림파의 대립적 면모를 간과할 수는 없다. "학문이란 연구대상의 개념이나 사물을 가능하면 세분할 수 있을 때까지 세분하는 것을 사명으로 삼듯, 역사상의 정치집단을 그저 귀족-지배세력이라는 범주로 묶어버려서는 안 된다. 그런 큰 범주 속에는 색깔을 달리하는 소집단이 있을 것이고, 당시의 지배층 내부는 사림파와 훈구파라는 영향력이 큰 두 부류로 범주화할 수 있다"[7]는 노교수의 술회는 여전히 설득력을 지니고 있기 때문이다. 더욱이 훈구와 사림의 대립적 구도에 대한 대안으로 대신(臺臣)과 삼사(三司)의 대립으로 보려는 최근의 시도가 있기는 하지만, 그것만으로는 설명이 부족하다. 대신은 국정을 포괄적으로 심의하고 추진해야 했기 때문에 현실론적 입장에 가까웠고, 삼사는 정책과 관원에 대한 평가를 담당했으므로 이상론적 시각을 견지할 수밖에 없었다는 점은 인정할 수 있다. 하지만 직무가 두 부류의 보수성과 진보성을 두드러지게 만든 일차적 요인이고, 따라서 관원 개개인의 성향이라기보다는 해당 직무의 성격에 이미 그 지향이 내포된 것으로만 이해[8]해서는 곤란하다. 그런 태도는 성리학적 실천윤리를 받아들이면서 역동적으로 움직이던 15세기 후반이라는 독특한 시대와 구체

---

7 이병휴, 「내 공부의 들머리에서 마주친 사림파―30여 년의 교수생활을 마감하는 강의에 부쳐」, 『역사교육논집』 33집, 역사교육학회, 2004, 123면.
8 김범, 앞의 글, 99면.

적 인간의 연결고리를 무화(無化)하는 데로 귀결될 우려가 있기 때문이다.

그럼에도 불구하고 훈구파와 사림파에 대한 논란을 지켜보면서, 한국학계가 오랫동안 추구한 근대성 찾기 작업은 서구를 이상적인 것으로 상정하고 한국사에서 이를 확인하려던 옥시덴탈리즘의 구체적 표현이었다는 비판은 뼈아프게 경청하지 않을 수 없다.[9] 그리고 근대성 찾기에 의해 손쉽게 재단되어 관심 영역에서 멀어진 조선 전기의 역사상, 곧 훈구-사림의 대립과 그 추이에 대한 거친 구도에 더 이상 편안히 의존할 수 없게 되었다는 것도 사실이다. 조선 전기 지배구조에 대한 재검의 필요성은 고전문학의 부문이라고 해서 예외일 수 없다. 물론 고전문학 분야에서는 한국 사학계의 성과를 받아들이면서도, 그들의 차이를 문학론 및 작품세계를 통해 보다 섬세하게 읽으려 노력했다. 그 결과 사학계의 거시적 재단보다 진전된 성과를 거둘 수 있었다고 판단된다. 그런 작업의 계기는 임형택 교수에 의해 마련되기 시작했다.[10] 서거정을 이은 관학파의 적통 성현(成俔)과 사림파의 종장격인 김종직(金宗直)의 다음과 같은 대립적 견해는 두 인물, 나아가 두 집단의 문학관을 선명하게 보여주는 사례로 자주 거론된다.

> 문장은 경술(經術)에서 나오는 것이니, 경술은 곧 문장(文章)의 근본이다. 초목에 비유컨대 어찌 뿌리가 없이 가지와 잎이 무성하고, 꽃과 열매가 곱고 알찰 수 있겠는가?[11]

---

9 이훈상, 「에드워드 와그너의 조선시대 연구와 이를 둘러싼 논점들」, 『역사비평』 59호, 역사비평사, 2002, 122~123면.

10 임형택, 「이조 전기의 사대부문학」, 『한국문학사의 시각』, 창작과비평사, 1984.

11 김종직, 임정기 역, 「윤선생상시집서(尹先生祥詩集序)」, 『국역 점필재집』 1, 민족문화추진회, 1997ㄱ, 413면. "文章者, 出於經術, 經術乃文章之根本也. 譬之草木焉, 安有無根柢而柯葉之條鬯, 華實之穠秀者乎."

뜰에 선 나무에 비유컨대 가지와 잎과 꽃이 번화한 뒤에라야 밑동과 뿌리를 덮어 나무가 무성하게 자랄 수 있을 것이다.[12]

경술(經術)과 문장(文章)의 관계에 대한 입장 차이가 분명하다. 김종직의 비유에 대해 같은 비유로 맞섰던 성현의 비유 또한 충분한 설득력이 있다. 성현은 "대저 시문이란 화려(華麗)를 취해야 할 경우에는 화려를 취하고, 청담(淸談)을 취해야 할 경우에는 청담을 취하고, 간고(簡古)를 취해야 할 경우에는 간고를 취하고, 웅방(雄放)을 취해야 할 경우에는 웅방을 취해서 각기 하나의 문체를 이루어 스스로 법도에 이르러야 한다. 어찌 매화와 대를 사랑한다 하여 온갖 꽃들을 뽑아버릴 것이며, 퉁소와 비파를 좋아한다 하여 다른 악기들을 연주 못하게 할 것인가"라고 반문하면서 김종직의 문학론을 "이는 숭선자(崇善者), 김종직의 유주고집(膠柱固執)의 견해이다"라고 명시했다. 화려하거나 호방한 시문을 배척하던 김종직의 문학관을 편협하기 그지없다며 단호하게 비판했던 것이다.[13] 서울 최고 명문가문의 일원이었던 성현과 경상도 촌구석에서 올라와 중앙정계에 입지를 마련해가던 김종직은 이렇듯 서로 달랐던 것이다. 하지만 성현의 비판에서 보다 눈여겨볼 만한 대목은 그다음에 덧붙인 말이다. 성현은 "숭선자 김종직은 죽었으나 시끄럽게 떠드는 소리는 아직도 그치지 않고 있다"고 개탄하고 있다. 김종직을 따르던 젊은 제자들은 여전히 스승의 견해를 견지하고 있었다는 부동의 증거이다. 실제로 김종직

---

12 성현, 『허백당문집』 권13 「문변(文變)」, (『한국문집총간』 14, 531면). "譬如庭樹, 枝柯花葉, 紛鬱然後, 得庇本根, 而樹必碩茂."
13 성현은 『용재총화(慵齋叢話)』에서 "『동문수(東文粹)』는 글의 번화한 것을 혐오한 나머지 온자한 문장만 취해서 볼 것이 적고, 『청구풍아(靑丘風雅)』는 시가 조금 호방하면 버리고 수록하지 않았다. 이 어찌 편벽한 고집이 아니겠는가成謹甫在時, 編東人之文, 名曰東人之寶, 未成而死. 金季醞踵而成之, 名曰東文粹. 然季醞專惡文之繁華, 只取醞藉之文. 雖致意於規範, 而萎靡無氣, 不足觀也. 其所編靑丘風雅, 雖詩不如文, 然詩之稍涉豪放者, 棄而不錄, 是何膠柱之偏]"라고 힘주어 비판했다.

과 그의 젊은 제자들은 15세기 후반부터 중앙정계와 문단에 등장하여 발군의 활약을 보이고 있었다.[14]

그런 맥락에서 볼 때, 김종직이 15세기 후반 일으킨 변화의 바람을 결코 과소평가 할 수 없다. 번화(繁華)를 자랑하던 귀족적인 문예 취향을 반대하며 전아(典雅)하고 도학의 정신을 담은 문체를 실현하려 했고, 그에 의해 비롯된 문풍개혁의 움직임은 참다운 사대부 문학이 정립되어 다음 시대의 성리학이 발양할 수 있는 토양을 만들어갔던 것이다.[15] 이처럼 성현과 김종직, 나아가 관각파와 사림파로 대변되는 조선 전기의 문학계의 구도에 대해서는 충분한 논의가 이루어졌다. 하지만 차이와 변화의 세부적 국면에 있어서는 보다 면밀한 검토와 보완이 필요하다. 예컨대 김종직 계열의 사림파 내부에서 김굉필(金宏弼)·정여창(鄭汝昌)과 같은 처사적(處士的) 부류와 남효온(南孝溫)·홍유손(洪裕孫)과 같은 방외인적(方外人的) 부류의 분화가 일어났다는 점은 지적된 바 있다. 그렇지만 김종직의 제자 가운데 남곤(南袞)·신용개(申用漑)와 같은 인물이 관료-문인의 부류로 성장해갔다는 사실은 간과되기 일쑤였다.

돌이켜 보면 조선 전기 지배층을 훈구파와 사림파로 양분한 뒤, 여기에 귀속시키기 어려운 예외적 인물을 방외인으로 손쉽게 귀속시켜버리는 경우도

---

14 김종직이 사림파의 종장이라는 평가가 실상과 맞지 않는다는 관점에서 훈구파와의 친연성을 강조하려는 논의도 적지 않다. 김풍기, 『조선 전기 문학론 연구』, 태학사, 1996; 김영봉, 『김종직 시문학 연구』, 이회문화사, 2000이 대표적이다. 시대를 같이하고 정치활동을 함께 했기에 훈구파 인물과 인적 교류 및 문학적 유사성을 보이는 것은 당연한 것일 수밖에 없다. 하지만 김종직의 문학세계가 보여주는 새로운 면모를 보다 예각화하여 읽을 필요가 있다. 그런 점에서 김종직을 훈구파와 지나치게 동질적으로 이해하려는 견해는 적지 않은 한계를 갖고 있다. 김종직이 조선 전기 고문을 창도하며 산문사의 새 지평을 열어간 면모에 대해서는 김윤조, 「15세기 산문의 양상과 점필재의 고문창도」, 『대동한문학』 34집, 대동한문학회, 2011에서 흥미로운 관점을 제시했고, 김종직과 그의 제자들이 강서시파(江西詩派)에서 학두(學杜)로 방향을 옮겨가는 과정에 대해서는 김남이, 「조선 전기 杜詩 이해의 지평과 杜詩諺解 간행의 문학사적 의미」, 『한국어문학연구』 58집, 한국어문학연구학회, 2012ㄱ에서 자세하게 다루었다.
15 임형택, 앞의 글, 2002, 391면.

없지 않았다.[16] 구분은 선연하지만, 15세기 후반 신진사류가 보이고 있던 얽힘과 분기의 지점을 섬세하게 읽지 않은 까닭이다. 앞서 지적한 것처럼 조선 전기를 조선 후기를 돋보이게 만드는 소도구인 '암흑의 시기'로 왜곡하여 방치하지 않고,[17] 그 시대의 역동성을 온전하게 드러내기 위해서는 그때 활약했던 인물들의 다채로운 동선과 의식지향을 보다 구체적으로 살필 필요가 있다. 건국 초의 잦은 정변을 비롯하여 세조의 불법적인 왕위찬탈이 던져준 참혹한 정치현실의 극복 과제를 떠안은 채, 조선을 문명국가로 일신하려는 열정으로 가득 찼던 15세기 후반의 신진사류는 그런 점에서 각별하게 주목해야 마땅하다.

3. 성종대 신진사류 – 동류의 길, 또는 분화의 길

1) 조선 전기의 변곡점(變曲點), 김종직과 그의 젊은 제자들

제9대 성종은 불안한 정치상황에서 왕위에 올랐지만, 그 묘호(廟號)가 상징하듯 조선왕조를 안정적인 기반 위에 올려놓은 임금으로 평가된다. 『경국대전』을 비롯한 『국조오례의』·『삼국사절요』·『동문선』·『동국여지승람』·『동국통감』·『악학궤범』과 같은 문물제도가 분야별로 완비되고, 삼사(三司)를 활용한

---

16 방외인과 그들의 문학세계에 대한 심화된 논의는 윤주필, 『한국의 방외인문학』, 집문당, 1999에서 이루어진 바 있다.
17 강명관, 「한국한문학 연구의 반성과 새 방향」, 『한국학논집』 29집, 계명대 한국학연구원, 2002.

유교정치가 꽃을 피우기도 했다. 그런 성종이 즉위하던 그해 12월, 김종직은 함양군수로 부임해 영남으로 내려갔다. 그때 나이 마흔이었다. 그로부터 10년간 함양군수·선산부사 및 모친상을 지내며 인근 지역의 김굉필·정여창·조위·유호인·표연말과 같은 많은 제자들을 길러냈다.

그런 현상은 전에 없던 일이었을 뿐만 아니라 스승-제자 간에 흐르던 동류의식도 매우 각별했다. 김종직은 자기보다 스물세 살이나 어린 제자 김굉필을 "오당(吾黨)"[18]이라 불렀는가 하면, 찾아드는 제자들을 보며 "오당(吾黨)에 기사(奇士) 많은 게 자랑스럽다"[19]고 자부하기도 했다. 역시 스물세 살이나 어린 남효온을 '우리 추강(吾秋江)'이라 부른 것도 자주 회자되는 일화이다.[20] 뿐만 아니다. 김종직은 김굉필에게 그들의 걷는 길을 '우리의 도(吾道)'[21]라 표현하기도 했다. 범상한 사제(師弟) 관계를 넘어서서 도(道)를 함께 하는 동지(同志)임을 분명하게 표방했던 것이다. 동류의식은 제자들 사이에서도 다르지 않았다. 남효온은 자신과 절친했던 자정(子挺, 안응세)·여경(餘慶, 홍유손)·덕보(德父, 우선언)를 '오도(吾徒)'라 일컬었는가 하면, 우선언을 '심지(心知)'로 표현하고 안응세를 '지음(知音)'으로 자부했다. 정여창과의 우의를 '신교(神交)'라 부른 김일손도 마찬가지다. 그런 동류의식을 두고 당시 훈구대신

---

18 김종직, 임정기 역, 「증무비사 여극기동부(贈無比師 與克己同賦)」, 『국역 점필재집』 1, 민족문화추진회, 1999ㄱ.

19 김종직, 임정기 역, 「이생원승언·원참봉개·이생원철균·곽진사승화·주수재윤창·김수재굉필, 회부지향교, 토론분전시, 여병부문변수월의. 문팔월중, 주상장시학취사, 치임고사, 송지이시(李生員承彦·元參奉槪·李生員鐵均·郭進士承華·周秀才尤昌·金秀才玄弼, 會府之鄕校, 討論墳典時, 與病夫問辨數月矣. 聞八月中, 主上將視學取士, 治任告辭, 送之以詩)」, 『국역 점필재집』 2, 민족문화추진회, 1999ㄴ.

20 남효온, 박대현 역, 「추강집 구본 발문(秋江集 舊本 跋文)」, 『추강집』 2, 민족문화추진회, 2007ㄴ, 322면. "일찍이 佔畢齋 金宗直에게 수업하였다. 점필재 공이 감히 이름을 부르지 않고 반드시 '우리 추강(吾秋江)'이라 하였으니 존중을 받음이 이와 같았다."

21 김종직, 임정기 역, 「화금대유오수(和金大猷五首)」, 앞의 책, 1999ㄴ. "君言醫國太早計, 吾道從來飢餓難."

들은 김종직과 젊은 제자 그룹을 '경상선배당(慶尙先輩黨)'이라고 신랄하게 헐뜯을 정도였다.

하지만 15세기 후반 김종직의 제자를 중심으로 한 신진사류의 집단적 성격을 보다 선명하게 보여주는 증거는 남효온이 편찬한 「사우명행록(師友名行錄)」일 것이다. 뜻을 같이 했던 젊은 날의 벗들을 회고하며 정리한 그 약전(略傳)에는, 그들을 향한 그리움이 간결하면서도 절절하게 배어있다. 추억의 기록은 남효온에게만 그치지 않았다. 지금은 산일(散逸)되어 몇몇 단편으로 흩어져 전하지만, 남효온의 벗 신영희(申永禧)도 「사우언행록(師友言行錄)」에 벗들의 초상을 기록으로 남겼다. 자신들이 나누었던 '일화'와 '언행'을 기록하며 동학(同學)으로서의 우의를 다져갔던 것이다. 이들과 성격은 조금 다르지만 조신(曺伸) 또한 『소문쇄록(謏聞瑣錄)』을 편찬하면서 남효온의 「사우명행록」과 최부의 『표해록』을 그대로 전재할 만큼 서로 간에 간극이 없었다. 이런 관계는 15세기 후반이라는 새로운 시대가 만들어낸 공감의식이고, 김종직이라는 우뚝한 스승이 그 기반을 다져놓은 것이라 말할 수 있다. 다음 편지에서도 그들의 동류의식을 엿볼 수 있다.

이목(李穆)의 집을 수색하여 임희재(任熙載)가 이목에게 준 편지를 발견했는데, 그 편지는 다음과 같았다. "복(僕)은 우생(友生)이 없어 빈집에 홀로 누워 세상의 허다한 일만 보고 있네. (…중략…) 지금 물론(物論)이 심히 극성스러워 착한 사람이 모두 가버리니, 누가 능히 그대를 구원하겠는가? 부디 시(詩)를 짓지 말고 사람을 방문하지 마오. 지금 세상에 성명을 보전하기가 어렵다네. 근일에 정석견(鄭錫堅)은 동지성균(同知成均)에서 파직되었고, 강혼(姜渾)은 사직장을 올려 하동(河東)의 원이 되었고, 강백진(姜伯珍)은 사직장을 올려 의령(宜寧)의 원이 되었다네. 권오복(權五福)도 장차 사직을 올려 수령이나 도사(都事)가 될 모양이며, 김

굉필(金宏弼)도 이미 사직장을 내고 시골로 떠났으니, 그 밖에도 많지만 다 헤아릴

수가 없다오. 뿐만 아니라 이철견(李鐵堅)·윤탄(尹坦)이 의금부지사(義禁府知事)

가 되었는데, 논간(論諫)을 해도 상이 듣지 않으니 어찌 하겠소. 요사이 종루(鐘樓)

에 이극돈의 탐취(貪聚)한 사실을 방(榜)에 써서 붙였으니, 복(僕)도 또한 이로부

터 수경(數頃)의 전토를 충주·여주의 지경이나 혹 금양(衿陽)의 강상(江上)에 얻

어 수십 년 남은 생애를 보내고 다시 인간 세상에 뜻을 두지 않을까 한다네. 그대

도 다시 올라올 생각을 하지 말고, 공주(公州)의 한 백성이 되어 정세(丁稅)로 국가

를 돕는 것이 옳을 듯하네."[22]

　　김종직과 그의 제자들이 참혹한 화를 당했던 무오사화(戊午士禍, 1498년) 와

중에서 이목의 집에서 발견된 편지이다. 이목을 비롯하여 거론된 인물은 모

두 김종직의 제자들이다. 내용으로 미루어보건대 무오사화가 일어나기 직

전, 공주에 은거하고 있던 이목은 임희재에게 서울로 올라갈까 하는데 사정

이 어떤지 물었던 듯하다. 하지만 임희재가 전해온 소식은 암울하기 그지없

었다. 이철견과 같은 젊은 관원들의 충간은 받아들여지지 않고, 이극돈과 같

은 늙은 대신들의 비리를 알리는 방문(榜文)이 종로 한복판에 나붙는 등 정국

은 폭풍전야와 같았다. 들이닥칠 참화를 직감한 정석견·강혼·강백진·권

오복·김굉필과 같은 벗들은 이러저러한 구실을 들어 지방으로 뿔뿔이 흩어

져 몸을 숨겼고, 임희재 자신도 그럴 준비를 하고 있다는 것이다. 그럼에도

불구하고 무오사화 때 모두 끌려와 참변을 당하게 되었지만, 이들은 이처럼

정치적 출처를 같이 하고 있었다.

　　이들의 동류의식이 처음 세상에 드러나게 된 것은 성종 9년(1478) 4월로 거

---

22 『조선왕조실록』 연산군 4년 7월 14일.

슬러 올라간다. 흙비가 내리는 재해를 구실로 내린 성종의 구언(求言)에 대해 남효온과 그의 벗 이심원(李深源) 등은 한목소리로 정치개혁을 요구하는 상소를 올렸다. 그때, 남효온과 이심원은 모두 25세의 젊은 유생이었다. 어린 성종은 7년간의 수렴청정을 마친 뒤, 원상제를 폐지하고 홍문관을 설치하는 등 홍학(興學)의 의지를 천명하여 신진사류들은 새 시대의 희망에 부풀었던 것이다. 하지만 훈구대신들에게 긴장감을 불러 일으켜 직·간접적 견제를 강화하게 만드는 계기가 되기도 했다. "'내가 저 사람에게서 도(道)를 배우려하나 저 사람은 도가 없으며, 내가 저 사람에게서 학업(學業)을 배우려 하나저 사람은 학식이 없다"[23]며 훈구대신의 비리와 성균관 교수의 무능을 신랄하게 비판했던 젊은 남효온의 상소는 훈구대신들을 자극하기에 충분했던 것이다. 남효온의 상소를 받아든 임사홍·서거정·한명회 등이 남효온·이심원의 무리를 곧바로 붕당(朋黨)·결교(結交)로 지목하며 혹독하게 국문할 것을 요청했던 까닭이다.

그로부터 4년 뒤인 1482년 봄, 성균관 직방(直房)의 벽에 나붙은 한 편의 시는 조야를 발칵 뒤집어 놓았다. 거기에는 성균관 교수들을 노골적으로 희롱하는 내용이 가득했고, 그로 말미암아 성균관 유생들은 혹독한 시련을 겪게 된다. 성종은 주범을 색출하기 위해 과거를 중지시키고, 성균관 유생 수십 명을 잡아들여 한 달 넘게 의금부에서 국문을 가했다. 하지만 끝내 정상(情狀)을 밝혀내지는 못했다. 이런 사태를 지켜본 성현은 "성균관이 비록 예법(禮法)을 배우는 곳이라 하나 유생(儒生)이 모두 명가자제(名家子弟)들이어서 제어를 받지 않았다"[24]며 사건의 발단을 젊은 유생의 무뢰로 돌리고 있지

---

23 남효온, 앞의 책, 2007ㄴ, 12면.
24 성현, 구자균 역, 「용재총화」, 『국역 파한집(破閑集) 용재총화(慵齋叢話)』, 고려대 민족문화연구원, 1964, 222~223면.

만, 여기서 주목해야 할 대목은 오히려 기성세대에 대한 집단적 반발과 그들의 끈끈한 동류의식이다. 새로운 학문과 새로운 스승을 요구하던 신진사류의 들끓는 불만은 혹독한 고문에도 끝내 입을 열지 않았던 것이다.[25]

당시 성균관 유생들은 과격하다 싶을 정도로 학덕을 겸비한 선생을 갈망하고 있었다. 함양·선산에서 지방관을 마치고 밀양에서 모친상을 치르고 있던 김종직이 신진사류의 스승으로 떠오르게 된 것도 바로 이 무렵이었다. 양준·양개 형제, 우선언, 홍유손 등은 서울을 버리고 스승을 찾아 머나 먼 영남으로 모여들었다. 이전부터 김굉필, 정여창, 조위, 표연말, 유호인, 김흔 등 쟁쟁한 지역의 인재를 길러내어 스승으로서의 명성을 얻고 있던 김종직은 좌절(挫折)을 겪어 심각한 내상(內傷)을 입은 서울의 신진사류에게 기대를 걸어볼 만한 거의 유일한 스승으로 여겨졌던 것이다. 뒷날, 김종직의 그런 면모를 절친한 벗 홍귀달은 다음과 같이 기린 바 있다.

> 평상시에는 사람을 접대하는 데 있어 온통 화기(和氣)뿐이었으나, 의리가 아닌 것이면 일개(一介)도 남에게서 취하지 않았다. 오직 경사(經史)를 탐독하여 늘그막에 이르러서도 게으를 줄 몰랐으므로, 얻은 것이 호박(浩博)하였다. 그리하여 사방의 학자들이 각각 그 그릇의 크고 작음에 따라 마음에 만족하게 얻어 돌아갔는데, 한번 공의 품제(品題)를 거치면 문득 훌륭한 선비가 되어서 문학(文學)으로 세상에 이름을 떨친 자가 태반이나 되었다.[26]

김종직이 걸어갔던 스승으로서의 진면목이다. 늙도록 경사(經史) 탐독하

---

25 15세기 후반 신진사류의 동류의식에 대한 구체적 실상은 정경주, 「성종조 신진사류 집단의 문학 유파적 성격」, 『부산한문학연구』 5집, 부산한문학회, 1990에서 자세하게 다루어진 바 있다.
26 김종직, 임정기 역, 「신도비명 병서(神道碑銘 幷書)」, 『국역 점필재집』 3, 민족문화추진회, 1999ㄷ.

는 데 게을리 하지 않았다는 점, 사방에서 찾아온 젊은 선비들에게 역량에 맞게 가르쳤다는 점, 그리하여 한번 지도를 받으면 우뚝한 선비로 성장했다는 점. 그런 태도야말로 진정한 스승으로서의 덕목들이라 할 수 있다. 정말 그러했다. 현재 문인으로 파악되는 60여 명 가운데 문과에 합격한 제자는 모두 48명이나 된다. 그 가운데 대과에서 장원으로 급제한 제자만 꼽아도 13명에 달할 정도다.[27] 쟁쟁한 신진사류들이 김종직 문하에서 배출되어 15세기 후반에서 16세기 전반을 새로운 시대로 만들어갔다고 말할 수 있는 근거이다. 그런 발자취는 200년이 훨씬 지난 19세기까지 경이로운 일화로 기억되기도 했다.

점필재 김문충공(金文忠公)의 문도들은 인물이 성대하기가 비록 퇴계·율곡·우암·동춘 같은 여러 대현(大賢)들의 문하라도 따를 수 없을 듯하다. 점필재는 비록 도학으로써 스스로 훌륭히 여기지는 않았으나 그의 문하에 나아간 여러분들이 각각 배운 바로써 성취하였다. 그러므로 당시 사람들이 김굉필·정여창은 그의 도학(道學)을 전하였고, 김시습·남효온은 그의 청고(淸高)를 전하였고, 김일손·조위는 그의 문장(文章)을 전하였다고 하였다. 뒷날의 여러 분들이 어찌 이런 명류(名流)들을 제자로 둔 사람이 있었던가? 정말로 기이한 일이다.[28]

홍한주(洪翰周 1798~1868)의 증언이다. 김종직하면 으레 정몽주로부터 이어지는 조선 전기 도통(道統)의 맥락에서 사림파의 종장(宗匠)으로 기억하고 있지만, 그 자신 도학으로 자부하지 않았다는 말이 눈에 띈다. 퇴계 이황이 김종직의 업적을 "점필재 선생은 문장으로 쇠퇴함을 일으켜 세워, 도 찾는

27 송웅섭, 「김종직 문인 그룹 형성 무대로서의 '서울'」, 『서울학연구』 31집, 서울시립대, 2008, 56면.
28 홍한주, 『지수염필(智水拈筆)』(김윤조, 앞의 글, 206면 재인용).

인물들이 문정(門庭)에 가득"[29]했다고 간명하게 정리한 바 있다. 다른 곳에서 "점필재의 사문이 백세에 이름나니, 문을 통해 도를 찾아든 큰 선비 길러냈네"[30]라 평가했던 것도 같은 맥락이다. 김굉필과 같은 문인들은 스승의 전아한 시문을 통해 도의 근원으로 다가갔던 것이다. 그런 사실은 이황 스스로 "점필재는 같은 길을 걸은 가장 최근 분인데도 문하에서 가르침을 받지 못한 것이 한탄스럽다[佔畢最近而同道, 亦未及攝衣於門下, 可嘆也]"고 밝히고 있는 데서도 확인된다. 15세기 중·후반은 아직 성리학적 이념이 개인과 사회의 전반을 지배했던 시기가 아니었기에 시문에 보다 많은 무게를 두기는 했지만, 김종직이 도학의 역사에서 차지하는 위치는 우뚝하다.[31]

물론 김종직은 도학 일방만을 전일하게 추구하지 않았지만, 그렇다고 전대 훈구관료처럼 관각체의 쇠미(衰微)함을 답습하지도 않았다. 지역출신으로 중앙정계에 진출한 김종직은 "국조 이래 명가들, 대체로들 힘썼으나 필옹(畢翁, 김종직)과 고로(皐老, 최립)가 쇠미한 문풍을 일으켰네"라는 장유의 증언처럼, 문단에도 고문을 창도하며 새로운 바람을 일으켰던 것이다.[32] 이황이 앞의 시에서 문장으로 쇠퇴한 시대를 일으켰다거나 문을 통해 도를 추구했다는 증언과 상통하는 맥락이다. 홍귀달이 밝힌 것처럼, 김종직은 덕행(德行)·문장(文章)·정사(政事) 등 다방면에서 많은 제자들을 길러낸 큰 스승이었다. 홍한주가 김굉필·정여창과 같은 도학자, 김시습·남효온과 같은 방외인, 그리고 김일손·조위와 같은 문장가로 김종직의 제자들을 구분할 수

---

29 이황, 『퇴계집』 권1 「화도집음주이십수(和陶集飮酒二十首)」 제16수. "佔畢文起衰, 求道盈其庭."
30 이황, 『퇴계집』 권2 「한거차조사경구경서김순거권경수제인창수운십사운(閒居次趙士敬具景瑞金舜擧權景受諸人唱酬韻十四韻)」 제12수. "佔畢師門百世名, 沿文泝道得鴻生."
31 정석태, 「점필재 김종직에 대한 퇴계(退溪) 이황(李滉)의 평가―관련 자료의 실증적 검토를 중심으로」, 『동양한문학연구』 31집, 동양한문학회, 2010, 37면.
32 장유, 『계곡선생집』 권9 「제월정윤선생문(祭月汀尹先生文)」(김윤조, 앞의 글, 204면에서 재인용). "國朝名家, 大略卑卑, 畢翁皐老, 寔稱起衰."

있었던 것도 그런 까닭이다.[33] 이런 사실은 조선 전기 지성사에서 김종직이 차지하는 위상을 사림파의 종장(宗匠)으로만 단순하게 이해한다거나 훈구-사림 또는 사장-도학이라는 이분법적 관계로만 파악하기에 부족하다는 점을 일깨워준다. 오히려 김종직은 훈구의 시대에서 사림의 시대로 전환되는 도정(道程)에 위치한, 그리하여 기성세대의 구태를 지양하며 새로운 분위기를 예비하게 하는 조선 전기의 변곡점(變曲點)에 위치한다고 이해해야 옳다. 젊은 제자들은 그런 스승 아래에서 끈끈한 공감대를 유지하고 있으면서도 다기한 길을 모색해갔던 것이다. 15세기 후반을 함께 호흡했던 신진사류의 동류의식과 분화과정을 동시적으로 따져보아야 하는 까닭이다.[34]

2) 15세기 후반의 신진사류, 공감과 분화의 지점

전국에서 젊은 제자들이 찾아와 자기 그릇의 크고 작음에 따라 각기 마음에 만족하게 배워갔다고 홍귀달이 증언했던 것을 보면, 김종직은 능력과 관심과 포부에 따라 젊은 제자들을 가르쳤던 게 분명하다. 김굉필과 같은 제자에게는 『소학』을 가르치고, 홍유손과 같은 제자에게는 두시(杜詩)를 가르치고, 김일손과 같은 제자에게는 한유(韓愈)를 가르쳤다. 뿐만 아니라 사제 관계를 맺은 시기라든가 방식에 따라 가르침의 방향도 달랐을 것으로 짐작된다. 그런 만큼 많은 제자들을 어떤 특정한 집단적 성향으로 묶어 재단할 수 없다.

---

33 김시습을 김종직의 문도로 간주한 것은 확인이 필요하다. 김시습이 남효온을 비롯한 김종직의 제자들과 각별한 관계를 맺고 있었고, 김시습·남효온 모두 벼슬길을 포기하고 방외인적 삶을 걸었던 것은 사실이다. 하지만 김종직과 김시습의 직접적 사제 관계는 확인되지 않기 때문이다.

34 김종직과 젊은 제자들의 관계 및 개별 인물의 심도 깊은 논의는 부산대 점필재연구소 편, 『점필재 김종직과 그의 젊은 제자들』, 지식과교양, 2010을 참조할 것.

그들은 낡은 시대가 저물어가고 새로운 시대가 떠오르던 시대를 살아가면서 다양한 길을 모색해가던 젊은 이상주의자들이라 부를 수 있다. 그런 면모를 세심하게 살펴보기 위해서라면, 무엇보다 먼저 남효온(南孝溫, 1454~1492)의 「추강냉화(秋江冷話)」와 「사우명행록(師友名行錄)」을 주목할 필요가 있다. 김종직의 제자였던 남효온은 자신이 보고 들은 15세기 후반 신진사류의 동향을 이곳에 낱낱이 담아놓았기 때문이다. 물론 어떤 기록은 간행되는 과정에서 뒷사람의 손질이 가해지기도 했다. 세조의 왕위찬탈 과정과 관련된 삽화를 삭제했는가 하면, 서슬 시퍼런 훈구대신 권람·정인지·정창손 등에 대한 날카로운 비판도 은폐·완화시켰던 것이다.[35] 하지만 저면에 흐르고 있는 훈구대신들에 대한 '서늘한' 비판은 물론 사우에 대한 '따뜻한' 동류의식은 그 어떤 기록보다 생동하다.

> 유승탄(兪承坦)은 관향이 면천(沔川)이다. 책을 끼고 대궐에 이르러서 그가 배운 수천여 글자를 진언하니, 모두 조정의 병폐에 들어맞았으나 사람들이 모여 소리 내며 비웃었다. 유생(兪生)은 일찍이 자신의 정자를 '청풍(淸風)'이라 이름 하였고, 그의 벗 박생(朴生)은 자신의 서재를 '명월(明月)'이라 편액하였다. 고관들 사이에 웃을 만한 일이 있으면 반드시 '유청풍, 박명월(兪淸風, 朴明月)'이라고 하여 비웃고 헐뜯었다. 두 사람은 불우하여 등용되지 못했고, 또한 일찍이 벼슬을 구할 마음을 두지도 않았다.[36]

---

35 단종이 폐위되던 날의 참혹한 광경, 단종 폐위를 주도한 인물이 권람과 정인지라는 사실, 영월에서 죽임을 당한 단종에 대한 애달픈 사연 등은 현재 전하는 『추강집』 소재 「추강냉화」에는 빠진 채 실려 있다. 또한 김시습이 거리에서 신랄하게 꾸짖었음에도 의연하더란 정창손의 태도도 변개된 내용이다. 이런 사실들은 정출헌, 「「육신전」과 「원생몽유록」—충절의 인물과 기억서사의 정치학」, 『고소설연구』 33집, 한국고소설학회, 2012에서 자세하게 밝혔다.
36 남효온, 「추강냉화」, 앞의 책, 2007ㄴ, 216면.

성종 18년(1487) 5월 10일, 상소를 올린 유학(幼學) 유승탄이 고관(高官)들의 비웃음을 받았다는 기록이다. 조정의 병폐를 옳게 지적했음에도 불구하고, 훈구대신들은 도리어 그를 비웃음거리로 삼았을 뿐이다. 물정 모르는 사람을 비웃을 때는 으레 '청풍(淸風)'과 '명월(明月)'이라 놀려댔던 것이다. 맑은 마음을 갖고 밝은 세상을 만들고자 열망했던 젊은 선비의 의지를 어린애의 치기(稚氣)로 치부하며 거들먹거리던 늙은 훈구대신의 태도가 눈에 선연하다.[37] 돌이켜 보면, 남효온 자신도 10년 전에 똑같이 겪었던 일이었다. 성종 9년(1478), 스물다섯의 젊은 나이에 소릉복위 상소를 올렸다가 '광생(狂生)'으로 취급받은 적이 있었던 것이다. 남효온은 겨우 죄를 면했으나 유승탄은 그렇지 못했다. 유승탄은 자기 고을의 수령을 고소하고, 묘당(廟堂)의 재상을 능멸했다는 죄목으로 한 달간의 모진 추국 끝에 형장 80대를 맞는 처벌을 받아야만 했다. 백성의 고혈을 빨아 부를 축적했던 영의정 윤필상을 탐폭(貪暴)한 재상으로 지목했다가 치른 곤욕이었다.

유승탄은 그 사건으로 말미암아 벼슬길로 나아갈 수 없었다. 남효온이 걸었던 길을 똑같이 걸어야만 했던 것이다. 남효온은 유승탄처럼 세상과 불화하여 울울하게 살아간 이런 동류의 일화를 곳곳에 기록해두고 있다. 그들 가운데는 김시습(金時習)·홍균(洪鈞)·이계기(李啓基)처럼 세조의 단종 폐위를 목도한 뒤 미치광이처럼 살아간 부류도 있고, 고순(高淳)·이심원(李深源)처럼 조정의 개혁을 요구했다가 망령된 사람[妄人]이란 비난을 받았던 부류도 있다. 15세기 후반은 새로운 시대를 향한 젊은 열망이 들끓던 희망의 시대인 동시에 늙은 세대에게 그런 욕망이 억압당한 좌절의 시기이기도 했다. 강응

---

37 남효온의 기록이 사실과 부합한다는 점은 실록의 기사에서 확인된다. 윤호(尹壕)는 "유승탄의 범한 바가 조율(照律)한 것과 매우 부합합니다만, 스스로 '청풍명월(淸風明月)'이라고 일컬었으니 본래 광망(狂妄)한 자입니다. 국법을 전연 모르고 있으니, 성상께서 재량하소서"라며 죄를 묻고 있다. 『조선왕조실록』 성종 18년 6월 7일 참조.

정(姜應貞)을 비롯한 성균관의 젊은 유생들이 조직한 '소학계(小學契)'가 전자를 대표하는 그룹이라면, 소학계에 참여하기도 했던 남효온이 주도한 '죽림우사(竹林羽社)'는 후자를 대표하는 그룹이다. 남효온은 시대의 두 극단을 오고간, 그러면서도 그런 시대의 분위기를 예리하게 감지하고 있었던 젊은 이상주의자였다.[38] 친구가 거문고 타는 소리를 듣고도 상처 받은 내면을 읽어낼 정도로 예민했다.

> (이정은의 거문고 타는) 기운이 편벽되다는 말은 지나친 논평이 아니겠는가. 이총(李摠)과 임흥(任興)은 일찍이 악기를 갖추고서 밤낮으로 익혔지만, 이정은(李貞恩)은 집안에 악기가 없어 오가다가 이르는 곳에서 우연히 남의 악기를 잡아도 그 음률이 온화하고 진솔하였으니, 나는 일찍이 그의 거문고 타는 솜씨가 매우 뛰어난 것에 탄복하였다. 그러나 음악을 아는 사람이 간혹 "정중의 거문고 재주는 백이(伯夷)와 같으나 음률에 들어맞는 것은 이총에게 미치지 못한다"고 비판한다. 하지만 이는 세상을 구제하고 경영할 재주가 내면에 쌓였으나 이를 작은 기예로 돌렸기 때문에 발현됨이 편벽된 것이 아니겠는가. 나는 흐르는 눈물을 견디지 못하며 끝없이 오열하노라.[39]

남효온과 절친했던 이정은의 거문고 솜씨가 편벽된 까닭을 설명하고 있는 대목이다. 남효온은 세상을 구제하고 경영할 만한 재주(濟世經略之才)를 펼쳐볼 길이 없어 거문고에 마음을 부쳐지내야 했던 이정은의 심경을 너무나 잘 알고 있었다. 그러기에 흐르는 눈물을 주체할 수 없었고, 마침내 울음을 터

---

38 정출헌, 「추강 남효온과 유산(遊山)—한 젊은 이상주의자의 상처와 지리산의 위무(慰撫)」, 『한국한문학연구』 47집, 한국한문학회, 2011.
39 남효온, 「추강냉화」, 앞의 책, 2007ㄴ, 214면.

뜨리고야 만다. 젊은 세대의 이상은 뜨거웠지만, 낡은 세대의 벽은 아직 두 터웠던 것이다. 때문에 남효온의 기록에는 동류에 대한 뜨거운 공감과 훈구 대신에 대한 날카로운 비판이 가득하다. 한강에 압구정(鴨鷗亭)을 지어놓고 벼슬에 연연하지 않은 듯 보이려는 한명회(韓明澮)를 향해 "강호를 좋아한다 는 것으로 말을 삼은 것이지만 벼슬과 봉록에 연연하여 떠나지 못하였다"는 직격탄을 날리기도 했다. 뿐만 아니다. 절친한 벗 이윤종(李尹宗)이 "정자는 있어도 돌아가지 않으니, 인간 중에 참으로 목후(沐猴)로다[有亭不歸去, 人間眞 沐猴]"라는 풍자시도 숨김없이 소개하고 있다.[40] 한명회를 '갓 쓴 원숭이[沐猴]' 에 빗댈 정도였으니, 그 반감의 정도를 알 만하다.

남효온은 이윤종을 비롯한 이정은(李貞恩)·홍유손(洪裕孫)·우선언(禹善 言), 승려 초운(艸雲)·해월(海月), 그리고 숙부 남율(南慄) 등 동류 아홉 명과 함께 압구정에 올라가 막걸리를 마시며 놀았던 적이 있다.[41] 이윤중은 그 자 리에서 이런 희롱의 시를 지었던 것이다. 남효온이 이윤종을 '농서의 호걸[吾 友隴西傑]'이라고 소개한 것도, 그런 거침없는 기개 때문이었을 터다. 그런 이 윤종은 남효온이 마음을 털어 놓을 수 있던 거의 유일한 벗이기도 했다.

안생이 이미 죽어 지음이 끊어지고	安生已去知音斷
홍자가 남으로 돌아가 오도가 궁하네.	洪子南歸吾道窮
대유가 있다지만 지향함이 괴로우니	縱有大猷趨向苦
가슴속 품은 회포 농서공(隴西公)과 얘기하네.	胸懷說與隴西公[42]

---

40 위의 글, 218면.
41 남효온, 박대현 역, 「벗들과 더불어 배를 타고 모포(毛浦)를 건너 압구정(狎鷗亭)에 오르다」, 『추강집』 1, 민족문화추진회, 2007ㄱ, 76~78면.
42 「또 한 수」, 위의 책, 343~344면.

성종 15년(1485) 가을, 남효온이 읊은 시이다. 안생(安生)은 자신과 가장 절친했던 벗 안응세(安應世)로 26세의 나이에 요절한 인물이다. 홍자(洪子)역시 자신과 절친했던 벗 홍유손(洪裕孫)인데, 김종직에게 두시(杜詩)를 배우러 간 뒤 지리산·금강산 등을 떠돌고 있었다. 그리고 자신이 가장 존중했던 벗 김굉필은 자신과 지향하는 길이 달라지고 있었다. 김종직에게 『소학』의 중요성을 배운 뒤로 '소학동자(小學童子)'라 자처하며, 도학 공부와 제자 교육이란 힘겨운 길을 걷고 있던 것이다.[43] 바로 그해, 이조참판으로 있던 스승 김종직에게도 거침없는 비판을 하여 사제 관계가 서먹해질 정도로 김굉필은 고절(苦節)을 지키겠다는 각오를 다져가고 있었다.[44] 하지만 사제간의 불편한 관계를 지켜보면서, 남효온은 김종직의 입장을 이해하려 애썼다. 김굉필이 선택한 도학의 길은 방외인적 기질이 강했던 남효온으로서는 선뜻 동행할 수 없었던 것이다. 다음의 일화는 그즈음, 남효온과 김굉필이 길을 달리하고 있었음을 보여주는 증언이다.

김굉필은 성리학에 연원(淵源)을 가지고 근면 독실하여 게으르지 아니하였다. (…중략…) 수십 년 전에 나를 책망하기를 "그대와 절교를 하고자 하였으나 인정상 차마 그러지 못하노라" 하였다. 내가 이유를 물으니, "그대가 결단할 것이 아니다" 하므로, 다시 추궁하여 물었다. 그러자 "백공(伯恭, 남효온)·백원(百源, 이총)·정중(正中, 이정은)·문병(文柄, 허반)은 모두 진풍(晉風)이 있다. 진(晉)은 청담(淸淡)이 누

---

43 유자광은 무오사화를 일으켜 김종직의 제자를 얽어매려 들 때, 남효온의 이 시에 주목했다. 그러면서 '대유추향고(大猷趨向苦)'의 의미를 "김굉필이 처음에는 남효온 등과 동지였으나 마침내 과거에 응시하였기 때문에 추향에 고달프다 이른 것"으로 이해했다. 하지만 그때 김굉필은 과거에 전념하고 있지 않았다. 『조선왕조실록』 연산군 4년 8월 16일조 참조.
44 이조참판으로 있던 김종직이 국사를 건의하는 일이 없다고 여긴 김굉필은 스승을 비판하는 시를 지어 보냈는데, "이로부터 김종직과 다른 길을 걷게 되었다[自是貳於畢齋]"는 사실을 남효온은 숨김없이 기록하고 있다. 남효온, 「사우명행록」, 앞의 책, 2007ㄴ, 230면 참조.

(累)가 되어 10년이 가지 않아서 화가 이들에게 있었느니라" 하였다. 나도 그로부터 맹세하고 다시는 이들과 왕래하지 아니하였더니, 정말 뒤에 모두 화를 면하지 못했다.[45]

신영희가 「사우언행록(師友言行錄)」에서 진술하고 있는 내용이다. 남효온은 김굉필을 가장 존경하는 사우(師友)로 가슴에 품고 있었지만, 김굉필과 남효온은 점차 멀어지고 있었다. 젊은 신진사류의 열정이 좌절되어갈 때, 김굉필의 부류는 도학(道學)이라는 새로운 길을 만들어 걷고 있었던 반면 남효온의 부류는 가슴에 쌓은 울분을 시주(詩酒)와 청담(淸談)으로 풀어버리는 길을 택했던 것이다.[46] 1485년 무렵, 남효온의 벗들 가운데 어떤 친구는 죽고, 어떤 친구는 은거해버리고, 어떤 친구는 새로운 학문 세계에 들어서고 있었다. 점필재 김종직에게 함께 배웠던 젊은 신진사류들은 15세기 후반에 이르게 되면, 이렇듯 끈끈한 공감대를 기반으로 하면서도 조금씩 갈라지기 시작했던 것이다. 시대의 변화는 서로의 간극을 벌여갔고, 마침내 결별의 지점에까지 이르게 만들었다. 남효온과 김굉필 모두와 친했던 신영희는 그들의 최후를 이렇게 증언하고 있다.

남효온의 병이 위독하여 김굉필이 가서 문병하였으나 남효온이 거절하고 보지 않으므로 김굉필이 문을 열고 들어갔다. 남효온은 벽을 향해 누워서 말 한 마디 없이 영원히 결별하였으니, 이는 김굉필과 절교하는 것이었다.[47]

---

45 허봉, 『해동야언』, 『국역 대동야승』 2, 민족문화추진회, 1982, 337~338면.
46 남효온의 절친한 벗 조신(曺信)은 유고(遺稿)를 수습하여 『추강집』을 간행할 때, 발문에서 "성품이 영합하기를 싫어한지라, 세상을 피하여 치욕을 멀리했네. 취중의 얘기는 공연히 준엄했고, 세상을 경시하며, 늘 크게 웃었네[性不喜苟合, 脫屣遠恥辱. 醉談空崢嶸, 傲世長捧腹]"라고 기록하고 있다. 이런 성품은 "고상한 행실은 비할 데가 없어 평상시에도 반드시 의관을 갖추었고, 본부인 외에는 일찍이 여색을 가까이 하지 않았다"는 김굉필과는 사뭇 다르다. 하지만 남효온은 김굉필을 가장 존중하는 벗으로 간직했다. 「사우명행록」에서도 가장 먼저 가장 곡진하게 그의 면면을 기록하고 있다.

남효온은 시정 개혁을 요구하는 상소를 올렸다가 훈구대신들의 미움을 받아 시주(詩酒)를 벗하며 전국을 떠돌다가 39세의 나이로 이렇듯 쓸쓸히 세상을 떠났다. 남효온은 젊은 날의 벗들을 추억하며 「추강냉화」와 「사우명행록」에 그들과의 우정을 담담하게 기록했다. 그러지 않을 수 없을 만큼 그의 삶과 그의 시대는 뜨겁고 울울했던 것이다. 결국 남효온이 죽은 지 6년 되던 해, 결국 무오사화(戊午士禍, 1498)라는 참극을 맞이하게 된다. 김일손·권오복·권경유 등 김종직의 제자들은 대역죄로 몰려 능지처사(陵遲處死)를 당했다. 이목·허반·강겸도 참수형에 처해졌다. 남효온과 절친했던 우선언(禹善言)은 갑산으로 유배를 가서 그곳의 노비가 되었다. 홍유손도 제주도로 유배를 갔다가 중종반정 때 풀려난 뒤 자취를 감추었다. 신영희는 직산에 은거해 있어 화를 면하기는 했지만, 그 뒤 뚜렷한 자취를 남기지 못한 채 잊혔다. 올곧은 도학의 길을 걸었던 김굉필과 정여창은 유배를 갔다가 갑자사화 때 결국 죽음을 당했다. 신진사류들은 젊은 시절 그토록 갈망했던 개혁의 열정을 꽃피워보지도 못한 채 15세기의 종말과 함께 스러져갔던 것이다.[48]

3) 15세기 후반, 도학의 심화와 문학의 변모

앞서 간략히 언급한 것처럼 스승 김종직과 제자 김굉필의 엇갈린 행보가 시사하듯, 15세기 후반은 성리학의 심화라는 새로운 환경이 기존의 정치질

---

47 허봉, 앞의 책, 338면.
48 남효온을 통해본 이런 신진사류의 동류의식과 분화면모는 정출헌, 「젊은 제자들이 마음에 그린 점필재의 초상」, 부산대 점필재연구소편, 앞의 책에서 자세하게 다룬 바 있다. 그리고 기존의 성과로는 정경주, 「성종조 신진사류의 문학세계」, 법인문화사, 1993; 김남이, 「조선 전기 지성사의 관점에서 본 점필재와 그 문인들의 관계—초기 사림의 형성과 관련하여」, 「동방학」 23집, 연세대 국학연구원, 2012ㄴ이 있다.

서는 물론 지적 기반에도 심각한 균열을 가져오고 있었다. 퇴계 이황은 이들 두 사람의 관계가 갈라지게 된 원인을 시문과 도학의 차이로 조심스레 진단하기도 했다. 김종직이 시문을 으뜸으로 삼고 도학을 중시하지 않았던 데서 분기의 원인을 찾았던 것이다. 비록 스승과 제자 사이라도 지기(志氣)가 부합하지 않으면, 뜻을 달리할 만큼 시대적 분위기가 급속하게 변모하고 있었다.[49] 실제로 "세상이 만회될 수 없고 도가 행해질 수 없음을 익히 알아 빛을 감추고 자취를 숨겼다"[50]는 김굉필과 달리 김종직은 아무리 어렵더라도 세상에 나아가 바로 잡는 길에 나서야한다고 생각했다. 그런 구체적 사례를 김종직과 안우(安遇)의 관계에서 확인할 수 있다. 김종직의 제자였던 그도 뒤에는 스승과 뜻을 달리하게 된다. 벼슬할 마음이 없어져서 김종직과 뜻이 엇갈리게 되었다는 것이다.[51]

스승과 제자조차 이렇듯 엇갈린 길로 분화되던 즈음이었으니, 젊은 신진사류들 사이에서는 말할 나위도 없다. 김종직의 만년 제자 김일손(金馹孫)은 "여름벌레 어찌 차가운 얼음을 말할까, 대성(大聖)은 한 가지 능하지 못해도 오히려 겸손하다오"[52]라며 스승을 책망했던 김굉필의 태도를 나무랐다. 남효온 또한 스승 김종직의 진정을 믿고 싶었다. 더러운 임금 섬기는 것을 부끄러워하지 않고 작은 벼슬도 낮게 여기지 않았던 유하혜, 그리고 계씨(季氏)의 가신 공산불요(公山不擾)가 부른다 하더라도 기꺼이 가서 동주(東周)로 만들겠다던 공자의 출처를 들어가며 스승 김종직을 변호했던 것이다.[53] 이들 간의

49 이황, 「답이강이서별지정(答李剛而書別紙楨)」, 『경현록(景賢錄)』 하, 도동서원(道東書院), 1839. "今以佔畢公全集觀之, 惟以詩文爲第一義, 未嘗留意於且學此道. 以寒暄以是歸責, 雖以師弟之分之重, 固不能志同氣合而終不相貳也."
50 남효온, 「사우명행록」, 앞의 책, 2007ㄴ, 229면.
51 위의 글, 230면.
52 김일손, 「차김대유상점필재선생운(次金大猷上佔畢齋先生韻)」. "夏蟲那可語寒氷, 大聖猶謙一未能."
53 남효온, 「자영(自詠) 15수」, 앞의 책, 2007ㄱ, 342면. "柳下聖人隱下僚, 油油烏帽立明朝. 群兒疑

견해 차이는 비단 출처관(出處觀)에만 국한되지 않았다. 성리학의 이해를 둘러싸고도 우정의 논쟁을 벌이기도 했는데, 남효온은 「심론(心論)」과 「성론(性論)」의 집필 동기를 이렇게 밝혀놓고 있다.

> 자욱(自勖)은 경전을 연구하고 행실을 삼감이 근세에 견줄 사람이 없고, 자인(自仁)은 원대한 책략을 가진 사람이거늘 소견이 이와 같으니 내가 의아하게 여기는 바이다. 이런 까닭으로 「심론(心論)」에 함께 드러내어 다른 견해를 널리 소개한다.[54]

> 우러러 보건대 선유(先儒)들이 성(性)을 논한 것이 많으니 내가 굳이 군더더기 말을 보탤 필요가 없다. 그러나 마침 성균관 사유(師儒)의 의논이 본연지성과 기질지성을 나누어 둘로 여기는 것을 보았기 때문에 부득이 「성론(性論)」을 짓는다.[55]

자욱(自勖, 정여창)과 자인(自仁)은 마음[心]이란 몸 밖으로 나갔다 들어왔다 하는 것으로 여겼다. 하지만 남효온은 이런 견해를 인정할 수 없었다. 그리하여 「심론」을 지어 다른 견해를 드러냈다는 사실을 밝히고 있다. 뿐만 아니다. 성균관의 선생들은 본연지성과 기질지성을 둘로 나뉘는 것으로 여기고 있었는데, 이에 대한 반박으로 「성론」을 지어 둘이 아님을 밝혔던 것이다. 그 외에도 「사우명행록」과 「추강냉화」에는 사우 간에 벌어졌던 귀신의 존재에 대한 이견, 이(理)와 기(氣)의 관계에 대한 논란, 불교와 유교의 차이에 대한 견해들이 소개되고 있다. 성리학에 대한 이해가 깊어지면서 그를 둘러싼 논의도 점점 깊어졌던 것이다.

是同塵汚, 誰識東周意未消."
54 남효온, 「심론(心論)」, 앞의 책, 2007ㄴ, 108면.
55 남효온, 「성론(性論)」, 위의 책, 144면.

그런 지적 풍토의 변화는 출처관과 세계관은 물론 문학관에서도 첨예하게 맞부딪혔다. 도학과 문장을 둘러싼 이견 대립의 사례로는 남효온과 정여창의 논란을 살펴볼 만하다. 정여창은 "시는 성정(性情)의 발현이니, 어찌 번거롭게 억지로 공부한단 말인가"라는 견해를 피력한 바 있다. 도덕이 갖추어지고 경술에 통하면, 성정은 자연히 드러날 것이니 굳이 문장 공부를 할 필요가 없다는 것이다. 하지만 남효온은 정여창의 이런 문학관을 '썩은 선비의 소견'이라며 혹독하게 비판했다. 그의 견해는 이러했다.

> 시의 공효(功效)도 사람에게 있어 또한 (음악과 마찬가지로) 그러하여 사람의 마음을 맑게 하고, 회포를 비우게 하고, 사심(邪心)이 없게 하고, 호연지기를 기르게 한다. 온갖 형태를 포괄하여 천지 사이에 가득 넘치는 것은 옛사람처럼 자연스러운 경지에 이를 수 없더라도 시는 반드시 애써 생각하고 공부를 쌓은 뒤라야 그 만분의 일에라도 가까워질 수 있는 것이다. 이런 까닭으로 소자(邵子)와 주자(周子) 또한 시를 좋아함을 면하지 못하였고, 주문공(朱文公)이 만년에 두시(杜詩)와 후산(后山)의 시를 즐겨 읽고 초나라 소(騷)를 주해하고 혹은 승려와 서로 수창하여 형산(衡山)에서 지은 시가 5일 동안에 100여 편이나 되었던 것이다. 자욱이 시를 이단으로 여긴다면, 주자와 소자를 이단시한다는 것이며 회암(晦庵)을 이단시한다는 것인가. 점필재 김 선생이 말하기를 "시는 성정(性情)을 도야한다" 했으니, 나는 스승의 설을 따른다.[56]

정여창과 남효온의 견해는 날카롭게 갈리고 있었다. 정여창은 문장 공부를 말기(末技)를 넘어서서 이단(異端)으로까지 여기고 있었으니 극단적인 문

---

56 남효온, 「추강냉화」, 위의 책, 228면.

학관을 펼쳤던 것이다. 거기에 맞서 남효온은 시가 성정을 도야하는 공효를 지니고 있다며 반론을 제기했다. 시는 마음을 맑게 하고, 사심을 없게 하고, 호연지기를 길러준다는 이유를 들어가면서. 급기야 시를 즐겼던 소옹·주렴계·주희를 과연 이단으로 볼 수 있는가라는, 일견 유치하지만 매우 강력한 무기까지 끌어들였다. 그 가운데 "시는 성정을 도야한다"던 스승의 견해를 따르겠다는 결론은 의미심장하다. 앞서 살펴본 바 있듯, 퇴계 이황은 "문장을 통해 도로 나아가려했던(沿文泝道" 김종직의 도문관(道文觀)에 주목한 바 있었다. 김종직은 도문일치(道文一致)의 문학관을 견지하고 있었는바, 남효온도 그런 태도를 지지하고 있었던 것이다.

　김종직과 남효온이 보여준 이런 태도는 15세기 후반 문학사를 파악하는 데 의미 있는 시사점을 제공한다. 김종직의 제자인 남곤(南袞, 1471~1527)은 관각문학의 적통을 계승했다고 거론되곤 한다. 중종 때 대제학을 지냈고, 기묘사화(己卯士禍)를 일으켜 조광조가 이끄는 젊은 사림을 죽음으로 몰아갔을 뿐만 아니라 좌의정·영의정에까지 지낸 경력으로 보아 그런 평가는 자연스럽게 받아들여졌다. 훈구와 사림이라는 이분법적 구도에서 그는 자연스럽게 전자로 분류될 수밖에 없었던 것이다. 하지만 그 자신은 사림파의 종장인 김종직의 문학관을 계승했다고 자부했다.

　　지난 경술년(庚戌年, 1490) 나는 제생(諸生)과 문하에 나가 더 배우기를 청하였다. 점필재 선생께서는 외람되이 장려하고 칭찬하며 내가 감히 미치지 못할 것을 권면하셨으며, 끝에 다음과 같은 몇 마디 말씀으로 나를 일깨워주셨다. "글을 지을 때에는 반드시 쓸데없이 긴 것을 조심하고, 반드시 긴요하고 이치가 분명해야 한다. 하어(下語)에 이르면 단지 심상한 말을 가지고 점화(點化)를 더한 것일 뿐이다." 그때 내가 약관(弱冠)의 나이였는데, 묵묵한 중에 깨달은 바가 있었다. 이로부터 문장을 구상[構思]할 때에는 문득 선생의 말씀을 기억하였으니, 어느덧 흐른 30년 세월 동안 또렷하게 그 말씀이 귀에 남아 있다. 내가 조금이라도 문구(文句)를 알아 오늘날에 이른 것은 진실로 선생이 베풀어주신 것이 아님이 없다.[57]

　20세의 어린 남곤은 60세의 노성한 김종직에게 문장을 배우면서 사제의 인연을 맺었다. 생원진사시에 합격한 이듬해였는데, 그때의 가르침 덕분인지 4년 뒤인 1494년 별시문과에 급제하게 된다. 김종직의 절친한 벗이기도 했던 대제학 홍귀달(洪貴達)에게 선발되어 연산군 때에는 김전(金銓)·권달수(權達手)·이원(李黿)·성중엄(成重淹)·이목(李穆) 등과 함께 사가독서를 하는 영예를 누리기도 했다. 이들 가운데 김전·이원·이목은 모두 김종직의 문인이었다. 남곤은 이런 사제의 인연으로 말미암아 기묘사화의 주역임에도 불구하고, 바로 이듬해에『점필재집』서문을 쓰게 되었던 것이다. 서문을 부탁한 사람은 다름 아닌 김종직의 생질이자 제자였던 강중진(姜仲珍)이란 사실도 흥미롭다. 적어도 그때까지 김종직의 제자 그룹에서는 남곤을 적대적으로 여기지 않았던 것으로 보이기 때문이다. 실제로 남곤은 기묘사화 발발 직전까지 신진사류를 대변하여 소릉복위(昭陵復位)를 줄기차게 주장하여 자신들의 숙원을 이뤄내고, 신진사류의 리더인 조광조를 적극 비호해주는 든든한 후원자이기도 했다. 뒷날 심정(沈貞)·홍경주(洪景舟)와 함께 기묘삼흉(己卯三凶)으로 불렸음에도 불구하고, 조선 전기의 구도를 훈구와 사림의 대결이라는 경직된 틀로만 설명할 수 없다는 점을 보여주는 사례이다.
　어쨌든 복잡한 이력을 가진 남곤은 위에 인용한『점필재집』서문 첫머리

57　남곤,「점필재집 서문」(庚辰本).“昔在庚戌歲, 袞以諸生操所業請益於門下, 先生謬加獎譽, 多以
　　　不敢及者勖之, 末用數語擊蒙曰 : 爲文切忌冗長, 須要理致分明, 至於下語, 則只就尋常說話加點
　　　化耳. 袞時方弱冠, 尙能默有所會. 自是每當構思, 輒記先生之言. 荏苒三十載, 了然在耳. 袞粗解
　　　文句以有今日, 亦罔非先生賜也.”

에서 고려 말 이제현·정몽주, 조선 초 이색·권근 이래 피폐해졌던 문단을 일신한 인물로 김종직을 특기한 뒤, "힘써 고문(古文)을 일세에 창도했다[力爲古文以興一世個]"고 높이 평가하고 있다.[58] 관각문학의 정점을 구가했던 서거정·이승소·성현 등을 문단을 피폐하게 만든 장본인으로 간주하여 단호하게 제외해버렸던 것이다. 그러면서 자신은 고문을 창도한 김종직을 계승했노라고 은근히 자부하고 있다. 그런 자부의 실상에 대해서는 별도의 고찰이 필요하겠지만, 훈구와 사림의 계승관계 및 문학적 성향을 도식적으로 재단할 수 없다는 점만큼은 분명해졌다 하겠다. 15세기 후반은 도학의 심화로 말미암아 문학관에도 흥미로운 변화가 일어나고 있었는바 김종직의 제자들을 중심으로 한 신진사류의 동향을 면밀하게 살피면서 훈구와 사림의 관계를 새롭게 설정하지 않을 수 없었던 까닭이다.

4. 향후의 과제, 또는 새로운 관심

15세기 후반 신진사류는 새로운 시대를 맞이하여 김종직을 중심으로 강한 동류의식을 갖고 각각의 길을 모색해 나갔다. 그들의 궤적은 조선 성리학을 일궈낸 16세기를 예비한 것으로 간주할 수 있겠지만, 그 실질은 사림파의 전사(前史)로만 단순화하기 어려울 정도로 복잡했다. 그들의 열정은 뜨거웠고 그들이 개척해간 길은 다양했던 까닭이다. 19세기 홍한주가 증언하고 있

---

58 점필재 김종직이 조선 전기 고문을 창도했다는 남곤의 증언은 무척 의미심장하다. 이에 대한 자세한 논의는 김윤조, 앞의 글을 참고할 것.

듯 김굉필·정여창과 같은 부류는 도학(道學)의 길로, 김일손·조위와 같은 부류는 문장(文章)의 길로, 그리고 김시습·남효온과 같은 부류는 청고(淸高)의 길로 나뉘어갔다. 조선 전기 사대부를 흔히 관각파(사장파), 사림파(도학파), 방외인으로 구분하고 있는데, 대략 그런 판도로 15세기 후반 신진사류의 동향을 읽을 수 있을 법하다.

하지만 거시적 방법론으로 역사를 설명할 때 자주 범하게 되는 오류이지만, 15세기 후반은 기존에 마련된 잣대로만 개개인의 삶과 행로를 재단해서는 안 된다. 머리말에서 지적한 것처럼, 15세기 후반은 나름대로 독특한 시대정신과 문학세계를 펼쳐나간 시대로 존중될 필요가 있다. 잘 알려진 것처럼, 성종대는 조선 전기 관각파 문인들이 착수한 빛나는 문화적 사업들을 완결 지어간 시대였다.『경국대전』의 편찬으로 대변되는 문물제도의 완성은 15세기 후반을 새롭게 평가해야 할 대목이다. 그뿐만 아니다.『소학』과『주자가례』를 통해 도학적 실천이 점차 확산되어갔는가 하면,『동국통감』이라든가『동국여지승람』과 같은 역사·인문지리서의 편찬도 완성을 보았다. 또한『동문선』을 뒤이어『동문수』·『청구풍아』를 통해 우리나라의 우수한 역대 시문들이 집성되기도 했다. 시문의 전범으로 두보가 재조명되면서『두시언해』가 편찬된 것도 이 무렵이었으니, 조선이 문명국가로서의 면모를 실질적으로 갖추게 된 것은 바로 15세기 후반이었던 것이다.

그런 15세기 후반을 이해할 때 유념해야 할 사항이 하나 있다. 성종대의 야심찬 문명사업들은 건국의 주역이었던 훈구관료 문인의 원대한 기획에 의해 시작된 것이지만, 그 완성은 15세기 후반 젊은 신진사류의 수정과 보완을 거쳐 마무리를 보았다는 사실이다. 그들은 대립되는 입장에서 이해되고 있지만, 15세기 후반의 조선을 문명국가로 일구는 데 있어서는 같은 길을 걸었던 것이다. 사정이 이러하다면 사림파의 시각에 의해 가려지기 일쑤였지만,

김종직의 제자 가운데 도학의 길도 아니고 방외인의 길도 아닌 길을 걸어간 관료문인들의 움직임에 보다 주목할 필요가 있다. 『동국통감』·『동국여지승람』 등의 편찬을 실질적으로 감당하거나 수정·보완하는 한편 경술에 근본한 문장의 전범으로 두보를 주목하고, 그의 언해를 통해 표준번역을 제시했던 인물도 바로 그들이었다. 김종직의 제자로 홍문관에 몸담고 있었던 조위·김흔이 그 주된 역할을 맡았는데, 거기에는 장의사(藏義寺)에서 사가독서를 하고 있던 젊은 제자들에게 "두보의 시만이 시학의 으뜸이며, 사무사의 경지에 비견되는 두시를 공부함으로써 월로풍화(月露風花)는 눈앞에서 없어지게 될 것"[59]이라던 스승 김종직의 가르침과 격려가 큰 힘을 발휘했음에 분명하다. 실제로 장의사에서 사가독서를 하고 있던 채수·허침·권건·양희지·조위·유호인 가운데 세 명이 김종직의 제자였다.

흔히 김종직의 제자로 김굉필·정여창이 가장 돋보이는 인물로 기억되고 있지만, 성리학의 시대에 이르러 과도하게 부풀려진 면이 있다는 사실을 부정하기 어렵다. 조선을 문명국가로 만드는 데 있어 또 다른 방면에서 두드러진 활약을 보였던 신진사류의 후예들을 주목할 필요가 있는 것이다. 성종대에서 연산군대까지 사가독서의 영예를 안았던 신진사류는 모두 37명이었는데, 그 가운데 절반이 넘는 20명이 김종직의 제자였다.[60] 그리고 그들 가운데 신용개·남곤 등은 대제학의 자리에까지 올랐다. 경술과 문장의 조화를 통해 도학(道學)의 길과 고문(古文)의 길을 동시에 열었던 점필재 김종직, 그리고 그로부터 가르침을 받은 젊은 제자들은 15세기 말의 참극을 넘어서서

59 김종직, 임정기 역, 「정장의사독서제공(呈藏義寺讀書諸公)」, 앞의 책, 1999ㄴ.

60 「호당록」, 강효석 편, 『전고대방』, 한양서원(漢陽書院), 1926. 성종대 : **蔡壽**, **金訢**, 趙之瑞, 楊熙止, **兪好仁**, **曺偉**, 許琛, 權健, **申從濩**, 李宜茂, **崔溥**, 朴增榮, **權景裕**, **李達善**, **李胄**, 李承健 / **李宗準**, **申用漑**, **金馹孫**, **姜渾**, 崔叔生, **權五福**, 金勘, 李希舜, 李顆, 洪彦忠, **鄭希良**, 金千齡, 朴誾, 任熙載, 許諿. 연산군대 : **金銓**, **權達手**, **李黿**, **南袞**, 成重淹, **李穆**.(강조는 김종직의 문인)

또다시 어울리기도 하고 갈라서기도 하며 힘겹게 16세기를 일궈나갔던 것이다. 이제, 그런 면모를 하나하나 구체적으로 살피는 것은 우리 앞에게 던져진 심중한 과제이다.

조선 중기,
'욕망하는 주체'의 등장과 '소설'의 기원

김현양

1. 소설의 기원 혹은 개념과 세 가지 사건

한국의 소설을 대상으로 한 근대적 연구의 역사 가운데, 소설(혹은 고전소설) 연구자들이 꼭 기억해야 하는 세 가지 사건을 추억하는 것으로, 한국소설의 기원과 관련된 논의를 시작해 보기로 하자.[1]

---

1 세 가지 사건이란 한국의 근대적 소설 연구의 역사적 과정에서 발생한 연구사적 사건을 말하는 것이다. '소설'은 유럽에서 기원한 근대의 서사 장르이므로 한국의 고유한 서사 전통과는 무관하다는 생각, 유럽중심주의로부터 벗어나기 위해 '소설'을 세계적 차원의 보편적 개념으로 정의해야 한다는 생각, 유럽중심주의(= 근대주의)로부터 탈주하기 위해 '소설의 중심성'을 해체해야 한다는 생각이 이 세 가지 사건의 추동력이라 할 수 있다. 이 연구사적 사건은 '소설의 기원'을 '한국'이라는 민족 내부에서 발견하는 것이 가능한가 혹은 의미 있는가 라는 문제의식을 바탕으로 기획·발생한 것이기에, 한국소설의 기원을 탐구하는 이 글의 서론으로 배치한 것이다. 다만 서론답지 않게 논의가 길어진 것은, 이 글이 심포지엄('소설의 기원 혹은 소설적인 것의 속성', 민족문학사연구소 한국 소설의 서사학적 기원연구반, 2013.7.12)의 취지를

무엇보다도 먼저 떠올려야 할 사건은 김태준(金台俊, 1905~1949)의 『조선소설사(朝鮮小說史)』 서술이다. 흔히들 김태준으로 인해 비로소 고전소설에서 신소설, 현대소설로 이어지는 소설사의 경로와 계보를 파악할 수 있게 되었다고 생각한다. 하지만 과연 그럴까? 김태준의 '조선소설사'는 삼국시대로부터 1930년대 초까지의 서사 텍스트를 바탕으로 '조선소설의 역사'를 기술한다.[2] 그런데 그가 본질적으로 염두에 두고 있는 '소설'이란 유럽의 'novel'이다.[3] 그렇기에 김태준은, "조선에서는 소설이 없"었다고 말하면서도, 그럼에도 불구하고 "예전 사람들의 율(律)하던 소설의 정의"에 의거하면 "헤아릴 수 없이 많은 조선의 소설들"이 있으므로, 이를 바탕으로 소설사를 기술할 수 있었던 것이다.[4]

　발표의 앞부분에서 드러내 보이는 소임을 맡았기 때문이다. 긴 서론이긴 하지만 택당의 기록을 바탕으로 한국소설의 기원을 조선 중기에 등장한 '욕망하는 주체의 서사'로부터 발견하고자 하는 이 글의 문제의식과 밀접하게 관련되는 것임은 물론이다.

2　삼국시대의 설화는 『금오신화(金鰲新話)』 이전의, 소설의 전사(前史)에 대한 기술처럼 보이지만, 여기에서도 '소설적' 혹은 '소설'이라 말할 수 있는 텍스트가 있었다고 해, 매우 혼란스럽게 기술되어 있다. 김태준, 『朝鮮小說史』, 청진서관, 1933(학예사, 1939) 참조.

3　김태준은 '영국 문인 롱(Long)씨의 정의'를 빌려 'novel'을 설명하고 있다. 롱씨의 정의는 다음과 같다. "정말 소설이라는 것은 평범한 인간생활의 실화(實話)를 고조(高調)한 정서로써 말하되 창작적 흥미를 파란과 모험에 향(向)치 아니하고, 진실한 자연(自然)에 근거를 둔 담화적(談話的) 저술이다." 이 말의 의미를 김태준은 "소설의 주뇌(主腦)는 환작(幻作)한 기담(奇談)과 권징류(勸懲類)가 아니요 사회생활의 풍습과 세태와 인정의 기미를 진실히 서술"한 것이라 풀이하는데, 이러한 소설에 대한 이해는 근대 계몽기인 19세기 후반~20세기 초반의 시기에 동아시아 지역 지식인에게 공통적인 인식이었다. 동아시아 근대 계몽기의 일본 지식인의 유럽 소설 인식에 대해서는 가메이 히데오[龜井秀雄], 신인섭 역, 『「소설」론 —『소설신수(小說神髓)』와 근대』, 건국대 출판부, 2006을 참조할 수 있는데, 이러한 인식은 일본에만 국한되는 것이 아니었다.

4　김태준이 서술한 대목을 적시하면 다음과 같다. "소설의 주뇌(主腦)는 환작(幻作)한 기담(奇談)과 권징류(勸懲類)가 아니요 사회생활의 풍습과 세태와 인정의 기미를 진실히 서술함에 있어서, 예전 사고전서(四庫全書)의 분류와는 개념이 판이하여졌다. 그러니까 문제가 생긴다. 조선에는 소설이 없었다고! 왜? 조선에는 아무것도 인정세태를 묘사한 저작이 없었으므로! 나는 이에 대답코자 한다. 정말 기미운동(己未運動) 전후로 문학혁명이 일기 전까지는 롱씨(氏)가 정의한 노벨은 한 권도 없었음으로써이다. 그러나 많은 패설·해학·야담·수필도 있고 그 소위 로맨스와 스토리(Story)와 픽션(Fiction)은 내가 이에 예증치 아니하여도 많이 존재하였고 또 존재하는 것을 알 것이다. 다시 말하면 예전 사람들의 의미하는 소설은 헤아릴 수 없이

김태준이 '소설사'를 서술하려 했던 것은 'novel'에 대한 동경 때문이었다고 생각한다. 'novel'은 근대와 선진의 상징이었기에, 그러므로 이를 욕망했기에, 'novel'의 역사는 아니지만, '小說-쇼셜-소설'의 역사적 경로와 계보를 서술하고자 했던 것이다.[5] 여기서 새삼스레 김태준의 유럽중심주의적 시각의 한계를 말할 필요는 없을 듯하다. '조선에 novel은 없었다'에서 그치지 않고 'novel과는 다르지만 小說 / 쇼셜이 있었다'는 것을 보여준 것은 대단한 일이라 말하지 않을 수 없다.[6] 여기서 길게 논의할 수는 없으나, 김태준의 이러한 성취는, 분명히 콤플렉스의 소산이라 말할 수 있는 측면도 있지만, '유럽중심주의'로부터 벗어나 문명권의 독자성, 그 상대적 가치의 소중함을 말하고자 하는 시각의 선구였다고 말할 수 있는 측면도 있는 것이라 생각한다.[7]

그렇지만 잃은 것 또한 적지 않았다는 것을 놓쳐서는 안 된다. 무엇을 잃었다는 말인가? 김태준 이후로 유럽의 'novel'과 조선의 '小說 / 쇼셜'은 다르다는 생각은 조금도 회의되지 않았다. 그 결과 'novel'과 '小說 / 쇼셜', 좁혀

많다. 나는 예전 사람들의 율(律)하던 소설의 정의로써 예전 소설을 고찰하고 소설이 발달하여온 경로를 분명히 하고자 한다."

5 이 글에서 사용하고 있는 'novel'은 물론 유럽에서 기원한, 우리가 요즘 '소설'이라고 생각하고 말하는 '장편 소설'이다. 小說은 한문으로 서술된 허구적 서사(fiction)를 말한다. 흔히 '초기 서사', '초기 소설'이라고 지칭되는 텍스트의 상당수가 여기에 속한다. '쇼셜'은 국문으로 서술된 '허구적 서사를 말한다. 이 글에서는 '쇼셜'의 중핵적 성격(가운데 하나)을 / 를 '욕망하는 주체의 서사-욕망의 서사라 했다. 이 글에서 본격적으로 논의하지는 못했지만 욕망의 서사로서의 '쇼셜'은 'novel'과 동일한 위상으로 파악할 수 있고(동일하다는 것이 아니다! 위상이 동일하다는 것이다), 동일한 위상에서 해석할 수 있는 '속성'을 포지하고 있어, 의미 있는 대화적 관계에 놓일 수 있다고 생각한다. '쇼셜' 이후에도 '小說'로 표기되는 '허구적 서사가 있었으며, 이들 가운데 상당수는 '쇼셜'과 동일한 위상에 놓여 있어, '쇼셜'의 눈으로 읽어내야 할 것이 있다. '소설'은 범박하게 말하면 '근대적인 허구적 서사'를 지칭한다. 쇼셜에서 소설로의 기표의 변화가 있듯이, 속성의 변화가 있지만 둘의 위상은(대체로, 거시적으로) 동일하다(위상이 동일하다는 것이다!). 그러므로 이글에서는 '쇼셜'과 '소설'을 함께 아울러 지칭할 때도, '소설'이라 말한다.

6 김태준의 이러한 성취는 중국의 루쉰[魯迅]에 의해 『중국소설사략(中國小說史略)』으로 선취된 바 있다.

7 그렇기에 '나말여초(羅末麗初)'의 '전기(傳奇)'로부터 한국의 소설사가 시작되었다고 보는 근래의 주류적 견해는, 김태준을 계승했다고 말할 수 있다.

말하면 'novel'과 '쇼셜(의 속성)'의 차이가 아니라 동일성 혹은 유사성을 바탕으로 한 인문학적 대화는 불가능한 것이라 생각하게 되었고, 사라졌다. 동양(東洋)과 서양(西洋)의 대화가 사라졌으며, 한국의 고전소설 전공자와 현대소설 전공자 사이의 대화도 사라졌다.

한문학(漢文學)에 더욱 학식이 있었던 김태준이, 길지 않은 시간을 들여, 그만한 규모와 내용으로 소설사를 서술한 것은 사실 놀라운 일이었다. 하지만 '小說 / 쇼셜'에 대한 안목을 김태준이 갖고 있었음을 부정할 수는 없으나, 그 안목은 '小說 / 쇼셜'을 바라보는 매우 제한된 하나의 시선에 불과할 뿐이다. '小說 / 쇼셜'도 그러한데 하물며 'novel'의 경우는 어떻겠는가? 과감하게 말하면, 그 안목을 인정하기 어려울 정도가 아니겠는가? 그럼에도 불구하고 '다르다'는 것이 전혀 회의되지 않은 것은 여전히 차이가 아닌 동일성 혹은 유사성을 읽어낼 수 있는 안목이 없었기 때문일 수도 있으며, 그 둘은 어떻게 보아도 전혀 다르기 때문일 수도 있다. 군이 안목을 거론하지 않더라도, 그 둘은 상당히 다르게 보이는 것이 자연스러울 수도 있지만, 그렇지 않을 수도 있다.[8] 그러므로 둘의 차이나 동일성만을 보려는 데서 벗어나 차이를 인정하

---

8 이와 관련해 플랙스의 다음과 같은 발화를 경청할 필요가 있다. "한편 중국의 비평가들은 문화적 형식의 기원을 다루면서 필연적이고 진보적인 발전보다는 이러저러한 예술의 상호 공존성을 강조하는 일반적 경향을 보이는데, 소설 발생의 필연성을 강조하는 견해를 무색케 하는 중국 문학사의 아주 특별한 측면은 백화 소설이 중국과 유럽에서 거의 동시에 점진적으로 발생했다는 아주 놀라운 공존성을 보여 준다. 그리하여 유럽에서 소설의 형식이 등장하는 것과 관련된 문학의 외적 상황을 중국 전통과 비교해 보면 놀랄 정도의 유사성을 보이고 있음을 알 수 있다. 중국이 초기에 서사시 형식을 갖추지 못했다는 측면에서 보면 서사시가 선행한다는 사실이 서구의 소설 발생에 필수 불가결한 전제 조건이 될 수 없다는 결론에 도달하므로 우리는 다른 측면을 아울러 고려해야 할 것 같다. 이럴 경우 16~18세기의 유라시아 대륙의 양 끝에 존재했던 인구 통계적이고 사회 경제적인 역사적 요소를 수렴하여 고려해야 한다. 서로 다른 문화권에서 거의 동시에 소설이 발생했다는 사실에 대해 좀 더 순수한 문학적 원리를 탐구하기 위해서는 유럽과 중국의 소설 발전사에 소규모 형식을 결합하여 좀더 크고 종합적인 서사 형태로 발전시킨 과정이 관련돼 있을 가능성에 주목해야 한다." 플랙스, 「중국인의 허구 인식과 소설의 탄생」, 김진곤 편역, 『이야기 小說 Novel』, 예문서원, 2001, 121~122면.

고 보존하면서 보편성을 생산하는 기획이 필요하다. 물론 이때의 보편성은 '다르면서도 같음'을 의미한다. 이 '다르면서도 같음'의 지평에서 의미 있는 인문학적 대화가 가능하게 된다.

두 번째는 조동일이 『한국소설의 이론』을 서술한 것이다. 조동일은 『한국소설의 이론』에서 '小說 / 쇼셜 / 소설'을 포섭하여 **'소설'**(의 구조)을 이론적으로 해명했다.[9] **'소설'**의 장르 구조는 小說(『금오신화』)과 쇼셜(「홍길동전」), 소설('신소설', '근대소설')을 아우르는 보편자라는 것이다. 이 **'소설'**은, 한국뿐만 아니라 지구 세계를 구성하는 모든 문명권에도 그대로 적용되는, 세계적 보편자라는 것 또한 추후에 조동일에 의해 주장되었다. 이로 인해 김태준이 가지고 있었던 콤플렉스를 해소할 수 있는 길을 찾았으며, 이것이 조동일이 이 사건을 기획한 의도이기도 했다. 그렇다면 이 기획은 성공했는가? 이 기획이 성공하려면, 세계적 차원에서, **'소설'**을 세계적 보편자로서 승인해야 한다. 하지만 그렇게 되지는 않을 것 같다. 이 보편적 일자(一者)는 한국에서도 그 보편성을 이론적으로 승인받는 데 어려움을 겪고 있는 듯하다.

'자아와 세계의 상호 우위에 입각한 대결'이라고 하는 **'소설'**의 서사 구조는 근대의 사회진화론적 사유와 평등주의적 이상을 텍스트의 구조로 표현한 것이라 생각된다. 세계는 우위를 점할 수 있는 또 다른 자아이므로, 대결하는 / 각축하는 자아와 세계는 존재론적 위상이 동일하며, 이 두 주체는 대결하지만 평등하다. 하지만 평등은 근대의 목적(론)적 이상일 뿐이다. 대결하는 두 주체가 일방적이 아닌(일방적일 수도 있지만), 승패를 쉽게 예견할 수 없을 정도로 긴장된 대결을 펼친다 하더라도, 이 긴장된 대결은 차이나 차별에 의해 조성되며, 평등은 차이나 차별의 문제적 상황에서 이를 용납하지 않고, 평등을

---

9 **'소설'**은 조동일이 정의한 개념의 소설 혹은 그 범주의 텍스트를 지칭하는 것이다.

추구하는(욕망의 대상을 욕망하는) 대결의 결과, 획득된다(혹은 획득되지 않는다). '두 주체의 상호 우위에 입각한 대결'은 그 대결의 방식이 패배가 뻔히 예견되는 일방적인 것이든 아니면 긴장된 것이든, 평등하지는 않지만 평등을 욕망하는 내재한 서사의 속성 / 지향을 지칭하는 것이라면, 제한적이나마, 개념으로서 승인될 수도 있을 듯하다. 하지만 '자아와 세계의 상호 우위에 입각한 대결'이라는 소설의 정의적 개념은 여전히 모호하다. 왜냐하면 '상호 우위에 입각한 대결'이라는 '소설'의 동일적 정체성은 '소설'이라고 지칭되는 개개의 텍스트에 무수하게 흩어져 '주관적으로' 나열되어 있을 뿐이기 때문이다.

조동일은 『한국소설의 이론』에서, '소설' 발생을, 이이(李珥, 1536~1584)가 대표하는, 조선 성리학의 일 분파인 이원론적 주기론(二元論的 主氣論)과 관련해 해명한다. 일 분파라 했지만, '이원론적 주기론'의 성리학은, 임진전쟁 이후로부터 조선이 망하기까지, 조선의 권력을 장악했던 서인-노론 당파의 이념에 해당한다. 조동일이 '이원론적 주기론'을 '소설'과 관련시킨 이유는 '소설'을 '서사적 대결의 장르'로 파악했기 때문이다. 절대적인 하나이며 원리적 개념인 '이(理)'가 아니라 다양하게 여럿으로 분수(分殊)되는 운동적 개념인 '기(氣)'가 서사적 대결의 속성에 부합한다고 보았기 때문이다.

기론(氣論)을 '소설'과 관련시킨 것은 참으로 당연한 것이다. 그렇지만 조동일이 간과한 것이 있다. 그것은 이원론적 주기론(二元論的 主氣論)의 경우도 주리론(主理論)과 마찬가지로, '이(理)와 기(氣)는 하나가 아니고 둘이며 이(理)는 기(氣)의 운동을 주재한다'는 금과옥조와 같은 동일한 원칙에 입각해 있다는 것이다. 서인-노론의 당파는 이 '이(理)'를 내세워 그토록 오랜 시간 동안 조선을 통치했던 것이다. '이원론적 주기론'이라 이름 붙였지만, 실상 그 '기(氣)'는 '이(理)'의 주재에서 자유롭지 못한, '이(理)'에 철저하게 구속된 '기(氣)'인 것이다.

이와 연동되는 것이지만, 더욱 큰 문제는 '**소설**'을 조선의 지배이념과 연관시켰다는 것이다. 조동일은 '**소설**'을 '시민과 귀족의 합작물'이라 했거니와, 이때의 '시민과 귀족'은 지배담론의 억압된 틀에서 빠져나오려고 하는, 적어도 그 경계에서 서성대는 이들이라고 말할 수 있다. 시민이라 지칭되는 부류의 사람들은 물론, '**소설**'을 창작하고 긍정적으로 수용했던 귀족들(조선의 사대부들)도 마찬가지였다. '이원론적 주기론'의 지배담론에 철저했던 조선의 사대부들은 당연히 '小說 / 소설'을 부정하고 배척했다. '**소설**'을 '이원론적 주기론'과 관련시킴으로 인해서 '**소설**'은 억지로 지배담론의 울타리에 갇힐 수밖에 없게 되었다. 하지만 실제로 '**소설**'의 범주에 포함시킨 대다수 서사 텍스트의 위상은 그렇지 않았다. 그 서사 텍스트가 놓였던 자리는 '체제' 밖이거나 경계였다.[10] 소설은 '지배의 언어', '체제의 언어'가 아니며, 지배체제의 바깥을 향해 탈주하는 '인민의 언어'였다는 것을 간과해서는 안 된다.

세 번째 사건은 토지문화재단 주최의 '문학사 심포지엄'이다.[11] 그 심포지엄은 거질(巨帙)의 문학사를 서술하기 위한 준비였으나, 준비에 그치고 문학사 서술은 시작도 하지 못했으며, 그럴 수밖에 없는 것이었다. 왜냐하면 기획 주체 내부에서 근대 혹은 근대주의의 산물인 문학사가 부정됐기 때문이다. 목적론과 직선형적 시간관에 기초한 문학사를 해체하고, '그 문학사'를 넘어서는 '다른 문학사'를 상상하자고 했으나, 그 상상을 구체화하는 것은 불가능한 일이었다. 물론 '그 문학사'를 서술하는 일도 힘에 부치는 일이었다. 그 심포지엄에서 문학사와 함께 부정된 것이 '소설의 중심성'이었다.

---

10 '바흐찐'이 루카치와 달리 고대에까지 거슬러 올라가 '소설'의 기원(의 텍스트)을 탐색한 것은, '소설'은 '민중의 언어'에 기초한 장르라고 생각했기 때문이며, 이 점을 간과해서는 안 되는 소설의 속성으로 보았기 때문이다.
11 1999년에 편찬위원회가 구성되었고, 2000년에 2회의 심포지엄을 개최했다. 이 심포지엄의 결과물을 묶어 간행한 것이 『한국문학사 어떻게 쓸 것인가』(토지문화재단 편, 한길사, 2001)이다.

근대주의에 입각해 서술된 문학사 ─ '민족' 단위의 내재적 발전론에 입각해 서술된 문학사에서 '소설'은 근대의 표상이었으며, 그렇기에 근대 이전부터 자생적으로 발아하고 성장했던 '소설'이란 장르 존재를 확인하고자 열망했으며, 그 근대를 향한 열망이 '소설'에 중심의 위상을 부여했다. '그 문학사'에서 서사 문학의 역사는 대체로 소설의 역사였으며, 다른 서사 문학의 장르들은, 텍스트들은, 소설로 간택되거나 혹은 소설에서 배제되었다. 근대소설에까지 이르는 소설의 역사를 서술하는 것은, 근대로의 발전을 추동하는 문학사의 동력이 '소설'이라는 것을 확인하는 것이었으며, 그것은 근대를 향한 보편적 경로(유럽의 경로)를 우리도 어김없이 밟고 있었다고 하는 것을 확인하는 것이기도 했다는 것이다. 문제 제기의 요체는 이러했고, '(내발론에 입각한) 직선형의 문학사'와 '소설의 중심성'을 해체해야 한다고 했다.[12]

그렇다면 '소설의 중심성'을 해체하기 위해서는 어떻게 해야 하는가? 무엇보다도 소설을 중심으로 그려졌던 서사 문학의 역사적 지형도를, 서사 문학의 여러 장르들이 다양한 중심을 이루도록 배치하는 것이 긴요할 것이다. 그렇게 하기 위해서는 다양한 서사 장르들의 고유하고 독자적인 특성을 포착해야 하며, 탈목적론적 사유를 바탕으로 이 서사 장르들을 역사의 시간에 배치해야 할 것이다. 물론 소설도 예외가 아니다. 탈근대주의적 시각에서 '소설이란 무엇인가?'를 다시 사유해 재영토화하고 재배치해야 한다.[13]

그런데 '그 심포지엄' 이후는 어떠했는가? 소설에서 서사로 이동했으나,

---

12 민족주의 혹은 민족담론에 기초한 근대적 글쓰기로서의 문학사의 성격은 고미숙에 의해 비판되었다. 근대문학의 핵심 장르로서의 소설의 중심성을 해체해야 한다는 주장은 정출헌이 제기했다. 고미숙, 「고전문학사 시대구분에 관한 몇 가지 제언」, 토지문화재단 편, 『한국문학사 어떻게 쓸 것인가』, 한길사, 2001; 정출헌, 「한국문학사 편찬을 위한 갈래체계 정립의 모색」, 같은 책.

13 우리의 '小說 / 쇼설'은 유럽의 'novel'과는 다르다고 했으니, 엄밀하게 말하면 '小說 / 쇼설'은 근대의 표상이 될 수 없다. 그럼에도 불구하고 '小說 / 쇼설'이 중심의 위상을 차지했던 것은, 일종의 위약(僞藥) 효과와도 같은 것일 수 있다.

이동만 했을 뿐이다. 소설의 지평이 아닌 서사의 지평으로 이동한 결과, 다양한 서사 장르들이 절대적 중심인 소설의 억압 / 그늘에서 벗어나 자신의 모습을 찾아가고 있는가? 그렇지는 않은 것 같다. '소설의 중심성'을 해체하고자 했지만, 그 해체는 중심의 위상을 차지하고 있었던 / 있는 '소설'을 괄호 안에 넣어버리는 것이었다. 소설을 괄호 안에 넣고 '소설이란 무엇인가'를 질문하지 않고 있지만, 여전히 '소설'은 그 중심성을 굳건히 지키고 있다. 그 중심성을 해체하기 위해서라도, 우리에게 '소설이란 무엇인가?', '소설은 언제, 어떻게, 왜 우리 앞에 등장했는가?'를 근본적으로 질문할 필요가 있는 것이다. 그래야만 우리가 '소설' 혹은 '소설의 시대' 너머를 왜 상상하는지를 구체적으로 알 수 있게 되는 것이다.

2. 택당의 소설 비판-'욕망'과 소설

조선 중기의 보수적인 사대부(士大夫)인 택당(澤堂) 이식(李植, 1584~1647)은, 허균(許筠, 1569~1618)이 '洪吉同傳'을 창작한 사실을 기록으로 남겼다.[14] 물론

---

14 그 기록은 다음과 같다. "세상에 전해지는 말에 의하면, 『수호전(水滸傳)』을 지은 사람의 집안이 3대(代) 동안 농아(聾啞)가 되어 그 응보(應報)를 받았는데, 그 이유는 도적들이 바로 그 책을 높이 떠받들었기 때문이라고 한다. 그런데 허균(許筠)과 박엽(朴燁) 등은 그 책을 너무도 좋아한 나머지 적장(賊將)의 별명을 하나씩 차지하고서 서로 그 이름을 부르며 장난을 쳤다고 한다. 그런가 하면 허균은 또 『수호전』을 본떠서 『홍길동전(洪吉同傳)』을 짓기까지 하였는데, 그 무리인 서양갑(徐羊甲)과 심우영(沈友英) 등이 그 행위를 직접 실천하다가 한 마을이 쑥밭으로 변하였고, 허균 자신도 반란을 도모하다가 복주(伏誅)되기에 이르렀으니, 이것은 농아보다도 더 심한 응보를 받은 것이라고 하겠다[世傳作水滸傳人, 三代聾啞, 受其報應, 爲盜賊尊其書也. 許筠, 朴燁等, 好其書, 以其賊將別名, 各占爲號以相謔. 筠又作洪吉同傳, 以擬水滸, 其徒徐羊甲, 沈

소설 창작을 경계하기 위해서였다. 『수호전(水滸傳)』을 지은 사람은 3대 동안 농아가 되었으며, 이를 본떠 『홍길동전』을 창작한 허균은 반란을 도모하다 죽임을 당했는데, 이는 모두 소설을 창작한 응보라는 것이다.

택당의 기록에 의하면 『수호전』과 『홍길동전』은 '도적(盜賊)의 서사'이다. 소설의 내용이 '도적의 서사'요, 도적들이 좋아했으니 '도적의 서사'라 말할 수 있다. 『수호전』을 떠받들었던 도적들처럼, 허균과 박엽(朴燁) 또한 『수호전』을 좋아했으니 그들도 '도적'이며,[15] 『홍길동전』을 따라 도적질을 한 서양갑(徐羊甲), 심유영(沈友英) 등도 도적인 것이다. '도적의 서사'를 짓고, 즐겨

友英等, 躬蹈其行, 一村薑粉, 筠亦叛誅, 此甚於聾啞之報也." 인용문은 이식의 『택당선생별집』 권15 「산록(散錄)」에 기록된 것이다. 번역은 민족문화추진회에서 간행한 『국역 택당집』(1997)에 의거했다. 이하 인용될 「시아대필(示兒代筆)」, 「추록(追錄)」의 출처도 마찬가지이다.
이 글에서 '조선 중기'는 16세기 후반에서 17세기까지를 지칭하는 것이다. 택당은 허균의 '홍길동전'을 '洪吉同傳'이라 기록했으므로, 이 글에서 지칭하는 '허균의 홍길동전'은 택당이 지칭한 '洪吉同傳'이다. 택당이 전하고 있는, 허균이 창작했다고 하는 '洪吉同傳'이 오늘날 전해지고 있는 국문본 『홍길동면』 가운데 어떤 텍스트와 일치하는 것인지는 알 수 없다. 그렇기에 『홍길동면』은 '洪吉同傳'과 전혀 다르다고 주장하기도 한다. 하지만 그것도 알 수 없는 것이다. 여러 가지 측면을 다각도로 고려할 때, '洪吉同傳'과 『홍길동면』의 어떤 텍스트와 그대로 일치한다고 말하기는 어려울 것이라 생각한다. 하지만 '洪吉同傳'과 『홍길동면』이 유사하다고는 말할 수 있을 것이라 생각한다. 무엇보다 택당의 기록을 통해 알 수 있는 '허균의 洪吉同傳'의 내용과 오늘날 우리가 감상하는 『홍길동면』의 내용이 유사하기에 이러한 판단이 가능하며, 이에 대해서는 이미 장효현이 논의한 바 있다. 장효현, 「'홍길동전'의 生成과 流傳에 대하여」, 『국어국문학』129, 국어국문학회, 2001. '허균의 洪吉同傳'과 현전하는 텍스트들과의 이러한 내용적 유사성을 도외시하는 이유는, "소설을, 권력 혹은 양반지식층에 의해 창작된 것이 아니라 무명 서민층에 의해서 창작된 것"(이윤석, 「홍길동전 작자 논의의 계보」, 『열상고전연구』36, 열상고전연구회, 2012)이라 생각하기 때문이다. 허균이 권력을 지향했던 양반지식층이라는 점을 들어 '洪吉同傳'과 『홍길동면』의 관련성을 부정하는 것이다. 하지만 그렇다 하더라도 택당의 기록을 통해 추론할 수 있는 내용적 유사성을 도외시 혹은 부정할 수는 없으며, '洪吉同傳'을 창작한 허균이라는 인물의 성격을 권력을 지향했던 양반지식층으로만 단일하게 해석하는 것도 온당하지 않다. 『홍길동면』을 '洪吉同傳'이 창작된 이후 오랜 시간 동안 적층된 텍스트로 인식하는 것은 온당하나, '洪吉同傳'과 『홍길동면』을 무관한 것으로 인식하는 것은 온당하지 않다. 논의할 것은 한둘이 아니나, 여기서 본격적으로 언급하는 것은 적절하지 않기에, 자세한 논의는 다음으로 미룬다.
15 허균과 박엽을 도적이라 말할 때 '도적'은 비유이다. 이때 '도적'은 남의 것을 욕심내어 빼앗는 타자를 욕망하는 '욕망의 주체'를 일컫는 말이다.

읽고, 따라했으니, 그 인생이 불행으로 끝날 수밖에 없었다는 것이다.

택당이 말하는 '도적'은 '욕망'의 아이콘에 해당된다. 도적은 남의 물건을 탐내어 훔치거나 빼앗는 자들인데, 이러한 도적질을 하는 것은 자신이 가져서는 안 될 것을 사사로이 탐하는 마음, 즉 물욕(物欲)과 사욕(私欲) 때문이다. 자신이 가져서는 안 되는 것임에도 불구하고, 그것을 가지려고 하는 마음으로 인해 도적이 되는 것이며, 악(惡)을 행하게 되는 것이다. 그러므로 악을 행하여 불행한 최후를 맞지 않으려면 탐하려는 욕망을 버려야 한다. 그런데 소설이라고 하는 '도적의 서사'는 욕망을 긍정하고 이를 부추긴다. 그러하니 참으로 문제이다. 이것이 택당의 생각이었다.

성리학(性理學)을 추종하는 조선의 사대부(士大夫)들은 누구나 다 욕망을 경계했다. 물론 이는 성리학의 이념을 따르는 것이었다. 조선의 사대부인 택당이 욕망을 긍정하고 이를 부추기는 소설을 경계한 것은 당연한 것이었다. 그렇지만 『홍길동전』을 창작한 허균은 그렇게 생각하지 않았다.

> 그런 인간의 발자취야 입으로 거론할 가치도 없다 하겠지만, 일찍이 그가 내뱉었다는 말을 들어 보면, "남녀의 정욕은 하늘의 가르침이요, 윤기(倫紀)의 분별은 성인(聖人)의 가르침이다. 그런데 하늘이 성인보다는 한 등급 위에 있으니, 나는 하늘의 가르침을 따를지언정 감히 성인의 가르침은 따르지 않겠다"라고 했다는데, 그 무리가 이 말을 외우면서 지론(至論)으로 여겼다고 한다.[16]

허균은, 택당이 따르는 성인의 가르침인 윤기의 분별을 따르지 않고, 하늘의 가르침인 남녀의 정욕을 따르겠다고 했으며, 실제로 그렇게 살았다. 허균

---

16 「시아대필(示兒代筆)」, "其人事不足汚口. 顧嘗聞其言曰, 男女情欲天也, 倫紀分別, 聖人之教也, 天且高聖人一等, 我則從天而不敢從聖人. 其徒誦其言, 以爲至論."

은 어머니의 상중(喪中)에도 고기를 먹고 기생을 가까이 했다고 한다. 도교(道敎)와 불교(佛敎)의 책을 좋아했으며, 대역의 반란을 모의하다 죽었다고 한다.[17] 택당이 자신의 입으로 거론할 가치가 없다고 하는 이러한 허균의 행적은 성인의 가르침을 무시하면서 아니 거역하면서 자신의 욕망대로, 자기 마음대로 살았던 자취이다. 허균뿐만 아니라 박엽, 심양갑, 서유영, 『수호전』을 창작한 작가, 『수호전』을 좋아했던 도적들 모두 자신이 욕망하는 대로 살았던 '욕망하는 주체'들이었다고 말할 수 있다.

택당은 이 '욕망하는 주체'의 등장에 대해 극도로 경계하고 비판했다. '소설'뿐만 아니라, '욕망하는 주체'의 등장과 관련해서 택당이 더 근본적으로 경계했던 것은 '양명학(陽明學)'이었다. 그는 허균의 행동도 양명학(陽明學)이라는 이단의 물줄기의 연장으로 파악했다.

이것은 그야말로 이단(異端) 사설(邪說)의 극치라고 하겠는데, 허균이 처음으로 말한 것이 아니요, 노장(老莊)과 불교의 글을 보아도 모두 그러한 뜻이 담겨 있다고 하겠다. 또 육상산(陸象山)과 왕양명(王陽明) 역시 그러한 속셈을 숨기고 겉으로 드러내지는 않았지만, 그들의 글을 자세히 살펴보건대 그러한 요소가 자연히 하나의 물줄기를 형성하면서 새어 나와 안산농(顔山農)에게 흘러 내려온 것을 알 수 있다. 허균의 행동을 보면 단지 거기에서 한 칸쯤 미달한 것이라고나 할 것이니, 어찌 두려운 마음을 갖지 않을 수가 있겠는가.[18]

'이것'은 '정욕을 따르겠다'는 허균의 생각을 지칭한다. 택당은 '이것'을 '이

---

17 「시아대필」. "許筠聰明有文, 以父兄子弟, 發迹有名, 而專無行檢. 居母喪, 食肉狎娼, 有不可掩, 以此不得爲淸官. 遂博觀仙佛書, 自謂有所得, 自此尤無忌憚, 晚以締結元兇, 官至參贊, 竟謀大逆誅死."
18 「시아대필」. "此固異端邪說之極致, 非筠始言之, 老莊佛之書, 皆有其意. 陸象山, 王陽明, 雖藏機不露. 但熟觀其書, 則自有一脈透漏處, 流於山農. 許筠之所爲, 特未達一間, 可懼哉."

단 사설의 극치'라 말하며, 그 이단으로 노장과 불교, 육상산, 왕양명, 안산농을 거론한다. 택당이 도교(노장)와 불교, 양명학을 이단으로 비판한 것은 한두 차례가 아니다. 도교는 기학(氣學)이라 비판하며 불교와 양명학은 심학(心學)이라 비판하는 것이다. 이 둘 모두 마음 밖에 객관적으로 존재하는 불변하는 절대적 '리(理)'의 주재를 승인하지 않으며 그렇기에 이단인 것이다. 택당은 주자(朱子)에 의해 성리학이 체계화되면서 도교, 불교와 같은 이단과의 논쟁은 종지부를 찍었다고 했다. 그런데 주자 이후에 육상산으로부터 왕양명, 안산농으로 이어지는 양명학이 성행하여 주자학에 맞서게 되었으며, 이러한 일이 조선에서도 벌어지고 있는 것을 개탄한다.

도교와 불교는, 궁극적으로는 욕망을 부정하므로, 실상 크게 문제될 것은 없다. 도교는 기의 발산을 억제하면서 우주의 정기를 수렴하고 단련한다. 욕망을 발산하는 것이 아니라 욕망을 극도로 절제·단련함으로 인해 지구 세계의 물리적 합법칙성을 벗어나 다른 차원으로 초월하고자 한다. 불교는 외물에 붙잡힌 마음이 헛된 것임을 깨우치고자 한다. 존재의 덧없음을 마음으로 알아 덧없음의 순환으로부터 벗어나 다른 차원으로 초월하고자 한다. '마음'이 시키는 대로, '욕망'하는 대로 하는 것이 아니라, 그 부질없음을 깨달아 초월하고자 하는 것이다. 그런데 양명학은 그렇지 않다. 마음 / 욕망이 곧 '이(理)'이므로, '마음 / 욕망'에 따라 행하면 된다고 한다. 마음 / 욕망을 주재하는 마음 바깥의 '이(理)'가 따로 없으니, 그야말로 '마음대로' 하면 된다는 것이다.[19]

---

19 주자와 왕양명 모두 '존천리거인욕(存天理去人欲)'을 말하는 것은 동일하다. 마음에 '천리'를 보존하고 '인욕'을 제거해 선(善)을 행하라는 것이다. 하지만 주자에게 '천리'는 마음 바깥에 있다. 그러니 마음대로 해서는 안 된다. 하지만 왕양명에게 '천리'는 마음 안에 있다. 그러니 마음대로 해도 된다. 하지만 '사욕(私欲)'이나 '물욕(物欲)', '탐욕(貪欲)' 등으로도 표기되는 '인욕'을 부정적으로 인식하는 점에서는 동일하다. 그렇기에 양명 우파는 주자학과 큰 차이가 없다고 말하기도 한다. 이 '욕(欲)'을 긍정적으로 인식하는 사상사적 전회는 양명 좌파에 의해 가능하게 되었는데, 택당이 말하는 양명학은 양명 좌파(안산농)를 포함하는 것이다. 강명관은 택당의 비판이 불교와 도교에 있는 것이라 했으나,(「조선 후기 양명 좌파의 수용」, 『오늘의 동양사상』 16, 예문동양사상연구원, 2007,

성리학은 '마음 / 욕망'의 주체성, 그 독립성과 자율성을 인정하게 되면 이 세상이 '도적'으로 가득 차게 될 것을 두려워한다. 악행이 넘쳐 나고 세상이 고통스러워질 것을 걱정한다. 하지만, 그럴 수도 있지만, 반드시 그런 것은 아니다. 택당은 허균이 상중에 고기를 먹고 기생을 가까이 한 것을 입에 담을 수조차 없는 행동이라 비난했다. 자신이 욕망하는 대로 악행을 저지른 것이라 생각했기 때문이다. 그런데 상중에 고기를 먹는 것은 악행인가? 상중에 성적 욕망을 발현시키는 것은 악행인가? 사실 조선의 사대부가 악이라고, 악행이라고 규정한 행위는 당시에 그들의 눈에만 악행이었던 것이 대부분이었다. 그들의 눈과 다른 눈으로 인간을 보고 세상을 본 사람들이 바로 '양명의 무리'였고, '허균의 무리'였던 것이다. 그래서 그들은 '내가 마음먹은 대로, 나의 욕망대로 하라'고 했던 것이다. 초월하지 말고 현실에서!

택당이 엄격하게 금해야 한다고 한 소설은 『수호전』과 『홍길동전』만이 아니었다. 택당은 『삼국지연의(三國志演義)』도 엄격하게 금해야 한다고 했다. 『삼국지연의』는 역사를 허탄(虛誕)하게 부연한 '가짜'이고, 진수(陳壽)의 『삼국지(三國志)』는 '진짜'인데, 이 '진짜'를 '가짜'가 은폐하니 금해야 한다는 것이다.[20] 택당처럼 사실을 기록한 '진짜 이야기'(역사)와 거짓을 부연(敷衍)한

129~130면) 그렇지 않다. 비판은 양명학-양명 좌파에 있으며, 허균을 이와 관련시키고 있다. 이에 대해서는 따로 자세하게 논의할 예정이다. 동양사상, 특히 유학의 '욕망'론에 대해서는 서종호, 『유학(儒學)의 욕망론과 인간해석』, 한국학술정보, 2008을, 조선 중기 양명학의 조선 수용 양상에 대해서는 김윤경, 「16~17세기 한국 양명학 성립과정의 공부론(工夫論) 연구─홍인우(洪仁祐)·노수신(盧守愼)·최명길(崔鳴吉)·정제두(鄭齊斗)를 중심으로」, 성균관대 박사논문, 2011을 참조하라.

20 "연사(演史)의 형식으로 지어진 것들은 처음부터 아이들 장난과 같아서 그 문자를 보더라도 비속(卑俗)하기만 하니, 진정한 역사를 어지럽힐 수는 없다. 그럼에도 불구하고 그런 이야기들이 일단 오랜 세월 속에 유전(流傳)되어 오고, 그리하여 진짜 사실과 가짜 이야기들이 뒤섞여서 병행되어 오는 동안, 거기에 실린 말들이 꽤나 유서(類書)에 편입되었기 때문에, 문장에 종사하는 사람들이 또한 자세히 살피지도 않은 채 혼용(混用)하는 경우도 있다 하겠다. 예컨대 진수(陳壽)의 『삼국지(三國志)』로 말하면 마반(馬班, 사마천과 반고)에 버금가는 사서(史書)라고 할 것인데, 『삼국지연의(三國志演義)』에 은폐된 나머지 사람들이 더 이상 보지 않는 책이

'가짜 이야기'(허구)를 구별하면서 진짜를 높이고 가짜를 낮추는 '실록(實錄) 존중의 정신은 그 연원이 오래되었다.[21] 하지만 택당처럼, 그 폐단을 지적하는 차원을 넘어서 나라에서 통렬히 금해야 한다는 극단적인 발언을 한 전례는 찾기 어렵다.

하지만 택당은, 『삼국지연의』에 대해서는 이렇듯 험한 말을 했지만, 다른 '가짜 이야기'에 대해서는 그렇게 하지 않았다. 택당은, 『초사(楚辭)』나 『산해경(山海經)』 등 고서에 실려 전하는 괴이한 이야기[怪說], 허탄한 이야기[誕說]는 근거 없이 꾸며낸 것일 뿐이므로 평소에 아예 보지 않는다고 했다. 또한 잡서(雜書)를 일절 보지 않았으며, 바둑과 장기 같은 잡기조차 가까이 하지 않는다고 했다.[22] 일찍이 공자(孔子)는 바둑과 장기의 효용에 대해 언급한 바

되고 말았다. 지금에 와서는 역대(歷代)에 걸쳐서 각 시대마다 연의(演義)가 나와 있는데, 심지어는 황조(皇朝)가 개국(開國)하면서 만든 성전(盛典)에도 연의에 나오는 근거 없는 이야기를 채용해서 부연(敷衍)한 기록이 실릴 정도였으니, 진(秦)나라 시대에 책을 불태웠던 것처럼 나라에서 통렬히 금단(禁斷)하는 것이 옳다[演史之作, 初似兒戱, 文字亦卑俗, 不足亂眞. 流傳旣久, 眞假並行, 其所載之言, 頗採入類書, 文章之士, 亦不察而混用之, 如陳壽三國志, 馬班之亞也, 而爲演義所掩, 人不復觀. 今歷代各有演義, 至於皇朝開國盛典, 亦用誕說敷衍, 宜自國家痛禁之, 如秦代之焚書可也]." 「산록(散錄)」.

21 『중국소설비평사략(中國小說批評史略)』을 감수하고 서문을 쓴 郭豫適은 "일찍이 사마천은 '거짓으로 찬미하지도 말고 죄악을 숨겨서도 안 되며[不虛美, 不隱惡], '붓을 들면 사실대로 쓴다[秉筆直書]'는 역사 서술의 원칙을 천명한 바 있다"고 하면서, 이러한 생각이 중국의 '실록(實錄)'정신의 바탕이 되었다고 했다. 方正耀, 홍상훈 역, 『중국소설비평사략』, 을유문화사, 1994.

22 "고서(古書)를 보면 괴이한 이야기들이 많이 실려 있고 문장이 또 유달리 기이하기만 한데, 그것들 역시 멀리 후세에까지 전해지고 있으니, 『초사(楚辭)』나 『산해경(山海經)』 등의 책들이 바로 그것이라고 하겠다. 우순(虞舜)이 창오(蒼梧)에서 붕어(崩御)했다는 기록에 대해서는 선유(先儒)가 또한 비판한 적이 있었지만, 그래도 『초사』는 조금쯤 의거할 만한 점이 있기 때문에 구의(九疑)에다 사당을 세우고서 그 이야기를 천고토록 전해 오고 있는 바이다. 하지만 두 여인의 반죽(斑竹) 등에 대한 설은 모두가 근거 없는 허탄(虛誕)한 이야기라고 하겠다. (…중략…) 나는 평소에 잡서(雜書)는 아예 보지 않을 뿐더러 글을 지을 때에도 가능한 한 위조된 설들은 제거하려고 노력하고 있다. 그럼에도 불구하고 계수나무나 옥토끼 같은 문자를 나도 모르는 사이에 써서 집어넣고 있으니, 하물며 다른 것이야 더 말해 무엇하겠는가. 한(漢) 나라 이후에도 허탄(虛誕)한 이야기를 답습하고 있는 경우가 있다. 가령 숭산(嵩山)에서 만세 소리가 세 번 들렸다는 이야기는 본래 방사(方士)가 무제(武帝)를 기만하기 위해서 꾸며낸 것인데, 지금 조정에서 의례(儀禮)의 큰 절목(節目)으로 삼고 있으니, 참으로 우습기 짝이 없는 일이다[古書多怪說, 文章特奇者, 傳後亦遠, 楚辭山海經等書是也. 虞舜蒼梧之崩, 先儒亦有辨之者, 然以楚辭稍可據,

있거니와, 사대부들은 대체로 공자의 이 말을 잡서의 효용을 전적으로 부정하지는 않는 근거로 삼았다. 택당이 바둑과 장기를 잡서와 나란히 열거하는 이유도 여기에 있는 것이다. 택당은 잡기와 잡서를 모두 경계하고 있어, 좀 더 엄격한 태도를 견지하고 있으나, 그 경계의 어투가 『삼국지연의』를 언급할 때처럼 과격하지 않다. 득이 될 것이 없으니 삼가라는 어투는 그 해악을 지적하며 나라에서 통렬히 금해야 한다는 어투와는 전혀 다른 것이다.

『초사』나 『산해경』은 괴이하고 허탄한 이야기임에도 전적으로 부정하지는 않았지만 '소설'은 그렇지 않았다. 그런데 '소설'임에도 불구하고, 그 효용을 인정하는 것도 있다.

  잡가(雜家)의 소설(小說)인 『태평광기(太平廣記)』와 같은 종류를 읽다 보면, 그

故立祠九疑, 流傳千古. 至於二女班竹等說, 皆誕慢無據. (…중략…) 余平生不觀雜書, 文字間務去贋說. 然於桂冤等文字, 不覺入用, 況其他乎. 漢以後, 亦有循襲誕說, 如嵩岳三呼萬歲, 本方士欺武帝之言, 今爲朝家大禮節, 良可笑也." 「산록」.
"나는 어려서부터 병약한 데다가 외진 시골 마을에서 살았기 때문에, 책을 널리 구해서 보지도 못했고 글을 제대로 숙독하지도 못하였다. 그래서 오직 경전(經傳)과 선유(先儒)의 의리에 관한 설을 대략 연구하는 한편, 『자치통감강목(資治通鑑綱目)』과 정사(正史)를 통해 우주 사이의 의리와 시비라든가 정치의 득실에 대해서 빠짐없이 한 번 열람해 봄으로써, 이 세상에 나와 나름대로 품은 큰 뜻을 저버리지 않게 되었으면 하는 바람뿐이었다. 그렇기 때문에 잡서(雜書)를 일절 보지 않았음은 물론 평상시에도 장기나 바둑 같은 잡기(雜技)를 가까이 하지 않았다. 하지만 경서(經書)와 『사기(史記)』를 비롯해서 정주(程朱)의 전서(全書)와 『성리대전(性理大全)』 등의 책을 남독(濫讀)하며 그냥 훑어본 것일 뿐이라서 기억 속에 남아 있질 않았으며, 나이 40이 지난 이후에는 또 도시(都市) 속에서 정신없이 지내느라 마침내는 완전히 손에서 책을 놓고 말았다. 그런데 지금 후생(後生)들을 보면, 비록 내가 공부한 것처럼 해 보고 싶은 생각이 있다 하더라도, 바둑과 장기를 취미로 삼는 이외에 또 잡서 보기를 좋아하고 있으니, 성현의 글을 공부할 틈이 어디 있기나 하겠는가. 뜻을 지닌 선비가 만약 이러한 일을 자신의 경계로 삼는다면, 독서하여 득력(得力)하는 데 있어서 그 생각이 벌써 절반은 넘어섰다고 할 수 있을 것이다[余自少病懶, 且居鄕僻, 觀書不博, 讀書不熟. 惟欲略究經傳及先儒義理之說, 傍通綱目正史, 凡宇宙間義理是非政治得失, 一覽無遺, 則庶幾不負此生嘐嘐之志, 惟此而已. 以此一切不觀雜書, 居常不作博奕雜戲, 然於經書·史記·程朱全書·性理大全等書, 泛濫看過, 不能記憶, 四十以後, 汨沒都市, 遂成全廢, 今者後生輩, 雖欲如吾所學, 博奕嗜好之外, 好觀雜書, 何暇從事於聖賢之書乎, 有志之士. 若以此爲戒, 則其於讀書得力, 思過半矣]." 「산록」.

사이에 남녀에 관한 풍요(風謠)가 나오기도 하는데, 그런 것은 그래도 관상(觀賞)하면서 채택할 만하다고도 하겠다. 또 그 밖에 황당하고 괴기한 이야기들도 그런대로 한가한 시간을 때우고 졸음을 방지하는 데에는 효과가 있다고 하겠다. 이런 이야기들이야 독자들을 진짜 사실과 혼동시킬 염려는 없다고 하겠으나, 그래도 학문에 뜻을 둔 사람이라면 이런 책들을 읽느라고 시간을 허비해서는 안 될 것이다.[23]

택당은 잡가의 소설인 『태평광기(太平廣記)』와 같은 책을 읽느라 시간을 허비하는 것을 경계하고 있다. 하지만 『태평광기』 읽기를 경계하기만 하는 것은 아니다. 『태평광기』 가운데 '남녀에 관한 풍요(風謠)'는 관상하고 채택할 만하다고 했다. '남녀에 관한 풍요'는 남녀의 애정을 제재로 하고 있는 이야기를 지칭하는 것일 터, 이를 긍정하고 있는 것이다. 그 외에 황당하고 괴기한 이야기들도 한가한 시간을 때우고 졸음을 방지하는 데에는 효과가 있다고 했으니, 이 또한 그 효용을 인정하고 있는 셈이다.

『태평광기』에는 많은 이야기들이 수록되어 있다. 그 가운데 택당이 긍정하고 있는 '남녀의 애정 이야기'를 대표하는 서사 양식으로는 '전기(傳奇)'를 들 수 있다. 전기 가운데는 애정 전기가 백미이며, 이것이 『태평광기』에 수록되어 있다는 것은 주지의 사실이다. 택당이 그 효용을 인정하는 '황당하고 괴기한 이야기' 또한 『태평광기』에 다수 수록되어 있는데, 이를 대표하는 서사 양식으로는 '지괴(志怪)'를 들 수 있다. 비록 사실이 아닌[假] 이야기들이 사실[眞]을 혼동시키는 염려는 없을 것이라는 단서와 시간을 허비해서는 안 된다는 경계의 말을 붙이기는 했지만, 『태평광기』에 수록된 '전기'와 '지괴'류의 효용을 인정하고 있는 것이다. 이 또한 『수호전』, 『삼국지연의』, 『홍길동

---

23 「산록」. "雜家小說太平廣記之類, 間有男女風謠, 尚可觀採. 其他荒怪之說, 聊以破閒止睡. 不足亂眞, 但有志於學者, 不可費日力於此也."

전』과 같은 소설을 언급할 때와는 전혀 다른 태도를 보이고 있는 것이다.

택당의 이 구별은 매우 심중한 의미를 지닌 것이다. 잘 알고 있듯이, 『수호전』과 『삼국지연의』는 원에서 명에 걸친 시기에 성립된, 이른 바 백화체(白話體)의 통속소설들이다.[24] 허균이 지었다는 『홍길동전』 또한 『수호전』을 본받았다고 했으니 조선의 백화체 통속소설이라 말할 수 있다. 『태평광기』에 수록된 전기와 지괴는, 이른바 문언소설(文言小說)들이다. 택당은 통속소설과 문언소설을 엄격하게 구별하고 있고, 통속소설을 매우 부정적으로 인식하고 있으며, 이를 엄격하게 금해야 한다고 말하고 있는 것이다.

앞서 살펴보았듯이, 통속소설을 엄격하게 금해야 한다는 것은 그것이 '실록'의 정신에 위배되기 때문이며 양명학으로 이어지는, 이단의 흐름과 그 궤를 같이 하고 있기 때문이다. 그런 점에서 보자면 '전기'와 '지괴'도 예외는 아니다. '실록'의 정신에 위배되는 문제는, '사실이 아닌[假] 이야기들이 사실[眞]을 혼동시키는 염려는 없을 것'이라 일단 안심했다 하더라도, '이단의 속성'은 어떻게 도외시할 수 있었던가? '전기'와 '지괴' 가운데 도교적, 불교적 성격의 이야기가 대다수라는 것은 주지의 사실이다. 그럼에도 불구하고 '전기'와 '지괴'를 통속소설과 엄격히 구별한 것은 왜인가?

앞서 언급했듯이, 택당은 송대(宋代)의 성인들이 도교와 불교를 물리친 이래 다시 육상산, 왕양명, 하심은 등으로 이어지는 양명학의 등장과 성행을 두려워한 바 있다. 양명학은 심기(心氣)를 근본으로 중시한다는 점에서 도교, 불교와 같은 이단이지만, 도교, 불교와 동일한 것은 아니다. 도교와 불교는

---

24 서경호는 원대에서 명대에 이르기까지 중국소설사의 흐름 가운데 가장 두드러지게 나타나는 현상을 '장편화'라 말하고 있다. 여러 편의 글이 조합되면서 상당한 길이를 가진, 백화체의 작품이 등장하게 되었다는 것이다. 『수호전』, 『삼국지연의』가 여기에 포함되는 작품인 것은 물론이다. 서경호는 이러한 장편소설의 등장을 시장 / 문화자본과 연관해 설명하고 있다. 서경호, 『중국소설사』, 서울대 출판부, 2004, 289~356면.

기의 수련과 심의 수행을 통해 삶／현실을 초월하고자 하지만, 양명학은 심(욕망)을 삶／현실에 발현하고자 한다. 그렇기에 도교와 불교는 조선의 궁중과 사대부의 영역 안에서 은밀하게 동서(同棲)할 수 있었던 것이고, 양명학은 허용될 수 있는 여지가 없었던 것이다.

이는 그대로 전기와 지괴, 통속소설에 대입할 수 있다. 비록 전기와 지괴가 도교와 불교의 성격을 함축하고 있다 하더라도 그것은 욕망을 부정하는 혹은 욕망의 부정성을 환기하는 '초월의 서사'이다.[25] 그렇지만 통속소설은 욕망을 긍정하면서, 현실에서, 욕망의 실현을 추구하는 '내재의 서사'이다. 통속소설은, 통속소설의 욕망은 그래서 불온하며, 그 불온함은 중세의 근간이라고 할 수 있는 성리학과 근본적으로 화해하기 불가능하며, 그렇기에 그 불온함은 체제의 바깥을 엿보고 드러나게 한다.

욕망하는 주체를 내세워 중세체제의 바깥을 엿보고 드러나게 하는 불온한 서사. 그것은 이전의 서사 전통에서는 전례를 볼 수 없는, '잡가의 소설'에는 존재하지 않았던 양식이었다. 이 불온한 서사는 귀족과 사대부의 문기(文氣)와 문식(文飾)을 감식(鑑識)할 수 없는, 생활어의 구기(口氣)가 배어 있는 그런 것이었으며, 욕망을 긍정하고 욕망을 따르고자 하는 인간의 삶을 보여주고 있으며, 원칙적으로 사대부의 범위 안에 도저히 포함시킬 수 없는 그런 사람들이 좋아하던 것이었다.

이 불온한 서사의 등장을 비난한 택당의 기록은 욕망하는 주체의 서사가 어떻게 조선에 등장했는가를 알리는 증언이기도 했다. 주자의 도를 따르고자 했던 택당의 눈으로 볼 때, 『수호전』, 『삼국지연의』, 『홍길동전』은 이전

---

25 필자는 전기의 '초월성'에 대해 「최치원」, 「만복사저포기」, 「수성지」 등의 작품론을 통해 이미 여러 차례 언급한 바 있다. 관련 논문은 김현양, 『한국 고전소설사의 거점』, 보고사, 2007; 김현양, 「「최치원」, 버림 혹은 떠남의 서사」, 『고소설연구』 32, 한국고소설학회, 2011 참조.

의 서사 전통에서는 발견할 수 없었던 새로운 서사체라 할 수 있다. 이 새로운 불온한 서사체가 허균에 의해 조선에서 창작되었으니, 어찌 택당이 좌시할 수 있었겠는가! 통속소설은 이전의 잡가 소설과 함께 소설이라는 동일한 기표에 의해 지시되고 있으나, 그 기의는 전혀 다른 새로운 서사체였다는 것을 우리는 택당을 통해 분명히 확인할 수 있는 것이다.

3. '기원'으로서의 '홍길동젼(洪吉同傳)'

조선 중기에 등장한, '욕망하는 주체'는 당연히 텍스트의 내부에도 존재한다. 앞서 말했듯이, 택당이 저주로써 경계한 '洪吉同傳'의 '홍길동'은 욕망하는 주체이다. 그렇다면 '홍길동' 이외에 '洪吉同傳'에서 발견할 수 있는 '욕망하는 주체'는 누구일까? 택당의 기록을 바탕으로 추론해 보자.

택당은 허균의 '洪吉同傳'이 『수호전』을 본떴다고 했다. 그러므로 『수호전』이 욕망의 주체인 도적들의 행적뿐만 아니라, 도적이 되어야 했던, 될 수밖에 없었던 사건에 대해 말하고 있듯이, '洪吉同傳' 또한 홍길동이 도적이 될 수밖에 없었던 사건을 서술했을 것이라는 추론이 가능하다. 그 사건은 홍길동이 '서자(庶子)'로 태어났고, 적서(嫡庶)를 차별하는 제도와 불화했고, 도적이 되었다는 내용일 수 있음을 또한 추론할 수 있다. 『수호전』에서 도적들의 투항과 최후를 서술하고 있듯이, 허균의 '洪吉同傳'에서도 홍길동의 최후에 대해서 서술했을 것이다.[26]

택당의 기록을 바탕으로 허균의 '洪吉同傳'은 서자인 홍길동이 신분 문제로 제도와 불화했고 이로 인해 도적이 되어 도적질을 한 내용임을 추론할 수 있다. 신분 문제로 인해 홍길동에게 어떤 문제가 발생했는지, 도적 행적은 어떠했는지 또한 그 최후가 어떠했는지는 구체적으로 알 수 없으나, 그 서사의 대강(大綱), 대체(大體)는 오늘날 우리가 볼 수 있는 '홍길동뎐/洪吉童傳'과 흡사하다고 말할 수 있다.[27]

또한 그것은, 택당이 기록한 것처럼, 지어서도 읽어서도 안 되는 불온한 텍스트였을 것이라고 말할 수 있다. 허균은 죽기 전에 자신이 쓴 글들을 모아서 '성소부부고(惺所覆瓿藁)'라 이름 붙여 문집으로 정리했다. 이 문집의 8권에 '전(傳) 다섯 편'이 실려 있는데, 이 다섯 편의 전에는 모두 세상과 불화한 인물이 등장한다. 그렇지만 허균의 문집에 실려 있는 이 다섯 편의 전 가운데 어느 것도 택당은 언급하지 않았다. '洪吉同傳'은 '허균의 무리'뿐만이 아니라 소설 읽기를 극도로 경계한 택당조차도 읽을 수 있는/읽은 것이었음에도

---

26 '허균의 무리'인 서양갑, 심우영 등이 '洪吉同傳'을 따라 그대로 실행해, 그들의 마을이 쑥밭으로 변했음을 전언하고 있는 것에서도, 이를 추론할 수 있다. 서양갑과 심우영은 '칠서(七庶)의 난'의 주역들로, 무륜당(無倫堂)을 짓고 무리를 이루었으며, 조령(鳥嶺)에서 은상(銀商)을 털다 체포되었다. '무륜'이라는 당호는 '성인의 윤기를 따르지 않겠다'는 허균의 말을 연상시킨다. 『연산군일기(燕山君日記)』에 의하면 '홍길동은 조령(鳥嶺) 부근에 본거지를 두고 경상도로부터 올라오는 진상물을 가로채는가 하면, 충청도 일대를 유린하여 재물을 모으고 가난한 백성을 도왔다'고 하는데, 서양갑, 심우영이 은상을 털 장소도 '조령'이다. 역사적 인물인 도적 홍길동의 본거지와 일치하는 것이다. '허균의 洪吉同傳'이 역사적 인물 홍길동의 행적을 바탕으로 한 것이기에, 이런 일치를 보이는 것이라고 생각할 수 있다.

27 '홍길동뎐'은 현전하는 '홍길동전'이다. '洪吉童傳'은 현전하는 국문 홍길동전의 한문 표제이다. 택당이 기록한 허균의 '洪吉同傳'과 표기가 다르다. '홍길동뎐/洪吉童傳'에서 홍길동은, 엄밀하게 말하면 얼자(孼子)이다. 하지만 洪吉同傳의 '홍길동'이 서자인지, 얼자인지에 대해서는 알 수가 없다. 일반적으로 서자와 얼자를 함께 지칭할 때 '서자'를 내세워 말하므로, '홍길동'을 서자라 한 것이다. 洪吉同傳의 '홍길동'이 서자라는 것도 추정일 뿐이다. 역사적 인물인 의적(義賊) 홍길동이 서자라는 기록이 있으나, 그렇다고 해서 洪吉同傳의 '홍길동'을 서자라 단정해 말할 수는 없다. 다만 앞서 말했듯이, 서양갑, 심우영 등 허균과 친분이 두터웠던 서자들이 욕망의 서사를 비난하는 택당의 증언에 등장하는 점, 이들이 洪吉同傳을 좇아 행동했다고 하는 점으로 볼 때, 洪吉同傳에서 홍길동이 도적이 되는 이유가 적서의 문제와 관련이 있을 것으로 추론한 것이다.

불구하고 그것은 문집에 실리지도 않았다. 도저히 문집에 실을 수 없는 불온한 것이었기 때문이었을 것이다.

또한 그것은 한문(漢文)이 아니라 국문(國文)으로 표기되었을 것이다.『태평광기』에 수록된 전기, 지괴 텍스트와 같은 문언문이 아니라『수호전』,『삼국지연의』와 같이 통속문으로 서술되었을 것이다. 그것이 통속문으로 서술되었다면, 그 이유는 자명하다. 욕망의 주체인 '허균의 무리'가 통속문을 원했기 때문이며, 그들의 언어가 통속문이었기 때문이다. 문집에 실릴 수 없었던 것은 그것이 불온한 것이기 때문일 뿐만 아니라 통속문 / 국문으로 서술 / 표기된 것이었기 때문이었을 것이라고 추정해 볼 수 있다.

허균의 '洪吉同傳'에는 성인의 가르침을 따르지 않고 자신의 욕망을 따르는 인물이 등장한다. 그 인물은 물론 홍길동이다. 그렇다면 홍길동이 욕망한 것은 무엇인가? 홍길동이 욕망한 것은 서양갑, 심우영이 욕망한 '그것'일 터인데. 그것은 서자의 차별적 삶에서 벗어나는 것이다. '홍길동'은 그러한 욕망을 실현할 수 없었기에 '도적의 길'로 나선 것이다. 현전(現傳)『홍길동뎐』에서는 홍길동의 욕망을 '대장부(大丈夫)'로 표기한다. 홍길동은 아버지 앞에서, 어머니 앞에서 자신이 왜 아버지의 자식으로, '대장부'로 살아갈 수 없는 것인가를 질문하며 눈물을 흘린다.

홍길동은 왜 '대장부'를 욕망하면 안 되는가? 서자이기 때문이다. 그렇다면 서자는 왜 '대장부'를 욕망하면 안 되는가? 첩의 자식이기 때문이다. 첩의 자식은 왜 '대장부'를 욕망하면 안 되는가? 그 이유는, 율곡(栗谷)의 비유로 말하면, 서자는 진흙 그릇에 담겨 있는 진흙물과 같은 존재이기 때문이다. 진흙물이라는 비유는 그 타고난 기(氣)가 청수(淸粹)하지 않고 탁박(濁駁)함을 지적한 것이다. 탁박한 기는 편전(偏全)한 기이며, 이(理)에 의해 주재되지 않은 기이다. 청수한 기를 타고난 사람은 그 기(氣＝情)가 이(理＝性)에 중절(中

節)하여 착한 본성대로 살아가지만 탁박한 기를 타고난 사람은 그렇지 않다
는 것이다.[28] 서자는 짐승과 구별되는 사람으로서의 존재 가치를 구현할 가
능성이 낮은 존재이므로, 그렇기에 벼슬을 제한해야 한다는 것이다.[29]

그래서 홍길동이 '대장부'를 욕망할 수 없도록 했으나, 홍길동은 '대장부'
를 욕망했다. 택당은, 욕망할 수 없는 것을 욕망하는, 불온한 홍길동의 형상
에서 '이(理)'에 의해 주재되지 않은 '기(氣)'의 발현을 보았을 것이며, '이(理)'
에 의해 주재되지 않은 '기(氣)'의 불온성을 다시금 확인했을 것이다. 그렇기
에 홍길동과 허균, 허균의 무리를 그토록 비난하고 두려워했던 것이다.

그런데 '이(理)'에 의해 주재되지 않은 '기(氣)'의 발현, 그 '욕망의 길'을 홍길
동만 갔던 것은 아니었다. 홍길동 이전에, 그 길을 홍길동의 아버지가 갔다.
말할 필요 없이, 홍길동이 그 길을 가게 된 것도 아버지 때문이었다. 『홍길동
뎐』에 의거해 말하면, 아버지 홍판서가 '진흙물 그릇'인 초란을 첩(妾)으로 삼
아, 홍길동을 '진흙물 그릇'으로 태어나게 했기 때문이다. 홍판서가 그 욕망
의 길을 가지 않았더라면 반란하는 불온한 욕망인 홍길동은 출생하지도 않
았을 것이다.

적서를 차별한 것에는 양반으로서의 권리를 제한적으로 분배하자는 의도

---

28 "性은 곧 理이니, 理는 善하지 않음이 없다. 다만 理는 독립적일 수 없어서 반드시 氣에 머무른
이후에 性이 되는데, 氣에는 淸濁·粹駁의 不齊함이 있다." 이이(李珥), 『율곡전서(栗谷全書)』
권12. "氣質之性은 별개의 性이 아니다. 氣質이 性을 포함하여 태어날 때 함께 생겨나므로 性이
라 한다. 氣質은 그릇과 같고 性은 물과 같다. 깨끗한 그릇에 물을 담은 것은 聖人이고, 그릇 가
운데 모래와 진흙이 담긴 것은 中人이며, 온통 진흙 가운데 물이 담긴 것은 下等人이다. (…중
략…) 聖人은 情이 中節하지 않음이 없다. 君子는 情에 간혹 中節하지 않지만 意는 中節하지 않음이
없다. 常人은 혹情은 中節하나 意가 中節하지 않기도 하고, 혹情은 中節하지 않지만 意가 中節하
기도 한다. 만약 情을 善하지 않음이 없는 것으로 여겨서 情에 맡겨서 行한다면 어찌 일이 실패하
지 않겠는가?" 이이, 『율곡전서』 권14. 인용문은 유연석, 「우암(尤庵) 송시열(宋時烈)의 율곡(栗
谷) 심성론(心性論) 이해」, 『율곡사상연구』 22, 율곡학회, 2011에서 가져 왔다.
29 품부한 기의 차이를 내세워 서얼을 차별해야 한다는 주장을 제기한 이는 태종 때의 서선(徐選,
1367~1433)이었다. 조선 초 서선에 의해 이러한 서얼 차별의 논리가 본격적으로 공론화되고
『경국대전(經國大典)』에 서얼에 대한 제한 규정이 명문화되면서 서얼차대가 심화되었다.

외에, '다처(多妻)'와 '축첩(蓄妾)'을 허용하지 않겠다는 일부일처(一夫一妻)의 이상도 담겨있다고 한다. 양반인 자신이 낳은 자식이 양반으로서의 권리를 박탈당하고 천대받으며 살아가는 것을 달가워할 아비가 어디 있겠느냐는 것이다. 하지만 적서를 차별하면 축첩을 하지 않을 것이란 생각, 아니 축첩을 전혀 하지 않도록 할 수는 없지만 축첩을 억제할 수 있을 것이란 생각은 완전히 빗나갔다. 홍길동의 아버지도 그러했듯이, 조선의 많은 양반 사대부들은 축첩의 유혹에서 벗어나지 못했으며, 욕망의 길을 걸었다.

축첩은 욕망 때문에 자식에 대한 아비의 책무를 저버리는 일이다. 택당을 비롯한 수많은 조선의 양반 사대부들은 '욕망의 길'을 따르지 않겠다고 다짐했으며, 욕망을 긍정하며 욕망의 길을 따르는 자들을 어김없이 비난했다.[30] 하지만 '대장부의 길'을 가겠다는 홍길동은 극렬하게 비난했지만, 축첩을 한, 홍길동을 낳은 아버지들을 비난하지는 않았다. 전자는 욕망해서는 안 될 것을 욕망하는 것이지만, 후자는 비록 아비로서의 도리는 아니지만, 욕망할 수

---

30 성대중(成大中)은 욕망을 따르는 자들을 다음과 같이 비난했다. "허균(許筠)은 이렇게 말하였다. '식욕과 성욕은 하늘에서 부여한 천성이고 윤리·도덕을 만든 것은 성인이다. 하늘이 성인보다 한 등급 높다. 나는 하늘의 뜻을 따르기 때문에 성인을 따르지 않는다.' 허균이 역모에 빠진 것은 이 말에 연유한 것이다. 욕망을 하늘이 부여한 것이라 한다면 바로 새나 송아지와 같은 부류인데도 오히려 인(人)과 천(天)의 구분을 둔단 말인가. 요즘 여색에 빠져 정신 못 차리는 자는 오로지 천리(天理)를 빙자하여 인욕(人慾)을 맘껏 누린다. 혹자는 말한다. '식욕과 성욕은 본성이니, 사람으로 태어나서 낮에 두 끼 못 챙겨 먹고 밤에 계집 하나 끼고 자지 못하면 사람의 직분을 다했다 할 수 있겠는가.' 또 혹자는 이렇게 말한다. '정욕은 마음에서 나오는 것인데 여색을 절제하여 마음을 속여서야 되겠는가.' 기생들에게도 나름대로 정당한 논리가 있으니 이렇게 말한다. '부모가 준 몸을 팔아 부모가 준 몸을 먹여 살리는 것이 옳지 않은가.' 세상에 경전을 억지로 해석하여 의리를 왜곡하는 자들은 모두 이러한 부류들이다許筠之言曰, 飮食男女, 天也, 設爲倫常, 聖人也. 天高於聖人一等, 我從天, 故不從聖人. 筠之陷亂逆, 由此言也. 慾謂之天, 則禽犢卽其伍也. 然猶置人天之別也. 今之殉色者, 專以天理濟人慾也. 或曰, 食色性也, 人而不日再食夜一姝, 則其可曰人職哉. 或曰, 情慾心之發也, 節色而欺心, 可乎. 娼流亦各有義理焉, 乃曰, 販父母之體, 飼父母之體, 不亦可乎. 世之强解經典, 曲成義理者, 皆此比也. "『청성잡기(靑城雜記)』권지4「성언(醒言)」. 이 글에서는 택당과 성대중의 예를 내세웠지만, 조선의 사대부들은 모두 욕망을 긍정하며 욕망의 길을 따르는 자들을 비난했다고 말해도 무방할 것이다.

있는 것으로, 그래서 욕망해도 되는 것으로 여겼기 때문이다.

　허균의 '洪吉同傳'이 홍길동과 함께 홍길동의 아버지도 욕망의 길을 갔음을 보여주고 있었던 것은 분명하다. 홍길동과 홍길동의 아버지뿐이겠는가? 택당이 적시하지는 않았지만, 그 텍스트에 홍길동과 함께 도적질을 한 도적들이 있었다면(당연히 있을 것이다!) 이들도 욕망의 길을 갔던 욕망의 주체들이라고 말할 수 있다. 또한 그 텍스트에는 홍길동의 욕망을 용납하지 않으려고 하는 '억압의 기제'가 있었을 것이다(억압의 기제가 없었다면 홍길동은 도적이 되지 않았을 것이다). '억압의 기제'는 궁극적으로 제도이지만, 이 제도의 억압은 사람을 통해 외화된다. 택당의 기록으로는 알 수 없지만(분명히 존재했을 것이다!), 『홍길동뎐』에서는 억압 기제의 대리자로 홍씨 가문의 사람들이 대거 등장한다. 그 가운데 주역은 '홍판서의 정실부인'이다. '홍판서의 정실부인'은 홍길동의 욕망을, 그 발현을 원천적으로 차단하기 위해 홍길동을 죽음의 위기에 빠뜨린다. 가문을 위해서라는 명분을 내세우고는 있지만, 이러한 명분은 한낱 무녀(巫女)의 점(홍길동의 욕망으로 인해 집안에 재앙이 닥칠 것이다)에 의존하고 있는 것이다. 택당은 물론 조선의 사대부들은 무당에게 점을 치는 일과 같은 미신을 극도로 경계했다. 사정이 그러한데도, 홍판서의 정실부인은, 자신이 낳지는 않았지만, 자신의 자식인 홍길동을 죽이려고 했다. 택당이 본 '洪吉同傳'이 만일 『홍길동뎐』과 같은 것 혹은 흡사한 것이었다면, 홍판서의 정실부인 역시 택당에게는 '욕망의 길'을 갔던 욕망하는 주체로 보였을 것이다.

　'洪吉同傳'은 타자의 욕망을 욕망하는 / 억압하는 욕망들이 뒤엉켜 현실 속에서 만들어지는 '욕망의 사건'을 이야기하고 있는 '욕망의 서사'였다. 앞서 언급했듯이, 욕망을 긍정하고 '욕망하는 주체'들을 내세워 욕망을 현실 속에서 발현시키는 '욕망의 서사'는 이전에 존재하지 않았다. 이 '욕망의 서사'가 존재할 수 있었던 것은 인간 존재의 본질인 **마음(욕망)'이 현실에서 ― 초월**

하지 않고 '마음대로' 발현되도록 하는 것이 삶의 요체라는 것을 인식했기 때문이다. 이러한 인식을 바탕으로 '욕망하는 주체'의 서사가 창작될 수 있었던 것이며, 그것이 바로 '소설'이었던 것이다.

홍대용은 과연 북학파(北學派)인가

박희병

1. 문제제기

한국 학계에서는 담헌(湛軒) 홍대용(洪大容)을 박지원·박제가·이덕무 등과 더불어 '북학파(北學派)'의 일원으로 간주해 왔다. 또한 담헌을 북학파의 영수(領首)로 부르거나, 북학파의 선구자로 이해해 왔다. 그 누구도 이렇게 보는 데 의문을 제기한 적이 없다. 하지만 그것은 과연 진실일까? 이 글은 너무도 당연한 것으로 간주되어온 이런 통념에 대한 의문으로부터 출발한다.

담헌은 박지원·박제가·이덕무와 교분이 두터웠다. 특히 박지원은 담헌을 자신의 둘도 없는 지기로 간주하였다. 박지원이 자신과 친밀한 관계를 맺은 주변의 벗들 중 예의를 차리고 존중한 인물로 담헌만한 사람은 아마 없었으리라 생각된다. 박지원은 본디 분방한 면모가 없지 않았던 문인 기질의 인간이었다면, 담헌은 술도 마시지 않은 단아한 학자 타입의 인간이었다. 박지원은 그의 다른 술친구나 문예방면의 친구들을 대할 때와 달리 담헌을 학자로서 경대(敬待)했던 것으로 생각된다. 박지원이 평소 담헌의 학문을 얼마나 경청했었는지는 『열하일기』를 통해 잘 알 수 있다. 이 여행기에서 박지원은 중국인들에게 여러 번 담헌의 이름을 거론하면서 그의 학문적 성취에 대해 언급하고 있다.

이 양인의 이런 친밀한 관계 때문에, 그리고 박지원의 높은 문학적 명성 때문에, 담헌은 '**연암**학파'의 일원으로 기술되기도 하였다. 학계에서는 '연암학파'라는 용어 외에 '연암일파'나 '연암그룹'이라는 용어도 사용되고 있다. 이 세 용어는, 모두 박지원을 중심적 인물로 간주하면서 담헌을 그 일(一) 구성원으로 포함한다는 점에서는 어떤 차이도 없는 것으로 여겨진다. 문예적으로야 박지원을 중심에 두는 데 이의가 있을 수 없지만, 사상 혹은 학문에 있어서까지 박지원이 이들 일파의 중심 역할을 했을까? 과연 그럴까? 통념을 버리고 이 점을 공평무사한 태도로 곰곰이 따져 보지 않을 수 없다.

담헌이 박지원·이덕무·박제가 등과 남다른 인간적 결속을 보인 것은 방금 지적한 대로다. 또한 이들이 그 특유의 인간적 결속 속에서 문예적 혹은 사상적·학술적 영향을 서로 주고받은 것은 사실이다. 그렇기는 하나 이들을 하나의 학파로 묶기 위해서는, 더군다나 '북학파'라는 개념으로 묶기 위해서는, 그들 각인(各人)의 사상 내부에 기본적 동질성이 자리하고 있어야 할 터이다. 박지원과 박제가 양인은 모두 '북학'을 명시적으로 말하고 있을 뿐만 아니라 문명론적 전망 역시 대동소이하므로 이들을 북학파라는 하나의 사상 유파 내지 학파로 보는 데에는 무리가 없어 보인다. 하지만 담헌은 비록 이들과 '동인'적 관계에 있었기는 하나 그 사상 자체는 이들과 퍽 이질적이다. 게다가 이들처럼 명시적으로 '북학'을 입에 올린 적도 없었다. 담헌을 북학파로 규정하려면 적어도 담헌 사상 내부에서 북학론의 기본 전제나 그 실천론 =

사회경제론에 대한 공유가 확인되어야 할 터이다. 하지만 기존에 이에 대한 분석이나 검토가 있었던 같지는 않다. 이들이 친한 사이니까, 그리고 뭔가 이들 사이에 일정한 사상적 연관이 없지 않은 것 같으니까, 나이브하게 담헌 도 북학파라고 지목한 것이 아닌가 의심된다. 담헌을 혹 '북학파의 선구자'라 고 한 것은 박지원과 박제가는 북학파가 분명하지만 담헌은 덜 분명한 것으 로 여겨져 그렇게 표현한 것일지도 모른다.

어떤 의심도 없이 담헌을 북학파로 여기다 보니 그의 만년의 저술 『의산 문답』을 북학론을 정초(定礎)하기 위해 집필된 책이라고 보는 관점까지 나오 게 된 게 아닌가 생각된다. 담헌의 사상이 정말 '북학론'에 해당한다면 그렇 게 보면 될 일이다. 문제는, 담헌의 사상을 검토해 보면 북학론과 이질적이 거나 대립적이거나 정위(定位)를 달리하는 사상소(思想素)들이 적지 않다는 점, 또한 거기에서 담헌 사상의 본래면목(本來面目)이라고 할 만한 것이 발견 된다는 점에 있다. 다시 말해 담헌의 사상을 북학론으로 간주하고 접근해 들 어가면 담헌 사상의 본래적인 면, 그 유니크한 면은 거개 사상(捨象)되어 버리 게 된다는 난점이 발생한다.

그렇다면 왜 담헌을 무리하게 북학파로 간주해 온 것일까? 여기에는 여러 사정이 관여하고 있다고 보이지만, 그중 특히 간과해서는 안 될 중요한 하나 는 그간 한국학계가 기술과 생산력의 발전을 중시하는 관점에 알게 모르게 사로잡혀 있었다는 점이 아닐까 한다.[1] 다시 말해 '발전주의'와 '근대주의'에 대한 우리 학계의 인식론적 맹신과 관련이 있지 않은가 한다. 북학파의 장처 (長處)만 보려고 하고 그 문제점은 통 음미하려고 하지 않는 태도 역시 이와 무관하지 않을 터이다.

---

1 이는 '경제발전'이라는 신화(神話)에의 포획(捕獲), '기술과 생산력 발전'이라는 주술(呪術)에 의 긴박(緊縛)이라고 이를 만하다.

그러므로 담헌의 사상을 북학론에서 분리해내 정당하게 재음미하는 일은 이런 인식론적 맹신과 맞서는 일이기도 하고, 생산력주의에 기초한 발전주의와는 다른 문명론적 전망을 모색하는 일과도 연결된 일이라고 생각된다. 이런 생각을 밑에 한 채 주어진 논제에 접근해 보기로 한다.

2. '북학'이라는 용어

한국사상사에서 '북학'이라는 말이 문제적 용어로서 전면에 등장한 것은 박제가의 『북학의(北學議)』에 기인한다. 박제가는 이 책에서 왜 조선이 '북학'을 해야 하는지를 구체적으로 자세히 밝혔다. 박제가 스스로도 밝히고 있듯이,[2] '북학'이라는 말은 원래 『맹자』 「등문공 상」편의 다음 구절에서 유래한다.

> 나(맹자를 이름—인용자 주)는 중화의 문화로 오랑캐를 변화시켰다는 말은 들었어도 중화가 오랑캐 때문에 변화되었다는 말은 듣지 못했다. 진량(陳良)은 초(楚)나라 출신이다. 주공과 공자의 도를 좋아하여 중국에 **북학(北學)**하였다. 북방의 배우는 자 중에 진량에 앞서는 자는 없었다.[3] (강조는 인용자)

여기서 '북학'이라는 말은, '북쪽에 가서 배운다'는 뜻이다. '북쪽'이란 중국, 즉 중화를 가리킨다. 당시 남쪽의 초나라는 미개한 오랑캐로 간주되었

---

2 박제가, 『북학의(北學議)』 「서(序)」. "取孟子陳良之語, 命之曰北學議."
3 『맹자(孟子)』, 「등문공(滕文公) 상」.

다. 맹자는, 초나라 출신의 진량이라는 인물이 북쪽인 중국으로 와 중국 문명을 배운 것을 칭찬해 이런 말을 했다. 인용문 중 "중화의 문화로 오랑캐를 변화시켰다"의 원문은 '용하변이(用夏變夷)'이다. '하(夏)'는 곧 '화(華)'다. 그러므로 맹자의 이 말에는, 중국을 우등시하고 오랑캐를 야만시하는 중국 중심주의, 즉 중화주의가 강하게 담지되어 있다고 할 것이다. 요컨대, '북학'이라는 용어의 기저(基底)에는 중국인의 화이론적 시각과 가치판단이 자리하고 있음에 유의할 필요가 있다.

이렇게 본다면, '북학을 해야 한다는 데 대한 논의'쯤으로 번역됨 직한 박제가의 '북학의'라는 책은 이미 그 책명부터가 화이론에의 포획을 보여준다고 할 것이다. 실제 이 책은 그 전체를 통해 화이론적 시각이 관철되고 있으며, '중국 / 조선'은 '우 / 열', '미 / 추', '깨끗함 / 더러움'의 관계로 파악된다. 몇 개의 예를 들어본다.

> ① 지금 솜씨가 좋은 장인을 시켜 모방하여 만들게 하되 한 자 한 치도 차이가 나지 않아 반드시 중국의 수레와 합치되도록 해야 할 것이다. (…중략…)
> 그들(산골에 사는 조선 인민―인용자 주)의 가난한 형편이 이 지경인 것은 대체 무슨 까닭인가? 한마디로 수레가 없기 때문이다.[4]

> ② 짐승을 다루는 방법이 궁해지자 나라가 마침내 부강하지 않게 되었다. 그 이유는 다른 데 있지 않다. 중국을 배우지 않은 탓이다.[5]

4　박제가, 안대회 역, 「수레」, 『북학의』, 돌베개, 2003, 31면. 이하 이 글에서 인용한 『북학의』의 면수는 모두 이 책의 것이며, 필자가 간간이 역문의 표현을 조금 바꾼 데도 있다.
5　「목축」, 『북학의』, 79면.

③ 우리나라는 중국과 가깝게 접경하고 있고 글자의 소리가 중국의 그것과 대략 같다. 그러므로 온 나라 사람이 본래 사용하는 말을 버린다고 해도 불가(不可)할 이치는 없다. 이렇게 본래 사용하는 말을 버린 다음에야 오랑캐라고 모욕적으로 불리는 신세를 면할 수가 있다. 그리고 수천 리 동국(東國)이 저절로 주(周)·한(漢)·당(唐)·송(宋)의 풍기가 있는 나라가 될 것이다. 이 어찌 크게 상쾌한 일이 아닌가?[6]

④ 꽃에서 자란 벌레는 그 날개나 더듬이조차도 향기가 나지만 똥구덩이에서 자란 벌레는 구물구물거리며 더러운 것이 많은 법이다. 사물도 본래가 이러하거니와 사람이야 당연히 그러하다. 빛나고 화려한 여건에서 나서 성장한 사람은 먼지 구덕의 누추한 처지에서 헤어나지 못한 자들과는 반드시 다른 점이 있다.[7]

①에서 보듯, 박제가는 중국은 수레를 사용하기 때문에 부유하고 조선은 수레를 사용하지 않기 때문에 가난하다고 말하고 있다. 그래서 조선이 가난을 벗어나기 위해서는 수레 사용이 급선무라는 논지를 펴고 있다. 이처럼 박제가에게는 중국이 모든 면에 있어 조선의 전범이다. 중국을 따라 배우기만 하면 조선의 문제는 다 해결된다고 보는 것이 그의 기본 관점이다. 따라서 박제가의 북학론은 '중국 기술도입론'에 다름 아니다.

②에서는, 조선에서 목축이 시원찮고 그 결과 나라가 부강하게 되지 못한 원인이 중국을 배우지 않은 데 있다고 말하고 있다. 조선의 문제를 중국을 배우지 않은 탓으로 돌리는 것은 ①과 똑같다.

③은 조선이 오랑캐 소리를 듣지 않고 중국 문명과 같아지기 위해서는 조

---

6 「중국어」, 『북학의』, 107면.
7 「골동품과 서화」, 『북학의』, 129면.

선어를 버리고 아예 중국어를 써야 한다는 주장이다. 이를 통해 박제가가 품었던 이상이 궁극적으로 조선을 중국과 동일화하는 것이었음을 알 수 있다. 이 점에서 북학의 이념적 기저는 중화주의이고, 그 실천 원리는 '중국 따라 배우기'임이 잘 드러난다.

④는 중국의 골동서화를 찬미하면서 한 말인데, "꽃에서 자란 벌레" "빛나고 화려한 여건에서 나서 성장한 사람"은 중국인을, "똥구덩이에서 자란 벌레" "먼지 구덕의 누추한 처지에서 헤어나지 못한 자들"은 조선인을 각각 암유(暗喩)한다. 사회진화론의 우승열패론(優勝劣敗論)을 상도케 한다. 박제가는 문명의 우열에 과도하게 집착한 나머지 '중국 / 조선'을 '미 / 추'로 갈라놓는 사고법에 이르게 된 것으로 보인다.

당시 박제가는 '당벽(唐癖)', 즉 '중국에 대한 지나친 경도'가 있다는 평을 듣고 있었는데, 위의 예들을 통해, 그가 왜 이런 평을 듣게 된 것인지 그 이유를 짐작할 수 있다. 박제가의 북학론은, 중국의 선진기술 도입을 통해 낙후된 조선을 발전시키고 조선 인민을 가난함에서 벗어나게 하겠다는 절박한 심정에서 제기되었다는 점에서 그 현실적 의의가 없지 않다. 특히 그가 기기(器機)와 제도의 '표준화'를 주창한 점[8]은 산업의 발전과 관련해 뛰어난 혜안(慧眼)을 보인 것이라 평가할 만하다. 그의 해외통상론 역시 자못 선구적인 주장이다. 이런 인정할 만한 점이 없는 것은 아니나, 박제가의 북학론은 다음 몇 가지 점에서 간과할 수 없는 문제점 또한 내포하고 있다.

첫째, 단순화가 심하고 종종 일면적 사고에 머물고 있다는 점. 조선의 어떤 문제를 언필칭 중국의 어떤 제도나 문물이나 풍속을 배우지 않은 탓으로 돌리는 데서 이런 경향이 발견된다. 이런 사고 경향은, 문제를 다면적으로 파악하

---

8 '표준'을 만들어 통일해야 한다고 주장한 점을 말한다. 가령 『북학의』, 102 · 122면 등 참조.

거나 문제의 사회역사적 배경과 구조를 꿰뚫어 보는 것을 차단하게 만든다. 요컨대 박제가에게는 사회역사적 사고가 몹시 부족한 것으로 여겨진다.

둘째, 사회역사적 맥락에 대한 통찰의 결여는 기본적인 사회적 지배 관계에 대한 인식의 결여로 이어진다는 점. 박제가가 '생산력'의 제고를 중시할 뿐 지주 / 전호(佃戶) 관계에 대해서는 어떤 고찰도 보여주지 않고 있음에서 이 점이 잘 확인된다. 다시 말해 그는 기술도입을 통해 사회적 생산력을 향상시킬 것만 생각했지 지주·부농 / 소농·빈농 간의 모순에 대해서는 사유하지 못했다. 이 점에서 박제가의 북학론은 일종의 '생산력주의'에 기초해 있다고 할 만하다.

셋째, 박제가의 생산력중시주의는 실제상 양반 지주층, 부농(富農), 관료집단, 부상대고(富商大賈)의 이익을 대변하는 것으로 귀착되리라고 생각된다는 점. 박제가는 해외통상을 적극 주장하여, "만약 외국과 선박을 통하여 통상한다면 비단옷을 입고 죽지(竹紙)에다 글을 쓰는 정도는 넉넉하게 할 것이다"라고 했는데, 여기서도 기층 농민에 대한 고려는 찾아보기 어렵다. 요컨대 박제가는 기술도입, 유통 확대, 해외통상을 거론하면서 그것이 조선에서 가난을 몰아내고 조선을 부강하게 만들 것이라고 주장하고 있기는 하나, 그것이 조선의 인민, 특히 기층 농민에게 어떤 결과를 초래할지에 대해서는 숙고하고 있지 않다. 당대 조선의 지주 / 전호 관계라든가 국가의 수취(受取) 제도, 즉 국가에 의한 민(民)의 수탈 방식 등에 대한 어떤 고려도 없이, 달리 말해 생산관계에 대한 어떤 심중한 고려도 없이, 북학을 통한 생산력의 향상만을 지고(至高) 지선(至善)의 가치로 내세우는 박제가의 주장은 말하자면 정치경제학적 사고의 결여를 여실히 보여주는 것이라 할 만하다.

넷째, 박제가의 실용주의는 그러므로 '가치지향성'[9]이 부족하고 다분히 '상인적 이익'만이 추구되는 경향이 강하다는 점. 이 점에서 그가 그토록 내세웠던 가난의 극복과 부의 성취는 다분히 맹목적이고, 추상적이다.

다섯째, 중국이라는 타자에 대한 극도의 찬미가 '자기비하'를 낳고 있다는 점. 박제가의 중국 존모(尊慕)는 중국을 이상화, 우상화하는 데 이르고 있다. 그에 반비례하여 '조선적 자기의식', 다시 말해 조선인으로서의 주체적 의식은 극도로 위축되거나 소거되고 만다. 이는 지적 균형감각의 부족을 보여주는 것이라 할 만하다.

18세기 조선 사대부층은 청(淸)을 오랑캐로 간주함으로써, 중국은 이제 옛날의 중국이 아니다, 오랑캐로 화(化)한 중국에서 더 이상 배울 것은 없다며 중국을 야만시하고 깔보는 태도를 취하였다. 박제가는 조선 사대부층의 이런 허위적 인식을 배격하고, 현실주의적 자세로 청(淸)의 선진 문물을 배워야 할 것을 주장했던바, 적어도 이 점은 정당한 것이라 하지 않을 수 없다. 다만 원려(遠慮) 없이 단순화된 주장을 펼침으로써, 당대 조선의 내부 모순을 투철히 인식하기보다는, 다시 말해 '자기'에 대한 고통스런 내적 응시에 힘을 쏟기보다는, 그리하여 그런 내공(內功) 위에서 사회역사적 맥락을 십분 고려하며 나라와 인민을 이롭게 하는 방책을 안팎으로 모색해 나가기보다는, 손쉽게 '중국'이라는 외부에서 만병통치약을 취하려 한 점이 문제였다고 할 것이다. 박제가가 18세기 후반에 호명(呼名)해 낸 이 '북학'이라는 용어는 이후 조선 사상계의 한 주요한 키워드가 되기에 이른다. 하지만 앞에서 지적된 박제가의 북학 담론에 내포된 문제점들이 극복되지 않는 한 북학 담론은 빛 좋은 개살구가 되고 말 운명을 안고 있었다고 해야 하지 않을까.

---

9 이 말은, 생산력의 향상에 의한 부(富)의 증대가 사회적으로 어떻게 공평하게 분배될 수 있을지, 즉 지배층이나 부민(富民)만이 아니라 피지배층이나 빈핍(貧乏)한 처지의 사회적 약자들에게 그 결실이 어떻게 돌아가게 할지, 그리하여 그들의 삶의 질을 어떻게 향상시킬 수 있을 것인지에 대한 문제의식을 지칭한다.

3. '북학파'라는 용어

'북학파'라는 용어는 1930년 최남선이 처음 사용한 것으로 보인다. 최남선의 『조선역사강화(朝鮮歷史講話)』에 다음과 같은 말이 보인다.

자기에 대한 엄숙한 성찰(省察)이 진행(進行)함을 따라서 조선의 결함(缺陷)과 및 그 교구(矯救)의 책(策)을 생각하는 풍(風)이 일어나니, 그중에 두드러진 것은 조선을 구(求)하려 하면 먼저 경제적으로 손을 대야 할 것이요, 그리함에는 외국인(外國人)의 실제(實際) 생활상(生活上) 장처(長處)를 배우고, 특히 그 진보한 교통(交通) 무역(貿易)의 실제를 본뜨자 하던 일파(一派)니, 우선 북(北)으로 지나(支那)에서부터 배우자 한 점으로 이네의 주장을 북학론(北學論)이라고 부른다. 북학론자(北學論者)는 박지원(朴趾源, 燕巖), 홍대용(洪大容, 湛軒), 이덕무(李德懋, 雅亭), 박제가(朴齊家, 楚亭) 등 당시에 있어서 식견과 문학으로 다 일대(一代)의 준모(俊髦)들이요, 또 지나(支那)의 실지(實地)를 답험(踏驗)하여 우열(優劣)을 변증(辨證)한 것이므로, 불행(不幸)히 그 실현이 크지 못하였으나, 일대(一代)의 인심을 자극한 효과(效果)가 적지 아니하였다.

북학파(北學派)의 대표적 의견은 박연암(朴燕巖)의 『열하일기(熱河日記)』와 박초정(朴楚亭)의 『북학의(北學議)』에 실려 있다.[10]

---

10 최남선, 『조선역사강화(朝鮮歷史講話)』(『육당최남선전집(六堂崔南善全集)』 1), 현암사, 1973, 52~53면. 원문에는 한자가 노출되어 있으나 인용하면서 한글로 바꾸고 한자를 괄호 속에 병기(倂記) 처리하였다. 원래 '조선역사강화'는 1930년 『동아일보』에 연재된 글이다. 이 글은 이듬해에 『조선역사』라는 이름으로 동명사라는 출판사에서 책으로 간행되었으며, 해방 후인 1946년 2월 약간의 수정을 더하여 '신판 조선역사'라는 이름으로 재간행되었다. '북학파'라는 용어가 최남선의 이 글에서 비롯된다는 사실은 허태용, 「'북학사상'을 연구하는 시각의 전개와 재검토」(『오늘의 동양사상』 14, 예문동양사상연구원, 2006, 319면)에서 처음 지적되었다.

여기서 보듯 최남선은 박지원, 담헌, 이덕무, 박제가 네 사람을 '북학파'로 꼽고 있으며, 이들의 주장을 '북학론'이라고 규정하고 있다. 그리고 북학론을 보여주는 대표적 저술로서 『열하일기』와 『북학의』를 들고 있다. 최남선의 이 주장 이래 '북학파'와 '북학론'이라는 말이 우리 학계에서 학술적인 용어로 통용된 것으로 보인다. 학자에 따라 북학파의 범위를 좀 더 넓게 잡기도 하는 등 그 외연에 대한 이해에서 다소 차이를 보이기도 했으나, 박지원·담헌·박제가를 북학파의 핵심적 인물로 파악함에는 오늘날까지도 아무 차이가 없다.

앞서 지적했듯 '북학'이라는 용어에는 화이론적 시각, 중국 중심적 시각이 강고하게 담겨 있다. 이 점에서 '북학파'라는 용어가 학술적으로 타당한지에 대해 의문이 제기될 수도 있다. 그렇기는 하나 어쨌건 박제가가 '북학'을 주창했고 박지원이 그에 공조하는 태도를 취한 것은 분명한 만큼 이 두 사람을 묶어서 '북학파'로 이해하는 것은 별 문제가 없어 보인다. 문제는 담헌을 그 울타리 속에 넣을 수 있을까 하는 점이다. 담헌은 비록 중국 여행기인 『연기(燕記)』에서 중국의 문물이 보여주는 심법(心法)의 정밀함에 대해, 그리고 그 제도와 규모의 엄밀함과 갖추어짐에 대해 눈여겨보거나 찬탄하는 기술을 하고 있기는 하나,[11] 그렇다고 해서 박제가나 박지원처럼 '북학'이라는 말을 쓰거나 북학을 제론(提論)하고 있지는 않다. 담헌은 시종 학자적 태도로 냉정하고도 균형 잡힌 태도로 중국의 문물을 관찰하면서, 그 취할 만한 점을 자세히 적시(摘示)하기도 하고, 우리 것과 그 장단점을 비교하기도 하고, 그 문제점을 거론하기도 한다. 몇 개의 예를 들어 본다.

① (시사(市肆)는 ─ 인용자 주) 북경에서는 정양문(正陽門) 밖이 가장 번성하며,

11　홍대용, 민족문화추진회 역, 「기용(器用)」, 『연기(燕記)』, 『국역 담헌서』 4, 2008, 328~348면 참조.

봉성(鳳城) 같은 곳은 변두리 문으로 황벽(荒僻)한 곳이어서 물건들도 보잘것없지만 그래도 시장문만은 단청(丹靑)을 해 두었고, 심양(瀋陽)에 오니 모두 채색을 하였다. 북경 같은 데는 창문이나 가게문을 다 아로새겨 금은빛이 찬란하고, 간판과 문패들은 서로 다퉈 신기하게 만들었으며 의자와 탁자, 장막과 주렴 등을 극히 화사하게 만들었다. 대개 이렇게 하지 않으면 매매가 잘 안되며 물건들도 잘 모여들지 않는 모양이다. 점포를 차릴 경우 바깥 설비만도 수천 수만 금이 넘게 드는 모양이다.

대개 번화한 길목이나 입구에는 주루(酒樓)들이 많이 차려져 서로 길을 끼고 마주바라보고 있다. 모두 처마 밖으로 난간이 나오도록 꾸몄는데 매우 화려하였다. 하지만 비를 맞고 바람을 받게 되어 있어 한 번 여름 장마를 치르고 나면 새로 만들어야 하게 되어 있다. 아무리 재력이 넉넉하다 하더라도 당장을 즐기기 위해 막대한 비용을 아끼지 않는 것은 이해할 수 없는 일이다.[12]

② 북경의 모든 시장에, 이따금 종이로써 거마(車馬)나 사람 같은 것을 만들어 아이들의 장난감으로 팔고 있는데, 이것은 다 손을 대기만 하면 부서져 버린다. 한 푼 어치도 안 될 것 같은데 그래도 가게에서 팔리니 이는 일반 풍속이 허영과 사치를 숭상해서다.[13]

③ 관문 밖에는 혹 흙집이 있는데, 위는 평평하게 벽처럼 발라 두었고 빛깔은 석회처럼 희다. 토질이 차지고 여물어 잘 갈라지지도 않고 물이 잘 새지도 않으니 가운데를 약간만 높게 하면 새는 것을 막을 수 있을 텐데, 그대로 평평하게 발라 두고 암기와마저 얹지를 않아 비가 조금만 와도 방바닥이 마른 데가 없게 되니 그 까닭을 알지 못하겠다.[14]

---

12 「시사(市肆)」, 『연기』, 위의 책, 309~310면.
13 위의 글, 311면.

④ 가마와 솥과 질독 들은 우리나라 것과 같다. 다만 다른 것은 독은 모양이 아래가 좁아서 조금만 건드려도 넘어지고 만다. 그리고 곡식을 되는 말은 크기가 우리나라 것의 배가 되는데, 이것은 또 위의 주둥이 부분 넓이가 바닥의 배가 되어 곡식을 되는 데 속이기가 쉽다. 이 두 가지 그릇들이 잘못 만들어진 것에 대해서는 그 까닭을 이해할 수 없다.[15]

⑤ 가정집에서는 깨끗한 변소를 보기가 어렵다. 변기는 자기(瓷器)로 만들었는데 감추어 두고 다른 사람은 쓰지 못하게 한다. 남자 변기는 주둥이가 길고 여자 변기는 주둥이가 평평하여 사용하기 편하게 되어 있다. 그러나 다만 그런 제도를 빙자하여 모양을 그렇게 만든 것은(남녀의 성기처럼 만든 것을 이름―인용자 주) 유치한 일이다.[16]

⑥ 양각등(羊角燈)은 쇠판과 쇠기둥은 같은데 둥근 통이 유리처럼 환하다. 대개 뿔을 고아서 아교를 만드는 모양인데, 그 방법은 듣지 못하였다. 정월 보름밤에 다는 등은 화초와 새·짐승의 그림을 그 위에다 그리고 채색융단으로 술[流蘇]을 다는데 매우 화려하고 사치스러웠다.[17]

이들 예는 대체로 중국의 문물에 의문을 표시하거나 그 결함을 지적한 것이다. 혹은 중국의 문물이 사치와 낭비로 흐르고 있다고 보아 은근히 부정적인 시각을 드러낸 곳도 있다. 박제가의 『북학의』에서는 일체 발견할 수 없는 면모다. 박제가는 골동서화(骨董書畵)를 파는 북경 유리창(琉璃廠)의 휘황찬란함에 찬탄해 마지않았다.[18] 하지만 담헌은 그곳에 잔뜩 쌓인 온갖 기기묘묘

---

14 「옥택(屋宅)」, 『연기』, 위의 책, 321면.
15 「기용(器用)」, 『연기』, 위의 책, 342면.
16 위의 글, 343면.
17 위의 글, 같은 곳.

한 물화(物貨)들을 보고는 백성들의 살림살이에 도움이 되는 것은 하나도 없다고 말하고 있다. 그 대목을 제시하면 다음과 같다.

> 이 길을 끼고 좌우로 있는 점포만도 수천 수백에 달하고 그 물건 만드는 데 소요된 비용도 몇 만의 거액인지 알 수 없는데, 기실 일반 백성들의 양생(養生) 송사(送死)에 꼭 없어서는 안 될 것은 하나도 없었다. 그저 모두가 이상한 재주에 음탕하고 사치스런 물건들로 사람의 뜻을 해치는 것뿐이다. 이상한 물건들이 날로 불어나며 선비들의 기풍이 점점 흐려져 가니, 중국이 발전 못하는 것도 다 그런 이유 때문인 것 같다. 슬픈 일이다.[19]

인민적 입장에 서서 사치를 배격하고 절검을 숭상하는 담헌의 이런 면모는 『임하경륜』이나 『의산문답』의 그것과 통한다. 『연기』에는 이외에도 사치를 비판하고 절검을 높이는 내용이 여러 군데에 보인다.

흥미롭게도 박제가는 유리창의 성대한 물화(物貨)에 대한 혹자의 다음과 같은 비판, 즉 "부유하다고 할 수는 있겠다. 그러나 백성들에게 아무 이익을 주지 못한다. 그러니 그 물건을 전부 불에 태운다 한들 무슨 상관이 있겠는가"[20]라는 비판에 대해 그것이 몰취미(沒趣味)하다는 점을 들어 반비판하고 있다. '혹자'가 설혹 담헌을 가리키는 것은 아니라 할지라도, 적어도 담헌과 박제가 사이의 입장의 대치선(對峙線)이 이에서 명확히 확인된다 할 것이다.

문제는 담헌에게서 사치의 배격과 절검의 숭상이 그의 문명론적 전망 및 사회발전 구상과 깊이 맞물려 있으며, 그래서 본질적인 사안이라는 점이다. 바로 이 문명론적 전망에 있어, 그리고 사회발전의 구상에 있어 담헌과 박지

---

18 「골동품과 서화」, 『북학의』, 128면 참조.
19 『국역 담헌서』 4 『연기』 「유리창(琉璃廠)」, 271~272면.
20 「골동품과 서화」, 『북학의』, 128면.

원·박제가 양자 간에는 심중한 차이가 있으며, 이 때문에 이들이 그린 사회, 이들이 꿈꾼 세계가 자못 달라졌다고 생각된다.

위에서 든 예를 통해 알 수 있듯, 담헌이 청의 문물을 읽는 태도는 단순히 '북학'의 관점이 아니다. 적어도, 흔히 북학이라고 말하거나, 북학에서 기대하는 것과는 다른 모종의 태도가 작동하고 있다. 중국 문물에 대한 선망과 찬탄일변도가 아니라, 혹은 중국 문물을 도입해야 한다는 어떤 강박감 같은 것을 보여주는 것이 아니라, 비판적으로 취장사단(取長捨短)하고 있음에서 그 점이 잘 드러난다. 요컨대 청의 문물을 대함에 있어 담헌은 박제가나 박지원과 그 시좌나 입장이 퍽 다르다. 그러므로 청의 문물에 대한 태도 하나만 갖고 말하더라도, 만일 담헌을 북학파에 포함시킬 경우 그의 문제의식이나 사상의 본질을 정당하게 포착하기는커녕 심하게 왜곡할 공산이 크다.

한편, 종래 학계에서는 담헌, 박지원, 박제가, 이덕무 등을 묶는 용어로 '연암일파', '연암그룹', '연암학파'[21] 등의 용어를 사용해 왔다. 특히 한문학(漢文學) 연구자들이 이런 용어를 많이 써 온 것으로 보인다. 실제로 담헌·박지원·박제가 등은 서로 친밀하게 교유하며 문학과 사상 방면에서 영향을 주고받았으므로 하나의 인맥으로 묶어서 이해해도 아무 문제가 없다고 생각된다. 문제는 이들 용어 모두가 연암 박지원이 '중심'이라는 생각을 그 저변에 깔고 있다는 점이다. 과연 박지원이 중심일까. 이는 혹 박지원이 그 문학적 명성 때문에 실제 이상으로 과대평가된 데 기인하는 것은 아닐까. 만일 문예창작의 면만 갖고 본다면 박지원을 중심에 두는 데 이론(異論)이 있기 어렵다. 하지만 학문 내지 사상의 측면에서 본다면 사정이 달라진다. 박지원은 결코 담헌과

---

21 '연암학파'라는 용어는 이우성, 「실학연구서설」(『실학연구입문』, 일조각, 1973)에서 사용된 이래로 임형택, 「연암의 경제사상과 이용후생론」(『연암 박지원 연구』(실시학사 실학연구총서 4), 성균관대 출판부, 2012)에 이르기까지 계속 사용되고 있다.

동렬에서 논의되기 어렵다. 학문 내지 사상을 기준으로 생각한다면 담헌이 이들 그룹의 중심인 것이다. 이런 점을 고려한다면 '연암일파'나 '연암그룹'이라는 용어는 문학사 연구에서는 적절할 수 있어도 사상사 연구에서는 그리 적절하지 않다. 또한 이 그룹이 학문적으로 내적 통일성을 담보하고 있는 것도 아닌데다 연암이 이 그룹의 **학문적** 리더도 아니었다는 점에서 '연암학파'라는 용어 역시 그리 적절하지 못하다. 따라서 필자는 그것을 대체하는 용어로 '담연(湛燕)그룹'이나 '담연일파'라는 용어를 사용할 것을 제안한다.[22] 이 용어는 담헌과 연암을 병칭함으로써 학술과 문예를 아우르는 미덕이 있다.

---

22 '담연그룹'이나 '담연일파'라는 용어는 담헌과 연암 간의, 그리고 이들과 결속되어 있던 인물들 간의 인간적 및 문학적·예술적·학술적·사상적 친밀성과 교제를 전제하는 말이다. 그렇기는 하나 이들 용어가 담헌과 연암의, 그리고 담헌과 이 일파에 속한 다른 인물들 —이를테면 박제가나 이희경(李喜經)과 같은— 간의 학문적·사상적 동질성까지 담보하지는 않는다. 오히려 이 용어들은 이들 일파의 학문적·사상적 동질성 여부가 아니라, 그 인간적 결속과 취미와 현실적 자세를 중시한 결과다. 이 점에서 사상적·학문적으로는 느슨한 유대가 인정될 뿐이다. 따라서 담연그룹이나 담연일파라는 용어는 하나의 사상유파나 학문유파를 뜻하는 말은 아니다. 적어도 하나의 사상유파나 학문유파이기 위해서는 학문행위나 사상행위의 코어(core) 안에 기본적으로 동질적인 전제와 인식이 있지 않으면 안 된다. 담헌과 연암은 친분이 두터웠으므로 둘 사이에는 공유된 사상의 요소나 학지(學知)도 적지 않다. 이를테면 낙론적 사고라든가, 음양오행의 부정이라든가, 이기철학의 사변적 행태에 대한 부정적 인식이라든가, 실용과 실사(實事)에 대한 지향이라든가, 자연과학적 지식의 공유 같은 것이 그러하다. 필자가 보기에 이들 중 대부분은 담헌과 연암이 서로 합작해서 안출(案出)한 것이거나 연암의 사유가 담헌에게로 간 것이라기보다, 담헌의 사유나 공부가 연암에게로 간 것으로 판단된다. 다시 말해 담헌의 영향이 크다고 생각된다. 이런 점을 고려한다면 담헌을 그 안에 포함시키고 있는 '연암학파'라는 용어는 정당하지도 적절하지도 못하다. 더군다나 연암은, 엄격한 의미에서, 문인이요 경세가이지 '학자'나 '사상가'는 아니다. 그와 달리 담헌은 문인이라기보다 '학자'이자 '사상가'다. 연암을 학자나 사상가로 보아온 기존의 관점에는 거품이 끼어 있다고 판단된다. '연암학파'라는 용어의 기저에는 이처럼 연암에 대한 과도한 평가가 자리하고 있다. 이는 아마도 문학가로서 연암의 높은 명성에 좌우된 탓이 아닌가 한다.

그런데 문제는 담헌과 연암이 상기(上記)한 공유점을 갖고 있음에도 불구하고 그 학문행위 내지 사상행위의 근간과 기저를 이루는 인식과 방법이 동질적이기는커녕 너무도 다르다는 사실이다. 이런 점을 감안하면 두 사람을 하나의 학파로 묶어 이해하기는 어렵다. 만일 억지로 하나의 학파, 하나의 사상유파로 묶는다면 두 사람의 사상 모두를 왜곡할 위험이 커진다. 따라서 현명한 일이 못 된다고 판단된다. 그래서 이들을 담연그룹이나 담연일파로 명명하면서 한편으로는 '함께' 다른 한편으로는 '따로' 파악하는 태도가 요청된다.

4. '북학사상'이라는 용어

현재 학계에서는 '북학사상'이라는 용어가 널리 사용되고 있다.[23] 하지만 '북학' 뒤에 '사상'이라는 말을 붙이는 것이 과연 합당한지는 따져볼 필요가 있다. '북학사상'은 '북학을 하자는 사상'을 뜻하는 말이든가, '북학과 관련된 제반 사상'을 가리켜 하는 말이든가, '북학에 내포된 사상을 지칭하는 말'이든가 할 터인데, 그 어느 쪽이든 간에 '사상'이라는 말을 쓰는 건 좀 부적절하지 않나 생각된다. 적어도 학문적인 견지에서 하나의 '사상'이라고 하려면 '사상'이라는 말에 값하는 뭔가가 있지 않으면 안 된다. 이를테면 독창적 사유구조라든가, 포괄적인 논리체계라든가, 견고한 이념적 연관 같은 것이 필요할 터이다. 박제가나 박지원이 주장한 북학에서 과연 이런 점이 인정될 수 있을까? 필자는 회의적이다. '사상'이라는 말은 역시 그에 합당한 내용과 실질을 갖는 대상에 한정해 사용하는 것이 좋지 않을까 생각한다.

한편, 유봉학 교수는 '북학론'과 '북학사상'의 개념을 구분하여,

> '북학사상'은 '북학'을 하였던 사람들의 학문내용과 현실인식·지향성 등 사상 전반을 가리키는 것으로 여기에는 '북학'을 하자는 주장 '북학론'으로부터 '북학'을 통해 이룩한 학문내용의 변화와 현실인식의 변화 등이 중요한 부분으로 자리 잡게 된다.
>
> 그러므로 '연암일파'의 '북학사상'을 청(淸)의 문물과 학술을 배운다고 하는 '북

---

23 이 용어가 들어간 논저 제목을 몇 개 예로 들면 다음과 같다. 유봉학, 「북학사상의 형성과 그 성격—담헌 홍대용과 연암 박지원을 중심으로」, 『한국사론』 8, 서울대학교, 1982; 유봉학, 『연암일파 북학사상 연구』, 일지사, 1995; 김인규, 『북학사상의 철학적 기반과 근대적 성격』, 다운샘, 2000; 김문용, 『홍대용의 실학과 18세기 북학사상』, 예문서원, 2005.

학론'만으로 한정해 보아서는 안 된다. '북학론'은 '연암일파' 사상의 한 전환 계기를 지칭할 뿐 그들 사상의 내용은 그에 국한되는 것이 아니었던 것이다.[24]

라고 하였다. 그리하여 북학사상에는, 단지 북학론만이 아니라, 북학론을 제기하게 된 전제조건으로서 연암일파의 새로운 현실인식과 그를 뒷받침하는 새로운 철학적 입장·학문관·문학론 및 세계관의 추이, 정치의식과 경세론 등이 포함된다는 입장을 취하였다.[25]

유봉학 교수는 북학론의 사상적·학문적 배경을 중시하여 그것을 본격적으로 검토하기 위한 요청에서 북학론보다 더 넓은 범주로서 '북학사상'을 상정하고 있긴 하나, 문제는 이렇게 규정된 '북학사상' 속에 북학 내지 북학론과 아무 관계도 없는 사상적·학문적 부면들이 쏟아져 들어오게 된다는 점이다. 따라서 그것은 엄정히 말해 북학사상, 즉 '북학의 사상'이 아닌 것이 되고 만다.

서상(敍上)의 점들을 두루 고려할 때 '북학사상'이라는 용어는 그 적절성이 의심스럽다고 하지 않을 수 없다. 그보다는 최남선이 처음 사용한 '북학론'이라는 용어가, 비록 '북학'이라는 단어가 갖는 문제점에도 불구하고, 북학에 대한 논의나 담론 일반을 가리키는 말로는 낫지 않나 생각된다.

---

24 유봉학, 위의 책, 19면.
25 위의 책, 같은 곳.

5. 북학론 형성 과정에서 홍대용의 역할

　　종래 담헌은 북학론자의 한 사람으로 거론되어 왔으나, 여기에는 오해가
없지 않다. 담헌은 박제가나 박지원처럼 적극적으로 북학론을 제기한 적이
없다. 현재 그의 저서로 전하는 『연기(燕記)』, 『임하경륜』, 『의산문답』그 어
디에도 북학에 대한 언급은 없다. 그렇다면 담헌은 왜 북학론자로 오해된 것
일까?

　　여기에는 두 가지 사정이 관련되어 있다. 하나는, 그가 처음으로 청 왕조
와 중원(中原)의 문물을 분리해 파악하지 않으면 안 된다는 논리를 명확히 정
초(定礎)했다는 점이고,[26] 다른 하나는 그가 청을 중국으로 인정하는 현실주
의적 자세를 취했다는 점이다. 기왕의 숭명배청론, 대명의리론과 확연히 구
별되는 담헌의 이런 면모는, 다소의 내적 편차는 없지 않지만, 크게 보아 북
학론의 기저적 논리 내지 배경적 사고와 궤(軌)를 같이한다. 요컨대 담헌은
비록 그 스스로 북학을 제기하거나 북학론 쪽으로 나아간 것은 아니나, 북학
론의 형성에 있어 논리와 시각상에서 큰 영향을 미쳤다고 말할 수 있다. 이와
관련해 담헌의 다음 말이 주목된다.

---

26 청 왕조와 중원 문물을 분리해 파악하는 시각의 단초는 멀리 김창협(金昌協)의 글 「증황경지부연
서(贈黃敬之赴燕序)」(『농암집(農巖集)』 권22 소수(所收)에서도 발견되고(안대회, 「조선 후기 연
행(燕行)을 보는 세 가지 시선」, 『한국실학연구』 19, 한국실학학회, 2010, 106면 참조), 가까이는 유
수원의 『우서(迂書)』 권1 「문벌(門閥)」에서도 발견된다. 하지만 이들의 사유에는 말 그대로
'단초'만 나타날 뿐 담헌에서처럼 본격적 의제설정(議題設定)이 되고 있지는 않다는 차이가 있
다. 김창협의 글 해당 구절은 다음과 같다. "我東僻在一隅, 獨不改衣冠禮樂之舊, 遂儼然以小中
華自居, 而視古赤縣神州堯舜三王之所治, 孔孟程朱之所教之地與民, 槩以爲渾酪腥羶之聚, 而無
復有文獻之可徵則過矣." 유수원의 글 해당 구절은 다음과 같다. "是以中國, 則聖賢之澤, 久而未
斬, 積累之治, 遠而未艾, 雖嘗雜之以霸術功利, 亂之以黃老佛氏, 戎羯胡夷, 迭入而更主, 暴政汚
俗, 沈染而糅雜, 然其爲治之大綱領、大根本、大制度、大習俗, 終有所汨亂不得, 磨滅不盡者."

지금의 중국이 옛날의 중국이 아니고 그 사람들이 입고 있는 옷이 저 옛날 중국의 선왕(先王)들이 만든 옷이 아니라는 걸 난들 왜 모르겠습니까? 그렇기는 하나 그들이 살고 있는 땅이 어찌 요(堯), 순(舜), 우(禹), 탕(湯), 문(文)·무(武), 주공(周公), 공자가 밟던 땅이 아니겠습니까? 또 그들이 사귀는 선비가 어찌 제(齊), 노(魯), 연(燕), 조(趙), 오(吳), 초(楚), 민(閩), 촉(蜀)의 넓은 견문과 멀리 노닌 경험을 지닌 선비가 아니겠습니까? 그리고 그들이 읽는 책이 어찌 삼대(三代) 이래 사해 만국에서 나온 온갖 서적이 아니겠습니까?[27]

박지원이 쓴 「회우록서(會友錄序)」라는 글의 한 대목인데, 담헌의 말을 박지원이 듣고 기록한 것이다. 「회우록서」는 담헌이 엮은 책인 『회우록』에 써 준 서문이다. 담헌은 1765년 겨울에 중국을 방문하고 익년 귀국했는데, 『회우록』은 그가 북경에 체류할 때 사귄 중국인들과 주고받은 필담과 편지를 귀국 직후 정리해 엮은 것이다. 일명 '간정동 회우록(乾淨衕會友錄)'이라고도 하고, '간정동 필담(乾淨衕筆談)'이라고도 한다. 박지원은 이 책을 읽은 소감 및 담헌과 주고받은 대화를 토대로 이 서문을 썼다. 그 쓴 시기는 1766년으로 추정된다.

상기 인용문에서 담헌은 청 왕조와 중원의 문물을 분리해 파악하는 관점을 보여준다. 그리하여 당시의 중국을 오랑캐의 나라로 멸시한 조선 지식인의 일반적인 중국관법(中國觀法)과는 다른 인식을 보여준다. 담헌의 이런 중국관법이 청 치하(治下)의 중화 문명에 유의하게 하고 그것을 존중하는 태도를 낳게 되리라는 점은 췌언을 요치 않는다. 그리고 그런 태도 속에는 '중국'을 배워야 한다는 생각이 잠복되어 있을 수 있으며, 또 설사 꼭 그렇지는 않

---

27 박지원, 『연암집(燕巖集)』 「회우록서」(박희병 외역, 『연암산문정독』, 돌베개, 2007, 111면) 참조.

다 하더라도, 그런 태도에서 한 발짝만 더 내디딘다면 '중국을 배우자'라는 구호로 이행될 수 있는 게 아닌가 생각된다. 적어도 논리적인 견지에서 본다면 상기 인용문이 보여주는 '청 왕조 / 중원 문물' 분리의 관점과 '학중국(學中國) = 북학'의 관점은 쉽게 연결될 수 있는 관계에 있다고 생각된다. 그렇기는 하나 담헌 스스로는 단지 '청 왕조 / 중원 문물' 분리의 관점을 제시했을 뿐 '학중국 = 북학'의 주장을 한 것은 아니었다고 보인다. 상기 인용문에 이어지는 담헌의 다음 말이 그런 추정을 뒷받침한다.

> 제도는 비록 변했어도 도의(道義)는 바뀌지 않거늘, 이른바 옛날의 중국이 아니라고 한 그곳에 어찌 그 백성은 될지언정 그 신하는 되지 않겠다는 사람이 없다고 하겠습니까?
> 그렇다고 한다면 저들 세 선비가 나를 볼 때 중화와 오랑캐의 구별이라든가 의론(議論)이나 지체가 다른 데 대한 거리낌이 왜 없었겠습니까? 그럼에도 번거로운 법도를 깨뜨리고 자잘한 예절도 치워 버리고는 진정(眞情)을 드러내고 간담을 토로했으니 그 크고 너른 마음이 쩨쩨하게 명예나 권세나 이익의 길에서 아득바득하는 자들과 어찌 같다고 하겠습니까?[28]

여기서 보듯, 담헌은 훌륭한 한족(漢族) 선비들이 동이(東夷)의 선비인 자신을 격의 없이 대해 준 것, 그리하여 서로 깊은 우정을 나누게 된 것을 부각시키고 있다. 담헌의 말은 여기서 끝난다. 어세(語勢)의 흐름을 중시한다면, '청 왕조 / 중원 문물' 분리의 관점을 제기한 앞부분의 말은 기실 이 뒷부분의 말을 위한 포석이라고 볼 수 있다. 즉 이 뒷부분에 더 무게가 실려 있다고 생각

---

28 위의 책, 같은 곳.

된다. 이런 주지(主旨)에서라면 '중국을 배워야 한다'는 주장은 맥락에 안 맞는 것일 수 있고, 따라서 나오기 어렵다고 판단된다.

홍미로운 점은 「회우록서」에서 확인되는 담헌의 사유가 10년쯤 후 성대중의 글에 인입(引入)되고 있음이 확인된다는 사실이다. 다음이 그것이다.

① 지금 중국이 비록 오랑캐의 수중에 들어 있지만 성현(聖賢)의 예악(禮樂)과 영웅의 공업(功業), 충신과 열사(烈士), 문장과 제도의 옛 자취는 그대로 남아 있다. 이번에 공(公, 신사운을 가리킴―인용자 주)이 사행(使行) 가서 산해(山海)의 웅장함과 들판의 광활함, 성곽의 웅대함, 백성과 물산(物產)의 번성함을 둘러보고, 우리나라를 돌이켜보아 그 삭약(削弱)함을 진작(振作)시키고 편소(偏小)함을 넓힐 것을 생각한다면 뜻이 더욱 서게 될 것이다. 그리고 우(禹)임금의 자취를 밟아 연경(燕京)에 이르러 개연히 중국의 문물과 전인(前人)들의 사업을 생각해 본다면 마음이 더욱 넓어질 것이다. 또한 삼대(三代)의 남겨진 서적들을 구입하고 백왕(百王)의 남기신 제도를 얻어, 돌아와서 우리 조정에서 강론한다면 학문이 더욱 깊어질 것이다.

② 무릇 천하의 예악(禮樂)을 모아 그것을 절충하는 것을 '대성(大成)'이라고 한다. 만일 그것이 채용할 만한 것이라면 오랑캐에라도 나아갈 것이다. (…중략…) 하물며 저 중국 땅은 실로 삼대(三代) 예악의 땅임에라! 그러므로 기물(器物)의 유제(遺制)를 징험할 수 있고, 서적은 송나라와 명나라의 옛것이며, 천문을 관측함은 탕약망(湯若望)과 이마두(利瑪竇)가 남겨 놓은 것이다. 그 병제(兵制)와 형법(刑法), 토지와 성곽의 제도는 간편하고 굳세어 지키기 쉽다. 이 때문에 청(淸)이 중국을 아우를 수 있었던 것이다. 저의 장점을 취해 우리의 단점을 보완한다면 자강(自強)의 술(術)로 삼더라도 무방할 것이다. 그러니 우리들이 널리 채용하고 신중하게 선택함에 있을 따름이다.

①은 서장관(書狀官)의 직책을 띠고 중국에 가는 신사운(申思運)에게 써 준 「동지 서장관(冬至書狀官) 신응교(申應敎)에게 써준 송서(送序)」[29]라는 글의 한 대목이고, ②는 부사(副使)의 직책을 띠고 중국에 가는 서호수(徐浩修)에게 써 준 「부사로서 연경에 가는 서시랑(徐侍郎)에게 준 송서」[30]라는 글의 한 대목이다. 두 글 모두 1776년에 쓰인 것인데, 공통적으로 「회우록서」에서 확인되는 담헌의 사유를 따르고 있다. 그런데 주목되는 것은 담헌이 제시한 논리를 따르면서도 그에서 한 발짝 더 나아가 중국 문물의 '채용', 즉 '중국 배우기'를 설파하고 있다는 점이다. 뿐만 아니라 ②에서 보듯, "만일 그것이 채용할 만한 것이라면 오랑캐에라도 나아갈 것"이라고 하여, 슬그머니 논리를 좀 더 확장시키고 있음이 주목된다. 성대중은 1766년 통신사 서기(書記)의 직책으로 일본을 다녀온 바 있다. 그는 일본을 여행하면서 오랑캐로 멸시해온 일본의 놀라운 발전상에 적지 않은 충격을 받았으며, 그 결과 세계 인식이 크게 변모되었다. '오랑캐에라도' 운운은 그의 이런 일본 경험이 투사된 발언일 수 있다.

주목되는 점은, '중국을 배우자'는 성대중이 이 발언이 박제가의 『북학의』나 박지원의 「북학의서」의 주장보다 적어도 공식적으로는 앞선 것이라는 사실이다.[31] 박제가는 1778년 중국을 방문했으며 그해 귀국해 『북학의』를 저술했다. 물론 박제가는 성대중과 달리 중국을 배우자는 주장을 '북학'이라는 말로써 슬로건화함으로써 더욱 강렬하고 전투적인 태도를 취하고 있다는 차이가 있기는 하나, 그럼에도 그 논리구조에 있어서는 기본적으로

---

29 『청성집(靑城集)』 권5 「송동지서장관신응교서(送冬至書狀官申應敎序)」.

30 『청성집』 권5 「송서시랑이부개지연서(送徐侍郎以副价之燕序)」.

31 성대중의 이 발언은 박지원이나 박제가의 영향일지 모른다. 성대중은 두 사람과 친분이 있었다. 하지만 설사 그렇다손 치더라도 북학론 논리구조의 최초의 공식적 제기가 성대중에 의해 이루어졌다는 점은 인정해야 하지 않을까 생각한다.

성대중과 궤를 같이하고 있다. 그러므로 비록 '북학'이라는 말을 사용하지는 않았지만 담론 전개에 있어 '북학론'의 논리구조를 최초로 제기한 인물은, 적어도 문헌상 확인되는 바로는, 박제가가 아니라 성대중임을 기억해야 할 것이다. 박제가는 성대중의 논의를 '북학'으로 개념화하면서 논의를 한층 구체화시키는 작업을 했다고 할 만하다.

한편 '북학'으로 개념화되는 과정에서 조선의 정체성 인식에 심중한 변모가 야기되었다는 점을 간과해서는 안 될 것이다. 즉 성대중의 경우 '중국 배우기'는 중화문물의 유일한 보존자이자 계승자인 조선의 문화를 좀 더 나은 쪽으로 보완하여 완성하기 위한 계기로서의 성격을 갖지만, 박제가의 경우 '북학'은 어디까지나 지극히 낙후된 '조선=이(夷)'를 구제하기 위한 방도로서의 성격을 갖는다. 이 점에서 성대중이 조선중화주의와 일정하게 연결되어 있다면, 박제가는 그것을 부정하고 있다고 할 것이다.

『북학의』에서는 다음과 같은 논리구조가 발견된다.

청나라가 천하를 차지한 지가 백여 년이 흘렀다. 중국 백성의 자녀들이 태어나고 보석과 비단이 생산되는 것이라든지, 집을 짓고 배와 수레를 만들며 경작하는 방법이며, 최씨·노씨·왕씨·사씨와 같은 명문가의 씨족은 여전히 그대로 남아 있다. 그런데 저들까지도 깡그리 오랑캐로 몰아세우며, 그들의 법까지도 팽개친다면 그것은 크게 옳지 못한 일이다. 만약 백성들에게 이익을 가져다준다면 그 법이 비록 오랑캐에서 나온 것이라 하더라도 성인(聖人)은 그 법을 채택할 것이다. 더구나 중국의 옛 땅에서 만든 법이 아닌가.[32]

---

32 「존주론(尊周論)」, 『북학의』, 187~188면.

성대중의 논리구조와 흡사함을 볼 수 있다. 그러므로, 담헌이 새로운 중국
관법(中國觀法)을 정초하고, 성대중은 이를 토대로 한 새로운 담론을 제기했
으며, 이 담론을 개념화·구체화한 것이 박제가라 할 것이다. 바로 이 점에
서 담헌은 비록 '북학론'을 제기한 것은 아니나, 그 담론 형성에 일정한 역할
을 했다고 말할 수 있을 터이다.

잘 알려져 있다시피 북학론의 전개에서 박제가와 박지원은 보조를 같이하
였다. 다음은 박지원의 말이다.

① (우리나라는-인용자 주) 이른바 사민(四民)이라는 것도 겨우 명목만 남아
있고 이용후생(利用厚生)의 도구는 날이 갈수록 빈약해지고 있다. 이는 다름이 아
니라 배우고 물을 줄을 몰라서 생긴 폐단이다.

만일 장차 배우고 묻기로 할진대 중국을 놓아두고 어디로 가겠는가. 그렇지만
그들(우리나라 선비들-인용자 주)의 말을 들어 보면 "지금 중국을 차지하고 있
는 주인은 오랑캐들이다" 하면서 배우기를 부끄러워하여, 중국의 옛 법마저도 다
함께 얕잡아 무시해 버린다. 저들이 진실로 변발(辮髮)을 하고 오랑캐 복장을 하
고 있지만, 저들이 살고 있는 땅이 삼대(三代) 이래 한(漢), 당(唐), 송(宋), 명(明)
의 땅이 어찌 아니겠으며, 그 땅 안에 살고 있는 사람들은 삼대 이래 한, 당, 송, 명
의 유민(遺民)이 아니겠는가. 진실로 법이 훌륭하고 제도가 아름다울진댄 장차
오랑캐에라도 나아가 배워야 하는 법이거늘, 하물며 그 규모의 광대함과 심법(心
法)의 정미함과 제작(制作)의 굉원(宏遠)함과 문장의 찬란함이 아직도 삼대 이래
한, 당, 송, 명의 고유한 옛 법을 보존하고 있음에랴.[33]

---

33 박지원, 『연암집』 권6 「북학의서(北學議序)」, (신호열·김명호 역, 『연암집』 하, 돌베개, 2007,
66면).

② 우리나라 사대부로서 춘추존양(春秋尊攘)을 논하는 자들이 우뚝이 서로 이어져 백년을 하루같이 하니 성대한 일이라 이를 만하다. 그러나 존주(尊周)는 본디 존주이고 이적은 본디 이적일 뿐이다. 중화의 성곽, 궁실, 인민은 실로 그대로 있으며, 정덕이용후생(正德利用厚生)의 도구도 실로 그대로 있다. 최씨·노씨·왕씨·사씨의 씨족도 실로 없어지지 않았고 주렴계·장횡거·정자·주자의 학문도 실로 사라지지 않았다. 삼대(三代) 이후의 성제(聖帝)·명왕(明王)과 한·당·송·명의 훌륭한 법과 아름다운 제도도 실로 바뀌지 않았다. 저 호로(胡虜)는 참으로 중국이 이롭고 오래 누릴 만하다는 것을 알아 마침내 빼앗아 웅거하여 본디 자기 것처럼 하고 있다. 천하를 다스리는 자는, 진실로 이민후국(利民厚國)이라면 비록 그 법이 혹 이적(夷狄)에게서 나왔다 할지라도 진실로 장차 그것을 취해 본받아야 할 터인데, 하물며 삼대 이후 성제·명왕과 한·당·송·명에 본디 있던 옛 제도임에랴. 성인(聖人)이『춘추』를 지으신 건 실로 존화양이(尊華攘夷)를 위해서다. 하지만 이적이 중화를 어지럽힌 데 분개하여 중화의 높일 만한 것까지 배척하셨다는 말은 듣지 못했다. 그러므로 지금의 사람이 진실로 양이(攘夷)를 하려면 중화의 유법(遺法)을 모조리 배워 먼저 우리 풍속의 미개한 점을 바꾸는 일이 급선무니, 경(耕)·잠(蠶)·도(陶)·야(冶)에서부터 공업과 상업에 이르기까지 배우지 않으면 안 된다. [34]

①은『북학의』서문의 한 대목이고, ②는『열하일기』에 실린「일신수필」(馹迅隨筆)의 한 대목이다. 박제가와 여출일수(如出一手)임이 확인된다. 박지원의 말 속에도, 담헌과 성대중의 담론이 들어와 있다. 그리하여 박제가의『북학의』에 실려 있는「존주론(尊周論)」과 동일한 논리구조를 보이고 있다. [35]

---

34 박지원,『연암집』권12『열하일기』「일신수필」.
35 아마도「일신수필」의 말은 박제가의「존주론」을 부연한 것으로 보인다.

또한 주목해야 할 점은 박제가든 박지원이든 북학에 대한 제론(提論)이 '이용후생(利用厚生)'에 대한 강조와 동시적으로 나타나고 있다는 사실이다.[36] '북학론'이 내용적으론 '이용후생론'임이 확인되는 것이다.

6. 북학론과 홍대용 사상의 동이(同異)

지금까지 '북학', '북학파', '북학사상', '북학론' 등의 용어에 대해 검토해 보았다. 이 작업은 담헌의 사상을 새롭게 규정하는 데 불가결한 것이다. 왜냐면 종래 담헌의 사상은 주로 이들 용어에 의해 규정되어 왔음으로써다. 하지만 필자는 담헌 사상이 이들 용어로 규정되어서는 안 된다는 생각을 갖고 있다. 담헌 사상을 정당하게 이해하고 그 본질을 포착하기 위해서는 북학파에서 담헌을 분리해 내는 작업이 필요하다.

여기서는 지금까지의 논의를 토대로 담헌의 사유와 북학론의 동이(同異)를 개략적으로 정리해 보기로 한다.

담헌 사상의 전개는 크게 세 단계로 나누어 파악될 수 있다. 제1단계는 연행(燕行) 이전으로서, 대명의리론과 조선중화주의를 견지하였다. 제2단계는 연행 이후 고투를 벌이며 새로운 사상을 모색해 간 시기다. 제3단계는 새로운 사상을 확립한 시기로서, 『임하경륜』, 『의산문답』이 바로 이 단계에 써졌

---

36 이용후생에 대한 박지원의 주장은 상기 인용문에 보이고, 박제가의 경우 『북학의』 자서(自序)의 다음 말에서 확인된다. "이용(利用)과 후생(厚生)은 한 가지라도 갖추어지지 않으면 위로 정덕(正德)을 해치는 폐단을 낳게 된다."

다.[37] 담헌 사상전개의 제2단계에서는 중국과 청이 분리되어 사유된다. 북학론은 담헌의 이런 사유태도를 그 담론의 논리적 기초로 받아들였다. 이 점에서 담헌의 사유는 북학론에 논리적 기초를 제공한 면이 없지 않다. 뿐만 아니라 『연기』에서 확인되듯 담헌은 '실용'을 중시하는 차원에서 중국의 기용(器用)과 제도, 풍속을 주의 깊게 관찰하고 있고, 중국 인민의 살림살이를 세심하게 들여다보고 있으며, 서양의 과학기술에 학문적 관심을 기울이고 있다. 담헌의 이런 면모는 '이용후생'을 실질로 심는 북학론과 그 지향에 있어서 일정한 부분 통하는 점이 없지 않다.

하지만 담헌의 사유와 북학론의 상통점은 대체로 이 정도에 불과하다. 그렇다면 담헌은 박제가·박지원과 같은 북학론자와 어떤 점에서 구별되는가?

첫째 화이론에서 구별된다. 박지원이나 박제가는 중화주의 내지 화이론에서 벗어나지 못했다. 북학론은 비록 청 문물의 발전을 인정하는 현실주의에서 출발하고 있기는 하나, 그리하여 청나라를 오랑캐로 무시 내지 멸시하는 태도를 벗어났기는 하나, 그럼에도 '화 / 이'의 인식 틀을 탈피한 것은 아니다. 북학론은 비록 당대 조선에 횡행하던 조선중화주의에 대한 반대에서 비롯된 것이기는 하나, 수천 년간 동아시아 질서를 규율해온 화이론이라는 쉐마(Schema) 속에 있다는 점에서는 조선중화주의와 다르지 않다. 다만 조선중화주의가 허위적 자기의식을 강화하여 청 = 이(夷), 조선 = 화(華)라는 도식을 구축했다면, 북학론은 조선은 어디까지나 이(夷)이며 중화는 따로 있다는 쪽으로 인식의 방향을 수정했을 뿐이다. 이 인식의 수정은 어찌 생각하면 전통적인 화이론으로의 복귀를 뜻하는 것일 수 있다. 특별한 가치론적 의미를 갖는 '북학'이라는 용어를 사용하고 나선 것에서 이런 함의를 읽어낼 수 있다.

---

37 이에 대해서는 박희병, 「담헌 사회사상의 논리와 체계」, 『담헌 홍대용 연구』, 성균관대 출판부, 2012, 107~109면 참조.

이와 달리 담헌은 화이론 자체를 부정하는 쪽으로 나아갔다. 이는 청을 오랑캐로 보는 관점의 부정일 뿐 아니라, 중국을 화(華), 조선을 이(夷)로 보는 인식 틀의 부정이기도 하다. 말하자면 담헌은 수천 년간 동아시아를 규율해온 세계 관적 패러다임에 해당한다 할 '화이론 = 중국중심주의' 그 자체를 이론적으로 부숴 버리고 새로운 대안적 세계관을 구축하는 지적 기획(企劃)을 수행한 것이다.[38] 이 점에서 담헌의 사상은, 북학의 이용후생적 지향성을 완전히 부정하고 있는 것은 아니라 할지라도(그렇다고 그에 완전한 공감을 표시하고 있는 것도 아니지만), 북학의 세계관적 인식 틀 자체는 부정하고 있는 것이 된다. 이를 담헌이 북학의 내부에서 북학을 수정한 것으로 이해해서는 안 된다. 이는, 담헌 사유의 어떤 계기가 비록 북학론자에게 원용(援用)되기는 했으나, 담헌 스스로는 북학과는 다른 경로로 자신의 사유를 발전시켜 나간 결과인 것이다.

둘째, 문명과 물질적 가치를 보는 관점상에서 구별된다. 북학파는 기본적으로 문명, 특히 물질문명의 우열을 인정했으며, 열등한 문명은 우등한 문명을 배워야 하며 그것을 통해 자기를 부강(富强)하게 만들어야 한다는 입장을 취하였다. 이러한 입장은 무엇보다도 기술과 생산력에 기초한 물질적 가치를 우선적으로 중시하는 태도를 그 바탕에 깔고 있다. 박제가나 박지원이, '검소함'이 미덕이 아니라고 보면서 물질적 풍요에 기초한 세련을 긍정한 것도 이와 관련이 없지 않다.[39] 북학론자의 이런 태도가 조선의 가난을 극복하고자 하는 절박한 요청에서 연유한다는 점은 인정되나, 그렇다고 하여 문명

---

38 위의 글, 제3장 '『의산문답』의 사회사상 참조.
39 박지원, 『연암집』권6 「북학의서」; 박제가, 『북학의』 「시정(市井)」 참조. 특히 「시정」에서는, 소비와 생산의 관계를 우물의 물에 비유하여 말하기를, "汲則滿, 廢則竭"이라고 했다. 생산 활동과 소비 행위의 확대에 대한, 그리고 자연 자원에 대한 지극히 낙관적인 견해를 읽을 수 있다. 이와 달리 담헌은 자연 자원의 이용에 대해 마냥 낙관적으로만 보고 있지 않다. 담헌은 『의산문답』에서 자연에 대한 인간의 착취 행위를 지극히 비판적인 눈으로 본 바 있다. 그러므로 담헌에게서 인간의 생산 활동과 소비 행위는 다다익선(多多益善)이 능사가 아닌 것으로 될 수밖에 없다.

을 보는 이들의 시각이 '물질'의 '효용'과 '편리'에 맞추어져 있다는 사실이 간과되어서는 안 될 것이다.

담헌 역시 물질에, 그리고 효용과 실용에, 관심을 안 가졌던 것은 아니나, 인간의 삶은, 그리고 인간의 삶에 의해 총체적으로 구현되는 문명은, 사치나 낭비가 아니라 절검(節儉), 즉 절약과 검소함에 의해 그 건강성이 담보된다는 관점을 견지했다는 점에서 박제가 등과 구별된다. 담헌이 중화 문명의 쇠락과 호(胡), 즉 북방 오랑캐의 흥기를 역사의 필연적인 방향으로 인식한 것도 문명을 보는 그의 이런 독특한 관법(觀法)에서 기인한다.[40] 요컨대, 담헌이 좀 더 '원리적'으로, 그리고 좀 더 생태주의적으로 문명과 세계를 전망하는 태도를 보여준다면, 북학론자는 좀 더 공리적(功利的)으로 문명과 세계를 전망하고 있다는 점에서 차이가 있다.

셋째, 평등의 감수성에서 구별된다. 북학파는 중국의 선진기술 도입을 통한 부국강병을 추구했으나 사회적·인민적 평등에 대한 문제의식은 부족하거나 불철저한 면모를 보여준다. 이와 달리 담헌은 무엇보다도 사회적·인민적 평등의 향상에 제1의적인 가치를 부여하였다. 이 점에서 담헌과 박지원·박제가는 사회의 발전방향 내지 사회개혁에 대한 구상에 있어 노선을 달리한다고 말할 수 있다.

넷째, 사상의 지향성에서 구별된다. 박제가와 박지원의 사상은 크게 보아 유가 사상에서 벗어나지 않는다. 박지원은 관념적 성리학을 비판하며 그 말폐를 적극적으로 비판했으나 그렇다고 해서 그가 꼭 성리학의 틀 바깥으로 나간 것은 아니다.[41] 특히 만년의 박지원은 정주학(程朱學)에의 경사를 보여

---

40 박희병, 「담헌 사회사상의 논리와 체계」, 앞의 책, 124~126·159~160면 참조.
41 박지원의 주자학에 대한 태도는 김명호, 「연암 문학사상의 성격」, 『한국한문학연구』 17, 한국한문학회, 1994에 잘 정리되어 있다.

준다. 박지원이나 박제가는 북학론을 뒷받침하는 사상으로 『관자(管子)』에 주목하기도 했으나,[42] 그렇다고 해서 이들의 사상이 유가를 벗어나 법가(法家) 쪽으로 나아간 것은 아니다.

이와 달리 담헌은 자신의 학문방법 내지 사상구축 방법을 '공관병수(公觀倂受)'로 설정한 데서 잘 드러나듯, 정주학(程朱學), 나아가 유학 외부의 제 사상을 이단으로 배척하지 않고 자신의 사유 속에 적극적으로 포섭하는 태도를 보이고 있다. 그리하여 전통적으로 유가가 그토록 배척해 마지않았던 양주(楊朱)와 묵적(墨翟)까지도 그 사상의 어떤 계기를 적극적으로 긍정하고 있다. 특히 묵자의 평등과 겸애의 사상을 공관병수하여 이를 토대로 새로운 세계관과 사회적 원리를 이념적으로 창조해 내고 있음은, 종래에는 간과됐지만, 각별한 주목을 요한다. 그리하여 담헌은, 비록 그 출발은 유가였으나, 종내에는 유가라고만 못 박기 어려운 독특한 사유체계를 구성해 보이고 있다.[43] 말하자면 담헌은 몇 개의 고개를 넘어 마침내, 적어도 사유에 있어서는, 당대 밖으로, 즉 체제 밖[44]으로 훌쩍 나가 버린 것이다.

---

42 박지원의 관자(管子)에 대한 관심은 박종채, 김윤조 역주, 『역주 과정록』, 태학사, 1997, 229면의 "매양 관중(管仲)·상앙(商鞅)의 공리와 실용을 추구하는 학문이 진실로 취할 만한 것이 있다 말씀하셨다"라는 말 참조. 또 『연암집』 권16 『과농소초(課農小抄)』 「제가총론(諸家總論)」의 "管商足佐覇之才, 而其能明於本末輕重之辨如此, 是豈可以功之說而忽之哉?"라는 말도 참조. 박제가의 경우, 「북학의 자서」의 "管仲曰∶衣食足而知禮節"이라고 한 말과 「재부론(財富論)」 중 "배로는 외국과 통상할 수 있고 / 수레로는 말과 노새를 편하게 하였다 / 이 두 기구를 다시 사용하지 않는다면 / 관중(管仲)이나 안자(晏子)인들 방법이 있겠나"(『북학의』, 174면)라고 한 말 참조. 한편, 박지원과 박제가의 『관자』에 대한 주목이 꼭 특별한 것만은 아니다. 이들 외에도 조선 후기 실학자들 중에는 부국안민(富國安民)의 방책을 도모하는 과정에 『관자』를 주목한 이들이 적지 않기 때문이다. 가령 이익, 유수원, 정약용 등도 『관자』를 인거(引據)하고 있다. 담헌 역시 『관자』를 읽은 것으로 보인다. 『계방일기』 을미년(1775) 3월 29일조에서 그 점을 알 수 있다. 조선 후기 지식인들의 『관자』 독서 양상에 대해서는 심경호, 「조선 후기 지성사와 제자백가—특히 『관자』와 『노자』의 독법과 관련하여」, 『한국실학연구』 13, 한국실학학회, 2007 참조.

43 박희병, 「담헌 사회사상의 논리와 체계」, 앞의 책, 182면 참조. 이 점에 대해서는 박희병, 『범애와 평등』, 돌베개, 2013을 참조할 것.

44 이 경우 '체제'란 단지 조선만이 아니라 넓게는 동아시아 세계도 해당된다. 담헌의 평등주의적

북학론은, 비록 당대의 보수적 학자들로부터는 비난받았을 수 있으나, 그렇다고 해서 그 사유 방식과 사유 틀이 유가 밖으로 나가거나 체제 밖으로 나간 것이라고 보기는 어렵다. 그것은 어떤 면에서 또 다른 방식으로 조선이라는 체제를 뒷받침하는 논리였을 수 있다. 진소본(進疏本)『북학의』에 대해 군주인 정조(正祖)가 보인 태도라든가, 북학론의 19세기적 향방에서 그 점이 잘 드러난다.[45] 하지만 담헌 사상의 지향성은 체제와의 관계에 있어서나 그 혁신성에 있어서나 북학론의 그것과는 본질적 차이가 있다.

7. 나오며

지금까지 한국 학계에서는 담헌이 북학파라는 사실에 어떤 회의도 품은 적이 없다. 그리하여 담헌의 사상은 줄곧 북학파의 프레임 속에서 조명되어 왔다. 담헌이 과연 북학파인가 아닌가 그 점을 곰곰이 따져 보는 것도 학문적으로 중요하고 필요한 일이지만, 그보다 더 중요한 것은 당시 조선 사상계의 지형(地形) 속에서, 그리고 더 나아가 당시 동아시아 사상계의 지형 속에서 담헌의 독특한 사상적 성취가 과연 무엇인지를 사려 깊게 따져 보는 일이 아닌가 필자는 생각한다. 그것은 동시에 북학파의 성취와 한계를 좀 더 냉철하게 직시할 수 있게 해 주는 준거점을 제공해 준다는 점에서도 의미가 없지 않다.

사고는 교육을 통한 지식의 인민적 확산 및 신분제의 내파(內破)를 꾀하고 있을 뿐만 아니라, 동아시아 세계를 규율하던 화이론을 깨뜨려 버리고 있음으로써다. 위의 글 참조.

[45] 이 점에서 관료 학자인 홍양호와 서유구가 주목된다. 이들을 통해 북학론은 이제 재야 지식인이나 소외된 학인(學人)만이 아니라, 이정자들 역시 담론 형성에 참여하고 있음을 보게 된다.

말하자면 조선 후기 사상사를 읽는 우리의 눈을 좀 더 복안화(複眼化)하고 심화(深化)하는 길이 되는 것이다.

담헌을 억지로 북학파 속에 구겨 넣어 버릴 경우 담헌 사상의 고유한 면모가 사상(捨象)되어 버린다는 점만이 문제는 아니다. 그것은, 과거를 통해 배우며 미래를 향해 다양한 사고의 유영(遊泳)을 시도해 나가야 할 오늘의 우리에게도 득 될 게 없는 일이라고 판단된다.

박지원과 박제가는 담헌 사유의 어떤 계기를 원용(援用)해 '북학'이라는 담론을 창안해 냈다. 이는 이들의 공이다. 하지만 담헌은 이들과의 교분(交分)에도 불구하고 북학과는 다른 문명론적 전망, 북학과는 다른 데 방점(傍點)이 찍히는 사회개혁 방안, 북학과는 다른 사상적 전망을 모색하는 쪽으로 나아갔다. 요컨대 담헌은 박지원이나 박제가와는 다른 세계, 다른 사회를 꿈꾸었다고 생각된다. 양자는 모두 조선을 개혁하여 잘 사는 나라, 훌륭한 나라를 만들고자 했으나 그 경로와 방법은 물론이려니와 인간과 자연의 관계 설정 자체가 크게 달랐던 것이다.

북학파가 청나라의 선진기술 도입을 가장 중시했다면, 담헌은 평등한 사회로의 변혁을 가장 중시했다. 북학파에게는 이런 평등의 지향이 부족하거나 불철저한 편이다. 담헌 사상의 핵심은, 국제관계에 있어서건 국내관계에 있어서건, 바로 이 '평등'에 있다고 판단된다. 적어도 이 점에서만 본다면 담헌은 급진 좌파에 가깝고, 박지원·박제가는 중도 보수이거나 기껏해야 온건 좌파쯤에 해당될 터이다(이 두 사람 간에도 또 얼마간의 차이가 있긴 하지만). 요컨대 사상의 스펙트럼이 다르다는 말이다.

이 글에서는 북학파와 구별되는 담헌 사상의 내질(內質)을 만족할 만큼 충분히 탐색하지 못했다. 이 점에서 이 글은 미흡하고 부족하다. 이 점, 차후의 과제로 삼고자 한다.

다산(茶山)을 통해 다시 실학을 생각한다

강명관

1. 들어가며

실학은 존재했던 것인가, 아니면 구성된 것인가. 예컨대 중국의 고증학과 고증학파는 그 학문적 방법과 학파의 계보를 우리는 확인할 수 있을 것이다. 하지만 실학이라면 문제가 다르다. 솔직히 말해 실학자의 범위조차 애매하다. 이우성 선생은 실학자를 벌열과 대립하는, 영구 몰락층인 양심적 '사(士)'라고 정의했는데, 그것이 과연 사실인가. 우리가 주목하는 이른바 실학자들, 예컨대 홍대용(洪大容) · 박지원(朴趾源) · 서유구(徐有榘) · 김정희(金正喜)를 보자. 이들은 벌열가문 출신들이다. 이들은 결코 영구몰락층인 '사'라고 볼 수 없다. 벌열과 '사'의 대립은 벌열과 계급적 이해를 달리하는 사회적 존재들에 의해 사회적 모순을 극복하고자 하는 개혁적 담론, 곧 실학이 존재했다는 것을 주장하기 위해서 설정된 것일 뿐이다. 하지만 위에서 거론한 실학자들은 벌열과 이해관계를 달리하는 몰락한 사가 아니다. 도리어 그들은 벌열의 일원이다.

핵심적 실학자의 대다수가 벌열일진대 그들이 제출한 담론들이 과연 개혁적일 수 있는가? 개혁적이라면 그 개혁의 성격은 어떤 것인가? 실학의 성격도 얼마든지 회의의 대상이 될 수 있다. 실학은 이처럼 근원적 불안 위에 위태롭게 서 있다. 그럼에도 실학이란 명사는 조선 후기 학문 현상을 설명하는 데 조금의 주저도 없이 사용된다. 실학이 '실재'한 것이 아니라, 근대에 와서 구성된 것이라고 지적하는 목소리가 높음에도 불구하고, 이 불안한 '실학'은 조선 후기 학문에서 조금이라도 개혁적 성격이 있거나, 현실성 혹은 구체성이 있는 문화적 현상을 설명하는 연역적 도구로 활용되고 있다.

실학이 왜 유의미한가? 실학은 홀로 존재하는 것이 아니라, 주자학(程朱學, 性理學)이라는 대척적 존재를 짝으로 갖는다. 그 짝과의 관계는 주자학=중세, 실학=반중세라는 상상된 등식이다. 곧 주자학의 비판적 담론 곧 실학은 탈중세이며, 그것은 결국 근대를 향하는 담론이라는 상상력을 내장하고 있다. 현재 고등학교 국사교과서는 실학을 '근대 태동기'의 주요한 징표로 삼고 있다. 실학은 한국사의 발전단계에서 조선시대사 내부에 반드시 '근대'를 설치하려는 20세기 한국 내셔널리즘의 요구에서 고안된 것이다. 하기야 최근 이런저런 비판과 의문 제기에 실학을 내재적 근대 기획이라고 노골적으로 언명하지는 않고 괄호 속에 넣어 비판의 화살을 피하고자 하지만, 아무도 실학과 근대를 절연된 상태로 인식하지는 않는다. 실학은 실학-(근대)이란 형태로 여전히 한국사에서 시민권을 행사한다. 이 어정쩡한 회피의 와중에서도 '애매모호한' 실학으로부터 온갖 학설과 해석이 연역되고 있다.

필자는 이 문제에 대한 평소의 소회를 다산(茶山)의 경우를 들어 약간 서술하고자 한다.

2. 실학, 사족(士族)체제의 자기 조정 담론

조선은 17세기를 '통과'하면서 유교국가로 전환한다. 성리학에 대한 깊은 이해, 유교적 통치이념에 의한 사대부의 정치권력 독점, 종법제(宗法制)에 의한 친족구조, 곧 단계적(單系的) 부계 친족제의 본격적 출현, 장자우대불균등 상속제와 결혼 후 거주제의 변화, 곧 부처제(婦處制)에서 부처제(夫處制)로의 변화로 인한 여성 지위의 본격적 하락, 사족(士族)의 향촌사회 지배, 『소학(小學)』과 『가례(家禮)』에 의한 인간 개인의 행위와 일생의 의례적(儀禮的) 지배 등이 17세기를 통과하면서 국가와 사회, 개인에게 강고하게 관철됨으로 인해 조선은 성리학의 본바탕인 중국도 이룩한 적이 없는 완벽한 유교국가가 되었던 것이다.

유교국가로의 전환과 함께 사대부체제의 모순도 본격적으로 노정되었다. 이 모순은, 1300년 전후 성리학이 도입되고, 이어 1392년 성리학을 국가이데올로기로 하는 조선의 성립으로 인해 완벽한 유교국가가 출현하여 2세기를 지속된 후, 그 피로감으로 인해 임병양란 이후(이른바 조선 후기)에 발생한 것이 아니라, 17세기를 통과하면서 유교국가가 완성되는 그 순간부터 발생하기 시작한 사실이라는 점을 지적하고 싶다. 이렇게 말하는 것은, 중세 해체기의 모순에 반응하여, 그 모순을 극복하기 위한 담론으로서의 실학의 발생이라는 재래의 학설을 더 이상 믿지 않기 때문이다.

유교국가의 완성으로 인해 사대부체제가 모순과 위기를 노정하기 시작하자, 사족체제는 18세기 이후 사회모순과 체제 위기를 극복하기 위한 '자기 조정 과정'을 경험하는바, 그 자기 조정 과정에서 제출된 다수의 개혁 프로그램이 있었다. 이 프로그램의 '일부'를 과거 한국 학계는 '실학'이란 명사로 포괄하였다. '일부'라 말하는 것은 그 개혁의 프로그램이 우리가 아는 실학파나 사대부들의 전유물이 아니었기 때문이었다. 예컨대 그 증거로 서리(胥吏)와 기술직중인(技術職中人)에 의한 개혁 프로그램을 들 수 있을 것이다. 비변사 서리 서경창(徐慶昌)의 『학포헌집(學圃軒集)』에 실린 각종 개혁적 논설들, 역시 서리 계통 지식인 송규빈(宋奎斌)의 『풍천유향(楓泉遺響)』,[1] 음양과 중인 장지완(張之琬)의 『고문비략(顧問備略)』 등이 그것이다. 서경창·송규빈·장지완은 모두 실학자로 알려져 있다. 이뿐만이 아니다. 1786년 초 정조의 명에 의해 수집된 『병오소회(丙午所懷)』에 실린 개혁책의 제출자는 고급관료만이 아니라, 중하급 관료와 시전상인(市廛商人)까지 망라한다. 비교적 덜 알려져 있지만, 영조·정조 연간의 『승정원일기』에 실린 개혁의 구체적 방안을 담은, 책으로 꾸밀 정도로 긴 장문의 상소(특히 향유(鄕儒)들의 상소가 주목된다) 등이 그것이다. 백성이나 승려도 소박하기는 하지만, 나름의 개혁 의지를 담은 문서를 제출하는 경우도 있었다.

이 개혁 프로그램은 당시 조정, 곧 관료사회에서 이미 상식화된 것이었다. 예컨대 정조(正祖)는 유형원(柳馨遠)·우정규(禹禎圭)·우하영(禹夏永)·박제가(朴齊家)·박지원(朴趾源) 등의 개혁책을 모두 충분히 인지하고 있었다. 이른바 북학파(北學派)의 단골 주제인 시전(市廛)의 개량, 수레와 수차, 도로, 벽돌,

---

1 『풍천유향(楓泉遺響)』은 국방 문제를 다룬 전문 저작이다. 송규빈(宋奎斌)의 학문 성향에 대해서는 다음 기록을 보라. 황윤석, 『이재난고(頤齋亂藁)』 6, 한국정신문화연구원, 2000, 38면. 1779년 7월 19일. "金丈言 : 彰義本宮牆後有駒洞, 洞有中路人知事宋奎斌者, 時年八十四, 兩目炯然, 顔膚紅潤, 一生憂國, 著書數十卷, 擧是內修外攘之策. 先王朝應旨上疏, 恩賜大鹿皮一領而止. 士夫中好古者, 多就見之, 吾亦時時造焉, 盖與尊偕見. 余曰 : '唯.' 乃先後行, 其家見之, 果如所聞. 自号曰梅窩, 出示一小帖, 首寫八十一歲小像, 其下繼以所進先朝疏一本, 及入侍筵說. 其言, 大抵以收拾人心爲本, 而至於鍊兵禦敵之方略器械無不一一及之. 且曰 : '天下古今, 無千年昇平, 方今南倭北淸, 亦旣治久當亂, 亂則我國獨無憂乎? 士夫身佩國家安危, 而念及乎此者, 固未易得, 獨不念一朝緩急, 莫保其子孫乎. 此區區所以獨抱杞人之憂耳. 近者, 宋祭酒令公, 聞有拙稿求見, 故不得不略示一二, 而其中所謂經邦要言者, 微發端而不以示, 宋令公室請借示, 而愚意以爲此公只求轉借而已, 未必能以此言轉聞于上, 故不以示焉.' 其言大槩, 纏纏千百, 而無不出於憂時憫俗耳."

용두레 등도 청(淸)에서 귀환하는 사신을 통해서 오랫동안 자주 보고되었다. 조선 후기 토지의 사적 소유의 확립으로 인해 발생한 소수의 토지 집적, 그로 인한 농민의 토지로부터의 이탈, 빈민화라는 거대한 사회문제를 해결하기 위한 토지제도 개혁책은 이른바 실학자의 전유물이 아니었다. 곧 정전제(井田制)·균전제(均田制)·한전제(限田制), 또는 발본적 토지제도 개혁의 좌절로 인해 대안으로 제시된 양전(量田) 혹은 개량(改量) 등은 관료사회에서는 이미 상식이 된 것이었다. 예컨대 보수 산림(山林)인 송덕상(宋德相)은 정전제를, 노론의 보수 정치가 김종수(金鍾秀)는 한전제[2]를 주장한다. '한민명전(限民名田)'은 실학자 박지원의 독점물이 아닌 것이다. 이 외 과거 제도의 개선, 정치 권력 구조의 문제 등도 모두 일반적으로 널리 알려진 것이었다.

　이처럼 체제의 자기 조정 과정에서 제출된 개혁의 의지를 담은 프로그램은 이른바 실학파나 사대부들의 전유물이 아니었던 것이다. 예컨대 소론의 실학자로 알려진 『우서(迂書)』의 작자 유수원(柳壽垣)은 소론 명문가 출신의 관료로서, 1755년 나주 괘서(羅州掛書) 사건과 심정연(沈鼎衍) 시권(試券) 사건에 연루되어 처형되는데, 그때 유수원의 집안 장서를 홍봉한이 차지했고, 그 속에 포함된 유수원의 개혁 아이디어 역시 홍봉한이 고스란히 차지했다고 한다. 정조는 홍봉한의 상주문 중 국가 경영상의 개혁에 관한 아이디어를 모아서 방대한 분량의 『익정공주고(翼靖公奏藁)』를 엮는데, 이 책자의 개혁책은 이른바 실학자의 그것과 다를 것이 없다. 그것은 아마도 명문거족, 곧 벌열 출신의 '실학자' 유수원에게서 왔기 때문일 것이다. 이렇게 본다면, 실학과 비실학(非實學)을 가르는 선은 분명하지 않을 것이며, 또한 사대부의 '영구집권층인 벌열과 몰락층인 사(士)로의 분열'과 '사'의 자기 각성에 의한 실학의

2　김종수(金鍾秀)는 『몽오집(夢梧集)』 권3 강의(講義) 『춘궁시강일기(春宮侍講日記)』에서 '한민명전(限民名田)'을 말한다.

출현이라는 재래의 학설은 더 이상 설득력이 없는 것으로 보인다.

벌열은 경화세족(京華世族)에 포함된다. 홍대용·박지원·서유구·김정희는 모두 경화세족들이다. 따라서 17세기 중반 이후 사족의 경(京)·향(鄕) 분리로 인해 서울에 세거하며 관료직, 곧 국가권력에 접근할 가능성이 상대적으로 높은, 서울에 세거하는 사족들이 형성되었던바, 그것이 경화세족이다. 벌열은 이들 경화세족 중 권력의 독점도가 특별히 높은 소수 가문을 지칭하는 것으로 보면 아마도 논의는 훨씬 더 간편해질 것이다. 경화세족은 17세기 중반 이후 국가 경영의 일선에 참여하고 있었고, 또 북경에 다녀올 수 있는 기회를 독점하여, 청 체제의 안정과 번성을 체험하고, 북경의 새로운 학문적 동향, 예컨대 서학(서양의 천문학과 수학, 지리학, 세계지도, 천주교)과 고증학(顧炎武, 毛奇齡, 閻若璩), 소품·소설·공안파의 비평 등을 기민하게 수입할 수 있었다. 국가 경영의 독점적 경험과 북경에 근거를 갖는 방대한 새로운 학문적·문화적 정보를 바탕으로 경화세족은 복잡하고 다양한 여러 '사족체제의 자기 조정 담론' 중에서 보다 세련되고 정교하며 체계적 담론을 제출할 수 있었던 것이다.

요약하건대, 17세기 중반 유교국가의 본격적 성립 이후 사대부체제가 경험한 자기 조정 과정 중에 제출된 개혁 프로그램이 분명 존재했던 것만은 분명하다. 하지만 이것을 여전히 '실학'이라 불러야 할 것인지는 심각한 고민을 요한다. 하지만 이 개혁 프로그램의 궁극적 귀결처, 아니 본질적 성격(한계) 역시 명확하다. 거기에는 유교국가를 넘어서려는 상상력은 존재하지 않는다. 그 개혁 프로그램은 성리학의 진리성, 왕정(王政), 사족의 정치권력 독점, 향촌 지배, 신분제적 질서, 종법제적 친족구조(가부장제), 유교적 윤리의식, 『소학』과 『가례』에 의한 인간 개인과 일생의 의례적 지배를 이탈할 가능성을 보이지 않는다. 그 개혁은 중세적 질서의 재조정을 지향하므로, 아마도 보수개혁의 성격을 띨 것이다.

3.『매씨서평(梅氏書評)』을 통해 본 다산과 주자학

실학이 반중세, 탈중세적 성격을 띤 담론이라면, 실학의 대척적 지점에는 주자학(성리학, 정주학)이 있다. 즉 앞서 말한 바와 같이 실학은 주자학을 대척적 존재로 삼아, 그것을 비판하거나 부정함으로써 자기 존재의 의미를 구축한다. 물론 앞서 말한 바와 같이 최근 실학을 주자학과 노골적으로 대립시키는 경우는 보기 드물다. 다만 대립적 시각을 괄호 속에 넣어 은폐하고 직설(直說)하지 않을 뿐이다.

만약 실학이 중세를, 주자학을 넘어서는 요소를 내장한 담론이라면, 그 요소를 어디서 찾을 수 있을 것인가? 아마도 실학의 집대성인 다산학(茶山學)에서 가장 손쉽게 발견할 수 있을 것이다. 또 다산이 자기 학문의 본령으로 삼았던 경학(經學)에서 보다 용이하게 발견할 수 있을 것이다. 달리 말해 주자학이 유가(儒家) 경전에 대한 특유한 해석으로 장대한 사상의 체계를 구축했다면, 다산학이 실학이기에 주자학을 비판하거나 넘어서는 것이라면, 다산학 내부에서 주자의 경전 해석에 대한 비판을 발견할 수 있어야 할 것이다. 경전에 대한 다산 특유의 해석에서 반주자학적, 혹은 탈주자학적 성격을 찾는다면, 그것은 아마도 다산학의 실학다움에 보다 확실한 근거를 제공할 것이다.

조선 사상계, 학계의 유가 경전에 대한 획기적 인식의 변화는 의외로 늦게 출현한다. 그것은 말하자면, 18세기 후반 이전으로 올라가지 않는다. 좁혀서 말하면, 다산 경학이 산출된 근거 역시 1765년(홍대용이 入燕한 해) 이전으로 거슬러 올라가기 어려울 것이다. 홍대용은 1766년 2월 엄성(嚴誠)·반정균(潘廷筠)·육비(陸飛)와 만났을 때 처음으로 주자의『시집전(詩集傳)』의『시경』해석에 대한 비판을 듣는다. 특히 이들은 주자가『시경』해석에 불필요한 것으로 비판했던『시경』시서(詩序)를 작품의 해석이 유의미한 것으로 재평가하면서 주자를 비판했던 것이다. 뒤에 언급하겠지만, 이것은 모기령(毛奇齡)의 학설이었고, 당시 중국에서는 널리 수용되고 있었다. 홍대용의 귀국 이후 중국 학계에서 주자 경학에 대한 비판이 널리 진행되고 있음이 조선 학계에 알려지기 시작했고, 이로 인해 중국 학계에 대한 관심이 높아졌다. 이런 점에서 1765년 이후의 경학은 이전의 경학과 구분되어야 할 것이다.

몇몇 예를 더 들어보자. 먼저 고염무(顧炎武, 1613~1682)의 경우다. 고염무는『일지록(日知錄)』의 경전에 관련된 차기(箚記)에서『고문상서(古文尙書)』와『사서오경대전(四書五經大全)』등의 경전에 관한 매우 폭넓은 문제를 제기한다. 고염무 사후 거의 한 세기가 지난 18세기 말경에야 비로소『일지록』을 읽을 수 있었던 조선 학계는『일지록』의 문제 제기를 충격으로 받아들였다. 예컨대 안정복(安鼎福, 1712~1791)은 「경서의의(經書疑義)」에서『일지록』의 「사서오경대전(四書五經大典)」 등을 인용하고, "지금 고씨(顧氏, 顧炎武)의 이 주장을 보건대, 명유(明儒)가 편집한『사서오경대전』이 유문(儒門)의 큰 하자가 됨을 면하지 못한다. 이에 이 사실을 드러내어 동지들에게 보인다"[3]라고 말하고 있다. 이때까지 '사서오경'의 주해는 오로지『대전』만을 신봉했던 것이니, 안정복의 이 말이야말로『사서오경대전』의 속박에서 벗어나고자 하는 최초의 발언이다. 이처럼 경전 이해에 대한 획기적 인식 전환은 중국에서 유입된 청대(淸代) 텍스트에 의해 시작되었다. 가장 큰 충격은 앞서 말한 모기령의 경학이었다. 모기령은 평생 주자의 경전 해석을 비판하고 부정하는 것을 삶의 목적으로 삼았다. 주자를 비판하기 위해 왜곡도 불사하는 그의 경학

---

3 안정복(安鼎福),『순암집(順菴集)』「경서의의(經書疑義)」(『한국문집총간』230, 26면). "按今見顧氏此說, 則明儒大全之輯, 未免爲儒門大疵, 玆表出之, 以示同志者."

은 주자학을 진리로 아는 조선의 지식인에게 일대 재앙이었다. 한대(漢代) 이전의 문헌에서 채취한 언어적 증거에 의해 주자가 비판되거나 부정될 수도 있다는 사실은 일부 지식인들에게 잠시 신선하게 수용되었지만, 이내 모기령의 경학이 사족체제가 근거하고 있는 주자학을 근저에서 부정한다는 사실을 깨닫고 경악과 분노를 금치 못했다. 하지만 모기령 경학에 대해 부분적 비판과 모기령에 대한 인격적 비난이 가능했을 뿐 모기령의 논리를 전면적으로 방어하고 극복하기란 사실상 불가능하였다. 거칠게 말하는 것이 용납된다면, 18세기 후반 이후 조선의 경학은 모기령 경학에 대한 반론으로 제출된 것이라 말할 수 있을 정도다. 하지만 모기령의 경학에 대한 전면적 반박에 성공한 경우는 오직 다산이 있을 뿐이었다.

　다산의 방대한 경학에 필자는 용훼할 처지가 못 된다. 다만 다산 실학과 주자학의 관계에 대해서 간단히 한 가지 문제를 이 자리를 빌려 제기하고자 할 뿐이다. 다산의 역저 『매씨서평(梅氏書評)』에 관계된 것이다. 『매씨서평』이 수행한 작업의 내용이란 단 하나 『서경(書經)』의 절반에 해당하는 『고문상서(古文尚書)』가 가짜라는 사실을 밝힌 것이다. 하지만 이 사실은 1세기도 전에 염약거(閻若璩, 1636~1704)가 『상서고문소증(尚書古文疏證)』에서 충분히 밝힌 바 있다. 염약거는 실증적 방법을 통해 위고문(僞古文)이 동진(東晋) 사람 매색(梅賾)의 날조물이라는 사실을 반박의 여지가 없이 입증했던 것이다. 그런데 여기에 모기령이 끼어들었다. 모기령은 『고문상서원사(古文尚書冤詞)』를 써서 고문상서가 가짜가 아니라 진짜라고 주장하였다. 『고문상서원사』는 염약거의 『상서고문소증』을 의식한 것이지만, 한편으로 그것은 주자를 의식한 것이기도 하였다. 주자 역시 『고문상서』가 진본이 아닐 가능성이 있다고 주장한 바 있었으니, 아마도 주자 비판을 일생의 사명으로 삼던 모기령은 내심 주자를 비판하고 싶었을 것이다. 약간 우스운 일이지만, 다산은 염약거의『상서고문소증』은 보지 못하고,[4] 모기령의『고문상서원사』를 반박하기 위해『매씨서평』을 써서『고문상서』가 가짜임을 입증하였다. 다산은『매씨서평』의 원고가 완성된 뒤인 1827년 홍석주 집안에서 보낸『상서고문소증』을 읽었고, 하는 수 없이『매씨서평』을 개고한다.

주자는『고문상서』의 위작 가능성을 의심했지만, 그렇다고 해서『고문상서』를 자기 사상의 근거로 활용하지 않은 것은 아니었다. 이로 인해 발생한 결정적 오류가 있었다. 염약거의『고문상서소증』은 한대 이전의 문헌에서 채취한 언어에 의해, 고증학적 방법을 동원해, 부인할 수 없는 엄밀한 방법으로『고문상서』가 위작임을 밝혀내었던바, 그 가짜 고문에는「대우모(大禹謨)」도 포함되어 있었다. 주자는 유가 경전의 해석을 통해 자신의 거대한 사상의 구조물을 축조하면서「대우모」를 더할 수 없이 중시했다. 즉 그는「대우모」에 포함된 "인심유위, 도심유미, 유정유일, 윤집궐중(人心惟危, 道心惟微, 惟精惟一, 允執厥中)"이란 16자를 근거로 삼아, 인심도심설(人心道心說)과 심성론(心性論) 등을 정립하고, 다시 그 위에 자신의 장대한 형이상학을 축조했던 것이다. 하지만 염약거의『고문상서소증』에 의해 16자가『순자』와『논어』등에서 채취, 변형하여 날조한 문장이라는 것이 여지없이 밝혀졌다. 16자의 센텐스는 순(舜)이라는 성인이 말한 것이 아니다. 따라서 이 센텐스는 발화한 주체와 발화 상황이 존재하지 않는다. 따라서 이 문장은 원천적으로 '의미'가 없다.

주자는 발화 주체와 발화 상황이 없는 무의미한 문장에 성인의 권위와 거창한 의미를 부여했지만, 그조차 무의미한 문장에 붙인 것이기에 역시 의미가 있을 리 없다. 16자에 덧붙인 무수한 2차 언어들, 그리고 그 위에 축조된

4　18세기 말경 조선 학계에 수입된『사고전서간명목록(四庫全書簡明目錄)』과『사고전서총목제요(四庫全書總目提要)』에는『고문상서소증(古文尙書疏證)』과『고문상서원사(古文尙書寃詞)』의 관계가 나타나 있는데, 당시 지식인들이 이 두 책의 관계에 대해 침묵했다는 것은 납득하기 어려운 일이다.

장대한 주자학의 체계는 『고문상서소증』 이후 사실상 근저에서부터 붕괴된 것이다.

「대우모」 특히 16자가 날조문이라는 사실은 주자학을 진리로 신념하는 지식인들에게 공포와 전율이었다. 황종희(黃宗羲)가 『상서고문소증』에 붙인 서문에 그 공포와 전율이 그대로 실려 있다. 황종희의 벗 주조영(朱朝英, 1605~1670)은 이렇게 말한다.

> 종래의 강학(講學)하는 사람들은 '위미정일(危微精一)'의 뜻에 연원을 두지 않음이 없었다. 만약 「대우모」가 없었다면 이학(理學)이 끊어졌을 텐데 이것을 굳이 위작하겠는가?[5]

이학(理學), 곧 주자학의 붕괴에 대한 공포! 이것이 『고문상서소증』이 갖는 본질적 의의였다. 공포감에 휩싸인 주조영에게 황종희는 냉정하게 말한다. "이 16글자는 이학의 좀벌레가 됨이 심하다. 주강류는 그렇게 생각하지 않으니, 아! 나의 설을 터득하여 마음에 지니면 염백시(閻百詩, 閻若璩)의 『고문소증』에 대해 반드시 마땅하게 여기지 않음이 없을 것이다."[6] 황종희는 16자가 도리어 이학에 좀벌레가 되는 것을 확실히 인식하라고 주문한다. 기본적으로 양명학자였던 황종희에게 주자가 떠받들었던 16자의 날조문은 전혀 중요하지 않았던 것이다.

이것은 조선에서도 매우 중요한 문제를 제기했다. 정조는 1781년 선발된 초계문신에게 이렇게 묻는다.

---

5 정약용, 이지형 역주, 『역주 매씨서평』, 문학과지성사, 2002, 609면. "從來講學者, 未有不淵源 於危微精一之旨. 若無大禹謨, 則理學絶矣, 而可僞之乎?"
6 위의 책, 611면. "然則此十六字者, 其爲理學之蠹甚矣. 康流不以爲然, 嗚呼, 得吾說而存之, 其於 百詩之證, 未必無當也."

이제 만약 『고문상서』가 정말 의심스러운 것으로 여긴다면, 「대우모」의 16자와 「태갑(太甲)」・「열명(說命)」의 아름다운 말과 생각, 주관(周官)의 제도는 모두 터무니없는 것이 되고 말 것이다. 이것은 실로 성학(聖學)의 두뇌이고, 경학의 일대 관문이다. 경전을 연구하는 선비들은, 반드시 널리 고찰하고 깊이 헤아린 것이 있을 것이니, 확실한 견해를 한 번 듣고 싶다.[7]

정조는 16자가 성학의 두뇌이자 경학의 관문임을 인식하고 있었다. 16자의 위작은 엄청난 문제를 제기할 것이었다. 정약용 역시 정조의 문제 제기를 알고 있었다.[8] 정조만이 아니라, 뒷날 다산과 이 문제를 두고 논란을 벌이는 김매순・홍석주・이기서 등도 이 문제가 주자학의 근거를 뒤흔드는 것임을 심각하게 인지하고 있었던 것이다. 그렇다면 다산은 16자의 날조문을 어떻게 생각했던 것인가.

다산은 1818년 이후 귀양지에서 돌아와 1821년 김매순・김기서・홍석주 등에게 『매씨상서평(梅氏尙書評)』을 보내고 비평을 구한다. 가장 큰 쟁점이 되었던 것은 『도경(道經)』의 사상적 근원이었다.[9] 다산은 "대저 '인심도심'은 도가(道家)의 묘언(妙言)이다. '윤집궐중'은 요(堯)와 순(舜)의 큰 훈계이다. 두 마디 말은 마땅히 함께 표장(表章)해야 한다. 합쳐서 한 말로 만들면 도리어 뜻이 통하기 어렵다"고 말한다.[10] 다산은 '인심유위, 도심유미(人心惟危, 道心

---

7 정조(正祖), 「경사강의(經史講義) 30」 총론(總論) 서 1, 신축선(辛丑選), 『홍재전서(弘齋全書)』(『한국문집총간』 264, 438면). "今若以古文眞爲可疑, 則禹謨之十六言・太甲說命之徽言嘉獻・周官之制度, 都歸烏有也. 此實聖學之頭顱也, 經術之大關也. 窮經之士, 必有所博考而深量者, 願聞晝一之論."

8 『매씨서평』 4권에 위에 인용한 정조의 말을 그대로 옮겨 놓고 있다.

9 이하 16자에 대한 다산과 김매순・홍석주・이기서와의 논변은 주로 장병한, 「정약용의 『상서』 「대우모」 16자에 대한 경학논변」, 한국철학사연구회 편, 『다산경학의 현대적 이해』, 심산, 2004, 77~78면에 의한다.

10 정약용(丁若鏞), 『매씨상서평(梅氏尙書評)』, 성균관대학교 대동문화연구원 편, 『경학자료집

惟微)'가 도가의 말이지만 『순자』가 인용하여 유가의 극기복례의 공부로 삼은 것은 그 의도가 훌륭한 것이라고 평가했다. 그러나 '인심도심'과 '윤집궐중'을 합쳐서 하나의 센텐스로 만들 수는 없다고 말한다. 곧 16자가 날조된 것이라는 말이다.

'인심유위, 도심유미' 8자를 도가의 말로 확정하는 것은 매우 난처한 것이었다. 김매순(金邁淳)은 이 8자가 「대우모」에 들어 있는 것은 괴이하지만, 그것을 도가에 귀속시키는 것도 유감이라고 답했다. 김매순의 지적에 대해 다산은 다시 편지를 보내어 "『도경』에서 말하는 '도(道)'는 모두가 복희(伏羲)·헌원(軒轅)에 근본한 것이기에 역시 유학의 도다. 이런 이유로 '인심위(人心危)·도심미(道心微)'란 6자는 결코 버릴 수 없다. 설령 그 여섯 글자가 본래 불경에서 나왔다 해도 천구(天球)와 홍벽(弘璧)처럼 싣고 받들어서 극기복례의 근본으로 삼아야 할 것이다. 하물며 유가(儒家)에서 나온 것으로『도경』에 근본한 것임에랴"[11]라고 답한다. 곧 『도경』이 도가의 경전이라고 하는 견해를 버리고, 8자가 유가에서 나온 것이라고 견해를 수정했던 것이다. 홍석주도 1827년 12월에 『매씨상서평』에 대해 비평문을 보내왔다. 홍석주는 16자는 '천성도 바꿀 수 없는 지결(至訣)'이며 결코 노장(老莊)의 글이 아니라고 지적했다. 다산은 김매순과 홍석주의 의견을 수용하여, 결국 『도경』이 '도가의 묘언'이라는 견해를 철회한다.

『순자』와 『논어』에서 끌어온 센텐스를 변형시켜 만든 16자는 원천적으로 날조이기 때문에 의미를 가질 수 없었다. 『매씨상서평』에서 다산이 '인심도

성(經學資料集成)』64, 1994, 214면. "大抵人心道心, 道家之妙言也. 允執厥中, 堯舜之大訓也. 二語俱宜表章, 但合作一語, 却有難通."

11 정약용(丁若鏞), 『여유당전서(與猶堂全書)』「답금덕수(答金德叟)」(『한국문집총간』281, 443면). "道經之所謂道, 皆本之於羲軒, 是亦吾道也. 今復明明五千言中文句, 先儒猶或取之, 況於丘索墳典之緖餘乎? 人心危道心微六字, 決不可捨. 設令六字本出於佛經, 亦當戴之捧之, 如天球弘璧, 以爲克己復禮之本. 況出於儒家, 本於道經者乎?'"

심' 8자와 '윤집궐중' 4자는 각각 높이 평가받을 수 있을 뿐, 그 문장을 연결하여 16자의 센텐스로 만들 수 없다고 한 것은, 바로 16자라는 완결된 센텐스는 날조문일 수밖에 없다는 것을 확인한 것이었다. 이에 대해 강력한 반론을 제기한 사람은 홍석주였다. 홍석주는 "정일집중(精一執中)이 '미언(微言)' 양언(兩言)의 아래에 귀속시키더라도 그 맥이 저절로 연결되니 또한 반드시 교파할 필요가 없다"라고 하였고, 이기서(李基敍)는 "이미 주자에 의해 만세의 법전으로서 규정되었으니 합리적 방법에 따라 처리하는 것이 좋겠다"고 주장했다. 사실상 16자가 날조되었으나, 16자가 진리임을 말하라는 것이었다. 다산은 이에 대해 "인심·도심·정일(精一)·집중(執中) 등의 말이 각각 다르고 귀취(歸趣)가 같지 않다. 세 가지 말이 서로 중첩되었으니 자못 울퉁불퉁하여 불안함을 알겠다"[12]라고 후퇴한다. 원래 연결시킬 수 없다고 했던 것과 비교해 보면 엄청나게 달라진 것이다. 다산은 분명 16자의 센텐스가 날조된 것임을 알았지만, 그것은 확실하게 언명하지 않는다. 다산의 태도를 '이 16자는 이학의 좀벌레'라고 쏘아붙였던 황종희와 비교해 보면 엄청나게 후퇴한 것이다.

　여기서 원래의 문제의식으로 돌아가 보자. 다산학이 실학이기에 주자학과 대척적 입장에 서서 주자학을 비판하거나 넘어서려는 것이라면, 다산은 「대우모」의 16자가 날조문이라는 사실을 확언하고, 그것을 통해 주자학을 비판해야 마땅할 것이다. 하지만 『매씨상서평』에서의 확언을 "세 가지의 말이 중첩되어 있으므로 자못 울퉁불퉁하여 편안하지 못함을 알겠다"라는 흐릿한 말로 바꾼다. 다산은 주자학을 비판할 의도가 전혀 없었던 것이다. 다산이 김매순·홍석주·김기서와의 논변 과정을 통해 의견을 수정한 것은 이들의 보수적 사고

12　정약용, 『여유당전서』 「답금덕수」(『한국문집총간』 281, 267면), "然則人心道心也, 精一也執中也, 義理各殊, 歸趣不同. 三言相疊. 頗覺魁磊而不安矣."

에 압력을 받았기 때문이라고만은 볼 수 없는 것이다. 기실 다산은 이들과 동일한 고민, 곧 16자가 날조문이라는 것을 확정하는 순간 주자학이 붕괴할 수도 있다는 고민을 했던 것은 아니었을까? 이 점을 조금 더 검토해 보자.

다산은 1834년 『매씨서평』을 완성하면서 「염씨고문소증초(閻氏古文疏證鈔) 1~4」를 써서 염약거의 『고문상서소증』에 대해 비평하는바, 그 서두가 「남뢰황종희서(南雷黃宗羲序)」에 대한 비평이다. 곧 '16자를 이학의 좀벌레'라고 단언했던 황종희의 서문 전체를 인용하고 조목조목 비판했던 것이다. 다산은 이렇게 말한다.

> 이제 매색의 위작이 밝게 드러난 것이 마치 백일중천(白日中天)에 도깨비들이 숨을 수 없는 것과 같으니, 이 경(經)의 네 구(句, 人心惟危·道心惟微·惟精惟一·允執厥中)는 파(罷)하여 원래의 그 본질대로 돌려놓지 않을 수 없다.
>
> 그러나 인심·도심의 요지는 우리들이 자신을 인식하고 자신을 성찰하는 데에 큰 가르침이요, 성인이 되고 범인(凡人)을 초월하는 데에 오묘한 비결이다. 위서가 아무리 훼손을 해놓아도 그 진전(眞詮)은 자재(自在)하니 더욱 높이어 신뢰하고 세상에 드러내어 돕고 보호하기를 배가(倍加)해나가는 것이 마땅하다. 어찌 이에 그것을 물리쳐 성악설(性惡說)의 종지(宗旨)로 삼겠는가? 이제 『도경』의 본문을 취하여 다음과 같이 이치를 분별하여 정리한다.
>
> 『도경』에 이르기를, "인심은 위태롭고 도심은 미미하니, 위태롭고 미미한 기미는 오직 밝은 군자가 된 후에야 능히 안다" 하였다.[13]

---

13 정약용, 『여유당전서』 「답금덕수」(『한국문집총간』 281, 613면). "今梅氏僞案, 昭然呈靈, 如白日中天, 魍魉莫逃, 此經四句, 不得不罷還原質. 然人心道心之旨, 是吾人認已省身之大訓, 作聖超凡之玄訣. 僞書雖毀, 眞詮自在, 益宜尊信表章, 倍加翼護, 胡乃斥之爲性惡之宗旨乎? 今取道經本文, 疏理如左. 道經曰: '人心之危, 道心之微, 危微之幾, 唯明君子而後知之.'"

다산은 분명 「대우모」가 위작이라고 확언하고 16자를 원래의 경(經)으로 돌려보내야 한다고 말한다. 하지만 다산은 본래의 텍스트로 돌아갈지언정 그 토막 난 언어 역시 심각한 의미를 갖는다고 말한다. 곧 다산은 『순자』로 돌아간 '인심·도심'을 주자학의 언어로 다시 구원하기 시작한다. 위 인용문에서 볼 수 있듯 다산은 원래의 텍스트로 돌아간 '인심·도심'의 요지는 '자신을 인식하고 자신을 성찰하는 데에 큰 가르침이요, 성인이 되고 범인(凡人)을 초월하는 데에 오묘한 비결'이라는 것이다. 그 본래의 진전, 곧 진리성은 전혀 훼손되지 않기에 높여 신뢰하고 돕고 보호해야 마땅한 것이다.

이어 다산은 16자에 엄청나게 큰 의미를 부여했던 주자의 「중용장구서」의 일부를 인용하는데,[14] 그것은 곧 인심과 도심에 대한 주자의 해석이다. 다산은 이 해석에 대해 '우리들의 성명(性命)의 공안(公案)으로서 천지에 세워도 어그러지지 아니하고 백세(百世)에 성인을 기다려도 의혹이 없을 것'이고, 사람의 모습을 갖추고 천성을 가진 자는 시시각각 외우고 익혀서 항상 자신을 성찰해야 할 것이며, 『매서(梅書)』(곧 위고문상서)가 아무리 거짓이라 해도 신뢰하지 않을 수 없다고 주장한다.[15]

다산의 친절한 설명은 이후 한없이 이어진다. 하지만 그 결론은 단순하다. 다산은 주자가 16자 위에 세운 인심도심설의 진리성이 부정될 수 없다는 결론에 도달한다. 다산의 말을 들어보자. "『매서』에는 없애버렸다 하더라도 『도경(道經)』의 20글자와 주자의 「중용장구서」 135자는 이에 마땅히 큰 비(碑)에 새기어 태학에 세워서 만세의 뒤를 위하여 큰 가르침을 확립할 것을 소홀히 하여서는 안 될 것이다."[16] 비록 16자의 센텐스는 날조이지만, 그 본

---

14 '蓋嘗論之心之虛靈知覺一而已矣'부터 '卒無以勝夫人欲之私矣'까지다. 모두 136자인데, 다산은 135자라고 말한다. 착오가 아닌가 한다.

15 정약용, 앞의 책, 614면. "按此經此解, 爲吾人性命之公案, 建諸天地而不悖, 百世以俟聖人而不惑. 凡具人形而含天性者, 當時刻誦習, 常常自省, 豈可以梅書之僞, 而小忽其尊信之誠哉?"

래의 텍스트는 여전히 진리성을 담보하고 있으며, 그것에 기초한 주자의 해석 역시 진리일 수밖에 없다는 것이다. 요컨대 다산은 16자가 날조임이 밝혀지는 순간 붕괴할 수밖에 없었던 주자학을 다시 진리로 떠받쳤던 것이다.

이것은 이미 예정된 것이었다. 애당초 『매씨상서평』부터 다산은 이미 16자에 대해 주자학적 해석을 가하고 있었다. 하지만 16자의 조각난 텍스트의 의미는 본래 확정되기 어려운 것이었다. '인심도심'은 원래 『순자』란 컨텍스트에 의해서만 의미를 가질 수 있었다. 그런데 『순자』는 '인심도심'을 『도경』에서 인용했다. 따라서 '인심도심'은 『도경』이란 텍스트의 맥락에서만 의미를 지닐 것이다. 하지만 『도경』은 이미 망실되었다. 이런 이유로 해서 원래의 텍스트에서 이중삼중으로 멀어진 주자의 해석은 원래의 의미가 아니라 주자가 일방적으로 부여한 의미일 뿐이었다. 다산의 '인심도심'에 대한 해석은 처음부터 주자의 것을 따르고 있었다. 16자가 날조된 것이라는 사실이 밝혀지는 순간 인용된 텍스트의 의미는 주자학의 해석과는 완전히 절연하는 것이 마땅하다. 그럼에도 다산은 여전히 주자학의 해석으로 인심도심을 이해하였다. 그것은 원천적으로 다산이 주자학을 신뢰하고 있다는 것을 의미한다. 다산은 주자학을 비판하거나 넘어설 의도도 없었고, 또 그렇게 하지도 않았던 것이다.

만약 다산의 경학이 그리고 '실학'이 주자학의 대척적 지점에 서 있거나, 주자학을 부정하려는 의도를 가지고 있었더라면, 다산은 적극적으로는 황종희의 주장에 동조했을 것이고, 이것을 바탕으로 하여 주자의 경학을 비판했을 것이다. 날조된 16자보다 더 좋은 주자학 비판 근거가 없기 때문이다. 하지만 다산은 주자에 반기를 들지 않았고, 주자학을 부정하지 않았다. 그 역

---

16 위의 책, 621면. "梅書雖敗, 道經之二十字, 朱子序之一百三十五字, 仍當刻于大碑, 建之太學, 爲萬世立大訓, 不可忽也."

시 주자학이 붕괴할 경우 사족체제가 위험하다고 인식한 것일 터이다. 요컨 대 다산의 경학과 실학은 주자학과 대척적 지점에 정립되어 있는 것이 아니다. 이런 이유로『매씨서평』을 읽은 노론의 보수적 학자인 김매순(金邁淳)은 『매씨서평』이야말로 '공벽(孔壁)을 위해 어지러움을 평정한 원훈이요, 주문 (朱門)을 위해 모욕하는 자들을 막아낸 경신(勁臣)'이라고 평가했던 것이다.[17]

다산은 물론「오학론(五學論) 1」에서 왈리왈기(曰理曰氣)하는 성리학의 번 쇄한 스콜라적 논쟁을 비판한 바 있다. 하지만 그 비판은 성리학 연구의 말폐 를 비판한 것이지, 주자 성리학 자체를 부정하거나 비판한 것은 아니다. 그 자신「이발기발변(理發氣發辨) 1·2」에서 성리학에 정통함을 보여주고 있으 며, 무엇보다「오학론(五學論) 1」에서 주자의 학문을 정당한 것으로 평가하면 서 주자를 제대로 배울 것을 권하고 있지 아니한가.[18] 요컨대 다산의 경학은 주자의 경학에 대한 대척적 지점에서 제출된 것이 아니다. 그것은 주자학을 비판, 부정하는 모기령 경학에 대한 비판으로 출발한 것이다. 결과적으로 다 산의 경학은 주자의 경학을 부정하지 않는다. 물론 다산 경학에는 주자의 학 설을 비판하거나 부정하는 곳이 있다. 하지만 그것들은 부분적 교정일 뿐, 주자학 자체를, 성리학 자체를 비판하거나 부정하기 위한 의도에서 제출된 것이 아니다.[19]

---

17 김매순(金邁淳), "一以爲孔壁撥亂之元勳, 一以爲朱門禦侮之勁臣, 莫之與京." 정약용(丁若鏞),『여 유당전서』「답금덕수」(『한국문집총간』281, 444면). 김매순에게 답하는 편지에 '김매순이 다 산에게 보낸 편지'가 실려 있다. 그 부분을 인용했다.
18 정약용,『여유당전서』「오학론(五學論) 1」(『한국문집총간』281, 441면). "嗚呼! 朱子何嘗然哉! 研磨六經, 辨別眞僞, 表章四書, 開示蘊奧, 入而爲館閣則危言激論, 不顧死生, 以攻人主之隱過, 犯 權臣之忌諱, 談天下之大勢, 滔滔乎軍旅之機, 而復讐雪恥, 要以伸大義於千秋. 出而爲州郡, 則仁 規慈範, 察隱察微, 以之平賦徭, 以之振凶扎. 其宏綱細目, 有足以措諸邦國, 而其出處之正也. 召之 則來, 捨之則藏. 拳拳乎君父之愛而莫之敢忘. 朱子何嘗然哉! 沈淪乎今俗之學, 而援朱子以自衛 者, 皆誣朱子也. 朱子何嘗然哉!" 다산이 결코 주자학을 비판하거나 부정하지 않았음은「오학론 2」에서도 확인할 수 있다. "朱子爲是之憂之. 於是就漢魏詁訓之外, 別求正義, 以爲集傳本義集注 章句之等, 以中興斯道, 其豐功盛烈, 又非漢儒之比." 이하의 문장을 보시오.

4. 나오며

　다산은 결코 주자학을 전복하고자 하지 않았다. 주자학을 전면적으로 비판하고자 하는 의도도 갖지 않았다. 다산 학문이 그런 의도를 가졌더라면 평생 주자 비판을 목적으로 삼았던 모기령의 경학에 찬동했을 것이다. 하지만 다산의 학문은 그 반대였다. 다산학은 주자학의 대척적 지점에서 성립한 것이 아니다. 따라서 다산학을 실학이라 한다면, 실학은 주자학의 대척적 타자일 수 없다. 우리는 아마도 다산을 위시한 여러 사람의 저작에서 주자의 의견을 달리하는 경전 해석을 찾아낼 수 있을 것이다. 부분적으로 주자의 경전 해석에 반대하는 경우도 적지 않게 발견된다. 하지만 그것이 주자학 전체를 부정하기 위한 의도를 갖는다고 말할 수는 없을 것이다. 결과적으로 주자학의 전복으로 이어질 가능성을 갖는 담론 역시 존재했다고 보기 어렵다.

　주자학과 실학의 대립이란, '내재적 근대'를 서술하기 위해 20세기 민족주의 역사학이 고안한 장치일 뿐이다. 실학과 주자학의 대립에서 주자학을 괄호에 넣건 넣지 않건, 내재적 근대를 계속 고수한다면, 실학은 언제나 희미한 의문의 구름 속에 존재할 것이다. 그리고 한국사 서술은 서구사(西歐史)를 보편사로 하는 서구 중심주의에 빠지게 된다. 그 역사 서술이야말로 민족을 주어로 삼는 민족주의 역사관을 근저에서부터 배반하는 것이다.

　만약 실학을 고수하려고 한다면, 그 평가도 달라져야 할 것이다. 서두에서

---

19 다산의 학문에 큰 영향을 주었던 정조(正祖)가 설정한 최후의 학문적 과제는 주자의 모든 문자를 수괄(收括)하여 일대 전집으로 편찬하는 것이었다. 물론 성공을 보지 못하고 죽었지만, 정조 학문의 최종적 도착지점이 어디였는지를 확인하기에 족하다. 18세기 후반 최고의 중국통(中國通)이었던 박제가 역시 주자의 저작을 모으기 위해 중국에 파견되었다. 18세기 후반 조선 최고의 지성들의 관심이 어디에 있었는지 알 만하지 않은가.

언급했듯이, 실학은 사회모순과 체제 위기를 극복하기 위한 사족체제의 '자기 조정 과정'에서 제출된 담론이다. 그것은 보다 완벽한 사족체제의 유지를 위한 것이었다. 거기에는 성리학이 만들어낸 정치제도, 사회제도, 친족제도, 그리고 윤리에 대한 부정과 비판은 없다. 조선 후기의 사족들은 주자학 외에 새로운 체제를 구상할 상상력이 존재하지 않았다. '실학'이란 명사를 만약 버리지 않는다면, 그것은 '사족체제의 자기 조정 과정에서 제출된 개혁 담론'으로 보는 것이 타당할 것이다. 다산의 저작들은 바로 그에 가장 잘 부응했던 것이라 생각한다. 이 글은 실학에 대한 반성적 시론이다. 앞으로 새로운 논의가 있었으면 한다.

제3부

|

조선 후기 글쓰기와 문예사의 전망

조선 후기 산수유기(山水遊記)의 글쓰기 및 향유 방식의 변화

정우봉

1. 들어가며

이 글은 조선 후기 산수유기(山水遊記)에 나타난 글쓰기 방식과 향유 방식의 변화상을 살펴보는 것을 목적으로 한다. 고려시대 이래로 산수유기는 꾸준하게 창작되었으며, 17세기에 들어와 산수유기는 다양한 변화를 모색하였다. 여행문화의 발달, 명청(明淸) 산수유기의 유입, 새로운 미의식과 창작관 등의 요인으로 인하여 산수유기 창작 또한 다채로운 변화를 보여주었다. 한편 17세기 이후에 이르면 다양한 계층과 다양한 형식의 기행문학이 발달되었으니, 여성의 기행일기가 다수 창작되었으며, 한글 기행일기 또한 여럿 지어졌다. 기행가사의 새로운 영역 확대 또한 주목할 현상이다.

그동안의 산수유기 연구에서는 개별 작가에 초점을 맞추어 논의하거나 소품화 경향에 초점을 맞추어 전체적 흐름을 개관하기도 하였고, 명청 작품과의 연관성을 부각하기도 하였다. 이러한 논의 과정 속에서 산수유기의 글쓰기 방식에 대해 일부 언급이 있었지만, 조선 후기 산수유기에 나타난 글쓰기 방식의 제 양상과 특징을 전반적으로 구명하지는 못했다.[1]

기존의 연구 성과를 참조하면서, 이 글에서는 산수유기의 글쓰기 방식의 변화에 유의하여 조선 후기 산수유기 창작의 변화 국면을 추적하고자 한다. 기존에 알려진 세목화(細目化 혹은 節目化) 글쓰기 방식 이외에 조선 후기에 들어오면 편폭이 짧아지는 소형화(小型化)의 방식, 하나의 풍경처를 소재로 한 다수의 독립된 소품(小品)들을 하나로 묶는 조합화(組合化)의 방식, 여행 경로를 따라가며 서술하던 기존의 관행과 격식에서 벗어나 작가의 견문과 체험과 의론을 자유롭게 써내려가는 필기잡록화(筆記雜錄化)의 방식 등이 시도되어 이 시기 산수유기 작품을 더욱 풍성하게 발전시켰다. 이와 함께 산수유기 작품을 향유하는 방식 또한 다채롭게 변화하고 있는 점에 주목하였다. 산수유기 작품들을 위주로 한 작품집 편찬이 활발하게 이루어졌으며, 그림과 결합하거나 평비본(評批本) 형태를 통해 산수유기 작품을 감상하는 등 그 향유 방식 또한 다양해졌다.

---

1 글쓰기 방식에 국한하여 보았을 때, 이옥(李鈺)의 「중흥유기」와 권상신(權常愼)의 유기작품 등에 보이는 실험적 형식의 산수유기 작품에 주목한 연구 성과가 대표적이다. 신익철, 「중흥유기의 글쓰기 방식과 18세기 북한산 산행의 모습」, 『문헌과 해석』 11호, 문헌과해석사, 2000; 정민, 「18세기 산수유기의 새로운 경향」, 『18세기 조선지식인의 발견』, 휴머니스트, 2007.

2. 조선 후기 산수유기에 나타난 글쓰기 방식의 변화

조선 후기에 이르면 산수유기의 글쓰기 방식에서 다양한 변화가 나타난다. 이를 다섯 가지 유형으로 나누어, 각 유형별 글쓰기 방식의 제 양상과 특징을 살펴보고자 한다.

1) 소형화(小型化)의 방식

조선 후기 산수유기의 글쓰기 방식과 관련하여 중요한 변화의 하나는 작품의 길이가 짧아진다는 점이다. 이른바 '소형화(小型化)'의 경향이 두드러지게 나타난 점이 주목된다. 작품의 편폭이 짧은 것은 산수유기 변화의 외형상의 특징이며, 이 같은 소형화의 추세는 이 시기에 이르러 활발하게 창작되었던 소품문(小品文)의 창작과 연관된다. 소품문은 짧은 편폭으로 창작되는 특징을 지닌다. 물론 짧은 편폭이 소품문의 유일하거나 절대적 기준은 아니지만, 외형상 짧은 편폭 속에 다채로운 함의를 담을 수 있다는 점이 소품문의 매력인 것만은 분명하다.

조선 후기 소품문과 관련해서 산수유기 작품의 소형화는 기존 연구에서도 지적된 바이다. 소형화 방식의 대표적 사례의 하나로 남학명(南鶴鳴)의 작품을 예로 들어본다. 남학명은 전국의 명산들을 유람하였고, 와유록『명산기영(名山記詠)』을 편찬하기도 하였다. 그가 남긴 산수유기 중에서 분량이 짧은 작품이 몇 편 있는데, 그중에서 「사인동소기(舍人洞小記)」는 전문이 불과 36자에 불과하다.

①3월 3일 사원(士元)이 찾아와서 함께 삼청동에 가자고 했다. 마침내 손을 잡고 천천히 걸어갔다. 끊이지 않고 이야기를 나누다보니 발걸음은 이미 삼청동에 도착했다. 서로 함께 소나무 아래 앉아서 한바탕 웃고 있는데 말을 타고 오는 사안(士安) 형이 보였다. 나무 그늘에서 형을 불러서 서쪽 시냇가로 갔다. 운을 내어 절구를 짓고 바위 위에 적었다. 시냇가 너럭바위 위에 앉아 도시락을 꺼내 요기하고 달빛을 타고 집으로 돌아왔다.[2]

②신사년 4월 22일에 사인동(舍人洞)으로 나왔다. 문득 '성곽 밖의 푸른 산이 방 안과 같고, 동쪽 흐르는 물이 서쪽 이웃으로 들어가네'라는 시구를 떠올렸다. 참으로 동천 중의 경관이다.[3]

①은 남학명이 1670년(17세)에 지은 작품이다. 전체 분량이 80여 자에 지나지 않는 「유삼청동소기(遊三淸洞小記)」는 서울 도성 안의 삼청동 유람을 소재로 취했는데, 출발부터 귀환까지의 전 여정을 짧은 편폭 속에 담아냈다. 삼청동을 유람하였을 때의 심미적 정취와 즐거운 추억을 간결하게 표현했다.

②에서 사인동(舍人洞)은 서울 동대문 바깥에 위치해 있다. 사인동의 그윽하고 한적한 풍광을 작가는 직접 묘사하거나 설명하는 대신 한시의 한 구절을 원용하여 간접적으로 드러내는 방식을 택했다. 인용된 시구는 당나라 시인 왕유(王維)의 칠언율시 「춘일여배적과신창방려일인불우(春日與裴迪過新昌訪呂逸人不遇)」에서 따왔다.[4] 여일인(呂逸人)이 사는 곳의 풍광을 묘사하는 이

2 남학명(南鶴鳴), 『회은집(晦隱集)』 권2 「유삼청동소기(遊三淸洞小記)」(『한국문집총간속』 51, 307면). "三月三日, 士元來見, 因請並往三淸洞. 遂攜手緩步. 談笑未訖, 足迹已到洞裏. 相與坐松樹下, 發一笑, 見士安兄騎馬來. 自樹陰中相呼, 往西澗邊. 呼韻賦絶句, 題石壁上. 坐溪邊磐石上, 發柳簞療飢, 乘月還家."

3 남학명(南鶴鳴), 『회은집(晦隱集)』 권2 「사인동소기(舍人洞小記)」(『한국문집총간속』 51, 317면). "辛巳四月二十二日, 出舍人洞, 忽憶郭外靑山如屋裏, 東家流水入西隣之句, 眞是洞中景也."

구절은 푸른 산과 맑은 물의 이미지를 활용했다. 문을 나서면 바로 푸른 산이 보이는 곳임을 생동감 있게 묘사하여, 티끌세상과 멀리 떨어져 있음을 암시했다. 그리고 흐르는 물의 이미지를 통해 여일인이 거처하는 곳의 맑고 그윽함을 부각했다. 남학명은 푸른 산과 맑은 물을 가까이 두고 있는 은일생활의 정취를 묘사한 왕유의 시구를 원용함으로써, 자신이 거처하는 사인동의 그윽하고 한적한 풍광을 간명하게 표현해냈다.

또 하나 여기서 지적하고자 하는 것은 소형화 방식의 글쓰기가 때로는 뒤에서 살필 조합화 방식의 글쓰기가 서로 연계되어 있다는 점이다.

> 사인암(舍人巖)은 물이 얕고 맑으며, 바위는 작고 깨끗하여 절로 사람을 머물게 한다.[5]

남유용(南有容)이 쓴 「사인암(舍人巖)」은 불과 16자에 지나지 않은, 매우 짧은 소품이다. 작가는 이 작품에서 사인암의 특징적 면모를 물과 바위에 초점을 맞추어 간명하게 서술한 다음 "절로 사람을 머물게 한다"는 총평을 덧붙였다. 여행의 여정에 대한 서술은 일체 없고, 오직 '사인암'이라는 자연 경관에 관해 작가의 느낌만을 집중해서 부각했다.

여기서 우리가 주목할 또 하나의 사실은 「사인암」이 『동유소기(東遊小記)』 내의 한 개별 작품이라는 점이다. 남유용의 『동유소기』는 9편의 개별 작품을 모아 놓았다. 개별적·독립적 작품의 군집화·집성화를 통한 조합화 방

---

4 왕유(王維)가 쓴 칠언율시 「춘일여배적과신창방려일인불우(春日與裵迪過新昌訪呂逸人不遇)」의 경련을 인용했다. 시 전체 원문은 다음과 같다. "桃源一向絶風塵, 柳市南頭訪隱淪. 到門不敢題凡鳥, 看竹何須問主人. 城外青山明屋裏, 東家流水入西鄰. 閉戶著書多歲月, 種松皆老作龍鱗."
5 남유용(南有容), 『뇌연집(雷淵集)』 권14 「동유소기(東遊小記)」(『한국문집총간』 217, 311면). "舍人巖水淺而湛, 石少而潔, 自有留人意."

식의 글쓰기를 보여주고 있는 것이다. 『동유소기』는 소형화와 조합화 방식
이 서로 결합된 사례이다. 그리고 작품 제목에 '소기(小記)'라고 붙인 것 가운
데에는 이처럼 소형화와 조합화 방식이 결합된 글쓰기를 전형적으로 보여주
는 작품군이 많이 보인다.[6] 이 점에 대해서는 후에 다시 서술하도록 하겠다.

또 다른 예로 김창흡(金昌翕)의 『동유소기(東遊小記)』에 수록된 작품 하나
를 들어본다.

> 향호(香湖)는 맑고 깨끗하여 사랑스러우니, 우계(牛溪)의 평에 부끄럽지 않다.
> 누정이 위치한 곳이 조금 낮은 곳인 듯하다. 만약 문장에 비유한다면 경포는 대가
> (大家)이며 이곳은 명가(名家)이니, 왕유 맹호연과 이백 두보의 관계와 같다.[7]

48자의 짧은 글이다. 향호(香湖)는 지금의 강원도 강릉시 주문진읍에 위치
해 있다. 작가는 앞서 본 남유용의 글처럼, 여행의 여정을 일체 생략한 채 향
호에 대한 자신의 심미적 감흥과 평가를 위주로 하여 서술하였다. 길이가 대
단히 짧다는 점, 여행의 여정을 중심으로 유기를 서술하던 종래의 관습에서
벗어나 있다는 점, 작가의 심미적 주관에 기초하여 집중적 서술을 하고 있다
는 점이 주목할 만한 사항이다.[8]

---

6 안대회 교수 또한 '소기(小記)'라는 제목이 붙인 유기소품에 주목하여 조선 후기 산수유기의
   소품화 경향을 지적한 바 있다. 안대회, 「조선 후기 유기소품(遊記小品)의 연구」(한국고전문
   학회 261차 학술발표회 발표요지), 2012.4.21.
7 김창흡(金昌翕), 『삼연집(三淵集)』 권24 『동유소기(東遊小記)』(『한국문집총간』 165, 495면). "香
   湖瀟洒可愛, 無愧於牛溪題品, 而亭閣所據, 稍似低微. 若以文章爲比, 則鏡浦爲大家, 而此爲名家, 其
   猶王孟之於李杜乎."
8 농암(農巖) 김창협(金昌協)의 산수유기 중에서는 「화양제승기(華陽諸勝記)」가 주목된다. 그중에
   서 '용추'에 대해 서술한 작품의 경우 전문이 매우 짧으며, 용추에 관한 산수품평을 위주로 해서
   작품을 구성했다. 김창협(金昌協), 『농암집(農巖集)』 권23 「화양제승기(華陽諸勝記)」(『한국문
   집총간』 162, 176면). "龍秋自屛川, 循溪下數里, 而是亦全石以成, 左右巖壁甚壯偉, 水滙上下二
   湫, 沈沈黝碧陰森, 不可久坐也."

2) 조합화(組合化)의 방식

조합화 방식은 소형화(小型化) 방식과 함께 조선 후기 산수유기 글쓰기의 대표적 형태이다. 조합화 방식은 큰 제목 아래에 여러 개의 독립된 작품들을 하나로 묶는 것을 지칭한다. 각기 독립된 작품들이 모여서 하나의 전체를 구성하는 글쓰기 방식인 것이다. 이 같은 글쓰기 방식은 앞서 살핀 소형화 방식과 유기적으로 연관되어 있다. 독립된 개별 작품은 편폭이 짧아지고, 짧은 편폭의 독립된 소품들을 한 편의 글 전체 속으로 통합하는 방식을 취하고 있는 것이다. 여러 개의 독립된 유기 소작품들을 하나의 큰 제목 속에 포괄하는 이 방식은 조선 후기에 이르러 활발하게 창작되었다. 대개는 유람 장소를 중심으로 특정 지역의 경관들을 세분해서 접근하는 특징을 보인다. 그리고 각 편에 해당하는 소작품들은 하나의 풍경처(風景處)를 대상으로 한다.[9]

조선 후기 조합화 방식의 유기작품 중에서 몇 가지 사례를 도표로 제시한다.

전체제목	작자	하위 작품군	소제목 명기 여부	여행지역
東遊小記	金昌翕	普門菴, 食堂泉石, 靑鶴洞, 鏡浦臺, 華巖寺	미명기	설악산, 강릉
東遊小記	南有容	屛山, 鶴巖, 玉笋峯, 龜潭, 島潭, 石鐘, 仙巖, 舍人巖, 水簾	명기	단양, 제천
追記東峽遊賞	趙龜命	漱玉亭, 風水穴, 寒碧樓, 桃花洞, 龜潭, 丹丘, 月嶽, 義林池, 金屑泉	명기	괴산, 청풍, 단양 일대
記遊北漢	李德懋	洗劍亭, 小林菴, 文殊寺, 寶光寺, 太古寺, 龍巖寺, 重興寺, 山映樓, 扶旺寺, 圓覺寺, 鎭國寺, 祥雲寺, 西巖寺, 津寬寺	명기	북한산
東遊山水記	徐命膺	金水亭, 蒼玉屛, 白鷺洲	명기	경기도 영평

---

9 산수유기 창작에서 조합화 방식은 절목화(節目化, 혹은 細目化) 방식과 구별해서 볼 필요가 있다. 절목화(세목화) 글쓰기 방식은 유람공간과 무관하다는 점, 유기소품으로서의 독립성이 미약하다는 점에서 조합화 방식과 변별된다.

전체제목	작자	하위 작품군	소제목 명기 여부	여행지역
金城小記	吳瑗	金城, 妓潭, 長淵寺, 安心菴, 白鷺洲, 三釜落	미명기	강원도 금성
比仁八景小記	睦萬中	微茫大海, 隱映小島, 重重蜃樓, 點點螺鬟, 屯營戍鼓, 烟浦歸風, 松坪秋月, 觀寺暮鐘	미명기	충청도 비인

김창흡(金昌翕)의 『동유소기』는 조합화 방식에 의해 창작된 것으로, 이른 시기의 작품이다. 『동유소기』는 설악산과 동해안 여행을 다룬 7편의 독립된 작품을 모아 놓았다. 보문암(普門菴), 식당천석(食堂泉石), 토왕성폭포(土王城瀑布), 청학동(靑鶴洞), 경포대(鏡浦臺), 향호(香湖), 화암사(華巖寺) 등 7개의 명소를 대상으로 하나의 풍경처마다 독립적으로 서술했다. 이 같은 장소별 분류에 따른 서술 방식은 여행자의 여정에 따라 전체 작품을 긴 호흡 속에서 서술해 나가는 산수유기의 일반적 관습에서 벗어날 수 있는 이점을 지닌다. 작가 자신의 심미적 주관에 따라 몇 개의 풍경처(風景處)를 임의대로 선택할 수 있고, 선택된 풍경처를 중심으로 집중적 서술이 가능하다. 그리고 여행자의 여정이라는 작품의 기본 골간에 충실해야 하는 제약과 한계에서 벗어날 수 있다.

조합화 방식의 산수유기 창작이 지닌 특징은 요약하면 다음과 같다. 첫째, 한 편의 글 속에 하나의 경(景)을 집중해서 서술했다. 둘째, 이 각 편들을 전체의 대제목 아래에 종합하였다. 셋째, 각 편의 편폭이 대체로 짧고 간결하다. 이 같은 글쓰기 방식에서는 각 편들이 독립성을 갖춘 단위를 형성하고, 이 단위들이 모여서 전체를 구성한다. 각 편들의 독립성을 최대한 보장하면서, 이 각 편들을 유기적으로 연관시켜 전체를 구성하는 '조합화' 방식인 것이다.

남유용(南有容)과 조구명(趙龜命)의 예를 더 들어본다. 남유용의 『동유소기(東遊小記)』도 김창흡의 작품과 같은 방식의 서술을 취하였다. 남유용은 42세에 영춘현감으로 부임했는데, 『동유소기』는 그 무렵에 창작되었다. 충청도 청

풍과 단양 일대를 유람하고 나서 쓴 이 작품은 각 경관별로 나누어 서술하고 그
것들을 하나의 전체로 구성하는 방식을 택하였다. 그리고 각 유람 장소를 소제
목으로 명기한 점이 김창흡의 그것과 구별된다. 개별 작품마다 소제목을 명기
한 것은 하위 작품군에 속한 작품의 독립성, 개별성을 더욱 부각한다. 개별
적·독립적 작품의 군집화·집성화를 통한 조합화 방식의 글쓰기는 편폭이
짧아지고 작가의 심미적 취향과 정취에 중점을 두어 서술하고자 한 조선 후기
산수유기의 새로운 경향을 반영하는 것이라는 점에서 주목되어야 한다.[10]

조구명의 「추기동협유상(追記東峽遊賞)」은 작품 제목에서도 알 수 있듯이,
과거 유람의 기억들을 회상하면서 쓴 유기작품모음이라는 점에서 특별하다.
과거에 괴산과 단양 지역을 유람했던 기억을 회상하며 서술한 이 작품은 수
옥정(漱玉亭), 풍수혈(風水穴), 한벽루(寒碧樓), 도화동(桃花洞) 등 8개의 작품
으로 구성되어 있는데, 각 작품들은 간결한 필치로 유람의 승경을 묘사한 소
품들이다.

한편 조합화 방식은 중국의 경우 당대(唐代) 원결(元結)과 유종원(柳宗元)의 산
수유기 작품을 그 연원으로 하며, 만명(晩明) 시기에 이르러 크게 발달하였다.

---

10 개별 작품들의 군집화, 집성화의 방식을 통해 산수유기 글쓰기의 새로운 방식을 모색하는 것은 17
세기 이후의 변화를 반영한다. 이 같은 글쓰기 방식은 회화 창작의 변화와 연관된다는 점에서 흥
미롭다. 17세기 전반기에 활동했던 화가 조속(趙涑)은 한 장면에 모든 경관을 담아내는 방법으로
그리던 금강전도식의 표현을 비판하였다. 이 점에 대해서는 남학명(南鶴鳴)이 「잡설(雜說)」 내의
'풍토(風土)'에서 지적한 바 있다. 18세기 정선이 그린 「금강내산도」는 조선 초 이래로 지속된 보수
적 금강산전도의 전통을 보여주는 작품이었는데, 조속(趙涑)은 새라면 하늘을 날아올라 금강산의
모든 경관을 한눈에 볼 수 있겠지만 사람이 어떻게 그 크고 넓은 공간을 한눈에 보고 그려낼 수 있
겠냐고 하면서 중요한 장면을 보이는 만큼 여러 장면으로 재현하는 새로운 방식을 모색했다. 대규
모 경물을 한눈에 보이게 재현하는 비현실적 방식을 지양하고 각각의 경물을 독립적으로 재현하
는 현실적 접근을 시도하였다. 그리고 이처럼 여러 장면으로 나누어 금강산 전체를 재현하는 방식
은 새로 도입된 산수유람과 산수경관을 다룬 산수판화집의 영향으로 해석되기도 한다. 판화가 삽
도로 실린 『삼재도회』, 『명산기』, 『해내기관』, 각종 지방지에 실린 명승명소를 한 폭씩 나누어 담
아낸 방식이 조속에게 영향을 주었던 것으로 추정된다. 고연희, 『조선 후기 산수기행예술 연구』,
일지사, 2001 참조.

원굉도(袁宏道)의「오설(五泄)」(3칙),「서호(西湖)」(4칙),「천목(天目)」(2칙) 등이
그 예이며, 그 밖에도 원중도(袁中道)의「서산십기(西山十記)」, 장경원(張京元)의
『호상소기(湖上小記)』등 많은 작품들이 조합화 방식의 글쓰기를 택하였다.[11]
예컨대 장경원의『호상소기』는 독특한 글쓰기 방식을 보여주는 유기 작품이
다. 여행 경로를 중심에 놓고 '이보환형(移步換形)'의 수법으로 눈앞에 펼쳐진 풍
광을 묘사하고 자신의 견문을 적어 내려가는 산수유기의 일반적 문법을 의도적
으로 깨뜨리고 있다. 작가가 느끼는 심미적 취향과 정취로부터 출발하여 몇 개
의 풍광 명소를 선택하여 간결하면서도 생동감 있게 서술했다. 자연 경물을 다
루기도 하고, 작가의 심미관을 드러내기도 하고, 민심과 풍속의 변화를 논하기
도 하였다. 짧은 편폭 속에다가 서호의 자연풍광, 만명의 시대적 분위기, 작가
의 인품과 자연관 등에 이르기까지 풍부한 의미를 담아낼 수 있었다. 원중도(袁
中道) 또한 조합화 방식의 산수유기작품을 다수 창작했다. 그의 대표작「서산십
기(西山十記)」는 북경 교외에 위치한 서산(西山)을 유람하고 나서 쓴 작품으로,
작품 제목에서도 보듯이, 10개의 소작품을 집성한 것이다. 일종의 각 개별 화폭
들이 길게 펼쳐진 하나의 산수화 장권(長卷)이라고 할 수 있다.

3) 세목화(細目化 혹은 節目化)의 방식

세목화(細目化, 혹은 節目化) 방식의 산수유기 창작에 대해서는 기존 연구에
서 여러 차례 언급된 바 있다. 여기서는 세목화 방식과 조합화 방식의 글쓰기
가 차이점을 보인다는 점, 그리고 그러한 차이점을 명료하게 구분해야 조선

---

11 '조합식 유기'라는 명칭과 조합식 유기의 창작 양상에 대해서는 梅新林 等 主編,『中國遊記文學
   史』, 上海 : 學林出版社, 2004를 참조.

후기 산수유기에 나타난 글쓰기 방식의 다양한 시도들을 온전하게 이해할
수 있다는 점을 강조하고자 한다.

이옥의 「중흥유기」는 세목화의 방식을 사용한 산수유기이다.[12] 그 세목
을 들면 시일(時日), 반려(伴侶), 행리(行李), 약속(約束), 초첩(譙堞), 정사(亭榭),
관해(官廨), 요찰(寮刹), 불상(佛像), 치곤(緇髠), 천석(泉石), 초목(草木), 면식(眠
食), 배상(盃觴), 총론(總論) 등이다. 이들 각 항목들은 유람 공간과 무관하며,
그리고 각 편이 독립된 유기소품으로서의 지위가 미약하다. 앞서 본 김창흡
과 남유용의 『동유소기』에서 하나의 유람 공간을 대상으로 각 편들이 상호
독립된 지위를 부여받았던 것과는 구별된다.

여기서 강조하고자 하는 것은 조선 후기 산수유기의 글쓰기 방식이 지닌
다양한 시도를 해명할 때에 우리는 세목화(절목화) 방식과 조합화 방식의 차
이점에 대해 주목할 필요가 있다는 점이다. 유람 공간과의 연관성 여부, 하
위 작품의 독립성 여부가 중요한 판별 기준이 된다. 세목화 방식은 유람 공간
과는 무관하게 여행과 연관된 몇 가지 항목들을 주제별로 분류하여 자유롭
게 써내려간다는 점에서 필기 형식과 유사하다. 달리 말해 세목화 방식은 필
기잡록적 성격을 더욱 강하게 지니고 있다고 하겠다.

이 같은 글쓰기 방식을 보여주는 명청시대 산수유기의 사례로는 청나라
때 이정(李鼎)이 쓴 『서호소사(西湖小史)』를 들 수 있다. 『서호소사』는 전체
작품 구성이 일시(一時), 이지(二地), 삼서(三墅), 사방(四舫), 오산(五産), 육헌(六
獻), 칠승(七僧), 팔염(八豔)으로 되어 있고, 끝에 발문이 붙어 있다. 명승지로
서의 서호의 면모를 여덟 가지의 소재로 세분하여 서술하는 방식을 택했다.
이 점은 이옥(李鈺)의 「중흥유기」의 서술 방식과 유사한 면을 보인다.[13]

---

12 이 점에 대해서는 신익철, 앞의 글; 정민, 앞의 글 참조.
13 이정(李鼎)의 『서호소사(西湖小史)』와 이옥의 「중흥유기」의 연관성에 대해서는 김영진, 「조선 후

4) 필기잡록화(筆記雜錄化)의 방식

권섭(權燮)의 『해산록(海山錄)』(1709), 홍백창(洪百昌)의 『동유기실(東遊記實)』(1737), 이덕무(李德懋)의 『서해여언(西海旅言)』(1768), 이옥(李鈺)의 『남정십편(南征十篇)』(1799), 심노숭(沈魯崇)의 『해악소기(海嶽小記)』(1818)는 여행의 여정에서 보고 들었던 견문들을 자유자재로 기록하는, 일종의 '필기잡록화(筆記雜錄化)' 방식의 글쓰기를 보여준다는 점에서 공통점을 지닌다. 그리고 필기잡록적 성격이 강화되는 경향을 보여준다는 점에서 이전 시기의 산수유기와 구분된다.

필기잡록화 방식의 글쓰기와 관련해 심노숭의 다음 자료는 조선 후기의 변화하는 산수유기의 창작 경향을 잘 보여준다.[14]

권유수(權留守, 權常愼)의 이 책은 원만하고 트였으되 늘어지지 않았고, 참되고 두텁되 꾸밈을 가하지 않았다. 의론은 모두 깨우친 바에서 나왔고, 차례와 구성은 삼가 법도를 지켰으며, 예전 것을 본뜨는 비루함을 깨끗하게 씻어버렸고, 고증의 충실함을 거듭 갖추었으니, 여러 번 읽어도 싫증이 나지 않는다. 이에 의도하지 않고 지은 글이 글의 지극한 것임을 다시 알게 해준다. 내가 판서 김상휴(金相休)가 지은 『산사(山史)』에 대해 예전에 평을 한 적이 있다. 권유수의 이 책은 '산보'라 하기에 합당하다. 내가 지은 책(『海嶽小記』를 지칭-인용자 주)은 '산론

기 명청소품 수용과 소품문의 전개양상」, 고려대 박사논문, 2003에서 지적된 바 있다.
14 만명시대의 산수유기에 보이는 필기잡록화 경향과 관련해서 원굉도(袁宏道)의 「상호(湘湖)」를 하나의 예로 들 수 있다. 상호(湘湖)는 중국 절강성 소산현(蕭山縣) 성 서쪽에 있는 호수이다. 그런데 원굉도는 이 작품에서 유람의 과정은 일체 생략하고, 순채에 대해서 주로 서술하였다. 미식가로서의 호사 취미와 여행안내서로의 성격이 강한 것이다. 이 점에서 보면 이 작품은 산수유기와 잡기(雜記)의 혼효를 보여준다. 전통적 유기의 장르 문법에서 벗어나 잡기물, 필기물의 성격이 강해지는 경향을 대표적으로 보여주는 작품의 하나라는 점에서 주목된다.

'산론(山論)'으로 덧보탤 만하다. '사(史)'와 '보(譜)'와 '논(論)'은 서로 같지 않지만 떨어 트려 놓으면 서로 손해가 되고, 합쳐 놓으면 다 아름답다.[15]

심노숭(沈魯崇)은 권상신(權常愼)의 『금강록(金剛錄)』(현존 여부 미상), 김상휴 (金相休)의 『산사(山史)』(국립도서관 소장),[16] 자신의 『해악소기(海嶽小記)』의 특 징적 면모를 각각 '산보(山譜)', '산사(山史)', '산론(山論)'으로 지칭하였다. 권상 신의 『금강록』은 현재 전하지 않기 때문에 그 실상을 알지 못한다. 김상휴(金 相休)의 『산사』와 심노숭의 『해악소기』를 비교해 보면, 두 작품 모두 날짜별 구성 방식을 취하고 있으면서 전자는 여정에 따라 자연 경물을 사실적으로 서술해 나간 반면, 후자는 그때그때의 견문과 의론 등을 자유롭게 써 내려 갔 다.[17] 심노숭은 그 점을 '사(史)'와 '논(論)'으로 대별한 것으로 보인다.

신익성(申翊聖)의 「유금강소기 병칠십팔칙(遊金剛小記 幷七十八則)」는 산수 유기 작품으로 제목에 '소기(小記)'가 명기된 이른 시기의 작품이다. 이 작품 은 1631년 금강산 여행 후에 지어졌는데, 장유(張維)의 언급에 따르면 신익성 의 금강산 여행기는 시(詩), 기(記), 소설(小說)로 구성되었다고 하였다. 간행 문집에는 '소설(小說)'이 '소기(小記)'로 바뀌어 있다.[18] 그런데 주목되는 것은

---

15 심노숭(沈魯崇), 『효전산고(孝田散稿)』(연세대 소장본) 29책 「서권유수금강록후(書權留守金 剛錄後)」. "此卷圓暢而不及汗漫, 眞厚而不屑緣飾. 議論皆出悟解, 疏次謹守規度, 快洗沿襲之陋, 重備考據之實, 令人屢讀不厭, 乃知無意於文, 文之至也. 金季容尙書所爲山史, 編年爲一評之. 此 卷合稱山譜, 區區所自爲一書, 竊附爲山論. 史與譜與論不同, 而離之兩傷, 合之雙美."

16 국립중앙도서관 소장본 김상휴의 문집 『화남만록속(華南漫錄續)』에 「산사(山史)」가 수록되 어 있다.

17 김상휴의 『산사』에 대해서 심노숭은 다른 곳에서 언급한 바 있다. 심노숭(沈魯崇), 『효전산고 (孝田散稿)』 책24 「서김계용금강산사후(書金季容金剛山史後)」. "東人無能爲山水記, 所爲皆廳 衍猥雜, 讀之使人甚厭. 呼稱大家, 亦不得免. 氣之偏, 非人力可及. 金剛, 天下名山. 中州人, 至有願 生一見之語. 使陸游范至能輩見之, 而記之者, 必有勝於荊蜀雁宕諸篇. 僕嘗以此恨之, 不但爲山之 不遇耳. 今讀此卷, 疏次大如史傳, 描寫如二禮, 嚴密而不至矜莊, 溫粹而不及婉弱, 旨切而辭婉, 氣悶 而趣永, 優優有虞庭命夔之意. 漢以下無論, 所謂陸范, 又何道也?"

18 신익성의 문집 『선집(先集)』 권26에는 '小引-內外記-東遊錄(한시)-說'의 형태로 수록되어 있

장유가 "시(詩)보다는 기(記)가 낫고, 기보다 소설(小說)이 낫다"고 평한 점이다. 그리고 장유가 지적한 '소설'은 일종의 필기잡록적 성격을 지칭하는 것으로 보인다.

신익성(申翊聖)의 이 작품은 각각 하나의 독립된 글로 기능하면서, 모두 78조목으로 나뉘어 있다. 그리고 출발-여정-귀로의 전 여정에서 겪은 사건, 만난 사람, 그와 나누었던 대화, 명승과 유적의 특징 및 그에 대한 감회 등 매우 다채로운 영역에 걸쳐 서술되어 있다.[19] 신익성의 「유금강소기 병칠십팔칙(遊金剛小記 幷七十八則)」는 조선 후기 산수유기의 새로운 글쓰기 방식의 하나인 필기잡록화 방식을 보여주는 이른 시기의 작품인 것이다.

필기잡록화 방식의 산수유기 창작은 18세기에 들어와 성행하였다. 권섭(權燮)이 남긴 『해산록(海山錄)』은 『동유기실(東遊記實)』과 함께 18세기 전반기 필기잡록화 방식의 글쓰기를 대표하는 작품이다. 『해산록』은 「주행총록(周行總錄)」, 「유상품제록(遊賞品題錄)」, 「자득록(自得錄)」, 「동반록(同伴錄)」, 「접응록(接應錄)」, 「지명도리이문구적록(地名道里異聞舊蹟錄)」, 「동협록(東峽錄)」으로 구성되어 있다. 이동 거리, 여행 경관에 대한 품평, 여행 중에 겪었던 다양한 체험, 여행 동반자, 여행에 도움을 준 사람, 여행지 지명과 유적 등 여행과 관련된 제반 사항들을 주제별로 구분하여 서술하였다. 금강산 여행과 관련된 제반 정보와 지식들까지 두루 포괄할 수 있는 장점을 지닌다. 이 중에서 특히 관심을 끄는 부분은 「유상품제록(遊賞品題錄)」과 「자득록(自得錄)」이다. 「유상품제록」은 관동팔경과 금강산 내외산 561개 장소를 예시하고, 이에 대

다. 그후 이민구가 문집을 편찬하면서 '설(說)'은 '소기(小記)'로 제목을 변경하였다.

19 신익성의 산수유기와 관련해서는 김은정, 「신익성의 금강산유람과 문학적 표현」, 『진단학보』 98, 진단학회, 2004; 김은정, 「낙전당 신익성의 문학연구」, 서울대 박사논문, 2005; 이남면, 「신익성의 유금강내외산제기, 유금강소기 소고」, 『퇴계학연구』 21, 단국대퇴계학연구소, 2007 참조.

해 각각 품평을 한 것이다. 「자득록」은 금강산 여행 과정에서 겪었던 다양한 경험들을 여러 항목으로 나누어 자유롭게 서술하였다. 그중의 한 대목을 들어본다.

강릉의 노기(老妓) 일옥(一玉)은 지금 나이가 81세이다. 일찍이 듣기에 노래를 잘하여 관동에서 이름이 높다고 하여 술 한 잔을 마시게 하고 나를 위해 한번 부르게 했다. 그 소리가 맑고 고우니, 열여섯 아이의 목청에서 나오는 듯했다.[20]

내가 피리장이에게 몰래 사자봉에게 올라가서 암벽 사이에 몸을 숨긴 채 낮은 소리로 피리를 불게 하고, 동자 조수천에게 푸른 옷을 입혀 그 곁에 서 있게 했더니, 일행들이 피리소리에 깜짝 놀라 만폭동을 왔다 갔다 하면서 아래위로 찾으며 쳐다보았지만, 있는 곳은 안 보이고 다만 청의동자가 나무 그늘 사이로 숨었다 나타났다 하는 것만 보이니, 간혹 진짜 신선이 내려온 것으로 여기는 듯 했는데, 나 또한 내가 시켜서 한 일인 줄도 잊은 채 멍하니 서 있었다.[21]

전자는 강릉에서 만난 한 노기(老妓)와의 일화를 간결한 필치 속에 서술했으며, 후자는 피리 부는 사람과 동자를 시켜 신선이 내려온 듯한 착각을 불러 일으키게 연출한 일화를 서술했다. 권섭(權燮)은 「자득록」 뒤에 붙인 글에서, 전대 산수유기에서 많은 사람들이 금강산에 대해 서술했기 때문에 자신은 남들에게 자랑해서 과장하기 보다는 '자득지경개(自得之梗槪)'에 초점을 맞추

---

20 권섭(權燮), 『옥소고(玉所稿)』(문경본) 책13 『해산록(海山錄)』. "江陵老妓一玉, 年今八十一. 曾聞其善唱, 名關東, 以一杯飮之, 使爲我一詠. 其聲淸婉, 如出二八兒喉中."

21 권섭, 『옥소고』(문경본) 책13 『해산록』. "余使一簫, 潛上獅子峰, 壁間隱身, 而微吹之. 又使壽天童子, 靑衣而立其傍. 一行之人, 聆之而驚疑彷徨萬瀑洞, 上下而求之, 仰面而看, 不見其處, 只見一靑衣, 隱現於樹陰, 間或疑其眞有仙靈降臨. 余亦怳然, 不省其爲吾所敎也."

어 서술했음을 강조했다. 그리고 권섭 자신은 「자득록」의 서술 방식과 관련
해 '효세설신어(效世說新語)'라고 스스로 밝혀놓았다. 인물 품평과 인물 기사
를 위주로 서술된 『세설신어(世說新語)』는 700여 명에 달하는 인물들의 독특
한 언행과 일화를 「덕행(德行)」편부터 「구극(仇隙)」편까지 주제별로 수록해
놓은 이야기 모음집이다. 간결하고 담백한 문장 속에 다종다양한 인물의 언
행과 일화를 깔끔하게 묘사했는데, 「자득록」 부분에서 『세설신어』의 문체
와의 유사성을 확인해 볼 수 있다. 『해산록』에서 「자득록」 부분은 여행 중의
견문과 경험, 각종 일화들을 짧은 항목 속에 간결한 필치로 서술했다. 여기
에는 여행 중에 만났던 사람들을 등장시켜 그들의 언행을 기록하기도 하고,
자연 경관에 대한 작가의 정취를 서술하기도 했으며, 작가가 겪었던 흥미로
운 일화들을 다수 수록했다. 각 항목이 짧은 편폭 속에 연속적으로 구성되어
있기 때문에 여행 중에 겪었던 다채로운 체험들을 마치 파노라마처럼 떠올
릴 수 있게 하였다.

　　홍백창(洪百昌, 1702~1742)이 지은 『동유기실(東遊記實)』은 권섭의 『해산록』과
함께 18세기 전반기 필기잡록화 방식의 글쓰기를 보여주는 대표적 산수유기
작품이다.[22] 『동유기실』은 기행일기와 잡저(雜著), 그리고 한시가 함께 묶여 있
다. 산문으로 쓴 기행일기, 금강산 유람과 관련된 여러 사항들을 필기잡록 형태
로 기록한 잡저, 시로 쓴 기행일기로 구성한 것이다.

　　『동유기실』에서 주목할 부분은 잡저(雜著)이다. 여기에는 18항목으로 세

---

22 『동유기실(東遊記實)』이 필기잡록적 성격을 지니고 있었음을 보여주는 예를 들어본다. 먼저
　　신돈복(辛敦復)이 쓴 야담집 『학산한언(鶴山閑言)』에 따르면, 1739년에 사천 이병연(槎川 李秉
　　淵, 1671~1751)의 집에서 『동유기실』을 보았다고 한다. 사천 이병연이 『동유기실』을 소장하고
　　있었고, 신돈복은 문유채(文有采)라는 기인(奇人)에 관해 관심을 갖고 있던 중 『동유기실』을
　　통해 그에 관한 새로운 정보를 얻을 수 있었다. 또 하나 18세기의 문인 심재가 저술한 필기잡록
　　『송천필담(松泉筆譚)』에는 『동유기실』 잡저(雜著) 부분의 내용들이 다수 원용되었다. 「내외
　　산봉사명해(內外山峯寺名解)」, 「유산보(遊山譜)」가 전문 인용되었고, 배규삼이 늙으신 어머
　　니를 모시고 금강산을 유람한 이야기를 옮겨 놓았다.

분하여, 금강산 유람과 관련된 각종 정보와 지식들을 종합적으로 정리해 두었다.[23] 앞서의 기행일기 부분이 여정에 따라 유람하면서 보고 느꼈던 산수의 흥취를 자연 풍광의 묘사를 통해 드러냈다면, 이곳에서는 산수 유람 후의 자신의 경험과 의론, 견문 등을 여러 항목에 걸쳐 서술해 놓았다. 금강산의 사찰, 폭포, 경관의 위치, 형세, 연혁, 거리, 일화, 여행 일정 등을 수록했을 뿐만 아니라, 금강산 내외산의 경관을 상호 비교하여 품평하거나, 금강산 유람의 전체적 감상을 적거나, 혹은 금강산 유람 시에 유의할 사항이나 기이한 인물에 대한 이야기를 서술하기도 하는 등 그 내용이 매우 다채롭다.

그리고 이러한 구성 방식은 기존 산수유기의 패턴화된 서술 방식의 틀을 깨뜨리는 이점을 지닌다. 날짜, 여정, 경물 묘사, 의론 등이 다 함께 서술되는 종래의 여행 일기 쓰기의 방식에서 벗어나, 작가가 서술하고자 하는 주제나 내용에 따라 분류를 해놓음으로써, 독자의 입장에서는 각자의 흥미와 관심을 고려해 자유롭게 선택해서 읽을 수 있다.

『동유기실』과 『해산록』은 18세기 전반기를 대표하는 필기잡록화 방식의 산수유기이다. 이들은 산수 여행과 관련된 작가의 견문과 체험을 필기의 형식으로 자유롭게 서술한 특징을 보인다. 18세기 후반 이후에도 이 같은 글쓰기의 전통은 계속 이어졌는데, 이덕무(李德懋)의 『서해여언(西海旅言)』과 이옥(李鈺)의 『남정십편(南征十篇)』, 심노숭(沈魯崇)의 『해악소기(海嶽小記)』가 그 대표적 작품이다. 이 시기에 이르면 전대와는 다른 변화가 보인다. 전대에는 산수 여행에 직접 관련이 있는 소재나 주제들을 다루었다면 이 시기에 오면 다루는 소재나 주제가 더욱 광범위해지고 다채롭게 된다. 특히 자연 풍광에

---

23 「잡저(雜著)」에 수록된 18항목의 제목만을 열거하면 다음과 같다. "內外山峰寺名解, 內外山峰瀑譜, 諸寺刹記, 內外山批評, 內外山花評, 春秋景卜解, 金剛山毁辱六解, 金剛僧俗惡卜解, 遊山譜引, 險地程路遠近記, 金剛三劫運, 古今三見欺, 東遊三險難, 東遊三幸三恨, 東遊三可喜, 金處士遺聞, 文處士黃庭經, 文處士遺聞."

대한 묘사 보다 인간사의 다채로운 모습들, 예컨대 생활과 풍속, 민심, 설화 등이 더욱 중요하게 부각된다. 그리고 대부분의 산수유기에서는 여정에서 보고 들은 것에 대해서는 소략하고, 목적지인 유람장소에서 보았던 것들을 자세하게 기록하는 것이 일반적인 것에 반하여, 이들 작품들은 여행 도중의 견문이 오히려 더 중요한 비중을 차지한다.

이덕무(李德懋)의 『서해여언(西海旅言)』은 황해도 여정에서 견문한 다채로운 소재들이 등장한다. 황해도민의 생활과 풍속, 그리고 갖가지 이야기, 역사 회고, 산수유람, 어원 고찰 등 다양한 분야에 걸쳐 각 항목들이 독립된 형태로 서술되어 있다. 이 점은 유기의 장르적 확대 현상으로 이해된다. 이옥(李鈺)이 『남정십편(南征十篇)』에서 가옥 형태, 방언, 면포 제작 등을 대상으로 매우 상세하게 기록해 놓고 있는 것 또한 같은 맥락에서 이해된다.

심노숭은 기존의 산수유기가 지닌 천편일률성 ― 사찰과 거리의 원근이나 골짜기의 이름을 서술하는 ― 을 비판하면서, 자기 나름의 기준에 의해 필기를 쓰듯이 자유롭게 자신의 생각과 의론을 펼치고자 했다.[24] 산수 여행뿐만 아니라 생활, 풍속, 정치 현실, 개인적 취향 등에 이르기까지 실제로 심노숭의 『해악소기(海嶽小記)』에 보이는 작가적 관심은 매우 다양하다. 산수 자연에 대한 품평과 인식, 여행의 여정 중에 만났던 지역민의 생활과 풍속, 집과 촌락 등 주거 공간이나 도시와 성곽에 대한 관심, 능력 있는 이들의 불우한 삶, 당대 정치 풍토에 대한 비판 등 그때그때 떠오른 단상들을 자유롭게 서술했다. 여행의 경로를 따라가야 한다는 압박감에서 벗어나 작가의 생각

24 심노숭(沈魯崇), 『효전산고(孝田散稿)』 책25 「해악소기(海嶽小記)」. "東人無能爲山水記者, 其言靡然猥雜, 如胥徒文狀, 婦女諺書. 卽文知境尙矣, 境以文敗, 今古不免, 一有反之, 切切然模法古人態色, 可厭, 反不如任自走作, 尙亦有一分眞意者, 如許眉叟諸作, 皆此類也. 閱臥遊錄數卷, 作者數十人, 雖鴻匠鉅手, 靡然一律, 使人厭見, 所爲詳多在於寺庵程里之遠近, 峰壑名號之詳略, 疏次而棼無整緒, 描寫而多失眞境, 定詮未具, 夸說滋多, 適以恥之, 不以幸之. 海嶽, 天下之名山, 而至今未有遇耳."

과 느낌 등을 자유자재로 써내려가기 때문에, 격식과 규범에 얽매이지 않는 작가 자신의 솔직한 면모 또한 서술 가능하다. 심노숭은『해악소기』에서 자신의 개인적 취향과 주장을 적극적으로 펼쳤다. 때로는 개인적 기호, 취향을 밝혀 놓기도 했다. 예컨대 메밀면을 좋아하는 식성을 소개하기도 했고, 초상화를 절에 보관케 하고 땅뙈기를 바쳐 불공 올리는 데에 쓰도록 하는 것이 평생 뜻이라고 밝히기도 했다. 심지어는 예전에 정욕을 억누르지 못하는 '정병(情病)'이 있었음을 고백하거나,[25] 봉놋방에서 만난 한 여인의 자태에 대해 언급하면서 그동안 여색을 탐했지만 이 같은 여인을 본 적이 없다고 놀라워하였다.[26] 자신의 욕망과 취향, 감정, 의견을 애써 감추지 않는 글쓰기의 기본자세를 엿볼 수 있다.

5) 꿈속 여행의 글쓰기 방식

조선 후기 산수유기 글쓰기 방식의 다른 하나로 거론할 것은 꿈의 형식을 빌려 쓴 산수유기이다. 물론 꿈의 형식을 차용한 방식이 조선 후기에만 있었던 것은 아니다. 16세기 문인 성제원(成悌元, 1506~1559)이 지은 「구룡연신몽기(九龍淵神夢記)」는 꿈속에 금강산 구룡연을 미리 가 보았던 기이한 체험을 서술해 놓았다. 실제 금강산 유람의 체험을 서술한 성제원의『유금강산기(遊金剛山記)』과 짝을 이루어, '꿈'이라는 가상의 공간, 환상의 공간에서 유람했던 특별한 경험에 주목하였다.

---

25 심노숭,『효전산고』책25「해악소기」. "情病, 余平生所苦, 數年如堲井死灰, 遇挾斜舊遊, 相與笑語, 自幸如古人所言, 不如淸淨自樂. 今行江襄間, 閱妓頗多. 惟甲妓貌與心, 頗有情趣. 在數年前, 余必不免, 而四五日晝夜相守, 卽余詩可驗知."
26 심노숭,『효전산고』책25「해악소기」. "余閱色多, 而所未見, 口中自出聲叫異."

꿈속 여행의 서술 방식의 예로 송회석(宋晦錫)의 작품을 들어본다.

　계해년 음력 4월에 나는 서울 북쪽 무계동(武溪洞)에서 할아버지를 모시고 있
었다. (…중략…) 홀연 오늘 24일 밤에 한번 꿈을 꾸니 금강산에 이르렀다. 할아
버지를 모시고 헐성루 모서리에 앉았다. 같이 앉았던 사람은 홍숙범 공과 친구 이
동보였다. 서로 더불어 만이천봉을 헤아려보며 눈이 다하는 곳까지 보니 유쾌하
고 즐거웠다. 할아버지는 두 사람과 함께 도가, 신선 등을 이야기했다. 무척 흥미
진진했지만, 그 말은 안타깝게도 기록할 수가 없다.[27]

　송회석(宋晦錫)은 우암(尤菴) 송시열의 다섯째 손자이다. 그가 쓴 「몽유풍
악기(夢遊楓嶽記)」는 고성온천이 병자를 고친다는 이야기를 듣고 할아버지와
함께 그곳 여관에 유숙하는 동안 꿈속에서 금강산을 유람했다는 상상 속의
기행문이다.
　꿈이라는 형식에 기탁된 조선 후기 산수유기의 대표적 작품으로는 권섭
(權燮)의 『몽기(夢記)』가 있다.

　꿈을 기록한 글 중에 신령스럽게 떠오르거나 은연중 생각나는 것들로 과장되
고 허황되어 진실함이 없는 내용도 많다. 마음과 기운이 허약하거나 순수한 경우
도 있고 정신 또한 어두워지거나 밝았던 경우도 있었지만, 모두 덮어두지 않고 다
기록했다. 그 밖에 기이하고 훌륭한 경치를 만난 경우에는 특별히 기록하고 그림
도 그렸다.[28]

27　송회석(宋晦錫), 『동계유고(東谿遺稿)』(국립중앙도서관 소장) 권1 「몽유풍악기(夢遊楓嶽記)」.
　　"癸亥之孟夏, 余侍王父于京北武溪之洞. (…중략…) 忽於今卄四之夜, 一夢遽遽, 便到楓嶽之中,
　　奉侍王父, 隅坐歇惺之樓, 而同在坐者, 卽洪戶部叔範公, 及李友同甫也. 相與指數萬二千峰, 極目
　　快玩, 而王父仍與兩人語道談仙, 極其亹亹, 而若其辭語, 則惜乎不能記也."

나는 어려서부터 대부분 산수 사이에서 놀았는데, 더욱 산수 자연에 관한 꿈을
자주 꾸어서 한평생 꿈과 현실이 다 산수 자연이었다. 그런데 무슨 일로 그림을 그
렸는가? 이제는 늙어서 두 다리에 힘이 빠지고 몸은 병들어 한 걸음도 문 밖을 나
서지 못했다. 정신은 쇠잔해지고 꿈도 맑은 때가 매우 드물어서 다하지 못한 인연
을 저버리기 때문이다. 지팡이를 짚고 거닐다가 좋은 경관을 만나서 그림으로 다
그리지 못하게 되면 궤 속에 넣어 두었던 꿈을 기록한 글을 꺼내서 중군을 불러 하
나하나 손가락으로 짚어주고 면전에서 일러주어 종이에 그림을 그리도록 하여 한
권을 이루게 되었다.[29]

꿈속에서의 경험 가운데 기이한 경관에 끌리어 이를 기록하고 또 그림도 함
께 그렸다고 하였다. 꿈속이라는 공간에서 화자는 이전에 경험해 보지 못했던
특이한 경험들을 하게 된다. 특히 평소 가보지 못했던, 하지만 꼭 가보고 싶었
던 자연경관을 실제 체험하듯이 마주하게 된다. 실제 작품 예를 하나 들어본다.

기사년 8월 초하루의 꿈이다. 작은 배에 올라타고 바다로 나가 동쪽을 향해서 갔
는데, 돛이 바람에 펄럭이더니 눈 깜짝할 사이에 천리나 지나갔다. 잠시 후에 물이
휘도는 곳에 정박하고 올려다보니 기이한 바위가 우뚝하게 솟아 있었고, 나무숲이
빽빽하게 우거지고 급한 물살은 요란하게 흘렀다. 위에는 높은 정자 하나가 있었는
데, 단청이 환하고 화려하여 마치 재상이 물러나 한가롭게 지내는 곳인 듯했지만,

28 권섭(權燮), 『옥소고(玉所稿)』(문경본) 권16 『몽기(夢記)』 「몽기서(夢記序)」. "記夢之文, 或靈
會而冥契, 亦多近於夸誕而無德. 其志氣虛純, 精神昏明, 皆不可掩, 皆錄之. 所遇奇勝之境, 則有別
錄而有畵."

29 권섭, 『옥소고』(문경본) 권16 『몽기』 「몽화서(夢畵序)」. "余自少多在山水間, 尤多作山水夢, 一
生夢與覺皆山水. 又何事於畵? 今則老矣, 兩脚軟, 一身疲, 不能運一步出門外. 神精消, 夢淸時又
絶稀, 將孤負未盡之緣矣. 筇屐間多少勝觀, 未易盡畵出, 則取匱中記夢之文, 呼仲君而一一手携面
命, 畵于紙, 成卷."

사람은 보이지 않았다. 드디어 배에서 내려 넝쿨을 붙잡고 올라가 보니 기이한 꽃과 풀들이 정원에 뒤섞여 심어져 있었고, 여덟 그루의 소나무가 정자의 좌우에 늘어서 있었다. 푸른 솔가지와 붉은 나무껍질이 마치 노룡(老龍)의 형상 같았다. 다시 한 마을로 들어가 보니 복사꽃이 흐드러지게 피어 현란하여 바로 볼 수가 없었다.[30]

무릉도원과 같은 특별한 세계로의 여행 과정을 보여준다. 배를 타고 가다가 기이한 바위와 울창한 나무숲, 높은 정자 등이 주변에 배치되어 있어서 인간세계와는 동떨어진, 한적하고 조용한 공간임을 암시한다. 이어서 배에서 내려 찾아가는 곳은 기이한 꽃과 풀, 푸른 솔가지와 붉은 나무껍질이 화자의 시선을 집중시킨다. 이들 이미지들과 복사꽃의 이미지가 결합되면서 도연명(陶淵明)의 「도화원기(桃花源記)」에 나오는 무릉도원의 세계를 마주하는 듯한 느낌을 갖게 된다. 꿈속 여행의 서술 방식을 활용하여 환상적 분위기, 기이하고 신비스러운 분위기를 효과적으로 연출했다. 몽유(夢遊)의 환상적 세계를 기문(記文)의 형태로, 그리고 그림의 형태로 감상함으로써 작가의 특별한 산수 유람의 체험을 다각도로 상상할 수 있게 하였다. 특히 꿈속의 세계를 여행하는 것인만큼 작가의 자유로운 상상력이 한껏 발휘될 수 있으며, 현실 경험의 세계에서는 목도할 수 없는 신비감을 연출할 수 있는 장점을 지닌다.[31]

---

30 권섭, 『옥소고』(문경본) 권16 『몽기』「해도별서(海島別墅)」. "己巳八月初吉夢. 乘小舟, 浮大海而東去, 風帆扇獵扚, 一瞥千里, 俄泊于水匯處, 仰見奇巖崒然而高, 樹林蒙密, 飛湍喧虺. 上有一高亭, 丹碧炯煌, 似是宰棺退閑之所, 而不見其人. 遂舍舟攀援而登, 奇花異草, 雜植于庭除. 又有八松, 左右排立, 蒼鬚赤甲, 如老龍狀. 轉入一洞, 桃花爛發, 眩不可定視." 작품 원문과 번역은 권섭, 이창희 역주, 『옥소권섭의 꿈세계-내 사는 곳이 마치 그림 같은데』, 다운샘, 2003 참조.

31 꿈속 여행을 서술하는 산수유기 창작은 상상 속의 정원과 이상적 공간을 유람하는 일련의 작품들과 함께 분석될 필요가 있다.

3. 조선 후기 산수유기에 나타난 향유 방식의 변화

1) 산수유기 작품집의 편찬

조선 후기에 이르러 와유록(臥遊錄) 편찬과 유통이 활발하게 이루어지는 가운데, 작가 자신의 산수유기 작품들을 편찬한 유기작품집이 등장하였다. 산수유기 작품집의 편찬은 타인의 유기 작품을 수록해 놓은 와유록과 달리 작가 자신의 유기 작품을 위주로 여행 관련 작품들만을 모아 수록하였다는 점에서 조선 후기 산수유기의 향유 방식과 관련하여 주목할 현상의 하나이다.

이 시기에 나온 산수유기 작품집으로 먼저 이윤영(李胤永)의 『산사(山史)』를 들어본다. 원래 『산사』는 1751년 무렵에 창작한 11편의 산수유기를 모아놓은 작품집이었다. 생전에 한 권의 책으로 엮어졌다가, 문집의 편찬 과정에서 여타 작품이 추가로 수록되었다.[32] 이인상(李麟祥)의 기록에 따르면, 이윤영의 『산사』는 남한강가의 다섯 지역을 유람하면서 쓴 작품들인데, 그중에는 '비사(悲辭)'가 많이 담겨 있다고 했다. 이윤영이 남한강가의 오군(五郡, 청풍 · 제천 · 단양 · 영춘 · 영월)에 은거한 후 산수유기 작품을 다수 창작하였고, 11편의 작품들을 한 곳에 모아 유기작품만으로 이루어진 별도의 단행본 『산사』를 편찬했다. 특히 『산사』는 '문명적 중화질서의 구현'이라는 작품의 주제 의식에 초점을 맞추어 일련의 산수유기 작품들을 집성해 놓은 작품집이라는 점에서 주목된다.[33]

---

32 이윤영의 『산사』 편찬과 창작 연대 등에 관해서는 박경남, 「단릉 이윤영의 산사 연구」, 서울대 석사논문, 2001 참조.
33 이윤영이 편찬한 것으로 알려진 『명산기』는 1747년에 중국 유기들을 모아놓은 것이다. 그 구성 방식이 매우 독특하다. 태악을 처음에 배치한 것은 선왕이 처음 순수하고 성인이 밟았던 곳

『곡운공기행록(谷耘公紀行錄)』은 곡운 권복(谷耘 權馥, 1769~?)이 쓴 기행문들만을 모아 엮은 책이다. 이 책은 「남유록(南遊錄)」, 「교남일록(嶠南日錄)」, 「수의기행(繡衣紀行)」, 「서정일록(西征日錄)」으로 구성되어 있으며, 끝에 김해 아전이 쓴 국문가사 「금릉별곡(金陵別曲)」이 덧보태어져 있다.[34] 이 중에서 「남유록」은 1818년 전라좌도 경시관(京試官)으로 부임할 때의 여정과 견문 등을 기록한 것이다. 특히 「남유록」은 유기의 글쓰기 방식에 있어서 주목된다. 「남유록」은 노정(路程), 시역(試役), 어하(御下), 심방기문(尋訪記聞), 유상(遊賞), 풍정(風情), 위의(威儀), 기거(起居), 음식(飮食) 등으로 구성된 세목화 방식의 글쓰기를 보여주었다. 노정을 서술한 부분, 구례에서 향시를 실시할 때의 절차와 과거장 안팎의 풍경을 기록한 부분, 시험과 관련하여 하급관원들에게 훈계한 말을 기록한 부분, 친지와 친구들을 방문하였던 내용, 누정과 사찰을 유람했던 내용, 각 고을에서 만난 기생들과의 인연을 기록한 부분 등이 항목별로 세분되어 서술되었다. 그 밖에 「교남일록」은 1824년 경상좌도 경시관으로 부임했을 때의 기행문이며, 「수의기행」은 1826년 경기 암행어사로 체험한 일들을 기록하였고, 「서정일록」은 1828년 평안도 순안으로 유배되었을 때의 일들을 서술한 기행문이다.

이계(耳溪) 홍양호(洪良浩)의 손자인 홍경모(洪敬謨, 1774~1851)는 자신이 쓴 여행 관련 산문들만을 모아서 10책에 달하는 방대한 분량의 작품집『관암존고(冠巖存藁)』(규장각 소장)를 편찬하였다. 그 내용을 간략하게 보면 다음과 같다.

이기 때문이며, 숭악은 천하의 중심을 드러낸 것이고, 화악은 서쪽으로 돌아갈 의사를 우의한 것이다. 세운이 날로 남하하기 때문에 형악을 기록하였고, 북방 오랑캐를 비루하게 여겼기 때문에 마지막으로 향악을 기록하였다.

34 권복의『곡운공기행록』은 국립중앙도서관 국역총서로 간행되어 소개되었다. 권복, 우응순 역,『국역 곡운공기행록』, 국립중앙도서관, 2007 참조.

제1책 유기(遊記, 關東), 제2책 유기(관서(關西)), 제3책 유기(관북(關北)), 제4책 유기(관동(關東)), 유기(교남(嶠南)), 제5책 유기(근교(近郊)), 유기(이계(耳溪)), 제6책 유기(해악기행(海嶽記行)), 제7책 유기(옥하섭필(玉河涉筆)), 제8책~제10책 유기(요야기정(遼野記程))

국내뿐만 아니라 중국 여행을 소재로 한 작품들에 이르기까지 작가가 유람하고 여행을 다녔던 곳들에 관한 글들만을 모아 놓은 책이다. 물론 이 작품집에는 고적, 건물 등에 관한 기문 등도 수록되어 있고, 역사지리학적 지식과 정보들을 위주로 서술한 부분도 눈에 띤다. 순수 산수유기 작품집은 아니지만, 국내와 국외를 망라하여 여행과 유람을 소재로 한 작품들을 각 지역별로 집성해 놓았다는 점에서 — 실제로『관암존고』의 표지에 작은 글씨로 '유기(遊記)'라고 쓰여 있음 — 의미가 있다. 작가 개인의 작품들로만 구성된, 일종의 저자 개인 와유록인 셈이다.

이 같은 점은 식산(息山) 이만부(李萬敷)의『지행록(地行錄)』에서도 보인다. 전국의 명산들을 유람하면서 쓴 작품들을 모아놓은『지행록』은 인문 지리적 정보를 제공하고 있을 뿐만 아니라 작가 자신의 흥취를 담아낸 다수의 산수유기를 포함하고 있다. 작가 개인의 여행 체험 관련 작품들을 집성해 놓은 작품집이라는 점에서 앞서 언급한 홍경모의『관암존고』와 일맥상통한다.

2) 그림과 결합된 향유 방식

그림과 결합된 형태의 산수유기 향유 방식은 조선 후기에 들어와 본격화되었다. 특히 17세기 이후 실경산수화, 기행산수화의 창작이 활발하게 전개되는 것과 맞물려, 그림과 결합된 산수유기의 창작 또한 매우 활발해졌다. 현재 전하는 화첩 중에서 그림과 산수유기 산문작품이 함께 수록된 대표적 사례를 들면 다음과 같다.[35]

화첩명	유기 작가	화가	여행지	여행시점
몽기(夢記)	권섭(權燮)	미상	몽중(夢中)	1686~1756
풍악장유첩(楓嶽壯遊帖)	강세황(姜世晃)	강세황	금강산	1788
해산첩(海山帖)	정수영(鄭遂榮)	정수영	금강산	1797
오헌와유첩(寤軒臥遊帖)	김계온(金啓溫)	화원(畵員)	금강산	1816
동유첩(東遊帖)	이풍익(李豊瀷)	화원	금강산	1825
학산구구옹첩(鶴山九九翁帖)	윤제홍(尹濟弘)	윤제홍	한라산	1825
금강산육곡병(金剛山六曲屛)	미상	전김응환 (傳金應煥)	금강산	18C 말~19C 초
풍악권(楓嶽卷)	이유원(李裕元)	김하종(金夏鍾)	금강산	1865
금강산십곡병(金剛山十曲屛)	미상	미상	금강산	19C 말

실경산수화에 한시 작품이 함께 수록되는 경우는 많이 있다. 하지만 산수유기 산문작품이 그림과 함께 수록되는 것은 상대적으로 적다. 대표적 사례는 김계온(金啓溫)의 『오헌와유첩(寤軒臥遊帖)』과 이풍익(李豊瀷)의 『동유첩(東遊帖)』, 그리고 정수영(鄭遂榮)의 『해산첩(海山帖)』, 강세황(姜世晃)의 『풍악장유첩(楓嶽壯遊帖)』, 윤제홍(尹濟弘)의 『학산구구옹첩(鶴山九九翁帖)』이다. 그리고 권섭(權燮)의 『몽기(夢記)』는 꿈속 세계의 유람이라는 특이한 경험을 소재로 하여 그림과 산수유기가 결합한 작품이라는 점에서 특별한 의미를 지닌다.

국립중앙박물관에 소장된 정수영의 『해산첩(海山帖)』과 강세황의 『풍악장유첩(楓嶽壯遊帖)』, 개인 소장본인 윤제홍의 『학산구구옹첩(鶴山九九翁帖)』은 화가 자신이 그린 그림과 직접 쓴 산수유기를 한곳에 모아놓은 화첩이라는 점

---

35 현재 전하지는 않지만 정란(鄭瀾)의 『불후첩(不朽帖)』 또한 정란 자신이 지은 산수유기에다가 화가로부터 받은 그림이 함께 수록된 것이어서 그림과 결합된 산수유기 향유의 방식을 잘 보여주는 사례이다.

에서 의미가 있다. 『해산첩』은 1797년 가을 벗 여헌적(呂軒適)과 함께 금강산을 여행한 뒤 1799년 봄에 제작했다고 되어 있다. 이 화첩은 그림과 글을 나누어 쓰던 종래의 형식에서 벗어나 산수유기와 그림을 같은 화면에 포치하는 새로운 표현을 시도했다. 금강산 여행의 여정과 경관에 대해 쓴 글이 그림과 함께 수록되어 있는 점 또한 다른 금강산 화첩과는 차별되는 면모이다. 그림은 여행 일정에 따라 연속적으로 구성되어 있다.

> 표훈사로부터 곧장 정양사에 이르렀다. 절 앞에 벼랑이 깎아지른 듯하여 견여(肩輿)도 돌아서 오르기 어려웠다. 벼랑에 오르니 헐성루라는 누각이 있었다. 마침내 누각에 올라 바라보기도 전에 눈이 아찔하고 정신이 어질어질하였다. 잠시 후 난간에 의지하여 둘러보니 가섭봉으로부터 남쪽으로 내수점에 이르기까지가 중향성이었다. 옥을 깎아놓은 듯 하늘로 솟아있는 봉우리들이 희미하게 뾰족 솟아 있었고 성곽의 성가퀴 모양 같았다. 그 안에는 뾰족하게 솟은 수많은 봉우리들이 있었는데, 그것이 만이천봉이었다. 모두 흰 색이며, 사방은 푸르고 검은 빛이었다.[36]

정수영(鄭遂榮)이 금강산 화첩 『해산첩』 안에 직접 쓴 글이다. 표훈사로부터 정양사에 이르러 중향성을 바라보는 과정을 서술했다. 특히 정양사의 헐성루에서 바라보는 금강산의 모습을 집중적으로 부각했다. 조선 후기에 들어와 금강산을 직접 유람하고 그린 실경산수화가 다수 제작되었는데, 겸재 정선의 「금강전도」를 비롯해 조선시대 금강산 그림의 명작 중에는 정양사

---

36 정수영(鄭遂榮), 『해산첩(海山帖)』(국립중앙박물관 소장). "自表訓直至正陽寺, 寺前懸崖, 肩輿亦難繞, 上崖, 有樓, 榜歇惺, 逢望樓, 未及眺望, 心目炫煌, 俄而據檻憑視, 自迦葉, 南至內水岾, 是謂衆香城. 削玉出天之峰, 微微若失, 隱若城堞狀, 裏面許多尖峰, 是謂萬二千峰, 都白色, 四處皆青黑."

헐성루에서 본 경치를 그린 것들이 많다. 헐성루에서는 내금강의 47개에 달하는 크고 작은 봉우리들을 한눈에 살펴볼 수 있다. 정수영이 헐성루에서 바라본 경험을 화폭에 담아『해산첩』에 수록된 네 번째 그림이다.

지리학자 집안 후손인 정수영은 남다른 관찰력, 독자적 시각과 경물 배치 방식, 특유의 필법이 특징인 자신만의 금강산 그림을 남긴 것으로 평가된다. 그는 헐성루와 천일대를 여러 차례 오르내리면서 내금강산의 장관을 조망했다. 키 큰 침엽수림이 심어져 있는 천일대에는 연록색 담채가 칠해져 있는데, 산줄기에 가해진 붉은 담채와 대조를 이루면서 시선을 집중시키는 효과가 있다. 정선이 그린 금강산 그림에서는 위에서 내려다보는 시선으로 정양사, 헐성루, 천일대, 금강대와 산봉우리들을 그렸고 이 경물들을 대각선 구도로 배치하여 공간의 깊이를 연출했다. 짜임새 있는 공간 구성이기는 하지만 정선이 실제 본 풍경이라기보다는 선택과 생략을 통해 회화적 변형을 거친 공간을 연출해낸 것이다. 이에 반해 정수영은 자신이 조망한 모든 것을 화폭에 담으려고 했던 것으로 보인다.[37] 미적 변형과 재구성보다는 개인의 시각 경험을 기록하려는 의도를 보인다. 그가 직접 그린 그림을 보고 있으면, '눈이 아찔하고 정신이 어질어질하였다'는 산수유기의 표현을 실감할 수 있을 정도이다.

강세황(姜世晃)의『풍악장유첩(楓嶽壯遊帖)』은 1788년 가을 회양부사로 부임한 아들을 찾아가 머무를 때에 금강산을 유람하고 그린 그림과 시, 유기(遊記) 등을 수록한 화첩이다. 앞쪽에는 4편의 시와 유기가 적혀 있고, 뒤에는 먹으로 담백하게 표현한 풍악산 그림 7첩이 수록되어 있다. 모두 14첩으로 구

---

37 정수영(鄭遂榮)의『해산첩(海山帖)』의 회화적 특징과 관련해서는 이수경의 해제를 참조. 국립중앙박물관,『가을, 秋 ─ 유물 속 가을 이야기』, 국립중앙박물관, 2008. 그 밖에 최순우,「지우재의 해산첩」,『미술사학연구』6, 한국미술사학회, 1965; 박정애,「지우재 정수영의 산수화 연구」,『미술사학연구』235, 한국미술사학회, 2002.

성되어 있는데, 기행문을 따라 그림을 그리는 방식으로, 조선 후기 18세기의 전형적 기행사경도의 양식을 보여준다.[38]

19세기에 들어와 그림과 결합된 산수유기의 향유 방식은 더욱더 활발하게 이루어진다. 이 시기에 들어와 금강산을 비롯한 명산 여행이 한층 더 확산되는 현상과 맞물린 결과이다. 『오헌와유첩』은 금강산과 강원도 명승지 그림 75장과 함께 소기(小記) 75편, 한시 161수가 수록되어 있다. 오헌(寤軒) 김계온(金啓溫, 1773~1823)과 당시 명인(名人)들의 시문이 함께 수록되어 있다. 그리고 이풍익(李豊瀷, 1804~1887)의 『동유첩(東遊帖)』 또한 그림과 산수유기 작품이 결합된 사례이다. 이풍익(李豊瀷)이 21세 때인 1825년에 친척인 서원(西園, 인명 미상)과 친구 이맹전(李孟全)과 함께 금강산을 유람한 후 일기, 시, 산문에다가 화원에게 그리게 한 그림 28폭을 합쳐 만들었다.

① 8월 14일. 새벽같이 일어나 해돋이를 보러 갔지만 일출의 장관이 구름에 가려져 실로 안타까웠다. 식사를 마친 뒤 조각배를 띄워 바다로 나가 총석(叢石)을 구경하고 환상정 터에 머물렀다.

② 총석정은 통천군 동북쪽 25리에 있다. 바다 위로 솟은 길쭉한 돌기둥 머리에 정자가 앉았다. 늘어선 기둥들은 지주처럼 떨기떨기 모여 섰다. 30길이나 솟은 것도 있고 어떤 것은 4~5길쯤 되기도 한다. 반듯반듯 서 있는 육각 칠각의 푸른 빛 기둥들은 집 지을 목수가 용도에 따라 다듬어놓은 목재처럼 길이가 제각각이다. 비스듬히 누운 채로, 수직으로 선 채로, 목책처럼 언덕에 기대기도 하고, 돛

---

38 강세황(姜世晃)의 『풍악장유첩(楓嶽壯遊帖)』에 수록된 산수유기는 「중양등의관령기(重陽登義館嶺記)」이다. 이 작품은 강세황의 문집 『표암유고』에도 실려 있는데, 약간의 글자 출입이 있다. 강세황의 『풍악장유첩』의 도판은 변영섭, 『표암 강세황 회화 연구』, 일지사, 1988 참조.

대를 묶어 물에 꽂아놓은 것 같기도 하다. 머리빗처럼 꼿꼿한 것이 1,000개는 될 듯했다.

　③ 동해바다 돌기둥은 관동에서 으뜸이니

　파도 속에 뿌리박고 수면에 떨기 졌네

　바다에 꽂혔으니 진시황의 자취 아닐는지

　하늘을 버텼으니 여와의 힘일런가

　총총히 묶인 자태 바위 되고 산이 되어

　빗물에 씻기고 바람과도 맞섰지

　누각에서 반나절 구경 그래도 부족해

　살랑 물결 이는 곳에 정처 없는 나그네[39]

　총석정을 다룬 일기, 한시, 산문을 함께 예시했다. 일기, 한시, 산문 등의 장르가 그림과 함께 배치됨으로써 각 장르가 지닌 특성을 상호 보완하면서 금강산 유람의 한 장면을 다각도로 감상할 수 있게 하였다. 일기는 1825년 음력 8월 4일부터 9월 2일까지 29일간의 여정을 전반적으로 기술했다. 출발, 노정, 목적지, 귀로 등의 여행 과정과 그 자신이 견문하고 경험한 사실들을 간략한 필치로 서술해놓았다.

　일기 형식의 인용문 ①에서 음력 8월 14일에 아침 식사 후에 총석정을 구경하고 환상정 터로 이동하였음을 간결하게 서술했다. 산수유기 형식인 인용문 ②에서 작가는 총석정의 위치를 간단하게 언급한 후 총석정의 기기묘묘한 형상에 초점을 맞추어 묘사했다. 특히 '목수가 다듬어놓은 목재', '언덕

39　이풍익, 이충구 외역, 『동유첩(東遊帖)』, 성균관대 출판부, 2005.

에 기댄 목책(木柵)', '돛대를 묶어 물에 꽂아놓은 것', '머리빗' 등의 비유를 통해 총석정의 기묘한 돌기둥 모습을 생생하게 표현했다. 이어지는 인용문 ③은 총석정을 읊은 칠언율시 11편 중의 하나이다. 진시황제가 수천 명의 동남동녀를 보내 불로초를 동해에서 구해오도록 한 고사, 오색 빛 돌을 다듬어 하늘을 깁고 자라 다리를 끊어 기둥을 세웠다는 여와의 고사를 원용하면서 총석정을 바라보는 작가의 감회를 드러냈다.

『동유첩』에는 일기, 산수유기, 한시와 함께 김홍도풍의 금강산도를 계승한 실경작품이 수록되어 있다. 일기에서는 그날의 여정과 견문들을, 산수유기에서는 금강산 승경과 그 주변 경관의 아름다운 모습을, 한시에서는 작가의 주관적 감회를 드러내고, 그리고 그림을 통해서 시각적으로 재현함으로써 각 장르의 장점을 살려 독자에게 감상의 효과를 배가시켰다.

그림과 결합된 산수유기의 향유 방식은 19세기 후반에도 계속되었다. 이 시기의 대표적 사례인『풍악권(楓嶽卷)』은 이유원(李裕元)의 산수유기와 김하종(金夏鍾)의 금강산도를 합쳐서 만든 서화첩이다.[40] 이유원의 「풍악유기」를 비롯한 다수의 유기 작품이 58점에 달하는 금강산 명승도와 함께 수록되어 있다. 한편『금강산육곡병(金剛山六曲屛)』,『금강산십곡병(金剛山十曲屛)』은 병풍으로 제작되어 금강산 문학과 회화를 동시에 감상하는 사례라는 점에서 흥미롭다.[41]

---

40 김하종은 많은 화원을 배출한 개성김씨 가문 출신으로, 화원 김득신의 셋째 아들이며, 김응환의 방계 손자이다.

41 『풍악권(楓嶽卷)』,『금강산육곡병(金剛山六曲屛)』,『금강산십곡병(金剛山十曲屛)』 등에 대해서는 일민미술관 학예연구실,『몽유금강, 그림으로 보는 금강산 300년』, 일민미술관, 1999 참조.

3) 평비본(評批本) 형태의 향유 방식

평비본(評批本) 형태의 산수유기(山水遊記)는 조선 후기에 이르러 보인다. 평비본 방식이 산수유기 글쓰기 자체의 새로운 변화를 보여주는 것은 아니다. 산수유기 작품 창작과 관련하여 평비본 형태로 열람, 유통되었던 당시의 상황을 보여준다는 점에서 의미가 있다. 대표적 작품으로는 서영보(徐榮輔, 1759~1816)의 『풍악기(楓嶽記)』와 한장석(韓章錫)의 『삼관자해산소사(三觀子海山小史)』가 있다. 『풍악기』는 서영보가 1806년 9월 금강산 일대를 유람한 뒤 지은 기행록이다. 여정에 따라 작가 자신의 견문을 서술해 놓았는데, 여기서 우리가 주목할 점은 작품 뒤에 붙어있는 여러 사람의 비평문이다. 비평을 단 인물들은 당대의 대표적 문인들이라는 점에서도 이 산수유기가 갖는 비중을 짐작게 한다. 완구(宛邱) 신대우(申大羽), 극옹(屐翁) 이만수(李晩秀), 호옹(壺翁) 조덕순(趙德純), 이하(彛下) 심상규(沈象奎), 영재(泠齋) 유득공(柳得恭) 등 18세기 후반에서 19세기 초반의 대표적 문인 지식인들이 다수 참여했다.

이만수(李晩秀)의 평 : 유종원의 작품은 『산해경』, 지리지와 같으며, 육유의 작품은 날짜에 따라 견문들을 적었으며, 이반룡의 작품은 기괴하고 전아하지 못하다. 우리나라에는 산수유기가 없는데, 옥경자에게 비로소 산수유기가 있게 되었으니 400년 이래로 훌륭한 글이다. 대개 한 가닥 산수자연에 대한 애호의 마음을 표현해 내었으니, 남의 것을 베껴서 취할 수 있는 것이 아니다.[42]

---

42 서영보(徐榮輔), 『풍악기(楓嶽記)』(규장각 소장본). "柳州似山經地志, 放翁爲繫日屬事, 于鱗又詭怪不經. 東國無山水記, 玉磬子始有此, 四百年有數文字. 盖其一副烟霞性情, 陶寫出來, 非竊鞋筆楷之所能襲而取之也." 같은 글이 이만수(李晩秀)의 문집 『극원유고(屐園遺稿)』에 「서죽석풍악기후(書竹石楓嶽記後)」로 실려 있다. 『한국문집총간』 268, 407면 참조.

유득공(柳得恭)의 평 : 『서경』의 「우공(禹貢)」, 『산해경(山海經)』, 마제백(馬第
伯)의 「봉선기(封禪記)」, 역도원(酈道元)의 『수경주(水經註)』로부터 점화하였고,
단숨에 몰아쳐 써내려갔으며 수미가 서로 호응을 이루었다. 한 편의 훌륭한 글이
니, 패관으로 봐서는 안 된다.[43]

한편 서영보(徐榮輔)의 『풍악기』는 목판본으로 간행된 산수유기라는 점에
서도 의미가 크다. 옹방강이 쓴 『해동김석영기(海東金石零記)』에 따르면, 금
강산 탁본을 수집하고 있던 옹방강이 서영보의 『풍악기』를 구해 읽었다.[44]
산수유기가 목판본으로 간행된 사례가 많지 않은 가운데, 서영보의 『풍악
기』 간본은 금강산을 유람하고자 했던 중국 지식인들과의 교류 차원에서 그
의미를 생각할 수 있다.

평비본 형태의 산수유기집으로 또 하나 주목할 작품은 한장석(韓章錫)의
『삼관자해산소사(三觀子海山小史)』이다.[45] 봉서 유신환의 문인이었던 한장석
은 1865년 5월 금강산 유람을 다녀왔다. 그는 금강산 여행을 갈 때에 행장 속
에 김창협의 『동유기(東遊記)』를 휴대했다. 『삼관자해산소사』는 일기식 구
성을 하고 있고, 여정을 서술한 다음 기문과 한시를 배치하는 구성 방식을 택
했다. 책에 수록된 기문은 39편, 한시는 120편이다. 특히 주목되는 것은 산
수유기 작품의 본문에 대해 미비(眉批)의 형태로 간단한 평들을 달아놓았다
는 점이다. 산수유기를 주변인들이 읽고 비평을 하였던 당시의 정황을 짐작
게 한다.

---

43 서영보, 『풍악기』(규장각 소장본). "從禹貢, 山海經, 馬第伯封禪記, 酈道元水經註, 點化出來, 一
氣呵成, 首尾呼應, 好一篇大文字, 不可以稗官看." 같은 글이 유득공의 문집 『영재집(泠齋集)』에 「제
죽석풍악기(題竹石楓嶽記)」로 실려 있다. 『한국문집총간』 260, 119면 참조.
44 옹방강, 이충구 외역, 『해동김석영기(海東金石零記)』, 과천문화원, 2010.
45 현재 국회도서관에 소장된 저자의 자필 필사본이다.

금강산 여행을 떠나는 앞부분을 들어본다.

우리나라 산 중에서 금강산이 천하에 기이함으로 알려졌다. 매번 가을바람이 불 때마다 상상력이 발동하여 만 이천 봉우리 사이로 날아간다. 오래도록 생각을 하여 가슴속에 남아 있어 때때로 꿈속에 이르기도 하였다. 을축년 봄에 놀러 갈 것을 결심 하고 노새 한 마리를 타고 혼자 떠나려고 했다.[46]

위에 인용된 작품 본문에 대해 "가을바람에 상상이 발동하니 두 겨드랑이 에서 날개가 돋으려 한다[秋風神思, 兩脇欲羽]"라고 평했다. 이 평을 누가 하였 는지에 대해서는 확실하지 않다. 한장석과 교분이 있었던 주변 문인이었을 것으로 짐작된다. 『삼관자해산소사』에는 문장의 구성, 언어 운용 등과 관련 된 평비(評批)들이 다수 수록되어 있어 산수유기를 창작하고 비평하였던 당 시의 문학 환경의 일단을 엿볼 수 있다.

4. 연구사적 전망

그동안 산수유기에 관한 연구는 개별 작가의 작품을 분석하거나 특정한 유람 공간 — 예컨대 금강산, 지리산 등 — 을 중심으로 연구가 진행되어 왔다. 여기

---

46 한장석(韓章錫), 『삼관자해산소사(三觀子海山小史)』(국회도서관 소장본) 책1. "域中之山, 金 剛以奇聞天下, 每秋風起, 神思奕奕, 飛在萬二千峰之間, 思之久而成形於胸中, 往往假夢寐而至 焉. 乙丑春決意往遊, 將匹驪獨行."

에서 살핀 글쓰기 방식에 대한 검토는 조선 후기의 산수유기가 지닌 전반적인 성격과 흐름을 파악하는 데에 유효하다고 생각된다. 글쓰기 방식에 초점을 둔 이 글은 조선 후기에 들어와 산수유기 장르가 여행문화가 활성화되는 가운데 어떠한 변화를 모색해 가고 있는지를 전체적으로 조망하는 데에 작은 도움이 될 것으로 기대된다.

기존 산수유기의 성과를 참조하면서 이 글에서는 산수유기의 글쓰기와 향유 방식에 초점을 맞추어 조선 후기 산수유기 창작의 변화 국면을 추적했다. 기존에 알려진 세목화(細目化) 또는 절목화(節目化) 글쓰기 방식 이외에 조선 후기에 들어오면 편폭이 짧아지는 소형화(小型化)의 방식, 하나의 풍경처를 소재로 한 다수의 독립된 소품들을 하나로 묶는 조합화(組合化)의 방식, 여행 경로를 따라가며 서술하던 기존의 관행과 격식에서 벗어나 작가의 견문과 체험과 의론을 자유롭게 필기의 방식으로 써내려가는 필기잡록화(筆記雜錄化)의 방식 등이 시도되어 이 시기 산수유기 창작을 더욱 풍성하게 발전시켰다.

이와 함께 산수유기 작품을 향유하는 방식 또한 다채롭게 변화하고 있는 점에 주목하였다. 산수유기 작품들을 위주로 한 작품집의 편찬이 활발하게 이루어졌으며, 그림과 결합하거나 평비본 형태를 통해 산수유기 작품을 감상하는 등 그 향유 방식 또한 다양화되었다.

아울러 글쓰기 방식에 대한 검토는 동아시아적 시각 속에서 중국과 일본의 산수유기와 상호 비교하는 방향으로 확대될 필요가 있다. 글쓰기 방식을 중심으로 중국의 송대, 만명시대의 산수유기 창작 경향을 조선 후기와 상호 비교하는 작업은 양국 간의 문학과 문화의 동이성을 구명하는 데에 도움이 될 것이다.

조선 후기 산수유기의 글쓰기 방식에서 보이는 필기잡록화의 방식은 일본 에도시대의 기행문과 유사한 성향을 보인다는 점에서 흥미롭다. 에도시대에 이르면 도로가 정비되고 숙박시설 등도 잘 갖추어지면서 다양한 형태의 여행이 가능하게 되었고, 여성과 일반 서민 들도 활발하게 여행을 하였다. 이에 따라 여러 계층의 인물들이 기행문을 활발하게 창작하게 되었다. 에도시대 이전의 기행문은 고전화된 명소와 역사 유적지를 방문하여 시가 장르의 서정적 표현을 축으로 하여 작성하는 방법을 주로 사용했다. 에도시대에 이르면 전시대의 기행문과 달리 장편화되는 경향을 보이며, 기록적이며 지지적(地誌的)인 성격을 강화시켜 나간다. 여행 도중에 견문한 사실을 정확하게 서술하고 전달하고자 힘을 썼으며, 평이하고 간명한 문체를 구사하였고, 풍부한 내용을 담고 있었다. 가이바라 에키켄(貝原益軒, 1630~1714)의『동로기(東路記)』와 『남유기행(南遊紀行)』, 다치바나 난케이(橘南谿, 1753~1805)의『동서유기(東西遊記)』, 후루카와 고쇼켄(古川古松軒, 1726~1807)의『동유잡기(東遊雜記)』등이 그 대표적인 작품들이다. 예컨대 후루카와 고쇼켄은『동유잡기』에서 히라이즈미[平泉], 송도(松島), 센다이[仙台], 소마[相馬]에서부터 에도[江戶]까지 여행하면서 각 지역의 민속, 전설, 풍속, 생활 등을 자세하게 기록하였다. 여행자의 다채로운 견문과 경험 그리고 지식을 사실적으로 서술하는 데에 중점을 두었다는 점에서 조선 후기 산수유기의 필기잡록화 방식의 글쓰기와 유사한 경향을 보여주는 것이다. 에도시대의 기행문을 필기잡록화의 경향을 띤 조선 후기 산수유기와 상호 비교하는 작업은 중세해체기의 문학사를 동아시아적 시각에서 접근하는 데에 도움을 줄 것으로 생각된다.

조선 후기 취미생활과 문화현상

안대회

1. 들어가며

조선 후기의 문화는 이전 시대와 비교하여 훨씬 다양해지고 개성적으로 변모하였다. 그 현상은 상층 지식인의 지적 활동에 다양한 자취를 남겨서 문학작품을 비롯하여 예술과 문서 속에 구체적인 기록으로 남겨졌다. 다양한 시각에서 조명한다면 그 시대의 문화현상의 입체적 모습이 더 잘 이해될 수 있다. 그것이 조선 후기 사람의 취미생활에 초점을 맞추어 그 시대를 살펴보려는 이 글의 집필 동기이다.

조선 후기 일상과 문화에서 취미는 당시부터 뚜렷하게 부각되었다. 18세기 중후반 중상층 사람의 일상생활을 생생하게 보여주는 『사소절(士小節)』에서 이덕무는 "산수와 화조(花鳥), 서화와 각종 완상품 따위는 그 고아한 취향이 주색잡기나 재물욕심보다 낫다. 그러나 그것에 도취되어 정신을 잃고 본업을 망치며, 심지어는 남의 물건을 빼앗거나 남에게 빼앗기는 지경에 이른다면 그 해악은 주색잡기나 재물욕심보다 더 크다"[1]라고 말하고 있다. 여기서 산수는 산수를 여행하는 취미를, 화조(花鳥)는 꽃을 가꾸고 새를 키우는 취미를 가리킨다. 그 취미를 포함하여 서화를 수집 감상하고, 나아가 갖가지 기호품을 소유·감상하는 취미의 추구를 놓고 이덕무는 그 해악을 경고하고 있다. 아무리 고상한 취미라도 도에 넘치게 도취할 우려가 있고, 그 결과 본업을 방해할 위험성이 도사리며, 따라서 좋지 못한 취미보다 더 나쁠 수 있다는 이유를 댔다.

그가 말한 주색잡기와 재물 욕심은 이른바 악취미요, 산수와 화조 따위는 고상한 취미다. 그 시대에는 이런 우려를 자아낼 만큼 다양한 취미에 도취된 풍조가 폭넓게 확산되었고, 이덕무는 그런 풍조에 휩쓸리지 말 것을 경고하고 있다. 그의 경고를 과도한 노파심으로 돌릴 수 없을 만큼 다양한 취미생활은 도시공간을 중심으로 확산되었다. 취미는 특정한 개인의 취미생활 차원에만 머물지 않고 그 시대의 문화적 개성을 보여주는 시대적 트렌드로서 자리매김할 수 있다. 다양한 취미가 집단적 유행과 소비행태에 따라 부침을 겪으면서 문학이나 회화를 비롯한 문화의 갖가지 갈래에 반영되었다. 문화현상에 내재하는 취미의 문제를 분석하는 동기가 여기에 있다.

1 　이덕무(李德懋), 『청장관전서(靑莊館全書)』 권28 『사소절(士小節)』 「사전(士典) 2」(『한국문집총간』 257). "山水花鳥書畫器玩, 其雅致優於酒色財利. 然及其惑溺而喪志敗業, 甚至攘奪人物, 又爲人所攘奪, 其害反大於酒色財利."

2. 취미의 개념과 그에 대한 태도

『표준국어대사전』에 따르면, 취미(趣味)는 ① 전문적으로 하는 것이 아니라 즐기기 위하여 하는 일과 ②아름다운 대상을 감상하고 이해하는 힘, 그리고 ③ 감흥을 느끼어 마음이 당기는 멋이란 세 가지 의미를 갖고 있다. 일반적으로 취미는 노동이나 직업 이외의 영역에서 개인이 즐기거나 재충전할 수 있는 오락, 여기(餘技)의 의미로 쓰인다. 축구나 등산 같은 육체적이고 물리적 실천에서부터 음악 감상이나 다도와 같은 정신적 층위까지 포함하며, 소비 활동과 생산 활동을 넘나드는 등 취미와 조합해서 지시할 수 있는 인간의 정서적 상태나 활동은 무한대로 확장될 수 있다.[2]

취미란 말은 과거의 언어와 긴밀한 관련을 맺고 있으나 현대의 의미는 서양어의 번역이다. 다시 말해, 한자어이지만 실은 심미적 개념의 취미(taste)와 개인의 기호에 따른 오락 취미(hobby)의 서구적 의미가 중첩되어 사용되고 있다. 중국 근대의 사상가인 량치차오(梁啓超)도 taste의 번역어로서 취미를 미학적 개념으로 사용하며 그의 미학에서 중요하게 취급하였다. 일본은 메이지시대 말엽에 서구적 취미 개념이 빈번하게 사용되어 도시 시민계급의 소비문화에 큰 영향을 끼쳤고, 그것이 식민지 조선에도 파급되어 새로운 시대적 가치로 자리매김하였다. 대중문화의 성장과 함께 즉흥적이고 감각적인 오락성이 대중의 일상과 취미문화를 장악해갔고, 근대적 취미를 향유하는 문화 주체가 형성되었으며,[3] 다양한 역사적 변화를 거쳐 현재의 취미문화로 자리를 잡아갔다.

근현대에 형성된 취미의 개념에서 알 수 있듯이 취미는 서구적 개념을 사

2　문경연, 「식민지 근대와 '취미' 개념의 형성」, 『개념과 소통』 제7호, 한림대 한림과학원, 2011, 35~36면.
3　위의 글, 35~71면.

용함으로써 그 직전의 조선시대와 분명한 단절을 이룬 것처럼 보인다. 그러나 명확하게 단절한 것으로 볼 수 있을지는 의문이다. 개념부터 살펴본다면, 조선시대에 '취미'란 말은 적어도 한문을 이해하는 집단에서는 아주 흔하게 사용된 개념으로서 앞에서 제시한 세 가지 의미를 거의 모두 포함하고 있다. 사용되는 빈도를 정확하게 통계 잡기는 어려우나 대체로 볼 때 ①의 빈도가 가장 낮았고, 다음으로 ②의 빈도가 높으며, ③이 가장 폭넓게 사용되었다. 세 가지 의미가 뚜렷하게 구별되지 않은 채 고상하고도 우아한 취미와 취향, 기호(嗜好)를 포괄하는 의미로 쓰였다.[4] 근대 이전 사회에서 널리 쓰인 취미도 대체로는 현재와 비슷한 함의를 공유한다.

근대 이후에 서양의 취미활동과 개념, 대상이 동아시아에 전파되어 이전에 비해 새로운 함의와 내용이 첨가된 것처럼, 조선 후기에는 그 이전과 차별화되는 취미 활동과 개념, 대상이 등장한다. 전통사회에서 취미는 성색취미(聲色臭味)와 금기서화(琴棋書畵)라는 말로 표현하는 상식적 범주에 한정된 측면이 있다. 이는 각기 향락적 취미와 고급스러운 취미로 나뉘어 과도하게 쏠리지만 않는다면 일상적으로 향유할 수 있는 대상으로 인식되었다. 그러나 조선 후기 들어서는 전통적인 취미의 향유 범주를 벗어나는 상당한 변화가 발생한다. 평범한 것과는 차별화된 물품을 향유하면서 어디에서 만들어졌고 누가 만들었느냐를 따지며 소비하고 소장하는 소비 행태와 감상 태도가 등장한다. 문화 주체들은 물건의 품질과 개성, 기호만 만족시키면 지갑을 열어 큰돈을 내놓는 자세를 보였다. 다시 말해 물건의 효용가치만을 따지지 않고 예술성과 기호성에 큰 가치를 부여하는 태도가 등장하였다.[5] 소비의 패턴과 대상

---

4 정엽(鄭曄), 『수몽집(守夢集)』 권3 「창포설(菖蒲說)」(『한국문집총간』 66). "古之人有愛竹者, 有愛菊者, 有愛蓮者, 或趣味之有所同耶? 抑物物各有所遇者耶?" 채제공(蔡濟恭), 『번암집(樊巖集)』 권18 「증재명덕산야, 정경권부인, 위제학창의, 이좌수석취미, 개지아유고반영시지의야(曾在明德山也, 貞敬權夫人, 爲製鶴氅衣, 以佐水石趣味, 蓋知我有考槃永矢之意也)」(『한국문집총간』 235).

이 변화하면서 취미를 보는 시각 자체가 크게 변화했다. 감각적이고 오락적인 쾌락의 향유를 긍정하는 시각이 취미를 보는 관점에도 영향을 미쳤다.

전통적으로 특정한 사물에 대한 탐닉과 그로 인해 파생되는 즐거움의 향유는 물질적이고 감각적인 좋지 못한 쾌락으로 규정하였다. 그런 쾌락의 향유는 점잖은 사람이 피해야 할 유혹으로 간주되었다. 외물(外物)을 즐기다가 소중한 자기의 본심을 잃어버린다는 완물상지(玩物喪志)란 말이 그런 관점을 대변한다. 완물상지란 말에서 물(物)은 인간에게 쾌감을 느끼게 하는 사물과 행위를 가리킨다. 유학에서는 마음이 쾌락을 느끼는 어떠한 것도 탐닉에 빠질 위험성을 지니고, 탐닉은 한 개인에게는 본연의 임무를 망각하고 방기하여 정신적 공황상태를 불러일으키며, 그것이 확대되면 그가 속한 사회와 국가를 혼란으로 몰아갈 폐단을 야기한다고 경고해왔다.

조선 중기의 율곡(栗谷) 이이(李珥)는 곳곳에서 사대부의 도(道)에 기준을 둔 생활의 지침을 설정하였는데 그에 따라 취미를 비롯한 다양한 욕망을 절제하라고 가르치고 있다. 예컨대, "학문하는 자는 한결같이 도를 추구하여 외물에 굴복당해서는 안 된다. 올바르지 못한 외물은 일체 마음에 머물지 못하도록 해야 한다"[6]라고 말하고 있다. 그에 따르면, 물(物)에 대한 사랑은 도(道)의 추구를 방해하는 장애물이다. 자연스럽게 작은 물건에 기호를 갖는 것조차 경계의 눈초리로 보았다. 외물에 굴복당하여 취미를 즐겨서는 안 된다는 사고는 성리학자들 사이에서는 더욱 강화되어 쾌감을 느끼게 하는 어떤 취미활동도 금기시하는 금욕적인 태도로 고착되었다.

---

5 유본학(柳本學)의 「증변초관기서(贈邊哨官琦序)」(『문암문고(問庵文藁)』 건(乾), 개인소장 사본)에 실린 "凡玩好服用之物地産與人製之者, 苟品異而樣好, 則世人必費力以求之, 深藏而護之, 矻矻然不已"란 언급이 그와 같은 생각을 잘 표현하고 있다.
6 이이(李珥), 『율곡전서(栗谷全書)』 권27 「격몽요결(擊蒙要訣)」 「지신장(持身章)」(『한국문집총간』 45). "爲學者一味向道, 不可爲外物所勝. 外物之不正者, 當一切不留於心."

도를 제외한 외물은 모두 그런 위험성을 내포하고 있다. 따라서 서화를 수집하고 감상하는 전통적이고 고상한 취미조차도 탐닉에 빠질까 우려하여 소식(蘇軾)은 사물에 마음을 잠깐 붙이는 우물(寓物)은 일정하게 허용해도 사물에 마음을 오래 머물게 하는 유물(留物)은 인정할 수 없다고 하였다.[7] 그림이나 글씨와 같은 고급스런 문화적 산물에 애정을 깊이 표명하는 것조차도 경계의 시선으로 대하였으므로 다른 사물에 대한 경계심은 굳이 말할 필요조차 없다. 인간의 도덕적 완성과 균형 잡힌 삶을 유지하는 목표를 위해서는 즐거움의 과도한 추구는 좋지 못한 것이었다. 그 대상이 아름답고 우아하여 실제로 인간의 심성을 해치지 않을지라도 그랬다. 그런 사유가 힘을 얻은 시대에는 취미를 마음 놓고 즐기는 것도, 취미를 긍정하는 생각을 공개적으로 드러내는 것도 망설여졌다.

조선 후기에도 그런 관점은 크게 영향을 미쳤다. 미적으로도 아름답고 심성의 훈육에도 도움이 될 화훼를 감상하면서도 지나치게 탐닉할까봐 스스로를 경계하며 그 대상과 적절한 거리를 유지하려고 애쓴 18세기의 성리학자 봉암(鳳巖) 채지홍(蔡之洪)의 경우가 그렇다. 그는 꽃을 감상하면서 "감히 아름다움을 즐기지 못하고" 자기도 모르는 사이에 마음이 "화훼초목에 깊이 젖어 들어갈까봐" 조바심을 내는 심경을 폭로한다.[8] 건전하지 않다고 간주되는 유혹의 사물과는 거리가 먼 화훼를 감상하면서 스스로를 통제한다. 물건에서 즐거움을 취하고, 취미를 통해 심리적 만족을 얻는 평범한 인간의 욕구가 이데올로기와 종교적 신념에 의해 완고하게 제한을 당했다.

---

7 蘇軾, 「王君寶繪堂記」, 『經進東坡文集事略』 권53, 中華書局, 1979, 856면. "君子可以寓意於物, 而不可以留意於物. 寓意於物, 雖微物足以爲樂, 雖尤物不足以爲病. 留意於物, 雖微物足以爲病, 雖尤物不足以爲樂."
8 안대회, 「한국 충어초목화훼시(蟲魚草木花卉詩)의 전개와 특징」, 『한국문학연구』 제2호, 고려대 민족문화연구원, 2001, 147~173면.

따라서 그 같은 근엄한 신념의 소유자에게서 취미의 향유를 긍정하는 시선이 나오기는 어렵다. 그 신념은 채지홍의 괴벽(乖僻)한 성벽(性癖)이 아니라 성리학자에게 공유된 상식적 태도였다. 비슷한 시대의 윤행엄(尹行儼) 역시 「벽설(癖說)」에서 사람마다 모두 좋아하는 고질적 취미를 갖고 있어 시주벽(詩酒癖), 금수벽(禽獸癖), 완호벽(玩好癖) 따위를 꼽을 수 있는데 모두 의지를 잃게 만들어 몸을 해친다고 경계하고 있다.[9] 이이, 채지홍과 같은 취지다. 그 밖의 많은 언급을 통해서 취미를 억압하는 관점이 여전히 세력을 잃지 않았음을 알 수 있다.

그런데 조선 후기 들어 그 같은 완고한 의식의 억압에서 벗어나려는 시도가 다양한 형태로 등장한다. 고아한 예술과 사물을 점잖고 부드럽게 즐기는 상식적 취미 활동의 범주를 넘어서 다양한 취미 대상을 설정하여 탐닉하는 마니아들의 수가 늘어나고, 그 활동을 긍정하는 시각이 공개적으로 표명된다. 적극적으로 취미 활동의 새로운 변화를 이끌어낸 문화주체들이 형성되어 개성적 취미 행위를 벽(癖, 고질병), 광(狂, 미치광이), 라(懶, 게으름), 치(痴, 바보), 오(傲, 오만함)와 같은 개념으로 즐겨 설명하고 있다.[10] 이 개념은 좋아하는 취미 대상을 즐기는 데 망설임이 없이 과감하고, 정신없이 탐닉하는 행위를 설명한다. 취미를 적당히 즐기는 한계를 넘어 열정적으로 즐기는 태도이다. 이렇게 열정적 취미활동을 행하고, 서슴없이 표현하는 새로운 문화주체들은 금욕적 절제의 태도를 묵수하는 성리학자들과는 세상과 인생을 보는 자세 자체가 근본적으로 다르다. 그들은 사대부의 본업을 벗어나 취미 활동

---

9 윤행엄(尹行儼), 『수묵당유고(守默堂遺稿)』 하 「벽설(癖說)」(국립중앙도서관 소장 사본). "人之生也, 各稟所賦, 其性也萬不同也. 而亦各有癖好焉. 有詩酒癖焉, 有禽獸癖焉, 有玩好癖焉. 癖固不一, 而其爲喪志害己則同也, 皆可戒者."

10 안대회, 「18세기와 21세기를 읽는 키워드 마니아」, 『디지털과 실학의 만남』, 신규장각, 2005, 70~106면.

에 빠지는 것을 경계하기는커녕 오히려 적극적으로 권장한다. 취미 활동이 사대부의 본업을 방해한다고 보지 않고 오히려 취미를 즐기는 자세가 없으면 본업도 제대로 잘 할 수 없다고 본다.

박제가(朴齊家)는 화훼만을 전문적으로 그리는 화가에게 "사람이 벽(癖)이 없으면 그 사람은 버림받은 자이다. 벽이란 글자는 질병과 치우침으로 구성되어 편벽된 병을 앓는다는 의미가 된다. 벽이 편벽된 병을 의미하지만 고독하게 새로운 것을 개척하고, 전문적 기예를 익히는 자는 오직 벽을 가진 사람만이 가능하다"[11]라고 추켜세웠다. 홍현주(洪顯周)는 장황(粧潢) 전문가인 방효량(方孝良)에게 "벽이란 것은 병이다. 어떤 사물이든지 좋아하는 사람이 있게 마련인데 좋아하는 정도가 심해지면 즐긴다고 한다. 어떤 사물이든지 즐기는 사람이 있게 마련인데 즐기는 정도가 심해지면 벽이라고 한다"[12]라고 하여 벽의 소유자를 옹호한다. 화가와 장황가에게 취미는 곧 직업 자체다.

이들이 비판의 대상으로 삼은 자는 취미를 가진 자가 아니라 취미가 없는 자다. 이이, 채지홍, 윤행엄과는 반대로 벽이 없는 자를 버림받은 인간이라고까지 몰아세운다. 관점의 역전이 일어난다. 박제가나 홍현주와 비슷한 주장을 내세우는 문사들이 17세기 후반 이후 매우 많아지는데 그 현상을 통해서 과거의 문화주체가 보여준 태도나 의식으로부터 확실하게 변화한 시대 풍조를 확인할 수 있다.[13]

---

11 박제가(朴齊家), 「백화보서(百花譜序)」(안대회 역, 『궁핍한 날의 벗』, 태학사, 2000, 35면에서 재인용). "人無癖焉, 棄人也已. 夫癖之爲字, 從疾從癖, 病之偏也. 雖然具獨往之神, 習專門之藝者, 往往惟癖者能之."

12 홍현주(洪顯周), 『해거수발(海居溲勃)』 「벽설증방유능(癖說贈方幼能)」(규장각소장 사본)(안대회 역, 『부족해도 넉넉하다』, 2009, 김영사, 91~95면에서 재인용). "癖者, 病也. 凡物有好之者, 好之甚則曰樂, 有樂之者, 樂之甚則曰癖."

13 벽(癖)에 관한 이러한 달라진 의식은 앞에 인용한 안대회의 논문과 『벽광나치오』(개정판, 휴머니스트, 2011), 정민의 「18·19세기 조선 지식인의 '벽'과 '치' 추구 경향」(『18세기 연구』 제5·6호, 2001)에서 주목하여 설명하였다.

이제는 유학의 학습이나 관직의 복무, 가업의 유지와 같은 지식인의 본업 외에 자기만의 취미 활동에 깊이 몰두하지 못하는 사람들은 거꾸로 생기가 없는 밥 보따리와 때 주머니로 비판받고, 천하를 망치는 인간, 버림받은 사람으로 매도당하기도 하였다. 취미의 향유는 그만의 독특한 빛깔을 드러냄으로써 속물들이 판치는 세상에서 자신의 존재감을 확인시켜주는 가치 있는 인생활동으로 탈바꿈하였다. 쾌(快)와 낙(樂)의 감정에 충실할 수 있는 의식의 변화가 지식인들 사이에 형성되었다. 삶에 쾌감을 가져온다면 조금 지나치게 즐긴다 해도 그 취미의 향유를 받아들일 준비가 된 시대로 바뀐 것이다. 취미를 바라보는 시선에 긍정과 부정이 교차하고 갈등하면서 취미의 대상은 확대되고 적극적으로 취미 활동을 하는 사람은 늘어갔다. 그리고 취미가 다양한 문화와 결합되면서 문학을 비롯한 각종 예술에 반영되었다.

3. 소비문화의 발전과 취미생활

앞 절에서 살펴본 내용에서 알 수 있듯이, 조선 후기에 취미의 대상이 다양해지고 취미를 즐기는 인구가 확대된 현상은 그것을 가로막는 의식의 제약에서 탈피한 것이 촉진하였다. 취미는 상식적이고 흔해빠진 물건과 활동을 식상해하며 평범하고 낯익은 것들과 차별화된 새롭고 배타적인 물건과 활동을 향유하는 행위이다. 취미를 즐기는 문화주체는 범인들의 싸구려 감각과는 차별화된 취미의 대상을 향유함으로써 쾌감을 느끼고, 거기에 시간과 금전을 투여한 것에 대해 정신적 보상을 받고자 한다. 그리고 경제적으로

나 문화적으로나 앞선 위치에 있는 이들의 취미는 점차 그들을 모방하는 집단으로 확산되는 과정을 밟는다. 그렇다고 취미의 대상이 신상품이나 새로운 문화에 한정되는 것은 아니다. 낡은 물건이나 행위도 취미의 대상으로 얼마든지 새롭게 부각되며 유행을 만들어낸다.

취미 활동을 가로막는 뿌리 깊은 제약으로부터 탈피할 수 있는 동력은 경제의 발전, 정치와 사회의 안정이었다. 그것은 취미 활동을 자극하는 적극적소비를 유도하고, 새롭고 고급스러운 상품의 생산과 유통을 촉진했다. 임란과 호란 이후 국제정세의 안정이 19세기 중반까지 지속되었고, 그에 수반하여 경제는 전반적으로 안정적 성장을 누렸다. 경제력의 집중으로 서울을 비롯한 대도시는 활력이 넘치는 상업과 문화의 중심지로 발전을 거듭하였다. 특히, 서울은 성리학적 지배 이념 중심의 왕도문화가 경제적 이해관계를 중시하는 상업도시문화로 바뀌었다.[14] 청나라 일본과의 국제무역도 활성화되었고, 전국적으로 장시(場市)가 발달하여 유통에서도 상당한 발달이 진행되었다.[15] 나라 간 지역 간 상품의 유통이 활발해져 새로운 물품을 시장에 내놓음으로써 경제력을 지닌 인구의 소비 욕구를 창출하였다. 조선 후기에는 전국적인 유명세를 탄 각 지역 명품의 목록이 존재하였고,[16] 외국의 명품들이 서울 시장에서 활발하게 유통되었다.

구체적 현황은 외국으로부터 수입되는 물건이 새로운 취미를 발굴해내는 현상에서 잘 알 수 있다. 예컨대, 조선 후기에 새로 등장한 감각적 취향 가운데 담배와 차를 대표적인 것으로 꼽을 수 있는데 모두 외국으로부터 수입되어 전

---

14 고동환, 『조선시대 서울 도시사』, 태학사, 2007, 212~213면.
15 이헌창, 『한국경제통사』(제5판), 해남, 2012, 212~221면.
16 그 목록은 이익 『성호사설(星湖僿說)』 권8의 「생재(生財)」와 서유구 『임원경제지(林園經濟志)』 「예규지(倪圭志)」, 이규경 『오주연문장전산고』의 「팔로리병변증설(八路利病辨證說)」 등에서 살펴볼 수 있다.

국적으로 확산된 물품이다. 담배는 굳이 따로 설명할 필요도 없이 광해군 연간에 일본으로부터 수입되어 수십 년 사이에 전국적으로 남녀노소와 지위를 불문하고 유행하여 필수품이 되었다. 특별한 사람의 취향을 자극하는 산물에서 출발하여 전 국민이 일용하는 기호품으로 변하였다. 차는 중국으로부터 수입되어 고상한 취미를 즐기는 일부 경화세족의 고급 음료 문화로 받아들여졌다. 조선 후기에 차를 마시는 것은 매우 고급스러운 취향으로 등장하였다. 그러나 이는 극히 일부에게만 제한된 취향 또는 취미로서 넓게 확산되지 못한 채 구한말까지 이어졌다. 그 정황을 서유구는 『임원경제지』에서 다음과 같이 설명하였다.

조선 사람들은 차를 그다지 마시지 않아서 나라 안에 본래 차 종자가 있는데도 아는 자가 드물다. 근 50~60년 이래로 고관과 귀족 들 사이에 차를 즐기는 이들이 있어 매년 많은 수레를 끌고 (연경에서) 사서 소나 말이 땀날 정도로 싣고 왔다. 그러나 진짜는 거의 드물다. 종가시나무 상수리나무 박달나무 주엽나무의 잎이 많이 섞여서 오래 마시면 몸을 차게 하여 설사하게 한다. (…중략…) 만약 심고 가꾸고 말리고 가공하는 기술이 있으면 우리나라에 고유한 진짜 차를 버리고 다른 나라의 값비싼 가짜 차를 구매하지 않아도 되리라.[17]

18세기에 기호식품 차가 상층 사람들 사이에서 유행하여 소비되는 현상과 과정을 냉정하게 서술하고 있다. 차 마시기가 대중의 음료 취미로 정착하

---

17 서유구(徐有榘), 『임원경제지(林園經濟志)』「만학지(晩學志)」권5, 「잡식(雜植)」(김영, 박순철 역, 『만학지』2, 소와당, 2010, 227면). [按說] "東人不甚啜茶, 國中自有茶種而知者亦鮮. 近者五六十年來, 縉紳貴遊往往有嗜之者, 每歲蔓輈之購來者, 動輒汗牛馬. 然眞者絶罕, 多雜以櫧櫟檀皁之葉, 久服之, 令人冷利. (…중략…) 苟其蒔藝焙造之有術, 庶不至捨吾邦固有之眞茶, 而購他域價翔之僞茶也."

지 못하고 사찰과 일부 지방, 귀족 들 일부의 기호로 명맥을 유지하는 실상을 보여준다. 구한말 외국인의 조선기행문에서도 일본 중국에서는 차를 일상으로 마시는 반면 조선은 전혀 마시지 않는다고 의아해하고 있다.[18] 차를 마시는 취미는 중국 취향에 경사된 상층 귀족 일부에 의해 외국 무역이나 사찰 중심의 자생차 향유로 명맥을 유지하는 수준이었다. 따라서 차는 이국적 취향과 국제 무역에 의해 촉진된 취미로 간주할 수 있다.

차 마시기의 취미가 전개된 과정은 다른 많은 취미에도 비슷하게 적용된다. 이렇게 새로운 취미는 큰 시장이 있고 세련된 문화 활동이 집중된 상업도시 서울을 중심으로 형성되었는데 그 배경에는 외국에서 수입된 최신의 정보와 물품을 쉽게 접하는 여건이 있었다. 국왕 정조가 외국으로부터 수입된 문화와 물산의 폐단을 지적한 다음 글은 그 점에서 음미할 필요가 있다.

> 당학(唐學)은 세 가지가 있다. 명청(明淸)의 소품이서(小品異書)를 많이 수장한 자가 있고, 오로지 서양의 역수지학(曆數之學)을 숭상하는 자가 있고, 연경 시장에서 수입된 의식기명(衣飾器皿)을 즐겨 사용하는 자가 있다. 그 폐단은 똑같다.[19]

중국으로부터 수입된 문학저술과 천문학이 식자의 의식을 사로잡고, 신상품 명품의 의복과 장식품, 그릇 물품이 부유층의 취향을 사로잡는 현상을 우려하고 있다. 청나라 문물과 물산의 수입이 사치풍조를 조장하는 차원을 넘어 의식과 취향을 장악하는 현상은 하나의 시스템임을 예리하게 포착하고 있다. 국왕의 우려는 현상을 오도하는 허황한 주장이 아니다. 18세기 서울의

---

18 버튼 홀스, 이진석 역, 『1901년 서울을 걷다』, 푸른길, 2012, 162~165면.
19 정조, 『홍재전서』 권177 『일득록』 17(『한국문집총간』 267). "唐學有三種. 有多蓄明淸間小品異書者, 有專尙西洋曆數之學者, 有衣飾器皿之喜用燕市之物者. 其弊則一也."

중인인 김세희(金世禧, 1744~1791)는 종로 저잣거리에서 중국과 일본에서 수입된 고급스런 물건이 팔리는 현상을 증언하고 있다.[20] 그 물건은 조선의 산물과 비교하여 기술도 장식도 우수하고, 값도 비쌌다. 그 물건은 단순하고 흔해빠진 소비품이 아니라 도회지 부유층의 문화적 욕구를 만족시키고 취미생활을 뒷받침하는 소비재였다. 서민층의 평범하고 낡은 취향을 무시하고 세련되고 화려한 취향으로 자신들을 감싸는 차별화된 물건들이다.

수입된 물건들은 취미활동과 어떻게 관련될까? 앞서 살펴본 차나 향도 그렇고, 집안을 장식하는 가구를 비롯하여 문화생활과 밀접한 각종 문방구, 그리고 골동서화가 수입품에 포함되었다. 그 고급스런 물품은 고상한 취미활동의 주요한 대상이었다. 서유구의 『임원경제지』를 보면, 중국에서 수입된 갖가지 물품 가운데 세련되고 고급스런 소비품 종류가 일일이 언급할 수준을 넘어설 만큼 많다. 여기에는 일본에서 수입된 각종 문화 상품까지 포함되어 있다. 문방도구는 너무 많아 거론할 필요조차 없다. 풍경(風磬)과 같은 물건은 일본에서 제작한 오색 유리로 만든 것을 추천하였다.[21] 서재를 장식하는 가구 가운데 비스듬히 기대어 책을 볼 수 있는 의안(欹案)과 문구갑(文具匣) 역시 일본제를 추천하였다.[22] 일상생활에서 누리는 취미를 다룬 항목 가운데 여행문화를 다룬 『이운지(怡雲志)』의 「명승유연(名勝遊衍)」에서는 등산할

---

20 김세희, 『관아당유고(寬我堂遺稿)』「종가기(鐘街記)」(규장각 소장 사본)(이종묵, 『글로 세상을 호령하다』, 김영사, 2010, 52~55면 재인용). "街上之貨品, 有數焉, 中州之貨, 皆稱爲唐, 而唐之貨精而緻, 淡而華, 雅而無脆, 巧而有制, 故貴之爲上, 而倭貨之精細妙麗次之, 國之貨, 率多麤劣, 終未臻精, 且或倣唐而不眞, 故品居下焉."

21 서유구(徐有榘), 『임원경제지(林園經濟志)』 5책 「이운지(怡雲志)」 권2(서유구, 『임원경제지』 영인, 보경문화사, 1983, 276면). "倭造五色玻璃者佳." 이 기사는 서유구 자신의 저술 『김화경독기(金華耕讀記)』에서 인용한 것으로 아래 인용처는 모두 똑같다.

22 서유구, 『임원경제지』 5책 「문방아제하(文房雅製下)」 권4(위의 책, 335면). "倭造臥看書床, 無他異. 但就四足書床, 令後兩足高, 使前足三二寸, 而床板倚在器上, 俾便倚几看書. 髹漆鈿螺, 光潔可愛." 같은 곳. "倭文匣, 墨鐵粧飾者佳, 可作書室之用."

때 사용하면 좋은 도구를 상세하게 열거하였는데 당시에 조선과 중국, 일본에서 사용하던 지팡이를 비롯하여 수레와 남여, 등산화, 약상자, 또 시를 짓고 술과 차를 마시기 위한 도구, 찬합이 눈길을 끈다. 찬합(饌盒)은 중국제와 일본제를 추천하되 특히 황금빛으로 옻칠한 일본제를 추천하였다.[23] 여행을 취미로서 향유하는 부유층들이 사용함직한 고급스럽고 참신한 물건들이다.

국내외의 고급물품은 소비에 눈뜬 도회지 부유층을 평범하고 흔해빠진 물건을 사용하고, 저급하고 저속한 생활을 영위하는 일반인과 차별화하였다. 경제적으로 여유로운 부유층은 아무나 향유할 수 없는 특별한 물품과 취미를 즐김으로써 그들의 문화적 허영심을 채울 태세가 되어 있었다. 절약과 절제가 미덕인 조선 사회에서 새로운 문화적 트렌드가 형성되었다. 그 취향을 값비싼 물건 자체가 이끌기도 했지만, 그 바탕에는 소비에 대한 문화주체의 우호적 태도가 깔려있다. 그 같은 소비에 대한 전향적 태도는 조선 후기에 널리 읽힌 소품문과 깊이 관련되어 있다.

소품문은 새로운 취미의 공급처 역할을 한 중국 강남 지역의 부유층이 문화의 소비를 바탕으로 전개한 취미의 모델을 조선에 전파하였다. 대표적 저작이 고렴(高濂)의 『준생팔전(遵生八箋)』과 문진형(文震亨)의 『장물지(長物志)』, 도륭(屠隆)의 『고반여사(考槃餘事)』이다. 이 밖에도 『학림옥로(鶴林玉露)』, 『임하맹(林下盟)』, 『소창청기(小窓淸記)』 등의 저작이 조선 후기에 널리 읽히며 고급 소비생활의 시스템을 소개하였다. 이 저작들은 만명(晩明)시대 강남 지역 부유층의 소비 성향과 취미생활의 도구를 갖가지로 제시하였다. 『준생팔전』은 도가(道家)의 섭생을 목표로 하여 여덟 가지 주제로 서술하고 있으나 실제 내용은 도가적 삶을 넘어 사치스러운 생활을 묘사하였다. 「기거안락전(起居安樂

---

23 서유구, 『임원경제지』 5책 권1(위의 책, 251면). "倭造三撞四撞髹漆金畵者佳."

箋)」은 주거공간과 실내 인테리어와 유람을, 「음찬복식전(飮饌服食箋)」은 차를 비롯한 다양한 음식문화를, 「연한청상전(燕閑淸賞箋)」은 서화골동와 금기서화를 비롯하여 화훼 재배와 같은 다양한 취미생활을 묘사하였다. 『장물지』는 주거공간, 화훼, 수석, 새와 물고기, 서화, 인테리어, 의상과 탈 것, 향과 차를 다루고, 『고반여사』는 서화, 문장도구, 악기, 향과 차, 분재, 정자, 의상 등을 상세하게 다루고 있다.[24] 여기에는 현대 사회에서도 취미의 대상으로 즐기는 고급 취미가 풍부하게 소개되어 있다.

이렇게 장물(長物)과 고급 소비품들은 단순한 물건을 넘어 문화의 소비품이고, 그 물품들에 관심을 기울이고 가치를 부여하여 기록으로 남긴 글은 소품문(小品文)의 문체로 흘렀다. 앞에서 정조가 우려한 "명청(明淸)의 소품이서(小品異書)"가 바로 이러한 부류의 서적이다. 그 서적에서 추구하는 내용이 고급스런 취미와 그에 필요한 물품의 향유다. 그 서적에서는 "연경(燕京) 시장에서 수입된 의식기명(衣飾器皿)"을 열성적으로 구매하여 천박한 취향과는 차원이 다른 취미를 즐겨도 좋다고 말하고 있다. 정조가 당학(唐學)의 세부로 열거한 세 항목은 실은 긴밀하게 연결되어 있다.

이렇게 취미생활과 관련한 만명의 많은 저작은 새로운 소비사회와 소비층의 출현을 상징적으로 보여주는데 실제 내용은 소품가(小品家)의 미의식과 밀접한 관련을 맺는다. 소품가의 미의식을 보여주는 대표적 문인 원굉도(袁宏道)가 "내뱉는 말이 무미건조하고 면상이 가증스런 세상 사람은 모두가 벽(癖)이 없는 사람들이다. 만약 진정으로 벽을 가지고 있다면, 그 속에 푹 빠져 즐기느라 운명과 생사도 모조리 좋아하는 것에 맡길 터이므로, 수전노나 관

---

24 조숙연(曹淑娟), 『만명성령소품연구(晚明性靈小品研究)』, 문진출판사, 1988; 毛文芳, 『晚明閒賞美學研究』, 學生書局, 2000; Craig Clunas, *Superfluous Things : Material Culture and Social Status in Early Modern China*, University of Hawai'i Press, 2004.

리노릇에 관심이 미칠 겨를이 있을까보냐?"[25]라고 말한 것도 취미생활을 적극적으로 긍정하는 관점을 선명하게 보여준다. 사대부가 가장 앞세워야 할 정치권력의 행사도 뒤로 미루고 자신이 좋아하는 쾌락의 삶, 취미를 즐기는 생활을 앞세운다.

그가 말하는 쾌락은 성적인 것을 말하기보다는 여행과 화훼 감상, 음주의 멋 따위를 추구하는 것이다. 실제로 그는 여행체험을 문학적으로 묘사한 수많은 유기(遊記)를 지었다. 또 그가 지은 꽃꽂이에 관한 저작『병사(瓶史)』나 음주의 멋을 다양한 시각으로 묘사한『상정(觴政)』이 바로 그의 취미생활과 미의식을 보여주는 대표적 저술이다. 이들은 작은 주제로 취미생활의 대상이 되는 사물과 행위를 묘사하는 소품문이다. 소품문은 정치와 교육, 도덕과 같은 거대담론에만 매몰되지 말고 멋스러운 취미도 즐길 줄 아는 사람이 되라고 유혹하는 경향이 있다. 따라서 소품문은 취미생활을 광고하는 문체라고 말해도 좋다.

조선 후기에 다양한 취미생활을 즐긴 인물들을 살펴보면 이상에서 언급한 특징을 고루 갖고 있다. 그 가운데 이인상(李麟祥), 남공철(南公轍), 유만주(兪晚柱), 홍경모(洪敬謨), 장혼(張混), 신위(申緯)의 생활에서 찾아볼 수 있다. 몇 가지 사례를 들면, 이인상은 검, 골동, 자명종, 벼루와 거문고, 인장을 비롯한 기물에 붙인 기물명(器物銘)이 60여 편에 이르는데 그의 서화골동 취미를 생생하게 보여준다.[26] 남공철 역시 정조 순조 연간 경화세족(京華世族)의 고동서화 취미의 향유 양상을 단적으로 보여준다. 고동각(古董閣)이나 서화각(書畵閣), 분향관(焚香館)과 같은 고상한 취미를 연상시키는 저택에서 향을 사르고 거문고와 바둑판을 곁에 두며, 정원을 경영하고 화초나 수목을 가꾸며, 벗들과의 아취가 있는 모임에

---

25 심경호 외역,『역주 원중랑집』5, 소명출판, 2005, 400면.
26 김수진,「능호관 이인상 문학 연구」, 서울대 박사논문, 2012, 142~154면.

서 패관이서(稗官異書)와 고금의 경사(經史)를 담론하며 지내는 생활은 고동서화(古董書畫) 취미를 주축으로 세련된 고급문화를 소비하는 전형적 사례다.[27]

유만주 역시 품격(品格)을 지키며 고상한 취미를 즐기는 생활을 추구하였는데 그 한 면을 다음의 글이 보여준다.

구부러진 의자에 편안하게 앉아있는 것, 반듯한 평상에서 잠을 자는 것, 담황색 발을 쳐서 밖에서 들어오는 먼지를 차단하는 것, 푸른 휘장을 쳐서 창문을 아늑하게 만드는 것, 예스런 솥에 향을 사르는 것, 유리 등잔에 촛불을 켜 어둠을 몰아내는 것, 비단 병풍으로 벽을 가리는 것, 수놓은 주머니에 약을 넣어두는 것, 시간을 알리는 종으로 때를 아는 것, 호숫가의 바위에서 시원한 바람을 쏘이는 것, 화분의 꽃에서 이치를 찾는 것, 서화(書畫)를 품평하는 것. 이것이 호수와 산에 사는 열두 가지 필요한 것이다. 오늘날 사람들은 우리나라 사람의 안목으로 이러한 것을 보기 때문에 와자하게 사치스럽다고 여기거나 심하게는 사악한 짓이라고 배척한다. 그러나 옛날의 이름있는 선비나 고아한 분들이 이러한 일로써 성령을 도야한 사람이 많았다는 사실은 전혀 모른다. 결코 오늘날 사람들처럼 시끄럽게 배척했다는 이야기를 듣지 못했다.[28]

유만주가 제시한 열두 가지 물건과 행위는 저속하지 않은 세련된 문화감각을 지키며 여유롭게 사는 생활을 제시한다. 그 시대 일반적인 사람의 생활과는 차별화된 특별한 취미와 취향이다. 당시의 일반적인 안목으로 보면 사치스럽고 사악하다고 폄하할 만큼 특별한 취향이다. 그래도 유만주는 그 생

---

27 안순태, 「남공철 산문 연구(南公轍 散文 硏究)」, 서울대 박사논문, 2011, 2장 '아취(雅趣)의 추구', 74~91면.

28 유만주(兪晩柱), 『흠영(欽英)』 영인 제3권, 서울대 규장각, 1997, 169면.

활을 옹호하고 나섰다.[29] 동시대의 심노숭(沈魯崇)도 그 같은 취향을 옹호하고 나섰으나 경제력이 따르지 못함을 안타깝게 여겼다.

> 연못과 누대, 화단과 정원, 그리고 이름난 꽃과 아름다운 나무는 사람의 심성을 기르게 한다. 따라서 그것을 완물상지라 하면 옳지 않다. 젊었을 때 그것에 뜻을 두었고 나이가 들어 더 심해졌으나 제대로 즐기지 못한 것은 재물이 없어서다.[30]

18세기 후반 들어 소비와 취미향유에 대한 인식이 적극적으로 변했음을 분명하게 보여준다. 이들보다 한 세대 뒤의 신위(申緯)는 취미를 더 적극적으로 즐기는 생활을 영위하였다. 그의 생활은 고상한 취향으로 점철되었고, 그의 작품은 그 취향을 담아내는 도구라고 할 만큼 취미생활을 소재로 시를 썼다. 자신의 집인 벽노방(碧蘆舫)의 건물, 정원, 서재 및 정원 안의 화훼와 서재 안의 여러 기물에 깊은 관심을 가지고 가꾸고 보관하였다. 차를 음미하고 골동품을 감상하는 것이 생활의 중심을 차지하였다.[31] 신위의 삶은 여유로운 상층 문사의 멋스러운 취미를 향유하는 생활의 전형이다. 그와 같은 생활은 경제적으로나 문화적으로나 여유 있는 계층으로 넓게 확산되어 사대부는 물론 여항의 중인과 평민까지 확산되었다. 사대부인 홍경모가 『사의당지(四宜堂志)』와 『우이동지(牛耳洞志)』, 『이계암서지(耳溪巖棲志)』를 저술하고,[32] 장

---

29 안대회, 「통원(通園) 유만주(俞晚柱)의 조경미학(造景美學)」, 『한국전통조경학회지』 27, 한국전통조경학회, 2009, 48~56면; 안대회, 「유만주 청언소품(淸言小品) 연구」, 『한문학연구』 20, 계명한문학회, 2006, 1~30면.
30 심노숭(沈魯崇), 안대회·김보성 외역, 『자저실기(自著實記)』, 휴머니스트, 2014, 58면. "池臺增庭·名花嘉木, 可以使人養性靈, 謂之玩物喪志, 則非也, 少日有意, 及老甚焉, 而不得者, 無財也."
31 이현일, 「19세기 한시의 소품취(小品趣) ─ 신위(申緯)의 경우를 중심으로」, 『한국한시연구』 18권, 한국한시학회, 2010, 323~368면.
32 이종묵, 「홍경모 집안의 우이동 별서」, 『관암 홍경모와 19세기 학술사』, 경인문화사, 2011, 103~161면; 홍경모, 이종묵 역, 『사의당지』, 휴머니스트, 2009.

혼이 「평생지(平生志)」를 통해[33] 주거를 중심으로 영위한 취미생활을 묘사한 것이 중요한 사례이다.

4. 취미 향유의 실상

1) 고아한 취미로서 문방도구와 서화골동

조선 후기의 지적 부유층에 가장 친숙한 취미활동은 문방도구와 서화골동품을 즐기는 것이다. 그들이 인생의 즐거움을 추구하는 방식에는 아(雅) / 속(俗)과 취(趣) / 몰취미(沒趣味)를 따져 선택하는 일정한 기준이 있었다. 어떤 취미 대상을 선택하든 아(雅)와 취(趣)의 기준에서 벗어나지 않으려는 심미적 판단이 개입되었다. 취미의 판단에서 구별이 분명하게 나타나는데 문화적 허영심을 만족시키는 취미에는 대체로 예술적 요소가 결합되었다. 문방도구와 고동서화의 수집과 감상은 그 같은 취향을 만족시키는 것이다.

예술의 여러 분야 가운데 서화를 감상하고 수집하는 편이 조금 더 보편화되었다. 음악을 감상하고 창작하는 취미는 그보다는 덜 일반화되었으나 "음악에 손방인 사람조차도 생황과 양금을 다 소장하고 있다"[34]라고 이학규(李學逵)가 밝힌 것처럼 악기를 다루고 소유하는 문화가 지적 부유층에는 형성

---

33 안대회, 『고전산문산책』, 휴머니스트, 2008, 535~548면.

34 이학규(李學逵), 『낙하생집(洛下生集)』 18책 「낙하생고상(洛下生藁上)」 「고불고시집(觚不觚詩集)」 「감사삼십사장(感事三十四章)」(『한국문집총간』 290). "笙簧洋琴聾於音樂者, 悉蓄之."

되었다. 서유구가 『유예지(遊藝志)』 권6 「방중악보(房中樂譜)」에서 거문고 악
보와 당금악보(唐琴樂譜) 외에 양금악보와 생황악보를 기록해놓은 것도 부유
층에 보급된 음악 취미 탓이 크다.

　　문방도구를 가려서 쓰는 고급스러운 취미는 사대부에게는 오랜 관례이다.
문방도구의 사치는 사대부들에게 아주 다양하게 나타나고, 그 실상을 보여주
는 글들이 많이 남아 있다. 그 대표적 사례를 유만주에게서 엿볼 수 있다.

　　　저택에 사치를 부리면 귀신이 엿보고, 먹고 마시는 데 사치를 부리면 신체에 해
　　를 끼치며, 그릇이나 의복에 사치를 부리면 고아한 품위를 망가뜨린다. 오로지 문방
　　도구에 사치를 부리는 것만은 호사를 부리면 부릴수록 고아하다. 귀신도 너그러이
　　눈감아 줄 일이요 신체도 편안하고 깨끗하다.[35]

　　사치와 취미의 대상을 열거하고서 문방도구를 일반적인 사치품과 구별하
여 고상한 것으로 격상시키고 있다. 문방도구에서 명품의 소비를 긍정하는
논리인데 이렇게 당당하게 주장한 것을 보면, 현실에서는 그에 대한 호사취
미가 훨씬 더 폭넓게 적용되었음을 짐작할 수 있다.

　　문방도구의 호사취미가 범위는 넓어도 탐닉의 정도에서는 서화 취미를 넘
어서기 어렵다. 서화 취미는 다른 취미와는 차원이 다른 고급스럽고 아취가
있는 것으로 인정을 받았다. 서화에 몰입하여 고급스러운 취미를 지녔다고
자부하는 예들은 매우 많다. 이장재(李長載)는 서화 취미를 다른 취미와 상대
화하여 비교함으로써 우위라고 주장하였다.

35　유만주(兪晩柱), 『흠영』 1780년 6월 15일 기사. "棟宇之奢, 鬼瞰之也; 食醲之奢, 身之賊也; 器服
之奢, 雅遠之品折也. 獨文房之奢, 奢而愈雅, 鬼所寬恕, 身以寧淸."

벽(癖)은 병이다. 사람에게는 구슬과 비단에 병이 있기도 하고, 음악과 여색에 병이 있기도 하고, 개나 말에 병이 있기도 하다. 구슬과 비단에 병이 있으면 그 증상은 탐욕이요, 음악과 여색에 병이 있으면 그 증상은 음란함이요, 개나 말에 병이 있으면 그 증상은 사치다. 나의 경우는 서화에 병이 있는데 저 서화는 고아한 일이다. 사람에게 서화의 병이 있더라도 고아한 일이기에 병으로부터 멀리 떨어져 있다. 그 때문에 나는 서화에 병이 있어도 그칠 줄을 모른다.[36]

차원이 다른 취미로 서화를 옹호하고 있다. 소식(蘇軾)은 서화에 몰입하는 것을 유물(留物)이라 하여 비판했으나 취미에 빠진 조선 후기 사대부들은 그런 비판과 경고에 이제는 귀를 기울이지 않았다. 다른 취미는 뭐라도 단점이 있으나 서화 취미는 '고아하기에' 단점이 없다는 근거로 서화 취미에 의의를 부여하고 즐겼다. 그것이 지닌 남다른 지위를 적극적으로 해명하는 이유를 당시 사대부들의 기호의 입장에서는 충분히 공감할 수 있다.

당시 사대부들이 서화와 골동품을 감상하고 수집한 구체적 사례는 너무 많아 일일이 예로 들기 힘들다. 17세기 이래 수많은 수집가와 감상가 들이 등장하였다.[37] 화가들조차 스스로 고동서화의 수집 감상가이면서 회화에 그 취미를 반영하였다. 김홍도의 〈포의풍류도(布衣風流圖)〉와 〈사인초상(士人肖像)〉, 심사정의 〈선유도(船遊圖)〉가 그 같은 취향을 생동감 있게 반영한 작품이다.[38]

---

36 이장재(李長載), 『나석관고』 「서화서(書畵序)」(『한산세고(韓山世稿)』 34권, 필자 소장). "癖者, 病也. 人有癖於玉帛焉, 癖於聲色焉, 癖於狗馬焉, 癖於玉帛, 則其病也貪, 癖於聲色, 則其病也淫, 癖於狗馬, 則其病也侈. 余則癖於書畵. 夫書畵雅事也. 人雖有書畵癖, 以其雅事故, 去病則遠矣. 是以余有書畵癖, 而亦不自止."

37 구체적인 내용은 황정연의 「조선시대 서화수장(書畵收藏) 연구」, 한국학중앙연구원 박사논문, 2007, '5절 : 朝鮮後期 書畵收藏', 235~384면 참조.

38 장진성, 「朝鮮後期古董書畵收集熱の性格 ― 金弘道の·『布衣風流圖』と『士人肖像』に對する檢討」, 『美術研究』 394호, 2008, 496~530면; 장진성, 「조선 후기 미술과 『임원경제지』 ─ 조선 후기 고동서화(古董書畵) 수집 및 감상 현상과 관련하여」, 『진단학보』 108호, 진단학회, 2009, 107~130면.

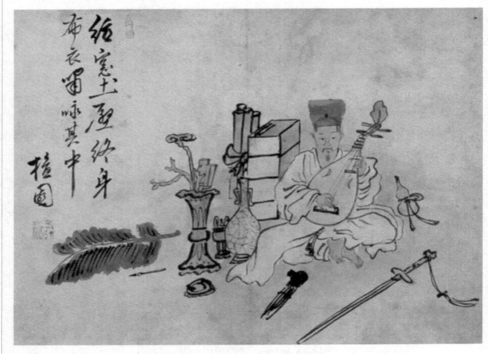

그림 1. 김홍도, 〈포의풍류도(布衣風流圖)〉, 개인소장.

이들 그림은 당시 부유층이 즐기는 취향이 무엇인지를 분명하게 보여준다.

〈포의풍류도〉에 등장하는 각종 물건은 당시 문인의 기호품으로 물건 하나하나가 그 시대 취향과 관련이 있다. 특히, 당비파와 생황은 당시에 새롭게 주목받은 악기로 그것을 연주하고 있는 것 자체가 최신 취미생활의 단면을 보여준다. 〈사인초상〉의 집기와 가구, 〈선유도〉의 선유 자체와 배에 실은 물품도 당시 상류층 문인의 기호와 관계가 있다. 뱃놀이를 하며 굳이 괴석과 화분을 실은 것은 그 시대에 독특한 취미의 대표적 소재이기 때문이다.

문인들이 쓴 시와 산문에도 그 취향이 흔하게 나타난다. 사례의 하나로 신위를 들면, 그의 서재는 다양한 서화골동과 문방도구, 분재 등 취미생활의 전형적 대상으로 꾸며져 있다. 그는 30종의 서재 집기를 시로 읊어 「재중영물

그림 2(위의 그림).
심사정, 〈선유도(船遊圖)〉, 개인
소장.

그림3(아래 그림).
김홍도, 〈사인초상(士人肖像)〉,
평양 조선미술박물관 소장.

삼십수(齋中詠物三十首)」를 지었는데[39] 대대수가 조선과 중국, 일본의 오래되고 희귀한 물건들이다. 조선 골동품으로는 백제 때의 와연(瓦硯)과 고려 때의 비색(祕色) 청자 술잔, 고려 때의 검은 흙으로 만든 들병, 작천석연(鵲川石硯)이 있고, 중국 고대의 청동기와 자기, 옥기(玉器)를 비롯한 각종 골동품과 문방구, 일본의 왜척홍창금산수배(倭剔紅創金山水杯), 적간관연(赤間關硯)이 들어 있다.

그 목록에 백제와 고려의 골동품이 당당히 올라 있는 점은 주목할 필요가 있다. 고동서화의 감상이 그동안의 관례에서 벗어나 새로운 단계로 진화하여 고려청자와 같은 새로운 품목에 관심이 확장되었음을 보여준다. 이 현상은 유본학과 신위, 김정희를 비롯한 인물들이 크게 촉발시켜 이후 조면호(趙冕鎬), 박영보(朴永輔), 이유원(李裕元) 등으로 확산되었다. 경화세족들의 취미로 크게 유행하였다. 신위는 고려청자 술잔을 얻고서 친구인 성해응(成海應)에게 사연과 미학을 논한 글을 써 달라고 부탁했다. 그 글이 바로 「안문성자존기(安文成瓷尊記)」로서 그 자기는 문성공(文成公) 안향(安珦)의 고택에서 출토된 것이었다.[40] 이 고려청자는 운학문(雲鶴紋) 매병(梅瓶)으로 심상규(沈象奎)가 소장한 것을 8년 동안 간직하며 즐기다가 주인에게 돌려준 것이었다.[41] 유본학도 「자하학사소장고려비색자호명(紫霞學士所藏高麗祕色瓷壺銘)」과 「고려고동노가위서유호작(高麗古銅爐歌爲徐攸好作)」을 지어 출토된 고려시대 골동품을 묘사하였다. 이렇게 고려청자가 본격적 감상용 예술품으로 각광을 받은 것은 이 시기에 취미 활동의 저변이 확장되고 품목이 다변화하는 현상의 하나로 이해할 수 있다.

---

39 신위(申緯), 『경수당전고(警修堂全藁)』 7책 「벽로방고삼(碧蘆坊藁三)」 「재중영물삼십수(齋中詠物三十首)」.

40 안대회, 「명품·신상에 미친 소시민들—서화골동 애호가들」, 『조선을 사로잡은 꾼들』, 한겨레신문사, 2010, 251~263면.

41 장남원, 「물질문화 관점으로 본 조선 후기 완물(玩物) 도자(陶瓷)」, 『미술사학』 제39집, 미술사학연구회, 2012, 132~163면.

2) 쾌감을 돋우는 다양한 취미활동

사대부들 사이에서 서화골동의 감상과 수집은 전통적이며 고급스런 취미로 대우받았으나 쾌감을 주는 취미가 새롭게 개발되고 향유되었다. 악취미라고 할 수는 없으나 좋지 못한 것으로 평가된 기생을 탐하고, 특별한 미식을 즐기는 행위나 투전과 골패와 같은 노름, 갖가지 공연의 감상, 바둑이나 장기와 같은 점잖은 유희의 취미까지 다변화되었다.

취미활동의 하나로 다양한 놀이문화가 연령과 신분, 성별과 계층에 따라 번성한 현상을 주목할 만한데 그중에는 취미를 넘어 자칫 도박으로까지 빠질 위험성이 있는 놀이도 있었다. 그러나 고상한 취미활동으로 향유되는 시패(詩牌) 놀이나 종정도(從政圖) 놀이를 응용하여 만든 상영도(觴詠圖) 또는 팔선와유도(八仙臥遊圖)가 개발되어 조선 팔도의 승경지를 앉아서 탐방하기를 즐겼다.[42] 요즘 아이들이 즐기는 블루마블게임과도 비슷한 상영도 놀이는 색다른 쾌감을 주는 취미로서 그 대상이 지속적으로 개발되었다는 증거의 하나다.

〈그림 4〉는 18세기의 도시공간에서 향유되는 고상한 취미활동의 내용을 잘 보여준다. 형형색색의 국화분재를 비롯한 각종 꽃을 키우는 화훼취미, 애완용 비둘기를 키우는 취미, 괴석을 화분에 담아 배치하는 수석벽(壽石癖), 탁자 위 거문고에서 보이는 음악 취미를 확인할 수 있는데, 무엇보다 사람들은 어떤 놀이에 몰두하고 있다. 다른 취미의 산물을 배경으로 놓고 놀이에 빠져 있는 것이다. 그림은 당시 여유로운 계층이 취미를 통해 인생의 쾌락을 향유하는 모습을 묘사하고 있다. 화가의 시선은 뚜렷하게 취미활동을 포착하려

---

42 이종묵, 「조선 후기 놀이문화와 한시사의 한 국면」, 성호경 편, 『조선 후기 문학의 성격』, 서강대 출판부, 2010, 173~208면.

그림 4. 김홍도, 〈풍속도병〉, 프랑스 파리 기메 미술관 소장.

는 의도를 보인다.

조선 후기에는 산문작품이나 시를 통해 각종 취미의 향유가 묘사되고 추천되었다. 그리고 취미에 대한 도를 넘은 기호는 중독으로 간주되어 벽(癖)의 소유자, 치(痴)의 수준으로 치부되었다. 예컨대, 음식의 호사취미가 대단히 성행하여 화분 형상으로 폐물음식을 만들고 동자 형상으로 떡을 만드는 기교와 사치를 부려 식요(食妖)로 비판당하고,[43] 소풍에 가져가는 찬합과 점심에 먹는 도시락에 엄청난 비용을 치르는 사치스러운 식탁이 문제가 되기도 하였다.[44] 미식가의 음식취미를 거론할 수 있는 분위기가 형성된 것이다. 권상신(權常愼)은 과일을 특별히 즐겨 과일

---

43 유만주, 『흠영』 1784년 10월 16일 기사. "近有婚議之饌送之壻家者, 盤上止一花盆, 而百花齊開, 衆菓交實, 色色形形, 窮眞極巧, 皆是餅餌之屬, 啖而味旨者也. 是制蓋昉於逆賊洪國榮在宿衛所時, 獻媚者所爲云. (…중략…) 制餅餌以童子形, 而色其佩飾, 以雜燕食中, 自首而啖之, 以爲奇異. 其始爲此者, 殆甚於作俑人之相食, 不祥莫大. 並與花盆而俱可謂食妖也, 宜亟斷棄之, 不復形諸目也."

44 심노숭, 앞의 책, 573면. "習俗侈汰, 飮食有甚. 讌集遊覽, 濟勝供具, 且無論, 公會傳餐, 朝晝饋食, 一器量費百餘錢, 爲五六器, 綺食瓊盤, 照耀耳目. 僮隷飮之, 寒凍暑敗, 靡費無論, 精力可惜. 競爲務勝, 耻不相下, 民窮財竭, 此其本也."

애호가로 널리 알려졌는데, 그의 친구인 심노숭(沈魯崇)은 특별히 감을 좋아하여 권상신보다 월등하다면서 경쟁하듯이 시치(柿癡)임을 자부하였다.[45]

조선 후기에 개인적 취향을 넘어 널리 공유된 취미활동으로 새롭게 부각된 것을 몇 가지 살펴본다. 그럼으로써 그 시대 사람들이 쾌감을 느낀 취미가 무엇이었는지 확인해보자. 먼저 살펴볼 것은 화훼수목의 재배와 동식물 사육이다. 이는 낡은 취미활동의 하나로 볼 수 있으나 이 시기에 문화적 현상으로 부각되었다. 다시 말해, 그 취미활동과 소비가 적극적 문화적 의미를 부여받고 있다. 그 같은 의미의 부여는 그림으로 그려지고 시문으로 묘사되는 방식으로 이루어져 문화적 가치가 있는 고급취미로 등장하였다.

먼저 애완용 동물과 새의 사육을 들 수 있다. 취미로 비둘기를 키우는 현상이 18세기에 크게 유행하였다.[46] 유득공(柳得恭)은 비둘기 종류와 사육을 다룬 단행본 『발합경(鵓鴿經)』을 지었는데 관상용 비둘기 23종이 상세히 소개되고 있다. 비둘기를 취미로 기르는 유행은 당시에 매우 성행하여 유득공 본인도 직접 길렀다. 비둘기 사육현상을 상세히 기록한 이규경은 "이는 영재(泠齋, 柳得恭)가 젊은 시절 서울의 비둘기 기르는 집에서 숭상하던 현상이다. 내가 어릴 때 여항(閭巷)의 풍속을 직접 본 적이 있는데 지금은 전혀 볼 수 없으니 이상하다"[47]라고 하여 한때의 유행으로 성행하다 뒤에는 시들해졌음을 밝혔다.

시문에서도 애완용 비둘기를 다루어 이덕무의 『이목구심서(耳目口心書)』에

---

45 위의 책, 51면. "嗜啖果品, 如病之偏. 童時, 啖未熟果子幾數升, 旣熟倍之. 夏月苽屬, 亦食兼數人. 棗 · 栗 · 梨 · 柿, 最其尤者, 柿有甚焉. 五十歲以後, 尙一食六七十顆, 人謂之柿癖. 權綱好常愼以果癖聞, 嘗相對較說而笑之."

46 정민, 「18세기 지식인의 완물(玩物) 취미와 지적 경향」, 『고전문학연구』 23집, 한국고전문학회, 2003a, 327~354면.

47 이규경(李圭景), 『오주연문장전산고(五洲衍文長箋散稿)』 「발합변증설(鵓鴿辨證說)」 (한국고전번역원 홈페이지). "此泠齋少時京都養鴿家所尙然也. 余之髫齡時閭巷俗尙, 亦及見之. 今則絶無聞焉, 可異."

는 비둘기를 취미로 기르던 어떤 아이의 사연을 흥미롭게 기록하였다.[48] 18
세기 후반에 윤기(尹愭)는 당시 서울 부귀가의 유행 네 가지를 거론하였는데
첫째가 매화분재이고, 둘째가 취병(翠屏), 세 번째가 비둘기 사육, 네 번째가
거창한 장서였다. 그가 언급한 유행은 대체로 취미생활과 밀접하게 관련되고
당시 실상을 뚜렷하게 보여준다. 윤기는 사람들이 비둘기를 키우는 시렁을
화려하게 만들어 "좁쌀을 쏟아 비둘기를 키워서 완상하고 즐기는"[49] 현상을
비판하였다. 부귀한 집의 취미생활로 비둘기 사육이 유행한 현상을 정확하게
꼬집고 있다.

　　이 밖에도 연못과 어항에 금붕어를 키우는 애완용 동물의 사육취미가 널
리 퍼졌다. 이규경은 "근년에 연경(燕京)으로부터 수입된 금어(金魚)와 화어
(花魚)가 있는데 귀족 집에서 많이들 기르고 있다. 씨를 퍼트리고 싶어 하는
자가 연못에 넣어 두었는데 장마를 거치면서 물이 넘쳐 서울 청계천에 흘러
들어가서 그 물고기를 잡은 자가 있다고 한다"[50]라고 보고하기도 하였다. 완
상용으로 금붕어를 키우는 취미가 서울 상류층에서 유행했음을 입증하는 서
술이다. 이는 『임원경제지』를 통해서도 확인할 수 있다. 구체적인 실상을 살
펴보면, 값비싼 금붕어를 어항에 넣어 완상하는 사치도 부렸다. 이학규는 금
붕어를 키우는 취미가 유행하는 현상을 "너무도 어여뻐라 오색 빛깔 금붕어
는 / 천정의 물속에서 헤엄을 치네[政憐魚五色, 游泳水天洴]"라는 시를 짓고, 그
주에서 "북경에서 수입한 오색 빛깔 붕어를 유리 어항에 기른다. 한 마리에

이덕무(李德懋), 『청장관전서(靑莊館全書)』 권50 「이목구심서(耳目口心書) 3」(『한국문집총
간』 258). "愛所不當愛, 而不得其正者, 是係驗也. 余外廊所寓一少年, 性癖愛馴鴿. 造次言談無非
鴿也, 殆不知衣服飮食之切己. 有犬囓其一鴿, 少年逐奪之, 拊而流淚甚悲, 仍剝毛, 炙而啖之, 猶惻
怆. 然味甚旨也. 此仁歟慾歟. 駭而已矣."

49　윤기(尹愭), 『무명자집(無名子集)』 4 「영부귀가사물(詠富貴家四物)」(『한국문집총간』 256).
"雕欄高架爛靑朱, 竭栗養鳩供翫娛. 聲局性淫何所取, 不如仁理在雞雛. 右鳩架."

50　이규경, 『오주연문장전산고』 「금어화어변증설(金魚花魚辨證說)」. "近世有金魚·花魚自燕來
者, 貴家多養之. 有欲其孳長, 納于池中, 經霖潰溢, 入于京都開川, 有或捉漁者云."

10냥씩 주고 사온 것이다. 간혹 유리로 소란반자天花板를 대신하여 그 속에서 물고기를 길러서 치켜 올려 보기에 편하게 하였다"[51]라고 묘사하였다. 금붕어 가격이 그렇게나 비싸고, 기술적으로 공교로운 방법을 발휘하여 금붕어를 완상용으로 길렀다는 것이 놀랍다.

다음으로 화훼를 가꾸고 감상하는 취미를 살펴보면, 오래전부터 사대부들 사이에서 널리 향유된 취미가 조선 후기 들어서 더욱 성행하였다. 원예에 관한 관심이 늘어 화훼업이 성장하고 기술도 발전하였다. 유박(柳璞)과 같은 전문 원예업자도 출현하였고, 국화품종 개량의 전문가 김 노인도 등장하였으며, 스스로를 화광(花狂)이라 자칭한 남희채(南羲采)와 같은 화훼의 전문가도 등장하였다. 19세기에 서울 삼청동에는 화쾌(花儈) 김경습(金敬習)과 화가(花家) 김응석(金應錫)이 있어 화훼를 직업으로 하였다.[52] 다음은 18세기 후반과 19세기 전반의 화훼취미가 도시에 얼마나 광범위하게 퍼져 있는지를 보여주는 기록이다.

우리나라의 경우에는, 정승 판서와 귀인들이 전지(田地)를 넓게 차지하고 다투어 원림과 누정을 치장한다. 경성(京城)의 안팎과 경기도의 동서지역에 망천(輞川) 별장과 평천(平泉) 별장이 얼마나 될지 모른다. 어느 고을 아무개 집에 어떤 꽃이 매우 기이하고 어떤 나무가 매우 아름답다는 말을 사람들이 하면, 돈을 아까워하지 않고 사들인다. 석류 화분 한 개, 매화 한 그루의 가격이 일백 금에서 수백 금까

---

51 이학규(李學逵), 『낙하생집(洛下生集)』 18책 「고불고시집(觚不觚詩集)」 「감사삼십사장(感事三十四章)」(『한국문집총간』 290). "玻瓈盆, 養五色鯽魚自燕市, 一頭費千許錢. 或以玻瓈代天花板, 養魚其中, 以便仰觀."

52 정민, 「화암구곡(花庵九曲)의 작가 유박(柳璞)과 화암수록(花庵隨錄)」, 『한국시가연구』 14집, 한국시가학회, 2003b, 101~133면; 안대회, 「번잡한 세상을 등진 채 '꽃나라'를 세운 은사―원예가 유박」, 앞의 책, 2011, 333~367면; 하지영, 「남희채(南羲采)의 『중향국춘추(衆香國春秋)』 소고」, 『한국한문학연구』 51집, 한국한문학회, 2013, 575~608면; 김용태, 『19세기 조선 한시사의 탐색』, 돌베개, 2008, 139면.

지 나가는 것도 있어서 파는 사람은 앉아서 이익을 거둔다. 또 도성에서는 가난하여 먹고 살 생계거리가 없는 백성들이 땅을 사서 동산과 채소밭을 만들어 화훼와 과일을 심어서 내다가 판다. 그 이익이 전야(田野)에서 농사짓는 이보다 곱절에서 몇 곱절이 된다. 그렇다면 꽃이 백성의 생업에 도움을 크게 주지 않는가?[53]

서울 경기 지역에 부유층의 별서가 화려하게 조성되고, 그 내부를 화려하게 가꾸는 조경에 대한 관심이 증폭된 국면을 보여준다. 남희채가 기록한 상황은 많은 기록을 통해 확인할 수 있다.

매화를 즐기는 전통적 취미는 식을 줄 모르고 활발해져 이인상(李麟祥)과 오찬(吳瓚) 등이 겨울밤에 얼음덩이를 잘라내어 그 속에 촛불을 두고 매화를 감상하는 빙등조빈연(氷燈照賓宴)이나 그림자를 이용하여 국화를 감상하는 국영법(菊影法)과 같이 다양한 감상법까지 등장하였다.[54] 화단에서 꽃을 키우지 않고 화분에서 재배하여 감상하고 꽃병에 꽂아놓고 완상하는 분경법(盆景法)과 병화법(瓶花法)이 널리 활용되었다. 이는 조선 후기의 화훼 감상이 단순한 취미를 넘어 문화적 트렌드로 정착되었음을 말해준다. "세상에 매화 보는 풍속이 형성되어 / 열 집에 아홉 집이 매화 키우네. / 아! 그들의 매화 감상법은 / 가지도 아니고 등걸도 아니라. / 화분에 꽂아 위치 좋은 곳에 두고 / 마음을 온통 꽃에만 기울이네"[55]라고 묘사한 시는 매화 감상열을 생동감 있게 표현하고 있다.

53 남희채(南羲采), 『중향국춘추(衆香國春秋)』「식화지(食貨志)」(국립중앙도서관 소장 사본). "以我國言之, 卿宰貴人廣占田地, 競飾林亭. 京城內外, 畿甸東西, 不知爲幾輞川也, 幾平泉也. 人言某鄕某姓家, 有某花甚奇, 有某樹甚嘉, 不惜金市之, 一盆榴·一帳梅價, 有至百金數百金者, 賣之者, 坐收其利. 且都城民, 貧無産業者, 買地爲園圃, 種花蓏販賣, 其利有倍蓰於野農者. 然則花之資生民産業者, 不其多矣乎!"
54 신익철, 「다산(茶山)과 다산학단의 국영시(菊影詩) 창작과 그 의미 – 원굉도 문학의 수용 양상과 관련하여」, 『한국실학연구』 제16호, 한국실학회, 2008, 129~159면; 정은주, 「이학규의 화훼 취미와 국영시(菊影詩) 창작」, 『인문과학』 49권, 성균관대 인문과학연구소, 2012, 185~204면.
55 조면호(趙冕鎬), 『옥수집(玉垂集)』 권23 「계매리어(戒梅俚語)」(『한국문집총간』 127). "世成看

화훼 취미가 확산되어 중국으로부터 능소화와 영산홍, 종려나무 등 새 품종을 들여와 재배하기도 했는데,[56] 그중 수선화는 18세기 말엽부터 수입되어 사대부들 사이에 큰 인기를 얻으며 일약 참신하고도 희귀한 완상용 화훼로 등장하였다. 그리하여 19세기 시문에 수선화를 묘사한 작품이 많이 보인다. 수선화 감상은 청나라로부터 수입된 취향으로 과거에는 없었다가 새롭게 유행한 것이며, 제주도에서 자생하는 수선화를 발견하면서부터 서울에 대거 유행하게 되었다.[57]

5. 수석 취미의 대두와 향유

취미의 향유는 각 시대의 유행과 소비행태, 개인의 취향과 밀접한 관련이 있다. 취향은 하나로 고착되지 않고 문화적으로 형성된다. 조선 후기의 취미생활도 사정이 다르지 않다. 주택의 내부나 주변에 연못을 조성하는 것을 특별히 애호하여 물고기를 키우거나 연꽃을 심어 감상하고, 생울타리인 취병(翠屛)을 조경의 하나로 설치하는 유행을 실례로 들 수 있다. 이조원(李肇源)의 「양어가(養魚歌)」와 이규상(李奎象)의 「곡지가(曲池歌)」는 모두 연못을 만들어 물고기를 키우는 멋을 묘사하였고, 앞서 언급한 윤기(尹愭)의 시는 서울의 부

梅俗, 十家九梅家. 繁其取看法, 不枝而不植. 盆供盛位置, 湊情專在花."

56 이유원(李裕元),『임하필기(林下筆記)』 28권 「연경기화(燕京奇花)」·「남중종려(南中棕櫚)」
(이유원,『임하필기』 영인, 성균관대 대동문화연구원, 1961, 711면).

57 이규경,『오주연문장전산고』「수선화변증설(水仙花辨證說)」. "水仙之名於東, 以予所見, 自數十年始, 而不如近日之盛, 古則無聞焉. 我東非本無也, 生於耽羅, 而人未知爲何物也. 近者自燕購來, 仍爲俗尙, 以其俗尙, 故入耽羅者, 始知水仙, 而將種渡海, 遍于京師."

귀가에서 유행하는 취병 조성 현상을 다루고 있다. 이들은 모두 조선 후기에 새롭게 등장하여 시대적 분위기를 상징하는 유행의 하나로 부각되었다. 그처럼 과거에는 특별하게 주목받지 않았고, 현상은 나타났으나 사람들의 관심에서 일정하게 비켜나 있던 취미가 특별히 부각되어 유행하였다. 조선 후기에 특별히 부각된 취미로 수석(壽石)의 수집과 감상이 있다.

괴석(怪石) 또는 수석(壽石), 수석(水石)은 정원에 배치하는 조경요소나 실내에 놓아두는 장식물의 하나로서 그 역사가 오래다. 이전에도 문사들의 시문에 괴석이 종종 등장하여 강희안(姜希顔)의 『양화소록』에도 괴석을 다루고 있다. 그러나 돌에 대한 애호가 다른 어떤 취미와 비교해도 뒤지지 않을 정도로 유행을 이룬 시기는 18세기 이후다. 지식인의 미의식에 돌의 미학이 깊이 각인된 현상이 사회 전반에 나타났다. 정원의 조경요소로서 괴석이 중요하게 취급되었고, 그 현상을 반영하여 주택과 사대부의 연회를 그린 회화에서 빠트릴 수 없는 중요한 요소로 그려졌는데 이는 괴석 취미의 유행과 밀접하게 연관된다. 중국의 경우에도 오래전부터 괴석을 정원석으로 사용하였으나 사대부가 그 미학을 본격적으로 다루어 유행을 선도한 것은 백거이(白居易)의 「태호석기(太湖石記)」 이후다.

조선 후기에 아쳐 있는 사대부의 취미로서 새로 부각된 돌에 대한 사랑, 다시 말해 석벽(石癖)은 앞서 언급한 다양한 취미와 함께 광범위하게 퍼졌다. 석벽으로 명성을 얻은 인물이 많아서 박지원의 친구인 이희천(李羲天, 1738~1771)은 돌 일만 개를 수집하여 진열하고 만석루(萬石樓)란 누정을 서울에 지어 살면서 돌에 대한 취미를 즐겼다.[58] 그는 호도 석루(石樓)라고 지었다. 목

---

58 이희천(李羲天), 『석루유고(石樓遺稿)』곤(坤)「만석루상량문(萬石樓上樑文)」(규장각 소장 사본). "架上藏書百籤, 早占淸趣; 樓中有石萬數, 肇錫嘉名. (…중략…) 盖緣好奇而愛山, 遂自成癖於嗜石."

만중(睦萬中)은 「뇌뢰정기(磊磊亭記)」란 글에서 과거를 포기하고 충청도 광천의 오서산 자락에 뇌뢰정(磊磊亭)을 짓고서 많은 수석을 수집하여 꾸미고 살아가는 이여중(李汝中)이란 선비의 취미를 상세히 묘사하고 있다.[59] 정자 이름인 '뇌뢰(磊磊)'는 수많은 돌무더기를 표현하는 재치 있는 명칭이다. 이만함(李萬咸)은 전국의 산천을 다니며 돌을 모았는데 성호 이익은 그에게 「삼석설(三石說)」이란 글을 지어 주었다.

19세기 들어서는 수석의 채취와 수집이 사대부들 사이에 열병처럼 번졌는데 신위(申緯)의 문사 그룹을 비롯하여 수많은 이들이 석벽을 지녔다. 김유근(金逌根)은 괴석도(怪石圖)를 특별히 잘 그려 괴석 취미를 확산시켰다. 조희룡(趙熙龍)도 수석 취미가 있어 유배지 임자도에서 수석을 널리 수집하였고, 거기서 괴석 수집에 열정을 지닌 우석선생(友石先生)을 만나 교유하였다. 그 밖에도 조면호와 남병철(南秉哲) 등 일일이 꼽을 수 없을 만큼 많은 지식인들이 석벽을 토로하고 있다.

특히, 서화를 비롯하여 온갖 호사취미의 소유자인 조면호[60]는 평소부터 석공(石供)에 벽(癖)이 있어[61] 수석을 수집하여 감상한 다양한 기록을 남겨놓았다.[62] 하나의 실례를 들면, 그는 1867년 새해 첫날 진열한 11종의 수석에게 세배를 올리고 각각의 돌에 시 한 수씩 지었다. 그것이 「예석시(禮石詩)」이

---

59 이용휴(李用休)도 이여중(李汝中)에게 같은 제목의 기문(『탄만집(炭鬘集)』「뇌뢰정기(磊磊亭記)」(『한국문집총간』 223)을 지어 세상과 절연한 채 고고하게 살아가는 모습을 돌의 품성에 빗대었다. "山骨曰石, 某同譜者, 有文釆細潤如繪畫, 爲婦孺師者; 有姿狀怪類猷鬼, 供豪貴玩者; 有受諛辭薰枯朽, 貿亂是非者. 其落落負瓌奇之質者恥之, 磈然峙於大東海山之間, 不求知於世. 而環其地, 多名勝偉觀, 不與競, 不受壓, 自爲高焉. 余友李君汝中亭於其旁, 日相對看. 然亦不相借爲重, 惟各守其介, 而其下有水澄明, 空一切營營者."
60 조면호, 『옥수집』「구소장서폭화정(舊所藏書幅畵幀)」에는 그의 취미를 보는 관점이 서술되어 있다.
61 조면호, 『옥수집』「속예석구시(續禮石九詩)」(『한국문집총간』 127, 370면). "冤素癖石供."
62 김용태, 앞의 책, 140~142·189~193면.

다. 「예십일석(禮十一石)」을 쓰고 난 뒤 다시 12개의 돌에 세배를 드린 「속예석구시(續禮石九詩)」와 「추례삼석(追禮三石)」을 지었다. 그의 행태는 취미생활의 전형적 모습을 보여준다.

석벽은 이들에게 국한되지 않고 보편화된 취미로 확산되었다. 19세기에 문사들이 특별히 석(石) 자가 들어가는 아호(雅號)를 많이 사용한 현상은 다름 아닌 수석 취미의 반영이다. 우석(友石), 취석(醉石), 만석(晩石), 석우(石友), 석경(石經) 등등 매우 많다. 석(石) 자를 썼다고 모두 수석취미를 가졌다고 할 수는 없으나 실제로 취미는 아호가 연결되는 경우가 많다. 조면호가 강서에 유배 가서 만난 박지일(朴之一)은 호가 석련(石蓮)인데 일만 개의 수석을 소장한 석벽(石癖)이 있는 사람이었다.[63] 저명한 화가 이유신(李維新)은 호가 석당(石塘)인데 돌을 사랑한 취미를 반영한 호다. 이유신이 신위 집에 있는 괴석을 어루만지며 차마 그 곁을 떠나지 못하자 신위가 종에게 들려 보내려고 하였다. 석당은 굽신굽신 절하고 종을 물리친 채 직접 양손에 괴석을 떠받들고 의기양양하게 시장을 지나갔다고 전한다.[64] 돌에 빠진 기호의 정도를 표현하는 일화다.

수석 취미는 문학에 반영되어 그와 관련한 시문이 다채롭게 등장하였다. 다양한 취미를 즐기면서 취미생활을 예술창작으로 결합한 신위에게 흔하게 보인다. 다음은 「내게는 채석 석분이 있는데 각각 다섯 개씩 국인(菊人)과 동소(桐沼)에게 나누어주고 시를 지었다」라는 제목의 시이다.

국인이랑 동소랑은 내 좋은 벗들　　　　　　　　　　菊人桐沼吾良友

63　조면호, 『옥수집』권12 「예십일석(禮十一石)」. "冕讁鶴山, 鶴山朴之一, 吃士也. 有文學氣槪, 癖於石, 園庭之際, 蓄石計可萬也. 冕有「一石山房記」者也."

64　유재건(劉在建), 『이향견문록(里鄕見聞錄)』8 「이석당유신(李石塘維新)」(유재건, 『이향견문록』 영인, 아세아문화사, 1974, 405면). "李維新, 號石塘, 善畵, 性愛石. 紫霞申學士有怪石, 置案上, 透漏可愛. 石塘嘗於元朝拜歲來, 見石摩沙不忍別. 申公見其如此也, 使奴携去. 石塘曰: '審矣乎!' 下謝僕僕, 揮使奴去, 雙手奉石, 揚揚過市途. 時石塘老白首矣. 聞諸申公, 只此可想其爲人矣."

석벽과 난맹으로 벗이 되었지.　　　　　　　　　　　石癖蘭盟與結隣

두 벗에게 희사하여 시에 불사하노니　　　　　　　捐作兩家詩佛事

소매 안에 동해의 작은 산 넣어두게나.　　　　　　袖中東海小嶙峋[65]

　나이가 들어 소장하고 있던 돌을 벗에게 나눠주며 지은 시다. 여기서 석벽
(石癖)과 난맹(蘭盟)은 돌과 난초의 취미를 공유했음을 보여주는 말로 신위가
자주 썼다. 당시 문사들 사이에서 어떤 취미가 유행했는지를 명료하게 보여
준다.

　수석 취미가 널리 보급되면서 수석의 의미와 그 미학을 표현한 글들도 많
이 나타났다. 그 가운데『주영편(晝永篇)』의 저자 정동유(鄭東愈, 1744~1808)
가 쓴「괴석기(怪石記)」는 속된 취미를 좋아하는 이유와 대비하여 괴석을 사
랑하는 동기를 설명하고 있는데 당시 수석을 대하는 지식인의 미학을 엿볼
수 있다.

　　내가 평상시 취미 삼아 즐기는 것을 점검해보니 이상하게도 세상에서 좋아하
　는 것들이 많다. 먹거리 중에는 엿이나 생선과 육류를 즐기고, 육류 중에는 기름
　진 것만 편식한다. 의관은 반드시 유행을 따라서 입는다. 꽃은 붉고 고운 것을 좋
　아하고, 그림은 완상할 것을 사랑한다. 음악은 그다지 좋아하지 않으나 속악(俗
　樂)은 종일토록 잘 듣는다. 문장은 관각(館閣)의 화려한 것을 즐겨 보고, 시는 차
　라리 유우석과 백거이를 배울지언정 가도(賈島)나 노동(盧仝)은 좋아하지 않는
　다. 글씨는 필진도(筆陣圖)나 초결(草訣) 따위의 서체로 마구 벽에다 쓴 뒤에 그대
　로 놔두고 없애지 않는다. 일상생활에서는 이렇듯이 세상에서 흔히 쓰는 물건을

65　신위(申緯),『경수당전고(警修堂全藁)』27책「복부집(覆瓿集) 11」「여유분중채석, 각이오매
　　분증국인동소유시(余有盆中采石, 各以五枚分贈菊人桐沼有詩)」(『한국문집총간』291).

거리낌 없이 즐겨 쓴다.

그런데 유독 소나무는 늠름한 것을 좋아하고 구불구불한 것을 좋아한다. 바위는 괴이하게 생긴 것을 좋아하여 무릇 가파르게 깎이고 구불구불 서리며 우묵하게 입을 벌리고 영롱한 빛을 내는 것이면 하나같이 좋아한다. 어쩌다 그런 것을 만나면 어루만지며 즐겨서 자고 먹는 것도 잊을 정도다. 늠름하고 구불구불한 소나무와 가파르게 깎이고 구불구불 서리며 우묵하게 입을 벌리고 영롱한 빛을 내는 바위야말로 이른바 기이하고 특별하면서도 세속에 어울리는 것이 아니겠는가? 그렇지 않으면 내 성품과 취미가 우연히 이 두 가지 사물과 어우러졌을 뿐 그 나머지 몇 가지는 취미라고 말하기에 부족한 것일까?[66]

정동유는 함경도에서 산출된 괴석을 소유하여 감상하는 동기를 설명하면서 취미에 대한 생각을 펼치고 있다. 다른 취미는 세상의 일반적 취향을 따르지만 소나무와 돌에 대해서는 남다른 그만의 취향을 간직하고 그것을 포기하지 않겠다고 하였다. 소나무와 돌의 기이하고도 특별한 모양이 흔해빠진 세속적 물건과는 다르기에 애호의 정을 갖는다고 하였다. 소나무와 돌의 속되지 않은 고고한 품격을 취미 선택의 미의식으로 드러내었다. 정동유가 펼친 생각은 당시 지식인의 시각과 깊은 관련을 맺고 있다.

이 밖에도 돌의 취향에는 다양한 시각이 폭넓게 존재한다. 강세황이 조선의 괴석 취미를 비판한 언급이 그 한 사례다. 그는 해주산 수포석(水泡石)이

---

66 정동유(鄭東愈), 『현동실유고(玄同室遺稿)』 곤(坤) 「괴석기(怪石記)」(버클리 도서관 소장 사본, 이종묵, 앞의 책, 2010, 36~40면에서 재인용). "余撿平居志趣所賞, 怪多俗尙. 飮食嗜飴糖魚肉, 肉又偏喜肥腴, 衣冠必從時制, 花愛紅艶, 畵愛阮名. 於聲音雖不甚好, 俗樂亦終日耐聽. 文喜看館閣綺麗, 詩寧學劉白, 不喜賈島盧仝. 筆有以筆陣圖草訣等體, 胡亂題壁, 且留不去, 其日用與俗周旋, 不厭類此. 獨於松愛偃蹇, 愛詰屈. 於石愛怪, 凡峭刻菌蟠嵌呀玲瓏無不愛, 或遇之撫玩, 將以忘寢食, 豈松之偃蹇詰屈. 石之峭刻菌蟠嵌呀玲瓏者, 乃非所謂奇特而且適於俗也? 抑余性癖, 偶與此二物會, 而其餘數事, 但不足以言癖耶?"

주종을 이루는 조선의 괴석에 대해 "현재 부귀한 집에서 뜰에 늘어놓은 석분(石盆)이 모두 이 수포석이다. 반드시 세 봉우리로 깎아 만드는 것이 더욱 비루하고 속되다. 무슨 사랑스러운 면이 있다고 툭하면 모아서 기이한 완상품으로 만드는가?"라고 하였다.[67] 취미 자체를 비판한 것이 아니라 수포석의 재질과 삼신산을 인공적으로 제작하는 비속한 행태를 비판한 것이다. 이처럼 취미의 발전은 깊이 있는 미학의 전개로 확산되었다.

6. 취미의 시각으로 보는 조선 후기의 사회와 문화

조선 후기의 다양한 문화현상은 문학을 비롯한 각종 예술에 반영되어 나타난다. 서울의 상층 사대부들 사이에서 향유된 각종 취미는 그들이 지닌 문화적 역량의 힘을 입어 일반 사람의 그것에 비해 더 많이 뚜렷하게 노출되고 있다. 취미의 향유가 신분과 지역, 경제적 수준과 사유의 개방성에 따라서 큰 차별을 보이고 있으므로 위에서 살펴본 문화적 현상을 조선 후기의 보편적 현상이었다고 바로 단정할 수는 없다. 다만 그 현상이 그 시대의 주요한 문화적 트렌드로서 역동성 있게 문화적 영향력을 확대해갔고, 그것이 학술과 예술에도 적지 않은 영향을 끼쳤다는 점은 분명하다. 따라서 취미의 유행은 그 시대 사회상의 맥락 속에서 의미 있는 현상으로 이해할 필요가 있다.

앞에서 살펴본 것처럼, 조선 후기에는 과거보다 훨씬 적극적으로 다양한

---

67 강세황(姜世晃), 김종진 외역, 「괴석(怪石)」, 『표암유고(豹菴遺稿)』, 지식산업사, 2010, 517면.
 "今富貴之家, 庭列石盆, 皆是物也. 必削成三峰, 尤覺鄙俗, 有何可愛, 而輒聚而奇玩耶?"

취미가 향유되었다. 취미의 향유를 막는 제약이 완화되거나 그것을 새로운 문화주체가 지녀야 할 문화적 조건으로 간주하였다. 이전에 취미를 보는 관점과는 역전이 이루어졌다. 조선 후기 사회와 문화에서 이전 사회보다 다양성과 참신성, 개성을 보이는 문화적 현상이 부각되는 배경에는 취미의 다양한 향유가 상호 작용하고 있다.

그동안 조선 후기 문화의 분석에서 마니아의 개념과 벽(癖)과 취(趣)의 틀로 분석한 관점은 있으나 취미라는 현대적 관점으로 분석한 경우는 거의 없었다. 이 글은 조선 후기 사회에서 취미의 향유를 집중적으로 분석하여 그 사회적 맥락과 문화적 반영의 현황을 살펴보았다. 분석을 통해 조선 후기 사회와 문화, 일상사에서 취미의 향유가 간과할 수 없는 중요한 의의를 지니고 있음을 밝혀냈다. 앞으로는 취미의 구체적 대상에 대한 더 깊이 있는 조사와 분석과 함께 그것이 학술과 예술에 끼친 영향, 그리고 취미의 미학에 대한 고찰이 더욱 필요하다.

조선 후기 사대부가 기록한 아내의 일생

행장 26편으로 본 내조(內助)의 힘

이지양

1. 여성의 일생과 일상에 대한 신분별 연구 필요성

오늘날 현대사회는 조선시대 유교사회로부터 아득히 멀어져 완전히 다른 문명사회로 접어들었다. 그런 까닭에 조선시대 사람들의 일상과 일생을 제대로 이해하는 데에 갖가지 어려운 점이 따른다. 그 다양한 어려움들 가운데서도 사회적으로 '신분계급'에 따라 각기 다른 윤리 규범이 있었다는 점과 유교의 음양론을 섬세하게 파악하여 이해하는 것이 가장 어려운 점이 아닐까한다. 오늘날 '윤리'라는 말은 '사람으로서 마땅히 행하거나 지켜야 할 도리'라는 뜻으로 사용된다. 이런 의미는 '도덕'의 개념과 뚜렷한 변별성이 없어서 '윤리'와 '도덕'이 마치 유의어처럼 사용되고 있다. 그런데 봉건적 유교사회였던 조선시대에는 '윤리'와 '도덕'의 개념이 확연히 달랐다. 윤리는 차별성, 도덕은 보편성에 근거한다는 점에서 뚜렷한 차이가 있다.

구체적으로 살펴보면, '윤(倫)'은 신분 등급 간의 순서,[1] '이(理)'는 존재의 규율과 법칙,[2] 도(道)는 유교사상이 보편적으로 중시하는 가치,[3] 덕(德)은 하늘에서 부여받은 개인의 품덕(品德)[4]을 의미했다. 즉, 윤리가 성별·신분·연령에 따라 상하존비의 행동 규범에 차이를 부여한 개념이라면, 도덕은 사람이면 누구나 타고나는 품덕에 기초하여 유교적 가치 덕목을 추구해가는 개념이었던 것이다.

1　『설문해자(說文解字)』에 "윤은 무리이다. 혹은 도라고도 한다[倫, 輩也. 一曰道也]"라고 하였다. 여기서 '무리'는 단순한 '다수'가 아니라, '천륜(天倫)'이라든가 '인륜(人倫)'에서처럼 '차례'나 '순서' 혹은 '상하존비의 등급과 순서에 따라 집단을 구분하는 등급관계'를 의미한다. 『예기(禮記)』 「상복소기(喪服小記)」에, "친한 이를 친하고 높은 자를 높이고 어른들을 어른으로 받들고 남녀 간에 구별이 있는 것이 인도의 큰 것이다[親親尊尊長長男女之有別, 人道之大者]"라고 하였는데, 여기서 '인도'가 바로 '인륜'의 의미로 사용되고 있다.

2　성리학에서 이(理)와 기(氣)를 다양하게 설명하지만, 요점은 이는 형이상학적 본질에 해당하고 기는 형이하학적인 현상에 해당한다는 것이다. 『주자어류(朱子語類)』에, "사람이 태어날 수 있는 것은 이(理)와 기(氣)가 합해진 까닭이다. (…중략…) 천지의 성(性)을 논하면 오로지 이를 가리켜 말하고, 기질의 성을 논하면 이와 기를 섞어서 말하는 것이다. 이런 기가 있지 않더라도 이미 이런 성이 존재하며, 기가 존재하지 않더라도 성은 도리어 항상 존재하고 있다. 비록 그것이 기 속에 있지만, 기는 스스로 기이고 성은 스스로 성이어서 서로 뒤섞이지 않는다[人之所以生, 理氣合而已. (…중략…) 論天地之性, 則專指理言, 論氣質之性, 則理與氣雜而言之. 未有此氣, 已有此性; 氣有不存, 而性却常在. 雖其方在氣中, 然氣自是氣, 性自是性, 亦不相夾雜.]" 이렇듯 항상 존재하고 있는 '이'가 '윤'과 결합되어 신분별 존재 규율과 법칙을 의미하는 '윤리'의 개념을 형성하는 것이다.

3　도(道)의 개념은 철학 사상의 흐름에 따라 그 함의를 달리하지만, 각 사상마다 궁극적이고 보편적으로 추구해야 할 가치를 도(道)라고 표현하는바, 유교 사상에서는 유교 사상이 그렇게 추구해야 할 보편적 가치를 도라고 불러왔다. 『주역(周易)』 「계사(繫辭) 하」에서는 도(道)를 천도(天道)와 인도(人道)와 지도(地道)로 구분하여 설명하였고, 『좌전(左傳)』 「환공(桓公) 6년」조에서는 "이른바 도란 백성에게 충성하고 신을 믿는 것이다[所謂道, 忠於民而信於神也]"라고 하였고, 『맹자(孟子)』 「공손추(公孫丑) 하」에서는 "도를 얻은 자는 도와주는 사람이 많고, 도를 잃은 자는 도와주는 사람이 적다[得道者多助 失道者寡助]"라고 한 구절들에서 도라는 말은 모두 보편적 가치를 의미하고 있다.

4　덕(德)은 자신이 타고난 품덕을 의미하는바, 그것을 잘 계발하고 연마하여 타인에게도 득이 되게 하는 것도 덕이라고 한다. 『주역(周易)』 「상경(上經) 건(乾)」에서는 "군자는 덕을 이루어 행실을 삼는다[君子以成德爲行]"라고 하였고, 『맹자』 「진심(盡心) 상」에서는 "군자가 사람을 가르치는 방법이 다섯 가지인데, 덕을 이루게 하는 경우, 재주에 통달하게 하는 경우[君子之所以敎者五, 有成德者, 有達財者]"라고 하였다. 이런 경우에 덕이란 모두 날 때부터 타고난 고유한 품덕을 의미한다. 그러므로 유교적 가치 개념인 도와 덕을 합한 개념을 정리해보면, 사람이 누구나 타고나는 품덕에 기초하여 유교적 가치 덕목을 추구해가는 것을 의미한다.

'윤리'라는 개념이 '강상(綱常)' 혹은 '기강(紀綱)'이라는 말과 종종 함께 쓰이는 이유도 그것이 삼강오륜(三綱五倫)의 수직적 질서와 연관되어 있기 때문이다. 이 삼강오륜이라는 유교윤리질서는 천지자연을 양(陽)과 음(陰)의 이분법으로 배치하는 사고와 맥락을 같이하므로 인간사회의 질서 역시 같은 구도를 적용한다. 군주와 신하, 아비와 자식, 남편과 아내 역시 모두 양과 음으로 구분된다. 양과 음이 어울릴 때는 양이 음을 통솔하지만, 엄연히 양은 양끼리, 음은 음끼리 독립된 질서를 따로 구축하고 있기도 하다. 음양(陰陽)과 내외(內外)를 구분하는 질서의식이 교차되고 있는 것이다. 따라서 조선시대의 신분별 윤리 규범과 유교의 음양론에 유의하지 않고 그 사회의 인간상과 사회상을 논할 경우, 대개는 현재적 입장에서 과거를 오해한 상태에서 과잉 비판으로 이어지기가 쉽다. 조선시대의 윤리 규범을 오늘날의 윤리 규범과 동일시하여 실상을 왜곡되게 해석하고, 개인에게 그 시대의 사고와 사회현상을 넘어서지 못했음을 과잉지적하게 되는 것이다. 조선시대의 인간질서와 그런 질서를 만들어낸 사상의 윤리규범을 이해한 다음에 여성상과 여성생활을 조명해야 한다.

이러한 반성에서 출발하여 본 연구자는 조선시대 여성들의 삶을 그들의 신분별 윤리규범에 입각하여 그들의 일생과 일상생활을 살펴보려 한다. 신분별로 구획된 무수한 윤리규범이 예(禮)의 이름으로 존재했기 때문이다. 혼인 규칙과 절차의 차이, 교육의 차이, 행실의 차이, 의무와 책임의 차이, 노동의 차이, 사고의 차이, 감성의 차이, 처벌의 차이 등등, 온갖 차이가 '예(禮)'와 결부되어 있다. 그 가운데 대표적 예를 들면 수절(守節)을 위해 열녀(烈女)가 되는 것조차도 신분별로 윤리규범의 차이가 인지된다. 왕비의 신분에는 열녀가 없으며 공주·옹주는 장남에게 시집보내지 않았다. 부마 간택에 참가할 수 있는 대상자는 차남 이하의 남성이었다. 또 부마의 경우는 아내가 먼저 죽어도 재혼할 수 없었다. 소실이나 첩을 두는 것도 특별한 경우에 허용되었다. 그런데 양반 사대부가의 여자는 성종 때 재가 금지법 이후로 재혼, 개가가 엄격히 금지 되었다. 여자들은 수절은 물론, 열녀의 길을 강요받았다. 평민 여성들은 남편이 죽은 뒤 개가했다. 오히려 수절하면『효열록』에 기록될 정도였고, 천민 기녀들은 수절하고자 할 때 도리어 사회적 비웃음을 감수해야 하는 것이 보통이었고 목숨을 걸고 정절을 지키면 간혹 격려를 받았다. 이런 현상들이야말로 유교적 윤리 규범을 왜 신분별로 연구해야 하는지 그 필요성을 자각하게 한다. 조선시대 여성들의 일상생활은 하루, 일 년, 일생의 세세한 시간이 신분 계급에 따라 다른 것은 물론이고, 의식과 정서며 인간관계도 다른 것이다. 인물상에 대한 연구는 습관이나 태도의 근저까지 밝혀내야 입체적이고 생동하는 연구가 될 수 있을 것이다. 그렇긴 하지만 기록에 대한 과도한 해석을 하지 않도록 주의하고자 한다.

이 글은 위와 같은 문제의식을 가지고, 조선 후기 사대부가 기록한 아내의 행장 26편을 텍스트로 삼아 양반가의 여성의 일생과 일상을 고찰하려고 한다. 아주 좁게는 선비의 아내의 일생과 일상을 간략히 파악할 수 있겠지만, 한걸음 나아간다면 조선 후기 사대부가 부부의 생활상을 살펴볼 수 있으리라 기대한다. 남편이 기록한 아내의 행장만을 대상으로 삼은 것은 부부의 생활 정감을 조금 더 주목해 볼 수 있는 자료라는 점에 착안한 것이다.

행장(行狀)에서 '장(狀)이란 묘사한다[狀者貌也]'는 의미이다. 원래 행장이란 죽은 사람의 일생을 그대로 묘사하여 조정(朝廷)에서 예관(禮官)이 시호(諡號)를 정할 때 참고하고, 사관(史官)이 입전(立傳)할 때 채택할 수 있도록 하기 위해, 혹은 묘지(墓誌), 묘비(墓碑), 묘표(墓表) 등과 같은 유의 글을 요청하기 위해서 작성했다. 한(漢)나라 때 부조간(傅朝幹)이 지은 '양원백(楊元伯) 행장'이 그 시초로 알려져 있고, 후세에는 모두 그것을 따라 기록했다고 한다. 죽은 사람의 세계(世系), 이름과 자, 벼슬, 살았던 마을, 행적과 치적, 살고 간 나이 등을 상세하게 갖추어 기록하는 것이 행장의 내용이다. 그러니 이 행장은 대부분 문하생이나 수하의 관속들이나 친구들의 손에서 나왔다. 이런 사람들이 아니면 그와 같은 사실에 대하여 잘 알지 못한다고 여겼기 때문이다.[5]

하지만 벼슬길에 오를 리도 없고, 사관이 채택하여 입전할 리도 없는 여성의 경우, 행장은 신분 지위가 높았던 극히 소수의 여성, 그리고 할머니나 어머니의 묘비를 세우기 위해, 혹은 자손들에게 잊지 않도록 가르치기 위해 아들이나 손자가 기록하곤 했다. 더구나 사대부가 자신의 아내에 대해 행장을 쓴 것은 매우 드문 일이기도 하거니와 상당히 후대의 일이기도 하다. 조선조 전체를 통틀어 보아도 아내의 일생을 행장으로 기록한 것은 조선 후기로 접어든 17세기 무렵부터나 발견된다. 현재까지 간행된 『한국문집총간』 전집, 속집을 통틀어서 찾은 '망실행장(亡室行狀)'이 겨우 26편[6]인 것이다. 희소성의 측

---

5 이상에 설명한 내용은 다음 글을 참조한 것이다. 徐師曾, 『和刻本 文體明辯』3, 京都 : 中文出版社, 1988, 1476면. "按劉勰云 狀者貌也. 禮貌本原取其事實先賢表諡並有行狀. 狀之大者也 漢丞相倉曹傅朝幹始作楊元伯行狀. 後世因之, 蓋具死者世系名字爵里行治壽年之詳. 或牒考功太常使議諡, 或牒史館請編錄, 或上作者乞墓誌碑表之類, 皆用之. 而其文多出於門生故吏親舊之手, 以謂非此輩不能知也." 이하, 『文體明辯』을 인용할 경우 면수만 밝히기로 함.

6 26편을 제시하면 다음과 같다.

	작자	글 제목	문집명 (문집총간번호)	문집면수	17~18세기 생활사 자료집 번역본 면수
1	申欽	亡室李氏行狀	象村稿(072)	133b	없음
2	申翊聖	亡室貞淑翁主行狀	樂全堂集(093)	358a	없음
3	金壽增	亡室淑人曹氏行狀	谷雲集(125)	245a	17세기 권2 : 253면~
4	趙克善	亡室淑人江華崔氏行狀	冶谷集(속집026)	208d	없음
5	丁時翰	亡室柳氏行錄	愚潭集(126)	380d	17세기 권4 : 88면~
6	閔鼎重	亡室贈貞夫人申氏行狀	老峯集(129)	204c	17세기 권2 : 329면~
7	李選	亡室孺人尹氏行狀 乙未六月	芝湖集(143)	493b	17세기 권3 : 208면~
8	金錫冑	亡室孺人李氏行狀	息庵遺稿(145)	499a	17세기

면에서는 물론이요, 양반 사대부가의 아내의 전형적 형상뿐 아니라, 전형적 부부상까지 살펴볼 수 있다는 점에서 매우 소중한 자료라고 생각한다.

흔히 비지전장류(碑誌傳狀類)라 하여 죽은 사람의 일생을 기록하는 글들을 묶어서 거론하지만, 행장은 전(傳)이나 묘지문과는 확연히 구별되는 특징이 있다. 우선 전(傳)의 경우를 보면 두 종류의 글이 모두 대상에 대해 잘 아는

	작자	글 제목	문집명 (문집총간번호)	문집면수	17~18세기 생활사 자료집 번역본 면수
					권3 : 270면~
9	林泳	亡室安人曹氏行狀	滄溪集(159)	399b	없음
10	崔奎瑞	亡室貞敬夫人李氏行狀	艮齋集(161)	234c	없음
11	金時保	亡室淑人尹氏行狀	茅洲集(속집052)	438d	없음
12	李宜顯	亡室贈貞敬夫人魚氏行狀	陶谷集(181)	368c	18세기 권7 : 329면~
13	李宜顯	亡室贈貞敬夫人宋氏行狀	陶谷集(181)	370b	18세기 권7 : 335면~
14	申益愰	亡室恭人順天朴氏行記	克齋集(185)	484d	18세기 권4 : 81면~
15	李柬	亡室安人尹氏行狀	巍巖遺稿(190)	520b	18세기 권4 : 323면~
16	趙觀彬	亡室貞夫人昌原兪氏行狀	悔軒集(211)	532c	18세기 권2 : 299면~
17	趙觀彬	亡室貞夫人慶州李氏行狀	悔軒集(211)	534a	18세기 권2 : 304면~
18	南有容	亡室恭人杞溪兪氏行狀	雷淵集(217)	524d	18세기 권3 : 303면~
19	吳瑗	亡室孺人安東權氏行錄 戊戌	月谷集(218)	551d	18세기 권3 : 340면~
20	朴胤源	亡室行狀	近齋集(250)	566d	18세기 권2 : 322면~
21	黃胤錫	記亡室生卒	頤齋遺藁(246)	486a	18세기 권2 : 380면~
22	朴準源	亡室行狀	錦石集(255)	183b	없음
23	洪奭周	亡室贈貞敬夫人完山李氏行狀	淵泉集(294)	030d	없음
24	任憲晦	亡室贈貞夫人尹氏行錄	鼓山集(314)	430a	없음
25	宋秉璿	亡室李氏行狀	淵齋集(330)	363b	없음
26	田愚	亡室朴氏家狀	艮齋集(333)	284c	없음

17~18세기 생활자료집 면수는 다음 책의 권수와 면수를 밝힌 것이다. 김경미 외역, 『17세기 여성 생활사 자료집』 1~4, 보고사, 2006; 황수연 외역, 『18세기 여성 생활사 자료집』 1~8, 보고사, 2010.

사람이 사실에 기초하여 써야 한다는 점은 공통된다. 하지만 행장은 자녀를 비롯하여 집안 후손들에게 가르쳐주기 위해 남편이 쓸 수가 있지만, 남편이 아내를 입전(立傳)한 글은 단 한 편도 본 적이 없다. 그것은 전(傳)이란 것이 원래 사적(事蹟)을 기재하여 후세에 전하기 위한 것이라 역사적 기술의식을 전제로 삼고 있기 때문이다. 한나라 사마천(司馬遷)의 『사기(史記)』이래로 시골구석에서라도 덕이 있는데도 숨겨져 드러나지 않은 자나 변변찮은 신분의 사람일지라도 본받을 만한 자가 있다면 모두 전을 지어 전하고 의미를 부여[7] 했지만, 그것은 어디까지나 주관적이거나 사적인 차원을 떠나 객관적이고 역사적인 문제로 나아가는 기록행위였다. 그런 까닭에 아내에게 아무리 잊지 못할 덕목이 있어도 아내를 입전한다는 것은 상식을 넘어설 뿐만 아니라 상상을 초월하는 일이었을 것으로 추측할 수 있다. 그러니 아내를 입전한 글은 없다.

그런가하면 행장과 묘지문은 그 형식과 내용에 상당한 공통점을 지닌다. 행장에 기초하여 묘지문이나 묘비명을 작성하니까 그럴 수밖에 없을 것이다. 묘지(墓誌)[8] 역시 한(漢)나라 때 두자하(杜子夏)로부터 시작되었고, 후세 사람이 그것을 따라했다고 전한다. 장례를 치를 때에 그 사람의 세계(世系), 이름과 자, 벼슬, 살았던 마을, 행적과 치적, 살고 간 나이, 죽은 날, 장사한 날과 그의 자손들의 대략을 기술하여 돌에다 새기고 덮개를 덮어서 광(壙) 앞 석 자[尺] 되는 곳에 묻어서 훗날 능곡(陵谷)이 변천되더라도 무덤을 잃지 않도록 하기 위한 것이었다. 그런 기능을 지니다 보니 내용은 대동소이하지만,

---

7 『文體明辯』, 1623면. "按字書云, 傳者傳也. 紀載事迹, 以傳於後世也. 自漢司馬遷作史記創爲列傳, 以紀一人之始終, 而後世史家卒莫能易嗣是. 山林里巷, 或有隱德而弗彰, 或有細人而可法則皆爲之作傳, 以傳其事寓其意."

8 『文體明辯』, 1485면. "至漢杜子夏, 始勒文, 埋墓側, 遂有墓誌. 後人因之, 蓋於葬時, 述其人世系, 名字爵秩, 行治壽年, 卒葬日月, 與其子孫之大略, 勒石, 加蓋埋于壙前三尺之地, 以爲異時陵谷變遷之防, 而謂之誌銘."

묘지는 행장에 비해 글의 분량에 제한을 받으므로 내용이 건조해지기 쉽다. 지(誌)라는 것이 원래 기록한다[記]는 뜻이고 명(銘)이란 것은 새긴다[刻]는 뜻이다. 죽은 사람의 덕과 선, 공렬을 후세 사람이 그를 위해 기물(器物)을 만들고 거기에다 새겨서 영원히 전해지게 하는 것이라서 묘지이나 묘비명은 행장보다 간략하고 공식적인 성격을 띠게 된다. 따라서 묘지나 묘비명을 통해서는 그 대상 인물의 생활 모습이나 추억을 찾기 힘들고, 기록자의 감정을 읽어내기가 어렵다.

따라서 '비지전장(碑誌傳狀)' 가운데서도 행장(行狀)은 망자(亡者)에 대한 객관적 사실 외에도 제문(祭文)[9]에서나 털어놓을 수 있는 기록자의 심회(心懷)나 두 사람 간의 추억, 생활 일화 같은 것이 풍부하게 포함된다는 특징을 지닌다. 특히 조선조처럼 남녀 간의 내외 구분이 엄격하던 문화 속에서는 양반집 규수의 생활상이나 내외 간의 이야기를 알 수 있는 경우가 극히 드문데, 행장에서는 그 점이 다소 나타난다. 또 제문에서 토로하거나 회고할 수 있는 내용이 그 순간의 추모자의 심정에 기우는 반면, 행장의 경우에 토로하거나 회고하는 심정은 긴 시간을 두고 간추려낸 일화라는 점도 약간의 차이점이라고 할 수 있다.

이상과 같이 행장 형식의 글이 지닌 특징을 고려하면서, 이 글은 조선 후기에 양반 사대부가 직접 자신의 아내에 대해서 쓴 행장 26편을 대상으로 삼아, 다음 두 가지 문제를 고찰하고자 한다. 첫째는 조선 후기 사대부의 아내가 지닌 부덕(婦德)을 확인한다. 대체로 몇 살에 결혼하고 언제 사별을 겪는

---

9 "제문이란 친척이나 벗에게 제전(祭奠)을 드릴 때 사용하는 글이다. 옛날의 제사는 단지 고향(告饗)하는 정도에 그칠 뿐이었는데, 중세(中世) 이후로 언행(言行)까지 겸하여 찬양하고 애상(哀傷)하는 뜻을 부쳤으니, 대체로 축문(祝文)의 변체(變體)라고 하겠다[按祭文者祭奠親友之辭也. 古之祭祀, 止於告饗而已. 中世以還兼讚言行, 以寓哀傷之意, 蓋祝文之變也]." 『文體明辯』, 1691면.

지, 함께 산 세월은 어느 정도인지, 부덕은 어떤 것인지에 대해 사실을 확인, 정리할 것이다. 둘째는 양반가의 남편이 잊지 못하는 아내의 형상과 덕목을 정리한다. 이런 경우는 공통된 점도 있고 집집마다 개별적인 차이점도 있을 것이다. 그 점을 고려하면서 정리하여 양반가 여성의 일생에 대해 윤곽을 짚어본다. 부덕을 칭송하는 남편의 입장과 칭송을 받을 만큼 헌신적이고 희생적인 삶을 산 아내의 입장은 분명히 차이가 있겠지만, 아내의 속마음을 알 수 있는 경로는 거의 없다시피 하다. 그러므로 조선조 양반가 여성의 생활상을 남편의 기록으로만 접근하는 한계는 있지만, 그 한계점을 유의하면서 양반가 여성의 생애와 생활 윤곽을 고찰하고자 한다.

2. 양반가의 결혼과 사별 연령, 그리고 부덕(婦德) 항목

1) 결혼과 사별 상황

26편의 행장을 텍스트로 삼아 남편과 아내의 생몰년도, 혼인 연령, 상처한 연령, 혼인 기간, 수명, 자녀 수, 남편 재취 여부를 파악하여 다음과 같이 정리해 본다.

	남편 / 생몰년도	혼인 나이	상처 연령	혼인 기간(년)	수명	아내 / 생몰년도	혼인 나이	수명	자녀 수(당시 상황)	남편의 재취 여부
1	신흠(申欽) 1566~1628	15	58	43	63	이씨(李氏) 1566~1623	15	58	2남 5녀	×
2	신익성(申翊聖)	12	40	29	57	정숙옹주(貞淑翁主,	15	41	13인 중 5남 4녀	×

	남편 / 생몰년도	혼인나이	상처연령	혼인기간(년)	수명	아내 / 생몰년도	혼인나이	수명	자녀 수(당시 상황)	남편의 재취 여부
	1588~1644					선조의 3녀)1587~1627			(생존 9인)	(※儀賓은 再娶不可)
3	조극선(趙克善)1595~1658	23	60	38	64	최씨(崔氏)1596~1654	22	59	3남 1녀	×
4	김수증(金壽增)1624~1701	20	64	45	78	조씨(曺氏)1627~1687	16	61	3남 4녀	×
5	정시한(丁時翰)1625~1707	14	66	53	83	유씨(柳氏)1624~1690	15	67	4남 1녀	×
6	민정중(閔鼎重)1628~1692	16	19	4	65	신씨(申氏)1627~1646	17	20	1녀(1남은 태중 죽음)	洪處尹의 女/ 측실(側室)
7	이선(李選)1632~1692	15	23	9	61	윤씨(尹氏)1632~1654	15	23	없음	黃一皓의 女
8	김석주(金錫冑)1634~1684	14	25	12	51	이씨(李氏)1634~1658	14	25	없음	黃一皓의 女
9	임영(林泳)1649~1696	17	26	10	48	조씨(曺氏)1651~1674	16	24	없음(1남1녀 요절)	李龜年의 女
10	최규서(崔奎瑞)1650~1735	15	83	69	86	이씨(李氏)1649~1732	16	84	8인 중 3남(3남 2녀 요절)	×
11	김시보(金時保)1658~1734	16	45	30	77	윤씨(尹氏)1656~1702	17	47	1남 2녀	×
12	이의현(李宜顯)1669~1745	15	32	18	77	어씨(魚氏)1667~1700	17	34	없음(2남 1녀 요절)	宋夏錫의 女
13	이의현(李宜顯)1669~1745	33	48	16	77	송씨(宋氏)1682~1716	20	35	4인 중 1남 2녀(1녀 요절)	柳寅의 女
14	신익황(申益愰)1672~1737	21	29	9	66	박씨(朴氏)1674~1799	19	27	1남 1녀	尹晢의 女
15	이간(李柬)1677~1727	20	39	20	51	윤씨(尹氏)1676~1715	21	40	3남 1녀	尹以徵의 女
16	조관빈(趙觀彬)1691~1757	15	39	25	67	유씨(兪氏)1689~1729	17	41	없음(후사 입양함)	李煒의 女
17	조관빈(趙觀彬)1691~1757	40	40	23	67	이씨(李氏)1711~1730	20	20	없음	朴聖益의 女/ 측실(側室)
18	남유용(南有容)1698~1773	16	34	19	76	유씨(兪氏)1698~1731	16	34	2인 중 1남(1녀 요절)	崔禰의 女/ 金錫泰의 女
19	오원(吳瑗)1700~1740	16	19	4	41	권씨(權氏)1700~1718	16	19	1녀	崔寔의 女
20	박윤원(朴胤源)1734~1799	15	48	34	66	김씨(金氏)1734~1781	15	48	1남	×
21	황윤석(黃胤錫)1729~1791	20	48	29	63	정씨(丁氏)1729~1776	20	48	3남 2녀	측실(側室)
22	박준원(朴準源)1739~1807	16	45	30	69	원씨(元氏)1740~1783	15	44	4남 3녀	측실(側室)※(왕실과 혼인)
23	홍석주(洪奭周)1774~1842	12	59	48	69	이씨(李氏)1774~1832	12	59	5인 중 1녀(1남2녀 요절, 1남은 19세에 죽음)	×

	남편 / 생몰년도	혼인 나이	상처 연령	혼인 기간(년)	수명	아내 / 생몰년도	혼인 나이	수명	자녀 수(당시 상황)	남편의 재취 여부
24	임헌회(任憲晦) 1811~1876	18	50	33	66	윤씨(尹氏) 1812~1860	17	49	없음(1남 1녀 요절, 1녀도 먼저 죽음)	李德沼의 女 / 측실(側室)
25	송병선(宋秉璿) 1836~1905	18	23	6	70	이씨(李氏) 1835~1858	19	24	없음(후사 입양함)	韓泰元의 女
26	전우(田愚) 1841~1922	18	34	17	82	박씨(朴氏) 1841~1874	18	34	5인 중 2남 1녀(1남1녀 요절)	朱聖東의 女 / 측실(側室)

위의 도표를 보면 남편과 아내 모두 15세 전후로 20세를 넘기기 전에 결혼
했다.[10] 결혼한 나이는 서로 비슷하거나 같았으며, 결혼생활 기간을 보면 23
일에서 69년에 이를 만큼 개인차가 크지만 평균을 내면 25년 정도가 나온다.
상처한 연령도 개인차가 커서 19세에서 83세에 이르지만, 평균을 내면 42세
정도가 된다. 남편의 평균수명은 66.5세이고 아내의 평균수명은 40.9세이
다. 이러한 평균은 당시의 결혼 적령기 정도를 확인할 수 있다는 점 외에는
별다른 의미를 찾기 어렵지만, 그래도 각주 10번의 1930년대 남녀 평균수명
과 비교해 볼 때는 이 자료가 양반 사대부가의 자료라는 점을 느낄 수 있다.
시간차이를 고려할 때 이 소수의 자료만으로 보아도 양반가의 수명이 평균
적으로 남녀 모두 매우 장수한 경우에 속함을 알 수 있다.

이 도표만을 보면 아내가 남편보다 평균 26년 정도 먼저 세상을 떠났다.

---

10 조선시대 사람들의 평균 혼인 연령이나 출산율, 혹은 남녀 평균 수명에 대한 통계 자료는 없기
때문에 이 자료를 해석할 기준 근거를 찾기는 어렵지만, 조선총독부가 계간(季刊)으로 발행했던
『조선통계시보』 창간호(1936.3)부터 제13호(1939.5)까지 총 13권 중 11권을 통계청이 입수하여
분석한 자료와 비교해 볼 수는 있다. 1931~1935년 당시의 혼인연령은 남자는 17세 미만 결혼률이
11.6%, 17~19세가 32.4%, 20~24세가 35.9%였고 여자는 15세 미만이 8.8%, 15~19세가 72.2%로 전
체의 81%가 19세 이하에 결혼했다. 남녀 평균수명은 남자는 36.3세, 여자는 38.5세였다. 통계청,
「『조선통계시보』를 통해 본 1930년대의 사회상」, 『통계분석 자료모음, 1991~1994』, 통계청,
1994, 155~170면.
1910년 전후부터 1930년대까지 전쟁과 침략이라는 역사적 혼란상, 그리고 양반층이 아니라
서민들이 다수인 전체 평균수명이라는 점을 감안할 때 남녀의 평균수명에서 여자의 수명이
약간 길게 나타난 점은 특이한 점이 아니라고 해석된다. 또 영양부족과 의술 미발달로 인해 5
세 미만 영·유아의 사망비율이 전체의 40.9%에 달했는데, 그 점도 26편의 행장에서 보이는
자녀 사망수가 높은 점과 별반 차이가 없다.

그것은 남편이 쓴 아내의 행장 자료이므로 당연히 아내가 먼저 죽은 경우에 한한 것이긴 하지만, 요즘[11]과 달리 남자 수명이 현격히 길다는 점이 눈에 뜨인다. 당시 생활 여건상 여성이 출산, 영양실조, 과로와 같은 불리함을 안고 있었던 점을 고려할 때 양반가의 경우에 남자 수명이 긴 것은 자연적 현상이었을 것이다. 그러니 남자는 대개의 경우 재취(再娶)하게 된다. 자녀 양육과 혼사 문제나 제사 올리기, 부모님 봉양, 집안 살림, 후사 잇기 문제 등을 혼자 감당할 수 없기 때문이다.

조선조의 재취 문제는 오늘날의 재취 문제와 동일시하여 부부간의 애정문제로만 환치해 생각할 수 없다. 일상의 노동과 생활 전체가 남녀의 역할 구분이 있었으며, 농경사회였으며, 대가족 사회의 층층시하였으며 신분 사회였음을 고려해야 한다. 그런 점을 고려했을 때, 위의 26편 행장에서 재취한 경우가 2/3이고, 재취하지 않은 경우가 1/3이라는 점을 두고 재취율이 높다, 낮다 조차도 판단하기가 어려운 것이 사실이다. 이 문제를 단순히 오늘날의 개인주의적 입장에서 남녀 문제, 부부만의 문제로 해석하게 되면 역사의 실상을 놓치고 오해와 불신에 기초하여 부질없이 불필요한 비판을 남발할 우려가 있다. 이 점은 유교윤리와 봉건 신분 질서, 경제적 생산 여건이 착종된 복합적 문제이므로 오늘날의 시선으로 이해하기가 결코 간단치 않다. 이 글의 4절에서 따로 논하기로 한다.

조선조 농경사회에서 자녀는 다다익선(多多益善)으로 여겨졌지만, 이것은 역설적으로 그것이 그만큼 어렵고 드문 일이었음을 의미한다. 위의 26건에

---

11 통계청이 제시한 '2008년도 생명표'에 의하면 한국인의 전체 평균수명은 80.08세, 여성이 83.29세, 남성이 76.54세이다. 여성의 수명이 평균 6.75년 정도 길게 나타나며, 이런 현상은 1970년대 통계 이래 대동소이하다. 통계청 홈페이지에 제시된 DB 참조.
1970년경부터 일관되게 여성의 수명이 6-8년 정도 길어진 것은 의술의 발달과 식생활 상태가 좋아진 데다, 여성은 특히 술과 담배를 비롯해 해로운 생활 습관이 적고 사회활동에서 위험한 일에 적게 노출되기 때문이 아닐까 한다.

서만 보더라도 자녀를 낳지 못한 경우가 7건(약 1/3)이나 되고, 성인으로 성장하지 못한 채 요절한 경우도 많음을 볼 수 있다. 역시 각주 10번의 통계와 마찬가지로 영·유아 사망의 비율이 낮지 않다.

요컨대 조선 후기 약 300년 동안 양반 사대부 아내의 행장 26편을 통해 알수 있는 점은 결혼을 15~20세 무렵에 했다는 점, 아내가 먼저 죽고 남편이 남은 경우 자식이 어리거나 없으면 대개 재취를 했다는 점이다. 자녀를 낳아 성인이 되도록 성장시키는 것이 어려운 일이었다는 점을 알 수 있다. 이런 정도의 정보를 알기 위해서 행장 26편을 분석했단 말인가 싶을 수 있지만, 사회적 생산체제와 제도 및 신분질서, 의식(意識)에 근본적 변동이 없었던 시기의 자료이므로 그 내용을 살펴보면 '양반가의 부부생활상'이나 '사대부 아내의 부덕(婦德)'을 구체적으로 느낄 수 있으리라 기대한다.

2) 양반가의 부덕(婦德) 항목

행장에 나열된 양반가의 부덕 항목은 아내의 가계나 생장과정 및 타고난 품덕에 대한 서술, 묘소위치 정도를 제외하면 계녀서(戒女書)에서 권장하는 부덕의 항목과 일치한다. '시부모 섬기기, 제사 받들기, 손님 대접하기, 일가 화목하기, 종들 잘 다스리기, 태교 및 육아, 이웃과의 예절, 치산(治産, 가정경제 도맡기), 남편 섬기기' 같은 항목이 그대로 일치한다. 26편의 행장에 대해 항목별로 그 유무를 도표화하면 다음과 같다.

덕목\작품	남편/아내	가계(명가)	총명	총애	근면	검약	시부모섬기기	제사받들기	빈객대접	일가화목	비복은혜	출입않기	자녀교육	가정경제	조언	특별한 덕목	자녀	묘소위치	맺음말
1	신흠 이씨	○	-	-	○	○	○		○	○	○	○		○	대의판단	과부시누와 30년 화목	○	○	만사가 내조 덕분
2	신익성 정숙옹주	○	미질	○	○		○			○		○		○	남편에 작언직간	시아버지 욱비리지	○	○	해로 못한 슬픔
3	조극선 최씨	○	겸손화순	○			시아버지 병간호 5년	○					○		온화유순	안 아찬객 잘 돌봄		○	300집 문상객→부인의 덕행
4	김수증 조씨	○	○	○	○	○	○	○	○	○	○	○	○	○	곤운에서 고생할 때 편안	『소학』·『내훈』 통달, 남다른 학식	○	○	물정에 어두운 남편 탓에 고생만
5	정시한 유씨(行狀)	○	-	-	○	○	○							○	나의 화병과 토혈증을 보살핌	나의 집안 건사는 모두 아내의 힘	-		후세에게 보이고자 함
6	민정중 신씨	○	○	*장인, 처남의 회고	-	○	○							○	과거 낙방 위로	부인 내조로 어머니 봉양	○	○	아내 사후에 급제, 영화와 슬픔
7	이선 윤씨	○	○	○	○	○	○							○	-	친정아버지께 믿음서 집안일을 은밀히 부탁, 주선	○	○	아내의 행적 기록, 내 책임
8	김석주 이씨	○	○	*장인어른의 회고	○	○	○							○	-	부공(婦功) 탁월함.	-	○	당신의 언행은 남기기에 충분, 내 운명 탓
9	임영 조씨	○	○	○	○	○	○							○	내 말을 법처럼	아픈 몸으로 시부모 섬김	-	○	후세에 전하리라
10	최규서 이씨	○	○	○	○	○	○						○	○	내조	가난한 친인척 보살핌	○	○	모든 것이 내조 덕분
11	김시보 윤씨	○	○	○	○	○	○							○	내조, 대의판단	차산, 내조		○	내 탓에 고생만
12	이의현 어씨	○	○	-	성실	소박	○							-	분별과 도리로 나를 깨움	집에 불이 났을 때도 경솔히 처신 않음	○	○	묘지 대신 행장, 후인에게 보임
13	이의현 송씨	○	○	○	○	○	○	○	○	○	○	○		○	아내의 청렴함, 겸약함에 용기	첫째부인 어씨제사, 어씨소생 아들 둘을 잘 키움		○	묘지 대신 행장
14	신익황·박씨(行蹟記)	○	○	○	○	○	○							○	과거 대신 학문에 전념토록	아내의 경계와 잔언의 힘	○	○	아이들을 위해 쓴다
15	이간 윤씨	○	단정진중	○	○	○	○							○	나의 벼슬길에 초연, 나의 강한 성격 비판	친정에 시집 가난 언급 안 함, 진정한 지기(知己)	○	○	내 탓에 고생, 아이들 교육, 후세작자를 기다림
16	조관빈 유씨	○	효성순종	○	-	○	○							○	20년 나를 공경, 고생을 견딤	나의 첩을 투기 없이 잘 거느림		○	부인의 행적 인멸되지 않기를
17	조관빈 이씨	○	○	*장인장모의 회고	-	-	시부모 묘알현못 하고 죽음	-	-				-		23일 만에 죽음	나의 소실에게도 연민을 보임	-	○	묘지문을 위한 기초 남김

덕목 / 작품 (남편/아내)	가계 (명가)	총명	총애	근면	검약	시부모 섬기기	제사 받들기	빈객 대접	일가 화목	비복 은혜	출입 않기	자녀 교육	가정 경제	조언	특별한 덕목	자녀	묘소 위치	맺음말
18 남유용 유씨	○	○	○	○	○	○	-	○	○	○	-	-	-	덕분에 학문에 전념	남편의 실수를 내조 탓이라 자책함		○	후세의 압안자를 기다림
19 오원 권씨(行狀)	○ 간략	○	○	○	○	시아버지 병간호, 시아버지 상례 중에 죽음	-	-	○	-	-	-	-	병으로 일찍 죽음	아내의 화평함과 어짊에 감탄, 해로하지 못해 아쉬움		-	행록25조목으로 아내의 덕을 기림
20 박윤원 김씨	○	○	○	○	○	○	-	-	○	-	-	○	○	아내의 조언을 듣고 결정	시아버지의 첩에게도 정성, 고서 번역 필사	○	○	내가 오활고궁하여 평생 고생만 함
21 황윤석 정씨(生卒記)	-	유순 후덕	○	병약 가난	-	병간호								장릉참봉에 부임하도록 격려	벼슬살이로 대부분의 시간을 헤어져 지냄	-	-	자녀교육, 후일을 기다림
22 박준원 원씨	○	○	○	○	○	○								영명하고도 유순함	가난 원망 없이, 나를 학문에 전념토록	○	○	내 탓에 고생만 한 당신
23 홍석주 이씨	○	효성 지극	○	○	○	○							○	총오(聰慧絶人)	당신의 믿음과 격려	○	○	누굴 의지해 살까
24 임헌회 윤씨	-	용모 단정	-	-	-									순종	서녀 둘 기름	-	-	못난 남편 탓에 고생만
25 송병선 이씨	-	여범	-	-	-								○	과부시고모 돌봄		○	○	못난 남편 탓에 고생만
26 전우 박씨	-	단아 식견	-	-	-								○	간연내조	청렴, 청탁 거절	○	○	고생, 외우(畏友)

이상의 도표를 보면, 26편의 글은 아내의 일생을 남편이 기록했다는 점은 동일하지만 그 글의 제목을 행장, 행록, 행실기, 생졸기로 조금씩 달리 붙였고 그에 따라 내용의 형식과 배치가 조금씩 차이를 보이는 것을 확인할 수 있다. 행실기나 행록은 부부가 함께 산 시간이 짧은 경우에 부인에 대한 평판을 들어서 기록한 내용이 많고, 생졸기 같은 경우는 아내의 일생을 연대순으로 구성하고 있어 행장의 격식과는 많이 다르다.

그러한 차이에도 불구하고 26편에 예외 없이 공통으로 기록된 항목은 네 가지이다. 아내의 품성과 시집오기 전에 총애받으며 자랐다는 것, 검소 검약한 생활 습관을 가진 사람이라는 것, 시부모를 잘 섬긴 사람이라는 것, 내조를 정말 잘 해준 동반자라는 것이 그것이다. 흥미로운 것은 바로 이 네 가지 사항이 아내를 잘 드러내준다는 점이다. 아내의 가문 내력, 그리고 시집오기

이전의 생래적 총명함과 친정에서 가장 사랑받고 자란 아이라는 것이 아내에 대한 긍지의 출발점을 이루고 있음이 주목된다. 아내가 친정에서 얼마나 특별히 사랑받고 인정받으며 자랐는가에 대한 이야기가 빠지지 않고 성의 있게 진술된 것을 보면, '사랑받고 자란 딸이 시집가서도 잘 산다'는 속담이 연상된다. 처가에서 어릴 때부터 주목받고 신임 받던 아이가 자라 나의 아내로 시집왔다는 점이 남편에게도 내심 긍지를 심어주었던 것 같다. 그리고 시부모 섬기기와 남편에 대한 내조 두 항목은 아내가 지닌 부덕(婦德) 가운데서도 가장 중요한 필수 역할이라는 것을 알게 해준다. 자녀 출산 및 양육 문제는 중요하긴 하지만, 노력한다고 될 수 있는 사항이 아니었으므로 들쑥날쑥하고, 그 외 다른 항목들도 각 집안의 환경여건에 따라 들쑥날쑥하다. 그러나 언급이 있는 항목마다 빠짐없이 훌륭하게 모범을 보인 여성들이라는 점에서 이들은 조선조 여성들 가운데 대단히 우수한 여성들이다. 어쩌면 유교적 여성상 자체를 실현하고 있는 사람들이라 해도 과언이 아니다.

위의 여러 가지 부덕 항목 가운데 남편 섬기기, 즉 남편에 대한 내조의 내용을 행장(行狀)의 맺음말과 연결 지어 특별히 자세히 살펴보기로 하겠다. 그것은 행장의 가장 개성적인 부분이기도 하고, 부부 사이에 특별한 추억과 회한이 스민 부분이기도 하기 때문이다. 즉, 남편들이 아내에게 가장 잊지 못하고 고마워하는 마음이 나타나 있기도 하고, 아내 사후에 가장 후회하고 가슴 아파하는 마음이 나타나 있기도 한 것이다.

3. 아내 행장의 특징, 잊을 수 없는 내조

1) 집안 경제를 책임진 아내

'망실행장(亡室行狀)'을 통해 조선시대 양반층 부부의 삶을 살펴보면, 전체적 분위기는 남편이 아내에게 빚진 마음으로 요약해도 과언이 아닐 것 같다. 그러니 아내가 살아 있을 때는 부인의 생활 속에서 우러난 구체적이고 생생한 식견에 감탄하고 살가운 내조에 고마워하다가, 아내가 죽은 다음에는 '누가 내 마음 알아주며, 누가 내 잘못 바로 잡아 줄까' 하며 막막해 한다. 조선시대의 양반층 가장들은 실제 자신과 자기 집안의 문제를 누구에게도 맘 놓고 의논할 곳이 없었던 것 같다. 밖으로 물어보자니 집안일이라 '누워서 침 뱉기'가 되고, 안으로는 가장의 권위를 지켜야 하니 물어볼 수가 없었을 것이다. 어머니나 아버지의 한마디 말씀은 순종할 수 있을 뿐, 거기에 자신의 의견이나 감정을 말할 수는 없으니 오직 홀로 고민하여 최종 선택을 하고 그 책임을 스스로 지는 수밖에 없었다. 한고비 한고비가 모두 진땀나는 순간이었을 것이다.

그러나 무엇이 어렵다 무엇이 힘들다 해도 결혼을 한 이후에 가장을 가장 괴롭히는 문제는 결국 '경제문제에 대한 책임'이고, 그것은 곧바로 '과거 급제 문제'였던 것 같다. 남편들은 아내들에게 과거 시험이나 관직 등 진로에 대해 조언을 들은 것을 잊지 못하고 '행장'에 기록했다. 자신이 과거 시험 준비를 계속해야 할지 그냥 학문의 길을 가야 할지 망설일 때, 자신이 자유롭게 결정할 수 있도록 힘을 실어준 아내의 말을 잊지 못하고 중요하게 기록한 것이다. '과거 시험을 그만 두고 진정한 학문에 힘쓰시라'는 한마디에 남편이 마음의 큰 부담을 덜고 큰 위로와 격려를 받았던 것을 기록한 경우(민정중, 신익황, 남유용, 박준원, 박윤원, 송병선, 전우), 그리고 학업과 진출을 권면받은 것을 기록한 경우(이의현), 그리고 아내가 남편의 벼슬살이에 대해 초연하고 벼슬길에서 곤경에 처했을 때 담담하게 대처해준 것을 기록한 경우(이선, 이간, 황윤석, 홍석주)가 모두 그에 해당한다. 조선시대 양반층 가장들이 최대 과제이자 최대 난관이 바로 과거 급제하여 입신양명하는 것임을 고려할 때 이 문제에 대해 아내가 부담감을 덜어주는 한마디는 얼마나 사무치게 고마운 말이었을지 짐작하기 어렵지 않다.

장가 든 이래로 아내와 아이들이 자신에게 기대하고 있는데, 과거에 급제하지 못한 채 책만 붙들고 공부하는 것도 하루 이틀이지 일생을 그렇게 살기는 무기력하고도 괴로운 일이었을 터다. 하지만 '선비[士]' 계급에서 학문 이외에 할 수 있는 것은 없었다. 농·공·상에 직접 뛰어들어 일을 하는 것은 백성[民]의 일이요, 돈과 이득을 드러나게 계산하는 것은 금기시되었다. 오직 과거급제하여 벼슬길에 나가 녹봉을 받거나 조상이 물려주신 토지로 지세를 받거나 하는 수밖에 없었는데, 둘 다 해당되지 않는 경우는 모든 노동과 고생이 고스란히 아내의 몫으로 돌아갔다. 위의 26인 행장에서 아내가 가정 경제를 시종일관 도맡아 고생했으며 집안이 존재하는 것이 모두 아내 덕분이라고 밝히지 않은 글은 8편, 26편 중에 8편이니까 30.7% 정도이다. 결국 2/3 정도가 아내의 수고로 가족의 의생활과 식생활을 해결한 셈이다. 물론 집안의 다른 여자 식구들도 함께 노력하지 않은 사람이 없겠지만, 가장 힘들고 가장 궂은 일이 며느리의 몫이었음은 상식이다. 왜 근면 검소를 아내의 최고 덕목으로 잊지 않고 거론했는지, 음식이나 길쌈 같은 부공(婦功)을 자랑하는지도 이 대목에서 더욱 잘 이해된다.

남편, 그 한 사람을 섬기는 일은 결국 엄밀히 따지면 두 가지이다. 집안 살림을 맡아 해결하는 것, 그리고 그 점이 남편에게 심리적 부담이 되지 않도록 남편을 더욱 공경하는 것이다. 이중의 노력이 아내의 몫이었던 셈이다. 남편은 그런 상황과 아내의 마음을 매우 잘 알고 있었다. 송병선은 "일찍이 그 지아비가 빈궁함 때문에 학업에 방해될까 걱정하여 경계하여 말하기를, '대장부의 흉중이 텅텅 비어 아는 것이 없으면 다른 사람들에게 중임을 받을 길이 없습니다. 장차 과환(科宦)을 어찌 바라겠습니까! 원컨대 부자(夫子)께서는 각별히 유념하고 뜻을 돈독히 하여 위로는 아버님의 평일 우려하시던 뜻을 저버리지 마시고, 아래로는 저의 우러러 기대하는 마음을 이루어주십시오' 하였다"[12]라고 아내의 유언을 기록하고 있고, 이의현은 "내가 지난 날 젊었을 때에 부인은 내게 '서방님께서 현달하시면 저 또한 같이 그 영광을 누리는 것이니 어찌 다행스럽지 않겠습니까' 하며 학업을 권면하였다. 벼슬한지 몇 년 만에 부인이 갑자기 죽어 영전 앞에서 부질없이 고하고 있으니 그래도 그 영광을 같이 누린다고 말할 수 있을까? 슬프고 슬프다"[13]라고 부인 사후에 출세한 슬픔을 토로하고 있다.

그런데 어쩌다 벼슬길에 진출하여 언행을 아무리 조심해도 누군가의 호된 비판에 걸려들어 유배당하는 죄인이 되곤 하니 긴장을 풀고 지내기가 어려웠기에 부인은 종종 벼슬길에서 물러나 부모님 모시고 은거하자는 이야기를 건네곤 했다. 그런 이야기 역시 남편 입장에서는 잊을 수 없이 절실하게 들렸을 것이다. 당연히 행장에 아내의 잊을 수 없는 한마디 말로 기록함은 물론이다. 양반층 부부 가운데 아마도 벼슬길에 진출하여 평탄한 삶을 살았던 사람은 지극히 극소수일 것이고, 대개는 극심한 가난, 혹은 환로의 험난함에서 고

---

12 송병선(宋秉璿), 『연재집(淵齋集)』 「망실이씨행장(亡室李氏行狀)」(『한국문집총간』 330, 363면). 嘗以其夫貧窶, 恐妨學業, 戒之曰 : "丈夫胸中, 空空無所識, 則無由見重於人. 且科宦何所望! 願夫子刻念篤志, 上不負先舅平日憂念之意, 下遂吾仰望之志焉."

13 김남이, 『18세기 여성생활사 자료집』 7, 보고사, 2010, 334면.

생했던 것으로 보인다. 그러니 남편들이 아내의 행장을 마무리할 때는 대동소이하게 현재 이루어진 모든 것을 아내의 공로로 돌리고, 자신의 무능 탓에 아내가 고생만 하고 그런 끝에 일찍 죽었다는 것을 한스러워하는 말로 끝맺는다. 아마도 진정에서 우러나온 회한일 것이다.

2) 아내의 조언, 그리고 인고

조선조 양반 사대부들이 아내의 언행 가운데 가장 인상 깊게 기억하며 자세하게 서술한 것이 바로 아내가 자신에게 충고와 간언을 해주었던 내용이다. 그 내용들을 몇 개의 항목으로 유형을 구분해서 살펴보면 이러하다.

첫째, 집안 대소사 및 자녀 교육에 대해 바르게 조언해준 경우이다. 신흠, 신익성, 김수증, 김시보, 최규서, 박윤원 같은 분들은 아내의 조언을 매우 소중하게 여겼다. 신흠의 경우[14] 계축년(1613) 옥사(獄事)가 일어나자 친척들이 발길을 끊고 종들이 흩어져 혼란한 때에 부인이 능히 분수를 따라 환란에 대처하여 자신이 어긋남이 없도록 보필했다. 그래서 결국 심한 화를 면하고 삭탈관직된 채 시골로 쫓겨나는 '방귀전리(放歸田里)' 정도에 그쳤다. 그리고 아들인 신익성의 처신에 대해서도 담담하고도 엄중하게 당부하였다. 김수증의 아내 조씨 역시 아들의 학업을 권면하면서 벼슬길에서 신중하고 바르게 처신할 것을 누누이 당부하였는데, 그러한 사실을 상세히 기록하고 있다. 김시보는 아내가 가난에 익숙해서 유혹이 많을 텐데도 자신이 고을살이할 때 고을의 재물에 대해서는 쌀 한 톨 돌아보지 않을 정도로 청렴했다고 하였으며,

---

14 신흠, 『상촌고(象村稿)』 「망실이씨행장(亡室李氏行狀)」(『한국문집총간』 72, 133면).

최규서는 "당신이 내조해주지 않았더라면 내 어찌 한결같이 나의 뜻만으로 말미암아 그렇게 할 수 있었겠는가. 평소 그 어짊에 탄복한다"[15]라고 하였다. 박윤원의 경우는 산속에 은거하고 과거에 응시하지 말기를 권하면서 벼슬해서 부귀를 누리는 것은 화를 부르니 가난하고 천하여 자기 한 몸 편안히 사는 것보다 못하다고 아내가 종종 말해주었다고 하였다.

그 외에도 친인척 간에 토지 거래를 할까 말까, 처가 재산을 받을까 말까 등에 대해서 아내의 조언을 들었다. 앞서 언급했듯이 가장이 집안일을 남에게 의논할 수 없어서 혼자 속을 끓이고 있을 때 그 고민을 자신의 마음처럼 자신의 입장과 일치시켜서 들어주었던 사람은 아내였다. 학식 높은 스승도, 붕우도, 부모도, 형제도 아니고 바로 아내였던 것. 남편이 사회적으로 곤경에 처해 홀로 고민할 때도 아내가 조용히 그 속을 헤아려주었다. 인생이 회오리칠 때 남편을 붙들어준 사람은 부인, 그리고 부인의 한마디였다. '제가 곁에 있으니 당신은 학문에 힘쓰고 흔들리지 말라'는 그 한마디 당부. 그 한마디 무게는 어디서 온 것일까? 아마도 헌신적 땀방울의 무게였을 것이다. 헌신이란 자기 삶을 거름이 되도록 다른 대상에게 주는 일이며 거름이란 것은 드러나지 않게 대상의 뿌리로 스미어 소리 소문 없이 대상을 북돋우는 것인데, 아내가 그런 역할을 했던 것이다. 남편들이 그 점을 깊이 알고 있었기에 아내를 배운 사람보다 낫다고 여겼고 절대 신임했던 것이라고 본다.

둘째, 남편 말에 절대적으로 순종해준 아내에 대해 고마워하는 마음, 그리고 남편 성품과 처신에 대해 바르게 조언해준 고마움을 드러내고 있다. 임영, 임헌회 같은 분들이 쓴 행장에는 남편 말에 절대 순종하는 아내의 모습이 잘 나타나 있다. 임영은 아내가 자신을 섬김에 "부도(婦道)를 터득하여 정성을

---

15 최규서, 『간재집(艮齋集)』「망실정경부인이씨 행장(亡室貞敬夫人李氏行狀)」(『한국문집총간』 161, 234면). "微君爲內助, 吾亦何能一由吾意而爲之哉. 常居服其賢."

다하고 공경을 다하였으며, 지아비의 뜻이 하고자 하지 않는 것은 삼가 피하기를 법령과 같이 하였고, 지아비가 하고자 하는 것은 그 자신의 이해와 고락을 생각지 않고 힘껏 그렇게 하였다"[16]라고 하였다. 임헌회의 아내는 "정대(正大)한 도(道)로 남편을 섬겨 세속 부녀의 정중(情重)한 태도를 본받지 않았다"[17]라고 하였다.

　　그리고 신익성, 정시한, 이의현, 전우 같은 분들은 아내의 충고를 고마워하며 기록하고 있다. 신익성은 정사(1617)・무오(1618)년간에 (인목)대비를 폐하자는 논의가 일었을 때 처신하기 어려워 끙끙 앓으며 손님을 사절하고 집에 있었다. 어느 날 손님이 지나가다가 밤에 들러 화와 복에 관한 이야기를 했는데, 말이 매우 험하여 자신은 예예 대답만 하고 깊이 변론하지 않았다고 한다. 그런데 손님이 떠나자 옹주가 술을 따뜻하게 데우고 고기를 구워 내어 오더니 "당신은 손님의 이야기에 동요하실 것 없습니다. 죽고 사는 것은 명(命)이 있으니 영(令)에 의해 불행해지더라도 마땅히 바르게 처신한다면 반드시 죽이지는 못할 것입니다. 궁벽하고 거친 땅 끊기고 막힌 곳에도 역시 사람이 살고 있으니, 저는 마땅히 당신을 따라서 갈 것입니다"[18]라고 말했다. 신익성은 옹주인 아내가 다른 사람의 위급한 순간에 의리에 맞게 실천한 점을 높이 평가하면서 그런 점이 천성에서 비롯된 것이라고 했다. 뿐만 아니라 아내가 자신을 매우 공경하였지만 성품이 강직하여 자신의 허물을 보면 문득

16　임영, 『창계선생집(滄溪先生集)』「망실안인조씨행장(亡室安人曹氏行狀)」(『한국문집총간』 159, 399면). "事其夫, 卽能得婦道, 極誠而盡恭. 夫意所勿欲, 謹避如法令. 夫意所欲, 卽不計其身利害苦樂而力爲之."

17　임헌회, 『고산집(鼓山集)』「망실증정부인윤씨행록(亡室贈貞夫人尹氏行錄)」(『한국문집총간』 314, 430면). "事余以正大之道, 未嘗效世俗婦女情重之態."

18　신익성, 『낙전당집(樂全堂集)』「망실정숙옹주행장(亡室貞淑翁主行狀)」(『한국문집총간』 93, 358면). "丁戊間, 廢大妃之論起, 翊聖病不能獻議, 又不敢廷參, 闔戶謝客. 一日有客過夜訪, 恍之以禍福之說, 其言甚厲, 翊聖唯唯不深辨. 客去而主暖酒燻炙而進之曰 : "君亡亦動於客之說乎. 死生有命, 藉令不幸, 當處之以正, 況不必死者乎. 窮荒絶塞, 亦人之居, 吾當隨君而行耳.""

곧장 거론하여 바르게 간언하였는데, 그런 말을 수용하면 결국은 마침내 대단히 유익하다는 것을 깨달았다고 하였다. 정시한은 "나는 어려서부터 토혈증을 앓아 기운이 없는 것이 7년간 계속 되었고, 화병이 크게 나 보통 사람들과 달랐다. 성품 또한 제 멋 대로여서 희노의 감정이 상식에서 벗어났으며 행동거지가 경망스러웠다. 아내는 상식과 사려가 있어 능히 깨우치며 주선하여 허물에 빠지지 않게 한 것이 여러 번이었다. (…중략…) 내가 집안을 잘 받는 것은 모두 아내에게 힘입은 것이다"[19]라고 하였다. 이의현은 "내가 간혹 몹시 성을 내며 질책하면 부인은 더욱 공손한 기색으로 한마디도 항변하지 않고 오직 깊이 자신을 억누르며 사과하였고, 그러면 나도 스스로 잘못을 깨닫고 화를 그치곤 하였다"[20]라고 하였다. 전우는 아내에 대해 "시집온 이래로 집안사람이 그가 웃지 않는 얼굴을 본적이 없었다. 항상 남편에게 정신을 아끼고 돌보라고 권하였으며, 선친의 훈계를 따랐다. 나와 더불어 부부가 된 지 17년 동안 웃고 얘기함에 정답고 흡족하지 않은 적이 없었다"[21]라고 기록하였다. 그리고 자신이 외출했다가 돌아오면 아내가 반드시 내려와 절을 하며 맞이했다고 회상하였다. 아내가 남편을 말 그대로 '섬기는' 모습이 그려지는 장면들이다.

남편이 자신의 잘못된 언행이나 부족함에 대해 아내가 간언(諫言)하는 것을 진심으로 수용하고 고마워하는 것을 기록한 이유는 기본적으로 그것이 피차간에 떳떳한 언행이기 때문일 것이다. 비판을 수용하여 자기를 보완하는 것은 양(陽)의 강건(康健)함을 의미하며, 부드럽게 간언하는 것은 음(陰)의

---

19 김경미 외역, 『17세기 여성 생활사 자료집』 4, 보고사, 2006, 88~89면.

20 김남이, 앞의 책, 331면.

21 전우, 『간재집(艮齋集)』 「망실박씨행장(亡室朴氏家狀)」(『한국문집총간』 333, 284면). "入吾家累年, 家人, 未嘗見其笑容. (…중략…) 常勉余以保惜精神, 用遵先戒, 與余爲夫婦十七年間, 未嘗笑語款洽. 故燕私之言, 無不可道於人."

유순(柔順)함을 의미한다. 그것은 서로의 도리를 최대한 잘 지키고 있는 것이다. 더구나 자신을 믿고 따르며 헌신적으로 보좌해온 아내의 조언은 모두 남편의 입장에 충실하게 스며드는 것이지, 따로 독립적으로 지시하거나 감시하는 내용이 아니다. 남편들은 그 점을 숨 쉬듯 익숙하게 알고 있었으므로 '비판적 조언과 수용' 자체가 후세에 남길 만한 자녀교육의 내용으로 손색이 없다고 여겼던 것 같다. 이런 모습 자체가 유교적 부부상의 한 이상적 전형이기도 한 것이다.

셋째, 아내의 말할 수 없는 인고(忍苦)에 대해 남편도 유난히 잊지 못하고 고마워하는 일을 기록하고 있다. 아내가 몸이 닳도록 애쓰고도 좋은 소리 듣기는 힘든 역할, 마음고생을 지독하게 겪는 자리를 긴긴 세월 무던히 지켜온 것에 대해 그랬다. 과부가 된 시누이와 30년을 화목하게 지낸다거나(신흠의 아내), 공주의 신분으로 귀하게 자랐는데도 시아버지 옥바라지를 손수 했거나(신익성의 아내), 우리 집도 가난한데 더 가난한 친인척까지 돌봐준다거나(최규서의 아내), 전처소생 자녀를 잘 키워준다거나(이의현의 아내), 첩을 투기 없이 잘 거느린다거나(조관빈의 아내), 시아버지의 첩에게도 정성을 다한다거나(박윤원의 아내), 서녀를 둘이나 기른다거나(임헌회의 아내), 과부 시고모를 모신다거나(송병선의 아내)하는 일들이 모두 그런 것에 해당되었다.

이런 일들은 오늘날은 남편이나 시댁을 향해 도덕적 비난을 할 수 있는 대상이지만, 조선시대 당시로 보면 특별히 윤리도덕에 벗어난다고 할 수 있는 일이 아무것도 없었다. 대가족이 사니까 과부 시누이, 시고모를 모시게 되는 것이고, 첩이나 서녀에 대한 문제 역시 당시 생활 상황으로 보나 법적으로 보나 비난받을 문제는 아니었다. 남편이 외직에 나가게 될 경우 본처는 부모님을 모시고 사당을 지키며 집에서 안주인 자리를 지켜야 했고, 남편은 그곳에서 의식(衣食)을 돌봐 줄 사람이 필요했기 때문이다. 당시에도 첩을 들이는 문제는 결코 가볍지 않았다. 자식이 태어나면 역시 대대로 혈통이 물려지는 데다 그 자녀들의 성장과 혼사를 다 책임지고 거두어야 하기 때문에 오늘날처럼 간단히 남녀 정분나듯이 생각할 문제는 아니었다. 그러니 생활의 필요성 때문에 어쩔 수 없이 첩을 두게 되면 그 역시 아내가 함께 책임을 질 수밖에 없었다. 첩이 일찍 죽고 자식들만 남겨 놓았을 경우에는 아내가 그 아이들을 자기 자식들과 같이 길러야 했다. 의생활 식생활이 처음부터 끝까지 여자의 노동과 여자의 손을 거치지 않고 나오는 것은 없던 시절, 식구 하나가 늘어서 그를 입히고 먹이는 일은 노동의 양이 폭증하는 것을 의미한다.

게다가 사람 사이의 감정은 얼마나 예민한지, 대가족이 모두 저마다의 입장에서 서운한 것도 많고 억울한 것도 많을 텐데, 그것에 대한 대처 하나하나가 예절에 맞아서 평온한 일상이 유지되도록 수습해야 하니 그 고생이 오죽하겠는가. 남편은 그 점을 잘 알았기에 특별히 기록했던 것이다.

다만, 아내의 속마음이 어떠했을까는 알 길이 없다. 다만, 아들이 아내가 아니라 어머니에 대한 행장을 쓴 경우로 일면을 조금 엿볼 수는 있다. 한 가문의 안주인으로서 온갖 고생을 마다않고 그 책임과 의무를 다해 가문을 지켜낸 데 대해 스스로도 긍지를 지녔던 것을 알 수 있다. 또 그런 어머니를 아들이 존경하는 마음으로 행장에 그려내긴 했지만, 그러나 그것이 전부라고는 할 수 없을 것이다. 자신이 시집온 가문에 헌신적이었던 여인의 속내도 간단하진 않을 것이고, 그를 보는 시선도 여러 가지로 다양할 수 있을 것이다. 아내의 진짜 심정은 추측의 영역으로 남겨둘 뿐이다.

4. 남녀유별과 가부장제, 그 맞물림의 허와 실

　이상에서 조선시대 '망실행장' 26편을 통해 우리가 볼 수 있었던 것은 전형적 유교가부장제를 실현하고 있는 양반층 부부의 모습이었다. 행장(行狀)은 망자(亡者)에 대한 객관적 사실 외에 제문(祭文)에서나 털어놓을 수 있는 기록자의 심회(心懷)나 두 사람 간의 추억, 생활 일화 같은 것이 풍부하게 포함된다. 특히 아들이 어머니에 대해 행장을 쓴 것이 아니라, 남편이 아내에 대해 쓴 행장에는 양반가의 결혼과 사별 연령, 그리고 부덕(婦德)의 항목들 이외에도, 남편이 아내의 내조에 대해 느끼는 특별한 감사와, 아내를 추억하는 남편만의 정서적 특징이 드러나 있다. 자신이 학문의 길을 가는 동안 아내 홀로 감당하다시피 한 치산(治産)에 대해, 자신이 곤경에 처했을 때 정직하게 충고하고 조언을 해준 것에 대해, 시집살이의 온갖 어려움을 묵묵히 참고 견뎌내 준 것에 대해, 매우 깊은 감사를 표하고 있는 것이다. 그럼에도 불구하고 조선시대 '망실행장' 26편을 통해 우리가 볼 수 있었던 것은 전형적 유교가부장제를 실현하고 있는 양반층 부부의 모습이었다. 대가족으로 살면서 모든 일에 남녀 역할 구분은 물론, 신분 구분과 나이며 촌수 관계 등 온갖 구분이 있고, 그 구분에 맞게 예절을 지키며 살아야 했던 시대의, 양반계층 부부의 삶을 살펴보았다.

　이런 경우, 남자와 여자가 각기 사회적 역할이 뚜렷하게 구별되어 있을 때 남편의 사회적 진출이 막히고 나면 가족의 생계가 모두 아내의 가사 노동 부담으로 돌아온다. 길쌈이든, 나물 캐기든, 남의 집 살림을 돌봐주든 간에 아내의 노동에 가족의 생계가 달리게 되는 것이다. 그럴 때 아내의 가사노동은 그 자체로 막중한 경제 활동인 것이지만, 그렇다고 해서 가장의 지위나 통솔

권이 약해지는 것은 아니므로 역시 매사에 최종 결정은 가장의 판단에 따르게 된다. 이런 경우, 가장은 세상 물정에 어둡고 아내는 밝지만, 여전히 아내는 조언자나 조력자의 위치에서 역할을 하게 되고, 남편은 주도적 결정권을 가지게 된다. 남편이 지혜롭게 아내를 존중하고 의견을 수용하며 감사하면 다행이지만, 가장의 체면과 권위를 내세우며 군림하면 그 집은 점점 더 어렵게 되고 아내는 가중되는 고통에 시달릴 수밖에 없는 것이다. 이상의 행장을 보면, 여성들은 집안 밖의 일을 하지 않음에도 불구하고 남편에게 매우 중요한 의논자가 되고 있으며, 남편과 아들의 중요한 일에 매우 긴요한 조언을 하여 그들의 올바른 결정을 돕는다. 그 점에 대해 남편들은 매우 놀라고 고마워하는 반응을 보였다. 하지만 아내의 행장을 기록한 남편들은 극소수에 해당하며, 이런 반응도 일반적이라고 판단하기는 어렵다.

아마도 조선 후기 유교사회가 말기로 갈수록 봉건적 가부장제의 병폐는 가정마다 심해질 수밖에 없었을 터, 조선 후기의 국문소설이나 한문단편에서 봉건적 가부장제를 희화화하거나 비판하는 내용을 종종 볼 수 있었던 것도 그런 현상이 반영되었을 것이다. 남녀유별의 사고와 문화는 원칙적으로는 각각의 본래적 속성을 보호하고 특성화하는 장점이 있다. 하지만 그것이 강건한 양(陽)이 유약한 음(陰)을 이끌어간다는 논리로 가부장제와 맞물리고, 더구나 양이 강건하지 못하고 음이 유약하지 않은 상황일 때는, 가정의 불행이 불 보듯 뻔히 예고되고 음에 해당하는 여성의 보람 없는 희생으로 끝나기 쉽다는 단점이 있다.

같은 시대 같은 사회 속에서 사는 여성이라도 신분 계급이나 사회 계층의 차이에 따라 그들에게 적용되는 윤리규범은 차이가 있는데, 유교적 가부장제의 보호와 제약을 가장 세세하게 깊숙이, 그리고 끝까지 민감하게 받았던 여성은 양반가의 여성일 것으로 판단된다. 그 점은 앞으로 다른 계층의 부부

생활상을 살펴보게 되면 구체적 비교치가 생길 것으로 기대된다. 봉건적 대가족 사회 질서 속의 여성을 바르게 이해하는 것은 두 가지 점에서 매우 중요하다고 생각된다. 하나는 그 자체로 과거의 여성에 대해 바르게 이해할 수 있다는 점이며, 다른 하나는 오늘날의 여성을 이해하는 데 있어서도 분명하고 바른 거울이 되어준다는 점이다. 그런 점에서 조선조 여성 연구를 신분별로 그들의 생활 윤리 규범을 고려하며 연구하는 것은 지금까지의 연구를 조금 더 심화시킬 수 있는 방법이 아닐까 한다.

향촌사족층 문학의 정서 취향과
그 사회사적 의미

김석회

1. 들어가며

향촌사족층(鄕村士族層)의 문학은 조선 후기의 사회와 문화를 이해하는 매우 중요한 거점(據點)의 하나다. 그들의 삶과 의식과 문학적 특질 자체가 중요한 연구 과제일 뿐만 아니라 그 대척적 지점에 놓인 경화사족층의 문학을 제대로 이해하는 데도 대비적 거울이 되고, 나아가 규방가사를 위시한 향촌사족층 여성들의 문학을 이해하는 데도 중요한 참조사항이 되기 때문이다. 아울러 그 계층적 위상으로 말미암아 중인층이나 평민층의 문학을 이해하는 데도 여러모로 참조가 될 것이기 때문이다.

원래 향촌사족층이란 용어는 조선 후기의 사회사를 입체화하려는 기획의 일환으로 제출된 전략적 개념의 하나였다. 중앙정치의 탐구만 가지고는 조선 후기 사회의 전체상이나 역동성을 제대로 포착해 내기 어렵다는 자각 속에 계층이며 지역에 대한 탐구로 연구가 확산되었는데, 그 중요한 연구 대상으로 떠오른 계층 가운데 하나가 향촌사족층이었다. 향촌사족층 연구를 선도하고 견인한 것은 한국사학도들을 중심으로 발족한 '향촌사회사연구회'라는 연구 모임이었다. 1980년대에서 1990년대까지 활발한 연구 활동을 보인 이 모임을 통해 향촌사족층이란 개념이 학술적 개념으로 정립되고 보편화되었다.

이 용어는 조선 후기 사회에서 양반계층의 분화, 소위 '경향분기(京鄕分岐)' 현상을 규명해 내는 과정에서 도출된 개념이었다. 원래 사족층은 유교입국을 표방한 조선의 지배계층으로서 향촌의 중소지주 계층이었다. 그들은 과거제도를 통하여 실력에 따라 얼마든지 벼슬을 할 수 있었고, 물러나와 향리에 머물다가도 또다시 벼슬길에 나아갈 수가 있었다. 그러나 18세기를 지나면서는 사정이 크게 달라져서 벼슬자리가 한정된 일부 당파나 몇몇 가문에 독점 세습되다시피 하고, 대다수의 사족들은 향촌에 그대로 고착되는 현상이 발생하게 되었다. 벼슬자리를 독점하고 아예 한양에 세거(世居)하는 이들 특권층을 '경화벌열층(京華閥閱層)'이라 하고, 이에 대립되는 일반사족들을 '향촌사족층(鄕村士族層)'으로 일컫게 된 것이었다.

이러한 사족의 경향분기에 따르는 정치경제적, 사회문화적 제 현상은 한동안 국사학계와 국문학계 모두의 중요한 관심대상이 되었다. 그러나 2000년대 이후로 접어들면서, 학계의 관심이 지역의 기층문화에 대한 탐구나 동아시아 문화 비교 쪽으로 기울면서, 다소 어중간한 지위에 처한 향촌사족층 관련 연구는 상대적으로 답보상태에 놓였다. 그렇게 된 데에는 향촌사족층의 존재 여건과 그 관련 자료의 실상 자체도 한몫을 한 측면이 크다.

필자는 그간에 탐색해 왔던 조선 후기의 향촌사족층의 문학과 관련한 논문들을 묶어 내면서 그 서문에 다음과 같이 피력한 바 있다.

향촌사족들은 일반적으로 극도의 고립 속에 처해 있었고, 그들이 남긴 문필들 또한 소통의 맥락이 거의 단절된 채 고립된 섬처럼 남아 있는 경우가 대부분이다. 이는 비슷한 시기 경화벌열층(京華閥閱層)의 경우와 뚜렷한 대조를 이루는 현상이다. 경화벌열층에 속한 인물의 경우, 각 분야 연구의 진척에 따라 그 결과들이 상하좌우로 연락(聯絡) 상합(相合)되어 그 개인의 삶은 물론 그 문필들 또한 입체적인 조명이 가능해지고 있다. 이들의 인맥이며 그것들을 둘러싼 학문적 문화적인 맥락이 점점 소상해져서 소위 평전적인 탐구가 가능할 정도인데 비해, 향촌사족의 경우는 더 이상의 추적이 불가능한 경우가 많다. 경인문화사의 필사본 문집 영인에 의해 수많은 향촌사족들의 문집이 햇빛을 보게 되긴 했지만 이들 사이의 상호 관련은 잘 드러나지 않고 있다. 그리고 그 내용 또한 시간적인 고립 정체를 면치 못하여, 그 많은 문집들이 조선조에서 표방(標榜)하고 있는 주자주의 이념을 그대로 복창(復唱)하고 마는 경우가 대부분이다.[1]

향촌사족층의 문학을 주 전공으로 하면서도 변변한 업적을 내지 못한 것에 대한 변명이긴 하지만, 향촌사족층의 존재와 삶은 실제로 그 실상이 그러했다. 공간(公刊)된 문집(文集)을 그저 그 문면(文面)만을 따라가 본다면 천편일률이란 인상을 지우기가 어렵다. 그러나 문중에 남아 전하는 초고(草藁)나 따로 유전된 국문시가 작품들 속에는 그들의 고민이나 관심, 비판의식 등이 생동하는 경우가 있다. 하지만 이러한 자료들은 언제, 왜, 어떤 정황 속에서 산출되어 나온 것인지가 모호한 경우가 많고, 상호 교류나 상호 참조의 자취가 실증적으로 포착되지 않는 경우가 대부분이다. 따라서 향촌사족층 문학을 좀 더 깊이 연구해 나가기 위해서는 고립된 섬과도 같은 이 자료들의 숨은

---

1 김석회, 『조선 후기의 향촌사회와 시가문학』, 월인, 2009.

지맥(地脈)을 탐사하는 작업이 필요해 보인다. 이러한 지맥 탐사 작업의 일환으로 중요한 것이 '정서의 기미와 취향의 문제'에 관한 탐구라고 생각된다. 정서가 취향으로 발현되는 양상의 탐색을 통하여, 어느 정도는 실증(實證)의 공백을 메워 나갈 수 있을 것으로 전망되기 때문이다.

취향(趣向)이란 무엇인가? 취향의 정의는 참으로 다양하여 일률로 규정하기는 곤란하다.[2] 그러나 최근의 보보스니 쌔씨니 하는 신조어들의 탄생이 시사하는 바와 같이 취향이란 주관적 감각의 집단적 발현이 이슈가 될 때 흔히 사용되는 말이다. 이 글에서는 취향을 둘러싼 복잡한 논의를 생략한 채 이 용어를 '주관적 감각의 집단적 발현'이란 최소한의 한정으로 느슨하게 묶어두고 논의를 진행해 나가기로 한다. 어쨌든 취향이란 세계관이나 세계인식이 발현되는 특수한 양태인 동시에 근저(根底)에서 그것들을 구성하고 변용해 나가는 숨은 동인(動因)이라고도 할 수 있다. 이것은 철저하게 감각의 형태로 발현된다는 점에서 세계관이나 세계인식보다 한결 문학에 근접해 있다. 문학은 흔히 '형상적 인식'이라 일컬어지고 있는데, '형상'이란 '감각적으로 소여되는 실체'를 의미한다. 문학논의의 기초를 이루는 형상화의 문제란 결국 '산출로서의 감각의 결정작용(結晶作用)'과 '수용으로서의 감각의 변환작용(變換作用)'이 상호조응하는 양상의 전략적 예측이요 설계라 할 수 있다.

향촌사족층이 경화벌열층과 뚜렷한 단층(斷層)을 이루면서 자기 나름의 취향을 형성·발전시켜 나가는 통시적 양상을 추적하는 작업은 조선 후기 문학사의 추이를 파악하는 데 있어 중요한 한 축이라 할 수 있다. 이 글에서는 이러한 양상을 필자의 자료 섭렵의 범위 안에서 살펴 정리하고, 이러한 양상들이 의미하는바 사회사적 함의를 짚어보고자 한다.

---

2 이에 관한 집약된 논의는 황혜진, 「광한루기에 나타난 취향의 문화론적 의미」, 『고전문학과 교육』 제2집, 청관고전문학회, 2000을 참조할 것.

2. 향촌사족층 문학의 정서 취향

1) 모선(慕先) 취향과 유적(遺跡)·구물(舊物)에 대한 향수

옛것을 높이고 옛날을 표준 삼는 것은 사대부 일반의 한 취향이기도 하다. 이는 유교 자체가 지니고 있는 상고주의(尙古主義)의 관성에서 말미암는 것이라고 볼 수 있다. 그러나 조선 후기에 이르러 이러한 취향은 경향(京鄕)에 따라 크게 달라지는 것 같다. 상대적으로 경화사족들이 한양 도성의 당대문물(當代文物)을 구가하는 취향이 뚜렷하고, 옛것을 좋아한다 하더라도 객관적 감정치(鑑定値)가 보장될 만한 고동(古董) 서화(書畵) 등을 애호한 데 비해, 향촌사족들은 자기가 깃들여 사는 향토를 예찬하되 찬란했던 과거와의 대비 속에서 주로 조선(祖先)들이 남긴 자취를 사무치도록 그리워하는 경향을 강하게 드러내고 있다. 이에 따라 그들이 전망하는 미래의 시공(時空)은 대개 어둡게 채색되어 드러나는 경우가 많고, 이러한 우울한 미래로의 이행기(移行期)인 현재는 위기(危機)의 시대로 인식되는 경향이 뚜렷하다.

우선 영암의 선비 박이화(1739~1783)가 남긴 「낭호신사(朗湖新詞)」의 경우를 보기로 한다.[3] 이 작품은 234구 1,766자로 이루어져 있는데, 전반부의 예찬과 후반부의 우려가 맞서 있는 형국이다.

박이화는 자기 조상들이 대대로 살아온 함양박씨의 세거지(世居地) '낭호' 마을을 그 지세(地勢)에서부터 인물, 전설, 정자, 서재, 풍류 등을 마치 답사 안내를 하듯이 푸짐한 자랑으로 풀어낸다. 한 대목을 보이면 다음과 같다.

---

3 「낭호신사」는 다음의 논문과 부록된 원문을 참조하였다. 정익섭, 「구계 박이화의 가사고」, 『한국언어문학』 제2집, 한국언어문학회, 1964.

번화도 흐려니와 풍유 남자 만할시구
요월당 놉푼 집은 림목사의 낭사로다
년당의 비를 타고 형제상유 하올시고
강호빅발 양령자은 쌍취정이 완연하다
더시에 지은 정각 일홈을 간죽이라
오한공이 창건하고 고광공이 중슈하니
금사 빅면서싱 강학흐난 소릭로다

　일반 독자로서는 잘 알 수가 없는 가문의 내력이며 경영 등, 숨은 서사(敍事)가 엿보이는 진술이다. 문중 일반에 신화(神話)처럼 전해 오는 조상의 얽힌 일화들을 주로 그 운만 떼어 두고 스케치를 하듯이 풀어 나가고 있다. 이와 유사한 형태의 진술들이 '회사정', '육우당', '남송정', '북송정', '서호정', '종송정', '안용당', '삼태암', '학림암', '반월정' 등을 따라 죽 이어진 후에 다음과 같은 시속개탄(時俗慨歎)으로 넘어간다.

　　조은 산수 허다흔더 네 풍속이 변흐 간다
　　산녹수 일간옥은 풍월주인 어더 가고
　　긔정처사 간 년후익 사림도 젹막흐다
　　문학는 아니 흐고 우유도일 무사로다
　　남의 시비 지 자랑을 셔로 안다 이론흐고
　　여담유월 죠평논은 모르면서 아난 치라

　이렇게 문학(問學)은 등한히 한 채 쓸데없는 시비 평론으로 허송세월하는 것을 개탄하고 있는데, 후속하여 의관(衣冠) 치레로 기우는 풍속, 과거(科擧)

물림으로 서울말 흉내를 내며 술집 출입을 일삼는 작태 등을 우려하면서 새
로운 기풍의 진작을 제안하고 매듭을 지었다.

> 츈의 지닌 일리 꿈갓치 허사로다
> 긔한도 어렵건만 문필도 익도롭다
> (…중략…)
> 글도 흐고 치산도 하야 부귀문장 되오리라
> 양무의 반디불은 밤이면 주서오고
> 동빅산 묵은 밧슨 낫지면 갈라보자
> (…중략…)
> 이팔청춘 아동들아 랑호신사 불너 보싀
> 여수세월 싱각하야 아희 경기 갈라치자

그런데 이 대목에는 "청춘의 지닌 일리 / 꿈갓치 허사로다"에 비치듯이 지
은이 자신의 체험적 깨달음이 엿보인다. 과거공부에 매달리다가 자포자기하
는 과정을 밟아 기한(飢寒)으로 기울고 마는 향촌사족의 행로. 이것은 지은이
박이화 자신의 이력이기도 했다. 그러기에 그는 이 체험적 실감을 토대로 후
세들을 경계(警戒)시키고 있는데, 그 대안은 독서와 치산을 겸하여 근실(勤實)
히 해 나가며 향토에 깃들여 있는 조상들의 자취를 망실되지 않게 보존해 나
가는 길이었다. 사그라지는 모닥불을 수습하듯이 선대의 영화를 되살리려
한 것이 이 가사의 주제적 관심이라 할 수 있을 것이다.

다음으로 이관빈(1759~?)의 「황남별곡(黃南別曲)」을 검토해 본다. 이 작품은
322구 2,453자로 이루어져 있는데, 경상도 김천의 황학산 남쪽을 유교적 성지
(聖地)로 관념하여 읊고 있는 작품이다. 이관빈의 생애에 관하여는 족보의 한

두 줄 기록 외에는 거의 알려져 있지 않은데, 묘가 선산(善山)에 있다는 족보 기록으로 보아 '김천-구미-선산' 일대의 어느 곳에 살았을 것으로 추정된다. 이곳에서 가까이에 있는 황학산을 찾아 이 「황남별곡」을 지은 것으로 보인다.

이관빈은 덕수이씨(德水李氏) 옥산공파(玉山公派)로 자를 율은(栗隱), 호를 곡선(谷仙)이라 했다. 옥산은 율곡 이이의 아우 이우(李瑀, 1542~1609)의 호로서 시(詩), 서(書), 화(畵), 금(琴)에 모두 능해 사절(四絶)의 명성을 얻었던 조선 중기의 대표적 서화가이다. 옥산은 4형제 중에서 어머니 사임당 신씨의 화풍을 이어 그 아들 경절(景節)에까지 전했다. 이들의 서화는 경절의 손자인 학정(鶴汀) 이동명(李東溟, 1624~1692)이 간직하다가 후손에 전해졌던 것으로 보이고, 사임당의 「산수도발(山水圖跋)」을 비롯한 옥산공파의 기록들은 후대에 와서 『학정집』이란 이름으로 묶이게 된다. 「황남별곡」도 이 책의 맨 끝에 우암 송시열의 「역고산구곡가(譯高山九曲歌)」, 주자의 「무이구곡가」에 이어 수록되어 있다고 한다.[4]

이관빈은 점점 가세가 기울며 영락해 가는 전형적 향촌사족층의 일원이었다.[5] 이러한 처지는 이 작품 중에도 다음과 같이 표백되고 있다.

---

4 구수영, 「황남별곡의 연구」, 『한국언어문학』 제10집, 1973, '출전과 작자' 항목 참조. 「황남별곡」이 『학정집』에 부록되게 된 연유는 학정 이동명이 옥산공파 내에서 차지하는 상징성 때문이었다고 볼 수 있을 것 같다. 그는 1652년 생원이 되고 그해 증광문과에서 병과에 급제하여 경주부윤, 예조참의, 서천군수 등을 거쳐 여섯 번이나 승정원에 근무했던 서인의 핵심 인물로서, 청송부사로 나가 있다가 1689년 기사환국(己巳換局) 때에 관작을 삭탈당하고 부령에 유배되어 4년 뒤인 1692년 유배지에서 죽었다. 옥산공파 가운데서는 실직(實職)으로 가장 현달했던 인물인 데다 서인과 남인 사이 치열한 혜게모니 쟁탈전으로 점철되었던 17세기 정국에서 차지하고 있었던 정치적 비중 때문에 옥산공파의 상징적 인물이 된 경우라 할 수 있다. 『덕수이씨세보』에 의하면 지은이 이관빈에게 학정 이동명은 족보상 종고조(從高祖)에 해당된다.

5 『덕수이씨세보』에 의하면, 관빈에 이르는 선(先) 오대(五代)는 '교(橋)-동노(東魯)-진화(晉華)-광소(廣紹)-연해(衍海)'인데 증직(贈職)만이 기록되어 있을 뿐 실직(實職)에 나간 인물이 하나도 없다. 동노(東魯)의 형인 학정(鶴汀) 이동명(李東溟)만이 실직에 나아가 현달했을 뿐이다. 더욱이 관빈 이후로는 증직의 기록조차 없고, 생몰년조차 분명치 않은 이가 많은 것으로 보아 영락(零落)의 정도가 현저한 향촌사족층으로 볼 수 있다.

슬푸다 우리 後學 어더로 接踵ㅎ리

이닌 工夫 생각ㅎ니 泰山의 丘垤이요

이닌 신명 도라보니 河海에 蹄涔이라

靑春時節 虛度하고 白首無成 더욱 설다

夜氣가 淸明홀졔 잠업시 싱각ㅎ니

조그만흔 方寸心이 온갖 物慾 侵勞ㅎ야

家累에 係關ㅎ고 衣食에 牽制ㅎ야

雪嶽을 어디 두고 墨池에 싸져서라

咄咄書空 ㅎ옵다가 忽然이 ᄭᅵ다른이

濯去塵心 ㅎ옵기는 看山臨水 第一이라

　‘청춘허도(靑春虛度) 백수무성(白首無成)’의 뼈저린 자각을 안은 채 가족들의 의식주 문제에 얽매여 운신의 폭이 없이 향촌의 살림집에 붙박이 되어 살아가는 향촌사족의 삶이 전형화되어 있다. 여기서 ‘돌돌서공(咄咄書空)’이라는 말이 매우 시사적인데, 이는 중망(衆望)을 받던 진(晉)의 은호(殷浩)가 출방(黜放)이 되어서도 원망의 말이나 근심의 빛이 없이 태연히 ‘돌돌괴사(咄咄怪事)’라는 글씨만 허공에 쓰고 앉아 있었다는 고사에서 나온 말로, 이렇다 할 수습책도 없이 그저 세월만 보내고 있는 향촌사족의 체념이나 무력감이 여실히 집약된 표현이라 할 수 있다.

　이 대목은 「황남별곡」의 중간 지점에 해당이 되는데, 처음부터 여기까지는 주로 도맥(道脈)을 밝히는 데 할애하여 중국의 삼대(三代)로부터 공자를 거쳐 송대 성리학자에 이르고 마침내 조선의 도맥으로 옮기어 다음과 같이 매듭을 짓고 있다.

滄洲로 나린 물이 靑邱로 도라든이

淸凉山 六六峰은 退陶先生 別業이요

紫玉山 奇絶處는 晦齋先生 藏修로다

東方夫子 栗谷先生 石潭溪山 佳麗홀샤

春秋大義 宋夫子는 華陽水石 그지업다

여기에 바로 후속하여 앞에 인용했던 대목의 허두 "슬푸다 우리 後學 / 어딜로 接踵ᄒ 리"로 이어지는데, 이 말은 이중적 함의가 내포된 것으로 보인다. 첫째는 이들의 도맥을 어떻게 계승해 나갈 것인가에 관한 도학적 의무감의 표현이라는 측면이요, 둘째는 '별업(別業)'이나 '장수처(藏修處)'를 따로 마련하지 못하고 향촌의 살림집에 붙박여 살 수밖에는 없는 자신들의 사회경제적 처지에 대한 자의식의 측면이다. 퇴계며 회재, 율곡이며 우암과는 판이하게 다른 자신의 현실적 처지에 대한 뚜렷한 자각 속에서 순례길과도 같은 나들이에 나서고 있다. 그러나 이 나들이는 먼 유람이 아니었고, 인근 금오산에서 황학산으로 둘러싸인 동천(洞天)이었다. 아예 살림집을 이 동천 속으로 옮겨 유가적 이상향을 꿈꾸며 사는 이들이 있다는 공자동(孔子洞) 방면이었다.[6]

그는 모성암(慕聖岩)을 거쳐 드른디[聞道洞]를 지나 저익촌(沮溺村), 영귀암(詠歸岩), 백어리(伯魚里), 안연대(顏淵坮), 자하령(子夏嶺)을 차례로 순례하며 마침내 공자동(孔子洞)에 이르고 제9곡인 주공동(周公洞)에서 순례행을 마감한

---

6 김천시 대항면의 오지부락으로 지금은 대성리(大聖里)로 통합되었다. 남동쪽으로 구성면의 상좌원리와 경계하고 북서쪽은 직지사로 통한다. 조선시대에는 김산군 대항면 공자동이었는데, 1914년에 공자동, 사기점, 버덕, 창평, 방하를 통합하여 대성동이라 했다고 한다. 대항면의 남단에 위치하여 사방이 산으로 둘러싸여 있으며 주례천을 끼고 있어 경관이 수려한 것으로 이름이 나 있다. 1750년경 이씨, 박씨, 김씨의 세 선비가 조용하고 살기 좋은 곳을 찾아 마을을 개척하고 공자를 사모하여 마을 이름을 공자동이라 했다 한다. 18세기 향촌사족의 유토피아 지향을 잘 드러내주는 한 사례라 할 수 있을 것이다.

다. 그는 또한 이 산천에 이런 이름들이 붙어 있음은 기자(箕子) 동래(東來) 이후로 이 땅이 소중화(小中華)를 이루어 나오는 과정 중에 있기 때문이라 생각하며 적이 감격한다.

공자를 사모하여 '아침에 도를 들으면 저녁에 죽어도 좋다'는 말을 존신(尊信)하며 일생을 걸었던 이들 사족층의 지향과, 삼대(三代)의 지치(至治)를 자기 당대에 실현해 낸 주공을 꿈에도 그리던 공자 자신의 지향까지를 아우르고 있는 이 황남구곡(黃南九曲)의 이름들은 그런 의미에서 매우 상징적이다. 상징을 매개로 유토피아적 환상 속에 젖어든 심리태(心理態)의 반영이라 할 수 있을 것이다. 그러나 이러한 유토피아적 희열은 신기루처럼 반짝 빛나다가 다음과 같이 더욱 경직된 관념의 옷을 입은 형태로 드러나게 되는 것이다.

> 九曲을 ᄃᆞ 본 후의 道統을 歷撰ᄒᆞ니
> 由周公 以上은 上而爲君 ᄒᆞ오시고
> 由周公 以下는 下而爲臣 ᄒᆞ오시니
> 萬古天下 우리 스승 周公孔子 ᄲᅵ니로ᄃᆞ
> ᄋᆞ마도 挈妻子携朋友ᄒᆞ고 이 山水의 집을지여 顧名思義 ᄒᆞ올리라

결국 이 「황남별곡」은 공자동(孔子洞)을 위시한 황남구곡(黃南九曲)이 별업(別業)이나 장수처(藏修處)의 형태가 아닌 촌락의 형태로 들어서던 18세기 중엽 향촌사족층의 한 취향과 풍속을 반영하는 작품이라 할 수 있다. 이 작품이 우암의 「역고산구곡가(譯高山九曲歌)」나 주자의 「무이구곡가」에 이어 수록되어 있는 점 또한 이러한 지향을 드러내 주는 징표라 할 수 있다.

개인적으로나 문중 단위로 일상생활의 공간과는 멀리 떨어진 별업이나 장수처를 따로 마련하고 운영할 수 있다는 것은 향촌사족으로서의 입지(立地)를 한

결 공고히 할 수 있는 길이었다. 그러나 18세기 중반경에 이르러 별업이나 장수처를 따로 마련하고 운영할 수 있는 향촌사족은 매우 드물었고 그 대안으로 '공자동'과 같은 새로운 반촌(班村)의 형성이 한 풍조로 자리 잡은 것으로 보인다.

「황남별곡」에는 퇴계-회재-율곡-우암 등 선대의 장수처 경영에 대한 가없는 동경과 인근에 형성된 유교적 이상향을 못내 부러워하는 지은이의 정서와 취향이 잘 드러나 있다. 노계 박인로가 76세의 나이로 「노주유거(蘆洲幽居)」를 단행하고 「노계가(蘆溪歌)」를 지었던 것과 유사한 취향이요 심리태(心理態)라 할 수 있을 것이다.[7] 입재(立齋) 정종로(鄭宗魯, 1738~1816)가 쓴 「개암정중건기(開巖亭重建記)」[8]에도 상주에 세거하던 의성김씨 일문의 개암정 중건에 대한 숙원과 열망, 선조의 유적과 유사(遺事)를 대하는 그들의 애정과 정성이 잘 그려져 있는데, 이렇게 향촌사족들은 자신들의 신분 저락(低落)을 부단히 의식하면서 조선(祖先)의 구물과 유적을 애호(愛護)하고 그 유풍(遺風)의 계승에 강한 집착을 보이고 있었던 것이다.

2) 유람(遊覽) 취향과 유람 행위에 대한 자의식

유람 취향 또한 사대부 일반의 공통 취향이라고 볼 수가 있다. 그러나 여기에도 유람이 여타의 취향과 맞물리는 지점에서 경향분기(京鄉分岐)의 양상을 드러내고 있다. 경화사족들이 예술적 풍류나 도락적 재미를 곁들인 유람

---

7 필자는 노계의 후반생을 "누항의 조건에서 꿈꾸는 강호지락"으로 정리해 본 바 있다. 김석회, 「17세기 자연시가의 양상과 그 역사적 성격」, 『고전문학과 교육』 제3집, 청관고전문학회, 2001.
8 『입재집(立齋集)』(『한국문집총간』 253, 496면). 조해숙의 「「개암십이곡(開巖十二曲)」의 문학적 성격과 시조사적 의미」(가을 한국국어교육연구학회 전국대회 발표요지, 2002)에 입재와 의성김씨 일문과의 교유 및 관련 양상이 밝혀져 있다. 이 발표문은 수정, 보완을 거쳐 「전승과 향유를 통해 본 「개암십이곡」의 성격과 의미」(국어국문학 133호, 2003)로 게재되었다.

적 성격의 유람을 즐기는 경향이 현저한 데 비해, 향촌사족들은 여전히 인산(仁山) 지수(智水)의 관념을 가지고 관물적(觀物的) 상자연(賞自然)에 나서거나 시작(詩作)을 위한 취재행(取材行)으로 산천을 찾아 나서는 것이 보편적 경향이라 할 수 있다.

존재 위백규의 「예예설(泄泄說)」은 이 점에서 특기할 만하다.[9] 그는 이 글에서 당대 혁혁한 경화벌열 가운데 하나인 노론의 골수 여흥민씨 삼방파(三房派)의 핵심인물 민형수(1690~1741)의 인물형상을 그려 내고 있다. 그는 1739년 영조의 탕평책에 반발하며 소론의 영수 이광좌를 탄핵하다가 해남으로 유배를 당했는데, 이 글은 몇 개월 만에 풀려 돌아가는 그의 귀로(歸路) 행각을 그리고 있다. 국중(國中)의 명산인 천관산(天冠山)을 거쳐 돌아갈 일정을 잡고서도 천관산 유람은 그저 가마 메는 중들의 수고로만 그칠 뿐[10] 천관산 자체의 승경이며 풍치에는 일체 눈을 주지 않고 세교(世交)가 있던 향촌사족들도 철저히 백안시(白眼視)해 버린 채, 오직 잡류(雜流)들과만 어울려 술판을 벌이며 음담패설이나 모리(謀利) 정보에만 골몰하다가 훌훌 털고 돌아가 버리는 그의 안하무인적 행태. 이것을 위백규는 '예예(泄泄)'라는 표제로 집약해 내고 있다.

아버지 위문덕에게 들었을 것으로 짐작되는 이 전문(傳聞)을 이러한 풍자적 문체로 재구성하고 표제마저 '예예(泄泄)'라 붙인 데는 경화벌열에 대한 위백규 자신의 비판적 시각이 강하게 반영되어 있다. '예예(泄泄)'란 『맹자』의 「이루장구(離婁章句) 상」에 인용된 『시경』 「대아」 「판(板)」편의 한 구절이다. "하늘이 바야흐로 동하시나니 그렇게 **느긋해하지 말지어다**"[11]의 **느긋해함**(泄

---

9 이 글의 전문(全文) 및 관련 고증(考證)과 논의(論議)는 김석회, 『존재 위백규 문학 연구』, 이회문화사, 1995, 27~35면을 참조할 것.

10 "고깃덩이를 메고 가는 것 같았다"고 표현하고 있다.

11 전체 8장으로 이루어진 「판」편의 제2장 중 한 구절인데, "天地方難 無然憲憲 天地方蹶 無然泄泄"라 하였다. 제후인 범백(凡伯)이 주(周)나라 여왕(厲王)을 풍자·비판하고 있는 시로 알려진 이 「판」편에는 8장 전체에 걸쳐 우주적 종말을 암시하는 이러한 예언자적 경고가 편만해

泄이란, 위기가 코앞에 닥쳤는데도 불구하고 군신(君臣) 상하가 다 신실함을 잃고 포학을 일삼으며 오만하게 구는 것을 비판하는 문맥 속에서 쓰인 말이다. 민형수를 위시한 경화벌열, 국정을 책임진 자들의 행태를 국망(國亡)의 기로에서도 '예예(泄泄)'로 일관하던 주(周)나라 여왕(厲王) 때의 기강 문란에 빗대고 있는 것이다. 실제 『맹자』「이루장구」의 뜻은 더욱 격절해져 있어 이 대목의 결론은 '은나라의 거울'이 멀리 있지 아니함을 경계하는 종말론적 예언으로 경사되고 있다.[12]

이 글의 풍자의 절정은 마지막 대목인데, "민은 키가 크고 얼굴이 번듯하며 몸이 풍만하고 살이 눈처럼 희어서 보는 자마다 재상의 풍골로 알아줬다고 한다"[13]는 최후 진술에 이르러 서술자의 우려는 더욱 증폭되어 드러나고 있다. 타락의 화신으로밖에는 보이지 않는 이 썩어빠진 인물이 공인된 정치실세(政治實勢)로서 유배조차 하나의 통과의례처럼 거치고 예약된 출세길을 달리게 된다는 사실이 서술자 위백규의 눈에는 못내 의아하면서도 우려스러운 일이었던 것이다.

그러나 이러한 현상은 「예예설」 자체에도 형상화되어 있는 바와 같이 결과적으로는 경화벌열과 향촌사족 간의 상호백안시(相互白眼視)로 귀결되고 있다는 점이 주목을 요한다. 그리고 이 글을 기록하고 있는 위백규 대에 이르러 이러한 상호백안시가 더욱 깊어지고 있다는 점 또한 주목의 대상이다. 17세기에는 위씨문중과 민씨문중 사이 상호 세교(世交)가 가능했으나 18세기 초반 그의 부친 대에 이르러서는 소통이 거의 불가능할 정도로 사족간의 경향분기(京鄕分岐) 양상은 뚜렷해지고 있었다. 이는 여러 가지 측면의 복합으로 설명

있다. 강조는 인용자.
12 「이루장구상(離婁章句上)」의 제1장은 "不以仁政 不能平治天下"를 대전제로 제시해 두고, 당대의 정치 실패와 민심 이반(離反)을 짚은 뒤에 "詩云 殷鑑不遠 在夏后之世 此之謂也"로 매듭을 짓고 있다.
13 "閔身長面方 豊肥雪白 見者認爲宰相風骨云."

될 수가 있는 현상이지만, 취향의 분기 또한 중요한 변수였다고 볼 수가 있다.

경화벌열인 민형수는 천관산의 산수 자체에는 아무 관심이 없다. 술과 고기와 음담패설, 모리에 관한 이야기 이외에 그가 천관산 유람에서 유일하게 관심을 보인 것은 탑산암의 퇴헌(退軒) 미간(楣間)에 붙어 있는 성총(性聰, 1631~1700)의 시였다. 입술을 달싹거려 그 시를 읊조려 보기까지 했다는 것이다. 비록 음탕한 이야기판을 벌이기 위해 문지방을 넘어들어 가면서 우연히 본 것이었다고 기술하고는 있지만, 유일한 주목의 대상이 전대 고승의 시 현판이었다는 점은 분명한 취향의 일단이 반영된 것이라고 볼 수 있을 것이다. 그는 아마도 시의 내용보다는 성총이라는 고승의 유묵(遺墨)에 대한 고동 서화적 관심을 가지고 이 현판을 뜯어 본 것이 아닐까 여겨진다. 이러한 유락적이고 모리적인 태도는 천관산을 신비스럽게까지 여기고 있는 이 지역 사족들에게는 불경(不敬)에 가까운 것으로 비췄고, 민형수라는 벌열 실세의 인격 자체에 대한 불신으로까지 번지게 된 것으로 보인다.

실제 18세기 무렵의 향촌사족들 사이에서는 산수 유람이 중요한 한 취향으로 자리 잡혀 가고 있었다. 향촌의 명산이나 명승을 순례하는 심정으로 돌아보는 경향을 보이기까지 했다. 과거공부의 중압과 가계·생업에 대한 부담을 홀홀 털어 버리고자 그들은 즐겨 유람 길에 올랐고 거기에 탐닉과 몰입을 보였다. 그러나 귀로의 서정이나 귀환 이후의 심경은 대개 우울하게 채색되는 경우가 많았다.

우선 장흥 부산면에 살았던 선비 노명선(盧明善, 1647~1715)의 「천풍가(天風歌)」를 보기로 한다. 이 작품은 1700년경 전후에 지어졌을 것으로 추정되는데 「예예설」에서도 거론된 바 있는 천관산을 유람하고 그 감회를 적고 있다.[14]

---

14 「천풍가」를 처음 소개했던 이종출은 지은이 노명선의 생몰 연대를 『광산노씨족보』에 의거하여 숙종 33년 정해(1707)에서 영조 51년 을미(1775)로 잡고, 제작 연대는 18세기 후반일 것으로

332구로 장편화가 이루어진 작품으로 천관산의 승경을 낱낱이 설파하고 있을 뿐만 아니라 자신의 산수관(山水觀)이나 자의식을 드러내고 있어 주목된다.

먼저 서사(序詞)를 보자.

> 공명의 박명ᄒ고 부귀예 연분 업셔
> 탁낙ᄒᆫ 문장이 빅옥의 허노ᄒ니
> 튱효 양졀을 원대로 못홀 망정
> 선풍 도골이 셰속애 마즐소야
>
> 연ᄒ예 고질되고 천셕의 고황되여
> 삼산의 긔약 못ᄒ고 오호수예 못갓신 졔
> 천만 이십이 강산을 일괄로 다 보리라
> 부유 물표ᄒ야 노난 디로 ᄒ건만는
> 천풍산 팔만봉은 각별ᄒᆫ 천지로다
> 갓 업슨 풍경을 더기만 니로리라

앞 단락은 '늙도록 입신출세하지 못하는 심정을 토로'하는 부분이고 뒤 단락은 '등정의 동기'를 밝히는 부분이다. 앞 단락에는 자신의 문장에 대한 자부와 백옥(白屋)에서 허로(虛老)하는 스스로의 처지에 대한 자괴감이 동시에

추론한 바 있다. 정익섭, 「미발표 가사 「천풍가」 해제」, 『한국언어문학』 4집, 한국언어문학회, 1966. 그러나 그 후 최강현은 『장흥부지』나 『광산노씨파보』에 나오는 노봉(老峯) 민정중(閔鼎重, 1628~1692)과의 교유 기록을 토대로 노명선의 생애를 60년을 소급하여 1647~1715로 잡고 제작 연대도 1691년경으로 잡은 바 있다. 제작 연대는 「천풍가」 속의 '빈발호백, 기력쇠진'등의 어구를 생물학적 초로기(初老期)의 시작인 45세에 맞춘 추론이다. 최강현, 『한국기행문학연구』, 일지사, 1982. 이 글에서는 후자의 견해를 따르되 제작 연대는 45세(1691년)로 못 박지 않고 실제 노경이라 할 수 있는 18세기 초반의 어느 때로 파악해 두고자 한다.

드러나 있다. '백옥'은 초라한 초가집이요 '허로'는 헛되이 늙어감이다. 유람행은 이 '백옥허로'에 대한 우울과 초조감에서 촉발되고 있다. '선풍도골(仙風道骨)'과 '천석고황(泉石膏肓)'으로 포장을 하고는 있지만 내심에는 깊은 좌절이 있다. 마치 연분이 아닌 것마냥 영원히 어긋나 버린 부귀공명, 가난에 절어버린 초가집, 면목 없이 식객(食客)처럼 지내야만 하는 노경의 처량함. 이 깊은 좌절의 울울함이 유람을 부추기고 있는 것이다. 이는 안빈낙도(安貧樂道)를 표방하면서 자연을 애호하는 강호가도적(江湖歌道的)인 취향과는 전혀 다르다.

지은이는 비록 중국의 뛰어난 경승지를 구경하지는 못할지라도[15] "천만이십이 강산"만은 모조리 다 보리라는 작정으로 유람행을 결심하여 여건이 허락하는 대로 부지런히 다녔음을 토로하고 있다. 그의 유람행이 어디까지 미쳤으며 그의 유람 기록들이 얼마였는지는 잘 알 수가 없다. 오늘의 우리가 알 수 있는 것은 그가 이 천풍산(천관산)을 몹시 아꼈다는 사실과 그것을 "각별한 천지", "갓없슨 풍경"으로 여기며 「천풍가」를 지었다는 사실이다. 그가 초입에 천풍산을 8만 봉이라 기술하고 있는 것도 아마 금강산 8만 2천 봉을 염두에 둔 의도적 진술이라 할 수 있을 것이다. 자타가 공인하는 금강산에 비겨 이 산의 경치가 대단히 뛰어남을 은근히 과시하고 있는 셈이다.

이렇게 시작된 「천풍가」는 '천관사'에서부터 '문수암'에 이르기까지의 2박 3일의 일정을 주로 승경 묘사에 할애하면서 간간히 자신의 감회를 곁들여 '헌사하다' 싶을 정도로 산수를 예찬하고 있다. 이렇게 신심(信心)에 가까울 정도의 깊은 애호를 보이는 작자에게 천풍산은 높은 고양감과 탈속적 해방감을 안겨준다. "진심(塵心)이 소산(消散)ᄒ니 우화(羽化)ᄒ기 거의로다", "포

---

15 삼산(三山)과 오호(五湖)는 『중문대사전』에 다양한 어석이 수록되어 있다. 지은이가 스스로 시인이요 문장가임을 표방하고 있는 것으로 보아 이들 지명은 아마도 당시(唐詩) 속에 즐겨 다루어진 강소성의 삼산(三山)과 강남의 대표적 명승 동정호(洞庭湖)일 것으로 추정된다.

포호호(飄飄浩浩)ᄒ야 우주 밧긔 형해로다", "일편건곤(一片乾坤)은 물 우희 평초(萍草)로다", "각역(脚力)은 피곤ᄒ되 변이(變異)ᄒ쟈 눈이로다", "공부자 소천하(小天下)는 천만고의 과연(果然)ᄒ다" 등등의 표현이 절경 묘사 후에 포진되어, 가보지 않은 사람까지도 천풍산 속으로 빨려들게 만들고 있다. 회정(回程)의 길에서도 지은이는 "팔십구 암자을 못본 더 반이 늠다 홍진 비니 회포도 ᄒ고 만타"고 미련을 두고 유람행을 마감한다. 그리고 최후 진술에서도 다음과 같이 천풍산을 못 잊어 한다.

> 초려의 도라 드러 다시곰 바래보니
> 만 이십 이 청산이 호남의 제일이라
> 청산을 못 니저서 다시 ᄯᅩ 오잣쩌니
> 포의로 믹양 오니 산수도 붓글엽다

이는 서사(序詞)에 표백(表白)된 바의 변주(變奏)라 할 수 있는 대목으로서 자의식과 더불어 자기연민이 짙게 배어들어 있다. 서사에서는 당당히 '선풍도골'을 표방할 수 있었지만, 결사의 이 최후진술에 이르러서는 오히려 '포의(布衣)'의 부끄러움을 되씹고 있다. 특히 이 대목은 "빈발이 호빅ᄒ고 긔력이 쇠진ᄒ니 / 공밍 안증은 꿈의도 못보니 / 서방 미인은 소식이 언제 오고 / 석실 운산의 옥담(옥당)이 천이(千里)로다" 하는 현실 인식에 기초하고 있어, 쉽사리 해소될 수 없는 내심의 울결(鬱結)이라 할 수 있다. 이미 늙어서 자신이 품어 왔던 유교적 이상은 더 이상 실현이 불가능함을 알면서도 그것을 쉽게 단념하지 못하는 심리적 갈등상이 오롯이 드러난 대목이라 할 수 있다.

이로 보아 지은이의 유람벽(遊覽癖)은 서두에 표방한 바와 같이 '고황(膏肓)'에 가까울 정도의 집착이 되어버린 사정을 엿볼 수 있고, 포의(布衣)의 신세로 빈번한 유람행에 나서는 자신을 스스로도 부끄러워 할 정도로 자의식을 느끼고 있는 양상을 확인할 수가 있다.

다음은 「금당별곡」을 보기로 한다. 이 작품은 장흥 앞에 있는 금당도(지금은 완도군 소재)와 만화도를 이틀에 걸쳐 여행하고 지은 것으로, 처음 발굴 소개될 때는 위세보(魏世寶, 1669~1707)의 작으로 알려졌으나 나중에 위세보의 문집『석병집(石屛集)』의 검토를 통해 그의 삼종형인 위세직(魏世稷, 1655~1721)의 작으로 밝혀졌다.[16]

이 작품은 200구로서 후기 기행가사로는 짧은 편에 속한다 할 수 있으며 마지막 종결도 "엇지타 갑없슨 강산풍월을 절로 가게 ᄒᆞᆫ고"와 같이 낙구(落句) 형식으로 되어 있어 전기가사와 유사한 바가 있다. 실제 그 수사법이나 조사(措辭)의 특징도 정철의 「관동별곡」과 닮아 있다. 이 작품은 장흥위씨 세전 가첩인 「위문가첩」과 「자회가」에 실려 전하는데 양본 사이에도 어구의 차이가 제법 있다. 그러나 필사의 상태며 보존의 양태도 양호하지 않은 데다 필사과정에서 착오가 빚어진 탓인지 어구의 뜻이 미심한 대목이 아직도 많다. 미심한 대목들을 유의해 가면서 작품의 실상에 다가서 보기로 한다.[17]

---

16 이종출, 「「금당별곡」 해제」,『한국민족문화대백과사전』, 한국정신문화연구원, 1991; 이종출, 「위세보의 금당별곡고」,『국어국문학』 34~35 합집, 국어국문학회, 1967.『석병집』 속에 "三從ᄆᆞ作 金塘別曲"이라는 구절이 있는 점으로 보아 이 작품은 위세보가 살았을 당시(1707년 이전)에 이미 유포되어 있었음을 알 수 있고, 작품의 내용으로 보아 노경의 작으로 보이기 때문에 1707년에서 멀지 않은 때에 지어진 것으로 보인다.

17 그간 이 작품은 앞서 든 이종출의 소개 이후 최강현의『한국기행문학연구』(일지사, 1982)에서 관유가사의 하나로 간략히 다루어졌고, 김석회, 「위문가첩을 통해 본 18세기 향촌사족층 문학의 사회적 성격」,『존재 위백규 문학 연구』, 이회문화사, 1995; 박일용, 「금당별곡에 그려진 선유체험의 양상과 그 의미」,『한국기행문학작품연구』, 국학자료원, 1996; 이지영, 「기행가사「금당별곡」과「천풍가」의 대비적 연구」,『한국언어문학』 제39집, 한국언어문학회, 1997 등의 논의를 거쳐 그 작품 성격이 본격적으로 다루어졌다. 김석회는 "산수 풍경에 관한 심미적 매혹"과 "유람 행위 속으로의 지속적인 탐닉"이 두드러진 점을 토대로 이 시기 향촌사족의 유람취미를 전형적으로 반영하는 작품으로 보았고, 박일용은 이 선유체험이 낙척한 처사 위세직의 현실적 소외 속에서 산출된 내면적 이상세계일 따름으로 정철의 「관동별곡」과 달리 오히려 그 현실적 소외를 더 깊이 절감케 하는 계기로만 작용한다는 점을 들어 "내면적 갈등의 표현물"로서 이해할 필요가 있음을 강조하였

작품을 통해 보면 이 금당행의 동기는 크게 두 가지인 것 같다. 유람 충동과 작시(作詩) 충동이 그것이다. 서두와 결말을 보기로 한다.

일신의 병이 드러 만사에 홍황 업서

죽림 깁픈 곳의 원학을 벗슬 삼마

십년 셔창의 고인시뿐이로다

일생호입 명산곡을 우연히 기리 을퍼

만고 시호를 녁녁히 허여 본이

팔션 천재후에 니을 이 그 넌게요

강산 풍월이 한가훈 지 여러 해여이

분분 세사 나도 슬여 풍월 쥬인되랴 훅야

명구 션경이 반공이 얼른얼른

익도룰사 이 내 몸이 션화의 연분 업서

진심이 미진훅야 향관을 싱각훅여

강산의 후긔 두고 빅구와 밍셔훅야

허쥐을 다시 츌라 오던 길노 츠자 오니

못다 본 나믄 경을 글귀예 영략훅이

도긔려 지호구는 천만고의 파연훅다

다. 그리고 이지영은 이 여행이 평소에 가졌던 "강산에 대한 풍류를 즐기고 아울러 자신의 시적 능력(詩的能力)을 발휘하려는 의지"에서 나온 것이어서 자신의 불우함을 오히려 넉넉한 풍류로 극복하고 여기에 여행의 경험을 능란한 글 솜씨로 그려내 시재(詩才)를 알리고자 했을 따름이지 결코 작자에게는 현실에 대한 좌절의식을 찾아볼 수가 없다고 결론하였다. 그는 박일용이 소외의 표지로 해석한 바 있는 종결어구 "엇지타 갑업슨 강산 풍월을 결로 가게 훅는고"를 그저 '강산을 자주 찾아가고 싶다는 심정을 토로하는 말'일 뿐 '여기에는 자연에 대한 어떤 괴리감이나 거리감도 없다'는 점을 도리어 강조하고 있다.

산창을 다시 둧고 섬쩌히 누어시이

말니 강천의 몽혼만 즈자 잇다

엇지타 갑업슨 강산 풍월을 졀로 가게 ᄒᆞ는고

앞이 서두이고 뒤가 결말인데, 수미상응의 관계에 있음을 알 수 있다. 서두에서는 만사에 홍황이 없어 오직 시(詩)에 의지하여 살아온 십년을 회고하며 분분한 세사를 떨치고 유람행에 오르는 심경을 피력하고 있다. 그런데 이 대목에서 표백되고 있는 유람의 동기와 목적, 그리고 그 유혹의 양상이 흥미롭다. 동기와 목적은 한마디로 '풍월 주인이 되려는' 데 있고, 그 결행(決行)에는 유람충동이 조건반사적으로 개입하고 있다. '풍월 주인이 된다는 것'은 일반적으로 산수간(山水間)에 은거하여 사는 삶을 지칭하는 말이지만, 여기서는 팔선(八仙)으로 표상된 만고시호(萬古詩豪)의 뒤를 이어 '나도 시호(詩豪)가 되고 싶다'는 소망을 중의적으로 내포한다고 할 수 있다. 시호가 되고 싶은 간절한 염원이 유람을 충동하고 있는 셈이며, 그 충동은 "명구 선경이 반공이 얼른얼른"에 드러나듯이 유혹의 양상을 띠고 있다.[18] 그리고 이 유람행에는 송료주(松醪酒)가 동반되고 있으며, 이 술은 기행도중 신선과의 만남에 매개물이 되고 있다. 이러한 준비까지를 염두에 두고 본다면 지은이는 술과 유람을 매개로 시호가 되기를 꿈꾸고 있는 셈이다.

이에 조응하여 결말에서는 여독(旅毒)도 풀지 않은 채 "못다 본 나믄 경을 글귀에 영략ᄒᆞ고 있는" 자신의 초상(肖像)을 그리고 있다. 병든 노구(老軀)를 이끌고 고단한 뱃길 유람을 다녀와 심신의 피로가 극에 달했음에도 불구하

---

[18] 직후에 이어지는 대목은 "젼산 아춤 비애 쵸목이 만발이라 / 산화 피온 곳이 홍미도 하고 만타 / 학 우의 션자들은 이 쌔에 만나 보아 / 황금단 지어내여 삼동계 못쟈 ᄒᆞ야"로 표현되어, 마치 선연(仙緣)이 있어 신선회(神仙會)에 초대를 받은 것 마냥 그려지고 있다.

고 지은이는 "못다 본 나믄 경"과 "글귀 영략"에 집착하고 있다.[19] 그 결과 지은이는 "섬쩌히 누어시이"에 드러나고 있는 바와 같이[20] 탈진상태에 가까운 혼곤(昏困)을 체험한다. 그런데도 그의 몽혼(夢魂)은 "말니 강천 속으로" 잦아들고 있다. 그러면서 마침내 서정적 최후 귀결이라 할 수 있는 낙구(落句)에 도달하는데, 강산 풍월에 대한 억제할 수 없는 미련을 토로하고 있다. 여기서 "엇지타 갑업슨 강산 풍월을 졀로 가게 흐눈고" 하는 탄식은 정치현실로부터의 소외를 역설적으로 반영한 것이라는 박일용 교수의 진단보다는 이지영 교수의 지적처럼 그저 강산을 자주 찾아가고 싶다는 심정의 토로로 이해하는 것이 온당해 보인다. 물론 이러한 유람취향이며 유람충동의 먼 근원을

---

19 여기서 "못다 본 나믄 경을 글귀예 영냑호이 / 도긔려 지호구는 천만고의 과연 호다"는 구절은 그 뜻이 아직 미심하다. 「위문가첩」에는 필사자의 가필로 보이는 한자가 작은 글씨로 우측 어깨 쪽에 병기되어 있는데, '영냑'은 '領畧'으로도 '領量'으로도 읽힐 수가 있고, '도긔려'는 '倒騎驢' 혹은 '倒騎驪'로, '지호구'는 '支狐裘'로 되어 있다. '영냑'의 경우 한글 표기는 '영냥'에 가깝지만 한자는 '領畧'이 더 근접해 보이고 실제 사전이나 자전에도 '領畧'만이 수록되어 있다. 국어사전에는 '영략하다'가 '짐작하다'로 되어 있고, 중문대사전에는 '領會', '領悟', '領解' 등으로 통하는 말로 설명되어 있고, 그 뜻은 '깨닫다' '깨우치다' '어둠에서 깨나다' 등의 뜻으로 되어 있다. '남은 경치를 글귀에 짐작한다' 정도의 뜻이 되겠지만, 정확한 의미를 단정하기는 아직 어렵다. '도긔려'의 경우도 '倒騎牛' 정도가 자전에 보이는데 목동들이 소를 거꾸로 지질러 타는 것을 일컫는 말이다. '지호구'도 정확한 뜻을 알기는 어렵다. '호구'는 여우가죽으로 만든 옷으로 주로 고대 귀족들의 복식을 일컫는 데 쓰였다. 앞서 검토한 「천풍가」에 "孔夫子 小天下'는 千萬古에 果然호다" 하는 표현이 있는 걸로 보아 이러한 표현법은 장흥 지역 지식인들 사이에 하나의 공식구(公式句)처럼 굳어진 투식으로 보이고, 이 구절 또한 누구나 익히 알 수 있는 고사(故事)를 대입하여 말을 만든 것으로 보이는데 필자의 현재 능력으로는 더 이상의 추적이 어려웠다. 이렇게 추적이 어려운 탓인지 '도긔려지 호구'로 분절하여 '호구'에 초점을 두고 자신의 글을 값비싼 물건으로 선전하는 문맥으로 보는 견해가 지배적이다. "못다 본 경치를 '글귀에 영냥(領量)하게' 그려냈다는 것은 능히 그 경치를 헤아릴 정도로 실감 있게 그려냈음을 의미한다. 이러한 글귀는 호구(狐裘)처럼 천만고(千萬古)에 여전히 그 값어치를 누릴 것이라고 노래한다"(이지영, 앞의 글)라고 해석하는 경우가 대표적 사례다. 어쨌든 문맥 전체를 종합해 볼 때 이 구절은 유람을 마치고 돌아와서도 '글귀 영략'에 골몰하고 있음을 드러내주고 있다. 그것이 다른 이들의 산수시를 짚어보는 행위이건 스스로 기행시나 기행문을 써보는 일이건, 유람의 끝에서 문자행위에 매달려 있음을 표상하는 것만은 분명해 보인다. 유람과 작시, 산수벽과 시공부가 맞물려 있는 양상이 확인된다.

20 '섬겁다'는 '섭겁다'에서 온 것으로, '나약하다', '허약하다' 등의 뜻으로 풀이되어 있다. 한글학회, 「옛말과 이두」, 『우리말큰사전』.

찾는다면 정치적 소외를 배제할 수 없지만, 정치적 소외를 드러낸 작품으로 「금당별곡」을 읽고 마는 것은 과잉해석의 소지가 크며 이 작품의 지향과 서정을 왜곡하기 쉽다.

문면 그대로 지은이는 자연을 다시 찾을 기약을 하면서 '못다 본 남은 경치'는 글로 남긴 것으로 이해하는 것이 온당하고, 이러한 유람과 시작(詩作)에 대하여 큰 자부심을 드러내고 있는 것으로 해석할 수가 있다. 여기서 다시 한번 주목해 보아야 할 것은, 그 선경(仙境)의 강산풍월을 "갑업슨"과 "절로 가게 한다"로 규정하고 있는 지은이의 속뜻이다. "갑업슨"은 값으로 따질 수가 없이 소중하다는 의미와 실제 값을 지불하지 않고서도 누릴 수가 있다는 의미를 동시에 지닐 수 있는 말인데, 여기서는 후자의 뜻에 훨씬 가깝다. 향촌의 한사층(寒土層)에게 돈 없이 누릴 수 있는 것은 산수 자연밖에는 남지 않은 현실을 의식하고 있는 표현이라 할 수 있다. 그러나 "절로 가게 ᄒᆞᄂᆞᆫ고" 하는 탄식은 값없이도 누릴 수가 있는 이 선경의 산수 자연으로부터도 소외당할 수밖에 없게 된 현실에 대한 개탄이다. 결국 이 「금당별곡」은 유람이나 작시 행위마저 제약당하고 있는 향촌사족층의 사회경제적 현실을 반영하고 있는 작품으로서, 모처럼 벼르고 벼른 금당도 선유행(船遊行)을 선유(仙遊)로서 미화하여 그 감흥과 여운을 두고두고 길이 반추하고자 하는 향촌사족적 의식 취향의 소산이라 할 수 있다.

3) 영농(營農) 친화와 새로운 신분 정체감(正體感)

앞서 살핀 두 가지 정서 취향이 대체로 현실로부터 도피하고 싶은 욕망의 투영이었다면, 여기서 살피고자 하는 영농 친화적 감각이나 감흥은 현실을 있는 그대로 직시하고 새로운 대처방안을 찾아가는 과정에서 형성된 새로운 취향이라 할 수 있다.

이와 관련하여 우선 전라도 부안의 선비 김익(金瀷, 1746~1809)의 「권농가」를 보기로 한다.[21] 이 작품은 202구로 이루어져 있는데, 김익이 51세 때(1798) 여름에 지은 것으로 되어 있다. "어호아 소년 아히들아 이내 말슴 드러셔라 手足勤勞(수족근로) 혜지 말고 農業專力(농업전력) ㅎ여셔라"로 시작하여, 업농(業農)의 당위와 필요를 역설한 후에, 농업 종사가 소중하고도 떳떳한 일임을 많은 전고(典故)를 동원하여 설득하는 과정을 거친 후에, 추수의 보람과 즐거움을 특필하고, 농한기를 이용하여 학업에도 힘쓸 것을 강조하며 마치고 있다. 우선 업농의 당위와 필요를 역설한 둘째 대목을 검토해 보기로 한다.

> 無知(무지)ᄒᆞᆫ 禽獸(금수)들도 爪牙(조아)로 져 먹거든
> 至靈(지령)ᄒᆞᆫ 이 사람이 나 살 일 모롤쇼냐
> 惰四肢(타사지) 閒遊(한유)ᄒᆞ면 옷과 밥이 어디 나리
> 一日(일일) 不再食(부재식)과 終年(종년)토록 옷 못ᄒᆞ면
> 飢寒(기한)이 到骨(도골)이라 人事(인사)를 엇디 알니
> 一身保全(일신보전) 어렵거든 仰事俯育(앙사부육) 엇디ᄒᆞ리
> 슬프다 天生萬民(천생만민) 그 엇지 그러ᄒᆞ리
> 살을 일 생각ᄒᆞ면 農事(농사) 밧긔 쏘 이슬가

당연하다고도 볼 수 있는 이러한 사실을 다시 짚어 강조하는 이유는 사족

---

21 이상보, 「김익(金瀷)의 권농가(勸農歌)」, 『한국고전시가연구—속(續)』, 태학사, 1984에 작품 발굴의 경위와 주변 정보 등이 소개되어 있고, 작품의 본문이 부록되어 있다. 작품 인용은 이 책에 의한다.

층의 농업 종사 문제를 다루기 때문으로 보인다. 앞서 검토한 「낭호신사」의 말미에도 나와 있는 바와 같이 17세기 후반기에 이르러 사족층의 무위도식(無爲徒食)이나 한유(閑遊) 풍조는 커다란 사회문제의 하나를 이루고 있었다. 독서와 과장(科場) 출입이 생활관습으로 굳어진 사족층이 농업 노동에 투신한다는 것은 매우 어려운 일이었다. 그리하여 지은이는 서두에 수족근로(手足勤勞)부터 강조한 것이었고, 후속하는 이 대목에서도 "惰四肢(타사지) 閑遊(한유)"의 문제를 정공법으로 거론하고 들어간 것이라 할 수 있다. 이 대목의 끄트머리에서 "슬프다 天生萬民(천생만민) 그 엇지 그러ᄒ리"라고 하늘의 이치까지를 거론하며 개탄을 표백하는 것도 견고하게 굳어진 사대부적 의식관성(意識慣性)을 깨뜨리기 위한 설득 전략이라 할 수 있다.

여기서 금수를 끌어들이고 있는 것도 주목을 요한다. 당대의 제도며 이념은 인간 사이에서도 차별을 고착시켜 사족층의 착취·기생적 삶을 조장하는 측면이 컸다. 그러나 생물 일반의 차원에서 본다면 노동을 통해 먹는다는 것은 지극히 당연한 것이 된다. 그러기에 지은이는 금수(禽獸)를 이끌어 "惰四肢(타사지) 閑遊(한유)"에 젖은 사족층 젊은이들을 깨우치고 있는 것이다. 교만의 사다리 높은 곳에 항룡(亢龍)처럼 똬리를 틀고 앉아 있는 쉬운 반촌(班村)의 젊은이들에게 생태적 환원을 촉구하는 문맥이라 할 수 있다.

이렇게 현실적으로 '농사(農事)'밖에 다른 대안이 없음을 설파한 후에 지은이는 농업의 소중함을 주로 경국(經國)의 차원에서 거론하고 있다.[22] 그리고

---

22 대표적 경우가 "廈屋(하옥) 깁픈 집의 七月詩(칠월시) 외오실 제 / 懇懇(은근)한 八章中(팔장중)의 무슨 일 널넛던고 / 周家(주가) 八百運(팔백운)은 豳風(빈풍)의 積功(적공)이오 / 漢世(한세) 四百年(사백년)은 枌社(분사)의 餘蔭(여음)이라" 같은 대목이다. 여기서는 주나라 800년, 한나라 400년의 기초가 바로 그 발상지(發祥地) 향촌 [빈(豳)]의 기산(岐山)과 풍(豐)의 분유리(枌楡里)에서의 농본(農本)을 토대로 한 것이라고 해석하고 있는데, 이와 같은 역사 해석은 향리에서 농사하는 것이 건국(建國)의 기반을 닦는 일과 맞먹을 수 있는 중대한 일임을 강조한 것이라 할 수 있다. 이어서 "秦君(진군)의 富國强兵(부국강병) 耕織(경직)의 根本(근본) 학고 / 魏公(위공)의 渾一天下(혼일천하) 屯田(둔전)의 비로삿다"와 같이 농업이 경국의 근본임을 누누이 강조하고 있다.

후속하여 "勞筋力(노근력) 耕歷山(경력산)은 大舜(대순)의 孝養(효양)이요 / 辭
君祿(사군록) 耕汶田(경문전)은 曾子(증자)의 子職(자직)이라" 하여, 성군(聖君)
인 순임금이나 현인(賢人)인 증자 같은 사람도 농경에 종사했었음을 특필하
고 있다. 업농(業農)이 결코 천직(賤職)이 아님을 강조하고 있는 문맥이다. 이
어서 지은이는 농업의 열린 가능성을 다음과 같이 말하고 있다.

> 畎畝(견무)의 樂道(낙도) ㅎ니 天民(천민)의 先覺(선각)이오
> 薹野(농야)의 隱身(은신) ㅎ니 亂世(난세)에 明哲(명철)이라
> 耨翼(누기) 相敬(상경) ㅎ니 晉君(진군)의 大夫(대부) 엇고
> 鋤田(서전) 帶經(대경) ㅎ니 漢國(한국)의 大儒(대유) 잇다
> 積穀(적곡) 納邊(납변) ㅎ니 御使大夫(어사대부) 되어 나고
> 代田(대전) 致豊(치풍) ㅎ니 治粟內史(치속내사) 이러낫니
> 遺安(유안) 隴畝(농무) ㅎ니 劉景升(유경승)이 歎息(탄식) ㅎ고
> 躬耕(궁경) 南陽(남양) ㅎ니 漢豫州(한예주) ㅣ 三顧(삼고)한다

　지은이는 천민(天民)이나 명철(明哲)도 업농(業農)했음을 환기하고 농업 종
사를 하더라도 얼마든지 입신양명할 길이 있음을 밝혀두고 있다. 행실로 천
거되거나 학문으로 명세(名世)할 수 있는 길이 있을 뿐만 아니라 성공적 농업
경영을 토대로 납속(納粟) 등의 방법으로 벼슬을 얻어 가문의 명예와 신분을
지켜나갈 수가 있을을 강조하고 있다. 이는 농업이나 의약업 등 생업에 골몰
하는 것이 학업에 지장이 될 뿐만 아니라 신분 전락(轉落)의 지름길이 될 것임
을 아들들에게 누누이 경고했던 유배지의 다산 정약용과는 대조를 이루는
측면이다. 이는 사족의 지역적 사회경제적 실제 여건에 따라 달라지는 편차
인 것으로 보인다.

어쨌든 근기사족(近畿士族)과도 길이 달라진 호남지방 사족의 조숙(早熟)한 귀농(歸農)이 김익의 「권농가」에 드러나 있다고 할 수 있는 셈이다. 그러나 중요한 것은 이러한 당위의 문제가 아니라, 몸의 관성(慣性)이다. 어떻게 영농(營農)과 농경(農耕)을 자기화할 수 있는가의 문제다. 이와 관련하여 주목해야 할 것이 감각과 취향으로서, 향촌사족층의 영농 자기화는 이 업농자(業農者)로서의 독특한 감각과 취향을 통해 발현된다고 할 수 있다. 완전 귀농을 향해 가는 도정에서 드러나는 이 영농친화적 감각과 취향의 발현, 그것이 이 「권농가」속에도 드러나 있는데, 다음의 대목이 그 두드러진 예다.

> 金風(금풍)이 受節(수절)ㅎ고 白露(백로) 爲霜(위상)홀 졔
> 悠悠(유유)혼 누른 구롬 四野(사야)의 이러는다
> 紅黃(홍황) 各種(각종) 비시 阡陌(천맥)의 繡錯(수착)ㅎ고
> 砂珠(사주) 구돈 여름 丘壟(구롱)의 얼거졋다
> 洛陽(낙양) 牡丹景(모란경)도 이예서 나을넌가
> 藍田種(남전종) 玉土(옥토) 고둘 이에서 더ㅎ너냐
> 九月(구월) 霜落(상락)커든 腰鎌(요겸) 刈穫(예확)ㅎ야
> 田車(전차)로 시러 드려 場圃(장포)의 싸하 두니
> 白屋(백옥)이 빗시 나고 窮巷(궁항)이 有餘(유여)ㅎ다
> 黃金(황금)이 滿嬴(만영)혼둘 저룰 엇지 부러ㅎ며
> 白璧(백벽)이 如山(여산)혼둘 이에 엇지 비ㅎ넌가

지은이는 백로에서 상강에 이르는 절서감(節序感)을 곡식들의 풍성한 결실과 추수·탈곡의 과정을 통해 드러내고 있다. 벼가 익어 황금물결을 이루는 들판, 잡곡을 비롯한 온갖 열매들이 붉고 누런 빛을 띠며 구슬처럼 여물고 있

는 언덕들을 무한한 흥취와 감격으로 바라보고 있다. 이것들이 도성(都城)의 화려나 천하의 진보(珍寶)보다도 더욱 아름답다고 예찬하고 있다. 그리고 타작마당에 쌓여 가는 볏단을 흐뭇해 하고 있다. 이로 인해 초라하기만 하던 초가집도 갑자기 빛이 나는 것 같고, 궁핍한 마을도 그득해 보인다는 것이다.

이러한 묘사나 표현들은 전후의 관념적이고 상투적인 표현들과 뚜렷한 대조를 이루며 이 교술적 시가에 생동감을 부여하고 있다. 이러한 서정적 흥취는 추수 갈무리와 봉공(奉公), 향선(享先)을 끝낸 후의 세밑 마을잔치에도 그대로 이어지고 있다. 술과 음식을 푸짐하게 갖추고, 춤과 노래와 북장구가 한데 어우러진 이 잔치판은 상하동락(上下同樂)의 흥겨운 축제가 된다. 이를 토대로 지은이는 '예절'도 '인륜'도 모두가 이 축제적 기쁨 속에 있음을 확인하고 이러한 축제적 기쁨을 가능케 하는 것이 바로 성실한 농공(農功)임을 일깨우고 있다. 마지막 단락에서는 농한기를 이용하여 학업에도 충실할 것을 당부해 두고, 숙흥야매(夙興夜寐), 무태무망(毋怠毋忘)의 훈계로 결사(結詞)를 삼았다. 이와 같이 김익의 「권농가」는 17세기 부안지방 향촌사족층의 영농 친화와 귀농 촉구를 담은 가사라 할 수 있다. 아마도 부령김씨 일문의 젊은이들을 권농의 주요 대상자들로 삼았을 것으로 보인다.[23]

다음으로 동일한 관심과 정향을 보이는 배이도(裵爾度, 1706~1786)의 「훈가이담(訓歌俚談)」을 보기로 한다.[24] 「훈가이담」은 710구에 이르는 장편가사로

---

23 마을 잔치 대목에는 "坎坎(감감) 擊鼓聲(격고성)의 枌楡(분유)그늘 절노 간다"하는 표현도 보이는데, 이는 단순히 '느릅나무의 그림자가 옮긴다'는 뜻을 넘어 '분유리'의 전고(典故)를 강하게 의식하고 있는 표현이라 할 수 있다. '분유리'는 한 고조 유방의 고향마을로서 항용 제업(帝業)의 기초라는 상징적 함의를 지닌 말로 사용되었다. 이 작품에서도 앞서 농본경국(農本經國)을 말하는 대목에 이런 함의로 인용된 바 있어 이 구절의 뜻도 그런 상징성을 다분히 의식한 표현이라 할 수 있다. 부령김씨 일문의 화목과 번영, 미래로 열린 가능성 등을 생각하며 이런 전고적 표현을 동원한 것이리라.

24 배이도(裵爾度)는 경상도 예천(醴泉)의 작청(作廳)에서 첨정직(僉正職)을 수행했던 인물인 점으로 미루어 엄밀한 의미에서의 사족(士族)은 아니라 할 수 있다. 그러나 이족(吏族)의 처지로

오륜가 형태의 변용이라 할 수 있는데, 오륜 범주에 속하는 '조손-부자-신민-부부-형제-붕우' 항목 외에 '순천성무화목(順天性務和睦)-정기심결기행(正其心潔其行)-수천명수기분(守天命隨其分)-인인과신오신(忍人過愼吾身)-물해인구환난(勿害人救患難)-근시서윤기신(勤詩書潤其身)-조기심태기한(操其心兌飢寒)-무농상윤기옥(務農桑潤其屋)'의 8항목을 부연하고 '자탄' 항목으로 결사를 삼았다.

　맨 처음 '조손(祖孫)' 항목을 설정하고 있는 것부터 특이한데, 이는 결사의 '자탄' 항목에 비추어 서사의 성격을 지니고 있는 것으로 볼 수가 있다. 일족 일문의 영고성쇠(榮枯盛衰)를 염두에 두고 이 가사를 지은 것임을 알려주는 징표다. 스스로 불초자손(不肖子孫)임을 참회하면서 후손[25]들에게 부끄럽지 않은 한 생애를 살아 줄 것을 당부하고 있는 것이다.

　사족들은 관직에 있을 때와 향리에 머무를 때를 구분하여 처신의 규범을 따로 마련해 가지고 있었는데, 조선 후기 들어 향리에 머무는 것이 일상화가 되면서 '거향(居鄕)'의 윤리가 한층 중시되게 된다. 그리고 원래의 '거향'이 일향(一鄕), 즉 군현(郡縣) 전체를 염두에 두고 주로 군현을 다스리는 수령 공권력과의 관계를 중시하고 있었음에 비해, 18세기 이후로 오면 주로 마을이나 가문 공동체를 염두에 둔 개인 윤리로 축소되는 경향이 현저해진다고 한다.[26] 「훈가이담」의 경우도 이러한 거향 윤리의 한 지맥으로 볼 수가 있는

까지 떨어져 버린 경우이긴 하지만 그 선세(先世)는 뚜렷한 영남의 사족이었고, 그 자신도 사족의 후예로서의 의식만은 매우 견고했던 것으로 보인다. 박현호, 「조선 후기 교훈가사 연구」, 고려대 박사논문, 1996, 38~39면 참조. 이렇게 선세가 사족임이 분명한 경우는 일단 사족의 범주에 포함을 시키고 가세(家勢)의 부침(浮沈)을 따라 이들의 처신이며 의식이 어떻게 다기(多岐)해지는지를 관찰할 필요가 있으리라 본다. '裵爾度'는 일반적으로 '배이도'로 읽고 있으나 최강현 교수는 '배이탁'으로 읽었다. 그는 배이탁이 가난 때문에 객지를 떠돌다가 예천에 이르러 이족이 되었으며, 은퇴 후 76세(1781년) 노경에 유언처럼 이 「훈가이담」을 남겼다고 밝히고 있다. 최강현, 『가사문학론』, 새문사, 1986.

25 '後生'으로 적고 있다. 일반명사로서의 후생(後生)이 아닌 조손(祖孫)의 생명계대(生命繼代)를 염두에 둔 표현이다.
26 김인걸, 「조선 후기 재지사족의 거향관(居鄕觀) 변화」, 『역사와 현실』 11호, 한국역사연구회, 1994.

데, 수신교범(修身敎範)의 차원으로 한층 더 좁아진 채로 그 세부(細部)의 문제를 구구절절 상세화하고 있음이 확인된다. 이는 지은이와 그 일족의 사회경제적 처지와 신분 위상이 크게 저락(低落)한 상태와 조응되는 현상이다.

그리하여 지은이는 자손들에게 한껏 몸을 낮추어 처신을 하고 손수 농업 노동을 하여 재물을 축적하라고 강권하고 있다. 마지막 항목 '무농상윤기옥(務農桑潤其屋)'을 검토해 보기로 한다.

家契(가계)가 貧寒(빈한)커든 괴로움을 헤아리라
人命(인명) 大根本(대근본)이 農桑(농상) 밧긔 업는지라
桑麻木花(상마목화) 너비 심거 婦女紡績(부녀방적) 힘뻐 ᄒ며
老少男丁(노소남정) 上下(상하) 업시 괭이 쌉의 손조 들고
山上火田(산상화전) 起墾(기간)ᄒ여 糞灰草木(분회초목) 厚(후)히 덥고
ᄆ른 될ᄂ는 조흘 갈고 깁픈 될ᄂ는 피를 심거
耕耘稼穡(경운가색) 째마초아 汗滴田中(한적전중) 갓과 내면
土地(토지) 본듸 게음업서 사롬 公力(공력) 아는지라
봄의 심은 一粒粟(일립속)이 가을 거둬 萬顆子(만과자)라
五穀(오곡)이 蕃熟(번숙)ᄒ여 穰穰(양양) 滿家(만가)ᄒ니
못다 먹은 조부게를 여긔저긔 훗더지고
닙고 나문 桑麻布(상마포)를 구뷔구뷔 가혀낸다[27]

여기까지가 '무농상(務農桑)'을 말하고 있는 대목으로, 빈곤한 현실을 타개하기 위해서는 농사와 길쌈을 부지런히 해 나갈 도리밖에 없음을 일깨우고

---

27 이상보, 『18세기 가사전집』, 민속원, 1991, 391면.

있다. 체면이나 괴로움을 헤아리지 말고 농기구를 손수 잡고 화전 개간까지 힘써 할 것을 권면하고 있다. 다음은 '윤기옥(潤其屋)' 대목으로 앞서의 '무농상(務農桑)'에 대한 현실적 보상을 설파하고 있다. 상농군(上農軍)이 된 연후에야 사족(士族)으로의 온전한 회복이 가능할 수 있음을 강조하고 있는 셈이다.

> 衣食(의식)이 有餘(유여)하니 禮節(예절)이 절노 나서
> 奉祭養親(봉제양친) 극진ᄒ고 有無相資(유무상자) ᄒ노매라
> 吉凶事(길흉사)를 厚(후)히 못고 貧窮人(빈궁인)을 周給(주급) ᄒ니
> 無情(무정)터니 有情(유정)ᄒ고 不親(불친)터니 强親(강친)ᄒ여
> 잇는 험을 무대가며 업는 人事(인사) 도로 낸다
> 사롬마다 붓자바서 간 디마다 위앗ᄂ니
> 世情終富(세정종부) 不從貧(부종빈)은 녜로부터 닐러거든
> 炎凉(염량) 보는 末俗(말속)이야 더욱 일너 므슴ᄒ리
> 너희는 이를 살펴 懶農廢業(나농폐업) 마라스라
> 家産(가산) ᄒ 번 기운 後(후)면 다시 닐기 어려오니
> 春夏秋冬(춘하추동) 放心(방심) 말고 晝耕夜讀(주경야독) 힘뻐ᄒ여
> 일혼 天性(천성) ᄎ자오고 잇던 飢寒(기한) 물니처라[28]

마치 〈흥보가〉의 '돈타령' 대목 같이 재물의 위력을 강조하고 있다. 특히 "잇는 험을 무대가며 업는 人事(인사) 도로 낸다" 하는 구절은 신분상의 하자(瑕疵)나 통혼·교제상의 제약도 재물을 통해서만 극복될 수 있음을 밝힌 것으로 보이는데, 이는 아마도 작청(作廳)의 이서(吏胥)로서 지은이 자신이 체험

---

28 위의 책, 391~392면.

한 세태인심(世態人心)의 추이에 대한 냉철한 인식이 반영된 것으로 보인다. 결론적으로 '무농상윤기옥(務農桑潤其屋)' 단락은 농경 길쌈을 통한 의식(衣食)의 해결만이 나머지 모든 것을 가능케 하는 현실적 토대임을 통절히 일깨우고 있다. '무농상윤기옥' 항목을 맨 끝에 배치해 두고 '자탄'(결사)으로 넘어가는 구도 또한 이 항목을 특별히 강조해 두기 위한 전략이라 할 수 있다.

이렇듯 「훈가이담」도 농경(農耕)이 더 이상 회피할 수 없는 당무(當務)요 떳떳한 직분(職分)임을 강조하고 있다.[29]

이러한 영농 친화를 솔선수범하면서 향촌사족의 새로운 진로를 모색한 예로는 존재(存齋) 위백규(魏伯珪, 1727~1798)를 빼놓을 수가 없다.[30] 그가 남긴 연시조 「농가구장」이며 장편 한시 「죄맥(罪麥)」·「맥대(麥對)」·「청맥행(靑麥行)」·「연년행(年年行)」 연작, 그리고 사강회(社講會) 회원들의 집단 창작을 모아 둔 「전반강회구점인위월과운(田畔講會口占因爲月課韻)」 시축(詩軸) 속에 18세기 장흥지역 향촌사족층의 영농 친화와 귀농 도정(道程)의 모든 문제들이 여실히 형상화되어 있다.[31]

특별히 위백규는 독경병행(讀耕竝行)을 표방한 사강회(社講會)라는 문회(門會) 조직을 만들고 그 조직 활동을 통하여 문중 일원과 함께 영농 진작 운동을 벌이면서 그 실감을 토대로 작품을 만들었다. 그러기에 그의 작품에는 영농의 애환(哀歡)과 영농 친화적 감각이 선명하게 구체화되어 드러나 있다. 전형적 사례 몇을 보이면 다음과 같다.

---

29 이러한 인식은 논설(論說)의 형태로도 자주 다루어지고 있다. 사업(士業)과 업농(業農) 모두를 소홀히 하지 말 것을 강조하면서 가세(家勢)의 정황에 따른 구체적 지침까지를 마련하고 있는 글로는 선시계 (宣始啓, 1742~1826)의 「사농겸무설(士農兼務說)」이 주목할 만하다. 박연호, 앞의 글, 55면 참조.
30 위백규 문학에 대하여는 필자가 박사논문과 후속 연구를 통해 집중적으로 살핀 바 있다. 김석회, 『존재 위백규 문학 연구』, 이회문화사, 1995.
31 그 구체적 양상은 위의 책을 참조할 것.

쏨은 든난대로 듯고 볏슨 쐴대로 쐰다

淸風의 옷깃 열고 긴 파람 흘리 불 제

어디셔 길가는 손님 아는 드시 머무는고(농가 제4장 午憩)[32]

綿花는 세 드래 네 드래요 일은 벼는 픠는 모개 곱는 모개

五六月 어제런듯 七月이 브람이다

아마도 하느님 너희 삼기실 제 날 위호야 삼기샷다(농가 제7장 初秋)[33]

밭두둑에서 돌아가는 발걸음 의기도 많으니　　　　壟上歸人意氣多

엷은 안개 지는 볕에 도롱이를 어깨에 걸쳤네.　　滄煙斜日半肩蓑

물끄러미 홀로 휘파람 불며 바람을 쏘이노라니　　悠然獨嘯臨風久

아도산 앞으로 길손이 지나가는구나.　　　　　　兒道山前有客過

(田畔講會口占因爲月課韻의 위백규 原韻 제2수)[34]

　　첫째 작품은 한여름 농번기의 하루를 읊은 6수 가운데 하나다. 김을 매다가 잠시 쉬면서 더위를 식히고 있는 모습이다. 셋째 작품은 밭두둑에서 강회(講會)를 할 때에 솔선하여 지어 보인 작품인데 일을 마치고 돌아가는 모습을 그렸다. 모두가 농경 현장과 노동하는 이를 근경에 두고 지나는 길손을 원경에 담았다. 시적 화자를 상정한다면 농경 주체가 화자인 셈이다. 농경에 밀착된 정도가 일반 사대부 시가와는 판이하게 다르고 그 감각도 농부의 감각에 매우 근접해 있다. 둘째 작품은 초가을의 정취와 절서감을 읊고 있다. 면화 다래가

32　위백규, 『존재전서(存齋全書)』 하, 경인문화사, 1972, 466면.
33　위의 책, 같은 곳.
34　위의 책, 469면.

열리고 벼 모가지가 패고 곱는 양태를 여실히 그렸고, 음력 7월의 절서감을 달라진 '바람 끝'을 통해 감각적으로 형상화하고 있다. 그리고 이 모든 것을 천공(天公)의 유신(有信)함에 돌려 흡족한 심경을 우주적으로 극대화하고 있다. 위백규의 시가야말로 이 시기 향촌사족들의 영농 친화와 독경병행(讀耕竝行)적 새로운 신분 정체감 형성을 가장 전형적으로 보여주는 사례라 할 수 있을 것이다.

3. 정서 취향의 사회사적 함의

이상에서 살핀 바와 같이 18세기 이후 향촌사족층은 경화사족층과는 확연히 변별되는 정서 취향을 형성해 가고 있었다. 경화사족층의 고동 서화 취향에 대비될 수 있는 조상의 유적과 유물에 대한 향수, 유락적이고 심미적인 유람 취향과 준별되는 순례행의 성격을 띤 유람벽과 그에 대한 자의식, 또 영농의 문제와 씨름하면서 새로 획득하게 되는 영농친화적 감각과 새로운 신분정체감 등이 바로 그것이다.

우선 조상의 유적과 유물에 대한 향수라는 정서 취향은 풍속에 대한 개탄이나 현실적 소외에 대한 위기의식과 맞물린 것이었다. 이러한 취향이 작품의 기본 정서와 분위기를 형성함으로 해서, 조상을 욕되게 해서는 안 된다는 자각과 다짐, 훈계와 설득이 자연스럽게 공감을 얻도록 유도하고 있다. 그리고 유교적 근본주의를 통하여 자기 가문의 새로운 갱신을 도모코자 한다.

이러한 정서 취향은 향촌사족층의 사회경제적 소외나 몰락을 반영한 사회사적 현상이라 할 수 있다. 과거를 통한 관직 진출의 길이 두절되어 가는 현실 속에서 유교적 이념이나 교양에 대한 열의는 점점 식어질 수밖에 없었고, 이에 대한 우려가 조상의 유적(遺跡)이나 공업(功業)에 대한 향수와 예찬으로 발현된 것이라 할 수 있다. '공자동(孔子洞)'과 같은 유가(儒家) 근본주의적 반촌(班村)의 형성과 그러한 유토피아에 대한 동경과 갈망도 현실적으로는 수령권의 강화 추세와 함께 향촌의 사회경제 운영으로부터도 설 자리를 잃어가는 향촌사족층의 사회경제적 소외의 투영이라 할 수 있다.

다음으로 순례(巡禮)에 준하는 열정과 집착을 보이는 유람벽이나 그것이 도피에 지나지 않음을 자각하는 데서 오는 유람행위에 대한 자의식은, 대개 향촌사족층의 사회경제적 처지에 대한 비관적 전망과 조응하면서 허도무성(虛度無成)에 대한 개탄과 짝을 이루고 있었다. 위백규의 「예예설」에 드러난 바와 같이 그들은 향촌의 명승과 명산을 선계(仙界)에 가까운 청정공간으로 관념하면서 경화벌열층의 유락적 유람 행태에 관해서는 강한 거부감을 가지고 있었다. 그러나 이러한 청정공간으로의 순례행은 오히려 그들의 허도무성에 대한 자각을 더욱 강화하는 계기로 작용하고 있었다.

이러한 정서적 취향 또한 이 당시 향촌사족층의 사회경제적 소외나 몰락을 반영한 사회사적 현상이라 할 수 있다. 이 시대 사대부 사회의 분화 추세속에서 이들 각 계층의 진로나 운명에 대한 관심은 비단 가사 작품뿐만 아니라 다양한 장르를 통하여 드러나는데,[35] 향촌사족층의 유람벽과 그에 비례하는 자의식도 자기 계층의 진로나 운명에 대한 예민한 촉수(觸手)의 발현으

---

35 예컨대 방각본 소설집 『삼설기(三說記)』 속에 들어 있는 「삼사횡입황천기(三士橫入黃泉記)」나 「삼자원종기(三子願從記)」에는 사대부사회의 '열망하는 삶의 형태'가 여러 유형으로 제시되고 있다. 그런데 그것은 현실태가 아닌 소망의 형태로만 제시되고 있는데, 박일용은 이러한 진술양태를 모든 소망적 삶의 형태로부터 멀어져만 가는 소설향유층의 소외의식의 반영으로 해석하고 있다. 박일용, 「삼설기에 나타난 율문적 문체와 그 의미」, 『장르교섭과 고전시가』, 월인, 1999. 뿐만 아니라 '정태화와 세 친구' 유형의 야담이나 설화에도 동문수학(同門修學)한 친구들의 운명이 사회적 여건을 따라서 어떻게 달라지며 사회적 종차(種差)를 형성해 내는가의 문제를 진지하게 추적해 보이고 있다.

로 볼 수 있을 것이다. 16~17세기의 선배들은 명구선경(名區仙境)에 별업(別業)이나 장수처(藏修處)를 마련하는 게 일반적 풍조였지만, 몰락해가는 향촌사족의 신분으로서는 그럴 형편이 못되는 것은 물론 이러한 유람조차 자주할 수 있는 형편이 못되었고, 그것이 감질 나는 유람행과 그러한 행위에 대한자의식을 부추긴 것이라 할 수 있을 것이다.

마지막으로 영농 친화적 감각과 새로운 신분정체감을 보이는 정서 취향은앞서 든 두 가지 취향과는 그 방향을 달리하는 것이라고 할 수 있다. 앞의 두가지는 사대부 일반의 취향이 경향분기를 따라 특화 변용된 양상으로서 향촌사족층의 현실도피적 지향과 맞물린 방향성을 보이고 있다면, 이러한 감각이나 정체감은 향촌사족층이 현실에 순응하여 독자적으로 형성해 나간 취향 내지 의식 정향(定向)의 문제로서 향촌사족층의 귀농 추세와 맞물려 있는현상이다. 수조자(收租者)로 군림하거나 감농자(監農者)의 위치에 머물러 있던 이들 사족층이 스스로 영농자(營農者)의 자리로 나아가 궁경독서(躬耕讀書)를 생활화한 것은 한국 역사의 전개에서 매우 주목할 만한 사회사적 사건이다. 이는 유교적 교양을 겸비한 새로운 농민층의 형성을 의미하는 것으로서동아시아 여러 나라 가운데서도 조선 후기 사회만의 독특한 국면이라 할 수있을 것이다.

이는 어떤 면에서 새로운 신분의 탄생이라고도 명명할 수 있는 현상으로서'종정(從政)'과 '독서(讀書)' 사이를 왕복하던 사대부적 생활 패턴과 의식 관행을청산하는 과정이기도 하다. 영농 친화란 이러한 과정과 맞물려 있는 것으로서이들 궁경독서층(躬耕讀書層)의 새로운 신분 정체감 형성과 밀접한 관련을 맺고있다. 백수(白手)의 탄식을 넘어 영농 친화의 단계로 나아가기까지, 여기에는향촌 고착이라는 운명적 현실에 대한 수락과 거부의 변증법적 씨름이 중층적으로 얽혀 있다고 할 수 있다. 신분(身分)과 직분(職分) 사이의 괴리로 인하여 혼란을 겪던 향촌사족들의 번민과 방황이 오랜 모색 끝에 새로운 향방의 가닥을 잡아 나가게 된 자취가 이러한 정서 취향을 형성한 것이라 할 수 있을 것이다.

벼슬길이 막힌 채 향촌에 고착되어 가던 향촌사족층은 대부분이 농민층으로 동화되어 갔고, 조선 후기의 향촌사회사란 어떤 측면에서는 이들 향촌사족층의 농부화 과정이 큰 축을 이루고 있다고 볼 수 있을 것이다. 큰 바위가 암반에서 떨어져 나와 계곡을 구르고 굴러 마침내 강이나 바다의 조약돌로 변하듯이 그들은 세말화(細末化)를 거듭하며 농민층으로 흡수되어 갔다.

그러나 이들의 농부화란 그렇게 순탄하고 자연스럽게 진행된 것이 아니었다. 사족으로서의 의식과 관행을 벗기 위한 안팎의 갈등과 저항이 만만치 않았기 때문이었다. 또 비록 껍데기뿐이라고는 하지만 사족이란 신분이 지니고 있는 보이지 않는 기득권이며 미래적 가능성을 단념한다는 것이 쉬운 일이 아니었다. 그리하여 영남의 종가(宗家)에서 보듯이 대종손(大宗孫)을 중심으로 양반가의 체면은 계속 유지해 나가면서 나머지는 농부가 되는 경우가 많았다. 그리고 부녀자들이 노동이나 천역(賤役)을 감당하고 가부장(家父長)은 글만 읽는 선비로 남게 하는 사례도 많았다.

이러한 현상은 경향분기(京鄉分岐)에 이어 향촌사족층 내부에서 또다시 제2차 사회적 분기가 일어난 것으로서 사농분기(士農分岐)라는 말로 규정해도 좋을 것이다. 이러한 2차 분기는 지역에 따라, 가문에 따라 다소의 편차가 있었지만, 대개는 19세기에 이르러 매우 광범하게 진행된 것으로 보인다.[36] 목가

---

36 경상도 함양의 선비 서인순(1827~1898)이나 충청도 공주 선비 윤우병(1853~1920)의 경우가 이러한 사농분기(士農分岐)의 지점을 전형적으로 보여주는 예다. 서인순은 향시(鄉試)에 여러 차례 합격을 했으나 경시(京試)에 번번이 낙제를 하다가 마침내 과업(科業)을 포기하고 평생 근실히 농사를 지으며 학문을 병행하고 치가(治家)를 잘해 나간 인물로서, 「전가부(田家婦)」, 「시가부(詩家婦)」, 「병침서시제아(病枕書示諸兒)」 같은 시를 통해 후손들에게 허망한 과거에 매달리지 말고 근실히 영농치가해 나갈 도리를 잘 깨우치고 있다. 윤우병 또한 주경야독하며 유교 범절을 따라 치가를 잘해서 향당의 장로 역할을 했던 인물인데, 「농부가」를 지어 근실히 농사할 도리를 일깨우고 있다. 그러나 이 작품들 속에는 그러한 교훈 못지않게 향촌사족층의 곤경과 진로모색의 자취가 역력히 드러나 있고, 영농친화에 이르기까지

적 비전의 보편적 유행이나 치산(治産) 관련 규방가사의 광범한 유포와 유행은 이런 유가적 농민층(農民層)의 형성과 맞물린 현상이라 할 수 있을 것이다.

4. 향촌사족층 문학 탐색의 과제와 전망

이상에서 살핀 바와 같이 조선 후기의 향촌사족층은 어엿한 사대부일 수가 있었던 조선(祖先)들을 못내 부러워하며 그들이 남긴 유적 구물과 유사 등에 강한 애착을 지니고 있었으며, 별업이나 장수처를 따로 마련하지 못하고 살림집에 고착되는 현실을 벗어나 보고자 유람벽을 길러 가고 있었으며, 마침내는 귀농(歸農)밖에 대안이 없음을 깨닫고 영농친화적인 감각을 발달시키며 새로운 신분정체감을 형성해 나가고 있었다. 이것은 사회적 종(種)의 분화에 따르는 새로운 적응의 과정이기도 했다.[37]

모선(慕先)의 취향과 정서는 대개 동경과 환멸 사이에 있었고, 유람벽(遊覽癖)은 매혹과 좌절의 양극을 오갔으며, 영농자로서의 정체감(正體感)은 자기

의 숱한 갈등과 시행착오 등이 눈물겹게 묘사되어 있다. 김석회, 「농사하는 집 아낙과 글 하는 집 아낙」, 『조선 후기의 향촌사회와 시가문학』, 월인, 2009; 강전섭, 『한국시가문학연구』, 대왕사, 1986.

[37] 전라도 장성(長城)의 선비 김상직(金商稷, 1750~1815)의 일생은 이 점에서 시사적이다. 그는 20세 전후에 부모를 모두 잃고 생계의 책임에 매여 "서책을 ᄒ직ᄒ고 歸農"을 해야만 했고 그 여파로 아들들 또한 학문에 뜻이 없었다. 이를 염려하여 그는 「계자사」를 지었으며, 59세에는 스스로의 미흡을 채우기 위해 장수(長水)의 팔공산(八公山)에 입산하기도 했다. 죽국헌(竹菊軒)을 열어 제자를 길러내어 문생계가 조직되어 있을 정도로 명망 있는 훈장이었지만, 학문을 통해 입신한다는 것은 그들 모두에게 불가능한 일이었고 귀농은 조만(早晚)의 차이가 있을 뿐 그들의 예정된 운명이었다. 「계자사」며 「사향가」, 「사은가」 속에 이들 향촌사족층의 이러한 운명에 대한 저항과 체념이 잘 반영되어 있다. 이상보, 「김상직의 죽국헌가사」, 앞의 책.

계층의 운명에 대한 거부와 수락의 갈등 속에서 형성되어 나가고 있었다. 이러한 세 가지 취향과 정서는 계기적(繼起的)인 추세이기도 하지만 동시적(同時的)인 현상이기도 했다. 한 개인의 생애 속에서도 계기적으로 혹은 동시적으로 이러한 취향과 정서가 발현되었고, 향촌사족층 전체의 계층적 역사를 상정한다 하더라도 양상은 동일했다.

이러한 향촌사족층 문학의 정서 취향은 사회사적인 큰 구도에서 본다면 사족층의 제1차 분기인 경향분기(京鄕分岐)에서 제2차 분기라고 볼 수 있는 사농분기(士農分岐)에 이르기까지의 도정(途程)에 이르는 동안, 그들이 겪었던 갈등, 번민, 수락, 거부, 선택, 결단의 다양한 경로와 그 심리적인 조율(調律)의 양상을 반영하는 것이라고 볼 수 있을 것이다.

이상의 논의 결과를 토대로 조선 후기 향촌사족층의 문학을 탐색해 나가기 위한 접근의 과제와 전망을 몇 가지 짚어 보고 이 글을 마치기로 한다.

첫째, 조선 후기 향촌사족층의 의식과 정서 취향이 구체적인 생활사의 복원을 통해 좀 더 철저히 구명될 필요가 있다는 점이다. 한쪽에는 학행으로나 과거를 통해 입신양명을 해야 된다는 의무감이, 다른 한쪽에는 이 모든 것을 훌훌 털어버리고 농부로 안정해 버리고 싶은 충동이 있었다. 이것은 이들 개개인의 갈등하는 내면풍경이기도 했고, 가족 단위로 혹은 문중(門中) 단위로 피택(被擇)을 강요당하거나 선택을 강제할 수밖에 없는 사회적 기로(岐路)의 풍경이기도 했다. 향촌사족층의 문학이란 이런 생활사적 풍경의 토대 위에서 산출되고 있다는 점에서 좀 더 정밀한 개인사의 추적이 요청되는 것이다. 추상적인 시대 규정이나 조급한 문학사 구성에 앞서 개별 작가나 작품이 산출되어 나온 맥락과 그를 통해서 구현되고 있는 구체적인 삶의 문제나 화두, 취향이나 의식에 관한 탐색이 절실하다. 마찬가지로 사대부를 일률로 치자 계급(治者階級)이나 치인집단(治人集團)으로 상정하고 전가(田家) 취향의 작품이나 영농 관련 작품을 애민시(愛民詩)의 전통에서 파악하고 마는 것도 이 시기 문학현상이나 문학적 실상을 왜곡할 개연성이 크다.

둘째, 향촌사족층 문학의 심화된 이해를 위해서는 시야를 좀 더 확대하여 이 시대 문학현상 일반의 특징적 국면들과 향촌사족층 문학의 특징을 대비적으로 고찰하고 상호 조명을 해 나갈 필요가 있다. 예컨대 규방가사의 치산(治産) 대목, 특히 「복선화음가」류의 내용과 형상적 특질은 향촌사족층 문학의 영농이나 살림 관련 기술들과 깊이 관련되어 있고 〈치산가〉나 「농가월령가」 같은 작품들과도 동일한 궤도에 놓인 것이라 할 수 있다. 아울러 이 시대 소설 가운데서도 향촌사족층의 삶을 형상하고 있는 작품이나 그들의 화두를 다루고 있는 작품을 적극 발굴하여 상호조명을 시도해 볼 필요가 있을 것이다. 그리고 이미 상당한 작업이 이루어지긴 했지만 한시의 경우도 좀 더 충실히 상호조명을 계속해 나가야 할 것이다.

셋째, 지역문학 연구의 성과들을 잘 수렴하여 향촌사족층 문학 탐색의 입체화를 시도해 나갈 필요가 있다. 그동안 지방자치제도의 정착과 맞물려 지역의 문화, 지역의 문학이 통시적으로 입체화가 되었다. 매우 구체적인 세부에서 큰 틀의 얼개까지, 지역의 인맥이며 환경이 어떻게 문화와 문학으로 반영되고 발현되었는가가 상당한 정도까지 추적되고 있다. 이러한 성과들을 잘 섭렵하고 집대성할 수 있다면, 향촌사족층의 문학도 지금보다는 훨씬 그 맥락적 특성이 소상하게 드러날 것으로 보인다.[38]

---

38 김석회, 「지역문학 연구의 성과와 방향성」, 『한국시가연구』 32집, 한국시가학회, 2012.

19세기 문학사가 제기한 문제점들

임형택

1. 왜 19세기인가?

한국의 19세기는 근대적 전환이 일어나기 직전에 해당하는 시기다. 때문에 이 시기는 문학사의 인식상에서도 각별한 의미를 갖는 것으로 볼 수 있다.

근대라면 시대구분의 한 단계로 떠올리기 쉬운데 필자는 지금 '인간의 시간'을 하나의 이론 틀로 재단하는 인식 논리로부터는 벗어나고 싶다. 오늘 우리의 일상적 삶의 양식이 성립한 이후를 근대로 잡고 있다. 그렇다면 대략 1900년을 전후한 시점을 근대가 성립하는 계기로 간주할 수 있는 듯하다. 지금 우리 자신이 영위하고 향유하는 제도와 문화 전반이 언제 시작되었는가를 따져 올라가면 바로 이 시점에 닿기 때문이다. 첫머리에 쓴 '근대적 전환'이란 이를 지칭하는 개념이다.

우리에게 있어서 근대는 무엇인가? 우리의 당대 현실에 대한 반성적 질문이다. 우리가 '근대'를 생활한 지 기껏 100년 남짓한 시점에서 뒤돌아볼 때 근대 이전과 이후는 놀랍게 달라졌다고 생각하지 않을 수 없다. 근대 이전과 이후에서 한국인, 한국문화로서의 동질성과 연속성을 과연 얼마나 짚어낼 수 있을까하는 마음이 들 정도이다. 근대의 전환, 그 과정이 어떠했던가? 한 걸음 나아가서 근대의 이전은 어떤 상태였던가? 다름 아닌, 우리의 문화전통이 도달한 종점이 궁금해진다. 근대에 대한 반성적·근원적 물음은 19세기에 대한 물음으로 올라가게 되는 것이 자연스러운 추세라고 하겠다.

그런데, 실상을 들여다보면 19세기는 한동안 인식론적 사각지대로 되어 있었다. 이 시기를 역사 혹은 문학사의 '쇠퇴기' 내지 '침체국면'으로 치부하는 견해가 지배적이었다. 이렇게 된 까닭이 물론 없지 않다. 무엇보다도 자주적 근대 전환에 실패하고 식민화의 길을 걷다가 또 분단 상태로 들어간 20세기 한국 상황에 요인이 있었다. 식민화의 현실이 그 현실과 직접적 계기로 이어진 과거를 부정적으로 의식하도록 만든 것이다. '근대'를 자주적으로 성취하지 못한 과거는 문화적 불임(不妊)의 상태로 간주되었으며, 그에 따라 단절론-이식론(移植論)이 설득력을 얻게 되었다. 말하자면 19세기는 문화 전통이 열매를 맺지 못한 쭉정이처럼 비쳐졌으니 '별 볼 일 없는 시대'로 눈길이 가지 않았던 것은 당연한 일면이 있었다고 하겠다.

한국이란 나라는 자기발전의 능력을 갖추지 못했으므로 식민지 근대화가 불가피했다고 주장하는 식민지배자들이 이 관점을 취했던 것은 말할 나위 없지만, 이에 저항한 민족주의 또한 19세기를 제대로 보지 못했던 점에선 마찬가지였다. '쇠망의 계단'으로밖에는 비치지 않았기 때문이다. 관점을 바꿀 이론이 부재한 탓이었다. 그러다가 근래 와서 이 시기로 관심이 돌아가게 되었다. 여기에 단계를 대략 둘로 구분해 볼 수 있을 것 같다.

첫 단계는 내재적 발전론과 관련해서이다. 일반 역사에서 먼저 제기되었거니와 문학사에서도 이 관점이 도입되어 비로소 19세기가 시야에 들어올수 있었다. 필자는 어떤 학술 토론의 자리에서 "19세기는 우리 역사의 주체적·전진적 인식의 전략적 지점으로 부각된 것입니다"[1]라고 발언을 한 적이있었다. 지금 돌이켜 생각하면 필자 자신 학문의 출발선에서 내재적 발전론이란 학문의식을 가지고 시작하였기에, 강한 어조로 발설되었던 것 같다. 어느덧 19세기는 연구자의 관심이 비교적 많이 쏠리는 한 시기로 되었다.

다음 단계는 문화론적 관점이다. 19세기 연구가 내재적 발전론의 이론적자장에서 진행되더니 최근에 이르러는 내재적 발전론과는 무관하게, 오히려거기에 대해 부정적 입장에서 이루어지는 경향이 활발하다. 19세기의 문학사는 풍부하고 다양한 모습으로 우리 앞에 다가오는 것도 같다. 그리고 대중과 소통하는 문화담론이 주로 이 19세기 연구에서 생산되는 사실도 유의할점이다. 이 경향의 연구를 묶을 개념이 딱히 정해져 있지 않은데 지금 '문화론적 관점'이라고 일단 붙여본 것이다.

문학사 연구자로서 필자는 19세기를 '전략적 거점'으로 중시해왔던 만큼19세기에 관한 사론적 글들을 이미 여러 차례 발표했던 터이고 이 시기에 관한 연구 작업도 집중적으로 하진 못했지만 약간은 수행한 편이다. 이러한 입장에서 최근에 19세기가 학적으로 떠오른 현상을 크게 환영하지 않을 수 없다. 새로운 연구 성과들을 접하면서 필자 자신 계발이 되는 바가 많으며, 필자의 이 시기에 관련한 인식론적 발언들을 재고할 필요를 느끼곤 하였다. 그런 한편, 필자의 소견으로 지적하고 싶은 말이 없지 않다. 글 제목을 '19세기문학사가 제기한 문제점들'이라고 한 취지이다. 굳이 '문제점들'이라고 복수로 쓴 것은 사안이 여러 가지로 복잡하기 때문이다. 소위 전통단절론의 극복

---

1 임형택, 「19세기 문학예술의 성격, 그 인식상의 문제점」, 구중서·최원식 편, 『한국 근대문학연구』, 태학사, 1997, 13면.

은 응당 중요한 문제로 거론해야 할 것이지만, 동시에 전통단절의 측면 또한 설명해야 할 문제점이다. 20세기로 들어와서 근대문학의 자생에 성공하지 못한 내적 원인, 19세기 문학사에서 퇴행적 요인을 밝혀낼 필요가 있다.

오늘 이 보고는 소략한 상태를 면치 못하고 있다. 사안 자체가 많은 독서와 깊은 사고를 요하는데 그만한 노력을 필자는 기울이지 못한 때문이다. 여러분들이 19세기 문학사를 연구하고 해석하는 데 참고의 자료가 되었으면 하는 바람이 있을 뿐이다.

2. 앞·뒤 시기와의 관련양상을 통해 본 19세기

한국문학사에서 19세기는 어떤 시대인가? 이 시간대를 대변하는 문학으로선 어떤 작품들을 손꼽을 수 있겠으며, 그 성격은 무엇이라고 규정지을 것인가? 이 주제로 들어가는 수순으로서 그 선행 시기 및 후속 시기와의 상호관계에 대해서 간략히 짚어볼까 한다.

20세기 전후는 서두에서 이미 언급한 대로 획기적 시점이다. 실로 유사 이래 초유의 전환점이라 말해도 과언이 아니다. 반면에 앞쪽은 문화적 간극이 발생한 시점으로 볼 수 없다. 18세기의 연장선에 19세기가 놓여 있다고 말해도 좋을 것이다. 하지만 그 관련 양상을 살펴보면 단순치 않은 것으로 보인다.

18세기는 실학시대이고, 문학사 역시 실학과 문학으로 빛나는 시대였다. 이 점은 대개 공인된 견해이다. 필자 역시 이 견해에 찬동하면서도 '여항의 문학과 예술'이 발전하여 신기운을 조성한 현상을 18세기 문화의 기반으로서 중시해 왔다. 18세기가 우리 역사상에 위대한 창조적 시대로 부각이 된 요인은 여항의 새로운 분위기를 배경으로 실학파의 학술 문학이 어울렸던 데 있다고 본 것이다. 19세기가 18세기의 연장선이란 다름 아닌 여항의 문학과 예술, 그리고 실학파 문학이 이어졌다는 뜻이다. 문제는 계승의 양상이다.

> 요컨대 19세기는 18세기의 연장선상에 놓이면서 때마침 성장하고 있던 문화를 승계하고 정리하는 역할을 한 것이다. 그러나 정작 빛나는 부분, 18세기에 발흥한 문화적 신기운을 고양·진전시키지는 못했다.[2]

이처럼 필자는 19세기를 18세기의 연장선에서 볼 때 발전적 계승이 이루어지지 못한 것으로 판단하였다. 그리고 19세기 문화의 특성으로서는 한편에서 '통속적 경사', 다른 한편에서 '민중적 표현 형태의 대두'의 두 측면을 들어 논했던 것이다.

19세기는 신유옥사로 개시되었다. 신유옥사는 이단적 종교를 숙청한다는 명분을 내세웠지만, 외적으로 동서가 열리는 세계사적 조류를 차단하고 내적으로 경직된 분위기를 조성하는 작용을 한 것이다. 이어서 등장한 것이 세도정치체제였다. 독과점적 권력 구조가 19세기를 지배하게 된다.

마침 생애가 18세기에서 19세기에 걸쳐 있었던 정약용(丁若鏞, 1762~1836)은 바로 신유옥사에 걸려 추방을 당한 처지에서 실학의 집대성적 작업을 수행한 것이다. 이 결과물은 공간되지 못하고 사장되어 있었다. 실학은 소기의 목적인 정치적 실현의 길이 원천적으로 막힌 상태였다. 여항의 문학과 예술의 경우 그 주체인 "중인·서리들은 자신들이 놓인 현실적 처지에 늘 불만을 느끼

---

2 임형택, 「문화사적 현상으로 본 19세기」, 『역사비평』 35호, 1996(임형택, 『한국문학사의 논리와 체계』, 창작과비평사, 2002, 287면).

면서도 그들의 속성이 기능적인 구실을 맡고 행정말단에 붙어, 이 때문에 기생적·체제순응적인 성향을 벗어나기 어려웠다."[3] 그래서 자기들의 신상에 가해진 모순을 사회적 차원에서 바라보고 정치적 해결책을 추구하는 것이 아니라, 문학에 경도하여 자족하거나 유흥의 수요를 좇는 데 급급하였다.

이런 상황에서 일어난 현상이 한편에서는 '통속적 경사', 다른 한편에서는 '민중적 표현 형태의 대두'였다. 민중적 표현 형태란 '소리'와 '굿'의 형태로 표출되는 예술 양식들을 가리키는바 판소리 그리고 탈춤이 대표적인 것이다. 요컨대 민중문학이 19세기를 대변하고 있다는 논리다.

이상의 19세기 인식론은 필자 자신이 20여 년 전부터 누차 발언한 내용을 요약한 것이다. 지금 돌이켜보면 물론 한 시대의 상(像)을 뚜렷이 세우려는 취지이지만 단선적이고 강경한 인상을 주어서 당시 문화의 다양한 실상을 간과할 우려가 없지 않은 듯하다. 나로서는 기왕에 세운 인식논리를 철회할 생각은 없으나 문제점을 십분 고려하여 시야를 폭넓게 가지고 해석을 유연하게 하는 방도를 강구하고 싶다.

뒤에 놓인 20세기의 근대적 전환에 의해서 문화적 간극이 발생한 것은 부인할 수 없는 사실이다. 19세기의 연장선에 20세기가 놓여 있다고 말하기는 아무래도 어렵다. 제구포신(除舊布新)이란 말이 그 시대상에 꼭 어울린다. 하지만 20세기 초에 펼쳐진 전환과 변역에서 '신(新)'이 출현하자 '구(舊)'는 일시에 사라져버린 그런 형국이었느냐면 실제 상황은 전혀 달랐다. 신구가 혼효·갈등하는 양상이 야기되었음을 많은 자료들이 증언하고 있으며, 이를 밝힌 연구보고들도 적지 않다. 19세기와 20세기의 상호 관계는 그 100년 전과 판이하면서도 대단히 착종된 양상이 빚어진 것이다.

---

3 임형택, 「민중문학의 성립과 그 형상적 사상―『춘향전』을 중심으로」, 위의 책, 2002, 258면.

이렇듯 신구가 착종된 양상은 워낙 복잡해서 갈피를 잡기가 쉽지 않은 일인데 다른 어디보다도 그 당시 출현한 양식 자체에 잘 나타나 있다. 신소설의 경우 『은세계(銀世界)』가 최병도 타령이란 신작의 판소리에 근거하였다는 사실은 일찍이 확인되었다.[4] 보다 광범하게 나타난 현상으로, 신소설은 비록 전대의 소설을 부정하는 뜻으로 붙여진 용어지만 기실 서사구조, 의미구조에서 구소설과 상통하고 있다는 점을 지적할 수 있다. 시문학의 경우 국문시가와 한시에 걸쳐 다채롭게 펼쳐진 새로운 시도들이 '구형식'에 '신내용'을 담는 성격이 주도하고 있었다. 이른바 '동국시계혁명'이다.[5] 한문학의 경우 이제 퇴장해야 하는 역사적 운명에 처해 있음에도 오히려 개혁과 구국이란 역사적 요구에 적극 호응해서 계몽주의와의 결합에 앞장을 섰던 것이다.

다른 하나의 측면으로서 1910년 이후로 나타난 현상이지만, 근대적 매체를 통해서 구문화의 유물들이 부활하게 된 사실에 눈을 돌릴 필요가 있다. 20세기에 도입된 근대적 매체는 출판, 신문잡지, 공연 형태 등등이다. 출판이라면 종전에도 있었던 것이지만, 신활자에다 판권을 인정하는 출판 제도는 근대적인 것이다. 방각본 소설을 원판 그대로 다시 찍고 거기에 판권지를 붙여서 유통된 사례가 발견되거니와, 구소설이 근대적 형태로 간행된 사례가 허다했는데 그중에는 신작의 의사(擬似) 구소설이 다수 포함되어 있다.[6] 그런 만큼 상품적 수요가 있었기 때문이다. 1920년대 말까지도 복고적 출판이 활황이어서 "『춘향전』, 『심청전』, 『구운몽』, 『옥루몽』 등의 이야기책이 (…중략…) 각각 1년에 적어도 만여 권씩(이 수치는 당시 판매부수로는 많은 편이라

4 최원식, 「은세계 연구」, 『창작과 비평』, 1978 여름(최원식, 『민족문학의 논리』, 창작과비평사, 1982).
5 임형택, 「'동국시계혁명(東國詩界革命)'과 그 역사적 의의」, 『백영 정병욱 선생 환갑 기념 논총』, 1982(임형택, 『한국문학사의 시각』, 창작과비평사, 1984).
6 권순긍, 『활자본(活字本) 고소설의 편폭과 지향』, 보고사, 2006.

함—인용자 주) 판매되는 출판계의 현상"[7]이라고 지적될 지경이었다. 야담의 경우를 들어보자. 야담과 판소리는 19세기 전반에 정점에 도달한 장르로 볼 수 있는데 20세기로 와서도 외견상으로는 결코 쇠퇴하지 않았다. 야담의 경우 1930년대에 야담전문 잡지가 출현해서 장수를 누린 것이다.[8] 판소리의 경우 연극으로 형식적 변신을 도모한 한편 명창들의 소리가 음반에 실려서 유행하였던 것도 잘 알려진 사실이다.

방금 거론한 두 측면을 중심으로 바라보면 19세기의 연장선에 20세기가 놓여 있다. 그러나 한국의 근대, 근대문화를 전체적으로 통관하고 오늘의 정황까지 염두에 두고 볼 때 결코 이렇게 말할 수 없을 것이다. 전근대와 근대의 문화적 단층은 부정하기 어렵다. 그렇다면 19세기와 20세기의 관련 양상을 어떻게 해석할 것인가? 필자는 위에서 층위를 나누어 보았듯 역시 구분해서 설명하는 것이 옳다고 생각한다. 1900년대 근대 계몽기의 양식적 혼효는 과도기적 모습으로서 창조적 계기로 평가할 수 있다. 문제는 식민지배하에 들어감으로써 역동적 움직임의 시동이 꺼진 데 있었다. 그 대신에 조성된 것이 퇴영적 · 복고적 분위기였다. 1910년 이후 구소설의 '근대적 부활'이 바로 그렇거니와, 1930년 야담의 유행 또한 일제가 군국주의로 치달은 상황과 무관하지 않다.

20세기로 와서 19세기 문화의 유산은 창조적 계기로 작동한 시기가 있었으며, 다분히 퇴영적 잔재로 작동한 시기가 있었다. 양자의 상이한 양상은 각기 그 시대를 반영했고 그 시대가 조출하고 향유한 것임이 물론이다. 하지만, 19세기의 문화 그 자체에 상이하게 작동할 소지가 내장되어 있었던 것으로 여겨진다.

---

7 김기진(金基鎭), 「대중소설론」, 『동아일보』 1929. 4. 17(『카프비평자료총서 3—제1차 방향전환론과 대중화론』, 태학사, 1989, 518면).
8 임형택, 「야담의 근대적 변모」, 『한국 한문학 연구』 창립 20주년 기념 특집호, 한국한문학회, 1996.

3. 19세기 문학의 풍요와 '취(趣)'의 발전이 가져온 현상

19세기 문학사는 한동안 사각지대처럼 되었다가 학적 조명을 받게 되었으나, 그래도 침체기 혹은 하향국면이라는 인상에서 벗어나지 못하고 있다. 참고로 북조선 측의 19세기 문학사 총설의 한 대목을 인용해 본다.

> 이 시기(19세기−인용자 주)에도 의연히 국문문학과 한문문학의 여러 형태들이 병존하였으나 주로 량반지식계층들을 독자대상으로 하는 한문문학은 쇠퇴의 길에 들어서 점차 뒤전으로 밀려나고 서민계층이 즐기는 국문문학 형태들, 특히 국문소설과 판소리문학이 전면에 나서게 되었다.[9]

위 서술에서 19세기에 "국문소설과 판소리문학이 전면에 나서게 되었다"는 주장에는 일단 동의할 수 있다. 그러나 "한문문학은 쇠퇴의 길에 들어서 점차 뒷전으로 밀려"났다는 전제에는 동의하기 어렵다. 실상을 한번 훑어보더라도 이 시기로 와서 한문학 분야가 오히려 확산되고 다변화되는 양상을 보였음을 알 수 있다. 19세기 100년에 문집류를 비롯해서 필기류의 기록물들이 전의 어느 기간보다도 다량으로 산출된 것이 뚜렷한 경향이었다.

한시의 경우 신위(申緯, 1769~1847), 이학규(李學逵, 1770~1835), 김정희(金正喜, 1786~1856)에서 강위(姜瑋, 1820~1884)를 거쳐 김택영(金澤榮, 1850~1927), 황현(黃玹, 1955~1910), 산문의 경우 홍석주(洪奭周, 1774~1842), 김매순(金邁淳, 1776~1840)에서 김택영, 이건창(李建昌, 1852~1898)까지 높은 수준으로 이어진 것이다. 여

---

9 김하명, 『조선문학사』 6, 과학백과사전출판사, 1999, 15면.

항문학에 있어서는 조수삼(趙秀三, 1762~1849), 장지완(張之琬, 1806~1858), 정지윤(鄭芝潤), 이상적(李尙迪, 1804~1865) 등을 손꼽을 수 있다. 그리고 실학자로서는 정약용을 구심점으로 한 다산학단의 인물들, 박규수(朴珪壽, 1807~1876)와 남병철(南丙哲, 1817~1863), 또 최한기(崔漢綺, 1803~1879)와 심대윤(沈大允, 1806~1872) 같은 걸출한 존재들이 포진해있다.

이 대목에서 주목할 점이 있다. 장지연(張志淵, 1864~1921), 이기(李沂, 1848~1909), 박은식(朴殷植, 1859~1925)에서 신채호(申采浩, 1880~1936)에 이르기까지 20세기 전후 등장한 계몽주의자들은 예외 없이 19세기가 양성한 인물들임이 물론이다. 전통적 한문교양인에서 근대적 계몽주의자로 탈바꿈을 한 것이다. 거기에 어떤 내적 계기가 있었을까? 대개 실학에 기맥이 닿은 것으로 본다. 그들 자신이 실학을 중시하였거니와, 실학의 우국민시(憂國憫時)의 정신과 경세사상에 통하였다. 19세기에 소외당한 실학의 개혁이론이 계몽주의자에 의해서 호출을 받았다고도 말할 수 있겠다.

19세기는 역사적으로 전망할 때 분명히 한문학의 황혼기다. 그런데 실상은 위축·고갈된 형세가 아니고 마치 풍년의 타작마당처럼 풍요로웠던 것이다. 이 땅에서 장구한 세월을 거치면 생장한 한문학의 결산기 모습인데, 그 풍요함은 다양성의 도를 지나쳐서 잡다한 상태에 이르렀다. 이옥(李鈺, 1760~1812)과 같은 파격 문인이 19세기 초엽에 출현하더니「종옥전(鐘玉傳)」의 목태림(睦台林, 1782~1840), 『후오지가(後吾知可)』·『옥수기(玉樹記)』의 심능숙(沈能淑, 1782~1840) 같은 변종의 문인들이 줄을 이었다. 한문단편의 작가로서 이현기(李玄綺, 1796~1846, 『綺里叢話』)나, 이희평(李羲平, 1772~1842, 『溪西雜錄』), 국문장편의 작가로서 남영로(南永魯, 1810~1857, 『玉樓夢』) 등은 특기할 존재들이다. 방랑시인으로 오늘날까지 유명한 김삿갓(金笠, 본명 金炳淵, 1807~1863)도 바로 19세기가 배출한 인물이다.

국문학 역시 양적으로 풍성하고 성격이 잡다해진 면에서 마찬가지이다. 국문소설의 성격이 여러모로 분화되었으며, 시가에서는 아예 잡가(雜歌)라는 양식이 독자적으로 유행한 것이다. 판소리의 정리에 기여한 신재효(申在孝, 1812~1884)의 출현이 흥미로운 사실이다. 19세기는 국문학과 한문학에 걸쳐 회합처를 이루어 온갖 변화에 혼잡이 야기된 시대이다. 따라서 그 전모를 파악해서 갈피를 잡는 문제는 결코 간단한 일이 아니다. 우선 19세기적 특성의 두 가지 두드러진 점으로 하나는 '취(趣)'의 발전이 가져온 현상, 다른 하나는 문학예술의 대중화 경향에 착안해서 논하고 싶다. 후자는 소설의 발전과 직결되는바 절을 달리해서 언급하려 한다.

필자는 '취(趣)'라는 개념을 동양의 예술 일반을 해명하는 관건어로 잡고 있다. '취(趣)', 즉 흥취나 취미는 인간 심리의 기호(嗜好) 혹은 심미적 반응을 가리키는데 감상자·수용자의 측면에도 관련되는 것이다.

현대인의 삶에서 취미라고 하면 비록 필수품은 아니라도 '재미' 내지 '유흥'(놀이)과 직결되어 필수품 이상으로 비중을 차지하는 형편이다. 그런 한편, 예술분야에서 취미라면 수용자의 몫이요 기껏 아마추어적인 것이지, 전문 작가에게는 당치 않은 일처럼 여겨진다. '취'가 각기 시대 조건에 따라 어떤 변화를 연출하는지, 창작 주체에 있어서의 '취'가 어떤지로 예술사를 가늠해 볼 수 있지 않을까 한다.

사대부 문인들은 대체로 한정(閑情)을 추구하는 경향이 있었다. 산수자연에 대한 취향이 그것이다. 일찍이 이황(李滉)은 "흥이 나고 정에 맞으면 벌써 금하기 어려워라[興來情適已難禁]"라고 읊었는데, '금하기 어려운' 그것은 다름 아닌 시 창작이다. 사대부의 산수·전원 문학은 '취'의 발현에 다름 아니다. 그리고 미술에서 '취'는 문인화라는 하나의 독특한 장르를 창출하기도 하였다.

18세기로 오면 서울의 실학파 지식인들과 여항인들 사이에서 '취'의 면목이 일신하는 현상이 나타난다. '즐김'을 자신들의 생활에서뿐 아니고 창작의 요소로 끌어들인 것이다. 완물상지(玩物喪志)라고 해서 사대부들은 종래 경계하고 배격했던 일이었다. 문예활동에서 신기(新奇)의 창출에 열을 올리는가 하면 음악을 즐기고 서화를 감상하는 풍조가 확산되었다. 18세기가 '창조적 시대'로 될 수 있었던 배경 및 촉진한 동력은 바로 이 '취의 신면목'에서 나온 것으로 볼 수 있다.

이 18세기의 연장선에서 19세기의 특징적 면모를 발견하게 된다. 19세기로 와서 진행된 '취'의 발전은 한편에서 창작의 미학적 심화, 다른 한편에서 소시민적 취미로의 경도라는 두 가지 방향이 그려지고 있었다. 양자는 상동하면서 상이한 현상이었다.

'취의 미학적 심화'라는 점에서는 김정희(金正喜)가 빼어난 존재이다. 추사 김정희하면 오늘날 서예가로 유명하지만 한시 및 소품(小品)양식의 작품으로 격이 높은 문학가요 실사구시의 학풍을 선도한 실학자이기도 하다. 이 세 영역에 걸친 고도는 그 자신이 학(學)과 예(藝)의 통일적 실천에 의해서 도달한 경지이다. 거기에 문자향(文字香)·서권기(書卷氣)를 빼놓고는 실천도 성취도 가능할 수 없으니, 요는 '취'와 직결되어 있는 것이다.

김정희는 한낱 소기(小技)로 생각해왔던 난(蘭)을 그리는 일을 두고 "마음을 오롯이 해서 공력을 들이면[專心下工] 성문(聖門)의 격물치지(格物致知)의 학과 다름이 없다"고 하면서 이 자체가 곧 '도(道)'라고 설파한 것이다. 종래에는 '도본문말(道本文末)'이란 관념에 의해서 문예 일반을 천시해 왔었다. 김정희의 이 논리는 예술을 도의 차원으로 끌어 올려서 '도본문말'이란 전통적 패러다임을 해체하는 의미를 담고 있는 것으로 해석할 수 있다. 그런데, 그가 중시한 '전심하공(專心下工)'은 창조주체의 정신적 각성과 함께 독서의 축적, 그리고 각고의 수련이 필수로 따라야 하는 것으로 보았다. '흉중의 5,000권 책'

과 함께 '금강역사의 쇠몽둥이'같은 필력을 연마하는 과정을 가리키는 것이다. 김정희에 있어서 '취'의 심화는 전문적 예술가의 길로 통했다.

취미생활이 도시문화로서 도입되기 시작한 것은 18세기로 보인다. 18세기 당시에 도시문화의 범주로 형성된 예술양식으로서는 음악 부문에서 시조창과 줄풍류(실내악에 해당하는 것), 회화부문에서 진경산수와 풍속화가 중요하게 평가되고 있으며, 한문학에서 패사(稗史)·소품(小品)의 발전도 이와 관련된 것이다. 19세기로 넘어오면 취미생활이 여러 계층으로 확산되면서 유흥적·소비적 방향으로 질주하였다. 문인들 사이에는 문예취향으로 빠져들면서 시사(詩社)·시회(詩會) 활동이 활발했으며, 위로 양반 부호들 아래로 시정의 소민들에게까지 향락적 놀이가 성행하였다 한다. 이런 현상을 가리켜 '소시민적 취미로의 경도'라고 표현한 것이다.

19세기 문화에서 '소시민적 취미로의 경도'는 상황 자체가 워낙 복잡한 데다 한문학 분야만이 아니고 국문학을 포함해서 연예 일반으로 폭넓게 일어났다. 근대 한문학 연구는 여기에 관심이 미쳤지만 다른 쪽에서도 함께 눈여겨 볼 필요가 있다.

원천적으로 '소시민적 취미로의 경도'가 일어날 수 있었던 물적 기반은 어디 있었을까? 취미생활이 문화소비를 초래하여 경제적 가치의 창출로 이어졌을까? 이런 문제를 해명하지 못하면 19세기에 대한 문화론적 연구는 끝내 공소함을 면치 못하게 될 것이다. 그리고 우리에게 보다 중요한 문제 — 19세기 문학사에서 '소시민적 취미로의 경도'가 만들어낸 다양한 성과들을 어떻게 평가할 것인가? 이 물음은 다음 절의 주제와 연관되어 있다.

4. 소설시대의 도래와 통속화로의 경사

19세기 문학사에 '소설시대의 도래'란 말을 붙여도 좋을 것 같다. 근대소설이 확립되기 이전의 단계에서는 소설의 여러 부류들이 구구각각으로 존재해서 단일한 틀로 묶기 어려운 상태였다. 19세기로 와서도 그러한 상태는 여전하였는데 그 상태에서 제각각으로 정리 작업들이 이루어지는가 하면 각기 높은 수준에 도달하고 거기서 변화의 현상이 일어났다. 이때 변화는 통속화의 길이 주방향이었다. 소설을 애호하는 자체가 취미에 속하는 일이기도 하지만, 통속화는 앞서 거론한 '소시민적 취미로의 경도'와 연계된 현상이기 때문이다.

먼저 19세기 당시 유행한 소설부류로서 비중이 큰 세 가지 유형을 들어 각기 도달한 정점 및 어떤 가치를 산출하였는지를 살펴 본다.

1) 야담-한문단편

『어우야담』을 야담의 본격적 출발로 잡는다면 200여 년의 성장 과정을 거쳐서 19세기 중반의 『청구야담』(1840년 무렵 편찬된 것으로 추정됨)에서 집대성이 된 것이다. 이 집대성이 이루어지기 직전의 성과로서 『기리총화(綺里叢話)』와 『계서야담(溪西野談)』이 출현하였다. 『기리총화』는 근래 발굴된 자료인데 이를 필자는 주목하고 있다. 작가는 이현기(李玄綺)로 밝혀졌다. 한문단편의 수작으로 평가할 수 있는 상당편의 작품들이 『기리총화』 소재의 것으로 판명이 된 것이다. 18세기에 야담계 한문단편의 작가로 빼어난 『동패낙

송(東稗洛誦)』의 노명흠(盧命欽, 1713~1775)은 구두언어(이야기)를 문자언어(야담)로 전환하는 방식에서 솜씨를 보였다. 그런데 노명흠이 '기록적'이라면 이현기의 경우 '창작적'인 특징을 보여 이야기－야담에 근거하면서도 허구적으로 꾸며내는 방식으로 작가적 역량을 십분 발휘한 것이다. 이현기는 야담계 한문단편에서 최고 수준에 도달한 작가로 평가할 수 있는 존재이다.

야담의 역사는 『청구야담』에서 집대성이 이루어진 이후 통속적 경향이 확대된 것으로 보인다. 이원명(李源命, 1807~1887)의 『동야휘집(東野彙輯)』(1869)은 『청구야담』을 계승한 또 하나의 집대성적 성과인데 야담의 통속적 변화를 반영한 것이다.

2) 규방소설－국문장편

규방소설이란 17~19세기에 유통된 국문 장편소설이 발전한 배경을 특히 수용론적 측면을 중시해서 부여한 개념이다. 17세기에 나온 『창선감의록(彰善感義錄)』은 규방소설의 전형적 작품이며 동시기의 『구운몽』은 규방소설로서 걸작이라고 할 것이다. 궁정과 경화사족(京華士族)의 부녀자들을 기반으로 성립한 규방소설은 시대를 내려오면서 차츰 여항과 지방의 양반 부녀들로 독자층을 확대하였고 그에 따라 작품의 종류 또한 증가하였다. 이른바 낙선재 소설의 방대한 유산이 그 증거품이다. 낙선재 소설 목록에서 대부분은 19세기에 읽힌 것으로 간주해야 할 것이거니와, 규방소설의 계보에서 1840년 무렵 『옥루몽(玉樓夢)』(일명 玉蓮夢)이 나온 것이다. 『옥루몽』은 말하자면 『구운몽』의 19세기 판이다. 1910년대 활자본을 구소설이 부활할 때 처음 출간된 것이 『옥루몽』인데 스테디셀러가 되었다 한다. 박학서원판의 서문에서

"상류가정에서는 대개 이 책으로서 부녀자의 경전같이 숭상하야 착한 일에도 이 글을 위하야 사모하고 악한 일에도 이 글을 위하야 징계하야 은연히 가정 간 부녀자 사상과 풍속을 감회케 함이 적지 아니 하니라"[10]라고 규방소설의 고유한 여성 교훈적 의미를 적시한 다음 독자들에게 반향이 대단하였음을 언급하고 있다. 『옥루몽』을 『구운몽』에 대비해 보면, 구조적 상동성이 있으면서 흥미를 위한 통속적 요소가 확장된 형태이다. 다시 말하면 『옥루몽』은 『구운몽』의 19세기적 통속화라고 할 수 있다.

3) 판소리─판소리소설

판소리는 19세기로 와서 크게 부상한 장르이다. 여항문화가 도시를 배경으로 성장한 것임에 대해서 판소리는 농촌이 고향이고 게다가 천민 취급을 받았던 광대가 부르던 것이었다. 여항문화가 전반적으로 매너리즘에 빠져 있을 때 변방에서 중심으로 밑바닥에서 상층부로 올라온 것이 판소리였다. 윤달선(尹達善)의 『광한루악부』에서 광대의 놀이는 무릇 잡가 열두 가락이라 한 기록[11]을 보면 어느덧 12마당으로 정착이 되었으며, 수산(水山)의 『광한루기(廣寒樓記)』(춘향전의 한문본)에서 "근세소설로 묘리를 얻은 것은 오직 『광한루기』뿐이라"는 기록을 보면 당시 사람들이 분명히 소설로 인식하고, 그 중에서 『춘향전』을 최고 작품으로 생각하였음을 확인할 수 있다. 이들 발언

---

10 남정의, 「옥련몽서언」, 『옥련몽(玉蓮夢)』, 1935(소화 10), 광익서관(廣益書館). 이 서언은 "임자(1912년) 사월 일 편주 시당 남명의"라고 쓴 시점이 밝혀져 있다. 서언을 쓴 남정의는 작자인 남담초(南潭樵)의 후손이다. 목록을 조사해 본바 1913년에 박학서원(博學書院)에서 『옥련몽』이 간행된 사실이 보인다. 서명은 『옥루몽』으로 된 것도 있고 『옥련몽』으로 된 것도 있다.

11 「광한루악부(廣寒樓樂府)」, "倡優之戱, 一人立一人坐, 而立者唱, 坐者以鼓節之, 凡雜歌十二腔, 香娘歌卽其一也."

이 제출된 시점은 19세기 전반기였다.

지방의 민속연희에 불과했던 판소리가 중앙의 무대로 진출해서 일약 '국민예술'로 발돋움을 하게 되고 그것의 소설화가 이루어져서 『춘향전』을 비롯하여 『흥부전』·『심청전』·『토끼전』 등 작품이 국민적 지명도를 오늘날까지 누리게 된 것이다. 판소리의 출생배경, 그 소설화된 결과물은 민속적·민중적 성격이 선명하다. 그럼에도 그냥 넘길 수 없는 점은 판소리-판소리소설의 놀라운 약진은 역시 기존의 문화 양식들이 닦아놓은 그 길을 따라서 올라왔다는 사실이다. 그것은 후발주자의 이점을 누렸지만 '통속화로의 경사'가 초래한 변질양상 또한 늦긴 했어도 비껴가지 않았던 것으로 보인다.

'통속화'는 꼭 부정적으로 볼 일만은 아니다. 요컨대 문학예술에 '상품적 원리'가 도입됨으로 해서 나타난 현상이다. 중세사회에서 문학은 문인들 사이에서 자기들끼리 주고받는 자족적 형태로 존재하였으며, 따라서 고답적 성격을 갖기 마련이었다. 눈에 보이지 않는 독자를 전제로 글을 쓰고 그 소산물이 인쇄 매체를 통해서 유통이 되는 방식은 근대사회에서 확립된 메커니즘이다. 비록 부분적이고 아직 유치한 단계지만, 18세기 무렵에 통속화 = 대중화가 나타난 현상은 문학사·예술사에서 특기할 사실이다. 19세기로 들어와서도 상품적 원리의 확산으로 인한 대중화의 추세는 지체되지 않고 오히려 촉진되고 있었다.

당시 정치적 경직으로 사상의 자유는 위축되었으나 유흥과 향락 쪽으로는 열려 있었다. 때문에 대중화는 저질의 통속화로 경사하게 된 것이다. 고객이나 대중의 저속한 취미에 영합하는 방향으로 급하게 진행되었던 것 같다. 여기서 20세기에 근대문학으로의 창조적 전환에 성공하지 못한 맹점을 발견할 수 있다.

5. 19세기 문학사 인식에 대한 제언

이상에서 19세기 문학사의 제반 상황을 포괄적으로 살펴보았다. 필자의 입장은 내적 발전을 기본적으로 중시하되 문화론의 장점을 섭취하여 실상을 폭넓게 포착하는 데 두었지만, 결과는 논의가 거칠고 미진하게 되고 말았다. 그런대로 당시 문화가 제기한 문제의 소재를 드러내는 데 역점을 두었다. 몇 가지 중요하다고 생각하는 사안을 결론 대신에 들어둔다.

① 한국의 전통문화의 마지막 회합처가 19세기이다. 바로 이때 각 분야에서 종합·정리의 작업이 이루어지는가 하면 나름으로 최고점에 도달하게 된 것이다. 당시 복잡한 양상이 빚어지는데 풍요 가운데 잡종성의 번창 및 장르 간의 상호 혼입, 소통이 일어난 현상을 주목할 필요가 있다. 그리고 최고점으로부터 하향곡선을 그리는 과정에서 내용의 변질·통속화가 진행된 사실도 간과할 수 없는 대목이다.

② 19세기를 문학사적으로 어떻게 평가할 것인가? 결코 간단한 물음이 아닌데 '희작화 경향'을 통해서 문제의 답을 유추해 보고자 한다. 희작화 수법은 한문학·판소리·탈춤 전반에 끼어든 것이 유행처럼 되었다. 19세기의 특징적 현상으로 간주할 수 있다고 본다. 바로 이 희작화 경향에서 김삿갓이 출현한 것이다. 김삿갓이란 존재는 문학의 대중화의 선두주자였던 셈이다. 김삿갓이 고답적 한시 형식을 가지고 그토록 대중적 인기를 누리게 된 묘리는 다름 아닌 희작화 수법에 있었다. 희작은 구 형식을 역으로 이용해서 웃음을 유발하고 색다른 흥미를 유발하는 특성이 있다. 거기에 풍자를 곁들이기도 하며, 그 자체가 권위에 대한 도전이요 구 형식을 해체하는 의미를 가질 수 있다. 하지만, 어디까지나 과도기적 형식이며, 새로운 문학의 길을 스스

로 열고 가기는 어렵다. 그래서 필자는 희작은 기생적 성격이므로 숙주(宿主)를 살해하는 역할을 할 수 있지만, 그러면 자신도 사망하는 운명을 타고 났다고 진단한 바 있다. 희작화 경향을 통해서 볼 때 19세기는 새로운 문학사의 단계로 진출했다고 말하기는 어려운 것이다.

③ '춘향전학(学)'의 제언 ―『춘향전』이 우리의 문학 유산에서 얼마나 중요하며, 민족문학적 의미는 또 어떠한지 긴 말을 늘어놓을 필요가 없을 터다. 『춘향전』은 대단히 소중한 작품임에도 딱히 정본이라고 지목할 것이 없다. 이 점은 그것의 취약점이라기보다 특성이고 장점으로 살려볼 수 있다. 하나의 고정된 완성품이 아니고 활물로서 창조적 변형생성이 계속되었기 때문이다. 어떤 면에서는 그 창조적 변형생성이 앞으로도 계속될 필요가 있다고 하겠다. 19세기가 『춘향전』을 창출하였는데 정작 19세기의 어디에다 그것을 자리매김해야 할지 아직까지도 유동적이다. 그리고 정본은 없다하더라도 우량한 선본을 몇 종 확정 짓는 것이 좋은데 이 문제도 아직 과제로 남아 있다. 또 신재효에 의한 『춘향전』의 개작을 어떻게 해석하고 평가해야 할 것인지도 견해가 엇갈리고 있다. 『춘향전』의 문제들은 판소리-판소리소설에 직결되는 사안이다. 『춘향전』 연구는 국문학의 초창기에서부터 중요한 주제가 되었으며, 국문학의 이론적 고도는 『춘향전』으로 가늠해 왔다고 말해도 과언이 아니며, 앞으로도 그렇게 되어야 할 것으로 본다. 그럼에도 근래 『춘향전』에 관련한 연구는 적막하고 그것을 주제로 한 담론도 별로 들리지를 않는다. 아쉬운 일이다. 필자는 『춘향전』에 대한 폭넓고 심오한 연구의 필요성을 재삼 강조한다. 중국에서 『홍루몽』에 대한 학적 관심이 지속되어 '홍학(紅學)'이 성립하였듯, 우리의 경우 '춘학(春學)'의 성립을 소망하는 것이다.

출간 경위

　이 책은 한국학자로 뚜렷한 족적을 남긴 임형택 교수의 학문성과를 기리고 그 평생에 걸친 노고를 위로하기 위해 기획되었다. 1권은 전통시대와 고전 분야를, 2권은 근현대 분야의 논문을 담았다.

　이 책을 만들기 위해 두 번의 학술회의가 열렸다. 첫 번째 학회는 부산대학교 점필재연구소에서 주관했다. '전근대 고전문학 학술사의 거점과 좌표'(2012.1.19)라는 주제로 개최된 이 집담회에서 정환국, 조현설, 정출헌, 김현양, 강명관의 발제가 있었으며, 임형택, 김영, 우응순, 진재교, 이지양 등이 토론에 참여하여 1차로 고전 분야의 기획의 틀을 잡았다. 이후 심경호, 진재교, 김승룡, 최석기, 박희병, 정우봉, 안대회, 김석회 등 여러분의 논문을 추가하여 1권을 완성하게 되었다.

　두 번째 학회는 성균관대 동아시아학술원이 주관했다. '한국근대학술사의 구도'(2012.2.16)라는 주제로 개최된 이 모임에서 임형택, 김진균, 류준필, 백영서, 김건태, 미야지마 히로시, 한기형, 황호덕, 이혜령, 김현주의 논문 초고가 발표되었다. 모임이 끝난 후 책을 편집하는 과정에서 정근식, 정종현, 임상석, 손병규, 박헌호 등 다섯 분의 논문이 추가되어 2권의 체제와 내용이 보다 완정해질 수 있었다. 아쉬운 것은 김건태 교수의 논문을 싣지 못한 일이다. 그의 연구는 조선 후기를 바라보는 새로운 문제의식을 담고 있었지만 기획의 방향과 부합하지 않는 측면이 있어 이 책에는 수록하지 않기로 했다.

논문 출전(게재순)

논문들의 출전은 아래와 같다. 상당수 글들의 내용이 이 책에 수록되는 과정에서 수정되거나 재구성되었음을 밝혀둔다.

1부 ■ ■ ■

「불교의 동점과 삼국시대 학술계의 몇 국면」:『민족문학사연구』50호, 민족문학사학회, 2012.

「무불의 접화와 화해의 서사」:『민족문학사연구』50호, 민족문학사학회, 2012.

「조선 중기 '욕망하는 주체'의 등장과 '소설'의 기원」:『민족문학사연구』52호, 민족문학사학회, 2013.

「조선 후기 물명고와 유서의 계보와 그 특징」: 심경호,『한국한문기초학사』제2책, 태학사, 2012의 일부를 간추렸음.

「17~19세기 동아시아 공간에서 지식·정보의 생성과 유통 방식」:「17~19세기 사행과 지식·정보의 유통 방식」,『한문교육연구』40호, 한문교육학회, 2013.

2부 ■ ■ ■

「고려 후기 지식인 담론의 새로운 모색을 위하여」:『한국한문학연구』51집, 한국한문학회, 2013.

「성종대 신진사류의 동류의식과 그 분화의 양상」:『민족문학사연구』50호, 민족문학사학회, 2012.

「조선시대 경서 해석의 관점과 연변」:『한문학보』제27집, 우리한문학회, 2012.

「홍대용은 과연 북학파인가」:『민족문학사연구』50호, 민족문학사학회, 2012.

「다산을 통해 다시 실학을 생각한다」:『민족문학사연구』50호, 민족문학사학회, 2012.

3부 ■ ■ ■

「조선 후기 산수유기의 글쓰기 및 향유 방식의 변화」:「조선 후기 유기의 글쓰기 및 향유방식의 변화」,『한국한문학연구』49집, 한국한문학회, 2012.

「조선 후기 취미생활과 문화현상」:『한국문화』제60호, 서울대 규장각 한국학연구소, 2012.

「조선 후기 사대부가 기록한 아내의 일생」:『인간·환경·미래』제7호, 인제대 인간환경미래연구원, 2011.

「향촌사족층 문학의 정서취향과 그 사회사적 의미」:『고전문학 연구의 쟁점적 과제와 전망』, 월인, 2003.

「19세기 문학사가 제기한 문제점들」:『국어국문학』149집, 국어국문학회, 2008.

필자 소개(게재순)

정환국 현재 동국대학교 국어국문문예창작학부 교수이다. 한국 고전서사를 연구하고 있으며, 특히 초기서사를 동아시아적 시각과 학술사적 관점에서 재구하는 데 관심을 가지고 있다. 저역서로 『초기소설사의 형성과정과 그 저변』, 『교감역주 천예록』, 『역주 유양잡조』 1·2, 『역주 신단공안』 등이 있다.

조현설 현재 서울대학교 국어국문학과 교수이다. 한국 구비문학을 연구하고 있으며, 특히 동아시아 신화 비교 연구에 관심을 가지고 있다. 저서로 『동아시아 건국신화의 역사와 논리』, 『우리 신화의 수수께끼』, 『마고할미 신화 연구』, 『문신의 역사』 등이 있다.

최석기 현재 경상대학교 한문학과 교수이다. 한국 경학 중 사서해석을 연구하고 있으며, 조선시대 주자학을 수용하는 관점의 변화양상에 관심을 갖고 있다. 저술로 『조선시대 '대학장구'의 개정과 그에 관한 논변』, 『조선시대 대학도설』, 『조선시대 중용도설』, 『성호 이익의 시경학』 등이 있다.

심경호 현재 고려대학교 한문학과 교수이다. 한국 한문학을 연구하고 있으며, 최근에는 한문과 한자 지식의 계보학에 관심을 가지고 정리하고 있다. 저서로 『조선시대 한문학과 시경론』, 『한국학연구와 문헌학』, 『내면기행』, 『김시습평전』, 『한문산문미학』, 『한국 한문기초학사』 등이 있다.

진재교 현재 성균관대학교 한문교육과 교수이다. 한국 한문학을 전공하고 있으며, 동아시아학의 정립과 확산에 학적 관심을 보태고 있다. 저역서로 『이계 홍양호 문학 연구』, 『이조 후기 한시의 사회사』, 『문예 공론장의 형성과 동아시아』, 『북학 또 하나의 보고서─설수외사』, 『19세기 견문지식의 축적과 지식의 탄생─지수염필』 등이 있다.

김승룡 현재 부산대학교 한문학과 교수이다. 한시의 미학을 강의하고 고전시학의 개념을 살피며, 한문고전에 대한 집석적(集釋的) 이해에 관심을 갖고 있다. 저역서로 『고려후기 한문학과 지식인』, 『송도인물지』, 『악기집석』, 『우봉잡억』 등이 있다.

정출헌 현재 부산대학교 한문학과 교수이다. 한국 고전서사를 연구하고 있으며, 한 개인의 삶을 재구하는 연보 작업과 기억의 서사가 변주되는 양상에 관심을 가지고 있다. 저서로 『조선 후기 우화소설 연구』, 『고전소설사의 구도와 시각』, 『조선 최고의 예술, 판소리』, 『김부식과 일연은 왜』 등이 있다.

김현양 현재 명지대학교 방목기초교육대학 교수이다. 주로 근대 이전의 한국소설을 역사적 관점에서 연구하고 있다. 저역서로 『한국 고전소설사의 거점』, 『홍길동전·전우치전』 등이 있고, 「「최치원」, 버림 혹은 떠남의 서사」, 「영웅군담소설의 연구사적 조망」 등의 논문이 있다.

박희병 현재 서울대학교 국어국문학과 교수이다. 한국고전문학을 전공하고 있으며, 한국 사상사와 예술사에 관심을 갖고 있다. 저서로 『한국 전기소설의 미학』, 『한국의 생태사상』, 『운화와 근대』, 『연암을 읽는다』, 『저항과 아만』, 『범애와 평등』 등이 있다.

강명관 현재 부산대학교 한문학과 교수이다. 한국 한문학을 전공하고 있으며, 문학과 사회의 만남과 그 학술사적 의미를 탐색하는 데 관심을 두고 있다. 저서로 『조선 후기 여항문학연구』 『공안파와 조선 후기 한문학』, 『열녀의 탄생』, 『조선시대 책과 지식의 역사』 등이 있다.

정우봉 현재 고려대학교 국어국문학과 교수이다. 한국한문학을 전공하며, 최근에는 일기를 포함한 자전적 글쓰기, 기행문학 등에 관심을 갖고 있다. 주요 논저로 『아침은 언제 오는가』, 「심노숭의 남천일록에 나타난 내면고백과 소통의 글쓰기」, 「조선시대 국문일기문학의 시간의식과 회상의 문제」 등이 있다.

안대회 현재 성균관대학교 한문학과 교수이다. 한국한문학을 전공하고 있으며, 고전 자료에 대한 정밀한 해석과 깊이 있는 사유를 바탕으로 조선 후기 문화를 풀어내고 있다. 저서에 『궁극의 시학』, 『천년 벗과의 대화』, 『벽광나치오』, 『조선을 사로잡은 꾼들』, 『고전 산문 산책』, 『선비답게 산다는 것』, 『18세기 한국 한시사 연구』 등이 있다.

이지양 현재 연세대학교 국학연구원 고전번역거점연구소 연구교수이다. 조선 후기 한문학을 연구하고 있으며, 문학 작품을 통해 생활 문화 및 예술풍속을 고찰하는 데도 관심을 가지고 있다. 저역서로 『홀로 앉아 금을 타고 — 옛글 속의 우리 음악 이야기』, 『나 자신으로 살아갈 길을 찾다 — 조선 여성 예인의 삶과 자취』, 『역주 운양집』 등이 있다.

김석회 현재 인하대학교 국어교육과 교수이다. 한국 고전시가를 전공하고 있으며, 고전문학의 작가론적 탐색을 통한 작가 평전을 정리하는 데 관심을 두고 있다. 저서로, 『존재 위백규 문학 연구』, 『조선 후기 시가 연구』 등이, 주요 논문으로 「서사전략의 측면에서 본 홍순언 일화의 변이양상」, 「문학치료적 관점으로 본 도산십이곡의 서정적 특질」 등이 있다.

임형택 현재 성균관대학교 명예교수이다. 저서로는 『한국문학사의 시각』, 『실사구시의 한국학』, 『한국문학의 체계와 논리』, 『문명의식과 실학』, 『한국학의 동아시아적 지평』 등이 있으며, 편역서로 『이조시대의 서사시』, 『우리 고전을 찾아서』, 『한문서사의 영토』 등이 있다. 도남국문학상, 만해문학상, 단재상, 다산학술상, 인촌상 학술부분 등을 수상하였다.